뜨거운 피 The Boiling Blood

김언수 장편소설

뜨거운 피

The Boiling Blood

문학동네

1부

봄

구암의 바다

구암(狗巖)의 건달들은 아무도 양복을 입지 않는다.

부산이라는 이 세계적인 항구도시에는 부두에 쌓인 컨테이너 숫자만큼이나 건달이 즐비하고, 건달들은 개나 소나 양복을 입는다. 알다시피 건달이란 인간들은 처자식 밥은 굶겨도 자기 양복은 빳빳하게 다려 입고, 점심값이 없어 하루종일 밥을 쫄쫄 굶을지언정 구두 닦을 돈은 남겨두는 한심한 족속이니까. 하지만 구암의 건달들은 구두를 닦기 위해 밥을 굶는 법이 없다. 구암의 건달들은 아예 양복이 없고, 양복이 없기에 구두도 없는 것이다.

그러니까 해운대, 광안리, 영도, 남포동, 완월동, 서면, 온천장 가릴 것 없이 부산 바다의 모든 건달들이 무슨 장례식에 온 조문객마냥 검정 양복을 입고 쓸데없이 우르르 몰려다니지만, 하다못해 밀수품을 실은 러시아 선박을 기다리며 부두 노동자들의 녹슨 드럼통 옆에서 곁불이나 쬐고 있는 감천항의 건달들도, 후미진 텍사스 골목에서 늙은 창녀들의 등이나 쳐먹는 부산역의 건달들도 양복을 입고 다니고,

심지어 할 일이라고는 일절 없어 방죽 위에 낚싯대를 툭 걸쳐놓고 낙동강을 따라 둥둥 떠내려오는 청둥오리나 구경하다 해가 지면 어슬렁 어슬렁 기어나오는 부산의 저 머나먼 변방 명지 건달들도 밤이 오면 멋진 양복을 꺼내 입고 가로등만 멀뚱멀뚱한 논두렁길을 겸연쩍게 걸어다니지만, 구암의 바다에서 양복을 입고 돌아다니는 건달은 아무도 없다.

물론 추리닝도 아까운 이 인간들이 굳이 양복을 입어야 할 이유는 하나도 없다. 하지만 부산 바닥의 모든 건달이 다 양복을 입고 다니는데 굳이 구암의 건달들만 양복을 입지 말아야 할 이유는 또 뭐란 말인가. 누군가는 처자식이 밥을 굶는 판국에 양복은 뭔 얼어죽을 양복이냐, 세탁소에 양복 맡길 돈이 있으면 차라리 어린 자식들 반찬값이나 보태겠노라는 생활에 대한 준엄한 인식이 구암의 건달들 사이에 널리 퍼졌기 때문이라고 했고, 또 누군가는 본시 건달의 주업은 빈둥거리는 것인데 양복 입고 빈둥거리는 것도 어디 하루이틀이지 이게 대체 사람이 할 짓인가? 따위의 반성적 태도가 다른 동네 건달보다 일찍 싹텄기 때문이라고도 했다. 그러니까 이 얼토당토않은 견해들을 종합해보면 구암의 건달들이 양복을 입지 않는 것은 밥벌이도 못하는 깡패짓거리에 대한 준엄한 통찰 혹은 처절한 자기반성을 통해 실용성과 생활력을 중시하는 올곧은 풍속이 유독 구암에서만 선구적으로 자리잡았다는 뜻인데, 사실 이게 뭔 지나가던 미친개도 피식 웃을 소린가.

그나마 가장 설득력 있는 말은 '양복 입고 설쳐대는 건달들이 추리닝을 입고 설쳐대는 건달보다 더 먼저 감옥에 가고 더 오래 감옥에 있더라'는 미신이 구암의 건달들 사이에 널리 퍼져 있기 때문이라는 것이다. 통계적으로 볼 때 그 말은 일리가 있다. 확실히 양복을 입고 설쳐대는 건달은 추리닝을 입고 설쳐대는 건달보다 더 눈에 잘 띄고, 더 한심해 보이며, 그리하여 감옥에 갈 확률이 더 높다.

만리장 호텔의 사장이자 구암 암흑가의 두목인 손영감은 건달의 복색에 대해 일찍이 다음과 같이 일장연설을 쏟아낸 적이 있다.

"나라가 어려우면 국민들 중에 제일로 힘든 게 우리 건달들이지. 암, 그거야 두말하면 잔소리고. 그런 맥락에서 지난 오십 년이 우리 건달들에겐 참 힘겨운 시절이었지. 어디 뒤숭숭한 일들이 좀 많았나. 식민지에, 전쟁에, 쿠데타에. 그러니 나라의 주인이 몇 번이나 바뀌었겠냐 이 말이야. 일본 놈들에다. 러시아 놈들, 미국 놈들, 그러다가 군인 놈들. 나라가 뒤집어지고 정권이 바뀌면 이건 뭐 건달들은 동네북에다 홍어좆인 기라. 똥 눈 놈은 비단 방석에 앉히고 방귀 뀐 놈만 곤장질한다고 시팔, 만날 우리 건달만 잡아 족치지 않았냐, 이 말이야. 그런데 내가 왜정 때부터 죽 지켜보니까, 아, 감옥에 일등으로 잡혀가는 놈들은 죄다 양복쟁이 건달이더라고. 식민지 시절에 일본 순사한테 일등으로 잡혀간 놈들도 다 양복쟁이 건달들이지, 미군정 때 헌병들에게 일등으로 잡혀간 놈들도 다 양복쟁이 건달들이지, 어디 그뿐이냐, 박정희가 정권 잡고 사회 청소할 때 우르르 잡혀간 놈들도 양복쟁이 건달이고, 전두환이 쿠데타 일으키고 분위기 전환 삼아 깡패들 잡아들일 때 일등으로 끌려간 놈들도 다 양복쟁이 아니더냐. 거 뭣이냐, 요 몇 년 전에 노태우가 범죄와의 전쟁인가 지랄인가 한다고 우리 애기들까지 우르르 잡아갈 때도 경찰서 앞에 줄 서 있는 놈들은 죄다 양복쟁이 건달인 기라. 아미동 칠복이 놈 말이야. 그놈도 양복 입고 폼내는 거 참 좋아라 했지. 그래서 내가 칠복이 놈 볼 때마다 늘 타일렀거든. 칠복아, 행실을 그카면 안 된다. 건달이 양복 입어서 좋을 거하나 없다. 폼은 잠시고 감옥은 평생이다. 내가 칠복이 놈한테 그렇게나 말했는데도 악착같이 내 말을 안 듣더니, 요번에 봐라, 다른 놈들은 잡혀가도 일이 년, 길어야 삼사 년인데, 아미동 칠복이 놈만 십오년을 안 받았나. 그게 다 양복 때문인 기라. 추리닝 입고 잡혀가면 그냥 잡범이지만 양복 주머니에 사시미칼 넣고 있다가 잡혀가면 그게 조직폭력이고 병적인 사회 암인 기라. 아니 할 일도 없는 건달들이 무슨 교복 입은 고등학생들마냥 단체로 시키면 양복 맞춰 입고 이리로 우르르 저리로 우르르 몰려다니는데 경찰들 눈에 띄냐 안 띄냐? 나랏일로 몸과 마음이 두루 힘든 저기 위의 높으신 분들이 시키면 양복 입고 떼거리로 몰려다니는 깡패 새끼들을 보고 있노라면 아, 을매나 짜증이 나겠나 이 말이야. 내가 늘 말하잖아. 건달은 그저 쥐죽은듯이 조용히 지내는 게 성숙하고 아름다운 자태라고. 건달이 폼나면 뭘 할거며 유명해져서 이름을 날리면 또 뭐할 거고? 건달이 양복 입고 신문에 대문짝만하게 나고 나면 갈 데라곤 감옥밖에 없는 기라. 그리고 까놓고 말해서 할 짓이라고는 건들거리는 것밖에 없는 건달한테 양복이 대체 왜 필요하노?"

건달은 닥치고 그저 쥐죽은듯이 조용히!

'가오'를 목숨같이 여기는 건달 입장에서는 다소 체면이 깎이는 말이지만 오래 살아남고 싶은 건달이라면 손영감의 이 연설을 가슴에 깊이 아로새겨둘 필요가 있다. 살다보면 구구절절 옳은 말이고 탁견이라는 것을 알게 될 것이다. 어쨌거나 그는 살아남았으니까. 열여덟에 깡패 세계에 입문한 뒤 지난 오십 년 동안 구암의 이 더러운 바다에서 매춘을 하고, 밀수를 하고, 물건을 훔치고, 불법 도박장을 운영하고, 청부 살인을 했지만 손영감은 살아남았다. 서슬 퍼런 박정희 밑에서도 살아남았고 전두환의 삼청교육대 광풍 속에서도 살아남았다. 노태우가 범죄와의 전쟁을 벌였을 때 전국의 모든 폭력조직 두목이 일제히 잡혀들어가서 범죄단체 결성 혹은 범단 수괴라는 무시무시한 죄목으로 십 년, 십오 년씩 언도받았지만 손영감은 거기서도 빠져나왔다. 매춘 알선, 무전취식이라는 갱단 두목이 받기에 다소 머쓱한 죄목으로 고작 팔 개월을 살았을 뿐이다.

구암의 이 더러운 바다에서 오십 년 동안 살아남은 자로서 손영감은 자신의 오른팔이자 만리장 호텔의 지배인인 희수에게 늘 이런 말을 했다.

"그때 나랑 같이 건달 세계로 들어온 놈들 중에 지금 살아 있는 놈이 어딨노? 다 뒈졌다 아이가. 칼 맞아서 뒈지고, 도끼에 찍혀 뒈지고, 감옥에서 콩밥 먹다 얹혀서 뒈지고. 와 뒈졌겠노? 다 까불다가 뒈지는 기다. 건달이 까불고, 폼 잡고, 어깨에 힘주면 그냥 소리소문도 없이 획 가는 기라. 그러니 희수야, 명심하거라. 건달의 일이란 게 여리박빙인 기라. 얇은 살얼음 위를 걷듯이 항상 조심하고 또 조심해야 하는 기라. 무슨 말이냐, 건달로 살아남으려면 그저 쥐죽은듯이 조용히 지내는 것밖에 없다는 말이다. 진짜로 잘 처묵는 놈은 소리소문도 없이 조용히 처묵는 법이다. 그래서 옛 어른들이 '본시 잘 처묵는 놈은 말이 없다'고들 안 하나. 그리고 내가 걱정이 되어서 이참에 한마디 더 하자면, 거 애기들보고 몸에 문신 좀 새기지 말라고 그래라. 와 좋지도 않은 먹물로 쓸데없이 몸에 그림을 처그리고 지랄들이고. 건달인 거 광고하고 다녀서 좋을 게 뭐가 있노? 부모님이 물려주신 깨

끗하고 보들보들한 살결 그대로 살면 목욕탕에서도 환영받고 아, 을
매나 좋냐 이 말이다."

만리장 호텔

　범죄와의 전쟁이 한창이던 1990년 11월, 젊은 지방 검사는 손영감을 법정에 세우고서 만리장 호텔에 대해 다음과 같이 말했다.

　"존경하는 재판장님, 구암 바다에서 일어나는 모든 범죄는 만리장 호텔에서 시작됩니다. 그리고 이자는 지난 삼십 년 동안 만리장 호텔의 주인이었습니다."

　그러나 이 패기만만한 젊은 검사는 만리장 호텔에서 시작되는 수없이 많은 범죄들에 대해 그 어떤 명쾌한 증거자료도 제시하지 못했다. 그중 몇 개라도 찾아냈다면 손영감을 삼십 년 동안, 아니 맘만 먹으면 삼백 년이라도 감옥에 처박아둘 수 있었을 것이다. 하지만 쇠털만큼 많은 죄목 중에서 이 패기만만한 젊은 검사가 찾아낸 유일한 증거는 매춘 알선과 무전취식뿐이었다.

　만리장 호텔은 구암 해수욕장 중앙에 백사장을 따라 이백여 미터나 펼쳐져 있는 반구형의 이층짜리 호텔이다. 만리장, 이름도 유치찬란한 이 호텔은 1913년 구암의 아름다운 바다와 빽빽한 해송들을 보고 한눈에 반해버린 일본인들이 구암유원주식회사라는 것을 만들고 조선 최초의 해수욕장을 만들면서 지어진 것이다. 이층짜리 일본식 목조건물이었던 것을 한국전쟁 직후 철근과 시멘트로 다시 개보수한 것을 제외하면 외관상 크게 달라진 것은 없다. 그때 만리장 호텔의 실질적인 주인은 일본 야쿠자들이었다. 한일합방 이후 본격적으로 밀려들어온 일본인이 부산에 육만 명이나 거주하던 기묘한 시절이었다. 그러니까 이 호텔은 조선 사람들을 위한 것이 아니라 부산으로 넘어온 일본인들의 유흥을 위해 만들어진 것이었다.

그 시절이 구암 바다 최고의 전성기였다고 사람들은 말한다. 일본인들은 구암의 절벽과 거북섬 사이에 케이블카를 만들었고, 해수욕장 한가운데 삼층짜리 다이빙대도 만들었다. 그리고 해변과 작은 돌섬을 연결하는 구름다리도 만들었다. 부산 바닥에 전차 한 대 없던 1920년대를 상상해보면 외줄에 매달려 바다 위를 날아다니는 것처럼 보이는 케이블카는 눈이 휘둥그레지는 장관이었을 것이다. 한여름이면 전국에서 삼십만 명의 인파가 몰려왔다. 횟집, 유곽, 판자촌에서 흘러나온 하수로 똥오줌이 가득찬 이 더러운 바다에 발 디딜 틈이 없었고, 방귀좀 뀐다 하는 고관대작들도 성수기의 만리장 호텔을 예약하려면 호텔 지배인에게 뇌물을 갖다 바쳐야 할 정도였다.

야쿠자들은 만리장 호텔을 일본인 명의로 하는 것에 다소 복잡한 문제가 발생하자 바지사장을 하나 뒀는데 그가 바로 손영감의 조부인 손홍식이었다. 손홍식은 초등학교도 다니지 못했지만 머리가 총명하고 몸이 날래서 야쿠자들에게 두터운 신임을 받았다. 그리고 1945년 일본이 태평양전쟁에서 패망하고 일본인들이 허겁지겁 자기네 나라로 도망가야 했을 때, 손홍식은 만리장 호텔을 슬쩍 삼켜버렸다. 그 시절 일본인을 주인으로 모신 많은 조선인 마름들이 혼란스러운 시국을 틈타 일본인의 사업체나 비밀스러운 개인 재산을 스리슬쩍 자기 것으로 만든 것처럼 말이다.

손흥식은 야쿠자들 밑에서 배운 선진적인 노하우로 제법 많은 돈을 벌었다. 그는 만리장 호텔을 효율적으로 경영하면서 일본인이 남기고 간 유곽들, 술집, 도박장을 접수해서 세력을 넓혔고, 항구에 자기만의 밀수 루트도 가지고 있었다. 부산에 임시정부가 들어선 한국전쟁 때는 미군 '하야리아' 부대에서 빼돌린 전쟁물자와 구호물자로 막대한 이윤을 남기기도 했다. 1945년부터 1960년까지 손흥식은 그의 전성기를 마음껏 누렸다. 만리장 호텔 근처 숙소엔 이백여 명의 건달이 상주하고 있어 무슨 군대를 연상케 했다. 오죽했으면 '낮의 대통령은 이승만, 밤의 대통령은 손흥식'이라는 말이 떠돌았을 정도였다.

하지만 1960년 2월 13일, 한창 잘나가던 손흥식은 새벽 세시에 난데없이 들이닥친 경찰에게 끌려갔다. 그리고 지하 취조실에서 사흘 밤낮을 두들겨맞고 피투성이가 되어 돌아와선 이틀 만에 죽었다. 얼마나 맞았는지 장례를 치르려고 염을 할 때 부러지지 않은 팔다리가 없었고 몸에 멍자국이 없는 곳이 없었다고 했다. 손흥식의 이 난데없는 봉변은 이승만 정권의 이인자인 이기붕에게 밉보인 대가였다. 높은 분들이 보살펴줘서 큰 은혜를 입고 돈도 좀 벌었으면 알아서 갖다 바쳐야 하는데 그러지 않았다는 것이 죄였다. 사실 갖다 바치긴 했는데 이기붕이 보기에 손흥식의 성의가 어이없었다는 것이 죄였다. 당시 이기붕은 부통령 선거를 준비하고 있었고 돈에 대해 예민했다. 예나 지금이나 선거란 돈이 많이 드는 사업이다. 하지만 손흥식의 명을 재촉한 것은 그가 이런 사정을 모를 만큼 눈치가 없었기 때문이 아니라 오히려 이런 사정을 너무 잘 헤아릴 만큼 눈치가 빨랐기 때문이었다. 손흥식이 보기에 이승만 정권은 너무나 피로해져서 슬슬 끝이 보였고 이기붕의 권력도 덩달아 끝이 보이고 있었다. 그러니 이제 곧 터질 헌 부대에 돈을 낭비할 게 아니라 새 부대에 돈을 넣어야겠다고 손흥식은 생각했다. 그리고 그 재빠른 눈치 때문에 손흥식의 인생은 한 방에 훅 날아갔다. 손흥식이 경찰에 잡혀가서 죽도록 맞고 있던 사흘 동안 가족들이 할 수 있는 일은 아무것도 없었다. 손흥식이 평생 쌓은 그토록 많고 많았던 정재계의 인맥도 거대한 권력 앞에선 아무런 도움이 되지 않았다. 손흥식이 죽고 한 달 뒤인 1960년 3월 15일 이기붕은 선거를 조작해서 부통령에 당선되었다. 그리고 다시 한 달 뒤 4·19혁명으로 자유당 정권이 붕괴되었을 때 이기붕과 그의 가족은 경무대 관사 36호실로 피신했다. 궁지에 몰리자 당시 육군 소위였던 맏아들 이강석은 권총으로 아버지 이기붕, 엄마 박마리아, 동생 이강욱을 차례대로 쏘고 자신도 자살했다.

조부의 어이없는 죽음을 목격한 후 손영감은 건달이 유명해지고 세력을 넓힌다는 것이 권력 앞에서 실로 아무것도 아님을, 큰 권력 앞에서 설치고 까부는 건달은 모난 돌마냥 언제고 정을 맞는다는 사실을 깨달았다. 그러니 건달은 그저 쥐죽은듯이 조용히 지내는 게 성숙하고 아름다운 자태라는 손영감의 건달 정숙론은 그의 조부의 죽음으로부터 배운 뼈아픈 교훈이라고 할 수 있을 것이다.

손영감의 아버지 손정민은 키가 크고 뼈가 굵은 강골의 사내였다. 그는 술을 좋아하고 친구를 좋아하고 의리를 좋아하고 돈 쓰기를 좋아하는 전형적인 경상도 바다 사내였다. 친구가 어려운 일을 당하거나 누군가에게 해코지를 당하면 손정민은 마치 자기 일인 것처럼 나서서 도와주었다. 하지만 이 멋진 사내는 광복동 한복판에서 미군들과 시비가 붙어 싸움질을 하다가 칼을 맞고 채 서른도 안 된 젊은 나이에 죽었다. 손정민이 무슨 이유로 미군과 시비가 붙었고 또 어떤 이유로 칼까지 맞고 죽었는지는 구경꾼들마다 하는 이야기가 다르다. 미군이 한국 여자를 거리에서 추행하는데 아무도 나서지 않고 멀뚱멀뚱 보고만 있자 손정민이 용감하게 혼자 나서서 싸우다 그렇게 됐다는 말도 있고, 사실은 그 여자가 미군의 애인이었고 그 둘이 사랑싸움을 하고 있는데 영어를 모르는 손정민이 괜히 끼어들어 말리다가 그 참사를 당했다는 말도 있었다. 어쨌거나 이 싸움을 두고 사람들은 민족의 자존심을 세운 애국적인 죽음이었다는 둥, 부산 사내의 진면목을 보여준 신사적인 죽음이었다는 둥, 영어를 잘 못해서 생긴 어처구니없는 죽음이었다는 둥, 목숨이라도 부지하려면 지금이라도 시급히 영어를 배워야겠다는 둥 말들도 참 많았다. 하지만 손영감은 아버지의 죽음에 대해 아주 간단하게 말했다.

"개폼을 잡다가 죽은 거지. 건달이 쓸데없이 똥폼을 잡으면 그렇게 한 방에 훅 가는 기라."

뻐꾸기 창고

창고 안에는 대형 환풍기 세 대가 돌아가고 있었다. 좁은 골목길을
따라 가까스로 창고 안까지 들어온 컨테이너 트럭에서 베트남 사내
둘이 중국산 고춧가루 부대를 내리기 시작했다. 그러자 열댓 명의 아
줌마가 재빨리 달려들어 제설작업용 플라스틱 삽으로 국산 고춧가루
와 중국산 고춧가루를 섞었다. 순식간에 창고 안은 매운 고춧가루 냄
새로 가득찼다. 슬레이트와 블록으로 만들어진 이 이층 건물은 물류
창고여서 작업을 하기에는 적절치 않았다. 건물 규모에 비해 창문이
턱없이 작았고 그나마 몇 개 있지도 않았다. 냉난방 시설도 제대로 되
어 있지 않아 여름과 겨울에 일을 시킬 때는 일꾼들의 불만이 많았다.
하지만 항구와 가깝고 후미진 곳에 있어서 가짜 참기름을 만들거나
캘리포니아 콩을 국산 콩으로 둔갑시킬 때 손영감은 늘 이 창고를 이
용했다. 사람들은 이 창고를 뻐꾸기 창고라고 불렀다. 항구에서 밀수
로 들어온 물건들을 임시로 보관하기도 했다. 보드카나 유럽산 와인,
소니나 아이와 같은 일본 전자제품, 중국산 한약재, 러시아산 모피 같

은 고가의 물건들도 이따금 취급했지만 대부분은 콩이나 들깨, 고춧가루, 마른멸치같이 손은 많이 가고 돈은 안 되는 것들이었다. 희수는 손영감이 일하는 방식이 맘에 들지 않았다. 밀수란 건 위험해야 돈이 된다. 더 위험할수록 더 많은 돈이 들어온다. 그러니 맘만 먹으면 돈이 되는 물건들은 널려 있다. 하지만 손영감에게는 뭐든 안전이 최우선이었다. 마약이나 총기류 같은 걸 취급하지 않는 것은 당연한 일이고 세관에서 특별 단속 품목에 올린 물품들은 일절 취급하지 않았다. 원래부터 겁이 많은 노인이었는데 몇 해 전 감방에 한 번 갔다온 이후로 더더욱 새가슴이 되었다. 중국산 고춧가루나 콩가루 같은 것은 생계형 밀수라고 불쌍히 여겨 걸려봐야 육 개월이면 끝나지만 마약이나 총기류 같은 건 패가망신할 수 있다는 것이다.

희수는 손수건으로 코를 가리고 짜증스러운 얼굴로 허공에 날리는 고춧가루와 먼지들을 쳐다봤다. 환풍기로 빠져나가지 못한 가루들이 천장에 부딪혀 다시 바닥으로 내려오고 있었다. 고춧가루가 창고 안을 가득 채우고 있는데도 손영감은 맵지도 않은지 내내 흐뭇한 얼굴로 뒤범벅이 되는 고춧가루를 보고 있었다.

"봐라, 내가 올해는 고추가 답이라고 했제? 고춧값이 진짜 많이 올랐다. 못 먹어도 다섯 배는 튀겨먹을 거다." 손영감이 뿌듯한 얼굴로 말했다.

"좋기도 하겠네요. 농민들 등이나 쳐먹으면서 미안하지도 않습니까?" 희수가 빈정거렸다.

"아, 미안하지. 그래서 국산 고춧가루를 섞는 거 아니가. 솔직히 다른 놈들은 십 프로밖에 안 섞는데 우린 그래도 이십 프로나 섞는 거다. 저기 마산 애들 중에는 오 프로 섞는 놈도 있다더라. 에이, 도둑놈의 새끼들. 오 프로가 뭐꼬? 우찌 그리 양심들이 없는지 모르겠다. 농민들은 우예 먹고살라고."

손영감의 뻔뻔스러운 말투가 어이없는지 희수가 피식 웃음을 터뜨렸다. 오 프로나 십 프로나 도긴개긴이다. 사실 국산 고춧가루를 섞는 것은 허가증 때문이었다. 유통을 하려면 당연히 국산 고춧가루를 샀다는 증거가 있어야 하니까. 손영감은 국산 고춧가루에 밀수한 중국산 고춧가루를 대량으로 섞은 다음 장부를 조작해서 도매상들에게 팔아넘겼다. 웃고 있는 희수의 얼굴이 기분 나쁜지 손영감이 시비조로 물었다.

"와 웃노?"

"뭘요?"

"지금 내 비웃는 거제?"

"비웃는 거 아입니다."

"아니기는. 니는 상습적으로 오야붕을 무시하는 그 태도를 버려야 한다. 니가 나를 무시하니까 밑의 애들도 덩달아 나를 무시한다 아이가."

손영감이 허리를 굽혀 고춧가루를 한줌 주워서 만지작거리더니 흡족하다는 듯 고개를 끄덕였다. 그리고 이층에 있는 창고 사무실로 올라갔다. 문을 열자 창고를 관리하는 뚱보가 짜장면을 먹고 있다가 손영감과 희수를 보고 깜짝 놀라며 황급히 자리에서 일어났다.

"언제 오셨습니까?" 뚱보가 입가에 묻은 짜장을 손등으로 닦아내며 물었다.

"뭘 처먹고 자빠졌길래 누가 들어오는지 나가는지도 모르노? 내가 물건 들어왔을 때만큼은 바짝 긴장하랬제?"

손영감이 버럭 화를 냈다. 당황한 뚱보가 테이블 위에 널린 음식들을 주섬주섬 치웠다. 테이블 위에는 짜장면 곱빼기에 탕수육, 만두, 잡채가 있었고 고량주도 한 병 있었다. 한쪽 벽에는 창고 정문과 후문, 주차장과 출입로 입구를 촬영하기 위해 새로 달아놓은 CCTV 화면이 저 혼자 싱싱 돌아가고 있었다. 손영감이 테이블 위에 있는 음식들을 보고 혀를 찼다. 뚱보가 손영감의 눈치를 살피며 그 큰 덩치로 연신 굽실거렸다.

사람들은 그를 '쌌다'라고 불렀다. 몸무게가 백삼십 킬로그램이나 나가는데 왜 그런 가벼운 별명이 붙었는지는 모른다. 아마 잠자리에서 너무 빨리 싸기 때문에 여자들이 붙여준 별명일 것이다. 쌌다는 너무 뚱뚱해서 조금만 움직여도 땀을 뻘뻘 흘리고 지쳐버렸다. 덩치는 큰데 사람이 순해서 싸움 실력도 젬병이었다. 한없이 느리고, 금세 지치고, 마음씨는 착한, 뭐랄까 허우대는 멀쩡하지만 건달로는 별 쓸모가 없는 놈이랄까. 예전에는 덩치라도 있으니 험상궂은 표정으로 술집 앞에 그냥 서 있기만 하는 기도 일을 했었는데, 몇 년 전에 무릎 관절 수술을 받은 뒤로는 그나마도 못하게 되었다. 이 바닥 들어온 지꽤 오래되었지만 늘 후배 건달들에게 무시당하기 일쑤였다. 그래서 손영감이 쌌다에게 창고를 맡긴 것이다. 원체 움직이기 싫어하니 창고는 잘 지키지 않겠느냐는 뜻이었다.

"아이구 이 화상아, 강아지 새끼를 갖다놔도 니보다는 잘 지키겠다." 손영감이 말했다.

"아따, 창고를 혼자서 지키는데 밥도 먹고 화장실도 가야지. 어떻게 만날 CCTV만 쳐다보고 있습니까. 됐다, 먹던 거 마저 먹어라."

희수가 쌌다 편을 들었다. 그리고 별일도 아니라는 듯 쌌다의 어깨를 툭툭 쳤다. 썼다가 이번에는 희수를 향해 굽실거렸다. 손영감이 못마땅한 표정으로 썼다를 쳐다봤다.

"내가 뭐 밥도 묵지 말라고 그라는 거가? 평소엔 설렁설렁하더라도 물건 들어왔을 때만큼은 정신을 바짝 차려야지."

"죄송합니다." 썼다가 말했다.

"저거 언제 끝나겠노?"

"오늘 끝내야지예."

"밤에 상차시켜라. 창고에 물건 오래 놔두지 말고."

"예."

"가서 쌍화차나 한 잔 가져와봐라."

썼다가 차를 가지러 사무실 밖으로 나가자 손영감은 고개를 절레절레 흔들었다. 썼다가 철계단을 내려가는 소리가 마치 종소리처럼 육중하게 들려왔다.

"저 새낀 맘에 드는 게 하나도 없다."

"너무 그라지 마이소. 자기도 나름 열심히 살아보려고 하는 건데 몸이 안 따라줘서 그런 거 아입니까."

손영감이 테이블 위에 어지럽게 널린 음식 접시들을 보고 코웃음을 쳤다.

"이래 처묵는데 몸이 우예 따라주겠노? 대체 이게 사람 한 끼 식사가? 이 정도면 웬만한 사무실에선 회식도 한다."

희수는 손영감의 말을 듣는 둥 마는 둥 하면서 썼다가 마시던 고량주를 잔에 따라 한 잔 마시고는 일회용 나무젓가락을 쪼개어 먹다 남은 잡채를 집어먹었다. 손영감이 잡채를 먹는 희수를 안쓰러운 얼굴로 쳐다봤다.

"아직 밥도 못 묵었나?"

"눈뜨자마자 영감님이 불러내는데 밥 묵을 시간이 어디 있습니까?"

"그러니까 밤에는 잠을 자라. 밤마다 도박장에 쫓아다니니까 낮에 병든 병아리 새끼마냥 비실댄다 아이가. 어젯밤에 또 지호네 도박장에서 바카라 했제?"

"바카라 안 했어요."

"안 하기는. 지호가 니 때문에 사업이 날로 번창한다더라."

희수는 대답 없이 잡채를 몇 젓가락 더 집어먹었다. 그러고는 다시 잔에 고량주를 따라 한 잔 마셨다. 빈속이라 속이 쓰린지 희수가 인상을 찡그렸다.

"오늘 세관 사람들은 몇시에 만나기로 했더노?"

"여섯시에 만납니다."

"이야기 끝나면 일찍 헤어지거라. 자고로 나랏일 하는 놈들이랑 처갓집은 오래 있어 좋을 일 하나 없다."

"구반장도 온다는데 일찍 끝나겠습니까?"

"구반장 그 새끼는 왜 온다는데?"

"뭐 룸빵 간다니까 공짜 술 마시겠다고 오겠지요. 좆도 안 서면서 여자는 또 그래 밝힙니다."

손영감이 뜻밖의 정보라는 듯 깜짝 놀란 표정을 지었다.

"구반장 좆이 안 서나?"

"안 선 지 꽤 되었을걸요? 아가씨들이 구반장이랑 엮이면 죽을라고 합니다."

"생긴 건 호랑이맹키로 용맹하게 생겨가지고 어쩌다 속이 해파리가 됐노?"

"보통 그게 안 서면 여자를 멀리하고 경마라든가 골프라든가 다른 재미를 찾는 법인데, 구반장 그 새끼는 참 희한합니다. 죽으나 사나 여잡니다."

"어디 희한한 놈이 한둘이가? 인간이란 게 깊숙이 들여다보면 다 변태 새끼들이다."

희수가 잡채를 먹던 젓가락을 테이블 위에 툭 던지더니 시계를 보고 자리에서 일어났다.

"갈라고?"

"슬슬 준비해야지예. 씻고, 옷도 좀 갈아입고."

"그래. 욕봐라."

희수가 멀뚱멀뚱 손영감을 쳐다봤다. 손영감이 영문을 모르겠다는 듯 희수를 바라봤다.

"와?"

"돈 주이소."

"뭔 돈? 세관 애들 줄 돈은 미리 집으로 다 보냈다."

"접대하려면 현찰이 있어야 할 거 아입니까. 아가씨들 팁을 어음으로 끊을까요?"

"아, 그 새끼, 잔잔한 건 지 돈으로 처리해도 되겠구만."

손영감이 툴툴거리며 지갑에서 백만원권 수표 두 장을 꺼냈다. 희수가 돈을 받지 않고 짜증스러운 표정을 지었다. 손영감이 수표 한 장을 더 꺼내 세 장을 건넸다. 그제야 희수가 수표를 받아 뒷주머니에 쑤셔넣었다. 희수는 손영감에게 인사를 꾸벅하고 사무실을 나왔다. 쌌다가 쌍화차 두 잔을 들고 철계단을 힘겹게 올라오고 있었다. 고작 쌍화차 두 잔을 나르는데 쌌다의 옷이 땀으로 흥건했다.

"희수 형님 가십니까?"

"어, 일이 있어서 먼저 간다."

"차는 드시고 가시지예. 이게 이래 보여도 몸에 좋은 거 엄청 들었습니다."

"아니다. 니나 마시고 몸 많이 챙기라."

희수가 만리장 호텔 주차장으로 돌아왔을 때는 오후 세시였다. 약속 시간까지 세 시간 정도 시간이 있었다. 요 며칠 계속 일들이 겹쳐 잠을 제대로 못 자서인지 입안이 까끌까끌했다. 뻐꾸기 창고에서 잡채를 조금 주워먹은 것 외에는 아침부터 아무것도 먹지 못했다. 속은 허했고 몸은 피곤했다. 그런데 몇 시간 후엔 다시 술접대를 해야 했다. 든든하게 속을 채우고 샤워도 하고 속옷도 갈아입고 잠시라도 눈을 붙여야 오늘 저녁 구반장 같은 놈과의 그 진절머리나는 접대를 치를 수 있을 것이다. 희수는 시계를 슬쩍 보고 손가락으로 핸들을 톡톡 치며 어떻게 할까 잠시 생각을 했다. 밥을 먹고 샤워를 하고 잠을 자기에는 애매한 시간이었다. 희수는 시동을 켜고 급히 차를 몰아 지호네 도박장으로 향했다.

지호네 도박장 지하로 들어가는 입구에는 덩치 한 명이 의자에 앉아 졸고 있었다. 희수가 다가갔는데도 잠을 깰 생각이 없는 듯했다. 희수가 어깨를 흔들어 덩치를 깨웠다. 덩치가 눈을 뜨더니 희수를 보고 즉각 인사를 했다.

"오셨습니까, 형님."

"문 열어라."

덩치가 인터폰에 대고 뭐라고 주절거리자 삐 소리와 함께 두툼한 철문이 열렸다. 도박장으로 내려가는 계단에는 위아래로 두 개의 철문이 있었다. 경찰이 급습했을 때 비밀 문으로 빠져나갈 시간을 벌기 위해 만들어놓은 철문이었다. 용접기로 뜯어내려고 해도 이십 분은 족히 걸릴 만큼 두꺼운 철문이었다. 음습하고 어두운 그 계단을 내려갈 때마다 희수는 거대한 지하 공동묘지로 들어가는 기분이 들었다. 계단을 다 내려서서 벨을 누르자 사내가 철문으로 난 작은 구멍으로 희수 얼굴을 확인하고 문을 열었다. 지호네 도박장은 대낮인데도 사람들로 발 디딜 틈이 없었다. 희수는 주변을 둘러봤다. 모든 테이블에 사람들이 꽉 차 있었다. 사무실 안에 있던 지호가 급히 뛰어나오더니 허리를 굽혀 희수에게 인사를 했다.

"희수 형님, 이 시간에 웬일입니까?"

"그냥 시간이 좀 남아서."

"자리 하나 만들어드릴까요?"

어떤 자리를 원하는지 지호가 희수의 표정을 살폈다. 큰판에 앉고 싶었지만 오늘은 돈이 없었다. 희수는 백만원짜리 판을 가리켰다. 지호가 다가가서 한 사내의 어깨를 툭 쳤다. 사내가 짜증스러운 표정으로 뒤를 돌아봤다. 희수가 뒤에 서 있는 것을 보고는 할 수 없다는 듯이 자리에서 일어났다. 지호가 손바닥으로 의자를 툭툭 쳐서 먼지를 털어내고는 자리를 권했다.

지호네 도박장에는 한 가지 게임밖에 없다. 포커, 룰렛, 블랙잭 같은 게임은 취급하지 않았다. 이곳에선 모두 바카라를 했다. 홀짝처럼 단순하고 개 아이큐만 되어도 십 초면 룰을 이해할 수 있는 간단한 게임이다. 게다가 한 시간에 백 판도 넘게 베팅을 할 만큼 빠른 회전율을 가지고 있다. 극단적으로 중독적이고 몰입감이 강해서 한번 시작하면 이 단순한 게임에서 빠져나올 수가 없다. 이론적으로는 손님과 카지노의 승률이 49 대 51정도로 거의 균등했다. 하지만 결국엔 언제나 카지노가 돈을 딴다. 일 퍼센트 차이의 불공평함이 무한대로 반복되고, 판마다 수수료를 조금씩 떼이다보면 어느새 남은 돈이 하나도 없는 것이다. 사람들은 바카라라는 게임을 이해하고 정복하려고 한다. 하지만 돈을 잃는 것은 바카라를 이해하지 못했기 때문이 아니라 수수료 때문이다.

지호는 장사를 잘했다. 붙임성이 좋았고 분위기를 유쾌하게 만드는 재주가 있었다. 그 말은 지호네 가게에서 인생을 망친 얼간이들이 부지기수라는 뜻이다. 구암의 노인들은 지호를 좋아했다. 노인들이 좋아하는 건달은 싸움을 잘하는 놈이 아니라 지호처럼 싹싹해서 손님을 잘 끌어모으고 머리 회전이 좋아서 장사를 잘하는 놈이었다.

희수는 주머니에서 손영감에게 받은 돈 삼백만원과 자기 돈 이백만원을 꺼내 오백만원을 칩으로 바꿨다. 건너편에서 홍사채가 희수의 모습을 아니꼽단 얼굴로 쳐다보고 있었다. 홍사채는 늘 그렇듯 꽁짓돈을 빌려주는 테이블에 앉아 있었다. 그의 보디가드인 중국인 창도 늘 그렇듯 무표정한 얼굴로 희수를 쳐다보았다. 희수는 모른 체했다. 희수는 홍사채에게 빚이 있었다. 이래저래 한 삼억 정도 되었다. 요즘엔 도통 이자도 갚지 못하고 있다. 홍사채는 사채 깡패로 구암 바다에서 손영감의 지시를 받지 않고 독립적으로 움직였다. 그가 데리고 다니는 아이들도 구암 건달들이 아니었다. 돈을 받아내야 하는 지저분한 일의 특성상 한 다리 건너면 다 사촌이고 팔촌인 이 구암 바다에서 토박이 건달을 데리고 사업을 하는 게 불편했기 때문일 것이다. 하지

만 구암의 도박판과 시장, 술집에서 사채를 굴린다는 이유로 홍사채
는 매달 손영감에게 상당한 금액을 상납했다. 그리고 그 대가로 손영
감은 홍사채가 돈을 갚지 않는 건달들에게 린치를 가해도 모른 체해
줬다. 돈 문제는 자기들이 알아서 해결하라는 것이다. 뭐랄까, 악어와
악어새 정도의 관계랄까.

　그래서 조폭이건 칼잡이건 홍사채의 돈을 빌리고서 갚지 않을 방법
은 없었다. 사채 깡패들이 대개 그렇듯 홍사채는 마른오징어에서 육
즙을 짜내는 놈이었다. 애당초 건달로서의 가오나 자존심 같은 건 쓰
레기통에 쑤셔박고 태어난 놈이었다. 홍사채는 주로 술집 여자나 도
박쟁이들에게 돈을 빌려줬지만, 전공은 회수하기 힘든 불량 채무를
십 퍼센트나 이십 퍼센트 가격에 산 다음 사돈의 팔촌까지 쥐어짜서
이자까지 한푼도 남김없이 다 받아내는 일이었다. 그러니까 그 지독
한 사채업자들도 두 손 두 발 다 든 불량 채무를 받아내는 것이 전문
인 놈이었다. 치밀하고, 지저분하고, 끈덕지고, 야비하고, 심지어 기
발하기까지 해서 홍사채에게 쥐어짜여서 빚을 갚아본 사람은 모두 치
를 떨었다. 그리고 생긴 것만큼 잔인한 놈이기도 했다. 그러니 부모님
이 물려주신 팔다리를 온전하게 붙이고 관 속으로 들어가고 싶다면
홍사채 같은 놈의 돈을 떼먹을 생각은 하면 안 된다. 그런데 희수는
홍사채에게 삼억이나 빌리고 이자도 안 내고 있었다. 그러고도 버젓
이 도박장에 드나들고 있었다. 마치 '그래, 도박할 돈은 있고 니한테
갚을 돈은 없다. 어쩔 건데?' 하고 홍사채에게 엿이라도 먹이는 양 보
란듯이 현금을 들고 와서 칩으로 바꾸고 도박판에 꼴아박고 있는 것
이다.

　하지만 희수는 홍사채에게 엿을 먹이고 싶은 생각은 없었다. 사실

희수는 홍사채가 어떤 지랄을 해서 밥을 먹고 살건 아무런 관심도 없었다. 희수는 그저 도박을 하고 싶었다. 그리고 삼억이나 되는 돈을 벌어서 갚을 수도 없는 노릇이었다. 몇 달 전에는 이 도박판에서 삼억이천까지 딴 적이 있었다. 마치 작두라도 탄 것처럼 뒤집는 패마다 짝짝 희수 편으로 붙어줬다. 도박의 신이 희수의 어깨에 잠시 앉아준 것처럼 행운이 그칠 줄 모르고 계속 터져나왔다. 삼억이천. 그 순간 멈출 수만 있었다면 최소한 빚은 없었을 것이다. 이 거지같은 인생을 빨아서 새로 시작할 수는 없겠지만 난삽하고 쓸데없이 복잡한 삶이 조금 정리될 수도 있었을 것이다. 하지만 늘 그랬듯이 희수는 멈출 수가 없었다. 그날 행운은 삼억이천에서 정점을 찍었고 빠르게 곤두박질쳤다. 희수는 삼억이천만원을 모두 잃었고 지호에게 꽁지로 빌린 일억을 더 처박고서야 자리에서 일어섰다. 그러니 이 도박장 안에서만 홍사채에게 삼억, 지호에게 일억의 빚이 있었다. 사실 지호가 희수에게 빚을 독촉하는 것은 무리한 일이므로 얼마 지나지 않아 지호는 희수의 빚을 홍사채에게 싼값에 넘길 것이다. 그렇다면 홍사채에게 이제 사억의 빚이 있는 셈이다. 다른 놈들 같았으면 벌써 팔다리가 잘렸어도 수십 번은 잘렸을 금액이었다.

쉴새없이 카드가 돌아가고 있었다. 절제를 잃지 않도록 희수는 마음속으로 카운팅을 했다. 강약약 중강 약약, 강약약 중강 약약, 모든 도박이 그렇듯 바카라는 흥분하면 돈을 날린다. 운이 올라온다고 흥분해서도 안 되고 패가 안 붙는다고 성질을 부려서도 안 된다. 자기만의 카운팅과 패턴으로 리듬을 타야 한다. 희수는 천천히 베팅을 했다. 강약약 중강 약약, 강약약 중강 약약.

한 시간도 지나지 않아 희수는 가지고 있던 오백만원을 모두 잃었다. 지호에게 꽁지를 빌릴까 하다가 희수는 시계를 보고 자리에서 일어났다.

"벌써 가십니까?" 지호가 물었다.

"그래. 일이 있어서."

지호가 주변의 눈치를 보며 안주머니에서 돈다발 한 묶음을 꺼냈다. 만원짜리로 백만원쯤 될 것 같았다.

"뭐꼬?"

"갱핍니다. 희수 형님은 명색이 구암의 에이스인데, 지갑에 땡전 한푼 없어서야 되겠습니까?"

"됐다, 이 새끼야."

"받으소."

지호가 희수의 주머니 속에 억지로 돈다발을 집어넣었다. 희수는 못 이기는 척 돈을 받아 안주머니에 넣었다.

"살펴 가이소."

"그래."

희수가 계단 입구 쪽으로 걸어오자 홍사채의 보디가드인 창이 앞을 막았다. 중국 출신인데 이놈에 대해서는 아는 바가 전혀 없다. 소문도 없고 어디서 굴러먹던 놈인지도 모른다. 하지만 홍사채처럼 겁이 많은 사람이 이 중국인 하나만 데리고 위험천만한 밤길을 잘도 다니는 걸 보면 어지간한 실력은 될 것이다.

"사장님 이야기하잔다." 창이 어눌한 한국말로 말했다.

희수가 시계를 한번 보고는 고분고분 홍사채 쪽으로 걸어갔다. 홍사채는 테이블에 앉아 양주를 마시고 있었다. 희수가 홍사채의 맞은편에 앉았다.

"한잔할래?"

홍사채가 양주병을 들었다. 희수가 손을 저었다.

"뭔 일입니까?"

"뭔 일은. 우리 사이에 일이라곤 돈 얘기밖에 더 있나?"

돈 얘기라면 별 할말이 없는지 희수가 멀뚱멀뚱 홍사채를 쳐다봤다. 이백 번쯤 본 영화를 또 보고 있는 듯 희수의 얼굴에 아무런 긴장감이 없었다. 홍사채가 어이없는지 코웃음을 쳤다.

"빚진 놈이 뭐가 그리 당당하노?"

"울기라도 할까요?"

"원금은 못 갚더라도 인간적인 도의상 이자 정도는 내고 도박을 해야지. 희수 니 얼굴만 믿고 담보도 없이 빌려준 건데, 니가 나를 이렇게 막 대하면 인내심 많은 나도 화가 난다."

"우리도 밥은 묵고 살아야지요. 이자 내고 나면 담뱃값도 안 남습니다."

"지랄하네. 방금도 오백 그냥 날리더만."

희수가 시계를 한번 보고 지겹다는 듯 하품을 했다.

"뭐 하나 건지면 한 방에 바로 갚겠습니다. 몇백만원씩 푼돈 갖다 바쳐서 그 큰돈 언제 해결하겠습니까?"

"그게 네델란드제? 혼자서 댐을 막은 팔뚝 굵은 소년이 나오는 거. 니는 그 이야기의 교훈이 뭔지 아나?"

희수가 뭔 개소리냐는 표정으로 홍사채를 쳐다봤다.

"쫄쫄 새는 물을 미리 안 막으면 댐도 터진다는 말이다. 그리고 한번 터지면 팔뚝으로 막을 수도 있는 걸 불도저로도 못 막는다, 이 말이다."

말 같지도 않은 말을 듣고 있는 게 짜증이 나는지 희수가 홍사채의 말을 끊었다.

"바쁜 사람 붙잡아놓고 뭔 설교를 하고 있어요. 홍사장님 돈 안 떼먹으니까 그만 좀 징징대소."

자존심이 상했는지 홍사채의 얼굴이 붉어졌다.

"뭐라꼬? 징징? 이게 선배한테 말하는 꼬라지하고는."

"선배님, 귀한 말씀 고마운데 오늘은 일이 있어 먼저 일어날랍니다. 뼈가 되고 살이 되는 귀한 말씀은 다음에 듣겠습니다."

희수가 자리에서 일어났다. 홍사채가 여전히 붉은 얼굴로 희수를 노려봤다.

"희수야, 니는 손영감 똥구멍 밑에 잘 붙어 있어야 할 거다. 니가 만리장을 떠나면 그다음 달 이자는 아마 콩팥이나 안구 같은 걸로 내야 할 거니까."

희수는 같잖다는 표정으로 피식 웃었다.

"지랄하네."

던지듯 말하고 희수는 뚜벅뚜벅 걸어 도박장 밖으로 나왔다. 걸어나오는 내내 홍사채의 끈적하고 집요한 시선이 자신의 뒤통수에 박히는 걸 희수는 또렷이 느낄 수 있었다.

차를 몰아 해변으로 돌아왔을 때는 다섯시 반이었다. 희수는 갈빗집에 들어가서 예약된 방을 확인했다. 아직 구반장과 세관 사람들은 오지 않았다. 고깃집 사장이 희수 곁으로 와서 오늘은 고기가 아주 좋다고, 혹시나 고기를 안 좋아하는 분이 있을까봐 생선회도 좀 떠놨다고 너스레를 떨었다. 희수는 고맙다고 말했다. 사장은 파리처럼 자신의 손등을 비비더니 희수의 눈치를 살폈다. 그리고 자기 딸이 이번에 결혼을 하는데 혹시 원목 장롱을 싸게 살 수 있는 곳을 아느냐고 조심스레 물었다. 희수는 장롱에 대해서는 아는 바가 없다고 무성의하게 말했다. 사장은 약간 실망한 표정을 짓더니 저번에 보니까 가전제품 밀수도 하던데 일제 코끼리 전기밥통을 한 다섯 개쯤 구할 수 있느냐고 물었다. 희수가 싸늘한 얼굴로 사장을 쳐다봤다. 사장이 겸연쩍은 표정을 지으며 딸이 의사 집안에 시집을 가는데 예단비가 만만치 않아서 그런다고, 밥통은 뭐니뭐니해도 일제 코끼리 밥통이니까 시댁 어른들에게 하나씩 돌리면 다들 좋아하지 않겠느냐고 구시렁대며 변명을 했다. 희수가 아무 말이 없자 사장은 잠시 눈치를 보다가 사돈댁이 너무 쟁쟁한 집안이라 딸이 기죽을까봐 그런다고 말했다. 지금은 조금 살 만하지만 딸이 자랄 때는 돈이 없어서 딸이 어린 나이에 고생을 참 많이 했다는 말도 했다. 공부도 잘했는데 대학 보낼 형편이 안 돼서 여상에 보낸 게 지금도 한이 된다는 말도. 고깃집 사장의 푸념을 듣고 있노라니 짜증이 물밀듯 밀려와서 희수는 한숨을 크게 한 번 쉬었다. 그리고 코끼리 밥통은 자기가 알아보겠다고 말했다. 다행이라는 듯 사장의 얼굴이 환해졌다. 희수는 시계를 봤다. 아직 시간이 이십 분이나 남아 있었다. 구반장이 정시에 올 사람이 아니므로 실제로는 더 많이 남아 있는 셈이었다. 갑자기 피로감이 밀려왔다. 아무데나 엎어져서 잠시라도 눈을 붙이고 싶은 심정이었다. 하지만 고깃집에 앉아서 기다리자면 사장의 수다를 계속 들어야 할 것이다. 자기 딸이 얼마나 착한지, 사위는 얼마나 잘난 놈인지 구구절절 이야기할 것이다. 어쩌면 기왕 코끼리 밥통 구하는 김에 미군 피엑스에서 제너럴 일렉트릭 냉장고도 구해달라고 부탁할지도 모른다. 희수는 자리에서 일어나 바닷가로 걸어나왔다.

4월이어서 해변은 한산했다. 희수는 담배를 한 대 물고 불을 붙였다. 그리고 별 뜻 없이 백사장에 있는 사람들 수를 세었다. 일곱 명이었다. 불륜인 것이 확실한 중년 남녀 한 쌍, 학교를 땡땡이친 고등학생 둘, 그리고 일본인 관광객처럼 보이는 중년 여자가 세 명이었다. 이 해변에만 횟집 수십 개가 있고, 백 개도 넘는 술집과 카페가 있고, 여관과 호텔에 텅텅 빈 객실 천사백 개가 있다. 그런데 이 넓은 해변으로 놀러온 사람은 고작 일곱 명이었다. 주판알 같은 것은 튕길 필요도 없는 일이었다. 이 구암 바다에서 손님이 우글거리는 곳은 도박장뿐이었다. 희수는 피우던 담배를 백사장으로 집어던졌다. 그리고 담배를 한 대 더 물었다.

그때 해안도로를 따라 경태의 권투도장 아이들이 줄을 맞춰 러닝을 하고 있는 것이 보였다. 경태는 자전거도 없이 구령을 붙이며 아이들과 함께 달리고 있었다. 희수는 불을 붙이려던 담배를 다시 담뱃갑 속에 집어넣고 자리에서 일어났다. 경태가 희수를 발견하고는 손을 흔들었다. 희수도 손을 흔들었다. 달리던 경태가 희수 앞에 멈춰 서자 권투도장 아이들이 덩달아 일제히 멈춰 섰다.

"멈추지 마. 계속 뛰어! 광호가 구령 붙이고." 경태가 단호한 목소리로 말했다. 아이들이 달려가자 경태는 그제야 거칠게 심호흡을 했다. "아따, 죽겠다. 이제 팔팔한 애들이랑 같이 못 뛰겠다."

"혈청소 언덕에서부터 달린 거가?"

힘이 드는지 경태가 상체를 숙이고 양손을 무릎에 올린 채 고개만 끄덕였다.

"햐, 그래도 우리 동양 챔피언 김경태 대단하다. 아직도 그 러닝을 계속하고 있네. 나는 그 헐떡고개 이제 걸어서도 못 올라가겠던데."

"대단하기는. 옛날에는 연속으로 세 번도 돌았는데 이제는 이를 악물어야 저놈들 옆에서 겨우 따라간다."

"힘들면 스쿠터라도 사라."

"안 된다. 관장이 스쿠터 타면 애들이 무시한다. 그라믄 영도력이 떨어져서 애들 못 휘어잡는다."

경태의 진지한 말투에 희수가 웃음을 터뜨렸다.

"지랄, 마틴 신부님은 자전거 타면서도 우리 잘도 휘어잡더만."

"마틴 신부님이랑 나를 비교하면 안 되지. 마틴 신부님이 얼마나 카리스마 있는 분인데. 내사 좆도 뭐 있나? 그러니 같이 열심히 뛰는 수밖에 없다."

경태의 말이 우스워서가 아니라 그의 건강한 모습이 좋아서 희수는 웃었다. 경태가 영문도 모른 채 덩달아 웃었다. 희수가 어릴 적에 살았던 모자원 사내아이들은 모두 마틴 신부에게 권투를 배웠다. 마틴 신부는 이탈리아 출신이었는데 젊은 시절 프로 권투선수로 뛴 적도 있는 강골의 사내였다. 학교를 마치면 혈청소 언덕에서 방파제의 등대 끝까지 왕복 십이 킬로미터를 달렸다. 그리고 구암성당 뒤에 있는 낡은 체육관에서 샌드백을 치고 줄넘기를 하고 풋워크를 하고 펀칭볼을 때리고 스파링을 했다. 희수는 그 시절이 좋았다. 해변을 달릴 때 바다에서 불어오는 짠내와 아이들의 숨소리, 미친듯이 뛰어대는 심장의 벌떡거림이 좋았다. 샌드백을 매달아둔 철 고리가 삐걱거리는 소리, 마룻바닥을 때리는 줄넘기의 경쾌한 소리, 스텝을 밟으며 펀칭볼을 때릴 때 타닥타닥 들려오는 반복적인 음이 좋았다. 돌이켜보면 희수의 인생에서 열과 성의를 다해 뭔가를 죽도록 열심히 한 것은 그 시절의 권투뿐이었다.

아이들이 신이 나서 샌드백을 때릴 때마다 마틴 신부님은 그 특유의 인자한 얼굴로 늘 사랑에 대해 말했다. 온 우주에 사랑이 가득차 있다는 이야기를, 저 나무와 저 바람 속에도 사랑이 가득차 있다는 이야길 했다. 신의 뜻은 우리가 서로 사랑하고 또 사랑하는 것 외에 아무것도 없다는 것을 말했다. 샌드백을 치면서도, 줄넘기를 하면서도 내내 그놈의 사랑 타령이었다. 뭐, 구구절절 옳은 말이었다. 하지만 마틴 신부님의 간절한 바람과는 달리 그에게 권투를 배운 모자원 아이들은 건강한 신체로 씩씩하게 자라나 모두 깡패가 되었다. 그중 몇은 칼을 맞아 죽었고, 그중 몇은 감옥에 있다. 희수는 열여덟에 건달짓을 시작하면서 권투를 그만뒀다. 하지만 경태는 권투를 계속했다. 메달은 따지 못했지만 올림픽에도 나갔고 프로로 데뷔해서 동양 챔피언 타이틀도 땄다.

"신부님 몸은 어떠신데?" 희수가 물었다.

"안 좋으시다. 신부님이 희수 니 많이 보고 싶어하던데. 한번 같이 안 갈래?"

"안 갈란다. 깡패 새끼 봐서 뭐하겠노? 그 불같은 성격에 화만 더 나실 거다."

알았다는 건지 할 수 없다는 건지 경태가 고개를 끄덕였다. 방파제 끝까지 달려갔던 권투도장 아이들이 등대를 돌아 다시 해변으로 뛰어오고 있었다.

"나 가봐야 된다."

"그래, 가봐라."

"여기서 오늘 일 있는 모양이네?"

"일은 무슨, 그냥 거지같은 새끼들 술 접대해주는 거다." 희수가 손가락으로 갈빗집을 가리키며 자조적인 목소리로 말했다.

경태가 모자를 눌러쓰더니 희수를 향해 빙긋 웃었다. 그러고는 혈청소 그 높은 언덕을 향해 달리기 시작했다. 희수는 담배를 다시 입에 물고 해안도로를 달리는 경태의 건강한 뒷모습을 쳐다봤다. 어릴 적엔 경태보다 더 빨리, 더 오래 달렸다. 마틴 신부님이 가장 애정을 가지고 권투를 가르쳤던 사람도 희수였다. 하지만 지금 경태와 같이 뛴다면 백 미터도 못 뛰고 속엣것을 다 토해낼 거라고 희수는 생각했다. 희수는 담배 한 대를 물고 멀리 구령에 맞춰 뛰고 있는 권투도장 아이들과 그 끝에 우두커니 서 있는 빨간 등대와 그 위를 부질없이 날아오르는 갈매기 몇 마리를 바라봤다. 그리고 담배꽁초를 백사장에 집어던지고 세관 공무원들과 구반장이 올 고깃집으로 터벅터벅 걸어갔다.

테라스

    오전 열시. 만리장 호텔 테라스에 두 사내가 앉아 있다. 한 명은 만리장 호텔의 주인인 손영감이고 다른 사람은 호텔 지배인 희수다. 손영감은 오늘따라 기분이 아주 좋아 보이고 자다가 불려나온 지배인 희수는 아직 잠이 덜 깬 모양으로 기분이 몹시 나빠 보인다. 희수가 호텔 벽에 걸린 대형 시계를 보고 하품을 했다.

    "피곤하나?"

    "할말 있으면 오후에 부르소. 밤일하는 건달이 뭔 아침부터 일을 봅니까?"

    희수가 재떨이에 신경질적으로 담배를 비벼 끄고 커피를 조금 마셨다. 속이 쓰린지 희수가 인상을 썼다. 아침부터 잠을 깨운 게 미안한 손영감이 홍삼차를 스푼으로 슬슬 저으며 희수의 눈치를 살폈다.

    "빈속에 와 커피를 마시노? 나처럼 홍삼차 같은 거 마시거라. 몸에 좋은 거다."

    "몸에 좋은 거 영감님이나 많이 챙겨 드시고 장수하이소."

"에이 그 새끼, 애정 어린 마음으로 챙겨줘도 틱틱대기는."

"애정은 됐고 빨리 할말이나 하소. 나 들어가서 자야 됩니다."

"뭐 별건 아니고, 어제 세관 사람들이랑 이야기가 잘됐나 싶어서."

"잘되고 말고가 어디 있어요. 돈 받아처묵었으면 일 끝난 거지. 한 두 푼도 아닌데."

그건 그렇다는 듯 손영감이 고개를 끄덕였다.

"물량은 작년 그대로 들어오는 거제?" 손영감이 재차 확인했다.

"위험한 거 안 들어 있으면 물량은 맞춰주는 걸로 이야기됐습니다."

"하모, 위험한 건 안 되지. 니도 아이들 철저히 단속해서 쓸데없는 물건 짱박지 못하게 단디 확인해라. 이 위험천만한 시국에 좆되는 수가 있다."

"그카고 중국산 고춧가루 그거 좀 빼입시다. 그거 얼마나 남는다고 건달이 쪽팔리게 삽질을 합니까."

"아이다. 고춧가루 그거 꽤나 짭짤하다."

"영감님은 앉아서 돈만 세니 짭짤하지요. 우린 매운 고춧가루 컨테이너에 가득 싣고 나면 아주 죽습니다."

"이 새끼가 엄살은. 그 정도 수고를 안 하고 늠의 지갑에서 우째 돈을 빼먹겠노. 그나저나 어제 몇시까지 마셨드노?"

"새벽 다섯시까지요."

"이야기 끝났으면 빨랑빨랑 헤어지지, 뭐 그래 늦게까지 마셨노?"

"누가 이뻐서 같이 있습니까? 아, 그 징그러운 새끼들이 공짜 술이라고 아예 집에 갈 생각을 안 해. 갈빗집 갔다가, 룸빵 갔다가, 카바레 갔다가, 또 바에 갔다가, 겨우겨우 아가씨들이랑 엮어서 호텔방에 쑤셔넣었더니 구반장 그 새끼는 술 취해가지고 아가씨 패고 유리창 부수고 얼마나 진상을 떠는지."

"불쌍한 아가씨는 와 패노? 구반장 그 새끼 주사가 여자 패는 거가?"

"좆이 안 선다고 안 그랍니까? 아가씨가 두 시간이나 정성을 들여도 안 서는 좆에 방법이 있습니까? 그런데도 구반장 그 새끼는 열 잔뜩 받아가지고 뭔 진정성이 안 느껴진다며 애꿎은 아가씨를 줘패고, 겨우 뜯어말려놨더니만 팬티 바람으로 호텔 복도를 뒹굴면서 젊을 땐 자기도 고생 많이 했는데 이제 좀 살 만하니 좆이 안 선다고 혼자 울고불고, 참 내."

"지 좆이 안 서는 걸 와 남보고 지랄이고."

"내 말이 그 말 아입니까."

"그래도 세관 공무원들은 모범 학생들마냥 얌전하게 생겼던데?"

손영감의 말에 희수가 피식 웃었다.

"아가씨들 말이 그 모범생들에 비하면 구반장은 아주 양반이랍디다."

손영감이 웃으며 고개를 절레절레 흔들었다.

"이놈의 나라는 어찌된 게 배운 놈들일수록 인간이 안 되고 전부 변태가 되노. 학교에서 대체 뭘 가르치는지 모르겠다."

손영감이 잔을 흔들어 바닥에 깔린 홍삼 찌꺼기를 후루룩 마셨다. 희수는 다시 담배를 한 대 물고 호텔 커피숍을 둘러봤다. 노인 넷이 커피숍 중앙에 앉아 큰 소리로 떠들며 곰탕을 먹고 있었다. 저 이빨 빠진 노인네들이 이 구암 바다의 실질적인 주인이었다. 호텔, 파친코, 가라오케, 술집, 도박장, 룸살롱 등등 구암 바다에 있는 모든 유흥업소의 지분은 손영감과 저 네 명의 노인이 갈라먹고 있었다. 한 명은 기무사 출신이고, 다른 한 명은 경찰 출신, 다른 한 명은 사채업자, 또다른 한 명은 도선사였다. 이제는 모두 은퇴해서 새벽에 산책이나 가고 오후에 골프나 치는 인생들이었다. 하지만 헐렁헐렁하게 쥐죽은듯이 조용히 지내면서도 이 바다에서 나오는 모든 이윤으로부터 상납금을 꼬박꼬박 받아먹는 얄미운 인간들이었다. 테이블에는 노인들이 한 그릇씩 뚝딱 해치운 곰탕 뚝배기와 깍두기 그릇이 너저분하게 놓여있었다. 희수가 얼굴을 찡그렸다.

"에이 씨, 거 아침에 커피숍에서 곰탕 드시지 말라니까."

"손님도 없고 해서 그랬다. 금방 묵고 갈 거다."

손영감이 겸연쩍은 표정을 지었다.

"격 떨어지게 명색이 호텔 커피숍에서 저게 뭡니까? 외국인들이 우아하게 모닝커피 마시고 있는데, 노인네들 다섯이서 깍두기 우걱우걱 씹고 있으면 장사가 되겠어요? 요즘엔 다 입소문으로 장사하는 건데. 저 꼴을 하고 있으니 우리보고 만리장 여관이라고 안 합니까."

"근데 이 새끼가, 아침부터 와 남 밥 묵는 거 가지고 시비고? 야이, 시발놈아, 내 호텔에서 곰탕 한 그릇도 내 맘대로 못 묵나? 아니꼬우면 니도 호텔 하나 차리든가. 곰탕 절대 못 묵는 호텔로."

"됐소, 마. 뭔 말 같은 소릴 해야지. 영감님 호텔이니 호텔을 곰탕에 푹 말아자시든가 비벼드시든가 마 알아서 하이소." 희수가 재떨이에 신경질적으로 담배를 비벼 껐다. "그건 그렇고 후식이 건, 그거 어떻게 정리할랍니까?"

후식이 이야기가 나오자 손영감이 깜짝 놀란 표정을 지었다.

"에헤이, 결산 다 끝난 이야기 갖고 또 와 이라노. 내가 말 안 했나? 후식이한테 한 장 받았다니까. 그거 그대로, 진짜 봉투째 그대로, 너한테 준 거라니깐."

"영감님, 어제 후식이하고 제가 통화했습니다. 후식이가 그러더만요, 영감님한테 분명히 두 장 줬다고."

후식이랑 직접 통화했다는 말이 나오자 손영감이 머쓱한지 바다 쪽으로 고개를 슬쩍 돌렸다.

"아! 그 입 싼 새끼, 아침부터 사람 쪽팔리게. 공업용 미싱으로 그망할 놈의 주둥이에 오바로크를 치든가 해야지." 손영감이 바다를 향해 구시렁거렸다. 그리고 잔머리를 좀 굴리더니 다시 희수 쪽으로 고개를 돌렸다.

"아니, 후식이한테 받기는 두 장 받았는데, 거기 구청이랑 경찰일 보는, 그 새끼 이름이 뭐였지? 그래 본호. 하여간에 본호 금마가 행사 당일에는 경찰들 기름칠해놔야 한다고 하도 떼를 써서, 우짜노 글로 삼천은 가야지, 그리고 또 김영감, 니도 알잖아 그 꼴통 새끼. 중개료 안 주면 삐치잖아. 우짜노, 그래서 글로 한 이천 가고."

"그럼 남은 오천은요?"

"오천이야, 여기저기 잡비 쓰고, 기름값 하고, 또 여기저기 또 뭐냐, 밀린 거 그거 갚고, 밥도 묵고." 손영감이 흐지부지 말을 흐렸다.

"거 돈도 많으신 분이 왜 그랍니까. 요즘 애들 줄 거 안 주면 일 안합니다. 옛날 같은 줄 압니까?"

"그러니까 우짜자고?"

"다 달라고 안 할 테니 삼천만 더 내놓으소."

"삼천? 야가, 내한테 삼천이 어디 있노?" 손영감이 눈이 휘둥그레져서 말했다.

"그럼 나도 안 할랍니다. 졸라 뺑이만 치고 뭐 남는 게 있어야지."

"니도 단가 그놈한테 팔천에 치라. 그럼 니한테 못해도 한 이천은 떨어지겠구만."

"단가 그 빠꿈이가 이런 구질구질한 일을 팔천에 할라 합니까? 안 합니다."

손영감이 심히 짜증스럽다는 듯 괜히 몸을 비틀었다.

"에이 시팔, 이 나이에, 이 노구를 이끌고 충청도까지 달려가서 겨우 따온 오다다. 너 삼천 주고 나면 나는 뭐 남노? 기름값도 안 빠지겠네."

"영감님, 저 오늘 생일입니다. 아침에 미역국도 못 먹었어요. 같이 좀 묵고싶다."

"와? 미자가 미역국 안 끓여주더나?"

"미자년 집 나간 지가 언젠데예?"

"어째 그 아가씨랑은 좀 오래간다 싶더만 또 튀뿐나?"

"이 나이에 호텔에서 달방 살고 있는 남자 뭐 볼 게 있다고 미역국까지 끓여주면서 붙어 있겠습니까?"

"니가 못나서 미역국 못 처먹은 걸 와 나한테 탓을 하노."

"영감님이 존나게 일만 시키고 돈을 안 챙겨줘서 그렇다 아입니까? 청춘을 다 바쳐 충성을 했건만 남은 게 뭡니까?"

"청춘을 다 바쳐 충성 같은 소리 하고 자빠졌네. 니가 돈 못 모은 게 어디 내 탓이가? 남들 고기 묵는다고 들떠서 나갈 때 풀이라도 처묵겠다고 덩달아 기어나가니까 돈을 못 모으지. 지호네 가게에서 바카라 안 하고 달마다 들어오는 돈 차분하게 저축했으면 와 돈이 없노?"

"풀이고 고기고 나는 모르겠고, 삼천 더 안 주면 안 할랍니다."

"아이 짜증나는 새끼. 이천! 더는 안 돼."

"언제 줄 건데요?"

"아, 준다. 내가 네 돈 떼먹나?" 손영감이 버럭 화를 냈다.

그만하면 되었다는 듯 희수가 슬쩍 웃으며 물을 한 모금 마셨다. 손영감은 찻잔을 들었다가 잔 속에 남은 게 아무것도 없자 신경질적으로 잔을 내려놓았다.

"그리고 용강이 그 새끼, 말로는 합의가 안 될 것 같네요."

용강의 이야기가 나오자 손영감이 골치 아프다는 듯 미간을 찌푸렸다.

"얼마나 달라는 건데?"

"돈을 달라는 게 아니라 가게 하나 내자고 그러는 모양입니다. 여름에 파라솔 두 다스하고."

"햇빛 가리는 작은 파라솔?"

"아뇨. 술 파는 큰 파라솔."

"큰 거 두 다스면 여름에 얼마나 남기노?"

"장마 안 길고 햇빛 쨍쨍하면 한 삼억은 떨어집니다."

"완전 도둑놈의 새끼네. 광값 쪼매 주고 여기서 완전히 터를 닦으려고 하네. 파라솔 몇 개 주는 거야 별일도 아니지만 용강이 새끼가 여기 한번 밀고 들어오면 제 발로 나가겠나?"

"자리잡았는데 나가겠습니까?"

"용강이가 데리고 다니는 애들이 필리핀 애들이제?"

"필리핀이 아니고 동남아 연합이라고 필리핀, 베트남, 태국, 미얀마 막 섞여 있습니다."

"그 화려한 연합을 데리고 와 이 촌동네에서 지랄이고?"

"동남아 애들이 갈 데가 없거든요. 감천은 러시아 애들이랑 일하고, 중앙동은 중국 애들이랑 일하고, 해운대 광안리는 일본 애들이랑 일하니까."

"니가 보기에 용강이가 여기 밀고 들어오려고 작심한 거 같나?"

희수가 말없이 고개를 끄덕거렸다.

"골치 아프네."

"일 더 커지기 전에 조용히 처리할까요?"

손영감이 깜짝 놀란 표정으로 주변을 두리번거렸다.

"직이자고?"

희수가 대답하지 않고 손영감의 얼굴을 바라봤다. 손영감이 고개를 흔들며 혀를 찼다.

"야가 언제부터 이리 용감무쌍해졌노. 사람 직이는 게 어디 장난이가?"

"죽일 것까지는 없고 왼쪽으로 해서 발목이나 하나 끊는 거지예."

손영감이 잠시 숨을 고르고 생각에 잠겼다.

"희수야, 용강이 만만한 새끼 아니데이. 게다가 동남아 애들이랑 붙으면 골치 아프다. 개들은 완전 무데뽀잖아."

"붙으면 안 되죠. 용강이 새끼만 날리고 동남아 연합 애들이랑은 따로 합의봐야죠."

"용강이 놈 날리고 합의가 되겠나?"

"돈만 주면 합의되지 왜 안 되겠습니까? 동남아 연합이랑 용강이 새끼랑 뭐 짜달시리 피를 나눈 끈끈한 사이라고."

"동남아 연합인가 개들 쓸 만하나?"

"쓸 만합니다. 일 무식하게 잘하고, 싸고, 뒤탈도 없고."

"거기 아는 놈은 있고?"

"탕이라고 베트남 친군데 예전에 몇 번 일한 적 있어요. 말도 잘 통하고 베트남에서 대학도 나온 똑똑한 친굽니다."

"우리 애들이랑 섞이면 말 많을 긴데. 가뜩이나 일거리가 없다고 아우성인데."

"묵고살라믄 할 수 없지예. 우리 애들도 긴장 좀 해야 합니다. 요즘 애새끼들 다들 빠져가지고, 험한 일은 하나도 안 하려고 하면서 돈만 받아처묵을라고 그래요."

손영감은 잠시 말을 끊고 한동안 생각에 잠겼다.

"희수야."

"말씀하이소."

"더러운 손으로는 안경알을 만지는 게 아니다."

손영감이 자못 진지한 말투로 말했다. 희수가 고개를 갸웃거렸다.

"그게 뭔 뜻인데요?"

"더러운 손으로 안경알을 만지면 안경알이 더러워지잖아."

"그러니까 그게 무슨 뜻이냐고요." 희수가 조금 짜증을 내며 말했다.

"뜻은 무슨." 손영감이 바다 쪽으로 슬쩍 고개를 돌리며 구시렁거렸다. "안경알이 더러워지면 눈도 침침해지고, 또 닦아야 하니 귀찮고, 눈이 침침해지면 발도 헛딛고, 뭐 그렇다는 말이지."

"아, 진짜. 진지한 토론중에 그놈의 김빠지는 소리 좀 하지 마이소. 뭔 말 같은 소리를 해야지. 그러니까 어떻게 하자고요?"

"좀 지켜보자. 요즘같이 뒤숭숭한 시국에 일 벌이면 안 좋다. 여름까지는 아직 시간이 좀 있으니까 기회 봐서 니가 용강이 놈 살살 달래봐라."

"이미 작정을 했는데 달랜다고 용강이가 듣겠습니까?"

"자고로 건달 일은 다 합의다. 용강이도 사람인데 와 겁이 안 나겠
노. 지도 겁이 날 거다. 다 같이 죽자고 일 벌이는 놈은 없다. 그러니
니가 웬만하면 피 안 흘리는 쪽으로 살살 달래봐라."

"피하기만 해서 어디 될 일입니까. 영감님이 만날 싸움을 피하니까
다른 놈들이 이 구암 바다를 홍어좆으로 알고 만만하게 보는 거 아닙
니까."

"지랄하네. 멋지게 칼 뽑아서 지금 살아남은 놈이 어딨노? 칼 뽑으
면 칼 맞은 놈도 뒈지고 칼 뽑은 놈도 뒈진다. 그리고 희수야, 니 나이
가 마흔이다. 그 나이에 까불다가 감옥에라도 가면 니는 그걸로 인생
종친다."

희수가 잠시 생각하다가 가만히 고개를 끄덕였다. 손영감 말을 온
전히 인정한다는 뜻은 아니었다.

"오후에 뭐하노? 자리가 하나 남아서 그러는데 일 없으면 나랑 골
프나 치러 가자. 영도 남가주 회장도 온다는데."

"저기 할배들 중에 한 분 데리고 가이소. 곰탕 한 그릇 잘 묵고 힘
도 뻗치겠구만."

"저 할배들 데리고 무슨 재미고. 그카고 회장이 희수 니 보고 싶다
고 데리고 나오라더라."

"거짓말하지 마이소."

"진짜다. 남회장이 희수 니 이뻐한다 아이가."

"안 갑라니다. 골프는 적성에도 안 맞고. 그리고 전 남회장이 잘해
주면 이상하게 불편하데예."

그러자 손영감의 얼굴 어딘가에서 흐뭇한 웃음이 피어났다. 하지만 티를 내지 않으려는지 손영감은 희수를 괜히 윽박질렀다.

"니는 사회생활을 그래 하믄 안 된다. 사내새끼가 불편한 것도 참고 그래야지. 다른 놈들은 남가주 회장한테 이쁨받으려고 그래 안달복달을 하는데."

"아, 됐네요. 영감님께 이쁨받으며 고춧가루 존나게 비비다보니까 저는 이제 이쁨이라면 재채기가 납니다."

"그놈의 말은 어찌나 청산유순지. 말로 니를 우찌 당하겠노."

손영감이 다시 찌꺼기도 안 남은 찻잔을 실없이 들어올렸다가 입맛을 다시며 내려놓았다. 희수가 그 꼴을 보고 있다가 하품을 길게 했다.

"더 하실 말씀은 없지예? 없으면 전 일어날랍니다."

"자려고?"

"자야죠."

"그래, 올라가서 좀 쉬라. 그나저나 생일인데 밥도 못 묵어서 우짜노. 호텔 주방에 시켜서 미역국 한 그릇 끓이라고 할까?"

"내 팔자에 미역국은 무슨."

희수가 자리에서 일어났다.

곰탕 할배들이 커피숍 중앙 테이블에서 농지거리를 하며 여전히 자리를 지키고 있었다. 가볍게 인사하고 지나가려는 희수를 김영감이 불러세웠다.

"야, 야, 희수야."

희수가 걸음을 멈췄다.

"뭐, 하실 말씀이라도 있으십니까?"

"요즘에 창고에서 국산 고춧가루 이십 프로나 섞는다던데 참말이가?"

"네, 그런데요?"

"뭘 그리 많이 섞노, 십 프로만 섞어도 충분하겠더만."

"충분하다마다. 십 프로면 거의 국산과 진배없는 거지."

옆에 있던 박영감이 이를 쑤시며 말을 거들었다.

"많이 섞을수록 삽질도 더 많이 해야 한다 아이가. 그라믄 너희들은 그놈의 삽질한다고 또 을매나 힘들겠노."

김영감의 말에 희수가 힘없이 웃었다.

"삽질 숫자까지 세어가면서, 이제 별걱정을 다 하십니다."

"우리가 나이 묵고 뭐하겠노. 이런 걱정이나 살살 하면서 젊은 애들한테 도움이나 주는 거지." 김영감이 뿌듯한 얼굴로 말했다.

알아들었다는 듯 희수는 대충 고개를 끄덕였다. 그리고 커피숍을 나와 곧장 자기 방으로 올라갔다.

달방

만리장 호텔 249호실. 호텔의 맨 끝 방이고 창문 옆에 비상계단이 있어서 여차하면 도주하기 좋았다. 도주해봐야 어디 갈 데도 없겠지만 그것이 희수에게 어떤 안도감을 줬다. 희수는 그 방에서 월세를 내고 살았다. 열여덟 살 때 모자원을 떠난 이후 희수는 한 번도 자기집이라는 것을 가져본 적이 없었다. 건달들 틈에 끼어 허름한 여인숙에서 숙소 생활을 하거나 술집에 있는 쪽방에서, 혹은 오락실이나 창고, 영업장에 붙어 있는 사무실에서 잠을 잤다. 이따금 술집 아가씨와 동거를 했고 간혹 감방을 드나들었다. 기숙과 노숙의 삶, 언제든 가방하나만 챙기면 미련 없이 뜰 수 있는 곳에서만 살았다. 사람들은 종종 희수에게 말했다. 여인숙을 거쳐, 여관 생활을 거쳐, 이제 호텔방에 자리잡았으니 그만하면 성공한 인생 아니냐고. 자기 마누라는 게을러터져서 집안이 여인숙보다 더럽고 세수라도 할라치면 깨끗한 수건 한장이 없다고, 호텔은 청소니 빨래니 알아서 다 해주니 얼마나 좋으냐고. 그런 말을 들을 때마다 희수는 그저 웃었다. 사람들이 그런 말을 떠드는 것은 거처 없이 떠도는 삶에 대해 아무것도 모르기 때문이다.

　문을 열었을 때 방안에는 여전히 술냄새가 가득했다. 테이블 위에
는 어젯밤에 구반장의 넋두리를 들어준다고 새벽까지 마신 맥주와 위
스키 술병들과 먹다 남은 마른안주와 과일 껍질이 어지럽게 널려 있
었다. 재떨이에는 담배꽁초가 수북이 쌓여 있었다. 그것을 보자 울컥
하고 속에서 메스꺼운 것이 올라왔다. 로비에 있는 마나 놈을 불러서
청소를 시킬까 했지만 희수는 이내 귀찮아져서 그만뒀다. 화장대 위
에는 여자가 놔두고 간 스타킹 한 짝이 말린 채 있었다. 스타킹 한 짝
만 신고 돌아간 여자는 누구였을까? 희수는 어젯밤 자기 방에 들어온
여자가 누구였는지 떠올려봤다. 기억이 나지 않았다. 호텔 룸살롱에
있는 여자 중 하나일 것이다. 룸살롱 아가씨 몇을 떠올렸지만 누군지
정확히 기억나지는 않았다. 어처구니없다는 듯 희수가 헛웃음을 쳤
다. 희수는 화장대 위에 있는 스타킹을 휴지통에 버렸다. 속이 몹시
쓰려서 희수는 서랍을 열어 액체로 된 위장약과 제산제 한 알을 먹었
다. 그 옆에 의사가 같이 먹으라고 한 프로작과 자낙스가 있었다. 하
나는 항우울제였고 다른 하나는 항불안제였다. 만성 위장병으로 몇
년이나 병원을 다녀도 차도가 없자 의사는 희수에게 정신과 상담을
받아보라고 권했다. 몇 가지 검사와 간단한 질문을 한 다음 정신과
의사는 건조한 말투로, 그러나 단호하게 말했다. "우울증입니다." 희
수의 위장병이 불균형한 식습관이나 술 담배 때문이 아니라 심리적
인 문제라는 것이었다. "저는 별로 안 우울한데요?" 희수가 말했다.
"무기력하고, 만사에 의욕이 없고, 모든 게 짜증스럽고 귀찮죠? 그게
우울증입니다." 의사는 말했다. 희수는 의사의 말을 믿지 않았다. 그
딴 게 우울증이라면 희수 주변에 있는 대부분의 건달이 우울증에 빠

저 있는 셈이었다. 모든 걸 귀찮아하고, 땀을 흘리거나 몸을 움직이는 것을 끔찍이 싫어하는 게 건달이라는 인간들이니까. 어쨌든 의사가 권한 우울증 약을 먹고 난 뒤부터 위장병은 호전되었다. 호텔방침대에 누워 몇 시간이나 뒤척여도 오지 않던 잠을 잘 자게 되었다. 희수는 프로작 한 알과, 자낙스 한 알을 꺼내 입에 털어넣고 물을 한모금 마셨다. 화장대 거울 속에 이제 에누리 없이 마흔 살인 한 사내가 있었다.

마흔! 깡패짓을 하기에는 너무 많은 나이라고 희수는 생각했다. 하지만 마흔하나에도 마흔둘에도 별수없이 깡패짓을 해야 할 것이다. 열여덟에 이 바닥에 들어와서 이 나이를 처먹도록 아직 집 한 칸도 장만 못했다. 결혼도 못했고, 모은 돈도 없었다. 모은 돈은커녕 도박빚만 잔뜩이었다. 이 짓을 때려치우고 나가서 먹고살 만한 마땅한 기술도 없었다. 설령 다른 기술이 있다고 하더라도 이 나이에 어딜 가서 새로 시작할 것인가. 마흔, 변두리 지역 깡패들의 중간 간부, 만리장호텔의 지배인, 집 한 칸 없이 호텔방에 빌붙어 살며 부하들 몰래 우울증 약을 먹고 있는 전과 4범의 사내. 그게 희수의 현주소였다.

'희수야, 정신 좀 차리자. 네 나이도 이제 마흔이다. 어디서 칼 맞기전에 한몫 잡고 이 생활 청산해야지.'

거울 속의 사내에게 희수는 말했다. 하지만 거울 속의 사내는 정신을 차려서 인생을 개선할 생각이 없는지 무신경한 표정이었다. 피곤이 몰려왔으므로 희수는 침대에 드러누웠다. 밤새 켜져 있던 텔레비전에선 대통령이 기념식수를 하는 장면이 나오고 있었다. 잠을 못 자서 그런지 목이 칼칼했다. 희수는 재떨이에 담배를 비벼 끄고 대통령 내외가 나무 심는 장면을 멍하니 바라봤다. 살찐 백구 두 마리가 삽질을 하는 대통령 가랑이 사이를 발랑거리고 있었다.

희수가 어린 시절을 보냈던 모자원에서는 식목일에 단체로 생일 파티를 했다. 5월에 태어난 아이건 12월에 태어난 아이건 모자원 아이들의 생일 파티는 일 년에 한 번뿐이었다. 구청에서 나온 사람들이 벌거벗은 산에 나무를 심고 무슨 큰 자선을 베풀듯 생일 파티를 열어준 것이다. 열댓 명의 아이들이 있고, 작은 케이크가 있고, 일곱 개의 초가 있다. 왜 초가 일곱 개인지는 모른다. 다섯 살짜리도 있었고 열한 살짜리도 있었는데. 모자원 아이들의 나이를 평균해서 일곱 개를 꽂은 건지도 모른다. 아니면 제과점에서 주는 대로 그냥 꽂았을 수도 있다. 어쨌건 초를 꽂고 다 같이 생일 축하 노래를 부르고, 그리고 하나, 둘, 셋 구령에 맞춰 열댓 명의 아버지 없는 아이들이 그 작은 케이크를 향해 모두 후 하고 촛불을 끄는 것이다. 그래서 식목일이 오면 항상 생일이 떠올랐다. 어린 시절 아무도 따로 생일을 챙겨주는 사람이 없었으므로 진짜 생일에 대한 기억은 없다. 제 나이에 맞게 생일 케이크에 초를 꽂은 적도 없었고 아침에 미역국을 받아먹은 기억도 없었다. 희수는 대통령 내외와 그 사이를 돌아다니는 두 마리의 백구와 크리스마스트리처럼 앙증맞은 나무를 보다가 잠이 들었다.

눈을 떴을 때는 오후 네시였다. 전화벨이 요란하게 울려댔다. 희수는 짜증을 내며 침대에서 일어났다. 전화기를 들자마자 무슨 굉장한 일이라도 터진 것처럼 마나가 떠들어댔다.

"희수 형님, 큰일났습니다. 단가 형님이 화가 잔뜩 나가지고 희수 형님 어디 있냐고, 희수 형님 찾기만 하면 죽여버린다고, 지금 손에 사시미칼을 들고 피범벅이 되어서, 로비에서 마구 소리지르고, 손님들은 놀라서 도망가고, 아주 난리도 아닙니다."

말벌처럼 앵앵거리는 마나의 목소리를 듣고 있자니 짜증이 났지만 희수는 그냥 참았다. 어차피 말해봐야 말귀도 못 알아먹는 놈이었다.

"단가가 칼을 휘둘러서 누가 다쳤나?"

"아닙니다."

"그럼 왜 피범벅이 됐는데?"

"누가 다친 게 아니라예. 단가 형님이 칼을 마구 휘젓다가 자기 칼에 자기가 좀 찔렸습니다. 그러니까 피범벅까지는 아니고예, 그냥 피가 좀 난 거지예."

또 짜증이 났지만 이번에도 희수는 참았다. 의사가 혈압도 있고 위장도 안 좋으니 화를 내거나 스트레스를 받으면 안 된다고 말했기 때문이다. 늙은 의사는 희수에게 남자는 마흔에 몸 관리를 어떻게 하느냐에 따라 남은 인생이 달라진다며, 특히 화를 내는 것이 몸에 안 좋다고 신신당부했다. "명심하세요. 소주나 담배보다 더 나쁜 게 스트레스입니다. 화를 한 번 낼 때마다 혈관이 바싹 쪼그라들어서 수명이 하루씩 줄어든다고 생각하면 딱 맞습니다. 알겠습니까?" 희수는 늙은 의사의 말을 떠올리고 수명이 하루나 줄어드는 것을 방지하기 위해 깊게 숨을 들이쉬었다.

"마나야, 별일도 아닌 일로 호들갑 좀 떨지 마라. 나 몹시 피곤하다."

"죄송합니다, 형님."

"나 좀 씻을 테니까 단가한테 삼십 분 있다가 보자고 그래. 그리고 커피 한 잔 들고 와. 진하게 내려서."

전화를 끊으려는데 마나의 목소리가 계속 들려왔다.

"밤늦게까지 술 마시고 속도 허전하실 텐데 해장국이라도 한 그릇 들고 갈까요? 커피보다야 그게 안 낫겠습니까? 아침에 병수 엄마가 시래기 해장국을 만들어 왔는데, 아, 맛이 기똥찹니다." 뭐가 좋은지 마나가 신이 나서 말했다.

"그냥 커피면 돼."

"그래도 시장하실 텐데. 해장국이 싫으면 계란프라이랑 토스트 같은 거라도 들고 갈까요?"

그때 갑자기 그토록 애써 참았던 짜증이 아랫배 깊숙한 곳에서부터 터져나왔다. 희수가 전화기에 대고 고함을 질렀다.

"야이 닭대가리 새끼야, 내가 그냥 커피면 된다고 그랬지! 똑같은 말을, 시발, 몇 번이나 하게 만드노."

"죄송합니다, 형님. 커피 챙겨서 금방 올라가겠습니다." 한껏 부풀어오른 풍선에 바람이 빠지듯 금세 풀이 죽은 목소리로 마나가 대답했다.

마나는 호텔 로비에서 일한다. 올해로 스물일곱이다. 늘 하나마나한 짓거리를 하거나 하나마나한 말을 씨부려대기 때문에 사람들은 그를 하나마나라고 부른다. 그러다 귀찮아서 그냥 마나라고 부른다. 분위기를 못 맞추고 어디서나 실없는 소리를 씨부려대는 것만 빼면 그렇게 나쁜 놈은 아니다. 성실하고 심성도 착한 놈이다. 일도 잘하는데다 아주 정직하기까지 해서 호텔 돈을 빼돌리거나 호텔 룸살롱이나 가라오케에 자기 아가씨들을 밀어넣으려는 월농의 포주들에게 뒷돈을 받는 일도 없다. 놈은 그저 실없는 소리를 끝없이 씨부려대야 하는 슬픈 유전자를 가지고 있는 것뿐이다.

샤워를 하고 나왔을 때 단가는 이미 방에 들어와 있었다. 단가의 와이셔츠에 피범벅까지는 아니고 핏방울이 살짝 맺혀 있었다. 숨쉴 틈도 안 주고 단가가 몰아치기 시작했다.

"형님아, 이건 진짜 아니지. 큰 거 한 장 준다고 해놓고 팔천칠백이 뭐고, 팔천칠백이. 그리고 구천이면 구천, 일억이면 일억, 이렇게 뭔가 아귀가 맞아야지 쪽팔리게 팔천칠백은 또 뭔 애매모호한 계산법이냐고, 어잉? 천삼백은 어디서 싹둑 잘라먹었노? 말을 좀 해봐라."

"단가야, 조용히 좀 오면 안 되나? 너는 왜 올 때마다 이 생난리고."

"내가 난리 안 치면 형님이 만나주기나 하나? 이런 일 터질 때마다 나 몰라라 도망가뿐다 아이가."

"그거 내가 잘라먹은 거 아니다. 위에서 벌써 잘라먹고 왔더라니까. 후식이가 경찰이랑 구청 쪽에 좀 처멕이고 김영감 중개료니 뭐니 준다고 해서 진짜 우리한테 떨어진 게 한 장이다." 희수가 수건으로 머리를 털면서 말했다.

"형님아, 요즘 버스비가 얼만지는 아나? 짜장면값이 얼만지는 알고?"

"짜장면은 또 뭔 개소리고?"

"내가 답답해서 안 그라나. 팔천칠백 가지고 애기들 서른 명 모아서 저 충청도 산골짜기까지 가서 용역 작업을 한다, 이게 말이 되나?"

"왜 말이 안 되냐. 팔천칠백이면 작업 다 하고 네 모가지로 삼천은 떨어지겠구만."

"삼천은 지랄. 단가가 안 나오는데, 단가가. 거꾸로 내 돈을 쑤셔박아도 한참은 모자라겠구만."

"뭐가 단가가 안 나와, 당일치긴데. 이리 비비고 저리 뭉개고 하면 대충 견적 나오겠구만. 니는 잘하면서 엄살은."

단가가 주머니에서 종잇장 하나와 계산기를 꺼내 테이블 위에 올렸다.

"이거 봐라. 내가 결산 다 해왔다. 여기서 십 원 한 장 빠질 데가 있는지 형님이 직접 봐라."

희수가 종잇장을 훑어봤다. 종잇장에는 일목요연하게 항목들이 정리되어 있었다.

"봉고차 대여료 오백? 아, 이 새끼, 오백이면 봉고차를 새로 사겠네. 그리고 애들 서른 명 가는데 뭔 봉고차가 다섯 대야? 십이 인승이라매? 세 대면 다 태우고도 여섯 자리는 남겠구만."

"세 대 같은 소리 하고 있네. 십이 인승이면 유치원 애들을 데리고 타도 빡빡한데 그 오랑우탄만한 인간들을 봉고차 세 대에 우째 다 태우노. 장비는 안 들고 가나? 쇠파이프는 택배로 부칠까? 그리고 이게 대포차예요. 번호판 갈아끼우는 값도 들어 있는 거고. 어디 부산에서 원정 왔다고 광고할 일 있소."

"이건 또 뭐고. 밥값이 천만원? 이 양심에 털도 안 난 새끼야, 철거민 좀 밀어내고 어디 마을 잔치 치를 생각이냐?"

"요즘엔 이런 험한 일 하고 나면 다들 룸빵 한 번씩 돌려요. 뭐 우리 때처럼 소주에 족발 한 점 묵고 끝날 줄 압니까."

"930 + 1200 + 800? 인건비 계산이 왜 이리 복잡해?"

"애기들은 두당 삼십만원인데 서른한 명이니 구백삼십. 아미동 중간 대가리들은 자기 애들 인솔해서 오니까 삼백만원씩은 줘야 하고, 구암 애들은 이백만원씩이고."

"뭔 삼십이야? 얼마 전까지 이십이었는데."

"요즘에 누가 이십 받고 이런 일 합니까? 차라리 노가다판에 나가지."

"아미동 대가리들이 삼백 달래?"

"아미동이야 우리 식구가 아니니까 삼백은 줘야죠."

"개새끼들, 봉고차 안에서 빈둥거리기나 할 거면서 삼백은. 에이, 난 모르겠다."

희수가 종잇장을 바닥에 집어던졌다. 단가가 떨어진 종잇장을 재빨리 줍더니 계산기를 두드리기 시작했다. 그리고 딱 일억백만원이 나온 계산기를 희수에게 내밀었다.

"이거 보이소. 경비로 딱 일억 맞지요. 형님이 봐서 알겠지만 더 뺄 것도 없다 아입니까. 한 오천은 더 받아야 되는 건데, 그냥 삼천만 더 쏘아주이소. 그래야 우리도 일할 맛이 나지. 내가 들어보니까 이런 일은 오다가 최소한 두 장 이상으로 떨어진다더만."

"솔직히 나한테 떨어진 돈이 딱 구천이다. 영감님이 천만원 삥뜯어가서."

"영감님이 이런 일에도 삥을 뜯어갑니까?"

"자기가 노구를 이끌고 충청도까지 가서 따온 오다라고 천만원 떼더라고. 어쩌냐?"

"돈도 많은 양반이 진짜 너무하네."

"단가야. 내가 쪽팔려서 말을 안 하려고 했는데 솔직히 나 이걸로 삼백만원 먹는다. 그래서 구천에서 삼백 빠진 팔천칠백이야. 후식이 그 새끼가 하도 부탁해서 안면 때문에 할 수 없이 하는 거라니까. 나도 좆도 남는 거 없어요. 이번 일은 미안한데 이 정도에서 대충 넘어가자. 요즘 형이 진짜 힘들어서 그래."

"이번만 넘어가자, 넘어가면 또 이번만 넘어가자. 난 못한다. 시팔, 우리가 무슨 유니세프 자원봉사대가? 우리 애들만 졸라 뺑이치고, 현장 가서 멍들고, 사고 나면 옴팡 뒤집어쓰고. 나 안 해."

"아, 그 새끼, 대신 해수욕 시즌에 파라솔 한 세트 줄게."

"한 세트? 열두 개짜리?"

"여덟 개짜리."

"어디? 구름다리 쪽으로?"

"위치는 나중에 다시 정하고. 하여간에 그것 받고 하려면 하고 말라면 말아라. 니가 안 하면 나는 두꺼비 쪽으로 알아볼 테니까."

"지랄, 두꺼비가 잘도 하겠다. 그 새끼가 눈 끔뻑거리는 거 말고 제대로 할 줄 아는 게 뭐 있는데?"

단가가 머리를 굴리기 시작했다. 계산을 하고 있을 거다. 단가라면 팔천칠백으로도 한 이천은 남길 거고, 거기에 보너스로 파라솔도 생긴다. 남는 장사다. 잠시 후 계산이 끝났는지 단가가 입을 열었다.

"파라솔 줄 거면 나는 통닭 할란다. 파라솔은 번거롭기만 하고, 여름에 해산물도 금방 상하고, 또 장마라도 길어지면 재룟값이니 아줌마들 인건비니 붕 뜨고. 통닭이 간편하고 최고다. 가마솥 큰 거 하나 빌려서 기름 넣고 튀기기만 하면 되니까."

"통닭은 이미 다 찼다."

"통닭이 다 차는 게 어디 있노? 뜨거운 백사장에서 수만 명의 인파가 간절히 통닭만 기다리고 있구만."

"전부 다 통닭 처묵고 배부르면 사람들이 회 먹나? 멍게 먹나? 횟집 상인들이랑 방파제 포장마차에서 하도 지랄들을 해가지고 이번에 통닭도 숫자 맞췄다."

"에이 시팔, 파라솔은 귀찮은데."

단가가 투덜거렸다. 단가가 투덜거린다는 것은 팔천칠백에 하겠다는 뜻이다. 희수가 넌지시 입을 열었다.

"그리고 쇠파이프 안 된다. 각목으로 들고 가라."

"하이고, 형님, 각목이 나무라서 더 안전할 것 같지요? 현장이 안 그러네요. 차라리 쇠파이프가 안전하다니까. 쇠파이프는 들고만 있어도 움찔움찔하는데 나무 쪼가리에는 사람들이 겁을 안 먹어. 겁을 안 먹으니 그냥 들이대. 그냥 들이대는데 어떻게 사고가 안 나노?"

"그래서 저번에 두 명이나 머리통을 터뜨리고 왔냐? 그거 병원비랑 합의금 넣고 아주 박살났다. 이 새끼야, 이번에도 사고 나면 너나 나나 진짜 생고생만 하고 똥물 뒤집어쓰는 거다. 알겠나?"

"내가 알아서 잘할게요. 나 원래 잘한다 아입니까? 대신 파라솔은 좋은 자리로 주이소?"

"알았다."

"그리고."

"그리고 또 뭐?"

"내 물건 잘 챙겨놨지예?"

"이번엔 뭐고? 니는 남의 깡통에다 물건 좀 짱박지 마라. 세관이랑 다 합의해놨는데 거기다가 특별 단속 품목 하나 쑤셔넣었다가 들키면 컨테이너 하나 통째로 날리는 거다."

"그런 거 아니라니까."

"아니기는. 또 저번처럼 중국산 롤렉스 끼워넣은 거 아이가?"

"이번엔 호랑이뼈."

단가가 뭐가 흐뭇한지 씨익 웃었다.

"호랑이뼈는 어따 쓰는데?"

"한약방 애들이 환장한다. 원래 호랑이뼈는 그대로 들고 와야 돈이되는데, 그러면 너무 위험하니까 눈물을 무릅쓰고 갈았다 아이가. 분말로 화장품 통 안에 넣었으니까 절대로 들킬 위험은 없다. 그리고 탐색견들도 호랑이는 무서워해서 근처에 오지도 않는다 하대."

"하다 하다 이제 별 지랄을 다 하네."

"형님아, 사람 너무 무시하지 마라. 지금은 보따리장수지만 이 단가도 한 깡통 크게 터뜨려서 벤츠 모는 날이 올 거다."

이야기가 다 끝났다는 듯 단가가 상의 주머니에서 담배를 한 대 꺼내 물었다. 희수도 담뱃갑을 열었다. 하지만 담배는 다 떨어지고 없었다. 희수가 마치 자기 담배인 양 단가의 주머니에서 담배를 꺼냈다. 단가가 희수를 어이없다는 표정으로 쳐다봤다.

단가와는 오래 알고 지내온 사이였다. 모자원 시절부터 단가는 늘 희수 곁에 있었다. 재주가 좋은 놈이었다. 사하라사막에서 모래 찜질기를 팔아먹을 놈이랄까. 뭐든 빨리 배우고 배운 걸 재빨리 팔아 돈을 만드는 놈이었다. 하지만 그토록 발발거리며 돌아다녔지만 여태 큰 돈을 만지지는 못했다. 잡을 듯 잡을 듯하다가 결국 아무것도 못 잡는 안타까운 인생의 전형이랄까.

희수는 창문을 열고 담배에 불을 붙였다. 창밖에서 소금기 가득한 바닷바람이 밀려왔다. 비수기여서 구암의 해변은 텅 비어 있었다. 하지만 여름이 오면 저 해변이 휴가 온 사람들로 꽉 찰 것이다. 구암 사람들은 여름에만 돈을 벌었다. 모두들 피서객을 상대로 여름 장사를 해서 한몫씩 목돈을 움켜쥐었다. 매춘을 하고, 바가지를 씌우고, 사기를 쳤다. 호텔이나 여관방은 열 배씩 가격이 올랐고 술값이나 음식도 마찬가지였다. 서비스는 형편없었고 값은 비쌌다. 그래도 큰 문제는 없었다. 모두들 뜨내기손님이었고 휴가철의 피서지는 어디나 으레 그런 거니까. 구암 사람들은 여름에 일하고 그것으로 일 년을 먹고살았다. 하지만 여름은 짧다. 그 돈으로는 다음 여름까지 버틸 수 없었다. 그래서 여름이 끝나면 당구장, 다방, 여관방 곳곳에서 도박판이 벌어졌다. 서로가 서로의 살을 뜯어먹고 싸우면서 구암 사람들은 금세 가난해졌다.

"달자 아저씨 요즘도 칼 쓰나?" 희수가 물었다.

"달자 아저씨는 나이가 많아서 이제 일 안 한다 카던데? 대신 아들내미가 계속 그 일 하는갑데."

"그 곱상하게 생긴 아들? 걔는 아직 애잖아."

"애는 무슨. 저번에 바나나 배급 때문에 전쟁 나가지고 온천장 시끄러울 때 거기 중간 간부급으로 두 놈 죽었잖아? 그게 그 아들내미 작품이라대."

"그걸 왜 나만 몰랐지?"

"이런 고급 정보를 아무나 알고 있으면 내 같은 놈은 뭐 묵고 사노?"

"고급 정보 같은 소리 하고 있네. 그리고 내가 아무나냐? 이 개새끼야."

"근데 달자 형님은 왜?"

"용강이 새끼, 손 좀 보려고."

"용강이를 왜?"

"다리 하나 슬쩍 없더니만 이제 아주 터를 잡으려고 하네."

심상치 않은 분위기를 눈치챘는지 단가가 정색했다.

"얼마나 손보려고?"

"발목 하나 자를까 싶은데."

"용강이 쉽지 않은데." 단가가 잠시 숨을 고르다 다시 입을 열었다. "용강이는 발목 하나 자른다고 그만둘 놈 아니다. 월남전 전우앤가 뭔가 상이용사 모임 비슷한 그 새끼들도 심각하고. 그리고 동남아 연합 애들, 걔네들 얼마나 갈쩌마오들인데. 걔들은 물불 안 가린다. 할 줄 아는 건 좆도 없으면서 심성만 착한 우리 애기들 데리고 용강이랑 전쟁 못한다."

"전쟁은 무슨. 그냥 용강이만 제낄 거야."

"그러니까 내 말은, 용강이는 발목 하나로는 안 되고 할 거면 그냥 파묻어야 된다. 그래야 형님한테 뒤탈이 없다. 내가 달자 아저씨한테 요즘도 일하는지 함 물어볼까?"

"아직 영감님이 결정을 안 내렸다."

"그냥 용강이한테 파라솔 몇 개 주삐라. 이거 김밥 옆구리 터지듯 삐져나오면 형님이나 나나 인생 훅 간다."

"파라솔 몇 개로 끝날 것 같으면 주지. 용강이가 그걸로 끝내겠나?"

"용강이 제끼면 동남아 애들은 우리가 거두고?"

"거둬야지."

"동남아랑 섞이면 우리 애들이 지랄 안 하겠나?"

"지랄하겠지." 희수가 담담하게 말했다.

지랄해도 어쩔 수 없다고 희수는 생각했다. 희수는 동남아 애들이 간절히 필요했다. 자기 밥그릇을 지키려면 사람이 있어야 하는데 구암 바다에는 허섭스레기들 말고 아무도 없었다. 쓸 만한 놈들은 대부분 잡혀갔거나 돈벌이가 되는 곳으로 떠나갔다. 이제 더러운 숙소 생활을 하려는 건달들도, 자기들끼리라도 마음이 통해 단단히 뭉쳐 있는 애들도 없다. 자기 몸은 사리면서 계산만 재빨리 돌아가는 빠꼼이들뿐이다. 희수가 담배 한 대를 다 피우자 단가도 소파에 있는 신문을 뒤적거리다가 자리에서 일어났다.

"참! 아미가 내일 출감한다는데. 들었어요?"

"들었어."

"애들이 신이 나서 교도소 앞으로 아미 마중 간다고 지금 구암 바다가 텅 비었다. 햐. 역시 아미, 그놈의 인기는 좀처럼 사그라들지를 않네. 형님도 갈 거요?"

"너는?"

"난 바빠서 안 되지."

"나도 잘 모르겠다."

"그럼 일보이소. 나 갑니다."

"이번 일 많이 못 챙겨줘서 미안하다."

"파라솔 약속이나 꼭 지키소."

"그리고 단가야?"

"왜요?"

"담배는 놔두고 가라."

"에이 시발. 좀 사서 피우지."

단가가 상의 주머니에 있는 담배를 테이블에 내려놓으며 투덜거렸다. 그리고 호텔방을 빠져나갔다. 희수는 다시 담배를 한 대 물고 바다를 바라봤다. 바다라는 건 멍하니 바라보기 좋은 곳이다. 희수는 바닷바람을 타고 정신없이 흩어지는 담배 연기를 바라보며 중얼거렸다.

"아미가 나오는구나."

　아미가 감옥에 간 것은 1989년이었다. 희수는 손가락으로 햇수를
셌다. 꼬박 사 년 만의 출감이었다. 아미는 오 년 전 월농의 구역 문제
로 영도와 전쟁을 벌였다. 영도는 부산 폭력조직의 본거지였다. 한국
전쟁 때 피난 온 건달들로 출발해서 오십 년 가까이 부산을 지배해온
전국구 규모의 조직이었다. 부산에 있는 폭력조직들의 1세대는 대부
분 한국전쟁 때 급격히 늘어난 피난촌인 남부민, 초장, 아미, 완월, 감
천, 영도 같은 곳에서 탄생했는데, 그중에서도 영도가 가장 컸다. 그러
니 부산의 수많은 조직들이 어떤 이름을 달고 있건 어떤 형태를 하고
있건 그 뿌리를 찾아 올라가면 남부민, 초장, 아미, 완월, 감천, 영도
같은 곳이 나올 것이다. 영도는 항구를 지배했고 그 항구로 한국전쟁
과 월남전 때 물밀듯 들어온 미군 군수물자를 팔아치우면서 폭발적으
로 성장했다. 그리고 항구를 통해 러시아 마피아들과 연줄이 닿아 있
었고 일본의 야쿠자들과도 지속적으로 연계되어 있었다. 말하자면 영
도는 허름한 구암 따위와는 비교도 안 될 정도로 스케일이 큰 조직이
었다.

　부산을 건달들의 도시로 만든 것은 항구였다. 1930년대 부산 인구
는 고작 이십만에 불과했고 당시의 부산항이라는 곳은 항구라고 부
르기에 심히 민망한 포구 수준이었다. 조선의 겁 많은 왕들이 외국 문
물을 차단하면서 쇄국정책을 펴왔는데 큰 항구 따위가 왜 필요했겠는
가. 하지만 한국전쟁이 터지자 부산의 인구는 급격히 늘어났다. 부산
인구가 사백만에 육박하는 데 불과 삼십 년도 걸리지 않았다. 전쟁은
물자를 넘쳐나게 만들었고 물자는 큰 항구를 필요로 했고 항구는 많

은 사람을 먹여 살렸다. 지금의 부산을 만든 것은 토박이들이 아니라 저 북방 만주에서부터 떠밀려내려온 온갖 뜨내기와 피란민들이었다. 그네들은 강인한 생명력을 가진 사람들이었고, 여기저기에서 떠밀려 악에 받친 사람들이었고, 자기 몸뚱이 하나 말고는 가진 게 없는 사람들이었다. 그리고 뒤에 바다가 있었으므로 더이상 물러날 곳도 없는 사람들이었다.

그에 비한다면 구암은 토박이들로 이루어진 곳이었다. 그게 왜 자랑거리가 되는지는 알 수 없지만 구암의 건달들에겐 자신이 부산 토박이라는 게 굉장한 자랑거리이자 자부심의 원천이었다. 아버지의 아버지가 이 바다에서 태어나서 빈둥거렸고, 그 아버지의 아버지도 이 바다에서 태어나서 빈둥거렸다는 것 말이다. 온천장, 동래, 해운대 같은 곳의 토박이 건달들이 뜨내기들에게 자기 구역을 다 빼앗겼지만 구암만큼은 여전히 뿌리를 유지하고 있다는 게 그네들의 자랑이었다. 사실 구암 바다가 지금까지 토박이들에 의해 유지되고 있는 것은 온천장이나 해운대처럼 화려한 동네와는 달리 너무나 초라해서 애써 먹어봐야 먹잘 것도 없는 동네라는 이유 단 하나뿐이었다.

아미와 전쟁을 벌인 장본인은 잔인하기로 유명한 천달호였다. 천달호가 이끄는 달호파는 이름만 다를 뿐이지 사실상 영도에서 튀어나온 방계 조직이었다. 구암의 이 초라하고 겁 많은 동네에서 전국구 규모의 조직과 정면으로 맞장을 뜬 놈은 아미가 처음이었다. 아미가 영도와 전쟁을 벌이니 도와달라고 했을 때 손영감은 단호하게 고개를 저었다. 손영감은 그 싸움에 한 명도 보내지 않았고 한푼도 지원하지 않았다. 영도와 전쟁을 벌이면 아미와 인연을 끊겠다는 말도 했다. 하지만 아미는 손영감의 말을 듣지 않았다. 아미는 문방구에서 산 알루미늄 야구 배트와 고작 일곱 명의 친구들을 데리고 영도와 싸움을 벌였다. 그 무모한 싸움에서 아미네 식구 한 명이 칼을 맞아 죽었고 두 명이 병신이 되었다. 아미네 조직은 달호파에게 쫓겨 외국과 지방으로 뿔뿔이 흩어졌다. 아미도 거의 일 년이나 경찰의 수배와 달호파의 추적을 피해 숨어다녀야 했다. 결국 손영감과 영도의 남가주 회장이 중재에 나섰다. 영도에는 수없이 많은 방계 조직이 있었지만 그 모두를 실질적으로 지배하는 두목은 피란민 1세대 건달인 남가주 회장이었다. 합의 내용은 당사자인 아미 없이 손영감, 남가주 회장, 천달호가 모여서 결정했다. 말이 합의지 사실상 일방적인 항복에 가까웠다. 아미가 가진 모든 구역을 천달호에게 넘겨주고 치료비와 합의금 명목으로 보상금을 주는 조건이었다. 천달호가 요구한 보상금 액은 누구 말마따나 팔자를 고칠 만한 돈이었다. 손영감이 주머니를 털어 보상금을 내놓았다. 자기 주머니에서 생돈이 나갔으니 그 좁쌀 영감 속이 좀 아팠겠냐고 구암 사람들은 수군거렸다. 천달호에게 보상금으로 줄 돈이 있으면 제대로 싸움이라도 해보게 터지기 전에 미리 주지, 터지고 나서 줘봐야 무슨 소용이냐고도 수군거렸다. 하지만 사람들이 뭐라 떠들어대건 손영감의 결정은 바뀌지 않았을 것이다. 그 겁쟁이에다 좁쌀영감은 절대로 영도 같은 큰 조직과 전쟁을 벌일 사람이 아니었다.

천달호와 합의가 끝나자 희수는 아미를 찾았다. 아미가 수배를 피해 숨어 있던 곳은 산골의 돼지 농장이었다. 아미는 그곳에서 돼지를 발정제로 교배시키는 일을 하고 있었다. 아미는 무척 수척했고 또 겁에 질려 있었다. 돈도 없고 마땅히 갈 곳도 없는 도피 생활은 힘들다. 희수도 세 번이나 도피 생활을 한 적이 있었다. 그것은 외롭고 초조하고 무섭고 막막한 시간이 하염없이 되풀이되는 것이었다. 희수가 자수를 권했다. 아미는 순순히 경찰서로 향했다. 그리고 판사는 이 덩치만 커다란 스무 살 청년에게 사 년을 때렸다.

모자원

새벽에 아미가 감옥에서 나왔다. 어젯밤 호텔 직원 몇 명과 구암의 건달들이 봉고차를 나눠 타고 교도소로 출발했다. 하지만 희수는 교도소 앞에 마중을 나가지 않았다. 희수가 나가지 않아도 아미의 열렬한 패거리가 전날 밤부터 교도소 앞에서 자동차 경적을 울리고 빈 술병을 교도소 담벼락에 집어던지며 난리를 피웠을 것이다. 안 봐도 뻔하다. 희수는 지난 몇 년 동안 출소하는 놈들을 마중하러 교도소 앞에 간 적이 없었다. 심지어 손영감이 출소했을 때조차 가지 않았다. 희수는 출소하는 날의 교도소 앞 풍경이 싫었다.

이 지역의 교도소들은 죄수들을 새벽에 내보낸다. 심지어 자정이 넘자마자 바로 나오는 놈들도 있다. 일단 복역 날짜를 다 채우고 나면 단 몇 시간도 교도소에 머물기 싫다고 생떼를 부리는 죄수들이 많기 때문이다. 고작 몇 시간뿐인데도 그런 놈들의 뗑깡은 장난이 아니다. 그래서 이 동네의 건달들은 전날 밤에 교도소로 마중을 나간다. 새벽의 축축한 공기, 술냄새를 풍기는 피곤한 얼굴들, 기다리는 것 말

고 할 짓이라고는 아무것도 없으므로 모두들 담배만 피워댄다. 누군
가 감옥에서 나온다. 고생했으므로 보상을 해줘야 한다. 나오는 놈이
중간 간부급이라면 고민이 깊어진다. 살림살이가 빤한데 뭐로 보상을
하나. 결국 각자의 주머니에서 조금씩 걷어야 한다. 술집 하나를 통째
로 넘겨야 할지도 모르고, 잘 돌아가는 마사지방이나 오락실을 넘겨
야 할 수도 있다. 애들 관리하랴, 여기저기 처먹이랴, 그러지 않아도
살림 꾸리기가 팍팍한데 허리띠를 한 칸 더 졸라매야 할 판이다. 젠장
할, 한 이십 년 푹 처박혀 있다 나올 것이지 벌써 나올 게 뭐람. 모두
들 짜증이 난다. 하지만 교도소의 시곗바늘은 어김없이 움직이고, 철
문도 어김없이 열리며, 누군가는 복역을 마치고 나온다. 기다리던 건
달들이 환호를 하고 과장된 포옹을 한다. 술병을 깨고, 요란하게 경적
을 울린다. 이 과장된 반가움은 노회한 선배 건달들이 물려준 유치한
연극일 것이다. 반가워하는 데 돈 드는 거 아니니까. 애기들 우르르
끌고 가서 자동차 경적 몇 번 울려주고 담벼락에 술병 몇 개 집어던지
면 그만인 일이다. 하지만 젊은 건달들은 곧잘 이런 환호에 속는다.
심지어 감동받아 우는 놈도 있다. 그래서 금세 자기가 번호표를 잘못
뽑은 대가로 억울하게 감옥살이를 하고 나왔다는 사실조차 잊어버린
다. 웃기는 일이라고 희수는 생각했다. 이런 일에 감동을 많이 받는
놈일수록, 의리가 있니 진짜 사내니 하는 되지도 않는 칭찬에 어깨가
으쓱하는 놈일수록 다음에 감옥 갈 번호표를 받을 확률도 높아진다.
젊은 날의 희수도 그런 분위기에 휩쓸려 네 번이나 감옥에 갔었다.

어쨌거나 희수는 교도소 정문에서 벌어지는 그 모든 헛지랄들이 싫
었다. 담배 연기, 술냄새, 어슬렁거림, 그 요란함이 싫었다. 게다가 검
은 비닐봉지 안에 들어 있는 불결하고 미지근한 두부도 아주 질색이

었다. 그 모든 것이 희수의 네 번이나 되는 수감 생활과 그에 관련된 나쁜 기억들을 한꺼번에 떠오르게 했다. 희수는 어떤 지독한 교도관과 사이가 몹시 좋지 않았는데 그 질긴 악연 때문에 수감 생활은 한없이 피곤했다. 희수는 출소하면 그 교도관을 죽여버리겠다고 오랫동안 생각했다. 그런데 막상 출소하고 나자 감방과 관련된 것을 떠올리기만 해도 머리가 지끈지끈 아파와서 그냥 관둬버렸다. 그놈으로선 아주 운이 좋은 것이다.

하지만 아미가 출소하는 날이라면 그 거지발싸개 같은 교도소 앞이라고 하더라도 한 번쯤은 다시 가볼 용의가 있었다. 여러 가지 이유를 댈 것도 없이 희수는 아미가 몹시 보고 싶었다. 아미가 태어났을 때부터 지금까지 희수는 늘 그놈을 곁에서 지켜봤다. 아미에게는 아버지가 없었고 그놈의 엄마인 인숙과 희수는 같은 모자원 출신에다 초등학교 동창이었다. 희수는 인숙에게 지은 죄가 좀 있었다. 아버지가 필요한 일이 있을 때마다 인숙은 그것을 빌미로 은근히 협박을 하거나 협박이 통하지 않으면 징징대며 애원을 했다. 그래서 희수는 없는 아버지를 대신해서 아미의 초등학교 입학식에 가야 했고 졸업식에도 가야 했다. 한번은 중학교 담임선생이 급히 아버지를 찾는다고 해서 교무실에 간 적도 있었다. 물론 인숙이 찾아왔을 때 희수는 학교 교무실이라면 딱 질색이라고 단호하게 거절했다. 하지만 인숙이 만리장 호텔까지 찾아와 가슴을 쥐어뜯고 바닥을 치며 한 시간이나 소리를 지르는 탓에 어쩔 수 없이 학교에 가야 했다.

사건의 요는 아미가 싸움질을 했다는 것이었다. 사실 싸움은 아미가 눈만 뜨면 하는 짓거리이므로 새삼 대수로울 것도 없었다. 하지만 이번에는 일곱 명이나 병원에 실려갔다는 게 문제였고, 그중 두 명은 턱관절이 부서져서 병원비가 꽤 많이 나왔다는 게 문제였다. 자기보다 두 학년이나 높은 3학년 형들을 패서 엄중한 학교 기강에 흠집을 낸 것도 문제였고, 그 형아들이 공교롭게도 해마다 상장과 트로피를 잔뜩 안겨주며 학교의 이름을 드높이던 유도부여서 이번 전국체전에는 탁구부 후보 선수라도 불러 머릿수를 채우지 않는 한 참가조차 할 수 없게 되었다는 점도 심각한 문제였다. 하지만 이 모든 문제를 일거에 닥치게 만드는 문제 중의 문제는 그 유도부원 일곱 명 중에 한 명이 하필이면 재단 이사장의 손자라는 점이었다. 뭐, 재단 이사장의 손자라는 것을 이마에 써붙이고 다니는 것은 아니므로 사람도 가려가면서 때려야지 하고 아미를 탓할 수도 없는 노릇이었다. 어쨌거나 이쯤 되면 수습하기에는 이미 선을 넘어도 한참 넘어버린 것이다. 인숙은 여기저기서 급히 구해온 돈뭉치를 내밀며 돈이 모자라면 더 구해올 테니 제발 아미가 학교만 다닐 수 있게 해달라고 희수에게 사정했다. "이게 어디 나에게 사정한다고 될 일이가?" 하고 희수는 말했다. 하지만 인숙의 왕방울만한 눈에 걱정과 슬픔이 가득차 있어서 희수는 할 수 없이 신문지에 볼품없이 돌돌 말린 돈뭉치를 들고 그 빌어먹을 교무실로 가야 했다.

나무젓가락처럼 깡마른 몸에 금테 안경을 낀 담임은 희수보다 어려 보였다. 희수가 죄송하다고 머리를 숙였다. 담임은 대뜸 이놈은 이백 번을 다시 태어난다고 해도 인간이 될 놈이 아니라고 말했다. 애써 키워봐야 결국 깡패나 될 게 뻔하다는 둥, 학교에 보내면 다른 애들에게 피해만 끼치니 일찌감치 공사판 같은 데나 보내 기술을 배우게 하는 것이 낫다는 둥 막말도 늘어놨다. 이놈은 선배도 몰라보고, 선생도 몰라보고, 어른도 몰라보는데 이런 인간을 두고 공자님께서도 심히 개탄하며 짐승과 다를 바 없다 하여 개잡놈이라고 칭하지 아니하였던가. 자기 담당 과목은 윤리인데 윤리란 게 인간에게나 쓰임이 있는 것이지 이놈 같은 짐승한테 대체 무슨 소용이 있겠는가, 정말 윤리 선생으로서 한계와 회의를 느낀다, 따위의 얼토당토않은 푸념도 늘어났다. 그때 아미는 희수와 담임 사이에 죄인처럼 앉아 있었다. 그렇게 풀이 죽어 있는 아미를 본 것은 희수 평생 그때가 처음이자 마지막이었다. 희수는 담임이 책상을 탁탁 칠 때마다 연신 고개를 조아리며 죄송하다는 말을 후렴구처럼 했다. 그리고 다시는 이런 일이 일어나지 않도록 이놈의 다리몽둥이를 부러뜨려서라도 단단히 일러놓겠다고 사정하다시피 말했다. 하지만 담임은 희수가 하는 말을 듣고 피식 웃더니 "이놈한테 그게 통할 것 같소? 솔직히 개돼지도 매를 대면 말을 듣습니다. 하지만 이놈한텐 그런 게 안 통하지요. 짐승만도 못하다는 말이 달리 있는 게 아닙니다. 바로 이런 놈을 두고 하는 말이지요. 그러니 까마귀나 닭새끼를 가르쳐도, 하다못해 딱정벌레나 지렁이를 가르쳐도 이놈보다는 한결 보람이 있을 게요" 하고 말했다. 담임의 연설은 그칠 기세가 아니었다. 학교 선생님한테 할말은 아니지만 정말이지 말이 존나게 많은 새끼였다. 그래도 한 시간까지는 어찌어찌 들어줄 수 있었는데 한 시간이 넘어가자 희수의 인내심도 슬슬 바닥이 났다. 담임이 이사장님의 결단도 단호하고, 교무회의에서도 이미 퇴학을 결정했다는 이야기를 할 때까지도 희수는 연신 머리를 조아리며 죄송하다는 말을 했다. 그런데 애비 없는 자식놈들은 결국 다이 모양 이 꼴이라는 말에 희수도 폭발하고 말았다. 희수는 갑자기 화가 치밀어올라서 애비 없는 자식인 줄 알면서 왜 굳이 있지도 않은 아버지를 학교에 오라고 했냐고 버럭 소리를 질렀다. 희수가 책상을 쾅 내리치자 담임은 뱀눈처럼 가늘게 눈을 치켜뜨고 파르르 떨며 희수를 노려보더니, 이 사람이 여기가 어딘 줄 알고 큰소리를 치냐며 마치 옆에 있는 다른 선생들더러 들으라는 듯 자기가 더 크게 소리를 질러 댔다. 희수는 선생에게 삿대질을 하며, 뭐? 이백 번을 다시 태어나도 인간이 안 돼? 듣자 듣자 하니 그게 아직 좆털도 다 나지 않은 아이에게 선생이란 작자가 할 소리냐, 그리고 한창때 아이들끼리 싸움질을 할 수도 있는 거지, 이사장의 아들새끼는 좆에 금테라도 두르고 태어났냐, 뭐 그렇게 숭고하고 대단한 놈이라고 주먹으로 몇 대 맞은 걸로 애를 퇴학까지 시키냐고 고래고래 고함을 질렀다. 그러자 담임이 대뜸 희수의 멱살을 잡고선 뭐? 이사장의 아들새끼? 이 사람이 어디 비교할 데가 없어서 저 짐승 같은 놈과 귀하디귀한 이사장님의 아드님을 비교하느냐며 욕지거리를 퍼붓기 시작했다. 담임이 희수의 멱살을 꽉 잡고 이리저리 목을 흔들자 셔츠 단추 몇 개가 후드득 떨어졌다. 술집 여자처럼 길게 기른 손톱으로 어찌나 세게 움켜쥐었는지 목에서 피도 났다. 희수는 너무나 화가 나서 담임을 바닥으로 패대기쳤다. 말라깽이 담임은 어이쿠, 하고 바닥을 데굴데굴 구르더니 캐비닛 어딘가에 콕 처박혔다.

상황이 어찌되었건 끝까지 참았어야 했다고 희수는 생각했다. 하지만 욕설을 먼저 한 것도 선생이고, 목에서 피가 나도록 멱살을 잡은 것도 선생이고, 내 잘못이라고는 두 손으로 멱살을 잡고 아귀처럼 물고 늘어지는 선생을 내 몸에서 떼어낸 것밖에 더 있나? 라고도 희수는 생각했다. 그리고 에이 시팔, 모르겠다, 그 정도면 할 만큼 한 거지, 라고도 생각했다. 어쨌거나 그것으로 아미의 짧은 학교 생활은 끝이 났다. 인숙은 그후로 사 년 동안 희수에게 말 한마디 건네지 않았다.

교무실 소동이 있은 지 일주일쯤 후에 아미가 만리장 호텔로 찾아왔다. 아미는 호텔 바 끝에서 신문을 읽고 있는 희수 곁으로 어슬렁어슬렁 걸어오더니 그 큰 덩치에 어울리지 않게 한참 동안이나 똥 마려운 강아지처럼 쭈뼛거리며 서 있었다.

"왜? 또 무슨 사고 쳤냐?" 희수가 물었다.

아미가 고개를 저었다.

"그럼?"

"아저씨."

"나 바쁘니까 뜸들이지 말고 빨리 말해."

"이제부터 아버지라고 불러도 돼요?"

어이가 없어서 희수가 아미를 한번 쳐다봤다.

"밥 잘 처먹고 뭔 개소리야? 너랑 나랑은 피 한 방울 안 섞였는데 아버지는 뭔 얼어죽을 놈의 아버지?"

"아저씨한테는 아들이 없고 나는 아버지가 없잖아요?"

"그런데?"

"아들 하나 낳아서 이만큼 살찌우려면 분윳값만 해도 얼만데, 아저씨한테는 공짜로 아들이 하나 생기고 나는 공짜로 아버지가 하나 생기고, 이보다 더 좋은 장사가 어디 있겠어요?"

"야, 이 골통이 텅 빈 새끼야, 자식 키우는 데 분윳값만 드냐? 이것저것 들어가는 돈이 얼마나 많은데? 게다가 니가 어디 보통 놈이냐? 느그 엄마가 니 밑으로 쑤셔넣은 합의금만 모았어도 지금쯤 집 한 채는 샀겠다."

자기가 생각해도 뭔가 민망한 모양인지 아미가 천장을 한 번 올려다보고 바닥을 내려다보았다. 그리고 운동화 앞코로 바닥을 슬슬 문질렀다. 아미의 운동화는 낡고 더러웠다. 운동화의 엄지발가락 부분은 닳아서 뜯어졌고 끈도 풀어져 있었다.

"칠칠치 못한 새끼야, 너는 왜 만날 운동화 끈을 풀어서 질근질근 밟고 다니냐? 그러니 니 인생도 풀어진 끈처럼 만날 그 모양이지."

"볼 때마다 묶는데 금세 또 풀려버려요." 아미가 어쭙잖은 변명을 했다.

희수가 신문을 접고 의자에서 일어나자 아미는 희수가 자기 머리라도 한 대 때리려는 줄 알았는지 몸을 움찔했다. 희수가 허리를 숙여 운동화 끈을 잡았다.

"자 봐, 손가락을 넣고 이렇게 매듭을 단단히 지어야 끈이 안 풀리지. 이렇게 꽉!"

아미는 희수가 매준 운동화 끈을 한참이나 바라봤다. 잘 묶였다는 건지 어쨌다는 건지 별 이유도 없이 아미가 고개를 끄덕거렸다. 그러고는 한참을 더 머뭇거리다가 힘겹게 입을 열었다.

"아저씨한테 돈 달라고 안 할 테니 그냥 내 아버지 해요. 돈 안 들고 공짜 아들 생기면 나쁜 장사 아니잖아요?"

듣고 보니 별로 나쁜 장사가 아닌 듯도 해서, 사실은 학교 문제로 그놈에게 지은 죄도 있어서, 희수는 몹시 귀찮다는 표정으로 손을 내저으며 말했다.

"알았다. 알았으니 이제 그만 꺼져라. 나 일해야 된다."

그러자 아미는 꾸벅 인사를 하더니 볼에 사탕이라도 한 움큼 넣은 것처럼 신이 나서 밖으로 달려나갔다. 생각해보면 십 년도 넘은 일이다. 아마도 희수와 아미 둘 다에게 지금보다는 훨씬 좋은 시절이었을 거다. 건달짓거리 말고 뭔가 좀 건전하고 떳떳한 일을 하며 살아갈 수도 있었을 시절이었다. 하긴 말이 그렇다는 이야기다. 다시 돌아간다고 해도 지금이랑 별다를 게 없는 인생이었을 거다. 우리처럼 배배 꼬인 놈들의 인생은 뭘 해도 시궁창으로 떨어졌을 거라고 희수는 생각했다. 어쨌거나 그날 이후로 아미는 희수의 아들이 되었다. 마치 농담처럼 말이다.

인숙이 아미를 낳은 것은 열일곱 살 때였다. 그때 인숙은 완월동 창녀였다. 창녀가 애를 배는 것도, 누구의 씨인 줄도 모르는 그애를 굳이 낳는 것도 이상한 일이었다. 하지만 열일곱 살의 인숙은 고집을 부렸고 사창가 쪽방에서 산파를 불러 애를 낳았다.

인숙과 희수는 아버지 없이 엄마들만 모여 사는 모자원이라는 곳에서 같이 자랐다. 구암의 모자원은 선교사들이 한국전쟁 직후 늘어난 전쟁미망인들을 위해 설립했다는데, 희수가 어릴 때는 전쟁미망인보다 늙고 병들어서 갈 곳 없는 창녀들이 더 많았다. 여자들과 아이들밖에 없었지만 도둑도 들지 않았고 건달들이 괴롭히지도 않는 곳이었다. 훔쳐갈 물건도 등쳐먹을 그 무엇도 없는 가난한 동네였기 때문이다.

모자원은 학교 교실처럼 하나의 지붕 아래 열 개의 가구가 긴 복도를 두고 다닥다닥 붙어 있는 구조였다. 그런 건물이 여섯 동 정도 있었으니 다 차면 예순 가구 정도가 모여 사는 셈이었다. 미군 부대에서 나온 벽돌로 지은 외벽은 페인트칠도 되어 있지 않았고 성인 남자가 없는 탓에 제때 수리를 못해서 슬레이트로 된 지붕 곳곳에선 비가 샜다. 각각의 집에는 부엌 하나와 쪽창이 있는 작은 방이 하나씩 있었는데, 그 집 식구가 세 명이든 열 명이든 모든 집의 크기와 구조는 동일

했다. 집과 집 사이의 벽은 무척이나 얇아서 밤에 잠이 들면 옆집 소년이 몰래 자위하는 소리마저 들릴 정도였다.

막상 집이라고 해봐야 부엌과 방뿐이었으므로 나머지는 모두 공용시설을 이용했다. 공용 화장실, 공용 목욕탕, 공용 세면장, 공용 빨래터, 공용 우물, 유일하게 텔레비전이 있던 공용 휴게실, 그곳은 뭐든지 공용이었다. 보일러도 공용이었고, 연탄도 공용이었다. 심지어 빨래판, 비누, 세숫대야도 공용이었다. 그러니 어쩌다 운이 좋은 늙은 창녀가 남자라도 하나 물어서 데리고 온다면 모자원 아이들은 그를 공용 아버지로 써야 할 판이었다. 실제로 아주 간혹 그런 사내가 있었다. 사창가 뒷방에 처박혀서 술이나 퍼마시는 기둥서방들과는 달리 산중턱에 있는 이 모자원까지 여자를 따라온 사내들은 대부분 착했고 성실했다. 다리를 절었던 문씨 아저씨와 매부리코를 가진 천씨 아저씨가 그런 사내였다. 문씨는 목수였고 천씨는 가라오케나 극장식 카바레에서 공연을 하는 마술사였다. 절름발이 문씨 아저씨는 매우 부지런한 사람으로 잠시도 쉬는 법이 없었다. 비가 오거나 공사판에 일거리가 없어 쉬는 날이면 그는 절름거리는 다리로 모자원 곳곳을 돌아다니며 쉴새없이 무언가를 고쳤다. 펌프를 고치고, 부러진 탁자 다리를 새로 만들고, 난간을 고쳤다. 모자원 아줌마들이 수없이 귀찮게 해도 문씨 아저씨는 짜증내는 법이 없었다. 이 과묵한 사내는 막걸리 한 잔에도 지붕을 고쳐줬고 삶은 고구마 두어 개에도 부엌 배관을 수리해줬다. 문씨 아저씨가 모자원에 있는 동안 이 절름발이 사내와 같이 사는 베지밀 아줌마는 마치 여왕처럼 으스댔다. 아침에 줄을 서지 않고도 공용 화장실을 제일 먼저 이용했고 우물이나 목욕탕을 사용할 때도 마찬가지였다. 그래도 아무도 불평하지 않았다.

마술사 천씨 아저씨는 심심한 모자원 아이들을 위해 간혹 마술을 보여줬다. 모자원 꼬맹이들 앞이라고 대충하는 마술이 아니었다. 아이들 앞에서 공연을 할 때면 그는 카바레에서 할 때와 똑같이 정식 마술사 복장을 하고 얼굴에 분장을 하고 검고 긴 마술 모자를 썼다. 그의 마술 모자에선 정말 비둘기가 날아올랐고, 그의 손에서 사라진 동전이 아이들 엉덩이에서 커다란 풍선이 되어 나오기도 했다. 그리고 마지막 하이라이트는 언제나 사탕 한 알을 한쪽 눈으로 집어넣으면 반대쪽 애꾸눈 쪽의 검은 안대에서 수십 개의 사탕이 쏟아지는 마술이었다. 아이들은 신이 나서 바닥으로 떨어지는 사탕들을 주워 호주머니 속에 쑤셔넣고 또 입속에도 넣었다. 천씨 아저씨의 마술이 가짜였는지 모르지만 사탕은 모두 진짜였다. 그토록 재미난 마술 공연이 끝난 허전함 속에서 쪽쪽 빨아먹는 그 사탕은 오래도록 달콤하고 또 달콤했다.

하지만 늙은 창녀에게 좋은 시절은 오래가지 않는 법이다. 어느 날 문씨 아저씨는 공사장 상판에서 발을 헛디뎌 바닥으로 떨어져서 허리가 부러진 채 모자원으로 돌아왔다. 문씨 아저씨는 모자원을 위해 그토록 많은 일을 해줬건만 모자원 사람들이 죽어가는 문씨 아저씨를 위해 할 수 있는 일은 하나도 없었다. 문씨 아저씨는 일주일 동안 끙끙 앓는 소리를 내다가 월요일 아침에 죽었다. 천씨 아저씨는 온다 간다 말도 없이 어느 날 모자원을 떠났다. 그리고 몇 년 후에 깡통시장 건달들에게 칼을 맞아 죽었다. 아마 약을 팔거나 밀수품을 빼돌리다가 들켰을 것이다.

인숙이 모자원에 들어온 것은 열세 살 때였다. 희수는 인숙을 처음 본 순간부터 그녀를 사랑했다. 인숙이 동생 일곱을 데리고 모자원에 처음 들어왔을 때부터, 실로 참담하다고밖에 말할 수 없는 모자원의 재래식 화장실 앞에서 인숙이 망연자실한 표정을 하고 있을 때부터, 하지만 이내 단호한 표정으로 양동이에 물을 채워 와 화장실 대청소를 하고 동생들을 일일이 챙겨 대소변을 누게 할 때부터 희수는 인숙을 사랑했다. 솔직히 희수는 그때까지 텔레비전에서 말고는 그렇게 예쁜 아이를 본 적이 없었다. 그렇게 예쁜 아이가 낙동강 이남에서 가장 더러운 재래식 변기통을 앞에 두고 씩씩하게 걸레질을 할 수 있다는 것이 도무지 믿기지 않았다.

인숙의 엄마는 곰장어 가죽 벗기는 일을 했다. 웃기게도 그 시절엔 곰장어 고기는 버리고 가죽만 벗겨서 지갑이나 혁대를 만드는 공장에 팔았다. 물론 벌이는 시원찮았다. 하지만 남은 곰장어 고기를 구워먹을 수도 있었고 바닷가에 즐비한 선술집에 팔 수도 있었으므로 모자원의 많은 여자들이 그 일을 했다. 여자들의 품삯이 더없이 적은 시절이었다. 모자원의 엄마들은 밤낮없이 일해야 했다. 모자원의 다른 엄마들처럼 인숙의 엄마도 늘 집에 없었으므로 동생들을 돌보는 것은 인숙의 몫이었다. 인숙은 밥을 해서 동생들을 먹이고 빨래를 하고 이따금 엄마가 하는 곰장어 껍질을 벗기는 일을 도왔다. 곰장어는 껍질이 벗겨진 후에도 계속 살아 있었고 핏물에 젖어 꿈틀거리는 곰장어의 붉은 살은 끔찍했다. 인숙은 그 곰장어들을 고무장갑도 끼지 않은 맨손으로 양동이에 집어넣었다. 그때 인숙은 고작 열세 살이었다.

그때 희수의 나이도 열세 살이었다. 희수는 인숙의 엉덩이를 보겠다고 모자원의 친구들과 합판으로 된 여자 화장실 벽에 드라이버로 구멍을 뚫고 그 냄새나는 화장실 벽 앞에 쭈그리고 앉아 인숙을 기다렸다. 엄마 지갑에서 돈을 훔쳐 담배를 샀고, 천마산 아이들이나 해수욕장 아이들과 구슬치기를 해서 딴 돈으로 국제시장 골목에 일본 포르노 만화책을 사러 다녔다. 충무동 대형 슈퍼에서 초콜릿 한 박스를 훔치다 걸려 경찰관에게 끌려왔을 때 희수의 엄마는 "어쩜, 양아치스러운 것은 지 애비랑 머리부터 발끝까지 똑 닮았나"고 펑펑 울었다.

그때 인숙은 일곱 명의 동생을 돌봐야 하는 어른이었고 희수는 아직 어린애였다. 인숙이 어른이었고 희수가 어린애였으므로 인숙은 희수에게 눈길 한번 주지 않았고 말 한마디 건네지 않았다. 모자원 흙바닥에서 구슬치기 따위를 하고 있으면 인숙은 곰장어 껍질이 들어 있는 양동이를 들고 가며 한심하다는 듯 모자원 사내아이들을 쳐다봤다. 하지만 인숙이 그토록 냉담했던 것은 모자원 사내아이들이 한심했기 때문만은 아니었을 것이다. 모자원의 철없는 꼬맹이들과 놀아주기에 열세 살의 인숙은 너무나 바빴다.

옥사장은 왼손잡이다

백지포의 한 양식장 구석에 오십대 사내가 피투성이가 된 채 처박혀 있었다. 빨래공장의 옥사장이었다. 너무 많이 얻어맞아서 퉁퉁 부은 얼굴로 그는 두 손을 꼭 모은 채 뭐라고 계속 중얼거렸다. 가만히 들어보니 이런 말이다.

"주님, 잘못했습니다. 이 죄 많은 인간을 용서하이소. 이 죄인 오늘 죽어서 천당에 가면 도박도 반드시 끊고 히로뽕도 절대로 안 하겠습니다. 정말입니다. 주님, 천당에선 꼭 새사람이 되겠습니다."

빨래공장 옥사장의 진정 어린 기도는 몇 시간째 계속되는 중이었다. 그러자 참다못한 도다리가 자리에서 일어나더니 옥사장의 배를 구둣발로 두세 차례 걷어찼다.

"아, 그 새끼. 하루종일 중얼중얼 중얼중얼, 시팔, 시끄러바서 못살겠네."

구둣발에 걷어차인 옥사장은 악 소리를 지르며 바닥을 뒹굴면서도 꼭 잡은 두 손을 놓지 않은 채 계속 기도를 했다.

"주님, 시련 속에서, 이제야 이 죄인 주님을 만납니다. 흑흑, 이 죄인 오늘 죽어 천당에 가노니 부디 저를 모른다 하지 마옵소서. 이 불쌍한 옥명국을 주님께서 안아주신다면 이젠 절대로 도박 안 하고, 흑흑, 히로뽕도 절대로 안 하고, 정녕코 천국의 새사람이 되어, 정녕코 천국의 새 일꾼이 되어, 흑흑."

바닥을 뒹굴며 기도하는 옥사장을 쳐다보던 도다리가 어이가 없는지 웃음을 터뜨렸다.

"옥사장님, 걱정하지 마이소. 천당에는 파친코가 없어요. 천당이 무슨 라스베가슨 줄 압니까? 그리고 옥사장님 같은 분까지 천당에 가뿌믄 지옥엔 사람이 아예 없어. 그럼 지옥은 영업을 우찌합니까?"

그때 문이 열리고 손영감과 희수가 양식장으로 들어왔다. 희수가 엉망으로 뭉개진 옥사장의 얼굴을 보고 인상을 찡그렸다. 손영감이 옥사장에게 다가가자 옥사장이 절벽으로 내려온 동아줄을 붙잡듯 손영감의 다리를 힘껏 움켜잡았다.

"주님, 아니 영감님, 살려주이소."

손영감이 옥사장의 얼굴을 살펴보더니 기가 찬지 탄식을 했다.

"아이고, 사람을 아주 떡반죽마냥 뭉개놨네."

손영감이 도다리를 노려봤다. 도다리가 딴 곳으로 고개를 슬쩍 돌렸다. 손영감이 도다리를 향해 혀를 차더니 다시 옥사장을 쳐다봤다.

"많이 아프지예, 옥사장님?"

많이 아프다는 듯 옥사장은 그 와중에도 주책없이 고개를 끄덕였다. 그러자 손영감이 도다리에게 버럭 소리를 질렀다.

"이 무식한 새끼야, 쓰잘데기없이 사람은 와 패노?"

"물어보는데 말을 안 한다 아입니까?" 도다리가 억울하다는 표정으로 말했다.

"일을 대화로 차근차근 풀어나가야지, 다짜고짜 몽둥이로 풀어나가믄 이 민주주의 사회가 우찌되겠노?"

"약쟁이에다 도박쟁이인데 정상적인 대화가 됩니까? 이런 인간은 북어포처럼 미리 잘근잘근 때려서 말랑말랑하게 만들어놔야 대화가 되지, 안 그럼 아예 대화가 안 돼. 아직 덜 맞았어요. 보이소. 눈빛 살아 있는 거."

아직 덜 맞았다는 말에 손영감의 다리를 꼭 붙잡고 있던 옥사장의 몸이 움찔했다. 손영감이 옥사장을 측은한 눈빛으로 쳐다봤다.

"아이다, 우리 옥사장은 그런 분 아니다. 우리 옥사장은 안 때려도 알아서 말 잘하는 분이다. 그치요, 옥사장?"

옥사장이 멍한 얼굴로 손영감을 바라보다가 잽싸게 고개를 끄덕였다. 손영감이 희수를 쳐다봤다.

"희수야, 니가 옥사장하고 찬찬히 이야기를 나눠보거라. 옥사장이라고 와 사연이 없겠노. 나는 급한 약속이 있어서 가봐야 되니까 니가 남은 일 잘 처리하고 오너라."

"사연은 지랄." 옆에서 도다리가 구시렁거렸다.

손영감이 양식장을 떠나려 하자 깜짝 놀란 옥사장이 손영감의 다리를 다시 움켜잡았다.

"영감님. 가시면 안 됩니다. 영감님 가시면 저는 이 자리에서 죽습니다. 살려주이소, 영감님. 예전엔 저 많이 이뻐하셨잖습니까?" 옥사장이 우는소리로 말했다.

"하이고, 우리가 전두환입니까? 옥사장님을 왜 죽입니까? 우리는 사람 함부로 죽이고 그카는 그런 극악무도한 사람들 아닙니데이. 걱정하지 마이소."

손영감이 옥사장의 어깨를 다독였다. 그리고 희수에게 잘 정리하고 오라는 눈빛을 주고는 양식장 밖으로 나갔다. 희수가 손영감을 따라 나갔다.

"죽입니까 살립니까? 어떻게 정리할지 말은 해주고 가야지예." 희수가 걸어가는 손영감 뒤통수에 대고 말했다.

손영감이 몹시 거슬린다는 듯 얼굴을 찡그렸다.

"옥사장이랑 나랑 사십 년 세월이다. 이만한 일로 사람을 우예 죽이노."

"이만한 일이라뇨. 우릴 배신하고 용강이 새끼랑 붙어먹었는데."

"옥사장, 사람이 착해서 그렇다. 니가 잘 다독여서 서류 관계랑 채무 관계만 좀 알아봐라."

손영감은 귀찮고 복잡한 일에서 도망이라도 치듯 차를 타고 휑하니 가버렸다. 희수는 먼지가 뿌옇게 일어나는 비포장도로를 쳐다봤다. 그리고 양식장 쪽으로 몸을 돌리고는 선뜻 들어갈 마음이 생기지 않는지 담배를 꺼내 물었다. 일이 복잡하게 되었다.

용강이 동남아 연합을 데리고 옥사장의 빨래공장을 접수한 것은 며칠 전이었다. 옥사장은 용강에게 도박빚이 있었고 용강은 그 도박빚을 구실로 옥사장의 빨래공장을 접수한 것이다. 도박빚이라는 것은 허공에 떠다니는 돈이니 사실상 용강은 공짜로 빨래공장을 접수한 것이나 마찬가지였다. 문제는 빨래공장이 옥사장 소유가 아니라는 거다. 빨래공장은 구암 바다에 있는 호텔, 도박장, 룸살롱, 나이트클럽 같은 대부분의 영업장들이 그렇듯 손영감과 아침마다 호텔 커피숍에서 곰탕을 처먹는 노인들 소유였다. 그들은 언제나 옥사장 같은 바지

사장을 두어 법적 책임과 세금으로부터 도망을 가면서 뒤에서 실질적인 이익들은 다 챙겨먹었다. 옥사장이 용강의 도박빛에 쫓기다 결국 빨래공장을 몰래 넘기고 서울로 도망갔을 때 손영감은 사람을 풀었다. 전문가들이 옥사장을 찾는 데 사흘도 걸리지 않았다.

손영감이 "아마 다른 도박장에 있을 거다" 하고 말했을 때 희수는 "잡히면 죽는데 설마 도박장에 있겠습니까?" 하고 되물었다. 그때 손영감은 웃으면서 말했다. "니는 불교에서 말하는 윤회라는 게 뭔지 아나? 그게 전생에 돼지로 태어났다가 다음에 인간으로 태어났다가 뭐 이런다는 게 아니고 인간이 아둔해서 한번 빙신짓을 하면 죽을 때까지 빙신짓만 되풀이한다는 뜻이다." 설마했는데 옥사장은 도박판에 있었다. 전화 몇 통이면 간단하게 찾을 수 있는 그곳에 말이다. 인간은 아둔하다. 그리고 궁지에 몰리면 더 아둔해진다.

옥사장의 빨래공장은 구암 바다에 있는 모텔, 유흥업소, 식당 같은 곳에 물수건을 납품하고 침대 시트, 테이블보, 이불 같은 것을 세탁해주는 곳이었다. 구암 바다에 있는 모든 유흥업소가 사실상 손영감 손에 있었으므로 옥사장의 빨래공장은 독점 사업과 같았다. 영업도 필요 없었고 경쟁업체도 없었다. 그저 열심히 세탁기를 돌려서 더러워진 시트와 수건을 빨고 말리고 다려서 다시 보내주기만 하면 알아서 돈이 들어오는 일이었다. 큰돈이 되진 않지만 안정적이고 수고에 비해 꽤나 짭짤한 사업이라고나 할까. 하지만 빨래공장의 실질적인 용도는 돈세탁이었다. 빨래공장은 거래 업체도 많고 장부도 복잡해서 구암 바다에서 움직이는 검은 자금을 세탁하기에 좋았다.

용강은 경찰과 관청의 눈에 빨래공장이 매우 건전해 보이는 사업이고 또 원래부터 동남아 노동자들이 많이 일하는 곳이라 자기 애들과 물타기하기에 용이하다고 생각했을지도 모른다. 취업 비자를 받아내거나 연장하기에도 좋을 것이고 룸살롱, 가라오케, 모텔, 나이트클럽 같은 곳에 물수건이나 냅킨 같은 것을 배달하면서 자기 본업인 마약을 자연스럽게 공급할 수 있겠다고 생각했을지도 모른다. 하지만 그것도 어디까지나 손영감과 미리 합의가 되었을 때나 가능한 일이다. 구암 바다의 모든 유흥업소가 손영감 손안에 있는데 빨래공장을 용강이 접수한다고 해서 일이 제대로 돌아갈 리 없는 것이다. 다른 빨래공장으로 구매처를 바꿔버리면 그만이었고, 여차하면 기계 몇 대 들여와서 새로 빨래공장을 하나 차려도 될 일이었다.

그러니 용강이 왜 이토록 무리를 해가며 옥사장네 빨래공장에 집착했는지 희수로서는 이해할 수 없는 노릇이었다. 카바레나 나이트클럽 같은 것도 아니고 빨래공장 따위에 말이다. 용강이 빨래공장을 제대로 돌리려면 구암의 모든 업자들에게 거래처를 바꾸지 못하도록 엄포를 놓아야 한다. 그러면 가게마다 구암의 건달들과 용강의 패거리 사이에서 시비가 발생할 거고 사사건건 싸움이 붙을 것이다. 거리에서 싸움이 일어나면 경찰이 개입한다. 그러면 용강의 패거리든 구암의 패거리든 누구든 몇 명 정도는 감옥에 가야 할 것이다. 도무지 남는 게 없는 장사다. 설마 손영감이랑 이 구암 바다에서 전쟁이라도 벌이려는 것일까? 고작 물수건 몇 개 먹겠다고? 말도 안 되는 일이라고 희수는 생각했다.

희수는 다시 양식장 안으로 돌아왔다. 수조 근처에서 옥사장이 피투성이가 된 채 웅크리고 앉아서 여전히 뭔가를 중얼거리고 있었다. 희수가 착잡한 심정으로 옥사장의 망가진 얼굴을 보다가 도다리 쪽으로 고개를 돌렸다. 마음 같아선 도다리의 얼굴이라도 한 대 쥐어박고 싫었지만 그럴 순 없는 노릇이었다. 이 망둥이는 손영감의 조카였고 자식이 없는 손영감에게 남은 유일한 혈육이었다. 희수는 도다리를 양식장 구석으로 데리고 갔다. 그러자 도다리가 데리고 다니는 어깨인 땡철이가 어슬렁거리며 희수 곁으로 걸어왔다. 땡철이의 원래 이름은 강철이인데 수수깡처럼 키만 크고 전혀 강철처럼 단단해 보이지는 않아서 사람들은 그를 땡철이라고 불렀다.

"그냥 데리고만 있으라고 했는데 왜 쓸데없이 일을 벌이노?" 희수가 조용하게 말했다.

"희수 형님이 다방면으로다가 원체 바쁘시니까 제가 쪼매라도 도움이 될까 해서 그랬지예." 도다리가 생글생글 웃으며 말했다.

"아주 시발 존나게 도움이 된다. 옥사장 이제 잃을 게 뭐 있노? 저 인간 지금 막장이다. 저 상태로 밖에 나가서 너 고소하고 검찰한테 문히면 너는 빼도 박도 못하고 폭행에 감금으로 한 삼 년 감옥에서 썩는 거다. 그 핑계로 검찰은 또 우리한테 여기저기 돈보기 들이댈 거고. 도달아, 이 위험천만한 시절에, 제발 몸 좀 사리며 살자."

할말이야 많았지만 희수는 입을 다물었다. 어차피 말해봐야 입만 아픈 새끼였다.

"이야기 끝나면 바로 묻을 거 아입니까? 나는 그런 줄 알고 맘 편히 때렸지." 도다리가 고개를 갸웃거리며 물었다.

희수가 도다리를 싸늘하게 노려봤다.

"우리가 양아치가? 뭔 건달이 룰이 없노. 그래도 십 년 전까지만 해도 형님, 형님 하면서 깍듯하게 모시던 분인데, 늙고 힘없어졌다고 저래 막 대하면 되겠나?"

"에이, 미안합니다. 화 푸이소."

도다리가 싸늘한 분위기를 눈치챘는지 희수의 어깨를 문지르며 살랑거렸다. 그렇다고 도다리가 희수에게 겁을 먹었다는 뜻은 아니었다. 도다리는 담배를 하나 꺼내 희수에게 건네고 자기도 담배를 물었다. 희수가 마지못해 담배를 받아 입에 물었다. 옆에 있던 땡철이가 주머니에서 지포 라이터를 꺼내서 뚜껑을 열었다. 그러더니 도다리에게 먼저 담뱃불을 붙이고 그다음에 희수의 담배에 불을 붙였다. 어이가 없는지 희수가 땡철이를 보고 피식 웃었다.

"누가 때렸노?" 희수가 물었다.

"사람 때리는 게 힘들더라고. 그래서 이 새끼랑 협심해서 같이 때렸지. 나도 좀 때리고, 임마도 좀 때리고." 도다리가 땡철이 쪽으로 고개를 돌렸다. "때리기는 내가 더 많이 때렸는데 파워는 니가 좀더 세더라?" 도다리가 웃으며 말하자 땡철이가 히죽거리며 고개를 끄덕였다. 희수가 히죽거리고 있는 땡철이를 노려봤다.

"쪼개냐? 시발, 지금 웃음이 나와?"

희수의 말에 땡철이의 얼굴에서 순식간에 웃음기가 가셨다.

"상황 파악이 안 돼?"

희수가 땡철이 쪽으로 성큼성큼 걸어가더니 땡철이 코에 퍽, 하고 주먹을 날렸다. 희수 주먹 한 방에 키 큰 땡철이가 바람에 넘어가는 갈대처럼 뒤로 한껏 휘어졌다가 다시 앞으로 돌아왔다. 땡철이 코에서 코피가 주르륵 흘러내리더니 금세 코가 딸기처럼 붉어졌다. 도다리가 희수의 팔을 힘껏 껴안았다.

"희수 형님, 참으소. 우리 땡철이가 웃은 게 아니고, 야가 어릴 때 장티푸스를 심하게 앓아서 표정이 원래 그래. 어딘가 헤퍼 보이고 좀 모자래 보이고."

마음 같아선 몇 대 더 때려서 옥사장 얼굴처럼 만들어놓고 싶었지만 도다리가 팔을 꼭 껴안고 있어서 희수는 참았다. 희수가 이제 됐다는 듯 고개를 끄덕였다. 도다리가 팔을 놓았다.

"옥사장 씻겨서 사무실로 데리고 와. 너도 피 좀 닦고. 이 새끼야, 싱싱한 물고기를 키워내는 위생적인 양식장에서 이 뭔 피칠갑이고." 희수가 땡철이를 향해 말했다.

"네." 땡철이가 코에서 흐르는 피를 손등으로 훔치며 말했다.

컨테이너로 된 양식장 사무실 안에는 아무도 없었다. 양식장 인부들이 방수 작업복을 벗지도 않은 채 아무데나 앉아서인지 소파에 생선 비린내가 가득했다. 희수가 소파에 엉거주춤 앉았다가 냄새가 역해서 다시 자리에서 일어났다. 바지에 생선 비늘이 잔뜩 붙어 있는 기분이었다. 사무실 밖 수돗가에선 땡철이가 멀뚱멀뚱 서 있었고, 그 옆에서 옥사장이 그 특유의 느릿느릿한 폼으로 세수를 하고 있었다.

이십 년 전만 해도 옥사장은 손영감의 가장 중요한 사업 파트너였다. 사실 옥사장은 건달이라기보다는 사업가에 가까웠다. 그는 공대 출신의 엔지니어였고 건설 설비 쪽으로 작지만 탄탄한 자기 회사를 가지고 있었다. 건달과 손을 잡지만 않았다면 힘들지만 조금씩 성장해서 거대한 건설회사의 회장이 될 수도 있었을 것이다. 하지만 옥사장은 건달과 손을 잡았다. 건달과 손을 잡으면 좋은 일이 많았다. 다른 경쟁업체를 협박해서 쉽게 입찰을 따낼 수도 있었고, 관청에서 구암 바다로 떨어지는 수주를 독점할 수도 있었다. 밥에 물을 타든 물에 술을 타든 모든 게 순조롭게 굴러가던 시절이었다. 하지만 달콤하고 쉬운 것들에는 모두 독이 있는 법이다. 돼지를 배불리 먹이는 것이 돼지가 예뻐서가 아니듯, 건달들이 옥사장의 배를 불리는 것도 마찬가지였다. 옥사장의 사업이 잘되면 잘될수록 그것을 빨아먹겠다고 덤비는 놈들은 더 많아졌다. 자기 몸에 달라붙어 있는 수많은 거머리들을 떨쳐내기에 옥사장은 너무 순진했다. 옥사장은 도박과 마약을 시작했고 그후로는 끝 간 데 없는 몰락의 연속이었다.

땡철이가 옥사장을 사무실로 데리고 왔다. 희수가 땡철이에게 나가라는 듯 손을 내저었다. 땡철이가 문을 닫고 나가자 희수는 옥사장에게 담배를 한 대 건넸다. 옥사장은 엄지와 검지밖에 없는 손으로 담배를 받았다. 희수가 불을 붙여줬다. 옥사장의 오른손은 손가락이 두 개밖에 없었다. 도박을 끊겠다고 스스로 자른 손가락이 한 개, 사기도박을 하다 남에게 잘린 손가락이 두 개다. 손가락 세 개는 끊었지만 도박은 못 끊었다.

"그러니까 등기랑 그 밖의 서류들은 용강이한테 이미 다 넘어갔다, 이 말이네예?" 희수가 물었다.

옥사장이 죄인처럼 고개를 끄덕였다.

"도박빚이 총 얼마였는데요?"

"십억. 내가 꽁지로 쓴 돈은 오억이고 나머지는 이자라든가, 시팔."

"그러니까 용강이가 빨래공장을 인수한 금액이 정확히 십억이라 이거네요?"

옥사장이 말을 못하고 우물거렸다.

"아이참, 금액을 정확하게 알아야 우리가 용강이를 달래든가 쇼부를 치든가 뭐라도 할 거 아닙니까? 용강이한테 빨래공장 그대로 갖다 바칠까요?"

"정확하게는 십억오천이야."

"오천은 또 뭔데요?"

"용강이가 수고했다고 오천만원 주더만."

"뭔 수고를 했다고?"

"자기 하우스에서 존나게 도박해서 빨래공장 말아먹어줬다고."

"그거 진짜 존나게 수고하셨네요." 희수가 짜증을 냈다. "그래서 그 돈 들고 서울 가서 또 도박했습니까?"

옥사장이 말없이 고개를 숙였다.

"돈은 얼마나 남았는데요?"

"나 담배 한 대만 더 피울게."

옥사장이 책상 위에 있는 담뱃갑에서 담배를 꺼내 입에 물고 불을 붙였다. 그리고 고개를 돌려 자기 등뒤에 있는 빈 드럼통과 시멘트 부대를 무덤덤하게 바라봤다. 예전에 부산 바다 깡패들은 사람을 죽이면 드럼통에 시체를 담았다. 거기에 시멘트를 붓고 시멘트가 굳으면 배를 끌고 나가 수심 백 미터 정도 되는 바다에 버리는 것이다. 수심 백 미터 정도 되면 웬만한 장비로는 건져올릴 수도 없으니까. 하지만 이제는 그러지 않는다. 작업이 번거로워 사람이 많이 필요하고, 사람이 많아지면 새는 구멍도 많아지기 때문이다. 그리고 밀수 단속 나온 해안경비대에 재수없게 걸리기라도 하는 날엔 그것처럼 골치 아픈 일도 없는 것이다.

"저 드럼통 나 담으려고 놔둔 거가?"

옥사장이 빈 드럼통을 향해 눈을 힐끔거렸다. 옥사장의 말에 희수가 피식 웃었다.

"옥사장님, 저거 비용 많이 듭니다. 저런 드럼통은 세상 사람들 아무도 모르게, 은밀하고 조용하게 보내드려야 하는 브이아이피용이죠.

옥사장님이야 어디 그런 급이 됩니까? 우리 옥사장님 정도 되면 당당하게 배때기에 칼 맞고 구암 네거리 한복판에 드러누워줘야 체면이 서지요. 그래야 다른 업자들이 겁을 집어먹고 용강이랑 아예 수작을 못 부리지."

"하긴, 바지사장이 가게 날려먹고 멀쩡하게 돌아다니면 기강이 안서지." 옥사장이 무덤덤하게 말했다.

"돌아가는 사정을 잘 아는 분이 왜 일을 이 지경까지 만듭니까? 설령 도박빚이 생겼어도 우리한테 와서 상의를 해야지 급하다고 그걸 용강이랑 덥석 처리해서 될 일입니까?"

"내가 생각이 짧았다. 계속 궁지에 몰리다보니까. 그냥 될 대로 되라는 심정으로…… 희수야, 나 살려달라는 말은 안 할게. 어차피 살아봐야 또 도박할 거고, 또 히로뽕에 손댈 거고. 난 말이지, 아무리 생각해봐도 인간되긴 그른 놈이다."

옥사장이 담배를 길게 한 모금 빨았다.

"하지만 나 같은 놈 죽이려면 희수 니도 번거롭기만 하고 남는 게 없다 아이가."

"그래서요?"

"내가 용강이 그 개새끼 칼로 찔렀뿌고 같이 죽을게."

옥사장이 눈에 힘을 줬다. 희수가 무슨 뜻인지 이해가 안 된다는 듯 고개를 갸웃거렸다.

"대신 희수 니가 우리 애들한테 매달 이백만원씩만 보내도. 그라문 아버지 없어도 어째 안 살겠나." 그때 옥사장이 갑자기 눈물을 터뜨렸다. "우리 불쌍한 애새끼들, 내가 도박에 미쳐가지고 즈그 엄마도 도망가뿌고, 솔직히 요 몇 년 동안 집에 생활비라고 몇만원도 못 갖다쳤다. 아버지가 돼가지고 애새끼들이 우예 살고 있는지 아는 게 하나도 없다. 내가 인간이가? 내가 살아서 뭐하겠노? 내가 죽어야 된다. 내가 죽어야 우리 가족이 산다. 내가 뒈지면 즈그 엄마도 돌아올 기고."

옥사장은 한참 동안 울먹거렸다. 옥사장의 하소연을 듣고 있자니 머쓱해서 희수도 담배를 한 대 물고 불을 붙였다. 그리고 창밖으로 고개를 돌렸다. 어부들이 가두리양식장 안에 삽으로 사료를 퍼넣고 있었다. 양식장 그물 속 우럭 수천 마리가 사료를 먹겠다고 파닥거리며 수면 위로 뛰어올랐다. 햇빛에 반사된 물고기 비늘이 사금처럼 반짝거렸다. 살아보겠다고, 그저 한번 살아보겠다고 펄떡펄떡 뛰는 것들은 언제나 저렇게 싱싱하고 반짝거린다.

"그렇게 하자. 희수야, 용강이는 내가 꼭 죽여줄게."

희수는 잠시 생각에 잠겼다. 옥사장은 용강을 못 찌를 것이다. 이 약쟁이에다 도박쟁이의 말을 믿을 수는 없다. 그는 그저 이 상황을 모면하기 위해 잔꾀를 부리고 있는 것이다. 하지만 혹시라도 옥사장이 용강을 찌르고 같이 자폭해준다면 그처럼 좋은 일도 없다.

"아저씨, 용강이 그렇게 만만한 놈 아닙니데이."

"아이다, 용강이가 전에부터 자기는 세탁 기술이 없고 난 있으니까, 나보고 월급 받고 일하라고 그랬다. 내가 거기서 일하믄 언제고 기회가 안 있겠나? 용강이 배때기에 철판이 깔린 것도 아니고 사시미 칼로 힘차게 쑤싯뿌믄 제까짓 게 들어가지 와 안 들어가겠노."

"아저씨는 손도 떨리고 손가락도 두 개뿐인데, 그 손으로 힘차게 잘도 찌르겠습니다."

턱도 없는 일이라는 듯 희수가 고개를 저었다. 그러자 절박해진 옥

사장이 갑자기 손가락이 두 개밖에 없는 오른손을 마구 흔들어대면서
왼 주먹을 불끈 쥐었다.

　"이 손? 이 손 말이제? 괘안타. 나 왼손잡이다. 오른손은 화투만 치
는 쓰잘데기없는 손이다. 진짜다."

보드카

정오의 햇살이 수직으로 희수의 정수리에 내리쬐고 있었다. 희수
는 뱃머리에 앉아 햇살을 받아 반짝거리는 파도를 물끄러미 바라봤
다. 피투성이가 된 옥사장을 대영, 대성 형제가 지키는 밤섬에 가둬놓
고 오는 길이었다. 낡고 작은 배여서 배가 파도를 따라 제멋대로 출렁
거렸다. 왕복 네 시간이나 되는 먼 뱃길인데다 고물 엔진에서 나는 특
유의 비릿한 디젤 냄새 때문에 희수는 출발하기 전에 먹은 감성돔 회
를 바다에 모두 토했다. 뱃머리에 매달려 구토하는 동안 대영은 희수
의 그런 모습이 재밌다는 듯 조타키를 잡고 웃었다.

"형님은 명색이 원양어선도 탔다는 사람이 우째 뱃멀미를 합니까?"

"니 배가 좆만해서 그렇다. 큰 배는 잘 탄다." 희수가 지지 않고 말
했다.

배가 선착장에 도착하자 대영은 밧줄로 배를 고정하지 않고 대신
갈고리가 달린 긴 대나무 장대를 꺼내 배를 붙였다. 희수가 재빨리 배
에서 내렸다.

"바로 돌아가는 거가?"

"가야지예."

"고생 많았다. 옥사장 너무 괴롭히지 마라. 알고 보면 불쌍한 인간이다."

"알고 보면 다 불쌍하지 안 불쌍한 놈이 어디 있습니까? 나도 불쌍합니다."

대영의 말에 희수가 고개를 끄덕였다.

"그래, 니도 불쌍하고 나도 불쌍하고 다 불쌍하다."

대영이 빙긋 웃더니 배를 돌렸다. 그러곤 다시 먼바다로 그 작고 낡은 배를 움직였다. 희수는 대영이 방파제를 빠져나갈 때까지 바라보다가 주차장으로 향했다. 오전에 마신 술기운 때문인지 출렁거리는 배를 오래 탔기 때문인지 육지를 걷는데도 어지럼증이 밀려왔다.

주차장에는 웬일인지 마나 대신 단가가 기다리고 있었다. 단가는 운전석 문을 반쯤 열어놓은 채 얼굴에 신문지를 덮고 자고 있었다. 희수가 손바닥으로 단가의 얼굴을 찰싹 때렸다. 신문지에 덮인 단가의 얼굴에서 쩍 하고 종이 찢어지는 소리가 났다. 단가가 화들짝 놀라서 깼다.

"에이 시발, 얼굴을 때리노."

"여기서 뭐하노?"

단가가 고개를 천천히 한 바퀴 돌리더니 하품을 길게 했다.

"뭐하기는, 형님 기다렸지."

"내가 여기 있는 건 어떻게 알았는데?"

"도다리가 그라대. 형님 옥사장 처리하러 밤섬에 갔다고."

별일도 아니라는 듯 단가가 어깨를 으쓱했다. '처리'라는 말에 희수가 이맛살을 찡그렸다.

"도다리 그 개새끼는 입을 함부로 나불거려서 큰일이다."

"에이, 내한테까지 비밀로 할 거 뭐 있노? 형님 나 못 믿나?"

"니는 절대로 못 믿지. 돈만 주면 다 나불거릴 놈인데."

내뱉고 나니 말이 너무 심했다는 생각이 들었다. 섭섭했는지 단가의 얼굴이 굳어졌다.

"농담이다, 농담."

희수가 단가의 등을 툭 치며 달랬다. 굳었던 단가의 표정이 조금 풀렸다. 단가는 얽힌 감정을 그때그때 풀어주지 않으면 앙금이 오래가는 놈이었다. 뭐랄까, 뒤끝이 있는 스타일이랄까.

"형님이 그렇게 말하면 나는 진짜 섭하다. 모자원 시절부터 형님이랑 나랑 지내온 세월이 얼마고. 애비도 없는 모자원 출신이라고 존나게 무시당하면서 이 바닥에서 같이 버텨온 게 장장 이십 년이다. 형님 주위에서 내 빼고 나면 솔직히 믿을 놈 하나 없다."

"알았다, 알았어. 그놈의 모자원 타령은." 희수가 단가의 말을 잘랐다. 단가가 입을 삐죽 내밀었다. "이런 일은 귀가 적을수록 좋은 거다. 터지면 줄줄이 다 딸려가는데 여러 사람 알아서 좋을 게 뭐 있노."

"그래서 옥사장은 처리했나?"

"그냥 섬에 처박아놨다. 죽여봐야 남는 것도 없고. 사기도박으로 엮어서 용강이 고소라도 할 참이었는데 도다리가 묵사발을 만들어놔서 이도 저도 못하고 있다."

"하여간에 도다리 그 새끼 일하는 꼬라지하고는."

"그나저나 여기까지 웬일이고?"

"주류에서 형님 좀 보자고 한다."

"양동이 형님이 왜?"

"몰라. 나보고 다짜고짜 희수 형님 데리고 오라고 하네. 급한 일이라고."

"또 무슨 개수작 부리는 거 아이가? 안 갈란다."

"가보자. 들어서 나쁠 게 뭐 있노. 혹시 돈 되는 건수 하나 붙여줄지 아나. 그리고 불렀는데 안 가면 그 형님 성격에 가만있겠나."

하긴 가만히 있을 사람이 아니었다. 양동은 원숭이처럼 참을성이 없었고 생각이 나면 바로 행동에 옮겨야 직성이 풀리는 사람이었다. 갑자기 피로감이 밀려왔다. 4월의 햇살이 선창가 더러운 수면 위를 따갑게 비추고 있었다. 어부들이 수선을 위해 바닥에 펼쳐놓은 그물에서 생선 비린내가 아지랑이를 따라 물씬 피어올랐다. 희수는 호텔방으로 들어가 한 이틀쯤 푹 자고 싶은 심정이었다. 하지만 양동이 부른다는데 얼굴을 내비치지 않을 수 없는 노릇이기도 했다. 희수는 잠시 머뭇거리다가 차에 올랐다. 단가가 양동의 주류 창고로 차를 몰았다.

양동의 별명은 '영원한 이인자'였다. 그는 이 별명을 아주 싫어해서 누군가 술자리에서 이인자라는 별명으로 농담이라도 하는 날엔 가차없이 술판이 뒤집어지곤 했다. 하지만 양동이 어떤 성질을 부리건 구암 바다는 언제까지나 그를 이인자로 기억할 것이다. 십여 년 전 주류사업을 인계받고 독립하기 전까지 이십오 년이나 손영감의 꼬붕 노릇을 했으니 어쩌면 그것은 당연한 일일지도 모른다. 양동은 손영감 밑에서 운전수로 시작해 보디가드, 비서를 거쳐 만리장 호텔의 지배인 자리까지 올랐다. 덩치가 좋고 머리회전이 빠르며 성격이 괄괄한 사람이었다. 희수가 만리장 호텔 지배인이 되었을 때 인수인계해준 사람도 양동이었다. 호텔 식당이며 객실, 바, 가라오케 등등 지금의 만리장 호텔을 운영하는 방식은 양동이 다 만들었다고 해도 과언이 아니었다.

하지만 구암 사람들은 양동과 손영감이 이십오 년이나 손발을 맞춰왔다는 사실에 항상 놀라워했다. 둘의 성격이 너무나 달랐기 때문이다. 손영감이 어르고 달래면서 천천히 일을 처리하는 스타일이라면 양동은 좀 무리하다 싶을 정도로 거칠게 일을 처리하는 스타일이었다. 손영감이 다 물어보고 난 다음에 칼로 찌르는 스타일이라면 양동은 일단 칼로 찌르고 난 다음에 물어보는 정도의 차이랄까. 손영감이 모자란 듯 일을 하는 성격이라면 양동은 넘치게 일을 하는 사람이었고, 손영감이 좀 쩨쩨하게 지갑을 연다면 양동은 손이 컸다. 손영감이 무섬증을 많이 타서 싸움보다 타협을 선호한다면 양동은 회칼을 들고 속전속결로 일을 처리했다.

열여덟 살의 희수가 이 거칠고 낯선 건달 세계에 입문했을 때 따뜻하게 대해준 유일한 사람이 양동이었다. 아무런 끈도 없는 모자원 출신 건달들에게 일거리를 나눠준 사람도, 또 업장에서 나온 이익을 공평하게 나눠준 사람도 양동뿐이었다. 생각해보면 양동이 자기네 식구들도 먹고살 게 부족한 판에 끈 없는 모자원 출신까지 챙겨줄 이유는 전혀 없었다. 하지만 양동은 그랬다. 구암의 다른 중간 간부들처럼 접대비니 상납금이니 하며 이중으로 돈을 떼가지도 않았고, 술값 몇 푼 쥐여주며 일을 시키고 용역비를 혼자 챙겨먹는 야비한 짓도 하지 않았다. 그것이 옳다고 생각했기 때문이 아니라 명색이 건달이 힘없는 모자원 출신 애들을 등쳐먹는다는 게 쪽팔린다고 생각했기 때문이었다. 양동에게 건달은 가오였다. 건달은 가오가 상하면 그날로 건달짓 그만둬야 한다고 입버릇처럼 말했다. 성격이 직설적이고 화가 나면 앞뒤를 안 가리는 불같은 성격 때문에 불편해하는 사람도 많았지만 희수는 늘 양동이 좋았다. 우락부락하고 털털한 외모와는 달리 양동은 속이 따뜻했고 뒤끝이 없었다. 어쨌거나 양동이 없었다면 희수는 아직도 도박장 구석에서 남의 돈다발이나 세고 있을지도 모를 일이었다.

희수와 단가가 주류 창고에 도착했을 때 양동의 아이들은 한창 트럭에서 술을 내리는 중이었다. 러닝셔츠 차림으로 술을 나르던 건달 몇이 희수와 단가를 보고 건성으로 인사를 했다.

"저저 인사하는 꼬라지들 봐라. 형님아, 우리 위상이 이렇다." 단가가 나지막하게 말했다.

희수는 별 신경을 쓰지 않았다. 어차피 양동 밑에 있는 애들과 구암의 애들은 라인이 달랐고 사업상 섞일 일도 없었다. 그네들이 희수에게 깍듯하게 인사해야 할 이유는 없었다. 희수는 큰 걸음으로 창고를 뚜벅뚜벅 가로질렀다. 창고 안쪽에는 이미 술이 가득했다. 맥주와 소주 박스가 천장까지 위태롭게 쌓여 있었다. 그리고 한쪽 벽면에는 상당한 물량의 보드카도 쌓여 있었다. 4월인데도 벌써 여름이 성큼 다가온 느낌이었다. 여름의 구암 바다는 불법으로 빼낸 무자료 술들의 향연이었다. 양동은 구암의 모든 룸살롱, 단란주점, 가라오케, 횟집, 소주방, 포장마차, 하다못해 어묵을 파는 선술집이나 해변의 파라솔까지 독점으로 술을 공급했다. 그리고 최근에는 어디서 구했는지 보드카를 잔뜩 밀수해서 구암 바다를 넘어 월농과 수산센터 앞쪽까지 점점 세력을 넓혀가는 중이었다. 구암 바다에 술을 공급하는 데 누가 간섭할 리 없었지만 다른 지역에 술을 공급하는 것은 늘 분란을 일으켰다. 자기 밥그릇에 숟가락 담그는 것을 좋아하는 놈은 아무도 없는 것이다. 술 공급 때문에 다른 지역 건달들과 크고 작은 싸움이 몇 번 벌어지기도 했다. 하지만 양동은 그런 것에 아랑곳하지 않는 것 같았다.

사무실 입구에 다다르자 단가가 머뭇거렸다.

"안 들어가나?"

"나는 여기 있을랍니다. 양동이 형님이 희수 형님한테만 긴히 할말이 있는 것 같은데."

희수가 단가를 바라봤다. 뭔가를 숨기고 있을 때 늘 그랬듯 단가가 미간을 살짝 좁히며 희수 눈을 피했다. 자기가 모르는 뭔가가 있는 거라고. 단가와 양동은 벌써 합을 맞춰놨을 거라고 희수는 짐작했다.

"그럼 여기서 기다리고 있어라."

단가가 고개를 끄덕였다. 희수가 사무실로 들어섰을 때 양동은 파이프 담배에 불을 붙이고 있었다. 희수가 구십 도로 숙여 인사를 했다. 양동은 이런 깍듯한 인사를 좋아했다. 양동이 손에 들고 있던 파이프를 놓고 달려오더니 과장된 몸짓으로 팔을 벌려 희수를 껴안았다.

"우리 희수 왔나? 와 이리 얼굴 보기가 힘드노? 내가 을매나 보고 싶어했는데."

희수가 양동의 품에서 슬며시 빠져나왔다. 사내들끼리 껴안고 지랄을 하는 이런 유의 오버액션에 희수는 항상 닭살이 돋았다.

"웬 파이프 담뱁니까?"

양동이 자신의 손에 들려 있는 파이프를 보고 머쓱한 표정을 지었다.

"담배 끊어보려고 한번 시작해봤다."

"담배보다 낫습니까?"

"그래도 이건 입담배라서 삼키지는 않으니까 쪼매 나을까 싶어 시작했는데, 한 대 피우면 파이프 청소해야지, 불 잘 꺼지지, 한 모금 시원하게 삼키지도 못하지. 마, 성격 베리겠다."

양동이 먼저 자리에 앉더니 손짓으로 희수를 불렀다.

"서 있지 말고 앉아라."

"오다보니 창고에 술 많이 모았데예. 이번 여름은 거뜬히 넘기겠습니다."

"소주, 맥주 존나 모아봐야 돈 안 된다. 돈 좀 만지려면 양주가 있어야지."

"항구 창고에 시바스 스무 박스 들어왔던데 그거라도 보내드릴까요?"

"요즘 시바스 같은 거 누가 묵노?"

어디서 시바스 병으로 뒤통수를 맞기라도 한 건지 양동이 버럭 화를 냈다.

"와예? 이제 시바스가 인기가 없습니까?"

"하도 안 나가서 창고에 남은 시바스로 뱀술이나 담가볼까 생각중이다."

양동의 넉살에 희수가 웃었다.

"요즘은 보드카다. 가격 착하제, 맛 깔끔하제, 묵고 나면 뒤끝도 좋다 아이가. 그리고 우리가 마시는 소주랑 비슷해서 사람들이 좋아한다. 중국 애들도 좋아하고 동남아 애들도 좋아하고. 이제 발렌타인이나 시바스 이런 시대는 갔다. 업소에서 보드카만 찾는데 물량이 딸려서 지금 난리도 아니다."

"그래예?"

사실 별 관심도 없으면서 희수가 놀라는 척을 했다. 양동이 파이프를 깊게 빨더니 천천히 내뿜었다.

"그래서 하는 말인데, 이번에 보드카 한번 넣어봐라. 희수 니가 러시아 애들이랑 인맥이 좀 닿는다메?"

"인맥은 뭔 인맥입니까? 그냥 오며 가며 눈인사나 하는 거지예."

"건달끼리 눈인사하면 형제나 다름없는 거지."

"얼마나 필요한데요?"

"한 다섯 깡통쯤 해보려고."

"다섯 깡통요? 장난합니까?"

'장난'이라는 말에 양동의 표정이 확 굳어졌다. 하지만 이내 얼굴을 부드럽게 풀더니 희수에게 다시 말을 건넸다.

"그 새끼 말본새하고는. 형님이 이렇게 납작 엎드려서 말하는데 장난이라니. 그라고 니는 협상의 여지도 없이 딱 잘라 말하는 거, 그 버릇을 버려야 한다. 그렇게 단호하게 잘라뿌면 후배 앞에서 겸손하게 씨부리고 있는 내 얼굴이 뭐가 되노?"

"죄송합니다. 그런데 솔직히 힘듭니다. 컨테이너에 술 몇 박스 끼워오는 것은 그냥 애교지만 한 깡통씩 들여오다 터지면 세관 애들도 감당 못합니다. 그런데 다섯 깡통을 어떻게 통과시킵니까?"

"지랄, 지랄, 이래 겁을 내서 돈을 우예 벌겠노. 얼마 전에는 조선족 오십 명도 컨테이너에 실어오고, 심지어 북한 애들도 컨테이너에 발 디딜 틈도 없이 쑤셔넣어서 입항시켰다더라. 사람도 그마이 데리고 오는데 니가 하고자 하는 마음만 있으면 보드카 다섯 깡통이 뭐가 어렵겠노? 사실 되긴 되는데 영감님 눈치보느라 그라제?"

"그럼 월급 받는 처지에 눈치 안 보고 살아집니까?"

"마 새끼야, 사내가 주체적으로 살아야지. 내가 만리장 지배인으로 일할 땐 영감이 뭐라 해도 내 할 건 알아서 밀어붙였다. 그래도 영감이 아무 말도 못했다. 그라고 솔직히 콩을 들여오나 총을 들여오나 어차피 위험한 건 마찬가진데 만날 중국산 고춧가루나 비벼대서 언제 돈 좀 만지겠노?"

그건 그렇다는 듯 희수도 고개를 끄덕였다. 중국산 고춧가루는 생각만 해도 지겨운 일거리였다. 하지만 손영감은 다섯 컨테이너나 되는 물량의 술을 항구로 들여올 사람이 아니었다. 희수는 문득 양동이 구암과 월농 그리고 충무동 일부에 공급하고 있는 어마어마한 양의 보드카를 어디서 구하고 있는지 궁금했다. 구암에서 빼돌린 물건은 아니었다. 구암의 항구로 들어오는 모든 물건은 희수가 실질적으로 관리하고 있으므로 모를 수가 없었다. 그렇다고 북항으로 들어오는 물건도 아닐 것이다. 북항의 물건은 영도의 남가주 회장이 관리하고 있었다. 영도가 월농, 충무동, 남포동의 주류업자들과 경쟁관계인 양동에게 보드카를 공급할 리는 없었다.

"오다 보니까 보드카 엄청 많던데 그건 어디서 들어오는 겁니까?" 희수가 넌지시 물었다.

"뭐 그런 게 있다. 나도 이 바닥 생활만 삼십 년이 넘었는데 그만한 구멍 하나 없겠나." 양동이 희수 눈길을 슬쩍 피했다.

"지금 물량으로 모자랍니까? 제가 보기엔 저것만 팔아도 충분할 거 같은데."

"동네 몇 군데 쑤셔넣는 데는 문제가 없는데 이참에 사업을 좀 확장

해볼까 하고. 사업이란 게 치고 나갈 때 치고 나가야 되는데, 지금이
딱 그 타이밍이다. 그런데 총알이 딸랑딸랑하니까 판을 못 벌이겠다."

희수가 양동의 말에 건성으로 고개를 끄덕였다.

"희수 니 수고비는 섭섭지 않게 챙겨줄 거다. 그리고 혹시 일 터져
도 내가 다 뒤집어쓸 테니까 니는 걱정할 거 하나 없다."

양동의 말이 맞았다. 콩을 들여오나 총을 들여오나 어차피 몰래 들
여오는 것은 다 위험했다. 게다가 양동이 다 덮어쓴다면 희수로서는
손해볼 것이 하나도 없는 셈이었다.

"그럼 형님이 양과장을 꼬셔보이소. 그럼 러시아 애들 쪽은 제가
알아서 해볼게예."

"박과장이 아니고?"

"박과장은 요즘 배에 기름 차서 쪼매만 위험해도 안 할라고 합니
다. 내가 전화 넣어줄 테니까 양과장 쪽으로 쑤셔보이소."

"하긴 박과장 오래 해처묵었지. 모르긴 해도 어디 빌딩 여러 채 숨
기고 있을 거다."

"그나저나 지금 물량에 다섯 깡통 더 얹으면 물량이 상당한데 그게
소화나 다 되겠습니까?"

"아따, 소화도 못 시킬 걸 주문하겠나. 테이블은 쫙 깔렸으니까 걱
정할 거 없다."

희수가 시계를 슬쩍 봤다.

"이야기 다 된 거지예?"

"아이다, 긴히 할 얘기는 따로 있다. 오늘 바쁘나? 나랑 술 한잔 안
할래?"

"술은 다음에 하면 안 되겠습니까? 오후에 일이 있어예."

희수가 다시 시계를 힐끔 보며 괜히 바쁜 척을 했다.

"호텔에 일이 많은 모양이네."

양동이 섭섭한 표정을 지었다.

"그냥 돈도 안 되는 잡일입니다. 영감님 성격 아시잖습니까? 돈도 안 되는 오만 잡다한 거 다 끌고 와서 쪼물딱거리며 사람 귀찮게 하는 거."

"암, 잘 알지. 그 쪼잔한 성격 어디 가나? 나도 옛날에 영감 밑에서 일할 때 그 뭣이냐, 가짜 참기름, 그거 짠다고 식겁했다. 건달한테 참기름을 짜라니 시발, 그게 말이 되냔 말이다. 참기름 따위나 짜는 오야붕 밑에서 어떻게 걸출한 건달이 나오겠노. 내가 늘 말하지만 건달은 가오다. 건달한테는 건달 냄새가 나야지 식료품 냄새가 나면 그걸로 끝난 거다."

희수가 고개를 끄덕이며 적당히 맞장구를 쳐줬다.

"술은 못 마셔도 이야기 들을 시간은 있으니까 하실 말씀 있으면 편하게 하이소."

"그럼 커피나 한잔하고 가라."

양동이 인터폰으로 경리를 불렀다. 경리 아가씨가 커피를 들고 와서 테이블 위에 놓았다. 양동이 경리 아가씨의 엉덩이를 뚫어져라 쳐다보더니 인상을 찌푸렸다.

"미스 김아, 내가 바지 입고 다니지 말랬제? 여자는 뭐니뭐니해도 치마 아이가."

"사장님이 자꾸 치마에 손 집어넣으니까 그러지예." 경리 아가씨가 눈을 흘기며 쌀쌀맞게 말했다.

커피를 두고 나가는 경리 아가씨의 엉덩이가 탱탱했다. 양동이 엉덩이를 보며 입맛을 다셨다.

"아따, 그 연세에도 불타는 정열은 여전하시네예." 희수가 놀리듯 말했다.

양동이 손을 내저었다.

"아이다. 나이가 드니까 아랫도리에는 힘이 없고 양기가 헛바닥으로 올라와서 입만 나불대는 거다. 우리 나이가 되면 좆으로는 불륜을 못하니까 만날 입으로만 불륜을 한다 아이가."

양동이 파이프를 빨더니 연기를 뻐끔뻐끔 내뿜으며 희수 눈치를 살폈다. 그리고 창문으로 사무실 밖에 누가 있나 꼼꼼히 확인하고는 블라인드를 내렸다. 자리로 돌아온 양동이 희수 근처로 바짝 다가와서 얼굴을 들이댔다. 희수가 양동의 진지한 얼굴이 부담스러운지 화분 쪽으로 슬쩍 고개를 돌렸다.

"희수야, 내가 요즘 큰 그림을 하나 그리고 있다."

"뭐 좋은 건수가 있습니까?"

"내 아는 놈 중에 김사장이라고 기계 장사하는 놈이 하나 있다. 재일교포인데 그놈이 일본에서 노래방 기계도 만지고 파친코 기계도 만지는 놈이다. 남들이 관광호텔 하나 차지하려고 서로 칼로 찌르고 지랄을 할 때 이 새끼는 조용히 파친코 기계랑 노래방 기계만 팔아서 수백억을 챙겨묵은 놈이다. 그놈이 그라대. 이제 우리나라에서 관광호텔 파친코의 시대는 갔다고. 규제도 심하고, 허가받기도 힘들고, 파친코 하나 내려고 관광호텔 지을라 하면 그게 존나게 피곤한 일인 기라. 건축법도 복잡하고, 그 지역 건달들이랑 구역 전쟁도 해야 하고, 공무원들한테 존나 상납해야 하고, 이래 뜯기고 저래 뜯기고 나면 남는 게 없다. 그놈 말이 이제 성인오락실 시대라고 하대."

"애기들 동전 넣고 하는 전자오락실요?"

"현찰만 왔다갔다 안 할 뿐이지 상품권으로 후리니까 실제 파친코랑 진배없다. 관광호텔이야 대공사지만 성인오락실은 허가도 간단하고 당구장만한 점포 하나만 있으면 되니까 차리기도 쉽고. 수틀리면 버리고 도망간 다음에 딴 곳에 다시 차려도 된다. 요즘에 서울이고 대전이고 우후죽순 막 생겨나고 있다. 그래서 이참에 내가 성인오락실에 기계를 함 넣어보려고 한다. 일본에서 유행하는 최신식 기계로다가."

"그러니까 오락실 운영은 안 하고 기계만 넣는다는 말씀입니까?"

"오락실 운영하려면 애들도 많이 필요하고 지역 애새끼들이랑 실랑이 벌여야 하고 공무원들 쥐약 멕여야 하고 복잡하다. 우리는 기계만 넣고 상품권 깡이나 좀 치면 된다."

"기계는 일본에서 들여옵니까?"

"일본 놈들한테 기곗값 주고 뭐 남겠노. 내가 재일교포 김사장이랑 공장 하나 물색중에 있다. 김사장이 데리고 있는 기술자가 실력이 좋아서 일본 기계랑 아주 똑같다. 그래서 하는 말인데 희수 니가 그 공장이랑 영업을 책임지고 맡아볼 생각 없나?"

희수가 담배를 한 대 물었다. 양동이 성냥을 그어 희수의 담배에 불을 붙이고 자기도 꺼진 파이프에 불을 붙였다. 구미가 당기는 제안이었다. 처음 노래방이 우후죽순 생겨날 때 일본에서 기계를 수입해다 팔아서 수십억을 챙겨먹었다는 놈에 대해서는 희수도 들은 적이 있었다. 게다가 오락실을 운영하는 것은 복잡한 일이지만 기계랑 상품권만 취급하는 것은 알짜배기만 챙겨먹는 장사였다.

"성인오락실에 손님 다 뺏기면 파친코로 묵고사는 놈들이 가만히 안 있을 텐데요. 걔네들 전국구 애들인데 그게 감당이 되겠습니까?"

"자기들은 힘들게 허가 내서 영업하고 있는데 기분이 좋을 리는 없지."

"시끄러울 텐데요."

"쪼매 시끄럽기는 하겠지만 즈그들이 우짤 기고. 이제 옛날처럼 나이트클럽 하나 차지하려고 서로 칼부림하는 그런 큰 전쟁은 없다. 부산에 지금 건달이 어딨노? 조승식인가 하는 그 미친 검사 놈이 싸그리 다 잡아갔다 아이가. 그 양반이 하도 설쳐대서 두목 중에 남아 있는 사람이 없다. 그나마 안 잡혀간 두목들은 다 숨어 있고. 부산 바닥이 지금 무주공산이다."

"그러니까 제 말은 각두기 세 명만 모여 있어도 다 잡혀가는 이런 살벌한 시국에 일을 벌이시겠다 이거 아닙니까?"

"얼마 전에 조승식이 부산을 떴다. 그게 무슨 뜻이고?"

"잡아들일 놈은 다 잡았다는 겁니까?"

"그렇지. 그라고 범죄와의 전쟁인가 지랄인가 하는 쇼도 끝났다는 거다. 이제는 국민들도 조폭들 때려잡는 뉴스에 신물이 날 지경이다. 게다가 깡패들 돈 안 받아처묵은 정치인이 어딨고, 와이루 안 먹은 공무원이 어딨노? 서로 다 불편한 기라. 지금이 타이밍이다. 그라고 건달들도 나와바리 전쟁 이딴 거 그만해야 한다. 이제는 구역이 아니라 아이템 싸움이다."

희수가 고개를 끄덕였다. 확실히 양동의 말은 설득력이 있었다. 돈 냄새가 나는 일이었고 부산 바닥의 판세도 양동의 말이 맞았다. 범죄와의 전쟁 이후 부산 바닥의 두목들은 대부분 잡혀갔고 어떤 조직은 싸그리 잡혀가서 아예 통째로 공중분해된 곳도 있었다. 그나마 남은 건달들도 겁을 먹고 몸을 잔뜩 움츠리고 있는 형국이었다. 판을 벌인다면 지금이 가장 좋은 타이밍이었다. 하지만 세상일이란 건 대부분 뜻대로 안 되는 법이다. 설령 뜻대로 된다고 하더라도 양동의 말처럼 멋지고 깔끔하게 일이 성사될 리는 없었다. 성인오락실을 차려서 돈을 버는 건달이 있으면 손해를 보는 건달도 있는 법이다. 자기 밥그릇을 뺏길 판에 가만히 있을 놈은 없다. 큰 전쟁은 없다고 해도 결국 몇 번의 칼부림이 날 것이고 몇 놈은 수배를 피해서 외국으로 도망을 가거나 감옥에 갈 것이다. 희수는 문득 자기 나이를 생각했다. 젊을 때처럼 몸이 잽싸지도 않다. 물불을 안 가리는 젊은 놈들이 회칼을 들고 우르르 몰려오면 도망이나 제대로 갈 수 있을지 자신도 없었다. 게다가 이 나이에 칼에 찔려 병신이 되거나 아님 누군가를 찔러서 감옥에 가게 된다면 그걸로 인생은 끝장나는 것이다.

"보통 일이 아니네예."

"하모, 보통 일이 아니지. 부산 바닥을 접수하는 일인데."

"만리장은 그만둡니까?" 희수가 넌지시 물었다.

"아무래도 그래야 안 되겠나? 이게 생각보다 일이 많다."

양동은 자신만만한 얼굴이었고 또 비장한 얼굴이었다. 그 자신만만함 이면에 있는 어떤 콤플렉스가 희수를 불안하게 했다. 솔직히 희수는 부산 바닥을 접수하고 싶은 생각도, 엄청난 돈을 모으거나 큰 조직의 오야붕이 되고 싶은 욕심도 없었다. 그런 거대한 것들을 꿈꿀 만한 에너지는 벌써 예전에 사라져버린 것 같았다. 희수는 하루하루 버티는 것만 해도 버거웠다.

"형님이 이렇게 저를 챙겨주시는 건 진짜 고맙습니다. 어릴 적부터 늘 그래주셨지예. 그런데 이번 일은 시간을 두고 생각을 좀 해봐야겠습니다. 호텔에 벌여놓은 일들도 있고, 지금 당장 발을 빼면 영감님이 얼마나 곤란하겠습니까?"

희수가 슬며시 발을 뺐다. 양동의 얼굴에 실망감이 역력했다. 양동이 입에 문 파이프에서 거칠게 연기가 빠져나왔다.

"니 올해 몇이고?"

"마흔입니다."

"적은 나이 아니다, 그제?"

"뭐 그렇지예."

양동이 파이프를 길게 빨면서 살짝 뜸을 들였다.

"양변호사라고 알제?"

"손영감님 변호사예?"

"일전에 내가 양변호사를 만났는데, 영감이 감방에서 나오고 난 다음에 자기도 뭔가 불안했는지 유언장을 정리하려고 했다 카대. 양변호사 말이 유언장에 희수 니 이름이라고는 한 자도 없다더라. 희수 니는 그간 호텔 일을 도맡아 하면서 고생 존나게 했으니까 손영감이 만리장 호텔 반 토막이라도 니한테 줄 거라고 생각하겠지만 그건 택도 없는 소리다. 니는 잘 받아봐야 술집 한두 개다. 내가 그 양반 쪼잔한 스타일을 잘 안다. 내가 그 양반 밑에서 이십오 년을 일해주고 받은 게 고작 허허벌판에 사무실이라고는 컨테이너 박스 하나 있는 이 주류 업장 한 개다. 그때 만리장에서 쫓겨나서 난로 하나 없는 컨테이너 박스 사무실에 딱 앉아보니까 그제야 내가 그동안 어떻게 살았는지 알겠더라. 건달의 의리? 충성? 명예? 개좆이라고 해라. 그건 시발 오야붕들이 지 혼자 다 처먹으려고 후려치는 좆같은 소리에 불과하다. 딱 까놓고 말해서 영감이 만리장에서 똥폼 잡고 앉아 하는 게 뭐 있노? 손에 발린 꿀 빨아먹는 거 말고는 아무것도 없다 아이가? 다 우리 같은 놈들이 감옥 끌려가고 칼 맞아가면서 개설레발을 쳐서 이 구암 바다가 돌아가는 거 아이가? 우리는 오만 일 다 하고 욕 처듣고 감옥 가고 빙신 되고 다 그래 사는데 그 영감은 편안하게 앉아서 지역사회 유지로 존경도 받고, 구청장이나 국회의원들 만나서 테이프나 끊고."

양동의 장광설은 늘 들어오던 말이라 희수는 형식적으로 고개를 끄덕였다.

"도다리가 요즘 존나게 설쳐대제? 그 새낀 벌써 눈치 깐 거다. 손영감 죽으면 만리장이 누구한테 넘어가겠노? 손씨가 보통 집안이가? 이 구암 바다에서 팔십 년을 해처묵은 집안이다. 영감 죽으면 손씨 피붙이라고는 도다리 그 털팔이 새끼밖에 더 있나? 도다리가 만리장 호텔 주인 되면 희수 니는 그 자리에서 새 되는 거다."

"넘어가면 넘어가는 거지, 뭐 우짤 깁니까? 도다리를 담그기라도 할까요?"

"아이고, 이 뼈도 없는 새끼야, 내가 니를 데리고 뭘 하겠노."

양동이 성질을 부리더니 파이프를 빨았다. 하지만 불이 꺼져 있어 뻑뻑 빠는 소리만 들렸다. 양동이 파이프를 바닥에 집어던졌다.

"에이 시발, 이놈의 파이프는 짜증나서 못 피우겠네."

희수가 바닥에 떨어진 파이프를 주워서 다시 테이블 위에 올렸다.

"희수 니 집이나 한 칸 있나?"

"없습니다."

"차는 뭐 타고 다니노?"

"에스페로 탑니다."

"이 봐라, 봐라. 만리장 지배인이면 명색이 구암의 에이스 아이가? 만날 똥이나 싸대는 도다리도 벤츤데, 희수 니는 에스페로가 뭐꼬, 에스페로가."

"에스페로 차 괜찮습니다."

"괜찮기는, 니기미 뽕이다."

양동이 소매에 묻은 담뱃재를 털어냈다.

"담배나 한 대 줘봐라."

희수가 담배를 건넸다. 양동이 담배에 불을 붙이고 길게 연기를 내뿜었다.

"구암 사람들 솔직히 영감님한테 불만이 많다. 자기는 묵고살 만하니까 위험한 일은 하나도 안 할라고 하믄서, 또 상납은 꼬박꼬박 받는다 아이가? 그카고 구암 바다가 자기 거가? 해변이랑 모래 알갱이랑 바닷물이 자기 거냐고. 그만큼 해처묵었으면 됐지 와 대대손손 이어갈라고 지랄이고. 지가 뭔 김일성이가 김정일이가? 그라니까 딴 거 필요 없다. 우리가 흘린 피를 보상받으려면 애들 왕창 끌어모아서 돈 왕창 벌고 그 돈으로 떵떵거리며 사는 것뿐이다. 그라믄 만리장 접수하는 것은 일도 아닌 거지. 그 힘없는 영감은 싸리빗자루로 때려잡아도 잡는 거다."

순간 희수의 얼굴이 굳어졌다. 양동이 희수의 굳은 얼굴을 눈치챘는지 말을 멈췄다.

"제가 양동이 형님 좋아하는 거 알지예?"

"알다마다."

"그러니까 오늘 얘기는 못 들은 걸로 하겠습니다."

희수가 자리에서 일어섰다. 양동이 낭패한 표정을 지었다.

"희수야, 니가 손영감 무덤에 같이 순장될 게 아니라면 지금 이 타이밍에 줄 잘 서야 한다. 영감은 이제 바라는 게 없는 사람이다. 자고로 바라는 게 없는 놈이랑은 일을 도모하는 게 아니라 했다. 내가 이 나이에 왜 이 모양 이 꼴로 사는 줄 아나? 그게 젊은 나이에 손영감 줄을 타서 그렇다."

양동이 재떨이에 담배를 비벼 껐다. 그는 잔뜩 화가 난 얼굴이었다. 희수는 아랑곳하지 않고 양동에게 구십 도로 정중하게 인사를 했다. 그러곤 사무실 밖으로 걸어나왔다. 창고 한구석에서 단가가 엉덩이가 탱탱한 경리 아가씨에게 시시껄렁한 농담을 던지고 있었다. 희수가 차문을 열고 보조석에 앉았다. 단가가 황급히 달려오더니 운전석에 앉았다. 이야기가 잘됐는지 어쨌는지 알아보려는 듯 단가가 슬금슬금 다가와 희수의 눈치를 살폈다.

"뭐하노?" 희수가 말했다.

"예?"

"시동 걸어라. 집에 안 가나?"

단가가 시동을 걸고 차를 출발시켰다. 한동안 희수는 아무 말도 없이 창밖을 바라봤다. 대낮이어서 산길을 따라 나 있는 해안도로에는 차가 별로 없었다.

"양동이 형님이랑 이야기는 잘됐습니까?" 단가가 희수의 눈치를 보며 물었다.

희수가 차창 밖으로 바다를 바라보다 한참 만에 입을 열었다.

"단가야, 니 행동거지 조심해라. 손영감 그렇게 물컹한 사람이 아니다. 양동이 형님 말만 믿고 괜히 설레발치다가 니 명에 못 죽고 칼 맞는 수가 있다."

단가는 아무 말도 못하고 계속 앞만 보고 있었다. 햇살 때문인지 희수의 눈길을 피하는 단가의 얼굴이 붉었다.

낮술

손영감과 도다리는 테라스에 앉아 있었다. 4월이어서 테라스에 앉기에 좋았다. 해변을 따라 일본인들이 심어놓은 벚나무가 무성하게 꽃을 피우고 있었다. 따뜻한 햇살 아래서 바람을 따라 흩날리는 벚꽃들과 그 사이로 비치는 구암의 아름다운 바다를 한가롭게 바라볼 수 있는 만리장 호텔의 테라스 시절은 아주 짧았다. 봄이 무르익고 전쟁 같은 여름이 오기 전까지 아주 잠시뿐이었다.

희수가 테라스로 걸어갔다. 손영감은 홍삼차를 마시고 있었고 도다리는 대낮부터 보드카를 마시고 있었다. 벌써 반병이나 마신 모양으로 도다리의 얼굴이 붉었다. 그 보드카는 양동이 부산 바닥에 풀고 있는 싸구려 보드카가 아니었다. 희수가 감천항에서 러시아 선원들과 한참이나 실랑이를 벌여서 겨우 받아온 술이었다. 러시아에서도 꽤나 고급으로 통하는 보드카여서 몇 병 구하지도 못했다. 그걸 땀 한 방울 안 흘린 도다리 새끼가 돈도 안 내고 대낮부터 처마시고 있는 것이다.

손영감에게는 여동생이 하나 있었는데 그녀의 이름은 손수미였다.

몸은 가냘프고 키는 커서 바람이 불면 잘 마른 낙엽처럼 훅 날아가버릴 것 같은 여자였다. 하늘 아래 이제 하나밖에 남지 않은 혈육이어서 손영감은 그 여동생을 몹시 아꼈다. 아버지가 젊은 나이에 광복동에서 미군 칼을 맞고 죽었을 때부터 손영감은 그 여동생을 친딸처럼 돌봐왔다. 그녀와 결혼한 사내는 채선생이라는 춤꾼이었는데 그녀보다 열다섯 살이나 많았다. 채선생은 다른 어떤 사내와도 비교를 불허할 만한 생양아치였다. 호색한에다 사기꾼이어서 늘 이런저런 추문에 휩싸였다. 채선생은 술을 안 마실 때는 여자를 왕비처럼 떠받들다가 술에 취하면 여자를 죄수처럼 패는 묘한 버릇이 있었는데 몇몇 여자들은 만날 채선생에게 얻어터지면서도 이 남자를 사랑했다. 손수미도 그런 여자 중 하나였다. 참으로 신비로운 재주라고 구암의 사내들은 내내 수군거렸다.

정상적인 상황이었다면 손수미와 채선생은 절대 결혼할 수 없었을 것이다. 손영감은 이런 양아치를 하나밖에 없는 여동생의 남편으로 허락할 사람이 아니었다. 하지만 채선생은 일단 손수미의 뱃속에 아이부터 하나 들여앉혀놓고 결혼 허락을 받으러 왔다. 그 뱃속에 뻔뻔하게 들어앉아 있던 놈이 도다리였다. 도다리 때문에 손영감은 할 수 없이 결혼을 허락했다. 손수미는 어릴 때부터 몸이 허약했는데 도다리를 낳고 나선 몸이 더욱 약해져서 삐쩍 마른 그녀의 몸에선 젖도 나오지 않았다. 어느 날 밤 손수미는 술 취한 채선생의 매질을 피해 집 밖으로 뛰쳐나왔다가 비를 몹시 맞고 폐렴에 걸려 죽었다. 죽은 그녀의 손목과 가슴팍에는 여러 개의 멍자국이 있었다.

손수미의 장례식이 끝나고 한 달 뒤부터 채선생은 어디서도 보이지 않았다. 손영감을 피해 일본으로 도망을 갔다는 이야기도 있었고,

필리핀에 사교춤 학원을 차렸다는 말도 있었지만 모두 뜬소문이었다. 그후로 채선생을 직접 봤다는 사람은 단 한 명도 없었다. 만약 손영감이 채선생을 죽였다면 사업과 관련되지 않은 유일한 살인 청부였을 거라고 희수는 생각했다.

희수가 테라스에 앉자 마나가 테이블로 왔다.

"형님, 잔 하나 더 갖다드릴까요?" 마나가 테이블 위에 있는 보드카를 쳐다보면서 물었다.

"양아치냐? 대낮부터 무슨 술이야. 커피나 가져와. 진하게 내려서."

대낮부터 술을 마시고 있던 도다리가 아니꼬운 눈으로 희수를 바라봤다.

"옥사장은 어떻게 하고 왔노?" 손영감이 물었다.

"밤섬에 놔뒀습니다. 이분께서 워낙 알차게 때려놔서 멍 다 빠지려면 한 달은 족히 걸리겠네요." 희수가 도다리를 쳐다보면서 말했다.

"밤섬에 대성이 말고 또 누가 있나?"

"형 대영이가 같이 있습니다."

"그 무식한 형제들은 요즘도 시체 처리해주는 일 하나? 예전엔 시체 갈아서 양식장 광어 사료 만들고 그라드만."

"일거리 들어오면 마다하기야 하겠습니까마는 요즘에 어디 그런 일이 있어야지예."

"하긴, 요즘엔 길거리에서 칼로 쑤시고 그냥 가뿌니까." 손영감이 고개를 끄덕였다. "대영이 대성이 형제랑 밤섬에서 같이 지내려면 옥사장 욕 좀 보겠네?"

"아마 겁 좀 먹을 겁니다." 희수가 웃으며 말했다.

"그러니까 멍 다 빠지고 나면 옥사장 살려준다고요? 용강이한테 가게 넘긴 바지사장을 멀쩡하게 그냥 놔두면 이 구암 바다에서 우쩨 기강이 서겠습니까?" 보드카에 취한 도다리가 벌건 얼굴로 말했다.

"기강 같은 소리 하고 자빠졌네. 기강이 밥 멕여주나? 그렇게 기강 세우고 싶으면 아무 년한테나 들이대는 니 좆에나 기강을 좀 세워봐라!" 손영감이 도다리를 향해 버럭 소리를 질렀다.

"에이, 삼촌은 지역사회의 기강을 바로잡는 사뭇 진지한 이야기를 하고 있구만 거기서 좆 이야기가 왜 튀어나오는교. 하여간에 대화에 에티켓이 없어." 도다리가 구시렁거렸다.

"니 입에서 기강 이야기가 나오니까 하도 얼척이 없어서 그란다." 손영감이 도다리를 향해 빈정거리고는 홍삼차를 한 모금 마셨다. "그나저나 용강이는 뭔 속셈으로 빨래공장을 접수했다노?"

"용강이 속셈을 모르겠네요. 빨래공장 접수해서 뭘 어쩌자는 건지." 희수가 말했다.

"옥사장이 얼마에 넘겼다는데?"

"정확히 십억오천이라네요."

"십억? 그 개또라이 새끼, 도박으로 많이도 날려먹었네. 아, 을매나 성실하게 화투장을 뒤집어야 십억이나 해처묵을 수 있노. 참나, 이해가 안 되네. 그 성실함으로 화투장 대신에 물수건을 뒤집었어도 돈 수억은 안 벌었겠나. 그나저나 십억이면 용강이랑 합의도 안 되겠네?"

"합의가 되어도 용강이한테 돈은 못 주지예. 지는 노름빚으로 인수했는데 거기다 생돈을 우예 처바릅니까? 용강이한테 그 돈 갖다 바칠 거면 차라리 기계 사서 빨래방을 새로 차리는 게 낫습니다."

"새로 차리기는, 빨래 기계는 어디 공짜가? 세탁기 한 대가 중고로 사도 삼천만원씩 한다."

"여차하면 옥사장이랑 사기 당한 놈 몇 명 더 세워서 신고하는 것도 한 방법입니다. 도박빚이야 법적으로 인정이 안 되는 거고, 구형사랑 사바사바해서 불법 도박, 협박, 폭행으로 엮으면 용강이 새끼 일 년 정도는 감방에 못 처넣겠습니까?"

손영감이 생각에 잠겼다. 그러다 잠시 후 고개를 저었다.

"아이다. 이런 일에 순사 놈들 끌어들이면 골치만 아프고 좋을 거 하나 없다. 을매나 굼뜬 새끼들인데, 그놈들 일 시작하면 서류만 오백 장이다. 그 종이쪼가리 채운다고 수사받고, 왔다갔다하고, 변호사 부르고, 재판받고, 그러는 동안에 빨래공장 일 못하고 붕 뜨면 남는 거 하나 없다. 게다가 용강이가 지 혼자 죽을 놈도 아니고. 처넣어도 몇 달이면 다시 기어나올 텐데 그땐 또 우찌 막을 거고."

그때 연거푸 보드카를 마시고 있던 도다리가 느닷없이 소리를 질렀다.

"거참, 뭘 그리 복잡하게 생각합니까? 옥사장도 직이뿌고, 용강이도 직이뿌고, 그냥 깔끔하게 가면 되는 거지. 우리가 돈이 없나? 힘이 없나? 뭐가 무서워서 질질 짜고 있는교? 힘차게 놀고 있는 인력들 천진데, 걔들 시켜서 시마이하면 되는 거지."

손영감이 들고 있던 부채로 도다리의 입을 탁! 탁! 탁! 세 대 때렸다.

"그 조디, 그 망할 놈의 조디 안 닥치나?" 손영감이 도다리의 입을 한 대 더 때리려다가 뭐가 안쓰러운지 손길을 멈췄다. "이 새끼는 무슨 청동기시대 깡패가? 용강이 쑤시면 떠나가버린 빨래공장 등기가 돌아오나? 이 고등어 미끼로 써도 시원찮을 새끼야."

"에이 시발, 왜 사람 입을 때리고 그래요. 음식 먹는 입을."

도다리가 부채로 입을 얻어맞고 짜증이 났는지 바닥에 카악 침을 뱉었다.

"그러니까 그 망할 조디 뭐 처먹을 때만 벌리고 다른 때는 고마 좀 닥치고 있어라." 손영감이 말했다.

"일단 제가 용강이 한번 만나보겠습니다. 이래저래 방법은 많으니까." 희수가 말했다.

손영감이 고개를 끄덕였다.

"언제 만날 끼고?"

"이번주 안에는 만나야 안 되겠습니까? 여름 시즌 오기 전에는 정리해야 하니까."

"그래, 쪼매 성가셔도 희수 니가 살살 달래서 잘 정리해봐라. 너무 팍팍하게 하진 말고 줄 만한 건 마 주삐라. 시끄러운 것보다는 그게 낫다."

"그럼 전 일어날랍니다."

희수가 자리에서 일어나려고 하자 손영감이 희수의 팔을 붙잡았다.

"밥 묵고 가라. 달자가 소 잡았다고 해서 오늘 내가 좋은 부위로 고기 떠왔다. 주방에 맡겼으니까 좀 있으면 나올 끼다. 우리 주방장이 스테끼는 좀 한다 아이가."

"스테이크! 스테끼가 아니라 스테이크! 스테끼가 뭐야, 촌스럽게." 도다리가 구시렁거렸다.

손영감이 들고 있던 부채로 도다리의 입술을 찰싹 때렸다.

"그 조디 뭐 처먹을 때 빼곤 다 닥치라고 했제?"

도다리는 구암 바다에서 아무 일도 하지 않았다. 도다리가 하는 일이라고는 걸어가도 삼십 분이면 어디나 갈 수 있는 이 좁은 구암 바다에서 군이 중고 벤츠를 몰고 돌아다니며 공짜 술을 마시고, 도박을 하고, 계집질을 하는 것뿐이었다. 그게 그놈이 하는 짓거리의 다였다. 희수 입장에서는 도다리가 아무 일도 하지 않는다는 게 차라리 다행이었다. 이놈은 일만 하면 사고를 쳤고, 호미로 막을 것을 가래로 막게 만드는 특별한 재주를 가진 놈이었다. 게다가 도다리가 터뜨린 사고를 막는 일은 늘 희수의 몫이었다. 얼굴도 멀쩡하게 생겼고 공부도 전문대학까지 마쳤건만 이놈이 하는 짓은 늘 멍청했다. 뭐랄까, 한쪽 뇌가 텅 빈 놈 같다고나 할까. 실제로 도다리는 일 년에 단 오 분도 생각이라는 걸 하지 않는 놈이었다.

손영감의 조카라는 것 때문에 도다리 앞에선 모두 굽실굽실했지만 구암 바다에서 도다리에게 겁을 먹는 사람은 아무도 없었다. 그저 더러운 개똥을 피하듯 도다리가 술을 달라면 술을 줬고 돈을 달라면 돈을 줬다. 적어도 구암 바다에서 도다리는 안전했다. 그런데도 도다리는 군이 다른 동네로 건너가서 문제를 일으켰다. 다른 조직 보스의 여자에게 찝쩍대서 문제를 만들거나 도박장에서 되지도 않는 생떼를 쓰다가 족보도 없는 건달들에게 얻어터지기 일쑤였다. 그럴 때마다 손영감은 "저 새끼의 생양아치스러움은 즈그 아버지 채가로부터 내려온 더러운 피 때문인 기라. 우리 집안엔 저런 잡스런 유전자가 없는데. 집안에 사람 하나 잘못 들여놓으면 용맹한 셰퍼드도 똥개를 낳는 기라" 하고 탄식을 했다.

도다리를 보고 있는 게 영 불편해서 자리를 뜨고 싶었지만 고기 때문에 희수는 못 이기는 척 자리에 앉아 있었다. 솔직히 달자네서 가져온 고기가 먹고 싶었다. 달자네 고기는 언제나 맛있고 손영감이 특별히 부탁해서 가져온 고기는 더 맛있었다.

"그나저나 주아미가 출감했다는데 니한테 왔었나?" 손영감이 칼로 고기를 썰면서 물었다.

"어디 벌써 오겠습니까? 감방에서 이제 막 나왔는데 술도 마시고 여자도 만나고 그러고 오겠지요."

"술을 처마셔도 인사는 하고 마시든가 해야지, 하여간에 싸가지는." 손영감이 고기를 한입 가득 넣은 채 입을 오물거리며 말했다.

"아미 성이 주씨예요?" 도다리가 대화에 끼어들었다.

"응, 주씨다." 손영감이 말했다.

"아, 그래요? 아미 성이 주씨구나. 만날 이름만 불러서 성을 몰랐네. 주씨면 애비가 누구지? 우리 동네엔 주씨가 없는데?" 도다리가 고개를 갸우뚱거리며 혼잣말을 했다.

도다리가 떠들었지만 아무도 그의 말에 대꾸를 하지 않았다.

"아미가 감형은 좀 받고 나온 거가?" 손영감이 물었다.

"아닙니다. 사 년 복역 날짜 꽉꽉 다 채우고 나왔습니다." 희수가 대답했다.

"고생했네. 그 성격에 힘들었겠다. 이래저래 돈 필요할 거니까 희수 니가 우선 몇백이라도 좀 챙겨주라. 돈 없으면 별일도 아닌 걸로 또 사고 친다."

"내 돈으로 챙깁니까?"

"에이, 그 새끼 쫀쫀하게. 휴머니즘을 실천하려는 마당에 니 돈 내돈이 어딨노?"

"제가 돈이 아까워서 그러는 게 아니라 영감님이 자기를 잊지 않고 손수 챙겨줬다는 걸 알면 우리 눈물 많은 아미가 얼마나 감동받겠습니까?"

"하, 이 새끼 말은 잘한다. 알았다. 내가 깔끔하게 결산해줄게. 나중에 내 방에 와서 돈 받아가라."

"근데 아미 금마는 키가 백구십에 몸무게가 백이십 킬로그램이나 나가는 뚱돼지인데도, 싸움할 때는 또 붕붕 난다면서요?" 도다리가 다시 대화에 끼어들었다.

"붕붕 난다 뿐이냐? 그 덩치에 재빠르기는 또 을매나 재빠른지 싸울 때 보면 날다람쥐가 따로 없다."

"그 뚱돼지가 그렇게 빨라요?"

"말이라고. 내가 왜정 시절부터 건달 생활 오십 년에 난다 긴다 하는 건달들 다 봤지만 아미처럼 무시무시한 새끼는 들어본 적도 없다. 그때 그, 월농에 그 새끼 누구냐? 이름이 기억 안 나네. 거 있잖아, 공병삽에 빨간 노끈 묶어서 어깨에 메고 다니는 같잖은 포주 새끼."

"호중이요?"

"그래 맞다, 호중이. 호중이 패거리가 아미네 엄마가 일하는 술집서 행패 부리다가 완전히 작살났다 아이가. 그때 메리놀병원 응급실에 실려간 놈만 열세 명인가 그렇다. 하여간에 아미가 뿔나서 회까닥 눈 돌아갔다 하믄 그땐 그저 무조건으로다가 도망치는 수밖에 없는 기라. 괜히 그 앞에 얼쩡거리고 있다가는 사람이고 물건이고 다 가루 된다."

"스치면 그 자리에서 사망이고 살짝 피했다 싶으면 전치 육 주다." 희수가 웃으며 손영감의 말을 거들었다.

도다리가 고개를 돌려 뒤에 멀대같이 서 있는 땡철이를 바라봤다.

"쟤랑 붙으면 싸움이 우째될까요? 우리 땡철이가 저래 보여도 고등학교 때까지 권투선수도 하고 전국체전에서 동메달도 따고 그랬대요."

그러자 손영감과 희수가 땡철이를 위아래로 한번 훑어보다가 동시에 웃음을 터뜨렸다.

"저 새낀 어릴 때 장티푸스를 앓아서 골골한다메?" 희수가 말했다. 그리고 땡철이를 슬쩍 쳐다보더니 다시 입을 열었다. "저런 새끼는 백 명이 한꺼번에 달라붙어도 아미한테 안 된다."

"하모, 사람이 우째 짐승과 싸움을 한단 말이고, 그런 싸움은 자체로 인권유린이지." 손영감이 말했다.

"야 땡철아, 너 이리 와봐." 도다리가 땡철이를 불렀다.

뒤에 서 있던 땡철이가 테이블로 성큼성큼 걸어왔다. 자존심이 몹시 상한 얼굴이었다.

"너 키가 몇이고?" 도다리가 물었다.

"백팔십칠입니다."

"몸무게는?"

"육십구 킬로그램입니다."

"키는 얼추 비슷한데 몸무게가 좀 딸리네. 니 아미라고 못 봤제?"

"직접 보지는 못했지만 소문은 좀 들었습니다."

"니가 여기 오기 전에 감방에 간 이 동네의 전설적인 깡패다. 나이는 니보다 한 두세 살 어릴 낀데 몸무게는 니 두 배다. 백이십 킬로그램이라는데 어째, 붙으면 이기겠나? 니가 만약에 연장 안 쓰고 주먹으로 아미를 누르면 니는 그거 한 방으로 이 구암 바다에서 바로 전설이 되는 거다. 어때? 사내로서 전설 함 돼볼 야망이 있나?"

그러자 땡철이가 수줍은 표정을 지었다.

"우리 엄마가 어디 가서 주먹 자랑은 하지 말라고 신신당부를 해서 제가 자제는 해왔지만."

"그럼 계속 자제하고 있어라." 희수가 땡철이의 말을 끊었다.

"제가 어디 가서 주먹으로 밀려본 적은 없습니다." 자존심이 몹시 상한 표정으로 땡철이가 남은 말을 마저 했다.

"아미는 몸무게가 백이십 킬로그람이나 나간다는데?" 도다리가 눈을 크게 뜨고 물었다.

"몸무게 많이 나가면 굼떠서 싸움 못합니다. 빙신들이나 살을 찌우는 거지 진짜 싸움꾼은 저처럼 몸이 날래고 가벼워야 합니다."

"니가 아미를 이긴다고?" 도다리가 물었다.

"제 경험상으로도 그렇고, 과학적인 통계를 봐도 그렇고, 웬만하면 제가 이기지 않겠습니까?"

"푸하하하, 알고 보니 이 새끼 엄청 재미난 놈이네."

땡철이의 말에 손영감이 씹던 고기까지 입밖으로 튀어나올 정도로 배를 잡고 큰 소리로 웃었다. 희수와 도다리도 덩달아 웃었다. 오직 땡철이만 얼굴이 약간 붉어진 채 영문도 모르고 서 있었다. 배를 잡고 한참을 웃던 손영감이 땡철이를 향해 말했다.

"땡철아, 어머니 건강하시나?"

"네, 건강하십니다."

"돈 많이 벌어서 어머니한테 효도하고 싶제?"

"네, 효도하고 싶습니다."

"다 니를 위해서 하는 말이니 내 말을 명심하거래이. 어머니한테 효도하고 싶으면 아미 옆에는 얼씬도 하지 마라. 우야든동 목숨은 부지해야 효도도 하고 안 그러겠나?"

땡철이가 아무 말도 하지 않았다.

"이게 와 말이 없노? 알겠냐고?"

그러자 땡철이가 대답 없이 고개만 끄덕거렸다.

"절대로! 결코! 아미 옆에 얼쩡거리지 마라. 알겠지? 잉?" 손영감이 확인하듯 재차 물었다.

"네." 땡철이가 할 수 없이 대답을 했다.

"고기 좀 묵을래?" 손영감이 물었다.

"아닙니다."

"그럼 저리로 좀 가 있으라. 어른들끼리 이야기 좀 하게."

땡철이가 구석자리로 가자 손영감이 도다리를 쳐다봤다.

"니는 와 쓸데없이 애를 자극하고 그라노?"

"그냥 재밌잖아예." 도다리가 히죽거리며 말했다.

낮술은 안 하려고 했지만 고기를 먹고 있자니 술이 당겨서 희수는 보드카를 몇 잔 마셨다. 마시다보니 술이 더 당겨서 희수는 보드카를 한 병 더 시켰다. 그러자 요즘에는 술을 도통 마시지 않던 손영감도 합세해서 보드카를 들이켜기 시작했다. 술이 들어가자 손영감은 잘나가던 시절에 대해 일장연설을 늘어놨다. 그 시절엔 돈이 넘쳐나서 자기 주머니에서 흘러내린 돈으로도 구암 바다가 흥청망청했다는 둥, 여자들은 또 얼마나 자기를 따랐는지 밤마다 여자들과 그 짓을 하다 보니 나중에는 고추가 피곤해서 오줌도 안 나오더라는 둥 말도 안 되는 그런 이야기들이었다. 양동의 말에 따르면 간이 안 좋아서 오늘내

일해야 하는데 손영감이 술 마시는 모습을 보니 앞으로도 오십 년은 끄떡없을 것 같았다. 손영감이 오늘은 기분이 몹시 좋다고 보드카를 한 병 더 시켰다. 아직 해가 중천인데도 보드카 세 병을 다 비웠다. 보드카를 네 병째 시켰을 무렵엔 손영감도 취했고 희수도 취했고 도다리는 엉망진창으로 취했다.

"고기도 맛나고, 이렇게 같이 모여 술 마시니 좋네." 손영감이 말했다.

"네, 고기 맛나네예." 희수가 말했다.

"종종 이런 자리를 갖자. 나한테 가족이래봐야 희수 니랑 도다리 이 새끼밖에 더 있나." 손영감이 다시 말했다.

희수는 손영감을 바라봤다. 무슨 뜻일까? 술에 취해 붉어진 영감의 얼굴은 오늘따라 유난히 편안해 보였다. 희수는 오래전부터 손영감의 산수가 궁금했다. 손영감은 자기가 죽고 나면 도다리가 어디서 칼이나 맞지 않을까 내내 걱정이었다. 실제로 손영감이 죽고 나면 도다리는 누구한테든 칼을 맞을 게 분명했다. 그러니 이 등신에게 만리장 호텔을 덥석 물려줄 수도 없는 노릇이었다. 만리장 호텔은 도다리 같은 머저리가 운영할 수 있는 호텔이 아니었다. 만리장 호텔은 수없이 많은 커넥션으로 얽혀 있는 복잡한 곳이고, 늘 경찰의 주목을 받는 위험한 곳이다. 다른 동네 건달들, 러시아, 중국, 일본, 동남아 등등의 외국계 조폭들, 밀수꾼들, 마약쟁이들, 포주들, 장물아비, 사기꾼, 도박쟁이, 칼잡이, 퇴직한 형사 등등 수없이 많은 인간들이 이 구암 바다에서 호시탐탐 기회를 노리고 있었다. 그리고 돈이 되는 일에는 언제나 악어 이빨 같은 함정이 숨어 있었다. 얽히고설킨 구암의 복잡한 이해관계 속에서 도다리 같은 틸팔이가 살아남는다는 것은 거의 불가능한 일이었다.

손영감이 죽고 난 뒤 도다리가 만리장 주인으로 앉고 지금처럼 희수가 지배인으로 계속 충성을 다해준다면 손영감에게 그보다 좋은 일은 없을 것이다. 하지만 어떤 자라 대가리가 그따위 짓거리를 하겠는가. 더구나 도다리 같은 쪼다 밑에서. 손영감도 그게 무리라는 것은 알고 있었다. 종종 손영감은 말했다. "희수야, 이 만리장 호텔의 반은 니 거라고 생각해라. 도다리랑 둘이 합심하면 뭘 해도 안 되겠나." 하지만 사실 이런 말들은 아무 힘 없는 소리일 뿐이다. 손영감이 희수에게 만리장 호텔을 넘겨줄 이유는 하나도 없었다. 양동의 말이 맞을지도 모른다. 만리장 호텔은 손씨 가문이 팔십 년을 지켜온 곳이고 어쨌거나 희수야 피 한 방울 안 섞인 남이니까. 손영감에게 희수는 그저 일 잘하고 말귀를 알아듣는 건달일 것이다. 희수는 그것이 슬펐다. 유언장에 희수의 몫이 없어서 슬픈 것이 아니라 저 망나니는 온갖 멍청한 짓을 해도 영감의 피붙이고 희수는 일을 아무리 열심히 해도 이 구암 바다에 어슬렁거리는 건달 중 하나일 뿐이라는 것이 슬펐다.

희수는 담배에 불을 붙이고 테라스 밖의 백사장을 바라봤다. 4월의 햇살이 백사장 위에 가득했다. 햇살을 받은 모래 알갱이들이 저마다 반짝거려서 해변은 아름다웠다. 지금이 딱 좋은 시절이었다. 피냄새가 나지 않는 조용한 바다를 볼 수 있는 건 아주 잠깐이니까.

그때 술에 몹시 취한 도다리가 혀 꼬부라진 목소리로 난데없이 입을 열었다.

"그런데 희수 형님, 아미가 인숙이 아들내미 아닙니까?"

인숙이 이야기가 나오자 희수의 얼굴이 굳어졌다. 희수는 도다리의 말에 대답하지 않고 잔을 들어 보드카를 비웠다.

"인숙이를 니가 우째 아노? 니보다 나이가 많을 낀데?" 희수 대신 손영감이 도다리의 질문을 받았다.

"에이, 구암 바다에서 인숙이 모르면 간첩이지요. 인숙이 그년이 존나 유명한 긴자꾸 아닙니까? 구암 바다 삼대 긴자꾸."

"지랄하네, 니가 긴자꾸가 뭔지는 아나?" 손영감이 빈정거렸다.

"와예, 나도 압니다. 긴자꾸. 명기 아닙니까, 명기. 클레오파트라, 양귀비, 서시, 윗입술도 예쁘고 아랫입술은 더 예쁜 거. 꽉꽉 쪼아주는 거. 나도 많이 묵어봤어예, 긴자꾸."

도다리의 말에 희수가 인상을 찡그렸다. 손영감이 희수의 표정을 살피더니 도다리에게 눈치를 줬다.

"고마해라. 아미가 감방에서 이제 막 나왔는데 우리가 뒤에서 즈그 엄마 뒷담화나 때리고 있으면 기분이 어떻겠노?" 손영감이 말했다.

"뭐 어때예. 아미가 옆에 있는 것도 아닌데. 자리에 없으면 나랏님도 욕하잖아예. 그리고 술 마시면 자기 자랑 다섯 개랑 다른 놈들 욕 다섯 개는 해줘야 술맛이 나지예." 도다리가 혀 꼬부라진 목소리로 말했다.

희수가 보드카를 가득 따라서 잔을 비웠다. 그리고 다시 잔에 보드카를 따르고 연거푸 한 잔을 더 마셨다. 손영감이 그런 희수를 물끄러미 바라봤다. 도다리는 술에 취해 계속 뭔가를 씨부리고 있었다.

"그런데 내가 인숙이 그년 먹어보니까 그렇게 대단한 긴자꾸는 아니더만. 얼굴은 반반한데 밑은 생각보다 헐렁해. 뭐 평균 이상은 되지만 초절정 긴자꾸다 또 이렇게 말하기에는 좀 애매하고. 긴자꾸는 쪼이는 느낌보다 뭐랄까, 블랙홀처럼 빨아들이는 느낌이 있어야 하는데, 그게 좀 약해."

희수가 다시 잔에 보드카를 따르고 잔을 비웠다.

"이 새끼, 고마하라고." 손영감이 싸늘한 목소리로 말했다.

"에이, 삼촌은 왜 만날 나한테만 인상을 씁니까? 뭐 어때예, 그냥 창년데. 술 마시면 사내들은 다 계집 이야기 하잖아예. 아! 아! 맞다, 맞다. 인숙이가 어릴 적에 희수 형님 첫사랑이었지? 내가 깜빡했네. 아! 첫사랑. 그 소중하고 달콤하고, 카, 내가 고마해야겠네. 미안합니다, 희수 형님. 첫사랑은 소중하니까. 우리가 또 지켜드려야지."

그때 희수가 일어나서 보드카병을 집어들었다. 그리고 도다리의 머리를 찍으려는 듯 보드카병을 높이 치켜들었다. 자리에 앉아 있던 손영감이 깜짝 놀라 희수의 팔을 잡았다. 칠십대 노인의 아귀힘이라고는 믿기지 않을 만큼 강한 악력이었다.

"희수야, 도다리 때리지 마라. 우리 도다리 어릴 때 엄마 아빠 잃고 힘겹게 살아온 놈이다. 우리 도다리 때리지 마라, 희수야." 손영감이 거의 우는 목소리로 말했다.

도다리는 술에 너무 취해 희수에게 머리를 들이대며 계속 씨부리고 있었다.

"찍어봐라. 자, 자, 찍지도 못하면서. 걸레 같은 년이나 쫓아다니는 병신 새끼 주제에 폼은 존나 있는 대로 다 잡고. 니가 뭔데 나를 무시하노? 개새끼가 사람을 좆으로 보고."

앞뒤도 안 맞는 술주정을 하는 도다리의 입에서 침이 흘러내렸다. 보드카병을 들고 있는 희수의 손이 부들부들 떨렸다. 그때 뒤에 서 있던 땡철이가 달려오더니 한 손으로 희수의 팔을 잡아 뒤로 꺾고 다른 손으로 목을 움켜잡았다. 희수가 억지로 고개를 돌려 땡철이의 얼굴을 쳐다봤다. 희수는 어리둥절한 표정이었고 땡철이는 더 하면 자기도 가만히 있지 않겠다는 듯 결연한 표정이었다. 순간 희수가 몸을 비틀어 팔을 빼낸 다음 구둣발로 땡철이의 무릎 안쪽을 강하게 찍어 찼다. 왼쪽 무릎에서 픽하고 뼈 부러지는 소리가 나더니 땡철이가 그 자리에 주저앉았다. 희수가 들고 있던 보드카병으로 땡철이의 머리를 내리찍었다. 보드카병이 깨지면서 땡철이의 이마와 희수의 손에서 동시에 붉은 피가 흘러내렸다. 손영감은 한 발짝 물러선 채 도다리를 꼭 껴안고 있었다. 술에 잔뜩 취한 도다리는 무슨 일이 일어났는지도 모르는 듯 손영감의 품속에서 여전히 같잖은 소리를 씨부리고 있었다.

"왜 나한테만 지랄인데. 시발, 나만 잤냐고. 구암 바다에서 인숙이랑 안 잔 놈이 어딨노? 다 잤다. 망아도 자고 철기도 자고 단가도 자고 심지어 우리 삼촌도 잤는데. 시발, 다 잤다. 인숙이가 을매나 유명한 걸렌데."

그러자 손영감이 도다리의 뺨을 세차게 때렸다.

"이게 뭐라 씨부려쌓노. 나는 안 잤다."

희수의 손바닥에서 흘러내린 피가 테라스 바닥으로 뚝뚝 떨어지고 있었다. 땡철이는 자기가 흘린 피 위에서 피범벅이 된 채 허우적거리고 있었다. 바다에서 반사된 4월의 햇빛이 테라스 천막을 비추고 있었다. 그것을 보고 있는데 갑자기 어떤 슬픔과 비현실이 밀려왔다. 희수가 우두커니 자기 손을 보다가 손에 박힌 유리 조각을 빼내 바닥에 버렸다. 홀에 있던 마나가 소동에 놀라 급히 달려왔다.

"희수 형님, 손에서 피가 철철 납니다. 빨리 지혈해야 합니다." 마나가 호들갑을 떨었다.

"난 됐다. 이 새끼부터 병원 보내라." 희수가 바닥에 엎어져 있는 땡철이를 보며 말했다.

"희수 니도 빨리 병원 가서 치료부터 해라. 피 많이 난다." 손영감이 말했다.

"회장님, 영감님, 죄송합니다. 제가 술에 취해서."

희수가 손영감을 향해 공손히 머리를 숙였다.

"괜안타, 괜안타. 다 술 취해서 그런 건데. 술 취하면 지랄하고 싸우는 거다. 사람 사는 게 다 그렇다. 신경쓰지 마라."

손영감이 손사래를 쳤다.

"저 바람 좀 쐬고 오겠습니다."

"어디 딴 데 가지 말고 병원부터 가봐라. 여기서 술 더 마시면 진짜 몸 상한다."

알았다는 듯 희수가 다시 한번 고개를 숙였다. 돌아서려는 희수의 어깨를 손영감이 부드럽게 잡았다.

"그리고 희수야, 이런 상황에서 할말은 아닌데, 지금 분명하게 해놔야 할 것 같아서 내가 한마디 해야겠다."

"뭔데예?"

손영감이 사뭇 진지한 얼굴로 희수를 쳐다봤다.

"나는 진짜, 인숙이랑 안 잤다."

희수가 피식 웃음을 터뜨렸다. 그리고 알겠다는 듯 건성으로 고개를 끄덕였다. 말해놓고도 뭔가 미진한 것이 남았는지 손영감이 겸연쩍은 표정을 지었다.

희수는 만리장 호텔 밖으로 걸어나와서 백사장을 터벅터벅 가로질러 바다로 갔다. 바람이 녹슨 다이빙대를 지나면서 쇠 긁는 소리를 냈다. 희수는 자신의 구두를 적시고 있는 파도를 우두커니 보다가 피 묻은 손과 얼굴을 바닷물에 씻었다. 소금기 때문에 유리에 베인 상처에서 아주 쓰리고 예민한 통증이 올라왔다.

아마도 그랬을 거라고, 자기가 알고 있는 구암 바다의 모든 사내들이 인숙과 잤을 거라고 희수는 생각했다. 그렇게 도도했던 인숙이 창녀가 되었을 때 자기를 제외한 구암 바다의 모든 사내들이 옳다구나 하고 쾌재를 불렀을 거라고 희수는 생각했다.

개나 소나, 젊은이나 늙은이나, 구암 바다의 모든 남자들이 한 번씩은 다 자본 그 여자를 희수는 사랑했다. 이따금 술에 취하면 지금도 사랑하느냐고 희수는 종종 자신에게 물었다. 사랑하지 않는다고, 그게 무슨 개소리냐고, 누가 그런 걸레 같은 년을 사랑하느냐고 희수 안에서 누군가가 힘없이 말했다.

방파제

희수는 해변을 따라 걷기 시작했다. 구암 바다의 끝에는 방파제가 있었고 방파제 끝에는 빨간 등대가 있었다. 빨간 등대에 이르러 더이상 갈 곳이 없자 희수는 등대를 둘러싼 테트라포드 위에 올라서서 먼바다를 바라봤다. 컨테이너를 잔뜩 실은 선박이 태평양을 향해 떠나가고 있었다. 이십대 때 희수는 구암을 떠난 적이 있었다. 감옥에서 세번째 출감했을 때였고 건달 생활에 진절머리를 치던 시절이었다. 희수는 구암 바다의 모든 것이 갑갑했고 그 갑갑함을 견딜 수가 없었다. 희수는 자갈치시장에서 선원증을 발급받고 무작정 원양어선을 탔다. 하지만 바다는 희수가 생각한 것과는 전혀 딴판이었다. 몇 달이고 섬 하나 보이지 않는 광대한 바다는 통쾌하기보다 무료했다. 갑갑증은 전혀 해소되지 않았다. 선원의 삶은 감옥과 건달 생활을 반씩 섞어놓은 것 같았다. 바다에서는 감옥에 갇힌 죄수처럼 일했고 항구에 내리면 건달처럼 돈을 썼다. 배가 항구에 닿으면 희수는 술에 엉망진창으로 취해 선창가 외국 건달들과 싸움질을 하거나 늙은 창녀들의 젖을 만지다 잠들었다. 그리고 배에 오르면 정신없이 그물을 당겼다. 선장이 물고기떼를 찾지 못하는 무료한 시간에는 뱃머리에 우두커니 서서 멍하니 바다를 바라봤다. 이 년이 지나고 희수는 다시 구암으로 돌아왔다. 손영감이 웃으며 물었다. "가보니 다른 곳도 별거 없제?" 희수가 고개를 끄덕였다. "네, 별거 없네예." 그리고 희수는 다시 건달이 되었다. 사람을 패고, 협박을 하고, 또 이따금은 알지도 못하는 누군가를 칼로 찔러야 하는 삶으로 되돌아왔다.

희수는 바지 지퍼를 내리고 끝까지 가봐야 별것도 없는 바다를 향해 오줌을 갈겼다. 저 큰 태평양에 엿이라도 먹이겠다는 기세로 오줌을 갈겼지만 희수의 오줌은 기운차게 뻗지 못하고 테트라포드 사이로 힘없이 쫄쫄 떨어졌다. 그때 테트라포드 아래쪽에서 욕지거리가 들려왔다.

"어떤 개 시발새끼가 겁대가리 없이 아무데나 오줌을 갈기노."

삼십대 초반의 덩치 큰 사내가 테트라포드 아래에서 얼굴을 쑥 내밀었다. 역광을 받아 눈이 부신지 사내는 손바닥으로 차양을 만들고 희수의 얼굴을 똑똑히 보려 했다. 그리고 이마에 묻은 오줌을 손등으로 훔치며 희수를 향해 소리질렀다.

"너 거기 고마 딱 서 있어라. 내가 얼굴 다 봤다."

머리에 오줌을 맞고 화가 잔뜩 난 사내는 씩씩거리며 테트라포드 위로 올라오기 시작했다. 여차하면 다리라도 하나 분질러놓을 기세였다.

"이 좆망구 시발새끼야, 갈비뼈 몇 개가 척추에서 튕겨나와봐야 그제사 정신차리고 변기에다 겸손하게 좆대가리 갖다대겠나, 어잉? ······아이고, 희수 형님 아니십니까?"

기세등등하던 사내가 오줌을 눈 사람이 희수라는 것을 알아보고는 금세 구십 도로 허리를 숙이며 공손하게 인사를 했다. 희수가 사내를 쳐다봤다. 얼굴은 익숙한데 이름이 기억나질 않았다.

"오줌 많이 튕나?" 희수가 바지 지퍼를 끌어올리며 물었다.

"아입니다. 괜찮습니다."

사내는 대수롭지 않다는 듯 얼굴에 묻은 오줌을 손으로 훔쳐내고 그 손을 다시 셔츠에 문질렀다.

"근데 누고?"

"저 바둑입니다. 절삭이 형님 밑에 있는."

"아! 건어물 하는 바둑이."

그제야 생각이 났다는 듯 희수가 고개를 끄덕였다.

"절삭이는 지금 감옥에 있제? 언제 나오노?"

"삼 년 받았는데 이제 얼마 안 남았습니다."

"망할 판사 새끼들. 필리핀 건어물 밀수 좀 한 게 뭐 그리 죽을죄라고 삼 년씩이나 처때리노."

"저도 같이 들어갔으면 쪼매라도 형량을 줄였을 건데, 절삭이 형님이 쌍끌로 들어가봐야 뭐하냐고, 한 놈이 덮어쓰는 게 낫다고 그래서."

"그럼 그때 절삭이가 다 덮어쓴 기가?"

"네."

"절삭이 새끼 생긴 건 큰 쥐같이 생겨가지고 그래도 의리가 있네. 그럼 절삭이 건어물은 니가 관리하나?"

바둑이가 선뜻 대답을 하지 못하고 어정쩡한 표정을 지었다. 바둑이의 표정에서 뭔가 이상한 낌새가 느껴졌다. 눈치 빠른 희수가 재차 물었다.

"절삭이 건어물은 니가 관리하냐고."

"정배가 관리합니다." 바둑이가 마지못해 말했다.

"정배? 절삭이 건어물을 와 정배가 관리하노? 정배 그 새끼는 청과물도 하고, 포장마차에 공급하는 가스랑 전기도 하는데. 땡까땡까 땅 짚고 헤엄치면서 돈 버는 짓거리는 지가 다 하고 있구만."

희수 질문에 바둑이가 대답을 하지 못하고 머뭇거렸다.

"근데 이 새끼가, 꼭 두 번씩 묻게 만드네. 절삭이 건어물을 왜 정배가 관리하냐고 내가 묻잖아."

희수가 머리라도 한 대 때릴 듯이 손을 들어올렸다. 바둑이가 움찔하며 희수를 쳐다봤다.

"도다리 형님이 정배한테 건어물 넘기라고 해서."

"도다리? 도다리 지가 뭐라고 남의 제사상에 감 놔라 배 놔라 하노?"

"제가 힘이 부치니까 딴 동네 업자들이 만만하게 보고 자꾸 들이댄다고, 절삭이 형님 출소할 때까지 자기가 관리 잘했다가 넘겨주겠다고 해서."

"니미 지랄하네. 지 좆이나 관리 잘하라고 해라. 언제부터 그랬는데?"

"절삭이 형님 감방 가고 두어 달쯤 있다가 그랬습니다."

"그걸 왜 여태 말 안 했노?"

"구암 바다에서 도다리 형님이 까라면 까는 거지, 더러워도 우리가 뭔 힘이 있습니까?"

갑자기 자존심이 확 상한 희수가 바둑이의 정강이를 힘껏 걷어찼다. 바둑이가 악 소리를 내며 바닥에 쓰러졌다.

"뭔 말이고. 도다리가 갑이고 나는 졸이다, 이 말이가?"

"그게 아니고예. 영감님이나 희수 형님 귀에 들어가면 우리 다 직이쁜다고 하도 으름장을 놓으니까. 절삭이 형님도 없는 판에 우리끼리 뭘 어쩌겠습니까." 바둑이가 두 손으로 정강이를 열심히 문지르며 말했다.

하긴 자기도 어쩌지 못하는 도다리를 바둑이가 뭔 힘이 있어 막겠냐고 희수는 생각했다. 희수는 담배를 하나 꺼내 입에 물었다. 정강이를 문지르던 바둑이가 재빨리 일어나서 희수의 담배에 불을 붙였다. 바둑이가 희수의 손을 유심히 쳐다봤다.

"희수 형님, 손을 많이 다치셨네예. 병원 가봐야겠습니다."

"괘안타."

희수가 자기 손을 보고 별거 아니라는 듯 손을 털었다.

"아입니다. 상처가 깊습니다. 쪼매 있어보이소."

바둑이가 방파제에 대놓은 트럭을 향해 열심히 뛰어가더니 운전석 뒷자리에서 구급상자를 꺼내들고 또 열심히 뛰어왔다. 바둑이가 구급상자에서 소독약을 꺼내고는 희수를 물끄러미 쳐다봤다.

"약 발라야 됩니다."

희수가 손을 건넸다. 바둑이가 과산화수소를 꺼내 손에 붓고 옥도정기를 발랐다. 희수가 눈을 찡그렸다.

"아픕니까?"

"안 아프다."

바둑이가 상자에서 붕대를 꺼내더니 미니 가위로 조심스럽게 잘랐다. 생긴 것과 달리 섬세한 구석이 있는 놈이었다. 바둑이가 희수의 손에 붕대를 정성스럽게 감고 반창고로 단단히 고정했다. 희수가 담배 하나를 더 꺼내 바둑이에게 건넸다. 바둑이가 두어 번 거절하다가 담배를 받았다. 이번에는 희수가 불을 붙여줬다.

"그럼 생활은 어찌하노?"

"건어물 배달 일은 아직 제가 하고 있고예. 모자라는 돈은 새벽 어시장에 날일 나가서 채웁니다."

"건달이 무슨 노가다고?"

희수가 버럭 성질을 냈다. 바둑이가 민망한지 머리를 긁적였다.

"돈은 좀 되고?"

"혼자 묵고사는 데는 지장이 없는데, 절삭이 형님 옥바라지하고, 또 형수님 생활비도 갖다드려야 하니까 아무래도 좀 힘들지예."

"절삭이 집에 애들이 셋이제?"

"네. 형수님이 고생 많습니다."

"그런데 여기서 웬 낚시질이고? 부양가족도 많은데 어시장 가서 줄라게 냉동 생선이나 나르지." 희수가 비아냥거렸다.

"나가봤는데 오늘은 일이 없다 카네예."

짜증이 나는지 희수가 담배를 바다에 집어던졌다. 바둑이는 피우던 담배를 신발 뒤꿈치로 조심스럽게 끄고는 꽁초를 상의 주머니에 집어넣었다. 한동안 희수는 말없이 바다를 바라봤다. 어찌할 바를 모르고 옆에서 어정쩡하게 서 있던 바둑이가 덩달아 바다를 바라봤다.

구암 바다에서는 사실상 모든 것이 독점이었다. 주류도 독점이었고 과일도 독점이었고 건어물도 독점이었다. 심지어 가스, 활어 탱크에 들어가는 산소, 물수건, 대여 리어카, 이쑤시개와 나무젓가락 같은 것들조차 독점이었다. 중간 간부급쯤 되는 건달들은 주류나 과일 같은 독점 사업을 하나씩 꿰차고서 자기 밑에 있는 아이들을 굴리고 생활을 했다. 돈이 되는 일도 있고 고생에 비해 돈이 안 되는 일도 있다. 세상 모든 일이 그렇듯 좋은 놈도 있고 나쁜 놈도 있고, 툴툴거리는 놈도 있고 정배 놈처럼 룰루랄라인 놈도 있는 것이다. 하지만 같은 업종에 두 명의 공급자가 있는 일은 없었다. 술이든, 과일이든, 마른 안주든, 물수건이든, 하다못해 이쑤시개든, 구암 바다의 모든 업소는 한곳에서 공급해주는 물건을 받았다. 독점은 이윤과 평화를 보장해줬다. 경쟁이 있다면 더 싸고 더 좋은 과일을 손님에게 내놓을 수 있을 것이다. 더 싸고 더 좋은 술과 안주를 공급하는 것이 관광으로 먹고사는 구암 바다에도 좋은 일일 것이다. 하지만 경쟁은 끊임없이 사소한 분쟁을 만들었고, 사소한 분쟁은 쌓여서 결국 칼부림을 낳았다. 그것은 물러터진 과일 안주를 비싼 값에 내놓아서 손님에게 욕을 듣는 것보다 훨씬 더 심각한 문제였다. 누군가 칼에 찔리면 경찰이 개입했고, 그러면 장부들이 들춰지고 탈세한 물건들과 밀수품들이 한꺼번에 터져나왔다. 곤란한 일이 한두 개가 아닌 거다.

절삭이네 건어물은 업소에 대구포, 나막스, 땅콩이나 마른오징어 같은 것을 공급하는 일을 했다. 일이 번거롭지는 않지만 남는 것도 별로 없는 사업이었다. 건어물에서 나오는 돈이라고 해봐야 도다리 놈의 하룻밤 도박 판돈도 안 될 것이다. 성질 급한 절삭이가 감옥에서 나오면 한판 전쟁이 벌어질 건 뻔한 일이다. 그런데도 그걸 먹겠다고 이 수작을 벌이는 도다리 놈의 머릿속이 희수는 궁금했다. 그러나 그것보다 더 심각한 문제는 이런 정보가 얼마 전부터 희수에게 들어오지 않고 있다는 것이다. 건달은 귀가 닫히면 그때부터 위험해진다. 건달은 뒷골목의 모든 정보를 쥐고 있어야만 등뒤에서 칼을 맞는 일이 없다. 게다가 희수는 명색이 구암 바다의 지배인이지 않은가.

"정배 이 개새끼부터 조져야겠구만." 희수가 바다를 향해 혼잣말처럼 말했다.

바둑이가 희수 옆에서 한참을 머뭇거리다가 어렵게 입을 열었다.

"희수 형님, 건어물 일은 못 들은 걸로 해주이소. 절삭이 형님 감방에서 나오면 그때 해결을 볼랍니다. 지금 들쑤시면 도다리 형님 성격에……"

희수가 바둑이를 노려봤다. 바둑이가 말을 끝내지 못하고 다시 희수 눈치를 봤다.

"그때까지 뭐 묵고 살 건데?"

"지금까지 버텨왔으니까 어떻게 되겠지예."

들쑤시면 정배에게서 건어물을 뺏을 수는 있을 것이다. 손영감에게 이 사실을 알리면 도다리에게 면박을 주고 정치적 카드를 한 장 더 쥘 수도 있을 것이다. 하지만 바둑이는 그 싸움 사이에서 소리소문 없이 피투성이가 될 것이다. 희수가 바둑이의 얼굴을 쳐다봤다. 덩치만 커다란 어린애 같은 놈이다. 이놈은 길을 잘못 들어섰다. 깡패가 되기에는 너무 착했다. 착한 깡패를 대체 어디다 쓰겠는가. 희수는 뒷주머니에서 지갑을 꺼냈다. 지갑 속에는 엊그제 청과물에서 수금한 수표가 있었다. 희수는 지갑에서 십만원짜리 수표 세 장을 꺼내 바둑이에게 내밀었다.

"이거 넣어둬라. 오늘은 일당도 못 챙겼는데."

"아닙니다. 저 돈 있습니다."

바둑이가 여러 번 손사래를 쳤다.

"까불지 말고 받아라. 니가 돈이 어딨노?"

"잘 쓰겠습니다."

바둑이가 돈을 받아 십만원은 상의 주머니에 넣고 이십만원은 조심스럽게 지갑에 넣었다. 바둑이가 하는 짓이 우스워서 희수가 물었다.

"그게 얼마나 된다고 돈을 찢어서 보관하노?"

"이건 따로 쓸 데가 있어서요."

아마 따로 뺀 돈은 절삭이네 집에 갖다주려는 모양이었다. 희수가 몹시 짜증스러운 표정으로 바둑이를 쳐다봤다.

"수표 이리 줘봐라."

어리둥절한 얼굴로 바둑이가 희수를 쳐다봤다.

"줬던 돈을 다시 달라는 말입니까?"

"그래."

바둑이가 금세 시무룩한 표정으로 상의에서 십만원을, 지갑에서 이십만원을 꺼내 마지못해 희수에게 건넸다. 희수가 수표를 받아 지갑에 집어넣었다. 그리고 백만원권 수표 세 장을 꺼내려다가 한 장은 다시 집어넣고 두 장만 꺼내 바둑이에게 건넸다. 바둑이가 수표 두 장을 받아들고 그게 백만원권인 걸 알자 깜짝 놀란 표정을 지었다.

"아이고마, 이렇게나 많은 돈을."

"넣어둬라. 내가 절삭이한테 빚이 좀 있다."

"애들이 모처럼 고기 묵겠네예. 고맙습니다."

바둑이가 허리를 숙여 몇 번이나 인사를 했다. 머쓱해진 희수가 그만하라는 듯 손을 내저었다.

"나 간다."

"네, 형님, 조심해서 들어가이소."

삼십 미터쯤 걷다가 희수는 방파제 중간에 멈춰 섰다. 해가 지고 있었다. 포장마차 영업을 시작하려는 아줌마들이 방파제로 줄줄이 들어오고 있었다. 올 때는 몰랐는데 되돌아가는 길의 방파제는 길었다. 호텔로 돌아갈 수 없다고 생각하니 마땅히 갈 곳도 없었다. 어쩐지 아주 외로운 느낌이 들었다. 희수가 뒤를 돌아봤다. 바둑이가 낚싯대를 접고 가방을 정리하고 있었다. "바둑아." 희수가 큰 소리로 바둑이를 불렀다. 바둑이가 희수의 목소리를 듣고 깜짝 놀란 표정을 짓더니 쏜살같이 달려왔다.

"부르셨습니까?" 바둑이가 숨을 헐떡이며 말했다.

"차 가지고 왔제?"

"차가 있긴 한데 건어물 나르는 트럭이라예."

"트럭은 차 아니가?"

"어디 가실 데가 있습니까?"

생각해보니 마땅히 갈 데가 없었다. 희수는 방파제 아래에 있는 포장마차들을 멍하니 쳐다봤다. 포장마차 아줌마들이 천막을 열고 양동이에 물을 받아 재료들을 씻고 있었다.

"니 오늘 나랑 술 한잔할래?" 희수가 축 늘어진 목소리로 말했다.

바둑이의 건어물 배달 트럭에서는 냄새가 많이 났다. 말린 생선에서 나는 특유의 쿰쿰하고 짭짤한 냄새였다. 희수가 차창을 열었다.

"차에서 냄새 많이 나지예?" 바둑이가 운전대를 돌리며 물었다.

"그러게. 뭔 냄새가 이리 많이 나노."

"다 생활의 냄새 아니겠습니까?"

이제 희수가 좀 편해졌는지 바둑이가 능청을 떨었다. 그 표정이 귀여워서 희수는 피식 웃었다. 어쩌면 그럴지도 모른다고, 생활이란 건 누구나 다 구질구질한 냄새를 풍기는 것이라고, 사우디아라비아 공주라도 생활을 자세히 들여다보면 구질구질할 거라고 희수는 생각했다.

"희수 형님, 근데 어디로 갑니까?"

"월농으로 가자."

"월농에는 왜예?"

"구암 바닥에서 술 마시면 죄다 아는 얼굴인데 그러면 술 마시다가 인사해야 하고, 합석하고, 지겹다. 술집 주인들은 만날 우는 소리나 해대고."

"월농도 요즘 경기가 안 좋아가지고 술집들이 다 울상입니다."

"요즘은 너도나도 죽는다 죽는다 하니까."

"그래도 월농은 아가씨 장사를 하다보니까 다른 데보다 타격이 큰 모양이데예. 경기가 이리 안 좋은데 아가씨 끼고 술 마실 형편이 됩니까. 오죽하면 그 앞에서 우동 파는 포장마차가 룸살롱보다 매출이 더 많다고 안 그럽니까."

"월농도 니가 물건 넣나?"

"다 넣는 건 아니고예, 감전동 박가랑 반씩 넣습니다. 어디 자주 가시는 술집 있습니까?"

"없다. 니가 잘 아는 데로 가봐라."

바둑이가 잠시 뭔 생각을 하더니 어렵사리 입을 열었다.

"형님 스타일을 몰라서 어디로 모셔야 할지 감이 안 오네예."

"아무데나 가자. 술 처마시는 데 스타일이 어딨노?"

"아가씨는 좀 후져도 2차 나가는 술집이 있고예, 아가씨는 젊고 참한데 2차는 안 나가는 술집이 있고예."

"월농에서 2차 안 나가는 아가씨들도 있나?"

"요즘 유행입니다. 아가씨들이랑 대화나 좀 나누면서 그냥 조용히 술만 마시는 거."

"2차 안 나가면 아가씨들은 뭐 묵고 사노?"

"마담이 술값에서 팁을 쪼매씩 떼서 줍니다. 수입은 좀 적어도 일이 깔끔하니까 여대생들도 아르바이트로 많이 옵니다. 아가씨들 퀄리티가 높으니까 혼자 조용히 술 마시고 싶은 아저씨들이 자주 찾지예."

"그게 돈이 되나?"

"예쁘고 매너 좋은 아가씨들로 잘 굴리면 룸살롱보다 훨 낫지예. 회전율도 높고 진상 부리는 놈들도 적고."

"인숙이도 거기서 술집 하제?" 희수가 지나가는 말인 양 툭 던졌다.

"인숙이 이모예? 예, 거기서 술집 합니다. 그 집도 2차 안 나가는 술집이라예."

"안 나가기는. 인숙이가 얼마나 개걸레년인데 2차를 안 나가겠노. 그년은 돈만 주면 다 나가는 년이다." 희수가 자조적으로 말했다.

"아입니다. 인숙이 이모 술집 차리고부터는 2차 안 갑니다. 오래됐어예. 일전에 도다리 형님이 인숙이 이모를 어쩨 해볼 거라고 술 처묵고 지랄을 했는데 인숙이 이모가 어디 줍니까? 까불다가 뺨 맞고 쫓겨났어예."

"도다리가?"

"하모예. 거의 주먹으로 치고받는 싸움 수준이었는데, 와! 인숙이 이모 깡이 장난 아니데요. 도다리 형님 쌍코피 터졌잖습니까."

"도다리가 코피가 터졌다고?"

"제가 배달 나갔다가 직접 봤습니다."

"그럼 도다리가 인숙이를 결국 못 묵었네." 희수가 갑자기 신이 나서 물었다.

"당연히 못 묵었지예. 인숙이 이모가 도다리 형님을 묵으면 몰라도 도다리 형님은 죽었다 깨어나도 인숙이 이모를 못 묵습니다. 다이다 이로 붙어도 쌍코피가 터지는데 호텔방에 둘이 같이 쑤셔넣은들 일이 성사되겠습니까? 그라고 아무리 술에 취했다지만 도다리 형님은 싸움을 너무 못해예. 쪽팔리게시리 여자한테, 그것도 명색이 건달이, 쌍코피가 터지나."

바둑이의 말에 희수가 크게 웃음을 터뜨렸다.

"도다리 새끼가 쌍코피까지 터지고 가만있더나?"

"가만 안 있으면 지가 우짤 낍니까? 아미가 곧 감방에서 나오는데 까불다가 죽을라고예. 그라고 그 집에 흰강이라고 칼잡이가 하나 있는데 아미 오른팔입니다. 그 새끼가 덩치는 조그마해도 아주 무시무시한 놈이라예. 어린 나인데도 벌써부터 힘 빼고 칼을 부드럽게 돌린다고 칼잡이들 사이에서도 소문이 자자해요. 흰강이가 그 술집 기도를 봐주고 있는데 흰강이 때문에 웬만한 놈들은 거기서 진상 못 부립니다. 저번에 배달 갔더니만 어떤 남자 둘이 술집에서 쫓겨났는지 간판을 발로 차면서 욕을 하고 있더라고예. 아 시발, 술집 존나게 건전하네, 이럴 거면 허벅지라는 야리꾸리한 간판을 달지 말든가, 이런 좆같은 술집은 선량한 소비자가 현혹되지 않도록 건전업소로 구청에 콱 신고해야 한다, 뭐 그카고 있더라구요. 그러니 을매나 건전한지 알겠지예."

"인숙이가 하는 술집 이름이 허벅지가?"

"예, 술집 이름 솔직하지예?"

"화끈하네."

"그리로 모실까예?"

"가보자."

허벅지

인숙의 술집 이름은 정말 '허벅지'였다. 희수가 멍하니 간판을 보다가 웃음을 터뜨렸다. 그 간판 이름이 어이없다기보다 인숙의 솔직한 성격을 그대로 드러내는 것 같아서였다. 인숙을 마지막으로 본 것은 오 년 전이었다. 아미가 사고를 치기 직전이었을 것이다. 그때 인숙이 희수를 찾아왔었다. 아미가 위험한 일을 벌일 것 같은데 희수 네가 좀 막아달라, 뭐 그런 것이었다. 중학교 때 아미의 퇴학을 막지 못한 것처럼 그때도 희수가 할 수 있는 일은 별로 없었다. 그 무렵 아미는 스물이 되었고 키가 백구십에 몸무게가 백이십 킬로그램이나 나가는 거구였다. 그리고 벌써 자기 애들을 데리고 월농과 구암을 돌아다니며 건달 생활을 하고 있었다. 아미는 월농의 구역을 놓고 영도의 큰 조직과 싸움을 벌이려는 중이었다. 누가 봐도 말이 안 되는 싸움이었다. 희수가 아미를 말렸다. 건달의 세계는 합의다. 야구방망이로 누구를 때려 눕힌다고 남의 나이트클럽이 자기 게 되는 것이 아니다. 하지만 아미는 말을 듣지 않았다. 스무 살엔 누구의 말도 듣지 않는 법이다.

아미가 감옥에 가고 난 이후로 인숙은 더이상 희수를 찾지 않았다. 희수도 굳이 인숙을 찾지 않았다. 사실 아미가 없다면 희수와 인숙은 만나야 할 핑계가 없었다. 인숙은 구암 바다 남자라면 누구나 알고 있는 유명한 창녀였고, 희수는 똥폼과 가오로 먹고살아야 하는 건달이었다. 희수와 인숙은 늘 친구도 애인도 그 뭣도 아닌 애매한 사이였다. 딱 그 정도 선에서 둘은 오랫동안 머물러 있었다. 그러니 가교 역할을 한 아미가 빠져버리고 난 다음에 둘 사이가 서먹서먹한 것은 어쩌면 당연한 일이었다.

바둑이는 불법 주정차 단속 팻말이 붙어 있는 골목 모퉁이에 차를 교묘하게 주차했다. 그리고 재빠르게 트럭 짐칸으로 올라가 한참이나 박스를 뒤적거리더니 무언가를 꺼냈다.

"그게 뭐꼬?" 희수가 물었다.

"안줍니다."

"이 술집엔 안주가 없나?"

"이건 진짜 가덕도 대구를 말린 특 에이급 대구포라예. 이런 데는 다 가짜 대구포 쓰거든예." 대구포를 가슴에 꼭 껴안고 바둑이가 말했다.

"니가 그걸 어떻게 아노?"

"여기 물건 제가 댄다 아입니까."

"아주 지랄을 한다. 가게엔 가짜 대구포 주고, 니는 진짜 대구포 처묵고."

"이건 원가가 워낙 비싸서 대준다고 해도 가게에서 안 씁니다."

바둑이가 문을 열고 마치 자기 술집인 것처럼 안내했다. 아직 영업을 시작하지 않았는지 술집 안은 어두컴컴했다. 흐릿한 조명등 아래

이십대 초반의 여자 혼자서 말발굽 모양의 나무 스탠드를 행주로 닦고 있었다. 여자는 앳된 얼굴이었고 아주 깡마른 몸매를 하고 있었다. 그리고 움직일 때마다 다리를 심하게 절었다. 여자가 행주질을 멈추고 노려보는 듯한 표정으로 가게 안으로 들어선 희수와 바둑이를 쳐다보며 말했다.

"아직 가게문 안 열었는데요."

"그럼 이제 열어라." 바둑이가 명령하듯 말했다.

여자는 불쾌한 얼굴이었다. 하지만 바둑이는 아랑곳없이 성큼성큼 걸어가더니 중앙의 가장 큰 자리로 희수를 안내했다.

"희수 형님, 이리 오십시오."

희수가 걸어가서 엉거주춤 자리에 앉았다.

"가게 분위기 괜찮지예."

희수가 술집을 둘러봤다. 내부는 미송으로 인테리어가 되어 있었고 별다른 장식이 없어 깔끔했다. 그렇고 그런 술집들이 으레 그렇듯 밀폐할 수 있도록 커튼이 달려 있었다.

"응, 이런 분위기도 괜찮네."

바둑이가 손가락을 까닥거려서 여자를 불렀다. 다리를 저는 여자가 화가 난 얼굴로 걸어왔다.

"못 보던 아가씬데 새로 왔나?" 바둑이가 여자에게 물었다.

하지만 여자는 여전히 뚱한 표정만 지을 뿐 아무 대답도 하지 않았다.

"여기 좋은 양주 한 병 내오고, 주방 아줌마한테 말해가지고 이 대구포 가스불에 살짝만 구워서 가져온나. 절대 많이 구우면 안 된데이. 불에 스치듯 살짝만 구워라."

바둑이가 가슴에 품은 대구포를 여자에게 툭 던지듯 건넸다. 여자가 무심결에 대구포를 받더니 바둑이를 물끄러미 쳐다봤다.

"영업은 여덟시에 시작합니다. 오시려면 그때 다시 오시고 지금은 나가주세요. 청소 시간입니다."

여자의 말투는 냉정하고 딱딱했다. 바둑이가 어처구니없다는 듯 여자를 쳐다봤다.

"니 지금 내보고 나가라고 그랬나?"

"네, 나가주세요."

"니가 여기 온 지가 얼마 안 돼서 내가 누군지 모르는 모양인데, 나중에 사장한테 뒈지게 얻어터지지 말고 빨리 세팅해서 온나."

"니가 누군데?" 여자가 같잖다는 표정으로 말했다.

"뭐? 니가 누군데? 이게 미친년이가. 어따 대고 반말을 막 던지노."

"니가 먼저 반말했잖아." 여자가 한 치의 물러섬 없이 말했다.

"이 가스나가 콱 싸대기를 처발라뿔라."

바둑이가 자리에서 일어서더니 여자의 뺨이라도 때릴 듯이 손을 치켜들었다. 여자가 눈도 깜짝하지 않고 손에 들고 있는 대구포를 바둑이 얼굴에 힘껏 집어던졌다. 대구포를 싼 비닐봉지가 바둑이 뺨에 부딪히면서 '찰싹' 하고 경쾌한 소리가 났다.

"어쩔 건데. 때려봐라, 자."

여자가 바둑이의 얼굴을 향해 자기 머리를 들이댔다. 막상 여자가 머리를 들이밀자 바둑이가 어쩔 줄 몰라했다.

"와, 돌아버리겠네. 뭐 이런 얼척 없는 가스나가 다 있노."

뼈밖에 없는 여자인데 깡이 장난이 아니었다. 마치 어릴 적 인숙이를 보는 것 같아 희수는 피식 웃음이 났다. 희수가 자리에서 일어났다.

"나중에 다시 오자."

"아입니다, 희수 형님. 앉아 계시소. 저는 우선 이 가스나 버릇부터 확실히 고쳐놓고예." 바둑이가 흥분해서 말했다.

"나가자니까!" 희수가 단호한 어투로 말했다.

순간 바둑이가 동작을 멈췄다. 여자도 겁에 질려 희수를 쳐다봤다. 희수가 여자를 노려보면서 바둑이를 손가락으로 가리켰다.

"니는 얘가 누군지 정말 모르나?"

잔뜩 긴장한 표정의 여자가 모르겠다는 듯 고개를 저었다.

"이 가게에 건어물 배달하는 애 아이가. 몰라주면 배달부는 섭섭하데이." 희수가 빙긋 웃으며 말했다.

여자가 여전히 무슨 말인지 모르겠다는 듯 멍한 표정으로 희수를 바라봤다. 뭐가 우스운지 희수는 연신 웃으면서 문으로 천천히 걸어 갔다. 바둑이가 벌게진 얼굴로 희수를 따라오다가 뭔가를 깜빡했다는 듯 다시 돌아가더니 바닥에 떨어진 특 에이급 가덕 대구포를 주웠다. 그리고 분이 안 풀렸는지 다시 여자를 노려봤다. 희수가 고개를 돌려 바둑이를 불렀다. 그제야 할 수 없다는 듯 바둑이가 구시렁거리며 걸어나왔다.

"니 오늘 희수 형님 덕분에 운수대통한 줄 알아라. 아, 가오 존나게 상하네."

술집을 나왔을 때는 어스름이 깔리고 있었다. 희수가 시계를 봤다. 오후 일곱시였다.

"다른 데로 모실까예?" 바둑이가 희수 눈치를 보며 물었다.

"너는 이제 니 일 봐라."

"왜예. 기분 상하셨습니까? 다른 술집으로 가입시다. 저기 제가 진짜 꽉 잡고 있는 술집 있습니다. 이번엔 진짜라예."

바둑이 말에 희수가 피식 웃었다.

"아이다. 나 오늘 니 덕에 기분 억수로 좋다. 내가 대낮부터 술을 많이 마셔서 갑자기 좀 피곤해서 그렇다."

"에이, 저 독종 가스나 때문에 쪽팔리게시리."

뭐가 민망한지 바둑이가 연신 투덜거렸다.

"그리고 아무 때나 만리장에 한번 들르라. 어시장 말고 다른 일로 내가 알아볼게."

바둑이가 대답을 못하고 고개만 조금 끄덕였다. 희수가 힘내라는 듯 바둑이 어깨를 툭툭 두드렸다. 그리고 큰길 쪽으로 걷기 시작했다.

"제가 집까지 모셔다드릴게예." 희수 뒤에서 바둑이가 큰 소리로 말했다.

"됐다. 니 차 냄새난다. 나는 간만에 여기 좀 걸으면서 술도 좀 깨고 택시 타고 들어갈란다."

몹시 아쉬워하는 바둑이에게 손을 흔들어주고 희수는 보도를 따라 걷기 시작했다. 바둑이가 자리를 뜨지 못하고 한참이나 제자리에 서 있었다. 희수는 계속 길을 걸었다. 월농의 거리를 일없이 걸어보기는 오랜만이었다. 어릴 적 이 거리에서 모자원 친구들과 몰려다니며 술을 마시고 싸움질을 했다. 건달짓을 시작한 것도 이 거리였고 희수를 처음 감옥에 보낸 곳도 이 거리였다. 그리고 인숙이 창녀짓을 시작한 것도 이 거리였다. 문득 그때 놀던 그 많은 친구들이 다 어디로 갔는지 희수는 의아했다. 누군가는 죽었고, 누군가는 수배를 피해 도망을 갔고, 누군가는 이 지겨운 곳을 떠나 다른 곳으로 갔다. 어디로 갔건 잘 떠났다고 희수는 생각했다. 이 거리의 삶이란 뻔한 거니까. 남아 있는 놈은 바보거나 병신들, 그리고 겁쟁이들밖에 없었다.

한참을 걷다가 희수는 무슨 생각이 났는지 걸음을 되돌렸다. 그리고 인숙의 술집 앞까지 걸어왔다. 간판엔 아직도 불이 켜지지 않았다. 희수는 주위를 둘러봤다. 맞은편 길에 다방이 하나 있었다. 희수는 횡단보도를 건너 이층에 있는 다방으로 들어갔다. 그리고 인숙의 술집이 보이는 창가 자리에 앉았다. 희수는 담배를 한 대 꺼내 물고 월농의 거리를 바라봤다. 어둠이 내리고 술집 간판들에 하나둘씩 불이 들어왔다.

사람들은 이 거리를 월농(月弄)이라고 불렀다. 달을 희롱한다는 뜻이다. 큰길 하나를 사이에 두고 월농의 건너편엔 완월동(玩月洞)이 있다. 뭐 비슷한 뜻이다. 그것 역시 달을 완상한다는 뜻이고, 달에 익숙해진다는 뜻이고, 달을 가지고 논다는 뜻이다. 그리고 어렴풋이 달을 사랑한다는 뜻도 있다. 이름만 들으면 우아하고 풍류 가득한 동넨데 실제론 달을 찢고, 달을 때리고, 달을 괴롭히고, 달을 울리는 동네에 가까웠다.

완월동은 사창가였고 월농은 술집들이 모여 있는 곳이었다. 대체로 그렇고 그런 술집들이었다. 월농의 술집들은 대부분 완월동에서 은퇴한 늙은 창녀들이 운영했다. 뒤에 물주가 있고 여자는 그냥 얼굴마담으로 앉아 있는 곳도 있었고, 여자가 직접 술집을 차린 경우도 있었다. 네온사인이 화려하고 젊은 아가씨들을 수십 명씩 굴리는 대형 룸살롱도 있었고, 연분홍, 수선화, 코스모스 같은 아련하고 슬픈 간판을 달고 갈 곳 없는 늙은 창녀들이 맥주나 싸구려 양주를 파는 영세한 술집도 있었다. 말발굽식 가라오케, 무대식 가라오케, 스트립 댄서가 춤을 추는 극장식 술집, 카바레식 술집, 밀폐된 작은 칸막이로 되어 있는 커튼식 술집, 감전동식 포프라마치, 요정식 술집, 여장 남자들이 호스트로 있는 게이바 등등 여자를 끼고 흥청망청 술을 마시는 모든 종류의 술집이 월농에 있었다. 월농의 술값은 대부분 바가지였고 손님이 술에 취해 정신이라도 잃으면 바가지에 자기가 마시지도 않은 술값을 덤터기 쓰는 경우도 많았다. 그래서 들어갈 땐 기분좋게 들어가지만 계산하는 카운터 앞에서는 늘 크고 작은 시비가 있었다.

당연하게도 월농에 업소를 가지고 있는 사람들 뒤에는 건달들이 있었다. 큰 조직이 관리하는 업소도 있었고, 건달 서넛이 아가씨 열댓 명을 데리고 업소 몇 개를 관리하는 작은 조직도 있었다. 은퇴한 늙은 건달이 마담과 손을 잡고 조용히 운영하는 술집도 있었고, 건달과 무관하지만 경찰이나 법조계에 든든한 백 있는 놈이 운영하는 술집도 있었다. 전직 강력반 반장이 운영하는 술집도 있었고, 술집이나 호텔에서 콜이 있을 때마다 아가씨들을 넣어주는 기둥서방이 영세한 술집을 인수해서 하는 경우도 있었다. 혼자 다니는 기둥서방은 대체로 떠돌이 칼잡이였고, 건드리면 같이 죽을 각오가 되어 있다는 듯 깡을 부렸다.

묘하게도 어떤 큰 조직도 월농을 통째로 먹지는 못했다. 얽히고설킨 월농의 힘의 관계도는 늘 복잡하고 애매했다. 큰 조직이 월농을 장악하지 못하는 것은 단지 복잡하기 때문만은 아니었다. 큰 조직이 조직원들을 무장시키고 월농을 밀면 여자들 등이나 쳐먹는 기둥서방들이 뭘 어쩌겠는가. 하지만 아무리 월농이 탐나도 흘릴 피에 비하면 언는 게 적었다. 손영감이 삼대에 걸쳐 구암 바다를 장악하고 있는 것도 비슷한 이유였다. 큰 조직이 마음먹고 덤비면 구암 바다를 못 먹을 것도 없었다. 그러나 구암 바다는 큰 조직에게 계륵 같은 곳이었다. 보고 있으면 군침이 돌지만 막상 먹으려들면 먹기도 힘들고 먹어봐야 먹잘 것도 없는 동네였다. 겉보기엔 비리비리해 보이는 구암의 핫바지 건달들도 누가 자기 밥줄을 끊으러 오면 미친 독종으로 돌변했다. 늙은 똥개라도 입에 물고 있는 뼈다귀를 뺏는 건 만만한 일이 아닌 것이다. 게다가 그런 큰 전쟁으로 검찰에 표적수사라도 당하게 되면 멀쩡한 조직도 산산이 분해될 게 뻔했다. 간단하게 말해서 구암 바다를 먹는 일은 수지가 안 맞는 것이다. 단지 그 이유뿐이었다. 손영감은 그것을 잘 알고 있었다. 그는 구암을 늘 누추하고 조금 덜 매력적으로 보이게 만들었고, 복잡한 인간관계로 얽히게 만들어서 누구도 쉽게 판을 못 뒤집게 했다. 그것이 전직 강력계 형사나 지방검사의 처남이 아무런 노력 없이 술집을 운영할 수 있는 이유였다.

구암과 월농의 건달들은 유독 사이가 안 좋았다. 분위기는 구암 바다에서 내고 술은 월농에서 마시기 때문일 수도 있고, 아가씨 장사를 해서 외제 차를 몰고 다니는 놈들이 얄미워서 그럴 수도 있었다. 월농의 건달들은 대부분 여자들 등이나 쳐먹는 양아치들이었다. 툭하면 여자를 팼고, 배보다 더 큰 배꼽 같은 사채를 돌려서 여자를 자기 업소에 오래 묶어놓았다. 그리고 퇴물이 되면 웃돈을 얹어 다른 업소에 팔았다. 한번은 자바라라는 포주가 자기 사무실에서 칼을 맞았다. 자기 밑에 있는 창녀가 혼자서 삼천만원을 벌었다느니, 사천만원의 매출을 올렸다느니 자랑질을 하던 놈이었다. 창녀 한 명이 삼천만원의 매출을 올리려면 대충 계산을 해도 하루에 열댓 명의 남자를 쉴새없이 상대해야 했다. 필리핀에서 가져온 생리를 멈추게 하는 약을 복용해서 쉬는 날도 없었다. 자바라는 악독한 포주였고, 협박하기 좋은 여자에게만 돈을 빌려주는 지독한 사채업자였다. 솔직히 칼을 맞아도 싼 놈이었다. 자바라에게 칼을 놓은 놈은 월농에서 삐끼를 서던 십대 두 명이었다. 돈 자랑을 그리 해댔으니 칼을 맞은 게 당연한 일일지도 모른다. 십대 두 명은 유흥비가 필요했다고 경찰에 말했다. 걔네가 훔쳐간 돈은 그날 수금한 돈 구백만원이 전부였다. 하지만 경찰이 자바라의 사무실을 수색해 거기서 발견한 벽장 속 비밀금고에는 현찰로 구억이 있었다. 사실은 십삼억이 있었는데 경찰이 빼돌렸다는 소문도 있었다. 그 돈은 고스란히 국고로 환수되었다. 자바라의 아가씨들이 그 돈은 자기들이 피땀 흘려 번 돈이니 자기들 돈이라고 경찰에 따졌다. 경찰은 당연히 여자들의 말을 무시했다. 여자들은 변호사를 고용해 고소했다. 범죄와의 전쟁이 한창이던 1991년의 일이었다. 법원은 안 그래도 바쁜 시절에 이게 무슨 개소리냐고 고소 자체를 기각했다. 힘없는 월농의 아가씨들은 삼삼오오 모여 이 사건에 대해 떠들어댔다. 조국이 몸을 팔았냐 우리가 몸을 팔았지, 조국이 시발 우리에게 해준 게 뭐가 있다고 그 돈을 처먹느냐, 겪어보니 조국이라는 놈은 자바라보다 더 나쁜 포주더라, 라고 아가씨들은 말했다. 어떤 아가씨는 재주는 곰이 부리고 돈은 왕서방이 처먹는다며 투덜거렸다. 그 옆의 아가씨는 시발 왕서방은 존나 좋겠네, 하고 말했다.

월농은 그런 거리였다. 여자들의 눈물과 외로움을 팔아서 돈을 버는 거리였다. 이 거리에서 여자들은 너무나 쉽게 외로워졌고, 너무나 쉽게 외로워서 기둥서방에게 기댔다. 그리고 기둥서방들은 여자들을 거리에 팔았다. 거리에서 여자들은 다시 외로워지고, 다시 쓰레기 같은 남자들에게 기대고, 남자들은 외로운 여자를 거리에 팔고, 여자들은 거리에서 다시 외로워지고…… 월농은 그런 거리였다.

희수는 다방 창가에서 월농의 거리를 보다가 깜박 잠이 들었다. 희수가 잠을 깼을 때는 밤 열시 무렵이었다. 검지와 중지 사이에 필터 앞까지 타들어간 담배꽁초가 끼워져 있었다. 희수는 담배꽁초를 재떨이에 던져넣고 창밖을 바라봤다. 인숙의 술집 간판에 불이 들어와 있었다. 희수는 카운터로 가서 커피값을 계산하고 밖으로 나왔다. 그리고 건널목을 건너서 술집으로 들어갔다. 바둑이에게 대들던 깡마른 절름발이 아가씨는 화장을 예쁘게 하고 카운터에 앉아 있었다.

"어서 오……세요." 절름발이 아가씨가 희수를 보고 다소 놀란 얼굴로 말했다.

"청소 다 끝났죠?" 희수가 물었다.

별로 재미없는 농담이었는지 여자가 웃지 않고 희수를 말똥말똥 쳐다봤다. 웨이터 한 명이 와서 희수에게 혼자 오셨냐고 물었다. 혼자라고 하자 웨이터는 술집의 가장 구석진 자리로 희수를 안내했다. 희수가 카운터를 돌아보자 절름발이 아가씨는 어딘가로 급히 전화를 하고 있었다. 십 분이 지나도록 희수의 자리에는 아무도 오지 않았다. 웨이터는 혼자 앉아 있는 희수를 멀거니 보면서도 주문을 받으러 오지는 않았다. 잠시 후 자그마한 체구에 날카로운 눈빛을 가진 사내 한 명이 테이블로 오더니 깍듯하게 인사를 했다.

"누고?" 희수가 물었다.

"훤강입니다. 아미 친구라예."

희수가 고개를 끄덕거렸다.

"오셨다가 가셨다면서요?"

"아까는 너무 일찍 와서."

"죄송합니다. 아가씨가 가게에 엥겨붙는 양아치들인 줄 알고 실수를 했나봅니다. 간혹 그런 놈들 있거든요. 우리가 전국구네 어쩌네 하면서 공짜 술 마시거나 돈 받아가는 양아치 새끼들."

"힘들겠네."

"어쩌다 있는 일이라예. 그리고 대부분 별것도 아닌 놈들입니다."

희수가 다시 고개를 끄덕였다.

"술 한잔하시러 오셨습니까?"

"응."

"그럼 오늘 술은 제가 대접하겠습니다."

"와, 내가 돈이 없어 보이나?"

"그게 아니라 오늘 저희가 실수한 것도 있고, 그리고 저 어릴 적에 아저씨가 곰탕 많이 사주셨잖아예."

"내가?" 기억이 전혀 안 난다는 얼굴로 희수가 물었다.

"고기 국물을 먹어야 키가 큰다고 아저씨가 할매 곰탕집에 장부 하나 달아줬지예. 먹고 싶을 때 언제든 먹고 장부에 사인만 하면 된다고. 그래서 아미랑 우리 친구들, 할매집에서 그 비싼 곰탕 엄청 먹었어예."

"고기 국물 그렇게 묵고 너는 왜 키가 안 컸노." 희수가 웃으며 물었다.

희수 말에 훤강이 머리를 긁적였다.

"그러게예. 아미는 물만 마셔도 콩나물맹키로 키가 쑥쑥 크더만, 저는 곰탕도 먹고 우유도 많이 마셨는데 그 영양분이 다 어디로 갔는지 모르겠심더. 우유 마시면 키 큰다는 말 그거 다 말짱 거짓말입니다."

"아미는 감옥에서 나왔다는데 왜 여태 얼굴을 안 내비치노? 니는 만나봤나?"

"인숙이 이모랑 일주일 전에 감옥 앞에서 봤어예."

"근데 어디 갔노?"

"부산에는 없고예, 강원도 어디로 여자 찾으러 갔습니다."

"여자가 도망갔나?"

"그게 아니라 좀 복잡한 뭐가 있어예. 여자만 찾으면 금방 돌아올 겁니다." 흰강이 대충 얼버무리며 말했다.

"사고 치려는 거 아니제?"

"아입니다. 감방에서 이제 막 나왔는데 조심해야지예."

희수가 다시 고개를 끄덕였다.

"인숙이 있나?"

"다른 테이블에 있는데 불러드릴까예?"

"그래."

흰강이 일어나더니 공손하게 인사를 하고 자리를 빠져나갔다. 웨이터가 얼음과 물, 그리고 과일과 몇 가지 마른안주를 들고 와서 테이블에 깔았다. 희수가 대구포를 손가락으로 집어 불빛에 살펴보고는 이게 바둑이가 말한 가짜 대구포구나 하고 생각했다. 그때 절름발이 아가씨가 술을 들고 와서 희수 옆에 앉더니 술병을 따고 잔에 따랐다. 희수가 술잔을 받았다.

"아까는 죄송했어예."

"뭐가 죄송하노. 문도 안 열었는데 막무가내로 들어온 놈이 잘못이지."

"언니 올 때까지 제가 옆에서 말동무나 해드릴까요?"

절름발이 아가씨가 아까와는 달리 애교 있는 웃음을 지었다.

"아이다. 가서 니 일 봐라. 나는 니가 무섭다." 희수가 웃으며 말했다.

절름발이 아가씨가 덩달아 웃더니 자리에서 일어났다. 희수는 담배를 한 대 물고 불을 붙였다. 인숙을 기다리는 동안 희수는 가슴이 뛰는 걸 느꼈다. 모자원에서 처음 인숙을 봤을 때도 가슴이 뛰었고 지금도 여전히 그렇다. 지금도 여전히 그렇다는 게 반갑기도 하고 의아하기도 하고 슬프기도 했다. 인기척이 있어 고개를 돌리자 인숙이 희수를 쳐다보고 있었다.

"희수 왔네?"

오 년 만에 만났는데 마치 어제 만났다 헤어지고 오늘 다시 만난 것 같은 말투였다. 희수를 바라보는 인숙의 얼굴이 환했다. 어서 들어오라는 듯 문을 활짝 열어주는 것 같은 얼굴이었다. 모든 어색함을 일거에 날리는 그 얼굴이 고마웠다.

"오늘 어쩐지 니가 보고 싶어서 왔지." 희수가 능청을 떨었다.

"영원히 안 볼 것처럼 연락도 없더니만 웬일이래?"

"뭔 소리고. 내가 연락을 안 했나. 니가 나를 깐 거지."

"사내가 궁색하게 변명은. 니가 나를 깐 거지. 나 같은 년이 누구를 깔 처지가 되냐?" 인숙이 경쾌한 목소리로 말했다.

그런가? 하고 희수는 고개를 갸웃거렸다. 오래전 일이라 정확하게 기억이 나지 않았다. 희수가 인숙을 바라봤다. 여전히 예쁜 얼굴이었다. 여전히 군살 하나 없이 날씬했고 맑은 피부를 가지고 있었다. 열세 살에 이 여자를 사랑했었다. 열여섯에 연애를 했었다. 특별히 연애라고 할 건 없었다. 그 무렵 인숙은 엄마와 함께 백지포 자갈밭 근처에서 포장마차를 했고 희수가 도왔다. 오토바이로 술 박스와 안주를 배달하고 얼음과 연탄을 실어날랐다. 그리고 바닷바람에 흔들리는 카바이드 불빛 아래서 곰장어나 어묵을 손질하는 인숙을 밤늦게까지 바라보곤 했다. 영업이 끝나면 인숙과 함께 포장마차를 끌고 모자원 언덕까지 올라갔다. 해변에 놔둬도 아무도 건드리지 않을 낡은 포장마차였지만 인숙은 굳이 그것을 모자원까지 끌고 갔다. 하지만 희수는 인숙과 함께 그 무거운 포장마차를 밀고 끌며 올라가던 그 언덕길이 좋았다. 그 가파르고 위태로운 오르막길이 영원히 계속되었으면 좋겠다고 열여섯의 희수는 생각했다.

"뭘 그리 보는데?" 인숙이 물었다.

"오랜만에 보니 예뻐서."

"맞나? 하긴 나는 잘 모르겠는데 사람들이 나보고 김희애 닮았다고 자꾸 그라대."

희수가 갑자기 자리에서 벌떡 일어났다. 인숙이 놀란 표정으로 희수를 바라봤다.

"왜 일어서노?"

"짜증나서 집에 갈라고."

인숙이 웃으면서 부드럽게 희수 팔을 잡아 자리에 앉혔다. 인숙이 술병을 들어 희수의 잔에 따랐다. 희수가 술잔을 들어 조금 마셨다.

"나도 한잔 주라." 인숙이 말했다.

"너는 술 많이 마실 건데 여기선 마시지 마라."

"그래도 니가 오랜만에 왔는데 한잔해야지."

희수가 술병을 들고 인숙의 잔에 술을 따랐다. 인숙이 술잔을 희수의 잔에 가볍게 부딪히고는 단번에 비웠다.

"그러지 않아도 니 한번 보려고 했는데."

인숙이 술잔을 테이블 위에 다소곳이 올려놓았다.

"왜?"

"아미 때문에."

"아미?"

"이제 건달짓 그만해야 안 되겠나. 이렇게 계속 가면 또 감옥 가거나 칼 맞거나 둘 중 하나밖에 더 있겠나. 니가 이 동네에서 건달짓 못 하도록 힘 좀 써줘."

"아미가 어디 내 말 듣나?"

"그래도 니 말은 좀 듣잖아. 아버지, 아버지 하면서 잘 따르고."

"아버지는 무슨. 그나저나 나는 그게 참 궁금했는데 아미 성이 왜 주씨고? 아버지가 진짜 주씨가?"

희수의 질문에 인숙이 잠시 머뭇거렸다. 인숙이 자기 잔에 술을 따라서 반쯤 마셨다.

"그냥 내가 지었다."

"근데 왜 하필 주씬데? 다른 성씨도 많구만."

"구암 깡패 새끼들 다 둘러봐도 주씨가 없더라고. 그래서."

뭔가 이해가 안 되는 듯 희수가 고개를 갸웃거렸다.

"어쨌거나 아미한테 말 좀 해줄래?" 확인이라도 하듯 인숙이 재차 물었다.

"뭐라고?"

"구암이나 월농 바닥에서 건달짓 하면 니가 직이쁜다고 해라."

"아미는 이제 우리가 어쩌고 말고 할 나이가 아니다. 그리고 건달짓 그만두면 뭐 묵고 살 거고. 공부를 했나, 그렇다고 기술이 있나."

"배우면 되지. 젊고 튼튼한데 뭐가 걱정이고."

"말은 해볼 건데 너무 기대는 하지 마라. 건달밥 한번 먹으면 다른 거 답답해서 잘 못한다. 떠나봐야 금방 돌아올 거고. 아미 나오기만 기다리던 친구들이 얼마나 많은데 쉽게 되겠나."

인숙이 말없이 나머지 술잔을 비웠다. 산전수전 다 겪은 여자니 그게 말처럼 쉬운 일이 아니라는 것쯤은 알고 있을 것이다. 그때 양복차림의 말라깽이가 인숙과 희수가 앉아 있는 테이블을 한참이나 아니꼬운 눈초리로 쳐다봤다. 하도 노골적으로 희수를 노려보기에 희수도 말라깽이 사내를 노려봤다. 인숙도 고개를 돌려 말라깽이 사내를 쳐다봤다.

"이마담, 어르신 기다리세요." 말라깽이 사내가 말했다.

"네, 곧 들어갈게요." 인숙이 말했다.

그러자 말라깽이 사내가 못마땅한 표정을 짓더니 자기 자리로 돌아갔다.

"저 새끼 누고?" 희수가 물었다.

"신경쓸 거 없어. 구청장 비서야."

"멸치같이 생겨가지고 누굴 째려보노. 뒈질려고."

"성격도 꼭 멸치 같아. 쩨쩨해가지고." 인숙이 입을 삐죽하며 말했다. "안주 다른 거 좀 갖다줄까?"

"배가 고픈데 뭐 요기될 만한 거 없나?"

"밥 차려줘?"

"술집에서 밥은. 그냥 요기될 만한 걸로 아무거나."

"뭐 어때, 내 술집인데. 기다려봐."

인숙은 자리에서 일어나 주방으로 들어갔다. 희수는 남은 술을 비웠다. 낮에 고기 몇 점 집어먹은 것 외엔 하루종일 먹은 게 별로 없어서 독한 술이 위로 들어가자 속이 쓰려왔다. 희수가 담배를 꺼내 물고 불을 붙였다. 그때 아까 왔던 말라깽이 사내가 다시 나타났다.

"야, 너 이리 나와봐." 말라깽이 사내가 다짜고짜 반말로 말했다. 희수가 고개를 들고 말라깽이 사내를 쳐다봤다. "나와보라니까." 말라깽이 사내가 다시 말했다.

어이가 없는지 희수가 말라깽이 사내를 향해 코웃음을 쳤다.

"니 뭔데? 지금 나랑 함 붙자는 거가?"

희수의 위협적인 말투에 놀랐는지 말라깽이 사내가 움찔했다.

"어르신이 좀 보자신다." 말라깽이 사내가 조금 누그러진 목소리로 말했다.

어르신? 고개를 갸웃거리며 희수는 자리에서 일어났다. 말라깽이 사내가 커튼으로 가려진 테이블로 희수를 안내했다. 희수가 말없이 사내를 따라갔다.

"인사드려라. 구청장님이시다."

구청장이라는 사내가 거만한 표정으로 앉아서 희수를 쳐다봤다. 예순 살 정도 되어 보이는 뚱뚱한 사내였고 희멀건하고 넓은 얼굴에 기름기가 좔좔 흐르는 전형적인 사기꾼 스타일이었다. 희수가 깍듯하게 인사를 했다. 구청장이 손가락을 까닥거리며 희수를 가까이 불렀다. 희수가 다가가자 구청장은 더 가까이 오라는 듯 손가락을 계속 까닥거렸다. 희수가 더 가까이 다가가자 구청장이 갑자기 희수의 뺨을 사정없이 때렸다. 분이 덜 풀렸는지 구청장은 희수의 뺨을 연속으로 세 대나 더 때리고 나서야 물수건으로 손을 닦고 맥주 한 컵을 죽들이켰다.

"이 새끼가 뭐하는 놈이라고?"

"저기 구암에 만리장 호텔 아시지예. 그 호텔 지배인입니다."

"깡패 새끼네."

구청장은 흐리멍덩한 눈으로 희수를 쳐다보면서 이번에는 양주를 한 잔 마셨다.

"니가 와 맞았는지 아나?" 구청장이 물었다.

모르겠다는 듯 희수가 조심스럽게 고개를 저었다.

"이 새끼 아직도 정신 못 차렸네. 와 맞았는지 모르겠다고?"

희수가 아무 말도 없이 서 있자 말라깽이 사내가 답답하다는 듯 끼어들었다.

"공무에 바쁘신 우리 구청장님께서 천금같은 시간을 쪼개서 여기 왔는데 니가 마담을 삼십 분이나 붙잡고 있으면 우예되겠노? 우리 구청장님은 나랏일로 초를 다투면서 일하시는 분이다. 그런 구청장님께서 모처럼 여기 왔는데 니가 마담하고 희희낙락하고 깔깔거리는 꼬라지를 보면서 기다려야 되겠나? 구청장님이 시간을 낭비하면 그만큼 국정 운영에 차질이 생긴다는 걸 왜 모르노."

희수가 그제야 무슨 일인지 알았다는 듯 희미하게 웃었다.

"죄송합니다."

"나이를 그만큼 처먹었으면 눈치가 있어야지, 가스나도 아니고 사내새끼가 눈치가 그래 없어갖고 우예 밥을 묵고 살겠노?" 말라깽이 사내가 기세등등한 표정으로 말했다.

"죄송합니다. 높으신 분이 와 계신 걸 몰라뵀습니다."

"이제라도 알았으면 됐다. 술 대충 처먹었으면 집에 가봐라." 구청장이 말했다.

희수가 머뭇거렸다.

"마시던 술이 있어서 그것만 마시고 가겠습니다." 늙은 구청장이 이 새끼 말로 해선 안 될 놈이네, 하는 표정으로 희수를 쳐다봤다. "대신 제가 좋은 술 한 병 대접하겠습니다." 희수가 말을 이었다.

"됐다. 나는 깡패 새끼 술 안 묵는다."

하지만 희수는 구청장의 말을 무시하고 홀을 향해 큰 소리로 휜강을 불렀다. 휜강이 달려와서 희수에게 바짝 고개를 숙였다.

"무슨 일 있습니까?"

"이 집에서 제일 좋은 술이 뭐고?"

휜강이가 재빨리 분위기를 간파하고 잠시 머리를 굴렸다.

"돌아가신 박정희 대통령이 즐겨 드시던 술이 있습니다. 로얄 살루트라고."

"무슨 소리야? 각하께서 즐겨 드시던 술은 시바스 리갈 아닌가?"

구청장이 잘난 척을 했다. 휜강이 즉시 머리를 조아렸다.

"네, 맞습니다. 시바스 리갈 이십일 년산을 특별히 로얄 살루트라고 부릅니다."

휜강의 똑부러진 말에 구청장이 한 걸음 뒤로 물러섰다.

"하긴 각하께서 그냥 평범한 시바스 리갈을 마셨을 리가 없지."

"각하께서 드시던 술, 어떻습니까? 구청장님이나 각하나 다 민생을 돌보느라 힘드셨는데."

박정희가 즐겨 마시던 술이라고 하자 꽤나 만족스러운지 구청장이 흐뭇한 표정을 지었다.

"이십일 년산이면 이십일 년을 묵혔다는 거 아냐? 이십일 년이면 보통 세월이 아니지. 내가 정계에 입문한 세월이랑 묘하게도 일치하는구만."

구청장이 뜬금없이 감상에 젖은 채 반대쪽 천장을 바라봤다.

"각하께서 드시던 술 그거 한 병 내오고, 그리고 귀한 어르신 오셨는데 안주가 이게 뭐냐? 세팅 다시 하고 계산서는 내한테로 보내라."

희수가 괜히 오버하는 동작으로 흰강에게 지시를 했다. 흰강이가 연신 머리를 조아리며 분위기를 맞췄다. 구청장이 기분이 풀렸는지 한결 부드러워진 얼굴로 희수를 바라봤다.

"애가 서글서글한 게 아주 나쁜 놈은 아니네." 구청장이 말라깽이에게 말했다.

"네, 그렇습니다." 말라깽이가 사무적으로 말했다.

"너 이리 와서 내 술 한잔 받아라."

희수가 다가가자 구청장이 자기가 마시던 잔에 양주를 따랐다. 희수가 잔을 즉시 비우고 구청장에게 다시 술을 따랐다. 구청장이 거만한 태도로 술을 받았다.

"만리장 지배인이라고?"

"네."

"거기 손영감하고 나는 예전부터 막역한 사이다."

"네, 알고 있습니다."

"뭐 어려운 일 있으면 한번 찾아오고."

"말씀만으로도 감사합니다. 높으신 분을 잡스런 일로 귀찮게 하는 게 도리가 아닌 듯해서 그간 인사도 제대로 못 드렸습니다. 죄송합니다."

"괘안타. 나는 싸가지 없는 새끼들을 싫어하지 도리를 갖추고 오는 동생들에겐 항상 아량을 베풀곤 한다. 안 글나?" 구청장이 말라깽이를 쳐다보며 물었다.

"그럼요." 말라깽이가 역시 사무적으로 대답했다.

"그래, 이제 나가봐라." 구청장이 희수에게 말했다.

"이만 일어나보겠습니다. 즐거운 시간 보내십시오."

희수가 옷매무새를 단정하게 하고 자리에서 일어나서 허리를 굽혀 인사를 했다.

"사고 치지 마라. 우리 각하께서는 범죄를 아주 끔찍하게 싫어하신다. 알제?" 구청장이 훈계하듯 말했다.

"명심하겠습니다." 희수가 공손하게 대답했다.

희수가 커튼을 젖히고 밖으로 나오자 인숙이 기다리고 있었다. 인숙이 슬픈 얼굴로 희수를 바라봤다. 별일 아니라는 듯 희수가 힘없이 웃었다. 인숙이 희수의 뺨을 손으로 어루만졌다.

"부었다. 너는 피부가 여자 같아서 뺨 같은 거 맞으면 안 되는데."

인숙의 손이 따뜻했다. 어쩌면 뺨을 맞아 얼굴이 부었기 때문일지도 모른다. 희수가 인숙의 손을 잡았다. 그리고 인숙의 손등에 살짝 뺨을 부볐다. 인숙이 부끄러운 듯 소녀처럼 슬며시 손을 뺐다.

"밥 차려놨으니까 먹어." 인숙이 말했다.

안에서 구청장이 누구에게 하는 건지 욕지거리를 하고 있었다.

"들어가봐라."

무슨 뜻인지 인숙이 얼굴을 왼쪽으로 살짝 기울이고는 윙크를 했다. 그리고 룸 안으로 들어갔다. 희수는 커튼 앞에 잠시 서 있었다. "이마담, 어데 갔다 이제야 왔소. 기다리다가 죽을 뻔했소." 구청장이 개구라를 쳤다. 인숙이 큰 소리로 깔깔깔 웃으며 "갑자기 설사가 나지 뭐예요. 아이 부끄러워라" 호들갑을 떨었다. 구청장이 인숙에게 술 한잔하라고 권하는 소리가 들려왔다. 희수는 천천히 걸음을 뗐다. 그리고 술을 마시던 테이블로 돌아왔다. 그곳에 인숙이 차려놓은 밥이 있었다. 된장국과 조기 한 마리가 구워져 있는 정갈한 차림이었다.

숟가락을 들려고 하는데 룸에서 늙은 구청장의 웃음소리가 계속 들려왔다. 인숙의 웃음소리도 같이 들려왔다. 웃음소리가 끊이지 않았다. 희수가 들었던 숟가락을 놓았다. 저 웃음소리는 인숙의 천성에 가까웠다. 희수는 인숙이 진짜로 우는 것을 한 번도 본 적이 없었다. 겨울날 인숙의 엄마가 모자원 빙판 계단에서 미끄러져 돌아가셨을 때도, 장례식장에 갈 돈이 없어 모자원 공용 부엌에서 그토록 초라한 장례식을 치렀을 때도 인숙은 울지 않았다. 깡패들이 보호비를 내지 않는다고 인숙의 포장마차를 박살냈을 때도 인숙은 울지 않았다. 인숙은 방안에 웅크려 며칠 무슨 생각을 하다가 완월동으로 터벅터벅 들어가서 창녀가 되었다. 인숙이 열일곱 살 때의 일이었다. 열일곱의 여자가 사창가에 제 발로 걸어가 창녀가 되는 것은 이상한 일이다. 하지만 이 동네에서는 흔한 일이었다. 희수도 열일곱이었고 인숙도 열일곱이었다. 그때 희수는 도망가자고 말했다. 인숙은 조용히 그러나 결연하게 고개를 저었다. 사실 갈 곳도 마땅한 대책도 없었으므로 그것은 그저 열일곱 소년의 헛말에 불과했을 것이다.

희수는 인숙이 창녀가 되어 처음 앉아 있었던 분홍빛 쇼윈도 안을 영원히 잊지 못할 것이다. 처음으로 화장을 한 인숙은 마치 새장에 갇혀 있는 바비인형처럼 보였고 매우 슬퍼 보였다. 희수는 비겁하게 건너편 전봇대 뒤에 숨어서 인숙을 바라봤다. 한 사내가 인숙을 끌고 올라갔고 이십 분쯤 후에 다시 나왔다. 그리고 기다렸다는 듯 또다른 사내가 인숙을 끌고 올라갔고 다시 나왔다. 그 밤 열댓 명의 사내가 인숙을 끌고 올라갔다. 희수는 전봇대 아래서 몸을 부들부들 떨면서 내내 울었다. 하지만 그때도 인숙은 울지 않았다.

커튼이 쳐진 룸에서 여전히 웃음소리가 들려오고 있었다. 인숙의 웃음소리와 늙은 남자의 웃음소리와 간사하고 쩨쩨한 사내의 웃음소리.

"뭐가 그리도 좋노?" 희수가 혼잣말을 했다.

희수는 맥주잔에 양주를 가득 따른 후 천천히 마셨다. 그리고 다시 맥주잔에 양주를 가득 따라서 마셨다. 희수는 빈 잔을 멍하니 바라보다가 자리에서 일어났다. 테이블 위에 희수가 한 젓가락도 대지 않은 음식들이 낮은 조명 불빛을 받아 마치 음식점 진열장에 전시해놓은 가짜 음식들처럼 보였다. 희수는 몹시 어지러워서 몸을 제대로 가눌 수 없었다. 비틀거리며 카운터 앞에 섰을 때 흰강이 달려나왔다. 흰강이 술값을 받지 않으려고 완강히 버텼지만 희수는 굳이 자기 술값과 늙은 구청장의 술값을 계산했다. 그리고 희수는 흰강의 어깨를 두드리며 잘 마셨다고, 다시 보자고 말하고 술집을 나왔다.

희수가 거리로 나섰을 때 갑자기 굉장한 허기가 밀려왔다. 피로라든가 취기 같은 게 아니라 허기였다. 늘 거리에 혼자 남겨지면 이상하게도 허기가 밀려왔다. 감방에 들어가기 전날, 아니면 감방에서 나와 요란한 환영식을 마치고 혼자 남겨졌을 때, 희수는 이상하게도 허기를 느꼈다.

술집 간판들이 요란한 월농의 보도에 포장마차들이 줄지어 있었다. 희수는 포장마차로 들어갔다. 할머니가 꼬챙이에 어묵을 끼워넣고 있었다. 희수는 우동을 한 그릇 시켰다. 할머니가 면을 꺼내 물에 데치고 그 위에 삶은 계란, 파, 새우, 김 따위를 올리고는 정성스럽게 육수를 부었다. 우동 육수통에서 멸치와 가쓰오부시 냄새가 났다. 희수는 김이 모락모락 올라오는 우동 그릇을 잠시 쳐다보다가 마치 며칠 굶은 사람처럼 우동 한 그릇을 허겁지겁 비웠다.

"뭘 그리 급하게 먹습니까? 입천장 다 데겠네." 포장마차 할머니가 물었다.

"배가 고파서요. 배가 존나게 고파요." 희수가 술주정을 했다.

희수 말에 포장마차 할머니가 빙긋 웃었다.

"한 그릇 더 말아줄까요?"

희수가 고개를 끄덕였다.

"소주도 한 병 주이소." 희수가 말했다.

"술은 이미 많이 된 거 같은데."

"할머니는 우리 엄마랑 많이 닮았습니다."

"그래요? 그렇게 말해주니 고맙네요."

"뭐가 고맙습니까. 우리 엄마는 춤바람이 나서 아들 내팽개치고 딴 남자랑 도망갔는데. 아들 밥도 안 차려주고 야반도주했어요. 그리고 그후로 죽었는지 살았는지 연락 한 번이 없어. 그래서 내가 만날 배가 고프잖아. 엄마가 밥을 안 차려줘서." 희수가 술주정을 했다.

포장마차 할머니가 말없이 희수 앞에 우동 한 그릇과 소주 한 병을 내밀었다. 희수는 종이컵에 소주를 따라 마셨다. 그리고 따뜻한 김이 무럭무럭 올라오는 우동 한 그릇을 국물까지 남김없이 다 비웠다.

"얼맙니까?"

"우동 두 그릇 육천원에 소주는 삼천원, 합이 구천원입니다."

"우동이 삼천원 합니까?" 희수가 시비조로 물었다.

"예. 삼천원 합니다."

"뭐가 그리 쌉니까? 이 고생을 하는데." 갑자기 희수가 버럭 소리를 질렀다.

술 취한 사람을 많이 상대해서인지 할머니는 별로 놀란 표정이 아니었다. 할머니는 여전히 웃는 얼굴로 희수를 바라보기만 했다. 희수가 지갑에서 돈 삼만원을 꺼내 할머니에게 내밀었다. 할머니가 의아한 듯 희수를 쳐다보다가 테이블에 다시 이만원을 내려놓았다. 그리고 앞치마에 붙은 주머니에서 천원을 더 꺼내 희수에게 내밀었다. 희수가 이만원을 집어 할머니한테 다시 내밀었다.

"마, 받으소. 저 쓰레기 같은 술집은 가짜 대구포 한 마리에 오만원이나 처받는데 이 맛있는 우동에 삼천원이 말이 됩니까? 삼만원은 받아야지."

포장마차 할머니가 돈을 받지 않고 희수를 우두커니 쳐다보고 있었다. 그 표정은 연민에 가까웠다. 희수는 몸을 비틀거리며 포장마차 앞에 서 있었다. 자기가 뱉은 말이 자기도 이해가 안 되는지, 아니면 말도 안 되는 소리를 씨부리고 있는 게 자기도 한심한 건지 희수가 깊은 한숨을 내쉬었다.

"할머니 소리질러 죄송합니다. 제가 술이 많이 됐어예. 죄송합니다."

"괜찮아요. 뭐 행패 부린 것도 아인데."

"아입니다. 죄송합니다. 그리고 할머니는 울 엄마랑 진짜 많이 닮았어예."

희수가 할머니에게 고개를 숙여 사과했다. 그리고 돈 이만원을 테이블 위에 놔둔 채 우동 그릇 옆에 있는 반쯤 남은 소주병을 들고 나와 길가에 있는 화단으로 비틀거리며 걸어갔다.

인조 대리석으로 된 화단에 쪼그리고 앉아 희수는 소주를 한 모금 마셨다. 육각형으로 된 간판이 도로 가운데를 점령한 채 빙글빙글 돌아가고 있었다. '젊은 아가씨 항시 대기' '정성껏 모시겠습니다' '허벅지' '화끈한 서비스, 팁 공짜'. 빙글빙글 돌아가는 육각형의 간판을 한참이나 보고 있자니 희수는 어지럼증이 밀려왔다. 밤섬에 왔다갔다하느라 잠도 못 잤고, 대낮부터 마신 보드카 때문인지 도무지 몸의 균형을 잡을 수가 없었다. 그리고 귓속에서는 이명처럼 인숙의 웃음소리가 계속 들려왔다. 그 여자는 왜 웃고 있는가? 이 거지같은 삶이 뭐가 그리 좋아서 웃고 있는가?

"좋으냐? 좋아?"

희수가 혼자서 술주정을 했다. 희수는 남은 소주를 마지막 한 방울까지 다 마시고는 빙글빙글 돌아가는 입간판을 향해 빈 소주병을 집어던졌다. 입간판 안에 있는 형광등이 터지면서 픽 소리가 났다. 그리고 하수도 개수구에 머리를 처박고 낮부터 먹은 것을 모두 토했다. 희수는 충혈된 눈으로 월농의 거리를 멍하니 바라보다가 자기가 토한 토사물 위에 쭈그려앉은 채 그대로 잠이 들었다.

인숙의 방

희수가 눈을 떴을 때는 새벽이었다. 창밖은 아직 어두웠지만 얇은 커튼 사이로 푸른빛이 감돌고 있었다. 방에서 은은한 프리지아 냄새가 났다. 모텔에서 뿌리는 싸구려 방향제 따위가 아닌 진짜 꽃냄새였다. 희수는 몸을 일으키고 방안을 둘러봤다. 가구라곤 싱글 침대, 화장대 겸 책상으로 쓰는 듯한 독일식 서랍장, 열 자짜리 장롱 하나밖에 없었다. 하지만 희수는 어렵지 않게 이곳이 인숙의 안방이라는 것을 눈치챌 수 있었다. 결벽증적인 단정함, 그것은 어릴 때부터 인숙이 가지고 있던 어떤 유전자 같은 것이었다. 희수는 침대 머리맡에 놓여 있는 주전자에서 물을 따라 마셨다. 어제 마신 술 때문에 속이 쓰려왔다. 희수는 안방에 붙어 있는 화장실에 들어가서 오줌을 눴다. 변기 커버 위로 오줌물이 튀자 희수는 뭘 훔치다 들키기라도 한 것처럼 휴지로 황급히 변기 커버를 닦았다. 욕실 거울 속에 한 사내가 남자용 잠옷을 입고 있었다. 꽃무늬가 들어간 더없이 촌스러운 잠옷이었다. 그리 헌것도 아니었지만 새것도 아니었다. 그러고 보니 희수가 자는 사이 속옷도 새로 입혀놓았다. 희수가 잠옷 바지를 열고 속옷을 살펴봤다. 깨끗하게 세탁된 것이지만 속옷 역시 새것은 아니었다. 전에 인숙과 같이 살던 어느 놈팡이가 입던 것이라는 생각이 들자 갑자기 짜증이 확 밀려왔다. 누군가 이 방에서 인숙과 잠을 자고 섹스를 하고 희수가 입고 있는 잠옷을 입고 변기에 오줌을 갈겼다는 사실에 새삼 질투가 났다. 왜, 무슨 자격으로 질투를 하고 있는지 알 수 없었다.

희수는 변기에 물을 내리고 세수를 했다. 칫솔이 하나 놓여 있었지만 그것도 어느 놈팡이가 쓰던 것일지 모른다는 생각에 양치질은 하지 않았다. 방으로 돌아오자 담배 생각이 간절했다. 하지만 희수가 어제 입었던 옷은 보이지 않았다. 아마도 인숙이 세탁기 속에 집어넣었을 것이다.

희수는 조심스럽게 독일식 서랍장을 열었다. 서랍장 안에는 몇 가지 화장품과 아미의 사진이 든 액자가 있었다. 사진 속 아미는 해안 절벽 바위틈에서 감성돔을 잡고 좋아하고 있었다. 아미가 열 살 무렵이었을 거다. 그 사진을 찍어준 것은 희수였다. 낚시하는 법을 가르쳐준 것도 낚싯바늘에 지렁이를 달아준 것도 희수였다. 인숙의 생일이었거나 아미의 생일이었거나 혹은 어린이날이었거나 뭐 그런 특별한 날이었을 거다. 그날 인숙과 아미와 희수는 바구니에 음식을 잔뜩 담아 돗자리를 옆구리에 끼고 백지포로 소풍을 갔었다. 커다란 바위에 돗자리를 깔고 햇빛을 가리는 차양도 치고 고기도 굽고 낚시를 해서 잡은 생선으로 회도 쳤다. 마치 봄나들이를 나온 평범한 가족 같았다. 그날은 좋았다. 인숙과 싸우지도 않았고 술에 취해 주정을 부리지도 않았다. 희수는 우럭과 노래미 몇 마리를 잡았고 아미는 첫 낚시인데도 감성돔을 잡았다. 세상에 열 살 꼬마가 감성돔이라니. 노을 질 무렵 인숙은 바다를 향해 조용히 노래를 불렀다. 바다도 붉었고 술에 취한 인숙의 얼굴도 붉었다. 인숙의 노래 솜씨는 형편없었다. 하지만 인숙의 노래를 들은 것은 그때가 처음이었다.

집으로 돌아오는 길에 인숙은 희수의 팔짱을 끼고 자기랑 같이 사는 건 어떠냐고 물었다. 농담처럼 가볍게 말했지만 인숙의 눈빛은 진지했다. 하지만 희수는 그 자리에서 뭔 말 같지도 않은 개소리냐고 벌컥 화를 냈다. 매우 무안했는지 인숙의 얼굴이 붉어졌다. 그렇게까지 말할 필요는 없었는데 왜 그렇게 심하게 말했는지 희수로서도 이해할 수 없는 노릇이었다. 인숙이 청혼을 했을 때 희수의 마음 깊은 곳에서 어떤 열등감과 모멸감이 치밀고 올라왔다. 하지만 당시로선 그 열등감과 모멸감의 정체조차 이해할 수 없었다.

오랫동안, 그후로 아주 많은 시간 동안, 그때 인숙과 같이 살았다면 좋았을 것이라고 희수는 생각했다. 지금처럼 길을 떠돌아다니며 돈을 뿌리지도 않았을 테니 돈도 좀 모았을지도 모르고, 외롭고 지겨운 여관살이나 술에 취해 아무 여자하고 잠이 들고 아침에 더러운 기분으로 깨어나는 무감각한 삶을 살지도 않았을 것이다. 남들처럼 퇴근을 하고 집으로 돌아와서 식당밥 대신 집밥으로 저녁을 먹고, 땅콩 껍질을 까면서 맥주를 홀짝이다가 텔레비전 뉴스에 나오는 정치인에게 실컷 욕이나 퍼붓는 삶을 살았을 거다. 지금보다 좀더 겁을 먹었을 테고, 감옥에 가게 되는 위험천만한 짓거리도 자제했을 거다. 아미도 계속 학교를 다니고 대학은 못 가더라도 기술 같은 것을 배워 감옥 대신에 공장 같은 곳에 다녔을지도 모른다. 무슨 일이든 꼼꼼하게 하는 인숙이니 식당을 하든 옷집을 하든 세 식구가 사는 데는 아무 문제가 없었을 것이다.

하지만 희수는 화를 내며 거절했다. 화를 낼 것까진 없었다고 희수는 오랫동안 생각했다. 스물일곱이었고 건달이었다. 인숙과 잔 많은 사내들이 구암 바다를 떠돌고 있었다. 뒤에서 수군댈 것이고 비웃을 것이다. 생각해보면 그게 다다. 그게 뭐 어째서? 건달이란 다들 술집 여자나 댄서 혹은 그렇고 그런 여자들과 산다. 정상적인 여자가 왜 건달과 살겠는가. 뒤에서 떠들고 떠들고 또 떠들어대다가 지쳐갈 것이다. 나도 인숙이 그년과 잤는데, 꽤나 삼삼했었지, 뭐 그런 소문들 말이다. 다들 그렇게 산다. 하지만 희수는 다들 그렇게 사는 삶을 견딜 수 없었다. 인숙만 떠올리면 모멸감이 계속 솟구쳐올라왔고 그 모멸감을 용서할 수도 인정할 수도 없었다.

희수는 안방 문을 열고 조심스럽게 거실로 나갔다. 거실에 인숙은 없었다. 희수는 소파 테이블 위에 놓여 있는 담뱃갑에서 담배를 한 개비 꺼내들고 베란다 문을 열었다. 마당 끝에 서서 희수는 담배에 불을 붙이고 산등성이 가파른 비탈을 따라 거의 꼭대기까지 올라와 있는 집들을 바라봤다. 일찍 출근하려는 몇몇 집들의 전등에 불이 들어와 있었다. 산565번지. 높은 곳이다. 한국전쟁 때 피란민들이 몰려와 산꼭대기까지 판자촌을 지으면서 생긴 동네다. 서울이 수복되고 피란민들이 돌아간 뒤에는 가난한 사람들과 범죄자들이 이곳에 몰려 살았다. 판자를 떼어내고 시멘트를 쌓고, 함석지붕을 떼어내고 슬레이트를 올리면서 이 위험천만한 동네는 나름 진화해온 셈이다. 차가 다닐 수 있는 도로도 없어서 산복도로 공영주차장에 차를 대고도 이백여 미터를 더 걸어올라와야 했다. 술집을 하면서 돈도 좀 벌었을 텐데 인숙이 왜 아직도 이리 높은 곳에 살고 있는지 이해할 수 없었다. 문득 어젯밤에 술 취한 희수를 업고 여기까지 올라왔다면 누군가 제법 고생했을 거라는 생각이 들었다.

희수는 담뱃불을 바닥에 튕겨내고 다시 안으로 들어왔다. 그때 인숙이 새벽 시장에서 장 본 것을 잔뜩 들고 현관문으로 들어서고 있었다.

"일어났네?"

"응, 어떻게 여기까지 왔는지 기억이 안 나네." 희수가 머쓱하게 대답했다.

"뭔 술을 그렇게 몸도 못 가눌 정도로 마시노? 십대도 아니고. 휜강이가 니 업고 여기까지 올라온다고 고생했다."

그렇구나, 하고 희수가 고개를 끄덕였다.

"속 쓰리지? 조금만 기다려. 내가 재첩국 끓여줄게."

인숙은 부엌으로 들어갔다. 그리고 빠른 손놀림으로 요리를 시작했다. 삼구짜리 가스레인지 위에 프라이팬과 냄비 두 개를 올리고선 한꺼번에 국도 끓이고, 계란말이도 하고, 채소도 데쳤다. 그리고 그 와중에 생선구이용 오븐에 청어도 한 마리 구웠다. 라면 하나 끓이면서도 비닐봉지 속 분말수프를 못 찾거나 불 끄는 타이밍을 놓쳐 면을 퍼지게 하는 희수로서는 인숙의 그런 모습이 아주 신기하기까지 했다. 아무 할 일 없이 서 있기 머쓱해서 희수는 거실을 두리번거렸다.

"집에 텔레비전도 없나?"

"나는 밤에 일하니까 텔레비전 볼 일이 없어서."

"밤에 못 보면 낮에 보면 되지."

"대낮에 텔레비전이나 보고 있으면 멍청한 여자 같잖아. 어쩐지 열심히 일하는 사람들한테 죄짓는 것 같기도 하고."

"대낮에 텔레비전 보는 게 죄면 나는 벌써 사형당했겠다."

인숙이 냉장고에서 꺼낸 김치를 도마 위에 올려놓고 썰다가 희수의 말이 웃기다는 듯 피식 웃었다.

"그러니 너도 낮에 멍 때리며 텔레비전 보지 마. 사형당하기 싫으면."

"우리처럼 밤일하는 사람들이 낮에 텔레비전도 안 보면 뭘 하노?"

"햇빛 쨍쨍한 대낮에 설마 할 일이 없겠나? 건달로 태어나서 건달인 게 아니라 건달처럼 살아서 건달이 되는 거다."

인숙이 하는 말이 하도 야무져서 희수는 고개를 끄덕였다. 희수가 인숙을 향해 난데없이 경례를 붙였다.

"네, 알겠습니다! 앞으론 성실하게 살겠습니다!"

"밥 먹어."

부엌 식탁 위에 음식이 차려졌다. 쫑쫑 썬 부추를 올린 재첩국, 칼집 내 오븐에 잘 구운 청어구이, 두툼한 계란말이, 참기름과 깨소금으로 버무린 명란젓, 살짝 데친 곰취, 갈치속젓. 새벽 여섯시에 먹기에는 지나치게 거한 음식이었다. 희수는 배가 몹시 고팠다. 동시에 어제 마신 술 때문에 속이 거북했다. 인숙이 압력밥솥에서 방금 한 밥을 공기에 가득 퍼서 희수 앞에 놓았다. 윤기가 흐르는 흰쌀밥이었다. 희수가 젓가락으로 밥을 조금 먹었다. 이렇게 기름지고 고소한 밥을 먹는 것은 오랜만이었다. 희수가 평소에 가는 식당에서는 대체 어떤 쌀을 쓰기에 이런 맛이 안 나는 걸까. 아마도 창고에서 삼 년쯤 묵었는데도 결국 팔리지 않아서 헐값에 나오거나, 배 밑바닥에서 세계일주를 세 번쯤 하고 난 후에 남은 쌀이 아닐까? 희수는 생각했다.

"매일 이렇게 먹나?"

"미친년이가? 혼자 먹겠다고 이 난리를 치게?"

"그럼 나 때문에 이 진수성찬을 차린 거구나?" 희수가 뿌듯한 얼굴로 물었다.

"그래." 인숙이 쿨하게 말했다.

"우히히." 희수가 소년처럼 웃었다.

아주 잠시 모자원 시절로 되돌아간 느낌이었다. 그때도 인숙은 종종 희수의 밥상을 차려줬다. 희수를 위해 특별히 밥상을 차린 건 아니고 일곱 명의 동생들 먹일 밥을 차리면서 희수의 숟가락을 하나 더 얹은 것이었다. 하지만 그 식사가 고마웠다. 변변한 양념도 조리기구도 제대로 갖추어지지 않은 모자원의 그 복잡하고 지저분한 공용 주방에서도 인숙은 항상 근사한 식사를 만들어내곤 했다. 무슨 돈으로 쌀을 사고, 어디서 음식 재료를 가지고 오는지 알 수 없었지만 인숙은 식사 시간에 동생들을 굶기는 법이 없었다. 갈치를 지지고, 홍합을 삶고, 곰장어의 가죽을 벗기고 토막토막 잘라내어 고추장과 채소를 넣고 볶아 먹을 만한 것을 만들어내곤 했다. 춤바람이 나서 하나밖에 없는 아들 밥도 안 먹이고 돌아다니던 희수의 엄마에 비한다면 인숙은 훨씬 어른 같았다.

"같이 묵자. 혼자 묵을라니 쓸쓸하다."

인숙이 공기에 밥을 아주 조금만 퍼서 식탁에 앉았다. 희수는 평소보다 조금 빠른 속도로 밥을 먹었다. 재첩국을 한 모금 마시고, 청어 한 젓가락 먹고, 명란도 조금 먹고, 곰취에 밥을 올리고, 그 위에 계란말이 하나와 갈치속젓을 넣어서 싸먹기도 했다. 성찬에 대한 희수의 과장된 제스처에 인숙은 별 반응이 없었다. 그저 밥을 먹는 희수의 모습을 무신경하게 보고 있었다.

"맛있나?"

"만날 식당밥만 먹다가 이래 차진 밥을 먹으니 진짜 맛나네."

"와, 옆에 밥해주는 여자도 하나 없나?"

"없다. 만나봐야 술집년들인데 걔들이 밥이나 제대로 할 줄 아나? 컵라면에 물도 제대로 못 붓는 년들이다."

"나도 술집년이다."

"뭐 그런 뜻으로 한 말은 아니고."

"안다."

막 던지다보면 말들은 엉키는 법이다. 인숙도 희수도 그런 엉킴에 별 신경을 쓰지 않았다. 그런 것들에 신경을 쓰기에는 삶이 너무 고단했고 지저분했고 복잡했다. 희수가 밥을 다 비우고 남은 재첩국도 다 비웠다.

"밥 더 줄까?"

"아니."

식탁 위에 반찬들이 남아 있었다. 먹다 남은 청어구이, 계란말이 몇 개, 서너 점의 명란젓. 모자원 시절엔 언제나 이런 상태에서 식사를 시작했다. 일곱 명의 동생들 밥을 다 먹이고 난 다음에 남은 음식으로 인숙과 희수가 밥을 먹는 것이다. 인숙이 막내를 먹였고 희수가 여섯째를 먹였다. 인숙이 식탁을 치우려고 청어가 놓인 접시를 들었다. 희수가 인숙의 손을 잡았다.

"놔둬라."

"더 먹으려고?"

"아니, 이거 안주로 술이나 한잔하게. 음식이 아깝잖아."

인숙이 들었던 청어 접시를 다시 식탁 위에 놓았다.

"좋은 정종이 있는데 줄까?"

"좋지."

인숙이 거실에 있는 장식장에서 정종을 꺼내왔다. 도쿠리와 정종잔도 꺼냈다. 인숙이 도쿠리에 술을 담아 희수의 잔에 따라줬다. 희수가 술을 마셨다. 술냄새만 맡아도 토할 줄 알았는데 묘하게도 속이 풀리고 향도 감미로웠다.

"아! 좋네."

희수가 감탄했다.

"누가 일본 갔다와서 선물한 거야. 아주 비싼 거다."

인숙이 어깨를 으쓱하며 자랑했다. 희수가 젓가락을 들고 남은 청어를 조금 먹고 남은 계란말이도 조금 먹었다. 그리고 잔을 비웠다. 인숙이 다시 술을 따라줬다.

"화란인가? 모자원에 있을 때 내가 무릎에 앉혀서 만날 밥 멕여줬던 애."

"여섯째?"

"그래. 걔는 요즘 뭐하노? 예뻤는데."

"대구에서 간호사 한다."

"니가 밥 멕였던 막내는?"

"유조선 탄다. 기관사다."

"다들 잘됐네. 다행이다. 동생들이 연락은 자주 하나?"

"다들 저 살기도 힘든데 연락은. 나도 바쁘고."

인숙의 얼굴에서는 원망과 슬픔이 반반쯤 섞인 듯한 묘한 빛이 감돌았다. 인숙이 그렇게 힘들게 키웠지만 동생들은 인숙을 부끄러워했다. 인숙은 너무 유명한 창녀였고 이 좁은 동네에서 지저분한 소문의 발원지였으니까. 그것을 힘들어하는 것은 동생들 잘못이 아닐 것이다. 그녀들도 삶이 있고, 남편과 아내가 있고, 자식들이 있고, 친구들이 있고, 직장 동료들이 있을 테니까. 사실 동생들이 부끄러워한 것은 인숙이 아니라 구암 바다일지도 모른다. 구암 바다와 모자원은 그네에게 누추하고 가난했던 기억밖에 준 게 없을 테니까. 그래서 인숙의 동생들은 모두 부산을 떠났다. 누군가는 서울로 갔고 누군가는 대구로 갔고 누군가는 더 멀리 배를 타고 외국으로 떠났다.

인숙이 잔에 정종을 조금 따라 마셨다. 하지만 안주는 먹지 않았다. 희수는 도쿠리에 든 정종을 다 마시고 식탁에 올라온 반찬도 다 먹었다. 속이 몹시 부대꼈지만 억지로 다 먹었다. 어쩐지 그러고 싶었다.

희수가 마당에서 담배를 피우고 들어오자 인숙은 그새 식탁을 다 치우고 과일을 깎고 있었다. 희수가 거실 바닥에 비스듬히 누웠다. 어쩐지 오랫동안 자기집이었던 것처럼 인숙과 있는 것이 편안했다. 인숙이 사과 한쪽을 건넸다. 희수가 사과를 받아서 입에 넣고 오물거렸다.

"귓밥 좀 빼도."

"니가 빼라."

"귓밥은 남이 빼줘야 힘이 나는 거다."

"그게 뭐 되지도 않는 소리고?"

툴툴거리면서도 인숙은 서랍에서 귀이개를 가져왔다. 어릴 때 모자원에서도 인숙은 종종 희수의 귀지를 파줬다. 희수가 인숙의 무릎을 베고 누웠다. 인숙이 부드럽게 희수의 귀를 어루만졌다. 어떤 따뜻함이, 엄마에게서도 느껴보지 못한 어떤 따뜻함이 귀를 타고 뇌 속까지 들어오는 기분이었다. 희수가 머리를 약간 비틀어 인숙의 아랫배 쪽으로 얼굴을 밀어넣었다. 인숙은 가만히 있었다. 마치 외과수술의가 위험천만한 심장 수술을 집도하는 것처럼 인숙은 희수의 귀지를 파내는 데 집중하고 있었다. 인숙의 치마에서, 아니면 팬티에서 아기 기저

귀 같은 뽀송뽀송한 냄새가 났다. 희수가 손바닥을 인숙의 엉덩이에
살짝 붙였다. 인숙은 가만히 있었다. 희수가 인숙의 엉덩이를 살며시
잡았다.

"좋은 말 할 때 하지 마라." 인숙이 무덤덤한 목소리로 말했다.

희수가 깜짝 놀라 인숙의 엉덩이에 붙어 있던 손을 뗐다. 하지만 몇
초도 지나지 않아서 다시 인숙의 엉덩이에 손을 갖다댔다. 인숙이 잡
고 있던 희수의 귀를 세게 당겼다.

"아, 아, 아프다."

"그러니까 하지 말랬제."

인숙이 왼쪽 귀를 다 팠으니 고개를 돌리라는 듯 희수의 뺨을 툭툭
쳤다. 희수가 몸을 비틀어 오른쪽 귀를 갖다댔다. 인숙이 귀이개를 후
후 불더니 다시 희수의 귀지를 파기 시작했다. 인숙의 따뜻한 손가락
이 토닥거리며 희수의 귓등을 쓸어내리고 있었다. 인숙의 손가락에서
청어 비린내가 났다. 얼굴을 파묻고 있는 인숙의 허벅지에서 아기 기
저귀 냄새가 났다. 아주 먼 옛날, 모자원 시절의 인숙의 몸에서도 아
기 기저귀 냄새가 났다. 붉은 곰장어 비린내와 아기 기저귀 냄새.

"내 고추가 빳빳해졌다." 희수가 여전히 인숙의 허벅지에 얼굴을
파묻은 채 말했다.

"그런데 어쩌라고."

"한번 하자."

"싫다."

"왜? 다 잤는데 내만 니랑 못 잤다."

"억울하나?"

"응."

"억울하면 내가 완월동에서 일할 때 오지 왜 안 왔노? 망아도 오고 철기도 오고 니 친한 친구들은 다들 왔는데."

희수가 벌떡 상체를 세우고는 인숙의 얼굴을 노려봤다.

"그게 말이가."

인숙이 다소 놀란 얼굴로 희수를 가만히 쳐다봤다.

"짜증나 죽겠네."

희수는 다시 인숙의 허벅지에 얼굴을 파묻었다. 복잡한 생각들은 떠오르지 않았다. 예전처럼 질투와 분노도 생기지 않았다. 그저 인숙의 허벅지를 베고 누워 있는 이 시간이 아주 비현실적으로 느껴졌다. 햇살에 말려둔 솜이불 속으로 푹 쓰러지는 느낌이었다. 인숙이 다시 희수의 귀를 만지작거렸다. 그리고 귀이개로 희수의 귀지를 팠다.

"내랑 같이 살래?" 희수가 물었다.

인숙의 손길이 잠시 멈칫했다. 하지만 인숙은 아무 말도 하지 않았다. 인숙이 다시 희수의 귀를 팠다. 이제 귀지도 없을 것 같은데 귀이개로 계속 희수의 귓벽을 긁고 있었다.

"귀 다 팠다. 이제 일어나라." 인숙이 부드러운 목소리로 말했다.

"그냥, 조금만 누워 있자. 조금만."

희수는 베란다 창으로 들어온 햇살이 점점 거실 쪽으로 깊어지는 것을 우두커니 쳐다봤다. 커다란 알로카시아 잎들이 햇살을 기다리고 있었다. 그리고 희수는 인숙의 허벅지 위에서 잠이 들었다. 잠들고 싶지 않았는데, 인숙의 허벅지를 베고 영원히 누워 있고 싶었는데, 쉽게 잠이 들어버렸다.

희수가 깨어난 건 오후 네시였다. 가게로 출근을 했는지 인숙은 없었다. 거실 한쪽 옷걸이에는 깨끗하게 빨아서 다린 희수의 옷이 걸려 있었고 식탁 위에는 밥상이 차려져 있었다. 희수는 밥솥에서 밥을 퍼서 식탁 앞에 앉았다. 아침에는 그렇게 맛있었는데 모래 알갱이를 씹는 것처럼 맛이 없었다. 반찬도 먹지 않고 밥알을 씹고 있는데 문득 어떤 강렬한 외로움이 속에서 솟구쳐올라왔다. 희수는 두어 술 먹다가 숟가락을 놓고 남은 밥을 다시 밥통에 넣었다. 그리고 식탁 위에 정갈하게 차려진 음식들을 한참이나 내려다보다가 인숙의 집을 나왔다.

빨래공장

오후 늦게 만리장 호텔에 출근했을 때 웬일인지 호텔 입구에는 구암의 건달이 서른 명이나 우르르 모여 있었다. 범죄와의 전쟁이 있고 나서 최근 몇 년 동안 한 번도 그렇게 많은 인원이 모인 적이 없었다. 그런데 마치 전쟁이라도 벌이려는 듯 수십 명의 건달이 호텔 화단 구석에 삼삼오오 모여서 웅성거리며 담배를 피우고 있었다. 희수가 호텔 입구로 들어서자 건달들이 일제히 인사를 했다.

"뭔 일이고?"

희수의 질문에 몇몇이 뻘쭘한 표정을 지을 뿐 누구도 대답을 하지 않았다. 아마 자기들도 무슨 일로 집합했는지 모르는 것 같았다. 희수가 호텔을 둘러봤다. 평소와 달리 호텔 로비가 어수선했다. 커피숍 입구의 유리창은 깨져 있었고 야자수가 심겨 있던 대형 화분도 박살나서 바닥은 깨진 화분 조각과 흙으로 지저분했다. 그때 마나가 급히 달려왔다.

"희수 형님, 왜 이제사 오십니까? 연락도 안 되고."

"이게 다 뭐고?"

"지금 난리도 아니라예. 용강이 애들이 쳐들어와서 아주 작살을 내고 갔어요. 김부장은 맞아서 병원에 실려갔고예."

"용강이 애들이 왜?"

"김부장이 세탁물을 돌려보냈거든요. 침대 시트랑 식탁보 세탁이 잘 안 되어 있다고. 그러고 한 시간쯤 지났나? 갑자기 동남아 애들이 봉고차 타고 우르르 쳐들어오더니 이렇게 박살을 내고 갔습니다."

이해가 안 된다는 듯 희수가 고개를 갸웃거렸다.

"그러니까 침대 시트랑 식탁보 몇 장 때문에 용강이 이 난리를 치고 갔단 말이가?"

"그렇다니까요. 물론 김부장이 지랄을 좀 심하게 했지요. 한 번만 더 이따위로 세탁하면 영업처 바꿔버린다고 엄포도 놓고, 욕도 좀 하고. 그래도 그걸 가지고 전쟁을 하자고 덤비면, 이건 진짜 이상한 거지요."

"김부장은 많이 다쳤나?"

"쇠파이프로 얼굴을 맞아서 콧대가 내려앉았어요."

"영감님은?"

"사장실에 있습니다."

희수가 이층 사장실로 올라갔다. 문 앞에 땡철이가 한쪽 다리에 깁스를 하고 목발을 짚은 채 서 있었다. 땡철이가 희수를 보자 깜짝 놀란 표정을 짓더니 공손하게 인사를 했다. 희수가 깁스한 땡철이의 다리를 쳐다봤다.

"괜않나?"

"괜찮습니다."

"어제는 내가 술이 많이 돼서, 미안하게 됐다."

"아입니다. 제가 분수도 모르고 까불었지예."

희수가 땡철이의 어깨를 손바닥으로 가볍게 쳤다. 뭐가 민망한지 땡철이가 연신 고개를 숙였다. 문을 열자 손영감이 도다리와 머리를 맞대고 무언가를 상의하고 있다가 희수를 보자마자 자리에서 벌떡 일어났다.

"어데 갔다 이제사 오노? 어디 가더라도 연락은 돼야지. 빨리 이리 와봐라. 지금 마 전쟁 상황이다." 손영감이 호들갑을 떨었다.

"오바 좀 하지 마이소. 전쟁은 무슨."

"쇠파이프를 들고 만리장을 치고 들어왔는데 이게 전쟁이 아니면 뭐꼬?"

"장사 좀 하게 해달라고 생떼 부리는 거지예. 별일 아닙니다." 희수가 자리에 앉으며 말했다.

"아이다. 이번엔 느낌이 좀 쎄한 게 뭔가 구리구리한 게 있는 거 같다."

"제가 지금 용강이 한번 만나보겠습니다."

"지금 갈라고?"

"둑이 터졌으면 빨리 구멍 막아야지예."

"내가 애들 다 모이라고 했으니까 데리고 가라."

"목동입니까?"

"목동은 또 뭔 소리고?"

"뭐 이만한 일로 소떼들 우르르 몰고 갑니까. 가오 상하게."

"가오는 좀 상하지만 그래도 사람 목숨이 중요하지 가오가 중요하나. 이런 상황일수록 등뒤에 병정들이 딱 버티고 서 있어야 대화가 술

술 풀린다."

"대화하자고 갔는데 설마 칼로 찌르기야 하겠습니까."

"아이다. 희수야, 내 꿈자리가 뒤숭숭하다. 어젯밤 꿈에 내가 새끼 돼지 한 마리가 공짜로 생겨서 그걸 품에 안고 기분좋게 언덕바지를 넘는데 갑자기 호랭이가 나타나더니 그 큰 앞발톱으로 내 새끼돼지를 확 낚아채가뿌는 거 아이가. 내가 을매나 놀랬는지 잠을 다 깼다. 그라고 바로 이런 일이 터진 거 아이가."

"진짜 호랭입니까? 살쾡이나 고양이 같은 거 아닙니까? 원래 호랭이는 영물이라 꿈에 잘 안 나오는 긴데."

옆에 있던 도다리가 분위기도 모르고 되지도 않는 소리를 했다. 손영감이 순간 열이 확 오르는지 손을 번쩍 들어올렸다. 도다리의 귀싸대기라도 한 방 날릴 기세였지만 하도 어이가 없는지 그저 고개를 저으며 혀를 찼다.

"쯧쯧, 이건 언제나 인간이 되겠노. 천만 년이나 지나야 인간 비슷한 종자가 될라나."

"혼자 살포시 갔다올랍니다." 희수가 차분하게 말했다.

"조심해라. 일 벌이지 말고. 용강이한테 줄 만한 건 주면서 살살 달래봐라."

"이 지랄을 했는데 빨래공장을 그냥 주자고요?"

도다리는 깜짝 놀란 얼굴이었다. 하지만 손영감은 도다리를 한번 쳐다보더니 대꾸도 하지 않고 다시 희수에게 말했다.

"빨래공장도 주고, 파라솔도 달라고 하면 몇 개 주삐라. 그게 얼마나 되노. 곧 여름 아이가. 요즘 시국이 난린데 일 터지면 우리도 남는 거 하나 없다."

"이렇게 쉽게 물러서면 용강이 새끼가 우릴 너무 몰캉몰캉하게 보는 거 아입니까?" 희수가 말했다.

"사업은 자존심으로 하는 거 아니다. 여름 넘기고 좀 한가할 때, 그때 구형사랑 이야기해서 감옥에 처넣든가, 따로 작업을 하든가 하자. 지금은 타이밍이 안 좋다. 용강이 그놈 속도 모르겠고."

그때 옆에 있던 도다리가 버럭 성질을 냈다.

"아! 시발 가오 존나게 상하네. 동남아 새끼들 몇 명 데리고 설치는 놈한테 이게 뭐하는 짓인교. 똥개도 자기집에선 팔 할을 먹고 들어가는 건데 홈그라운드에서 쪽팔리게시리."

손영감이 도다리의 뒤통수를 세게 때렸다.

"가오가 밥 멕여주나. 이 호랭이랑 고냥이도 구분 못하는 덜떨어진 새끼야."

손이 매웠는지 도다리가 자신의 뒤통수를 움켜쥐며 욕을 했다. 손영감이 희수를 향해 고개를 돌렸다.

"희수 니 내 말 명심해래이. 지금 특별 단속 기간이다. 경찰들이 아주 예민하다 이 말이다. 그러니까 지금은 숨 한번 고르고 나중에 타이밍 새로 잡자."

영감 뜻을 잘 알겠다는 듯 희수가 고개를 끄덕이고 자리에서 일어났다. 도다리가 아주 못마땅한 표정으로 희수를 노려보고 있었다.

용강이 구암으로 돌아온 것은 십오 년 만이었다. 십오 년 전에 용강은 칼잡이였고, 술꾼이었고, 밀수쟁이에다 포주였다. 그리고 월남전에 참전하고 돌아온 하사관이었다. 특이하게도 용강은 혼자 일했다. 그 많은 사업을 하면서도 용강은 패거리를 짓지 않았다. 마음을 나누는 단 한 명의 동생도 없었다. 그저 일거리가 있을 때마다 이익에 따라 뭉치고 흩어지는 건달들이 몇 있을 뿐이었다. 용강은 혼자 일했고 혼자 싸웠고 혼자 먹었다. 왜 그가 그토록 혼자를 고집하는지는 알 수 없는 일이었다.

혼자 일하는 건달은 위험하다. 건달은 본시 하이에나 같은 놈들이다. 혼자 잘난 놈도 혼자 센 놈도 없다. 건달이 사람들을 함부로 위협하고 개폼을 잡으며 건들거리는 것은 기본적으로 패거리를 짓고 있기 때문이다. 사실 건달처럼 겁 많은 족속도 없다. 등뒤에 패거리가 없으면 걔네들은 무서워서 아무 짓도 하지 못한다. 사자가 초원의 왕이 된 것은 강하기 때문이 아니라 패거리를 짓고 있기 때문이다. 무리에서 쫓겨난 수사자가 들개에게 쫓겨다니며 토끼나 다람쥐를 잡아먹는 것처럼, 패거리가 없는 건달이란 언제나 다른 놈들의 쉬운 먹잇감이 된다.

하지만 용강은 언제나 독고다이였다. 그러면서도 구암의 주인인 손영감에게 세금을 내지도 않았고 지역의 중간 간부들에게 형님 대접도 하지 않았다. 술자리에서 종종 용강을 한번 손봐야 하지 않겠냐는 말들이 떠돌았지만 용강은 별 탈 없이 몇 년이나 구암 바다에서 자기 하고 싶은 대로 하고 살았다. 용강은 그리 욕심을 부리지 않았고, 구역의 다른 중간 간부들의 사업과 겹치는 일은 건드리지 않았다. 게다가 용강은 다른 동네에서 흘러들어온 건달이 아니라 구암 바다에서 태어나고 자란 순수 혈통이었다. 단가나 희수처럼 아버지 없이 모자원에서 자란 건달들과 달리 그 같잖은 혈통은 한 다리만 건너면 다 삼촌이고 사촌인 이 바다에서 목숨을 부지하는 데 큰 도움이 되었다. 그래도 한솥밥 먹고 자란 식군데 싸가지가 좀 없다고 병신 만들어서야 되겠는가, 뭐 이런 식이었다. 하지만 사실은 겁이 났던 거다. 십오 년 전의 용강은 언제라도 죽을 준비가 되어 있는 것처럼 늘 독기를 품고 있었다. 월남전에서 베트콩 백 명의 목을 따고 왔다는 헛소문도 떠돌았다. 그런 건달의 버릇을 고치는 것은 쉬운 일이 아니다. 용강 같은 독종에게, 자기 사업에 피해를 주는 것도 아닌데 그저 버릇이나 고치겠다는 이유로 칼을 들 놈은 이 구암 바다에 아무도 없었다.

희수는 열여덟 살에 용강을 처음 봤다. 그때 희수는 건달 세계에 처음 발을 들여놨다. 특별히 주어진 일도 없어서 그저 담뱃값이나 받으면서 만리장 호텔과 항구를 오가며 잔심부름이나 하던 시절이었다. 당구장에서, 해변의 파라솔 의자에서, 혹은 완월동의 뒷골목에서 종종 용강을 만났다. 희수는 처음 봤을 때부터 용강이 맘에 들었다. 느릿느릿한 걸음걸이도, 어떤 형님에게도 인사하지 않는 똥배짱도, 그리고 상대방이 칼을 들고 덤벼도 태연한 얼굴을 하고 있는 모습도 맘에 들었다. 사실 태연하다기보다는 뭔가 귀찮다는 얼굴에 가까웠다. 상대는 흥분해서 칼을 마구 휘두르는데 용강은 정말 귀찮아 죽겠다는 표정으로 기지개를 한 번 켜고 가서 상대가 떡실신할 때까지 때리는 것이다. 흥분한 것도 화난 것도 아닌 그토록 무표정한 얼굴로 상대의 얼굴이 뭉개질 때까지 계속 때린다는 게 희수는 놀라웠다.

당구장에서 희수에게 처음 제각돌리기의 원리를 가르쳐준 것도 용강이었다. 희수가 쳤던 공이 키스가 나서 짜증내고 있을 때 용강이 지나가다가 한마디를 했다. "늘 좋이 나제? 왜 그런 줄 아나?" 모른다고 희수는 대답했다. 용강이 당구대 위에 공을 새로 배열하더니 희수의 큐대를 잡고 공을 쳤다. 용강의 말대로 공은 그 자리에서 정확하게 키스가 났다. "이 공은 이렇게 치면 늘 좋이 나는 공이다. 늘 좋이 나는 각인데 빙신들은 만날 당하면서도 똑같이 치거든." 용강이 당구대 위에 공을 다시 배열하더니 큐대를 잡고 부드럽게 공을 쳤다. 공이 아슬 아슬하게 키스를 피하더니 수구를 정확하게 맞췄다. "쫑이 난다는 것만 알면 피하는 방법이야 수천 가지도 넘지. 내 공을 조금 빨리 가게 하거나 아니면 조금 느리게 가게 하거나, 다른 공이 못 오게 하거나." 그러더니 용강은 희수에게 큐대를 건네줬다. 희수가 큐대를 받았다. "열심히 살려고 하지 말고 생각을 하면서 살아" 하고 용강은 노름판이 벌어지는 당구대로 유유히 걸어갔다.

그후로 종종 당구장에서 용강을 만났다. 용강은 대개 아무에게도 말을 거는 법이 없었는데 희수에게만 농담을 건넸다. 희수는 용강의 자잘한 심부름을 하거나 이따금 월농에 물건을 배달하는 일을 하기도 했다. 그때마다 용강은 적으나 많으나 항상 돈을 줬다. 여름이 끝나고 대전에서 내려온 전문적인 도박 당구꾼들과 큰 게임이 벌어졌을 때 희수가 가방모찌를 한 적도 있었다. 그때 용강은 여름에 벌어들인 돈을 그 게임에 모두 처박았다. 삼천만원이 넘는 돈이었다. 용강은 구암에서 당구를 제일 잘 쳤지만 대전에서 내려온 전문적인 꾼만큼은 아니었다. 돈 가방에서 마지막 돈다발이 나가자 용강은 큐대를 놓고 손을 탁탁 털더니 상대방을 향해 "이 새낀 나보다 더 나쁜 놈이네" 하고 무신경하게 말했다. 텅 빈 돈 가방을 들고 당구장을 나와 그 황량한 새벽 거리에 섰을 때도 용강은 수고했다면서 십만원짜리 수표 한 장을 희수에게 줬다.

몇 년 후 용강은 다른 큰 조직의 패거리와 싸움이 붙었다. 싸움은 마치 자잘한 시비로 시작된 것 같았지만 사실은 큰 조직이 월농에 있던 용강의 사업을 노리고 있었던 거다. 큰 조직이 피해를 각오하고 덤벼들면 막을 방법은 없다. 독고다이의 한계랄까. 구암의 노인들은 용강을 도와주지 않았다. 그저 강 건너 불구경하듯 가만히 있었다. 남의 구역에 들어와서 칼질을 해대는 게 자존심이 좀 상했겠지만 자존심이 밥 먹여주는 건 아니니까. 그 싸움에서 용강은 두 명을 칼로 찔러 죽였다. 수배가 떨어지자 용강은 밀항 배를 타고 필리핀으로 도망갔다.

희수가 도착했을 때 빨래공장 앞에는 동남아 사내들이 우르르 모여 있었다. 사내들은 거칠어 보였고 눈빛은 들개처럼 깡말라 있었다. 몇몇은 정글칼을 쥐고 있었고 허리춤에 총을 숨기고 있는 놈들도 있었다. 희수가 문으로 걸어가자 사내 둘이 희수 앞을 가로막았다. 희수가 양팔을 들어올리면서 주위를 살폈다. 그때 희수와 예전부터 안면이 있던 베트남 출신 탕이 사내들을 밀치고 알은체를 했다.

"오, 희수, 무슨 일?"

"여기가 밀림이가? 빨래방 앞에서 뭔 정글칼이고?"

탕이 정글칼을 쥐고 있는 사내를 쳐다보더니 자기도 멋쩍은지 피식 웃었다. 탕은 베트남 사내치고는 키가 크고 호리호리한 체격이었다. 얼굴에 이국적인 면이 있었는데 아마 프랑스나 영국계 혼혈 같았다. 탕과는 식재료 밀수 때문에 몇 번 일을 같이한 적이 있었다. 머리가 잘 돌아가고 통솔력이 있는 친구였다. 영어, 러시아어, 한국어에 두루 능통했고 베트남에서 대학교육까지 받은 인텔리였다.

"니 두목 좀 만날 수 있나?" 희수가 물었다.

그러자 탕이 얼굴을 찡그렸다.

"용강은 내 보스 아니다. 용강은 동업자." 탕이 자존심이 상한 듯 퉁명스레 말했다.

희수가 만난 베트남 사람들은 대체로 자존심이 강했다. 예전에 탕과 술을 마시다가 무슨 이야기 끝에 미안하다고, 조국을 대표해서 너희 나라에 사과한다고 희수가 농담처럼 말한 적이 있었다. 한국이 월남전에 참전해서 베트남 사람들을 죽인 것에 대한 사과였다. 그때 탕은 의아한 표정으로 되물었다. "우리가 이긴 전쟁인데 너희들이 뭐가 미안하다는 거지? 미안은 이긴 놈이 진 놈한테나 하는 거야. 너희가 지고 우리가 이긴 거야. 프랑스건 미국이건 우린 전쟁에서 진 적이 없어. 그리고 우린 그딴 거 벌써 다 잊어버렸어. 왜냐? 우리가 이긴 전쟁이니까." 탕은 조금 취했지만 당당하고 의기양양한 목소리로 또박또박 말했다. 그때 희수는 생각했다. 그렇구나, 이긴 놈들은 용서도 하고 잊기도 하고 그러는구나. 만날 얻어터진 나라만 잊지도 못하고 용서도 못하는 거구나.

"그럼 니 동업자 좀 만나자."

"아침 일 때문에?"

"뭐 이것저것."

탕이 고개를 끄덕이더니 희수를 안으로 안내했다. 옥사장의 빨래공장에 있는 대형 세탁기는 열 대 중 다섯 대만 돌아가고 있었다. 손영감의 지시로 업소 몇 군데가 세탁물 영업처를 바꿨으므로 물량이 줄었을 건 뻔했다. 뭔 잘못을 했는지 빨래공장 구석에서 필리핀 사내 두 명이 한 사내를 각목으로 때리고 있었다. 맞고 있는 사내는 얼굴과 몸이 피투성이가 된 채 몸을 웅크리고 벌벌 떨고 있었다. 맨 끝에 있는 대형 건조기는 고장이 났는지 공구상가에서 나온 기계기술자 한 명이 분해해서 고치고 있었다. 옆에서 다그치는 사내들 때문인지 기술자의 손끝이 떨렸다. 공장을 지나 사무실에 이르자 탕이 먼저 문을 열고 들어갔다가 금방 나왔다. 탕이 희수에게 들어가보라는 듯 손으로 문을 가리켰다. 희수가 고맙다는 표시로 가볍게 고개를 끄덕였다.

용강은 사무실에 혼자 있었다. 희수가 사무실에 들어서자 소파에 앉아 있던 용강이 마치 옛 고향 친구라도 만난 듯 반가운 표정을 지었다.

"드디어 왔네. 그렇게 애타게 불러도 안 오더니만."

용강이 손을 내밀어 악수를 청했다. 희수가 마지못해 용강의 손을 잡았다. 용강은 덩치가 크고 얼굴과 팔뚝에 고릴라처럼 털이 많이 난 사내였다. 북방인처럼 뼈가 굵은 근골형이어서 손이 묵직했다. 하지만 용강은 손아귀에 특별히 힘을 주지는 않았다. 용강이 희수 뒤를 둘러보더니 의아하다는 표정을 지었다.

"근데 혼자 왔나?"

희수가 고개를 끄덕였다.

"아, 쪽팔리네. 우리는 구암 건달들 다 몰려올 줄 알고 바짝 쫄아 있었네. 문 앞에 전투준비 하고 있는 애들 봤제? 정작 때릴 사람은 이렇게 젠틀하게 오시는데 우리만 연장 들고 존나게 부산을 떨었네. 부끄럽다. 나이가 드니까 내가 겁이 좀 많아졌다." 용강이 너스레를 떨었다.

"겁을 내면서 왜 까붑니까?"

말이 거칠었는지 용강이 한쪽 눈을 가늘게 뜨고 희수를 쳐다봤다.

"겁이 나도 우짜겠노. 묵고살자면 힘들어도 용기를 내야지."

용강이 '용기'를 말하면서 익살스럽게 주먹을 불끈 쥐었다. 그리고 그 큰 덩치에 어울리지 않게 파리처럼 손을 비비더니 희수에게 자리를 권했다. 예전에 비해 뭔가가 조금 변한 느낌이었다. 좋게 말하면 사교성이 좀 는 느낌이고 나쁘게 말하면 좀 구차해진 느낌이랄까. 한편으론 야생동물 같고 또 한편으론 면도날 같던 예전의 모습은 찾아볼 수 없었다.

"서 있지 말고 앉아라."

용강이 자리를 권했다. 희수가 소파에 앉았다.

"뭐 마실 거라도?"

"됐습니다. 금방 일어설 건데."

희수는 사무실 내부를 둘러봤다. 옥사장이 있을 때와 크게 달라진 것은 없는 듯했다. 문밖에서는 필리핀 사내의 비명소리가 계속 들려왔다. 소리가 거슬리는지 희수가 문 쪽으로 고개를 돌렸다. 용강이 자리에서 일어나더니 문을 열고 각목을 든 필리핀 사내들에게 필리핀 말로 뭐라고 소리를 질렀다. 아마도 필리핀 욕인 것 같았다. 필리핀 사내들이 구타를 멈췄고 더불어 비명소리도 멈췄다. 비명소리가 그치자 탄식처럼 아주 작은 신음소리가 문틈으로 새어들어왔다. 용강이 다시 자리로 돌아와 앉았다.

"귀한 손님이 왔는데 이것들이 눈치가 없노. 우리 애들이 씩씩하고 용감무쌍하긴 한데 머리가 안 돌아가. 애들이 세탁기랑 건조기를 구분 못해. 건조기에다 세제를 쑤셔넣어가지고 기계를 망가뜨려놓질 않나. 척하면 착 알아야지 이건 세탁기고 이건 건조기고 이건 쓰레기통이다. 그걸 일일이 말해줘야 하니 내 참 답답해서. 다국적기업이란 게 이래서 힘이 든다."

"원하는 게 뭡니까?" 희수가 단도직입적으로 물었다.

용강이 깜짝 놀란 표정으로 희수를 쳐다봤다.

"와, 우리 희수 많이 변했네. 사람이 화끈해졌다. 옛날엔 그냥 착한 소년이었는데."

착하다는 말과 소년이라는 말에 희수가 눈살을 찌푸렸다.

"암, 사내가 그래야지. 착한 사내를 대체 어디다 쓸 거고."

"좆같은 소리는 그만하시고 본론이나 이야기하이소."

"내가 말하면 니가 들어줄 힘은 있는 거가?"

용강이 묘한 표정을 지었다. 살짝 희수를 무시하는 느낌이었다.

"들어줄 만하면 들어드려야지 어쩌겠습니까? 이토록 용감무쌍하신데."

용강이 카멜 담배를 꺼내 희수에게 건넸다. 희수가 용강이 건네는 담배를 받지 않고 자기 주머니에서 국산 담배를 꺼내 입에 물었다. 용강이 라이터를 들어올렸다. 희수가 잠시 멈칫하다 순순히 라이터에 담배를 갖다댔다.

"뭐 별거 없다. 같이 좀 묵고살자는 거지."

"지금도 알아서 잘 처드시고 있구만요."

용강이 실눈으로 희수를 쳐다보면서 담배 연기를 길게 내뿜었다.

"에이, 서로 예우를 갖춰가면서 대화를 하자. 십오 년 만에 고향에 돌아온 선배한테 후배 말투가 그게 뭐고."

"나이 먹고 선배 대접 받으려면 처신 제대로 하이소. 그럼 저도 깍듯하게 선배 대접 하겠습니다."

"알았다. 내가 외국 생활을 오래해서 국내 물정을 잘 모른다. 자, 그럼 내가 어떻게 처신해야 하는지 니가 함 읊어봐라."

"빨래공장은 드리겠습니다. 여름에 파라솔도 몇 개 드리고. 어쨌든 구암 바다는 우리 구역이니 세금은 이십 프로. 그 정도로 끝냅시다."

"세금은 콜, 파라솔도 고맙고. 근데 빨래공장은 옥사장한테 우리가 정당하게 샀는데 그쪽에 허락을 구할 이유가 일절 없지."

"빨래공장 옥사장 거 아닙니다. 게다가 도박빚으로 후려친 거 아닙니까."

"좆으로 후려치든 빗자루로 후려치든, 이 법치주의 사회에선 등기 가지고 있는 놈이 임자 아니가? 이제 구청 가서 도장 몇 개만 찍으면 된다."

"그 도장 아마 찍기 힘들 겁니다."

"와? 옥사장을 벌써 죽였뿐나?" 용강이 별로 놀라지도 않는 얼굴로 물었다.

"이미 죽은목숨이지요. 우리가 잡아서 죽일 거니까."

"일 복잡하게 만들지 마라. 사람 죽는다고 등기가 어디 가나?"

"용강 형님."

"와?"

"옛날엔 참 멋있었는데, 세월에 장사 없네요."

"좀 추하나?"

"용강 형님이 빨래공장 하나 먹자고 이렇게 찌질하게 구실 분이 아니잖습니까?"

"찌질?"

용강이 피식 웃더니 양말에 붙어 있는 보푸라기를 집어서 바닥에 던졌다. 그리고 필리핀 사내가 맞고 있던 문밖을 뜬금없이 한 번 쳐다봤다.

"저 새끼가 왜 저렇게 처맞고 있는 줄 아나?"

"건조기랑 세탁기를 구분 못해서 그렇다면서요?"

"아니지. 우린 또 그렇게 쩨쩨한 스타일은 아니지. 저 새끼가 세제인 줄 알고 처넣은 게 사실 세제가 아닌 거지. 왜 공자님도 그런 말씀을 하지 않았나. 희다고 다 세제가 아니다."

"공자님이 그런 말씀도 했습니까?"

"공자님이야 워낙 말씀이 많았으니까." 용강이가 웃으며 말했다. "저 새끼가 건조기에다 말아먹은 게 시가로 한 일억원어치는 된다. 하지만 우린 각목으로 몇 대 때리고 말지. 그저 인간 하나 만들겠다는 교육의 차원으로다가. 왜냐? 뽕가루라는 게 원래 원가는 얼마 안 나가니까."

"그래서?"

"태국산, 미얀마산, 베트남산, 물건은 많아. 싸고 품질도 좋지. 제조 기술자들도 다 베테랑이야. 백 배씩 천 배씩 튀겨먹는 장사니까 중간에 좀 파토가 나도 우린 또 인생 그러려니 하고 너그러이 받아들이지."

"그런데?"

"그런데 이 아름다운 물건을 팔 수가 없네?"

"그래서 빨래공장에 터 잡고 구암 바다에 물건 팔게 해달라고 이 난리를 치고 있는 겁니까?"

"공급도 우리가 하고, 배달도 우리가 하고, 파는 것도 우리가 한다. 경찰에 걸리면 감옥도 우리가 가고. 손영감이나 희수 니에게 똥 튈 일은 일절 없다. 니는 그저 즐겁게 굿이나 보고 우리가 챙겨주는 떡이나 맛있게 먹으면 된다."

"나는 아무 짓도 안 하고 돈만 받으면 된다?"

"아무 짓도 안 하는 게 아니지. 구암 바다는 이제 니가 꽉 쥐고 있잖아."

"구암 바다는 손영감이 쥐고 있지요."

"에이, 또 겸손을 떤다. 내가 물어보니까 구암 하면 다들 희수가 에이스라 하던데. 내가 그 이야기 듣고 과연, 하고 고개를 끄덕였다. 사실 나는 예전부터 니가 이렇게 클 줄 알았다. 어릴 때부터 너는 구암의 생양아치들이랑은 향기가 다른 놈이었다 아이가. 그래서 내가 너를 이뻐한 거고."

이뻐했다는 말에 희수가 다시 눈살을 지푸렸다. 이놈의 말투에는 도무지 적응할 수가 없었다.

"하고 싶은 말이 뭔데요?"

용강이가 잠시 숨을 골랐다.

"물건 좀 팔게 해도. 더 먹고 싶으면 항구도 좀 나눠 쓰고. 나도 루트는 몇 개 있는데 다들 보따리장수들이라서 물량이 시원찮다."

"마약 들어오는 루트는 없습니다. 기껏해야 양주 몇 박스나 중국산 고춧가루 몇 부대 들어오는 거지."

"에이 왜 이러실까, 선수들끼리. 우리가 다 알아봤는데. 그쪽 문이 부산항보다 훨씬 크다고 그카던데. 라면 박스만한 걸로 딱 두 번만 넣어주면 된다. 나도 더는 욕심 안 부린다."

"라면 한 박스 분량을 항구로 들여온다고요?"

"시가로 한 팔백억원어치 되지. 전두엽으로 느낌이 딱 오제?"

용강의 말에 어이가 없는지 희수가 코웃음을 쳤다.

"그런 무시무시한 거 들여오다 터지면 우리 다 죽습니다. 설령 들여온들 그만한 물량을 어디다 풀 겁니까?"

"아따, 걱정은. 먹지도 못할 거면서 고기 삶을까?"

"제가 결정할 일이 아닙니다. 나중에 여름 넘기고 다시 이야기합시다."

"벌써 배가 떴는데 어떻게 여름을 넘기노."

"그러니까 날씨를 봐가면서 배를 띄워야지. 배 함부로 띄우면 망망대해에서 돛 잃고 등신 되는 거, 그런 거 안 배웠습니까?"

용강이가 허리를 뒤로 젖혀서 소파에 기댔다. 그리고 희수를 한참이나 노려보다가 천장을 향해 담배 연기를 길게 내뿜고는 재떨이에 담배를 비벼 껐다.

"사실 허락을 구하고 자시고 할 것도 없는데 느그들이 이 바다가 자기 바다라고 하도 우겨대서, 나도 나름 예의를 갖추려는 거다. 솔직히 이 바다에 주인이 어딨노. 영감님에게 전해라. 안 해주면 이 용강이가 알아서 길 뚫는다고. 좆으로 문대면 어째 안 뚫리겠나."

"십오 년 만에 돌아오니 이 동네가 만만해 보입니까?"

"십오 년 만에 돌아오니 정겹다. 십오 년 전이나 지금이나 똑같고. 늙은 영감은 여전히 대장질 하고 있고, 양아치 같은 백사장 패거리들 하며, 당구장에서 노는 애들도 똑같더만. 그런데 구암에 전쟁할 애들은 좀 있나? 우리는 가족들 손에 오천 달러만 쥐여주면 사람도 찌르는 애들이 밖에 줄을 서 있다. 그애들 다 떨어지면 또 컨테이너로 실어오면 되고. 아시아는 광활하고 인간은 많으니까. 어떻게, 대기자 명단 한 이백 명 뽑아서 건네주랴?"

용강이 희수를 보고 있었다. 자신만만한 얼굴이었다. 허세가 아니라 정말로 자신만만한 얼굴이었다. 그런 얼굴이 있다. 오랫동안 너무나 많이 잃어봐서 잃는 것에 두려움이 없는 얼굴. 바닥까지 내려가봤고 그 바닥에서 치고 올라온 적이 있는 얼굴 말이다. 깡패는 그런 놈들이 하는 것이다. 자식도 없고 마누라도 없고 부모도 없는, 지켜야할 것이 아무것도 없는 놈들이 하는 것이다. 당장 오늘 죽어도 별 상관없다는 태도를 가진 놈들, 다 같이 막장으로 떨어지면 누가 더 다칠 것 같냐고 늘 협박을 하는 그런 얼굴 말이다. 하지만 생각해보면 희수도 잃을 것은 없었다.

"이야기 잘 들었습니다. 영감님이랑 상의해보고 답 드리겠습니다."

희수가 자리에서 일어섰다.

"답은 되도록 빨리 도. 우린 또 기다림에 약해서."

용강이 싱긋 웃었다.

빨래공장에서 만리장으로 돌아왔을 때 호텔 입구에는 여전히 구암의 건달들이 잔뜩 모여서 웅성거리고 있었다. 희수가 인상을 찌푸렸다. 유릿집에서 나온 기술자 두 명이 깨진 호텔 정문 유리창을 교체하고 있었다. 희수가 손짓으로 로비에 있는 마나를 불렀다.

"애들 집에 다 보내라."

"영감님이 안전상의 이유로다가 여기 꼭 지키라고 했는데요." 마나가 우물쭈물 말했다.

"충분히 안전하니까 보내라고."

희수가 짜증을 냈다. 마나가 고개를 끄덕이고는 몰려 있는 건달들에게 걸어갔다. 희수는 호텔 커피숍에 들어와서 바에 앉았다. 바텐더가 희수에게 다가왔다. 술을 한잔하고 싶었지만 어제 너무 많이 마신 탓에 속이 쓰렸다.

"속이 풀리는 술 한잔 갖고 와봐라."

바텐더가 고개를 갸웃거렸다.

"속이 풀리는 술 말씀입니까?"

"그런 거 없나?"

"토마토 주스에 보드카를 조금 타서 드릴까요?"

"그거 괜찮겠네."

잠시 후 바텐더가 보드카를 탄 토마토 주스를 가져왔다. 희수가 토마토 주스를 조금 마셨다. 맛이 괜찮은지 희수가 바텐더를 향해 고개를 끄덕였다. 바텐더가 안심한 표정으로 돌아갔다. 희수는 담배를 꺼내 불을 붙이고 호텔 커피숍을 바라봤다. 하루종일 고릴라 같은 건달들이 정문 앞을 어슬렁거리고 있었던 까닭인지 커피숍에는 손님이 한 테이블도 없었다.

"장사 꼬라지하고는." 희수가 중얼거렸다.

마나가 커피숍에 들어와서 희수가 앉아 있는 자리로 왔다.

"애들 다 보냈나?"

"네, 다 갔습니다. 그나저나 용강이랑 어째 이야기가 잘됐습니까?"

마나가 호기심 가득한 얼굴로 물었다. 희수가 어이없다는 표정으로 마나를 바라봤다.

"내가 그걸 니한테까지 보고해야 하나?"

"그게 아니라 저도 일이 돌아가는 판세를 알아야 호텔 관리를 전반적으로다가 할 수 있고 또……"

마나가 희수의 싸늘한 표정을 보고 말을 멈췄다.

"마나야, 내 오늘 아주 피곤하거든. 그러니 그 상판대기 전반적으로다가 얻어터지기 싫으면 그 입 좀 다물고 있어라."

"네, 형님." 마나가 시무룩한 표정으로 말했다.

희수는 토마토 주스를 조금 마셨다. 그때 필리핀 사내 한 명이 커피숍 안으로 들어왔다. 사내는 반팔 셔츠에 모자를 눌러쓴 모습이었고 겁에 질린 것처럼 몸을 잔뜩 웅크리고 있었다. 자세히 보니 사내는 용강의 빨래공장에서 각목으로 맞고 있던 놈이었다. 사내는 온몸이 피투성이인 채로 터벅터벅 걸어오더니 아무 말 없이 커피숍 중앙에 있는 테이블에 앉았다. 희수가 의아한 눈빛으로 필리핀 사내를 쳐다봤다.

"저 지저분한 새끼는 뭐고?" 마나가 자리에서 일어나며 말했다.

희수가 가보라는 듯 마나에게 눈짓을 했다. 마나가 필리핀 사내가 있는 테이블로 갔다. 필리핀 사내는 모자를 쓴 채 고개를 푹 숙이고 있었다. 마나가 뭐라고 말했지만 필리핀 사내는 들은 척도 하지 않았다. 필리핀 사내는 잔뜩 웅크린 몸을 벌벌 떨고 있었다. 마나가 희수를 한번 쳐다보더니 어깨를 으쓱했다. 그리고 손을 들어 필리핀 사내의 머리를 툭 쳤다.

"어이, 일어나봐. 여기서 뭐하자는 거야?"

필리핀 사내는 대답하지 않았다.

"한국말 몰라?" 마나가 다시 물었다.

그러자 필리핀 사내가 푹 숙이고 있던 고개를 들더니 마나를 노려봤다. 필리핀 사내가 주머니에서 잔뜩 구겨진 만원권 지폐 세 장을 꺼냈다. 그리고 테이블 위에 있는 냅킨 한 장과 버터나이프를 자기 앞으로 가져왔다. 필리핀 사내가 하는 짓이 어이가 없는지 마나가 너털웃음을 터뜨렸다. 마나가 테이블 위에 있는 만원짜리 세 장을 손으로 집더니 마치 위조지폐인지를 확인하려는 듯 형광등에 비췄다.

"뭐? 이걸로 뭐 마시겠다고? 뭐 마실 건데?"

하지만 필리핀 사내는 묵묵부답이었다. 마나가 필리핀 사내의 어깨를 손으로 툭툭 쳤다. 여전히 반응이 없자 마나가 얼굴을 확인하려는 듯 필리핀 사내의 모자를 손으로 벗겼다. 그때 갑자기 필리핀 사내가 버터나이프로 마나의 배를 사정없이 찌르기 시작했다. 버터나이프는 마치 미싱 바늘처럼 재빠르게 마나의 뱃속을 뚫고 들어갔다가 빠져나왔다. 버터나이프에 배를 네댓 번쯤 찔렀을 때 마나가 중심을 잃고 바닥으로 꼬꾸라졌다. 하지만 필리핀 사내는 멈추지 않고 이번에는 마나의 옆구리를 계속해서 찔러댔다. 놀란 희수가 필리핀 사내에게 달려갔다. 희수가 필리핀 사내의 얼굴을 발로 걷어차고 팔을 꺾어 버터나이프를 빼앗아서 바닥으로 던졌다. 그리고 주먹으로 사내의 목을 강하게 때렸다. 필리핀 사내가 컥 소리를 내며 바닥에 쓰러졌다. 희수가 쓰러진 필리핀 사내의 얼굴을 사정없이 발로 찼다. 필리핀 사내가 기절했지만 희수는 발길질을 멈추지 않았다. 바텐더와 웨이터가 달려와서 희수를 말렸다. 필리핀 사내의 얼굴은 피범벅이 되었다. 하지만 그게 희수의 발길질 때문인지 처음부터 그렇게 피투성이였던 것인지는 분간이 되지 않았다. 마나의 배와 옆구리에서도 피가 철철 나고 있었다. 마나가 힘없이 신음소리를 냈다. 희수가 테이블 위에 있는 냅킨 몇 장을 손에 쥐고 마나의 배를 막다가 급기야 테이블보를 당겨 지혈을 했다.

"앰블란스 불러라. 아니다, 니가 내 차에 태워서 바로 병원으로 가라. 급하다." 희수가 바텐더에게 차 열쇠를 주며 다급하게 말했다.

바텐더가 마나를 업고 커피숍을 빠져나갔다. 필리핀 사내는 기절한 채 여전히 바닥에 누워 있었다.

"얘는 어떻게 할까요?"

병원에 보낼 수도 경찰에 신고할 수도 없는 노릇이었다. 희수가 난감한 표정을 짓다가 담배를 한 대 물었다.

"단가 불러라."

단가가 만리장 호텔로 돌아온 것은 두 시간이 지난 후였다. 두 시간 동안 단가는 필리핀 사내를 안마시술소 비밀방에 가두고 한의원을 하는 황영감을 불러 치료하게 했다. 그리고 병원에 들러 마나의 상태를 알아보고 병원에서 경찰에 연락하지 않도록 조치를 취했다. 희수는 구반장에게 아직 무슨 일인지 잘 모르니 혹시라도 경찰이 개입하는 일이 없도록 해달라고 전화를 했다.

바에 앉아 겨우 숨을 돌리고 있을 때 단가가 들어왔다.

"이게 뭔 난리고. 옥련다방 미스 박이랑 떡치고 있었구만." 단가가 자리에 앉으며 투덜댔다.

"다 처리했나?"

"대충 막을 건 다 막았다."

"필리핀 애는?"

"사는 덴 지장이 없다. 그래도 하도 많이 맞아서 고생은 좀 할 거다. 그나저나 형님이 그렇게 무작스리 때렸나?"

"용강이가 이미 작살난 놈을 보낸 거지. 내가 갔을 때 빨래공장에서 이미 떡실신 수준이었다."

희수가 술병을 들고 단가에게 술을 한 잔 따르고 자기 잔에도 따랐다.

"그냥 구반장 부를까?" 희수가 물었다.

"경찰 부르면 안 된다. 지금 상황이 형님이 덮어쓰기 딱 좋게 되어 있다. 저거 경찰서 가면 설명하기도 애매하다 아이가. 여기까지는 내가 때린 거고 여기부터는 용강이가 때린 거고 뭐 이렇게 말할 수도 없는 노릇이고. 그리고 증거가 하나도 없는데 용강이를 뭐로 엮어서 집어넣을 거고."

"하긴 칼질하려고 작정한 놈이 칼도 안 가지고 왔더라."

"뭘로 찔렀는데?"

"테이블 위에 있는 버터나이프로."

"용강이 개자슥, 고릴라같이 생긴 게 하는 짓은 여우네."

단가가 고개를 절레절레 흔들더니 술잔을 비웠다.

"내가 보니까 용강이가 아무래도 똥병 같다."

"똥병?" 희수가 고개를 갸웃했다.

"똥병이라고 모르나? 돈 받고 남의 구역에 들어와서 똥물 튀기는 새끼들을 똥병이라고 한다. 양산 애들이 신도시 접수할 때 똥병을 썼다고 하대. 그때 신시가지 상권을 그쪽 토박이들이 꽉 잡고 있었는데 순천 양아치들이 들어와서 전쟁 한판 했다 아이가. 그래가지고 그 지역 토박이 깡패들 쉰여섯인가? 하여간에 두목부터 쫄따구까지 싸그리 다 잡혀갔다. 다 잡혀갔으니까 뭐 있나? 텅 비어 있는 구역을 양산 애들이 피 한 방울 안 흘리고 접수했다. 말 그대로 무혈입성한 거지. 용강이가 지금 하는 짓이 딱 똥병인 기라. 용강이 뒤에 누가 있다. 아무리 생각해봐도 뒤에 누가 없으면 지가 월남전에서 베트콩 백 명을 직였어도 저래 못한다."

"뒤에 누가 있는 것 같은데?"

"영도 쪽 애들일 수도 있고. 서울 쪽 애들일 수도 있고. 일본 애들일 수도 있고."

"만리장 따위를 먹겠다고 서울 애들이 내려오나?"

"거야 모를 일이지. 어쨌거나 이런 건 진짜 골치 아프다. 용강이를 땄는데 뒤에서 호랑이라도 기어나와봐라. 그맨 진짜 좆되는 거다."

희수가 잠시 생각에 잠겼다. 머리가 너무 복잡했다. 너무나 흐릿하고 복잡해서 호랑이든 고양이든 뭐라도 기어나오는 게 차라리 속은 편하겠다고 희수는 생각했다.

통발

희수가 눈을 떴을 때는 오후였다. 여러 일들이 겹쳐서 새벽까지 잠을 못 이루다가 아침에야 겨우 잠들었다. 희수는 자리에서 일어나 침대 끝에 걸터앉았다. 컨디션이 좋지 않았다. 머리는 어지러웠고 속이 몹시 쓰렸다. 위산이 명치 아래쪽을 면도날로 조금씩 베어내는 느낌이었다. 이 고질적인 위장병은 희수의 전매특허 같은 것이었다. 건달이 되면서 희수는 위장병을 갖게 되었다. 선원이었던 시절에도 위장병이 없었고, 감옥에 갇혀 있는 동안에도 위장병이 없었다. 폭음에 과다한 흡연, 불규칙한 식사, 수면 부족, 스트레스. 사실 위가 멀쩡하다면 더 이상할 노릇이었다. 희수는 멍한 눈으로 방을 둘러봤다. 오래된 호텔방에서 나는 특유의 퀴퀴한 냄새가 희수의 코를 찔렀다. 희수는 창문을 열고 담배부터 물었다. 물도 한 잔 마시지 않은 빈속이었다. 하지만 채 두 모금도 피우지 못하고 화장실로 달려가서 구토를 했다. 토사물이 둥둥 떠 있는 변기를 바라보다가 희수는 문득 지겹다는 생각을 했다.

'이 방도 지겹고, 건달도 지겹다.'

오래전부터 희수는 이 방이 지겨웠다. 싸구려 호텔은 마치 희수의 삶처럼 더럽고, 냄새나고, 칙칙한 곳이었다. 무엇보다 외로운 곳이었다. 생각해보면 모자원을 나온 이후로 희수는 단 한 번도 집이라는 것을 가져본 적이 없었다. 허름한 숙소에서 건달 생활을 시작했고, 그 이후로는 감옥이나 선박의 더러운 선실, 싸구려 여관에서 달방을 살았다. 마흔이 된 지금도 호텔에서 살고 있었다. 사람들은 방문만 열고 나오면 출근이라고, 출퇴근 시간에 길에서 버리는 시간이 없으니 얼마나 좋으냐고 희수를 부러워했다. 하지만 희수는 근무를 마치고 집으로 퇴근하는 직원들이 늘 부러웠다. 희수는 욕실에서 일회용 칫솔로 양치질을 하고 일회용 면도기로 면도를 했다. 그리고 공중화장실에서도 쓰지 않을 것 같은 싸구려 비누로 머리를 감고 샤워를 했다.

호텔 사장실에 들어갔을 때 손영감은 혼자 바둑을 두고 있었다. 텔레비전에서는 서봉수 구 단의 바둑을 복기하고 있었다. 서봉수 구 단이 국내 최초로 천 승을 거뒀다는 자막이 나오고 있었다. 손영감은 서봉수를 좋아했다. 대부분의 프로 기사들처럼 일본에 유학을 간 것도 아니었고 좋은 스승의 문하에서 바둑을 배운 것도 아니었다. 서봉수는 거리에서 바둑을 배웠다. 복덕방 할아버지들, 채소 장수, 야바위꾼 가리지 않고 바둑을 뒀고 그 모든 것에서 배웠다. 그리고 정상까지 올라갔다. 생각해보면 손영감이 서봉수를 좋아하는 것은 아이러니한 일이다. 영감은 부유한 집안에서 태어나 대학을 다녔고, 그의 조부에게서 사업에 관한 모든 것을 배웠으니까. 정작 서봉수를 좋아해야 할 사람은 희수였다. 희수는 거리에서 자랐고 거리에서 모든 것을 배웠으니까. 하지만 희수는 바둑에 아무 관심이 없었다. 서봉수든 조훈현이든, 누가 정상에 있고 누가 거리에 있든 아무 관심이 없었다.

"혼자 바둑 두면 재미있습니까? 이건 뭐 혼자서 탁구 치는 거하고 비슷한 거 아입니까?" 희수가 소파에 앉으면서 물었다.

"재밌다. 졌다고 징징거리는 놈도 없고 이겼다고 의기양양한 놈도 없고."

손영감이 바둑판 위에 돌을 올렸다. 언제부턴가 손영감은 혼자 두는 바둑을 좋아했다. 곰탕 노인네들이 바둑이나 한판 두자고 하면 이런저런 핑계를 대고 피했다. 그러곤 방으로 들어와 혼자서 바둑을 뒀다. 혼자서 백돌을 두고 다시 혼자서 흑돌을 두는 바둑. 그게 뭐 그리 재밌을까? 손영감이 흑돌을 들어올렸다가 고개를 갸웃하더니 다시 통에 집어넣었다.

"어제 바다 룸살롱도 용강이네 애들이 들이닥쳐서 잔뜩 휘젓고 갔단다. 용강이 이 개새끼 또 치고 들어올 거 같제?"

"분위기 보니 계속 난리칠 것 같습니다."

"아, 그 새끼, 와 피 묻은 애들을 자꾸 보내고 지랄이고. 요구 조건이 뭔데?"

"구암 바다에서 약 좀 팔게 해달랍니다. 항구에 문도 한두 번 열어주고."

"물량이 을매나 되는데?"

"라면 두 박스."

"그걸 받아서 여기서 장사하겠다고?"

"자기 말로는 서울에 도매로 넘긴다네요. 세금은 내겠답니다. 이십 억쯤 되겠네요."

손영감이 놀랐다는 듯 입을 삐죽 내밀었다.

"용강이 새끼 사업 크게 하네."

"우리야 뭐 손해볼 거 있습니까? 터져도 자기들이 터지고 감옥에 가도 자기들이 가는데, 우린 굿이나 보고 떡이나 먹으면 되는 일 아닙니까?"

희수가 손영감 눈치를 살폈다. 손영감이 바둑판을 잠시 쳐다보더니 아까 놓으려다 만 흑돌을 하나 놓았다.

"희수야."

"그냥 말하이소. 그놈의 뜸 좀 들이지 말고."

"약쟁이들은 같은 건달들도 무시하고 따돌린다. 왜 그런 줄 아나?"

희수가 대답하지 않고 가만히 있었다.

"그게 겉에만 설탕이 발려 있고 안에는 독이 든 음식인 기라. 처음에는 돈이 좀 되는가 싶지만 좀만 지나봐라. 밑에 애기들 하나둘 약에 취해서 사고 치기 시작하지, 지역 인심 흉흉해지지, 좀 팔린다 싶으면 여기저기 엥겨붙는 놈들까지. 새나가는 돈이 장난이 아닌 기라. 그리고 일이라도 터지면 이건 수습이 안 된다. 경찰이나 공무원들도 즈그 힘으론 히로뽕 사건을 막을 수가 없다. 마약은 전담반이 따로 있다. 그런 새끼들은 위에서 직통으로 내려온다. 그리고 마약쟁이들은 경찰에 딸려들어가면 의리고 지랄이고 아무것도 없다. 지 살자고 되는 대로 다 불어버린다. 히로뽕으로 라면 두 박스 분량을 풀면 보나마나 난리가 날 텐데 그 큰 덩어리 쫓다보면 우리가 문 열어준 거 금방 꼬리 잡힌다. 항구 장사 끝나는 건 문제도 아니다. 우리는 그냥 여기서 땅 파서 무덤 만들어야 한다. 내 이 나이에 감옥에서 인생 종 칠 일 있나? 뭐 약쟁이들이야 그카겠지. 한 방 크게 터뜨리고 외국으로 뜨면 된다. 하지만 물건 뿌리고 돈 회수하는 거며, 설령 회수한들 그 많은 돈을 들고 외국으로 가는 것도 어디 쉬운 일이가. 약은 뜨내기들이나 인생 막장에 떨어진 놈들만 하는 거다. 잡범이야 어디 외국에 잠시 몸을 숨겼다가 돌아오면 그만이지만 약쟁이들은 그런 것도 없다. 마약은 인터폴이 끝까지 쫓는다. 니도 잘 알 거 아이가. 인터폴이 어떤 놈들인지."

"전 잘 모릅니다."

"뭘?"

"인터폴. 만나본 적이 있어야지예."

"아, 그 새끼, 모처럼 진지한 인생의 충고를 하는데 말장난은. 우야든동 약은 절대 안 된다. 그리고 다른 놈이라면 몰라도 용강이 새끼를 어떻게 믿노? 희수 니도 함부로 딴생각하지 마라. 그거 묵으면 잔치 한판 벌이고 다음날 설사로 다 죽는다."

마지못해 희수가 고개를 끄덕였다.

"와? 아섭나?"

"아섭지예. 돈이 이십억인데. 영감님 밑에서 중국산 고춧가루나 비벼대서 언제 그런 돈 만지겠습니까?"

"돈 필요한 일 있으면 말해라. 내가 빌려줄꾸마."

"아, 됐네요. 영감님 돈 쓰느니 차라리 홍사장 사채를 쓰는 게 낫지."

손영감이 갑자기 발끈하더니 들고 있던 바둑알을 통에다 신경질적으로 던져넣었다.

"아 그 새끼, 말을 해도. 니캉 내캉 살아온 정리가 있는데 아무렴 내가 그 인간 말종 같은 홍사채만도 못할까. 니는 항상 나를 개똥 보듯이 구리게 보는 경향이 있는데, 나 그런 사람 아니다."

"그럼 무이자로 빌려줄랍니까?"

희수가 대뜸 묻자 손영감이 선뜻 대답을 못하고 머뭇거렸다.

"에이, 그렇다고 막무가내로 무이자로 하자고 하면 안 되지. 내 말
은 어디까지나 합리적인 선에서 맞추자는 거지. 홍사장은 당최 합리
적이지가 않으니까."

"됐습니다. 난 그냥 비합리적인 홍사장 돈 쓸랍니다. 만날 돈 쪼금
빌려주고 그거 핑계 삼아 이것저것 일 시키고."

"알았다, 알았다. 그나저나 돈은 왜 필요한데? 또 바카라 하려고 그
라제?"

"인숙이랑 살림 차리려고 그랍니다."

희수가 농담처럼 말을 뱉었다. 하지만 자기가 내뱉은 말에 희수도
조금 놀랐다. 그게 원래 마음속에 있던 말인지 그냥 장난으로 내뱉은
말인지 희수도 헷갈렸다. 손영감이 고개를 갸웃거렸다.

"인숙이? 왜 하필 인숙이고?"

"와예. 영감님은 인숙이랑 절대로 안 잤다면서요?"

"하모. 나는 절대로 안 잤다."

"인숙이한테 물어봅니데이."

"물어봐라매."

손영감이 결백하다는 듯 눈알을 부라렸다. 그리고 옆에 있는 찻잔
을 들고 뚜껑을 조금 열더니 차를 조금 마셨다.

"인숙이랑 살림 차리는 거 생각은 좀 해봤나?"

"생각 같은 거 이제 안 할랍니다."

"희수야, 니 맘 내 모르는 바 아닌데 그런 사랑은 그냥 묻어두는 게

좋다. 언젯적 인숙이고. 똥구덩이에 묻힌 건 그냥 덮고 가는 거다. 아 쉽다고 파봐야 나오는 건 다 똥이다."

"뭔 말을 해도. 우리 인숙이가 똥구덩입니까?"

"나랑 인숙이 사이가 똥구덩이다. 지난 이십 년 동안 안 그랬나? 둘이 좋다고 허우적거려봐야 그냥 똥구덩이 안이다."

"내 일은 내가 알아서 합니다. 내가 바봅니까?" 희수가 버럭 소리를 질렀다.

"니 바보다. 와 이제 와서 인숙이고? 지금 할 거면 이십 년 동안 와 안 했노."

할말이 없어서 희수는 잠시 멍하니 앉아 있었다. 영감 말이 맞을 것이다. 이 사랑은 똥구덩이일 것이다. 냄새나고 지저분하고 추악한 사랑, 온갖 열등감과 치욕에 사로잡힌 사랑일 것이다. 그리고 앞으로도 그럴 것이다. 후배 놈들은 술자리에서 희수와 인숙에 대해 떠들어댈 것이다. 완월동에서 인숙이 창녀짓을 하던 시절에 대해, 자기가 몸을 섞어본 인숙의 살결에 대해, 자기 성기를 빨아준 인숙의 혀와 입술에 대해 떠들어댈 것이다. 희수는 그런 것을 떠올릴 때마다 뱃속 저 깊은 곳에서부터 분노가 솟구쳐올랐다. 그리고 그 분노는 결국 인숙에게로 되돌아갔다. 그러니 이 사랑은 똥구덩이가 맞을 것이다. 살아보겠다고 허우적거릴수록 계속 서로에게 상처를 주게 되는 사랑일 것이다.

손영감이 다시 찻잔을 들어 차를 조금 마셨다.

"옥사장 멍든 거 얼쭈 다 빠졌제?"

손영감이 지나가는 말처럼 툭 던졌다.

"옥사장은 와예?"

"지난 정리도 있어서 웬만하면 살려주려고 했는데 상황이 안 그렇네."

"용강이랑 엮자고요?" 희수가 놀라서 물었다.

"그 수밖에 더 있겠나?"

"쪽팔리게 용강이가 무섭다고 우리 사람을 죽이겠다는 이야깁니까? 이렇게 한 걸음씩 물러서면 이 바닥에서 지킬 게 아무것도 없습니다."

"그라믄 정글칼에 권총까지 차고 지금 우리랑 전쟁 벌이겠다고 시퍼렇게 벼르고 있는데 거기다 대가리를 들이밀 거가? 니가 들이밀래?" 손영감이 날이 바짝 선 얼굴로 말했다.

희수가 아주 피곤한 표정을 지었다. 손영감 말이 맞다. 전쟁하자고 잔뜩 벼르고 있는 놈들한테 대가리를 들이밀 수는 없는 노릇이다. 그것은 용강만 좋은 일이다. 사실 전쟁을 벌이려고 해도 마땅한 병력도 없는 형편이었다.

"제가 처리합니까?"

"그럼 누가 처리하노?"

"도다리 시키소. 옥사장 저리 만든 건 도다린데 그 똥을 왜 내가 치웁니까?"

"도다리 같은 털팔이가 이런 위험천만한 일을 어떻게 처리하노?"

"그러니까 위험천만한 일은 왜 죄다 내가 처리하냐고요!" 희수가 버럭 소리를 질렀다.

손영감이 의아한 얼굴로 희수를 바라봤다. 이게 오늘따라 왜 이리 까칠하게 나올까, 뭘 잘못 먹었나 가늠하는 눈치였다. 손영감과 희수 사이에 잠시 어색한 정적이 흘렀다. 잔머리를 굴려서 계산을 할 때 늘 그래왔듯 손영감이 손가락으로 자신의 무릎 위를 톡톡 쳤다. 손영감의 머릿속에서 주판알 굴러가는 소리가 희수에게 들리는 듯했다. 잠시 후 손영감이 다시 입을 열었다.

"인숙이랑 살림 차리겠다메?"

"그런데요?"

"살림 차리려면 돈 필요할 거 아이가? 그 돈이랑 이 일이랑 퉁치자."

손영감이 바둑판으로 다시 고개를 돌렸다. 그리고 바둑판 위에 무심히 백돌을 올렸다. 희수는 손영감 하는 짓이 몹시 알미워서 바둑판이라도 뒤집고 싶은 심정이었다. 인숙이랑 살림을 차리겠다는 말은 농담이었다. 하지만 돈은 언제나 궁했다.

"누구 데리고 갑니까?"

"달자 데리고 가라." 손영감이 바둑판에서 눈을 떼지 않은 채 말했다.

밤섬

새벽에 희수는 밤섬으로 가는 배에 올랐다. 육 기통 야마하 엔진을
단 작은 배였다. 달자가 배를 몰았다. 바닷바람에 흩날리는 달자의 머
리카락이 허옜다. 그는 이제 예순다섯 살이다. 칼잡이를 하기에는 너
무 많은 나이였다. 그래도 믿을 만한 놈은 달자밖에 없다고 손영감은
말했다. 슬프게도 구암 바다에서 쓸 만한 것들은 모두 늙었다. 쓸 만한
칼잡이도, 쓸 만한 건달도, 쓸 만한 밀수업자나 중개업자도 모두가 늙
었다. 그들을 믿을 수 없다는 것은 아니다. 오랫동안 같이 일했고 경찰
의 협박이나 다른 지역 건달들의 유혹 때문에 배신을 한 적도 없었다.
정작 믿을 수 없는 것은 사람이 아니라 늙었다는 것 그 자체였다.

늙은 창녀처럼 늙은 건달도 갈 곳이 없다. 건달이 늙으면 겁이 많아
지고 겁이 많아지면 일을 가리기 시작한다. 하지만 건달은 더러운 직
업이다. 이 바닥에서 손을 더럽히지 않고 날로 먹을 수 있는 깔끔한
일 따윈 애당초 없다. 건달이 일을 가리기 시작하면 그때부터 똥파리
들이 달라붙는다. 똥파리들이 소똥 위에 알을 낳고, 알에서 깨어난 파

리들이 소똥을 먹다가 급기야 소를 잡아먹는다. 우스갯소리 같겠지만 정말 그렇다. 이 바닥은 수고롭고 더러운 일을 하는 놈들이 주인이다. 그리고 수고롭고 더러운 일을 하는 놈들은 대체로 잃을 게 없는 놈들이다. 그놈들은 한 걸음 물러서면 두 걸음씩 치고 들어온다. 그런 놈들이 늙은 건달 따위를 겁내겠는가. 아무도 늙은 건달을 겁내지 않는다. 그래서 용강 같은 놈들이 허락도 없이 구암 바다에서 판을 벌이는 것이다. 십 년 전이었다면 상상도 못할 일이다.

조타 핸들을 고정시켜놓고 달자가 소주를 한 모금 마시더니 희수에게 병을 건넸다. 새벽부터 강소주를 마시는 것이 내키지 않았지만 희수는 달자가 건넨 소주병을 받아서 한 모금 마시고 돌려줬다. 달자가 병을 받아 다시 한 모금을 마시고 병뚜껑을 닫았다. 그리고 고정시켰던 조타 핸들을 풀었다. 새벽 바다를 바라보는 달자의 얼굴이 붉었다.

"아직 멀었습니까?"

"거의 다 왔다."

"몸은 괜찮습니까?"

"와? 막상 일 시키려니까 어쩐지 믿음이 안 가나?"

"그냥 건강이 어떠신가 물어본 겁니다."

"안 좋다. 나이 묵으면 여기저기 고장나고 다 삐걱거리는 거지. 왜 그런 말이 안 있더나. 농약 묵고는 살아도 나이 묵고는 못 산다고."

말을 마치고 달자는 소주병을 따고 다시 술을 조금 마셨다. 그리고 병뚜껑을 닫았다. 병 속 술이 파도를 따라 위험하게 출렁거렸다. 나이가 들어서인지 아님 술을 많이 마셔서인지 달자는 손을 살짝 떨었다. 희수는 달자가 칼을 쓰는 것을 한 번도 본 적이 없다. 아마 다른 놈들도 없을 것이다. 단지 칼에 찔린 시체가 있을 뿐이고 그 시체에서 번

식하는 무성한 소문이 있을 뿐이었다.

　동이 틀 무렵에야 배는 밤섬 근처에 도착했다. 밤섬은 암벽과 암초로 둘러싸여 있어 배를 댈 만한 곳이 없었다. 가두리양식장에 스티로폼과 대나무로 얼기설기 엮어놓은 위태위태한 선착장이 유일하게 배를 댈 수 있는 곳이었다. 대영, 대성 형제가 선착장에 나와 있었다. 달자가 배를 가교에 붙이고 밧줄을 집어던졌다. 대영이 밧줄을 잡고 배를 끌어당겼다. 동생 대성이 재빨리 달려가서 밧줄을 말뚝에 묶어 고정시켰다. 배가 선착장에 닿자 대영이 다가와서 희수에게 손을 내밀었다. 희수가 대영의 손을 잡고 배에서 내렸다.

　"희수 형님, 자주 뵙네예." 대영이 말했다.

　사람을 만나는 일이 거의 없는 대영, 대성 형제로서는 옥사장을 맡기러 오고 며칠 만에 다시 왔으니 자주 본다는 의미일 것이다. 달자가 배에서 내리자 대영이 정중하게 인사를 했다. 달자는 인사를 받지도 않고 무덤덤한 표정으로 말뚝 쪽으로 걸어가더니 밧줄이 제대로 묶여 있는지 확인했다. 달자는 이 양식장에서 시체를 처리했다. 손영감의 말에 따르면 시체는 두 종류밖에 없다. 떠올라야 하는 시체와 절대로 떠오르지 말아야 할 시체. 절대로 떠오르지 말아야 할 시체는 이곳에서 처리되었다. 어떻게 처리되는지는 정확히 모른다. 아마 갈아서 양식장에 광어밥으로 줬을 것이다. 그 사실을 알고 난 후부터 희수는 절대로 광어를 먹지 않았다.

　"옥사장은 잘 있나?" 희수가 물었다.

　"어디서 그런 잡새끼를 데려왔는교. 일하는 것보다 처먹는 게 더많다 아입니까. 우린 아주 손해입니다." 대영이 말했다.

"일을 잘 못하나?"

"술 처묵으면 아침에 일어나지도 못하고, 그물 좀 당기라고 하면 손가락이 두 개밖에 없어서 힘이 부친다 징징대고. 보고 있으면 아주 돌아버립니다."

"술은 먹이지 말지."

"이 외로운 섬에서 술도 못 마시게 하면 너무 비인간적이다 아입니까."

하긴 그렇다는 듯 희수가 고개를 끄덕였다. 동생 대성은 섬에 사람들이 온 게 마냥 좋은지 양동이를 들고 쓸데없이 이곳저곳을 뛰어다니고 있었다. 대영과 대성은 황씨의 아들이었다. 황씨는 청도 사람이었는데 아주 유명한 씨름꾼으로 덩치가 좋았다. 구암 바다에서는 제법 알아주는 주먹꾼이었고 성격도 시원시원해서 사람들에게 덕망이 있었다. 씨름꾼인 아버지를 닮아서 두 아들도 덩치가 좋았다. 하지만 아버지에게서 인격은 물려받지 못했는지 대영과 대성은 틈만 나면 사고를 쳐서 황씨가 평생 쌓아놓은 덕망에 재를 뿌렸다. 노름질에 계집질에 싸움질로 집안이 평안한 날이 없었다. 한번은 마산 나이트클럽에서 큰 싸움이 벌어졌는데 사람이 죽었다. 운이 안 좋았다. 동생 대성이 병으로 찍었는데 그만 사람이 죽어버렸다. 대성은 태어날 때부터 머리가 좀 모자랐다. 경찰이 대성을 수배했을 때 황씨는 반푼이 대성을 데리고 몰래 손영감을 찾았다.

"대영이는 아가 원체 튼튼하니 인생 공부다 생각하고 감옥에 보내겠지만서도 둘째 대성이는 보다시피 머리통만 커다랬지 그 속에 골이 반밖에 안 차 있다 아입니까. 감옥에 보내면 빙신짓 하다가 맞아 죽을 겁니다."

손영감이 한참을 생각하다가 대성에게 말했다.

"니 감옥에 가서 만날 쥐터질래 아니면 공소시효가 끝날 때까지 섬에 처박혀 있을래?"

말뜻을 반이나 알아들은 건지 어쩐 건지 모르겠지만 대성은 뭔가 골똘히 생각하다가 한참 만에 입을 열었다.

"밤섬에도 텔레비 나옵니까?"

"그럼, 나오지. 안테나 길게 쭉 뽑으면 일본 방송도 나온다."

대성이 좋아하며 밤섬에 있겠다고 했다. 그게 팔 년 전 일이다. 공소시효 만료까지 이제 칠 년 남았다. 밤섬에는 구암 노인들 소유의 합법적인 양식장이 있었다. 대성은 양식장 인부들이 시즌에만 쓰는 오두막에서 혼자 지냈다. 출하 시즌이 와서 섬에 인부들이 들어올 때면 토굴에 몰래 숨어 있었다. 그래도 형이라고 일 년의 반은 대영이 섬에 같이 있어줬다.

희수와 달자가 오두막에 들어갔을 때 옥사장은 호피 무늬 빨간 담요를 몸에 칭칭 감고 자고 있었다. 합판으로 된 오두막 바닥에는 먹다 남은 생선회와 라면 봉지들이 널브러져 있었고 빈 술병도 여기저기 굴러다니고 있었다. 대영이 옥사장을 흔들었다.

"싫어, 난 생선이 싫어. 난 돼지고기가 좋아."

옥사장이 잠을 못 깨고 잠꼬대를 했다. 아침인데도 술이 덜 깬 상태였다. 코를 고는 옥사장의 입에서 술냄새가 심하게 났다.

"환장하겠네." 대영이 말했다.

"상태가 왜 이 모양이고?" 희수가 물었다.

"몰라예. 만날 이렇습니다."

짜증이 났는지 대영이 이번에는 옥사장의 엉덩이를 발로 힘껏 찼다. 옥사장이 눈을 뜨고 주위를 두리번거렸다. 그러고도 한참 동안이나 멀뚱멀뚱 희수와 달자를 번갈아 바라보더니 갑자기 저승사자라도 만난 양 깜짝 놀란 표정을 지었다.

"달자 아저씨가 여기까지 웬일입니까? 저 죽이려고 왔습니까?"

달자가 아무 말 없이 옥사장을 쳐다봤다.

"일어나서 씻고 오이소. 중요한 얘기가 있습니다." 희수가 말했다.

옥사장이 호피 무늬 담요를 칭칭 감은 채로 기다시피 와서 희수의 발목을 잡았다.

"희수야, 살리도. 나 여기서 반성 많이 했다. 일도 진짜로 열심히 했다. 여기 대영이한테 물어봐라. 내가 하도 열심히 일해서 양식장 생산량이 두 배나 늘었다더라."

설마? 하는 표정으로 희수가 대영을 바라봤다. 어이가 없는지 대영이 너털웃음을 터뜨렸다.

"아따, 안 죽입니다. 쓸데없는 소리 그만하고 씻고 밥이나 먹읍시다. 냄새가 나 죽겠네." 희수가 짜증을 냈다.

옥사장이 호피 무늬 담요를 걷어내더니 미적미적 자리에서 일어났다. 그러곤 손으로 엉덩이를 벅벅 긁었다. 옥사장이 입고 있는 낡은 내복은 너무나 더러워서 처음에 무슨 색이었는지 짐작조차 할 수 없었다. 더구나 엉덩이 쪽에는 구멍까지 나 있어서 그 사이로 더러운 팬티도 보였다. 명색이 빨래공장 사장이었는데 어떻게 저렇게 불결한지 이해할 수가 없었다. 옥사장이 자리에서 일어나다가 현기증이 나는지 다시 자리에 주저앉았다. 어이가 없어서 희수가 혀를 찼다.

"환장하겠네."

"잠이 덜 깨서 그래. 요즘 밤낮으로 일하느라 충분한 수면을 못 취해서 내가 다리에 힘이 없다."

"아저씨 때문에 우리가 개고생인데, 누가 들으면 우리가 아저씨 진짜 고생시킨 줄 알겠네." 옆에서 대영이 말했다.

옥사장이 담배를 한 대 물고는 구석에 웅크린 채 눈치를 살폈다. 달자가 들고 왔던 대형 아이스박스를 식탁 위에 올렸다. 그리고 아이스박스 뚜껑을 열고 준비된 음식들을 하나둘 꺼냈다.

"회나 좀 뜰까요?" 대영이 물었다.

"짐승이가? 새벽부터 뭔 날음식이고?" 희수가 말했다.

"뜨라. 여기까지 왔는데 싱싱한 놈으로 한잔해야지." 옆에서 달자가 말했다.

달자의 말에 희수가 마지못해 고개를 끄덕였다.

"그럼 광어는 빼라."

"에이, 희수 형님, 그런 광어 아닙니다. 요즘엔 다 건전한 사료 먹고 큰 광어라예."

대영이 몹시 억울하다는 얼굴로 희수를 쳐다봤다.

"그래도 빼라."

대영이 알았다는 듯 고개를 끄덕이고는 오두막 나무문을 반쯤 열고 밖에 있는 동생 대성에게 소리쳤다.

"대성아, 회 뜨자."

뭐가 그렇게 좋은지 여전히 잔뜩 신이 난 동생 대성이 오두막 안으로 들어오더니 냉큼 뜰채를 집어들고 밖으로 나갔다. 그새 달자는 아이스박스 안에서 살치살, 안창살, 갈비살, 등심, 안심 등등 잘 저민 소고기 부위들을 탁자 위에 하나씩 올렸다. 옥사장이 눈이 휘둥그레져서 다가오더니 탁자와 아이스박스에 있는 고기들을 쳐다봤다.

"이게 다 뭡니까?"

"요 근처에 요리 좀 해달라는 부탁이 와서 거기 들렀다가 남은 음식 좀 챙겨왔다. 희수가 여기 옥사장이랑 대영, 대성이 고생하니까 고기 좀 먹이자고 해서." 달자가 부드러운 목소리로 말했다.

"진짜가? 나 죽이러 온 게 아이고?" 옥사장이 희수를 향해 물었다.

"죽일 놈 뭐 예쁘다고 이 비싼 고기를 처멕입니까? 달자 아저씨가 횟배에 출장 요리 나왔다길래, 용강이 등기 문제로 아저씨랑 의논할 일도 좀 있고 해서 겸사겸사 왔습니다. 그러니까 씻고 오이소. 밥 먹고 이야기도 좀 하게." 희수가 편안한 얼굴로 말했다.

옥사장이 다소 안심하는 표정을 지었다. 그러더니 수건을 목에 감고 화장실로 들어갔다. 얼굴에 물이나 좀 묻히고 오라고 했는데 옥사장은 화장실에서 아예 샤워를 하고 있었다. 흥얼거리는 소리가 문밖으로 새어나왔다. 희수가 고개를 절레절레 흔들었다.

"도무지 반성하는 기미가 없네요." 희수가 말했다.

"인간이란 게 원래 반성이라는 걸 안 한다." 달자가 웃으며 답했다.

달자가 밖으로 나가더니 숯에 불을 붙여 왔다. 좋은 백탄인지 숯냄새가 좋았다. 대영이 회를 떠오고 대성은 섬에 있는 텃밭에서 키운 상추, 고추, 깻잎, 미나리 같은 것을 뜯어 씻어 왔다. 식탁 위에 음식들을 다 차리고 나니 진수성찬이 따로 없었다. 희수가 회접시를 꼼꼼히 살펴봤다. 생선 살점들이 정교하게 발려 있어서 뭐가 뭔지 알 수가 없었다.

"광어는 없제?" 희수가 농담처럼 물었다.

"줄돔, 이시가리, 감생이 뭐 이런 것들이라예. 이거 다 자연산입니다. 대성이가 심심할 때 낚시해서 잡은 거라예." 대영이 말했다.

"내가 잡았다." 옆에 있는 대성이 처음으로 입을 열었다.

"안 묵습니까?" 대영이 물었다.

"옥사장 나오면 같이 묵자." 희수가 말했다.

반문이 대성이 테이블 위에 올려놓은 소고기들을 멍하니 쳐다보다 기다리기가 영 힘이 드는지 굽지도 않은 살치살을 냉큼 한 점 집어먹었다.

"맛있나?" 달자가 웃으며 물었다.

"맛있다." 대성이 말했다.

달자가 칼로 꾸리살 부위를 살짝 떠서 대성에게 한 점 더 줬다. 대성이 날름 날고기를 받아먹었다. 달자가 육사시미 몇 점을 더 떠서 희수와 대영에게 내밀었다. 하지만 희수도 대영도 고개를 저었다. 이해할 수 없다는 듯 달자가 손으로 고기를 집어 입에 넣었다. 남은 고기들은 대성이 홀라당 먹어치웠다. 옥사장은 여전히 샤워중이었다. 화장실 벽에 붙어 있는 보일러가 뜨거운 물을 만들기 위해 요란한 소리를 내며 싱싱 돌아가고 있었다.

"가뜩이나 기름도 모자란데 혼자 기름 펑펑 태우고 있네."

대영이 짜증을 냈다. 희수가 세번째 담배를 피웠을 때야 옥사장은 수건으로 머리를 털며 밖으로 나왔다. 대영이 화가 잔뜩 난 표정으로 옥사장을 노려봤다. 하지만 옥사장은 스킨에 로션까지 다 바르고 머리에 빗질까지 하고 나서야 자리에 앉았다. 달자가 부채질을 해서 불을 강하게 키운 다음 숯불 위에 철망을 올렸다. 그리고 철망 위에 고기를 네 점 올리고는 더 빠르게 부채질을 해서 소고기를 구웠다. 굽는데 몇 초도 걸리지 않았다. 달자가 소고기 네 점을 젓가락으로 집더니 각자의 접시에 한 점씩 놓았다.

"안창살이다. 왕소금에 찍어먹으면 맛있다."

희수와 대성, 대영 그리고 옥사장이 달자가 올려준 고기를 입에 넣었다. 몇 년 동안 먹어본 모든 고기 중에 단연 최고였다.

"햐, 이래 달자 아저씨가 구워주는 고기 먹고 있으니 예전에 아저씨 횟배에 탄 기분인데요?" 옥사장이 고기를 먹고 신이 나서 말했다.

"옥사장이 내 횟배에 탄 적이 있었나?"

"한 이십여 년 되었지예. 그때 구청 설비과장이랑 소방서장이랑 와 이루 멕인다고 손영감님이랑 저랑 같이 탔었지예. 완월동에서 아가씨 들 넷 불러가지고."

"옥사장이 달자 아저씨 횟배를 다 탔었어요? 나도 못 타봤는데?" 대영이 깜짝 놀라서 물었다.

"니랑 나랑 수준이 같나?" 옥사장이 버럭 화를 내며 말했다.

"그래도 이십 년 전이면 판검사, 군수, 장군 정도는 돼야 달자 아저 씨 횟배를 탔잖습니까?" 희수가 말했다.

"하모, 말이라고. 즈그들끼리 잘나간다고 씨부려대도 달자 아저씨 다찌배가 횟배 중에서는 단연 탑이었다. 내가 지금이사 도박에 손을 대서 이 모양 이 꼴이 났지만 그때는 나도 잘나갔다. 구암 바다에서 배관 설비 공사는 내가 꽉 잡고 있었다 아이가. 구암 바다에 있는 큰 건물 중에 내 손을 안 거친 건물이 없었다. 그때는 만리장 호텔 지분 도 십 프로나 가지고 있었다."

"그랬습니까?" 희수가 적당히 장단을 맞춰줬다.

"그때 새로 온 소방서장이 소방법이 어떻고 스프링클러가 어떻고 하면서 존나게 깐깐하게 구는 기라. 내가 만든 건 다 불법이라고 몽땅 뜯어서 새로 고쳐야 한다고 지랄했거든. 막 여름 장사 시작하려는데 건물 뜯어서 수리를 해뿌면 장사가 우예 되겠노. 하더라도 여름은 넘기고 하자 그래 부탁을 하는데 도통 씨알이 안 멕혀. 그래서 우짜노, 영감님하고 내가 그거 달랜다고 달자 아저씨 배를 탄 거지."

"아! 그때."

달자가 이제야 기억이 난다는 듯 고개를 끄덕였다.

"기억나지예. 그때 그 깐깐한 소방서장이 처음엔 음식을 입에도 안 대고 술도 안 마시고 아가씨한테 눈길 한번 안 주고 꼿꼿하게 앉아 있는 기라. 그런데 우리 달자 아저씨 요리 솜씨에 그게 안 묵어지고 배기나. 숯불 위에서 소고기 슬슬 구워지제, 도마 위에서는 고래고기가 싹둑싹둑 잘라지제, 옆에서 소고기 한 점, 참치 한 점, 고래고기 한 점, 오물오물 묵고 있는데 환장하는 거지. 소방서장이 참다 참다 못 이기는 척 소고기 한 점 묵데? 알다시피 그게 보통 고기가? 그라더니 그다음부턴 폭주 기관차처럼 멈추지를 못하는 기라. 술에 완전히 취해가지고 배 후미에서 아가씨 다리 들고 서서 떡치다가 바다에 빠지고, 그거 뜰채로 건져낸다고 생지랄을 하고."

"그랬지, 그랬지."

달자가 고개를 끄덕이며 연신 맞장구를 쳤다.

"횟배가 그리 재밌습니까?" 대영이 호기심에 가득찬 얼굴로 물었다.

"말이라고. 바다 위의 신선놀음이라는 게 바로 그 다찌배다. 옛날에는 일본 고관들이나 황실 사람들만 탔다. 바다 한가운데 둥둥 떠가지고, 파도와 달빛 아래서, 좋은 술에 좋은 음식 먹어가면서, 여자애들 땃땃한 젖가슴에 손을 얹고 시를 한 수 딱 읊으면, 세상에 그만한 도락이 없는 기라."

"그래 분위기가 좋은데 시는 왜 읊노. 아가씨랑 떡을 쳐야지."

횟배를 못 타봐서 억울한지 대영이 입을 삐죽거렸다.

"하이고, 니가 풍류에 대해 뭘 알겠노. 달도 두둥실, 파도도 두둥실, 아가씨들 엉덩이도 덩달아 두둥실. 다찌배는 요즘 애들처럼 좆만한 방구석에 틀어박혀 아가씨 가슴이나 쪼물딱거리는 룸빵질하고는 아예 차원이 다른 기라."

옥사장이 손가락이 두 개밖에 없는 오른손에 담배를 한 대 끼우고 불을 붙였다. 술을 한 잔 마시고 그 좋았던 시절을 회상하는지 눈가가 촉촉해졌다.

"그때 진짜 좋았는데. 이놈의 도박만 안 했어도."

달자가 적당히 달궈진 숯통 위에 전복과 키조개 관자를 두 점씩 구웠다. 숯불에 부채질을 해서 빠르게 구워내는 달자의 모습이 정성스러웠다. 달자가 옥사장의 접시 위에 전복 한 점과 관자 한 점을 놓았다. 옥사장이 이야기를 하느라 남겨놓은 소고기 위에 여전히 핏기가 가득했다.

"한잔해라."

달자가 옥사장에게 자기가 먹던 잔을 내밀었다. 옥사장이 공손하게 달자의 잔을 받았다. 달자가 술을 따르자 옥사장이 단번에 마시고 재빨리 잔을 달자에게 돌려줬다.

"고래고기 한 점 할래?"

"고래고기도 있습니까? 히야, 오늘 진짜 곗돈 타는 날이네."

"곗돈 타는 날 맞습니다." 희수가 웃으며 말했다.

달자가 아이스박스에서 기름지에 싼 고래고기를 꺼내 옥사장 앞에서 썰었다. 옥사장이 연신 젓가락질을 하면서 고래고기를 먹고 또 연거푸 술을 마셨다. 아침부터 빈속에 술을 마셔서인지, 아니면 어제 마신 술이 덜 깨서 그런지 옥사장의 얼굴에 취기가 금방 돌았다.

"그런데 아저씨 진짜 왼손잡이 맞습니까?" 희수가 농담처럼 물었다.

"왼손잡이? 그게 뭔 소리고?"

"내 이럴 줄 알았다. 그 말을 믿은 내가 빙신이지." 희수가 웃으며 말했다.

옥사장이 질문이 뭔 뜻인지 모르겠다는 표정으로 희수를 쳐다봤다.

"일전에 저한테 그랬잖아예. 용강이 찌르고 같이 죽겠다고. 그때 제가 손가락이 두 개밖에 없는데 찌를 수나 있겠냐고 그러니까 아저씨가 자기는 왼손잡이라고 막 그래놓곤."

"아! 그거. 그때는 급해서 둘러댄 거지. 왼손잡이면 뭔 걱정이겠노." 옥사장이 멋쩍은 표정을 지었다. "그라고 그게 되겠나. 용강이가 나 같은 놈한테 칼 맞을 털팔이도 아니고."

"하여간에 능구렁이 같아가지고."

"내가 마 부끄럽다."

희수가 웃었다. 달자도 웃었다. 그러자 옥사장도 덩달아 웃었다. 희수가 달자에게 잠시 자리를 비켜달라는 눈짓을 보냈다. 옥사장이 너무 취하기 전에 용강에 대한 이야기를 마무리해야 할 것 같았기 때문이었다. 달자가 칼을 내려놓고 대영, 대성을 데리고 밖으로 나갔다. 고기를 잘 먹고 있던 대성이 영문을 몰라 툴툴거렸다. 문이 닫히자 희수가 담배를 물고 옥사장을 쳐다봤다.

"이제부터 제 말 잘 들으소. 아저씨 목숨이 왔다갔다하는 얘깁니다."

분위기가 달라졌음을 간파했는지 옥사장 얼굴에 웃음기가 사라졌다.

"용강이가 하도 지랄을 해서 이참에 감방에 집어넣으려고 합니다. 경찰 부르려면 증거가 필요한데 아저씨가 좀 도와줄랍니까?"

"도울 일이 있으면 힘껏 돕겠지만 내가 도움될 일이 있겠나?"

"용강이 마약이랑 장부가 어디 있는지 알지예?"

순간 옥사장의 눈빛이 흔들렸다.

"모른다. 내 같은 게 그런 걸 우예 알겠노."

"떠도는 소문에는 용강이 금고를 아저씨가 설치해줬다던데, 그냥 뜬소문인 모양이지예? 빨래공장 팔아먹고 받은 오천만원이 그 돈이라던데."

희수 말에 옥사장이 움찔했다. 옥사장이 말을 하지 못하고 머뭇거렸다.

"말하이소. 그래야 아저씨가 목숨을 건집니다. 어차피 경찰한테 털릴 거면 우리한테 오는 게 안 낫겠습니까? 그래야 적당히 뺄 건 빼고 넣을 건 넣지예."

"용강이만 잡으면 나는 살리주는 거가?"

"아저씨 죽여봐야 남는 게 뭐 있습니까? 우린 남는 거 없으면 사람 안 죽입니다. 아시잖습니까?"

옥사장이 심호흡을 크게 했다.

"나는 금고 설치만 해줬다. 안에 뭐가 들어 있는지는 모른다."

옥사장이 뜸을 들였다. 기다리는 게 짜증이 나는지 희수가 아랫입술을 깨물었다.

"나중에 용강이가 감옥에서 나오면 뒷감당을 어찌하려고 그라노? 경찰 손 빌리느니 희수 니가 애들 풀어서 작업하는 게 깔끔하지 않나?"

"우리보고 처들어오라고 덫을 놓고 딱 버티고 있는데 뭔 수로 작업을 합니까?"

옥사장이 낭패한 표정을 지었다.

"용강이 나오면 나는 죽은목숨이다."

"마약 한 봉지만 나와도 형량이 십 년은 떨어집니다. 코앞에 떨어진 일이나 잘 처리하입시다. 지금 옥사장님이 십 년 뒤에 칼 맞을 걱정까지 할 팔자가 아니지 않습니까?"

"하긴 그건 희수 니 말이 맞다. 내가 지금 노후 계획까지 세울 입장은 아니지."

"용강이 엮이면 아저씨도 도박죄로 감방에서 두어 달 살 각오는 해야 할 겁니다. 감방에서 나오면 맘 잡고 빨래공장이나 다시 잘하이소. 용강이 들어가면 골치 아픈 빚도 사라지고 좋은 기회지 않습니까? 이참에 아저씨 인생도 좀 깨끗하게 빨아보이소. 애새끼들이 불쌍하지도 않습니까."

"불쌍하지. 이제 내가 잘할 거다. 그래야지, 암, 이제 잘해야지."

옥사장이 고래고기를 한 점 먹고 술을 한 잔 마셨다.

"금고 어디 있습니까?"

희수가 채근했다. 옥사장이 이제 어쩔 수 없다는 듯 입을 열었다.

"빨래공장에 가면 7번 세탁기가 늘 고장이 나 있다. 그 기계 뒤에 모터 박스 뜯어보면 금고가 하나 있다. 비밀번호는 354788인데 지금은 바뀌었을지도 모른다."

만족한 듯 희수가 고개를 끄덕였다. 하지만 옥사장은 막상 말을 하고 나니 걱정이 되는지 얼굴이 창백했다. 희수가 문을 열고 달자를 불렀다. 잘 먹다가 난데없이 쫓겨난 대영, 대성이 툴툴거리며 들어오더니 다시 허겁지겁 고기를 먹었다. 달자가 다시 숯불 위에 고기를 올렸다. 술자리는 계속되었다. 먹을 만큼 먹은 대영, 대성이 양식장에 일을 하러 나간 다음에도 술판은 계속되었다. 무거운 것들을 털어내서 차라리 속이 시원한 건지, 아님 털어내서 더 무서워진 건지 옥사장은 연신 술을 들이켰다.

"오늘 좋네. 오늘은 참 좋네. 안주도 좋고 술도 좋고 사람들도 좋고." 옥사장이 술에 취해 중얼거렸다.

희수가 옥사장 옆에서 계속 술을 받아줬다. 달자의 아이스박스 안에서는 화수분처럼 계속 음식이 나왔다.

"희수야, 나는 니가 참 좋다. 니 같은 아들이 하나 있으면 을매나 듬직하겠노. 손영감은 그래서 복 받은 기라. 영감이 술자리만 가면 희수 니를 자기 아들처럼 자랑질을 안 하나."

"만날 구박만 하는데 자랑질은 무신."

"아니다. 자랑질 많이 한다. 솔직히 나도 니 같은 아들내미 있으면 걱정 하나 없겠다. 듬직하제, 일 잘하제, 사람 좋제. 그리고 니는 모자원에서 애비 없이 자랐는데도 사람이 쓴맛이 없고 젠틀한 구석이 있다. 그래서 나는 희수 니가 참 좋다."

"그렇습니까?"

"그렇다."

옥사장이 다시 술을 마셨다. 희수가 옥사장의 빈 잔에 술을 따라줬다.

"그러니 희수야, 니도 빨리 결혼해라. 예전에는 처자식 없는 놈이 무서운 건달이었지만 요즘은 안 그렇다. 요즘엔 건달도 처자식이 뒤에 있어야 절제가 된다 아이가. 건달이 살아남으려면 뭐니뭐니해도 절제가 있어야 한다."

"아저씨는 처자식이 다 있는데 왜 그리 절제가 안 됩니까?" 희수가 농담처럼 물었다.

"그러게 말이다. 안 되는 놈은 뭘 해도 안 되는갑다."

옥사장은 다시 술을 마셨다. 희수가 옥사장의 빈 잔에 다시 술을 따라줬다.

정오가 되었을 때 옥사장은 만취했다. 옥사장은 "오늘은 기분이 억수로 좋다. 진짜 좋다" 연신 중얼거리며 식탁 위에 머리를 처박았다. 옥사장의 입에서 침이 흘러내려 나무 탁자를 적셨다. 정말로 기분이 좋은지 옥사장은 탁자에 얼굴을 처박은 채로 웃고 있었다. 옥사장이 코를 골기 시작하자 달자가 자리에서 일어나서 밖으로 나갔다. 그리고 배에서 큰 가방과 오 미터 정도 되는 밧줄을 꺼내왔다.

"나가 있으라." 달자가 말했다.

"여기 있으면 안 됩니까?" 희수가 말했다.

"나는 아무래도 괜찮다."

나가고 싶었지만 어쩐지 비겁한 느낌이 들어서 희수는 그 자리에 가만히 있었다. 안에 있든 밖에 있든 이 사건이 외부로 터진다면 어차피 면피는 어려웠다. 달자가 알 수 없는 웃음을 지었다. 그 표정은 마치 희수의 속을 훤히 들여다보는 것 같았다. 달자가 손에 가죽장갑을 끼고 탁자 위로 올라가더니 천장 나무 대들보에 밧줄을 걸었다. 그리고 탁자에서 내려와 옥사장의 목에 밧줄을 걸었다. 밧줄이 간지러운 듯 옥사장이 두 개밖에 없는 손가락으로 목 주위를 긁었다. 취중에도 그 손을 쓰는 걸 보니 옥사장은 오른손잡이가 확실하다고 희수는 생각했다. 문득 이 판국에 그딴 게 뭐가 중요하냐는 생각도 했다. 달자가 크게 심호흡을 하더니 밧줄을 힘껏 당겼다. 순간 옥사장의 몸이 천장으로 솟구쳐올랐다. 옥사장이 컥컥거리며 목에 걸린 밧줄을 풀려고 애를 썼다. 달자의 가죽장갑에서 밧줄이 미끄러지면서 찍찍 소리가 났다. 옥사장의 발이 디딜 곳을 찾아 맹렬히 허우적거렸다. 하지만 지상에서 이제 더이상 그가 발 디딜 곳은 없었다. 숨이 끊어지기까지 몇 분 안 되는 시간이 아주 길게 느껴졌다. 잠시 후 옥사장의 움직임이 멈췄다. 항문이 열렸는지 옥사장의 바짓가랑이를 따라 대변이 흘러내렸다. 역하고 퀴퀴한 냄새가 바짓단을 따라 올라왔다. 달자가 밧줄을 풀고 숨을 고르더니 가방에서 검은색 비닐팩을 꺼내 펼쳤다.

"들어라." 달자가 말했다.

희수와 달자가 옥사장을 들어 검정 비닐팩에 넣었다. 달자가 옥사장의 목에 걸린 밧줄을 그대로 놔둔 채 남은 줄을 정리해서 비닐팩에 담았다. 그리고 지퍼를 올렸다.

안개

　밤섬에서 돌아오는 길에 짙은 안개가 끼었다. 희수는 뱃전에 앉아 두 번이나 구토를 했다. 이맘때 구암 바다에는 늘 안개가 끼었다. 안개에서는 성병 걸린 성기에서나 날 것 같은 역하고도 묘한 냄새가 났다. 누군가는 이 바다를 가르는 오래된 케이블카가 구암 바다의 랜드마크라고 했지만 사실 구암 바다의 상징은 소금기와 썩은 물비린내를 가득 담고 있는 이 더러운 안개였다. 그 냄새는 누구나 깜짝 놀랄 만큼 강렬하고 선명했다. 처음 온 관광객들은 코를 틀어막았고 상인들은 이 냄새 때문에 삼류 관광지가 된다고 불평을 해댔다. 구암의 몇몇 유지가 이 냄새의 근원을 찾아 없애려고 했다. 하지만 이 묘한 냄새가 정확히 어디서 나는지조차 찾아낼 수 없었다. 누군가는 썩은 해초에서 나는 냄새라고 했고, 누군가는 정화조도 거치지 않고 마구 버려진 하수들이 바다로 흘러들어가서 나는 냄새라고도 했다. 또 누군가는 방파제가 생긴 이후 물이 순환하지 못해 죽은 물고기들과 조개들이 부패하면서 나는 냄새라고 했고, 한술 더 떠서 바닷속에 몰래 던져넣은 수많은 시체들이 다 함께 썩으며 나는 냄새라고 하기도 했다. 한 목사는 이것은 의심할 바 없이 죄의 냄새라고 설교 시간에 외쳐댔다. 회개하라고. 자신의 팔을 잘라내고 자신의 눈알을 뽑아내는 참혹한 회개 없이 이 냄새는 사라지지 않는다고 목사는 고래고래 소리를 질렀다. 아마도 목사 말이 맞을 거라고, 이것은 분명 죄의 냄새이고 구암 바다에서 영원히 사라지지 않을 거라고 희수는 생각했다. 그렇게 소리를 질러댔던 목사조차 소년들을 성추행한 혐의로 감옥에 끌려가 있는 곳이 이 구암이니까.

옥사장의 시체는 동이 틀 무렵 구청 청소부에 의해 발견되었다. 용강의 도박장 바로 건너편에 있는 이층 건물이었다. 청소부는 새벽이었고 안개가 잔뜩 끼어서 처음에는 철탑에 매달려 있는 것이 큰 새인 줄 알았다고 했다. 열린 항문으로 장에 있는 대변이 다 쏟아졌는지 냄새에 이력이 난 청소부들도 코를 싸맸다. 시체가 발견되고 십 분도 안되어 구반장이 이끄는 강력계 형사들이 용강의 도박장을 덮쳤다. 도박장에서 밤새 화투를 치던 사람들이 애꿎게 무더기로 잡혀갔다. 용강의 도박장에서 경찰은 사채 장부와 차용증서들, 신체 포기 각서들을 찾았다. 그리고 마약 한 봉지도 찾았다. 미처 피할 틈도 없이 용강은 도박장 사무실에 있는 간이침대에서 팬티 바람으로 체포되었다. 사실 이 해프닝은 짜고 치는 고스톱과 같은 것이므로 당연히 피할 틈이 없었을 것이다. 용강은 반항도 하지 않고 순순히 경찰에게 잡혔다. 산전수전 다 겪은 베테랑답게 저 장부들이 어디서 나왔고 저 마약이 어디서 나왔는지 순식간에 파악한 듯, 수갑을 내미는 경찰에게 웃으면서 "거 바지나 입고 갑시다" 하고 말했다. 용강은 천천히 바지를 입고 양말까지 다 신은 다음 수갑을 향해 손을 내밀었다.

오전 열시가 되었을 때 구반장에게 전화 한 통이 걸려왔다.

"상황 끝났다. 증거들도 충분하고."

"형량이 얼마나 떨어지겠습니까?" 희수가 물었다.

"우리가 그것까진 모르지. 그래도 불법 도박장 운영에, 불법 대부업에, 마약도 좀 나왔으니까 못해도 한 오 년은 안 맞겠나? 도박빚에 사람까지 죽었으니까 쉽게 빠져나오는 건 어려울 거다."

"새벽부터 고생시켜서 죄송합니다."

"나쁜 놈들 잡는 건 경찰의 본연한 임무 아이가?"

"차 트렁크 뒤져보면 드링크 박스 하나 있을 겁니다. 천천히 드이소. 빨리 먹으면 체합니데이."

"걱정 마라. 우리 음식 앞에서 침착한 사람들이다."

전화를 끊고 희수는 책상 아래에 있는 금고 문을 열었다. 그 속에 빨래공장에서 가져온 용강의 가방이 있었다. 오늘 새벽 경찰이 덮치기 전에 희수가 몰래 가져온 것이었다. 가방은 옥사장의 말대로 빨래공장 7번 기계 뒤에 있는 모터 박스 안에 숨겨져 있었다. 그 속에는 정제된 필로폰 십 킬로그램이 있었다. 희수가 기대한 것은 현금이 들어 있는 가방이었는데 그것은 없었다. 희수는 책상 위에 펼쳐놓은 가방을 물끄러미 쳐다봤다. 문득 저 가방 속에 있는 마약을 팔면 얼마나 받을지가 궁금했다. 생각보다 많이 받지 못할 것이다. 영악한 업자들이 이런 귀찮고 처리하기 난감한 물건에 많은 돈을 줄 리가 없다. 그래도 운좋게 십억쯤 받을 수 있다면 뒤도 안 돌아보고 이 지긋지긋한 구암 바다를 미련 없이 떠날 수 있을 것이다. 그러나 희수는 이내 고개를 저었다. 저 정도 규모의 마약을 아무도 모르게 처리하는 것은 불가능하다. 위험한 거래를 혼자 할 수는 없는 노릇이니 몇 명과 나눠야할 것이고 연결해주는 중간업자에게도 수수료 명목으로 또 얼마를 떼어줘야 한다. 마약이 풀리면 금방 소문이 날 거고 손영감 귀에 들어갈 것이다. 그렇게 되면 희수는 죽은목숨이었다. 영감은 마약 장사를 해서 자신을 위험하게 만드는 부하를 용서해줄 사람이 아니었다.

희수는 구형사나 손영감에게 가방에 대해서 말하지 않았다. 말했다면 마약의 규모가 있으니 용강을 감옥에 십 년 정도는 너끈히 처박아넣을 수도 있었을 것이다. 하지만 말하지 않았다. 처음부터 그럴 생각은 아니었는데 어쩐지 말할 타이밍을 놓쳐버린 느낌이었다. 이제 와서 가방을 내놓으면 더 이상한 오해를 불러일으킬 것이다. 희수는 가방을 다시 책상 아래에 있는 금고에 집어넣고 문을 닫았다. 그리고 곧장 손영감의 사무실로 갔다.

잠을 설쳤는지 영감의 두 눈은 붉게 충혈되어 있었다.

"방금 구반장에게 전화 왔습니다. 정리 다 된 모양입니다." 희수가말했다.

다행이라는 듯 손영감이 고개를 끄덕였다.

"욕봤다."

"눈에 핏줄이 터졌네예."

"한숨도 못 잤다. 나이가 드니까 이제 이런 일이 힘에 부치네. 그라고 옥사장이랑 내랑은 형님 동생 하며 사십 년을 알아온 사이 아이가. 뭔 영화를 보겠다고 이 나이에 이렇게까지 해야 하나 싶기도 하고. 기분이 착잡해서 내 오랜만에 담배도 한 대 피웠다."

유리 재떨이에 꽁초가 하나 있었다. 한두 모금쯤 빨았을까? 테이블 옆에 있는 쓰레기통에는 온전한 담배 한 갑이 버려져 있었다. 십 년 전 혈압으로 쓰러지고 나서 손영감은 담배를 끊었다. 그래도 완전히 끊기는 힘이 드는지 갑갑한 일이 생길 때마다 몰래 한 대씩 피우곤 했다. 그리고 한 개비를 피우면 곧 후회하며 남은 담배를 쓰레기통에 버렸다. 그런 일이 무한히 반복되었다. 희수가 쓰레기통 속 담배를 꺼냈다.

"그건 와 꺼내노? 내가 다시는 담배 안 피우려고 결단력 있게 버린 거다."

"그놈의 결단은 대체 몇백 번이나 합니까. 그리고 피울 사람한테 주면 되지 멀쩡한 담배를 왜 버립니까? 물수건 한 장도 아까워하는 양반이."

손영감이 무표정하게 자기가 버린 담배를 보더니 고개를 끄덕였다. 희수가 담배를 자기 주머니 안에 쑥 넣었다.

"옥사장 애가 둘이제?"

"네."

"몇 살이고?"

"사내애는 초등학생이고 여자애는 중학생입니다."

"애들 한창 클 땐데 마음이 진짜 안 좋네."

희수가 자기도 모르게 인상을 찡그렸다. 손영감의 감상적인 말투가, 그 연극적인 제스처가 짜증스러웠기 때문이다. 이런 일이 있을 때마다 매번 손에 피 한 방울 안 묻히면서 마치 이 엿같은 상황이 안쓰럽다는 듯 혼자 인간적인 표정을 짓는 게 희수는 늘 역겨웠다. 손영감은 평생 건달들의 두목 노릇을 하면서도 직접 칼로 사람을 찔러본 적이 없었다. 손영감은 죽어가는 사람의 몸에서 느껴지는 진동도, 칼끝으로 밀려나오는 피비린내도, 찢어진 창자에서 쏟아져나오는 역한 똥

냄새도 맡아본 적이 없을 것이다. 그러니 그 연민은 허약하고 비겁한 것이라고 희수는 생각했다. 손영감이 서랍을 열더니 봉투 두 개를 꺼내 희수 앞에 놓았다.

"큰 거는 니 거고 작은 거는 옥사장 애들 갖다줘라."

"지금 돈 갖다주면 뒷말이 나돌지 않을까요?"

"빨래공장 지분 정리한 건데 말 나올 게 어딨노. 지 아버지 장례식이라도 치를라면 돈이 좀 있어야 할 기다."

희수가 봉투를 열어봤다. 옥사장네 줄 봉투에 삼천만원이, 희수 봉투에는 칠천만원이 들어 있었다. 희수가 봉투를 보고 의아한 표정을 지었다. 칠천만원은 대체 뭔 계산법일까? 손영감의 계산법은 늘 애매하고 곤혹스러웠다. 손영감은 이런 일에 보통 오천만원을 줬다. 달자 오천, 희수 오천, 구반장 삼천, 그리고 입막음용으로 밤섬의 대영에게 천만원을 줬다. 구반장과 대영에게는 이미 돈을 건넸다. 그러니까 봉투 속에 든 돈은 달자와 둘이 나누기에는 적었고 혼자 먹기에는 많았다.

"와, 니 계산이랑 안 맞나?"

"여기서 달자 아저씨 몫을 뗍니까?"

"아이다. 달자 거는 내가 따로 셈 치르마."

"그럼 웬일로 봉투가 두둑합니까? 짠돌이 영감님께서."

"인숙이랑 살림 차리겠다메? 그래서 쪼매 더 넣었다. 그걸로 전세라도 하나 얻어라. 내 곰곰이 생각해보니까 니 말이 맞는 것도 같다. 사람 정들기가 어디 쉽나. 니가 이제 적은 나이도 아니고. 좋으면 같이 사는 거지 창녀면 어떻고 곰보면 어떻노. 사람들이 뒤에서 씨부리는 거 신경쓸 거 없다. 사람은 다 거기서 거기다. 깨끗하기만 한 놈도 없고 더럽기만 한 년도 없다. 사람은 다 빨아서 쓰는 거다."

"그런 식으로 좀 말하지 마이소. 인숙이가 무슨 걸레요? 빨아서 쓰게." 희수가 짜증을 냈다.

손영감이 어처구니없다는 얼굴로 희수를 쳐다봤다.

"이 새끼는 말려도 지랄이고 밀어줘도 지랄이고. 내 어느 장단에 춤을 출까?"

"그러니까 마 모른 척하고 가만히 좀 있으소. 가락만 나오면 춤출라고 하지 말고."

"에라이, 이놈아. 내가 니 헛발질할까봐 걱정이 돼서 그란다. 남자가 망하면 팔 할이 여자 때문이다. 니 나이에 헛발질하면 그냥 골로 가는 거다."

"아따, 내가 얼랍니까. 저도 이제 똥인지 방귄지는 구분할 나입니다."

손영감이 희수를 멀거니 바라보다 혀를 차며 고개를 절레절레 저었다. 영감이 습관적으로 재떨이에 있는 꽁초를 들어서 불을 붙이려다가 희수를 슬쩍 보더니 뭔가에 깜짝 놀란 듯이 내려놓았다. 그 꼴이 우스워서 희수가 피식 웃었다.

"영감님, 그거 담배 끊은 거 아닙니데이. 어디 가서 담배 끊었다고 하지 마이소."

"뭔 소리고. 나 담배 확실히 끊었다."

됐다는 듯 희수가 손을 저었다.

"더 하실 말씀 없지예?"

"들어가서 잘 거가?"

"오늘은 사무실 지켜야 합니다. 아직 상황을 좀더 지켜봐야 안 되겠습니까?"

손영감이 고개를 끄덕였다. 희수가 만지작거리던 봉투를 안주머니에 넣고 자리에서 일어났다.

"주신 돈 잘 쓰겠습니다."

"오냐."

간만에 희수에게 생색을 내서 기분이 좋은지 손영감의 얼굴이 뿌듯했다.

희수가 다시 호텔 지배인실로 돌아왔을 때 문 앞에는 웬일로 도다리가 서 있었다. 도다리의 얼굴은 어두웠고 뭔가에 쫓기고 있는 것처럼 초조해 보였다.

"니가 아침부터 어쩐 일이고?"

도다리가 대답을 하지 않고 어물쩍 고개만 조금 끄덕였다.

"들어가자."

희수가 지배인실 문을 열고 안으로 들어갔다. 하지만 도다리는 따라 들어가지 않고 복도에 우두커니 선 채 희수를 쳐다봤다.

"이런 일 있으면 저한테 살짝 귀띔이라도 해줘야 하는 거 아입니까?"

평소와 달리 도다리의 목소리가 무거웠다.

"뭔 일?"

"뭔 일은요. 아침에 짜바리들 우르르 들이닥치고 생난리가 났는데 뭔 일은요?"

"그거 우리랑 아무 상관 없는 일이다. 니는 신경 꺼라."

"아이 시발, 왜 아무 상관이 없는데? 상관이 있지."

도다리가 대뜸 반말로 소리를 질렀다. 도다리의 격한 반응이 언뜻 이해가 안 되는지 희수가 고개를 갸우뚱거렸다. 그때 길에서 사이렌 소리가 요란하게 울렸다. 사이렌 소리란 건 모두가 그놈이 그놈이어서 경찰차인지 소방차인지 구급차인지 구분할 수가 없었다. 소리가 잦아들자 희수와 도다리 사이에 잠시 어색한 침묵이 감돌았다. 도다리가 몹시 분한 얼굴로 희수를 계속 노려보고 있었다.

"니 사업장도 아닌데 용강이 도박장에 경찰이 들이닥치건 말건 니가 뭔 상관이냐고?"

"아니 명색이 내가 이 호텔 상무인데, 이런 중대한 사안을 로비에서 마나한테 들어야 합니까? 이런 건 당연히 저한테 미리 알려줘야지예."

갑자기 짜증이 치솟는지 희수가 도다리의 얼굴을 향해 주먹을 번쩍 들어올렸다.

"근데 이 시발새끼가, 니가 뭔데 나한테 보고를 해라 마라고. 확 대갈통을 쪼사뿔까."

희수의 위협적인 동작에 깜짝 놀랐는지 도다리가 겁에 질려 몸을 잔뜩 움츠렸다. 희수가 들어올렸던 손을 내렸다. 그러고는 도다리의 얼굴을 한참 째려봤다. 정말이지 신이 소원 세 개를 들어준다면 이 새끼의 얼굴을 흠씬 패는 걸 일 순위로, 땅속에 파묻는 것을 이 순위로 꼽고 싶은 심정이었다.

"도달아, 니도 사는 거 힘들제?" 희수가 부드러운 목소리로 물었다.

자기도 사는 게 힘들다는 건지 어떻다는 건지 도다리가 겁에 질린 얼굴로 고개를 끄덕였다.

"나도 요즘 사는 게 무척 팍팍하다. 그러니까 도달아, 우리 서로 불쌍히 여기면서 살자."

도다리가 알았다는 듯 눈을 끔벅였다. 희수는 자리로 돌아와서 책상에 앉았다. 도다리가 할말이 남았는지 돌아가지 않고 문틈 언저리에서 한 발만 집어넣은 채 어정쩡하게 서 있었다.

"용강이는 확실하게 얽힌 거지예?"

희수가 대답하지 않고 도다리를 노려봤다. 도다리가 슬쩍 희수의 눈길을 피했다.

"옥사장이 저렇게 되니까 겁이 나서 그랍니다. 얼마 전에 내가 옥사장을 존나게 팼다 아입니까."

"니가 얽힐 일은 없다. 경찰이 니 찾아올 일도 없고. 그리고 용강이는 아마 빠져나오기 어려울 거다."

도다리가 아랫입술을 깨물며 고개를 끄덕였다. 그 순간 어떤 낭패감이 도다리의 얼굴을 스쳐가는 것을 희수는 알아챘다.

"갑니다. 쉬이소."

도다리가 힘없이 돌아서서 터벅터벅 걸어갔다. 희수는 손가락으로 책상 귀퉁이를 톡톡 두드렸다. 용강과 도다리, 이 어울리지 않는 조합 사이에 희수가 모르는 뭔가가 있었다. 그게 뭘까? 하지만 이 둘 사이에 있을 만한 대단한 거래나 음모는 하나도 떠오르지 않았다. 용강과 뭔가 대단한 거래를 하기에 도다리는 너무 등신이었다. 그리고 손영감의 동의를 얻지 않고 도다리가 할 수 있는 일은 구암 바다에서 거의 아무것도 없었다. 룸살롱에서 공짜 술을 얻어먹거나, 정배 새끼가 하는 사업에 붙어먹어서 중간 중간에 삥땅을 치는 정도가 전부였다. 사실 생각해보면 그건 희수도 마찬가지였다. 희수 역시 이 구암 바다에서 손영감 몰래 할 수 있는 일은 아무것도 없었다. 영감의 귀는 사방으로 열려 있었고 이 거리에는 비밀이 없었다. 희수는 메모지에 도다리와 용강이라고 써놓고 연필로 동그라미를 몇 번 쳤다. 하지만 별 신통한 생각이 떠오르지 않자 귀찮다는 듯 메모지를 구겨서 쓰레기통으로 획 집어던졌다.

희수는 주머니 속에 있는 봉투를 꺼내 책상 위에 올렸다. 황색 봉투는 손영감이 위험한 종류의 일을 끝냈을 때만 쓰는 봉투였다. 얇은 창호지처럼 속이 비칠 듯 말 듯한 이 황색 봉투에는 아주 가늘고 희미하게 파란색 실선이 있었다. 봉투를 볼 때마다 희수는 왠지 면도칼에 베인 정맥처럼 그 실선이 위태롭게 느껴졌다. 그 실선은 은연중에 침묵과 비밀에 관한 협박을 하고 있는 것 같았다. 희수는 봉투를 열어 그 속에 있는 수표들을 꺼냈다. 희수 몫으로 칠천만원, 그리고 죽은 옥사장을 위한 삼천만원이었다. 희수가 알고 있기로 빨래공장의 옥사장 지분은 오천만원이었다. 도박으로 날려먹은 돈이 훨씬 많지만 사업이 틀어져서 목숨으로 대가를 지불했을 때 처음에 투자한 원금은 돌려주는 게 이 동네의 관례였다. 아마도 손영감은 옥사장 지분에서 이천만원을 빼내 희수 몫에 얹었을 것이다. 죽은 놈은 말이 없으니까. 희수가 인숙이랑 살림을 차리겠다고 하니 그걸로 생색을 내고 있는 거다. 칠천만원으로 뭔 살림을 차리라는 건가. 기껏해야 지은 지 삼십 년이 넘은 아파트나 화장실이 밖에 있는 옛날 연립주택 정도일 것이다. 더구나 도다리가 결혼을 할 때 손영감이 뿌린 돈을 생각하자 갑자기 짜증이 올라왔다. 영감은 도다리에게 구암 바다가 환히 내려다보이는 마흔 평짜리 아파트를 사줬고, 결혼 선물로 벤츠도 한 대 사줬다. 하와이로 떠나는 한 달짜리 신혼여행도 보내줬다. 도다리는 요즘 누가 하와이에 가냐는 둥, 벤츠가 중고라서 소리가 난다는 둥 툴툴거렸다. 그런데 희수가 결혼을 한다는데 영감이 내놓은 돈이 고작 칠천만원이다. 영감 밑에서 무려 이십 년이고 만리장 지배인만 십 년째다. 손영감의 일을 처리하다 감옥에 네 번 갔고 다른 조직의 칼잡이들을 피해서 두 번이나 밀항 배를 타고 외국으로 도망을 갔었다. 지역 건달들과 이런저런 충돌로 일곱 차례나 칼에 찔렸고 중환자실에서 큰 수술을 받은 적도 두 번이나 있었다. 게다가 이번 일이 외부로 터지면 결국 덮어쓰는 건 온전히 희수의 몫일 거다. 몇 년 뒤 감옥에서 나올 용강의 뒷감당을 해야 하는 것도 희수 몫이다. 그런 희수가 결혼을 한다는데 고작 칠천만원이다. 그것도 자기 돈은 십원 한 장 얹지 않고 옥사장을 처리한 값에 어물쩍 얹어서.

언젠가 손영감이 희수에게 충고를 한 적이 있다. 희수가 밑에 있는 조직원들에게 인심이 너무 후하다는 것이었다. "희수야, 개는 배가 고파서 주인을 무는 게 아니다. 개는 배가 불러서 주인을 무는 거다. 니가 배불리 먹인다고 개들이 충성을 다하는 게 아니란 말이다." 손영감의 말에 따르면 개들이란 건 늘 굶주려 있어야 주인만 쳐다보게 된단다. 그러니 손영감에게 희수는 굶어죽지 않을 만큼만 밥을 먹이면 되는 개인 거다. 양동의 말대로 만리장 호텔은 털팔이 도다리에게 넘어갈 것이다. 희수는 손영감의 후계자가 아니었다. 후계자의 손에는 피를 묻히지 않는다. 그러니 이런 일이 터질 때마다 손에 피를 잔뜩 묻혀온 희수가 훗날 버려질 것은 자명한 일이었다. 사실 생각해보면 당연했다. 때가 되면 양동처럼 허름한 사업체 하나를 물려받거나 장사 안 되는 술집 몇 개를 받고 밀려날 것이다. 어쩌면 옥사장처럼 작업을 당해서 소리소문도 없이 구암 바다 속에 잠길 수도 있을 것이다. 애당초 후계자 따위에는 관심도 없었다. 만리장 호텔의 주인이 되고 싶은 생각도 없었다. 이 촌구석의 깡패 두목이 되겠다고 애를 쓰는 것도 쪽팔렸고, 매번 경찰과 공무원들과 지역 유지들의 똥구멍을 핥아줘야 하는 것도 귀찮은 일이었다. 모자원 시절부터 지금까지 희수는 구암의 모든 것이 싫었다. 하지만 이 바닥에 있는 건달들처럼 자신도 적당히 쓰다가 버려지는 소모품에 불과하다는 생각이 들자 어쩔 수 없이 짜증이 올라왔다. 사실 그것은 짜증이라기보다 허공에 한 발을 디딘 듯한 공허한 느낌에 가까웠다. 한 발만 잘못 디뎌도 옥사장처럼 바지에 똥을 싼 채 철탑에 매달릴 것이다.

희수는 자리에서 일어났다. 그리고 창문을 열고 담배를 한 대 물었다. 용역회사에서 고용한 아줌마들이 백사장에서 집게를 들고 깨진 병이나 음료수 캔, 해초와 비닐 따위를 줍고 있었다. 청소가 끝나면 덤프트럭으로 모래를 싣고 와 백사장에 깔 것이다. 지구가 뜨거워지고 바다의 수위가 점점 높아져서인지 해마다 백사장이 짧아졌다. 여름이 지나면 파도에 백사장의 모래들이 쓸려나가고 자갈만 남았다. 해마다 더 많은 모래를 쏟아부었다. 쓸려나가고 다시 돈을 처발라 붓고 또 쓸려나가고 또 붓고. 그 짓거리는 마치 희수의 인생처럼 한심했다.

희수는 담배를 비벼 끄고 자리에 앉았다. 속이 쓰렸다. 희수는 서랍 속에서 약병들을 꺼내 위장약, 제산제, 항불안제, 항우울제를 한 알씩 손바닥에 올린 다음 입안에 털어넣고 물을 한 컵 마셨다. 그때 전화벨이 울렸다. 희수가 전화를 받았다. 베트남 사내 탕이었다.

"상황이 어떻게 되었는지 궁금해서."

탕의 목소리는 떨리지 않았다. 하지만 초조해하고 있다는 것을 확실히 알 수 있었다.

"어딘데?"

"다리 짧은 놈이 데려다준 혈청소 민박집이다. 그런데 여기가 안전한지 몰라서 모두들 불안해한다."

"거기 안전하다. 경찰들이 거기로 들이닥칠 일은 없으니까 어디 가지 말고 딱 숨어 있어라. 아직 상황이 좀 복잡하다. 끝나면 바로 갈게."

전화를 끊고 희수는 시계를 바라봤다. 정오가 조금 넘은 시간이었다. 어젯밤에 희수는 탕에게 전화를 걸어 내일 새벽에 경찰이 들이닥칠 거라고, 용강과 자폭을 하든지 아니면 살리고 싶은 애들만 골라서 몸을 피해 있으라고 귀띔을 해줬다. 탕은 용강을 버리고 몸을 피했다. 마땅히 갈 곳이 없다고 해서 단가에게 부탁해 외진 곳에 있는 민박집에 숨어 있게 했다. 해수욕장 시즌 외에는 늘 텅 비어 있는 곳이었다. 필리핀 애들이 우르르 잡혀갔다는 걸로 보아 베트남 친구들만 데리고 나온 것 같았다.

희수는 자동차 열쇠를 챙겨 사무실을 나왔다. 하지만 희수는 탕이 있는 민박집으로 바로 가지 않고 호텔 식당으로 내려가서 느긋하게 점심을 먹었다. 식사가 끝난 후에는 커피를 마시면서 두 시간도 넘게 창밖을 바라봤다. 호텔 식당의 맨 구석진 자리는 희수가 늘 밥을 먹는 곳이었다. 통유리로 되어 있는 다른 테이블과 달리 여닫이로 된 작은 창이 있어 바닷바람을 맞으며 담배를 피우기에 좋았다. 이따금 식당 주임이 테이블로 와서 뭐 필요한 것 없냐고 물었다. 그때마다 희수는 커피를 좀더 달라고 하거나 귀찮다는 듯 손을 내저으며 필요한 것이 없다고 말했다. 희수는 사람들이 너무 굽실거리는 것도 불편했고 너무 뻣뻣한 것도 불편했다. 식당 주임은 너무 굽실거려서 사람을 불편하게 만드는 스타일이었다.

희수는 시계를 쳐다봤다. 아직 세시도 되지 않았다. 탕과 그의 베트남 친구들이 희수를 기다리고 있을 것이다. 상황은 이미 다 끝났다.

하지만 민박집에 빨리 갈 필요는 없다. 지금 급한 것은 탕이지 희수가 아니었다. 상대방이 지칠수록 협상이 유리해진다. 그러니 좀더 초조해지고 급박해지도록, 좀더 궁지에 몰렸다는 느낌이 들도록 시간을 끄는 것은 좋은 일이었다. 창밖을 보면서 희수는 탕의 베트남 친구들을 어디에 쓸 건지 생각했다. 그 많은 병력들을 먹이고 재우는 일만 해도 만만치 않은 일이다. 월급을 줄 만한 일거리도 만들어야 했다. 일거리는 있을 것이다. 놀고먹으려고만 하는 구암의 건달들과는 달리 베트남 친구들은 무슨 일이든지 열심히 했고 또 부지런했다. 문제는 베트남 친구들과 구암의 건달들이 섞일 수 있냐는 것이었다. 사실 그것은 생각만 해도 골치가 아팠다.

희수는 담배를 물고 여닫이 창문을 열었다. 오후의 햇살이 따뜻해서 덩달아 나른한 기분이 들었다. 그리고 문득 인숙과의 결혼에 대해 생각했다. 그것은 손영감에게 장난처럼 꺼낸 말이었다. 왜 그런 말을 경솔하게, 그것도 손영감 앞에서 꺼냈는지 스스로도 이해가 되지 않았다. 어쩌면 마음 한구석에 인숙과 결혼하고 싶은 욕망이 늘 꿈틀거리고 있기 때문일지도 모른다. 희수는 아주 오랫동안 인숙과 사는 삶을 생각했다. 때때로 그것은 귀지를 파주던 인숙의 세심한 손길처럼, 희수가 베고 있었던 인숙의 촉촉하고 부드러운 허벅지처럼, 혹은 햇볕에 잘 마른 아기 기저귀 냄새가 나는 인숙의 목덜미처럼 따뜻하고 근사한 느낌으로 다가올 때가 있었다. 하지만 막상 결혼을 하는 것은 쉽지 않았다. 이 구암 바다는 도시의 형태를 하고 있지만 사실 옆집 부엌에 있는 젓가락 숫자까지 훤히 알고 있는 시골 마을과 매한가지였다. 이사를 온 지 오십 년이 지나도 외지 사람이라는 꼬리표를 뗄수 없는 곳이었다. 할 일이라곤 일절 없으므로, 이 바다에서 대대손손 살았다는 것 외에는 자랑할 게 아무것도 없는 이 토박이들은 뒷방에서 소주를 마시며 서로의 치부를 들추고, 험담하고, 킬킬거리고, 자위했다. 초라함과 허약함은 안줏거리로 씹어대기에 좋은 것이었다. 희수는 초라함 때문에 표적이 되는 것을 그 무엇보다 견딜 수 없었다. 초라함에서 출발하는 모욕감이, 모욕감에서 터져나오는 분노가 싫었다. 분노가 서서히 가라앉고 그 자리를 다시 채우는 초라함은 더더욱 싫었다. 어쩌면 초라함에 대한 희수의 공포와 분노는 모자원 시절부터 시작된 것일지도 모른다. 모자원 아이들은 낡고 더러운 옷을 입고 다녔고 제대로 된 목욕탕도 없어서 냄새가 나고 지저분했다. 동전 하나 없이 가난해서 연필이나 노트조차 제대로 살 수 없었다. 촌지는커녕 몇 푼 안 되는 월사금을 제때 가져가지 못해 수업 시간에 아이들이 다 보는 앞에서 선생한테 얻어터지거나 복도에 꿇어앉아 있기 일쑤였다. 구암 바다에서 모자원 아이들은 늘 놀림을 당했고 누군가에게 얻어터졌다. 길에서건 학교에서건 해변에서건 누구나 모자원 아이들을 때릴 수 있었다. 잘못한 것도 없는데 단지 냄새가 난다는 이유로, 지저분하다는 이유로, 사실은 아무 이유도 없이 사람들은 장난처럼 모자원 아이들을 때렸다. 아버지가 없기 때문이라고, 다른 아이들처럼 어디서 맞고 들어가면 빨랫방망이라도 들고 나와줄 양아치 같은 아버지조차 없기 때문이라고 어린 날의 희수는 생각했다. 그리고 그것은 사실이었다. 아버지가 없다는 것은 이 부당한 세계에 한없이 초라하고 허약하게 던져지는 것과 같았다. 그리고 인간은 초라하고 허약한 것들에게 쉽게 폭력을 행사한다. 희수의 유년을 채운 건 그 부당한 폭력이었다.

희수는 앞으로 몇 년이나 이 호텔에서 지배인으로 일할 수 있을지 생각했다. 기껏해봐야 몇 년일 것이다. 몇 년만 지나면 희수보다 더 날래고 영민한 놈이, 희수보다 더 싸고 말도 잘 듣는 놈이 이 자리를 채울 것이다. 그렇다고 열심히 일해봐야 남는 것도 없다. 희수가 일군 모든 것은 전부 도다리에게 돌아갈 것이다. 건달의 삶이란 건 결국 열심히 죽을 쑤어 개 좋은 일을 하는 거라고 희수는 생각했다. 하지만 지금 당장 만리장을 떠나면 희수는 아무것도 아니었다. 이 바다에서 나 그나마 할 일이 있었고 대접을 받는 것이었다. 구암 바다를 벗어나면 희수는 그냥 전과 4범의 양아치에 불과했다. 손영감이 희수를 버리는 순간 홍사채가 득달같이 달려와서 희수의 장기를 분해해갈 것이다. 그것은 허약함과 초라함 그 자체였다.

희수는 담배를 비벼 끄고 자리에서 일어났다. 식당 주임이 달려와서 식사는 괜찮았는지 더 시킬 일은 없는지 굽실대며 물었다. 희수는 식당 주임의 얼굴을 쳐다봤다. 식당 주임의 얼굴은 눈, 코, 입이 중앙으로 지나치게 몰려 있어 마치 빙글빙글 돌아가는 무지개색 팔랑개비를 보는 듯했다. 팔랑개비가 빙글빙글 돌아가며 시키기만 하면 뭐든 다 하겠다는 듯 "필요한 거 없으세요?" "더 시키실 일 없으시고요?" 하고 묻고 있었다. 그것은 거울이라도 보고 있는 것처럼 비굴한 느낌을 불러일으켰다. 희수는 매우 귀찮다는 표정으로 필요한 것은 아무 것도 없다고 말했다.

호텔 복도에 희수는 잠시 멈춰 섰다. 환기를 위해 열어둔 창문에서 바람이 불어와 커튼이 펄럭였다. 아무것도 하기 싫은 무력한 오후였다. 희수는 탕과 베트남 애들이 있는 민박집으로 가지 않고 다시 지배인실로 돌아왔다. 해야 할 일이 많은데 머릿속에 안개가 들어차 있는 것처럼 멍해서 무엇부터 해야 할지 알 수가 없었다. 희수는 자리에 앉은 다음 의자를 최대한 뒤로 젖혔다. 이틀 동안의 급박했던 긴장감이 조금 풀린 것인지 피로가 밀려왔다.

아미

만리장 호텔 지배인 사무실로 한 사내가 성큼성큼 걸어왔다. 4월인
데도 사내는 솜이 잔뜩 들어간 낡은 군용 잠바를 입고 있었다. 백구
십 센티미터나 되는 큰 키 때문에 사내의 머리는 천장에서 길게 늘어
뜨린 조명등에 닿을 듯했다. 몸무게가 족히 백십 킬로그램은 나갈 것
같았다. 머리가 크고 뼈가 굵어서 중세에 태어났다면 용맹한 전사가
되었을 법한 체격이었다. 하지만 21세기가 얼마 남지 않은 이 액세서
리 같은 시대에 그 거대한 덩치는 그가 입고 있는 군용 잠바처럼 어딘
가 불편하고 어색해 보였다. 더구나 사내는 춤을 추듯 어깨를 들썩이
며 엉성하게 걷고 있어서 마치 덩치만 커다란 개구쟁이 소년 같았다.
호텔 지배인 사무실 앞에서 사내는 멈췄다. 반쯤 열린 문을 손으로 슬
쩍 밀더니 장난기 가득한 눈으로 사무실 안을 들여다봤다. 그때 희수
는 의자를 뒤로 젖힌 채 깊은 잠에 빠져 있었다. 사내는 기척을 내지
않으려고 고양이처럼 조심조심 책상 옆으로 다가왔다. 그리고 숨은그
림찾기 속에서 삼각자나 중절모라도 찾아내려는 양 졸고 있는 희수

의 얼굴을 한참이나 꼼꼼하게 바라봤다. 순간 뭔가에 화들짝 놀란 희수가 책상 위에 있는 연필을 손으로 콱 움켜쥐며 벌떡 일어났다. 너무 급작스럽게 일어난 탓에 희수는 현기증이 나서 몸이 휘청거렸다. 사내가 휘청거리는 희수의 팔을 손으로 잡았다.

"아이고 깜짝이야. 뭘 그리 놀랍니까?" 사내가 희수보다 더 놀란 표정으로 말했다.

희수가 멍한 눈으로 사내를 쳐다봤다. 그제야 누군지를 알아챘는지 희수가 한숨을 내쉬었다.

"아이, 그 새끼 진짜."

희수가 머쓱해져서 손에 콱 쥐고 있던 연필을 책상 위에 집어던졌다.

"언제 왔노?"

"방금 왔습니다."

"감옥에서 나온 지가 언젠데 이제사 얼굴을 들이미노?"

무안한지 희수가 괜히 윽박질렀다. 사내는 희수의 윽박에 전혀 겁을 먹지 않았고 오히려 싱글싱글 웃고 있었다.

"시급한 일로 바빴어예."

"감옥에서 막 기어나온 놈한테 시급한 일이 어딨노?"

"어디예. 갇혀 있는 놈들도 시급한 일이 있어예."

"지랄, 가스나 찾으러 강원도 갔다더만."

"잃어버린 사랑을 찾는 것처럼 시급한 일이 어디 있습니까? 아버지도 그랬잖아예. 돈, 사랑, 명예 중에 사랑이 제일 중하다고."

어이가 없는지 희수가 아미의 얼굴을 보고 웃었다. 아미는 아까부터 계속 싱글거리고 있었다. 희수가 기지개를 켜고 담배를 물었다.

"한 대 피울래?"

희수가 담배를 권했다. 아미가 손을 저었다.

"저는 몸에 안 좋은 거 안 합니다. 자기 몸을 자기가 아껴야지요. 아버지도 몸에 안 좋은 거, 그거 끊으소. 담배는 백해무익한 거라요."

"뭔 개소리고. 술은 죽을 것처럼 잘도 처마시더만."

"술은 몸에 좋은 거라요." 아미가 지지 않고 말했다.

희수가 아미의 얼굴에 담뱃갑을 집어던졌다. 아미가 날아오는 담뱃갑을 민첩하게 왼손으로 잡았다. 아미의 날랜 반응 속도에 감탄했는지 희수가 과장된 표정으로 어깨를 으쓱했다. 별것도 아니라는 듯 아미가 씨익 웃더니 테이블 위에 담뱃갑을 공손하게 놓았다.

"그래서 그 존나게 시급한 사랑은 찾았나?"

"당연히 찾았지예. 이 주아미가 발 벗고 나섰는데 안 찾아지고 됩니까? 강원도에서 찾아가지고, 일주일을 싹싹 빌어서, 겨우 어젯밤에 같이 내려왔어예."

무엇이 그리 뿌듯한지 아미의 얼굴에 기쁨이 넘쳤다.

"아가씬 어디 있노?"

"여관에서 자고 있습니다."

"어디 여관?"

"저기 삼거리에 있는 거요. 불임장인가?"

"이 낭만이라곤 좆도 없는 새끼야, 그리 어렵게 찾은 여자를 여관에 처박아두나? 그것도 고삐리들이나 가는 불임장 그 냄새나는 여관에."

아미가 대답을 못하고 머리를 긁적였다.

"이리로 데리고 온나. 바다 잘 보이는 호텔 특실로 하나 내줄게. 우리 아미가 감방에서 나왔는데 이 아버지가 그거 하나 못해주겠나."

"여관이나 호텔이나 그게 그거지. 호텔은 뭐 짜달시리 다릅니까? 변기 있고 샤워기 있고, 내가 보니 다 똑같더만."

희수가 책상 위에 있는 티슈통을 들어 아미의 머리통에 날렸다. 이번엔 티슈통이 아미의 이마에 정통으로 맞았다.

"이 새끼가 데리고 오라면 올 것이지 뭐 그리 말이 많노."

아미가 머리를 긁적이더니 떨어진 티슈통을 주워서 아까 올려놓은 담뱃갑 옆에 공손하게 놓았다.

"니가 아직 어려서 잘 모르는 모양인데 여자들은 여관을 진짜 싫어한다. 자기를 호텔로 데리고 가주는 남자랑 여관으로 데리고 가주는 남자랑 거 뭐시나 존경심이랄까, 아님 사랑의 농도랄까 뭐 이런 게 다르다."

"사랑의 농도예?"

아미가 입을 짝 벌리고 놀란 표정을 지었다.

"하모. 소주 광고 달력이나 벽에 붙어 있는 여관방에서 뭔 존경심이 생기고 뭔 에로틱이 생기겠노?"

아미가 잠시 뭔 생각을 하더니 이내 고개를 끄덕였다.

"그렇네예. 그건 좀 심각한 문제겠네예."

"심각하지."

"만리장 호텔은 방 좋습니까?"

"걱정 마라. 에로틱이 마구 솟아난다."

아미가 주먹을 꼭 쥐고 혼잣말처럼 "에로틱" 하고 중얼거렸다.

"그런데 아버지."

"와?"

"호텔방보다 더 긴급한 문제가 있습니다. 이건 아버지가 진짜 도와

주서야 할 것 같습니다."

"돈 필요하나?"

"그게 아니고 우리 아가씨가 참 착하고 좋은 여잔데 아버지가 울 엄마한테 말 좀 잘해주이소."

"인숙이가 그 아가씨 싫다고 하더나?"

"울 엄마는 아예 볼 생각도 안 해요. 술집 아가씨라고."

"엄마가 싫어하는 줄 알면서 와 하필 술집 아가씨고?"

"술집 아가씨가 뭐 어때서요? 저는 대학생 아가씨보다 술집 아가씨가 맘 편하고 더 좋아예."

"지랄하네. 니가 대학생 아가씨를 만나본 적이나 있나?"

"만나본 적은 없지만 그래도 대학생 아가씨는 싫어요."

"만나본 적도 없는데 싫고 좋고가 어딨노?"

"하여간에 저는 맘 불편한 거 딱 싫습니데이. 그리고 솔직히 아버지가 보기에도 대학물 먹은 아가씨가 나 같은 놈이랑 살아줄 것 같습니까?"

"절대 안 살지."

희수 말에 아미가 입술을 삐죽 내밀었다.

"에이, 아버지는. 또 그렇게 화끈하게 말할 건 뭡니까. 절대 안 되는 건 아니지예. 대학생 아가씨 그까짓 게 뭐라고. 제가 늠들보다 키도 훤칠하니 크지예, 힘도 좋지예, 또 얼굴도 마냥 귀엽다 아입니까?"

"그건 그렇지. 우리 아미가 좀 귀엽긴 하지. 그러니까 내 말은, 중고교 교육과정을 정상적으로 이수하고 대학씩이나 다닌 평균 이상의 지성을 가진 여자가, 니 귀여움만 쳐다보고 자기 소중한 인생을 니랑 함께 시궁창에서 뒹굴어보겠다고 마음을 먹는다는 것 자체가 작금의 상황에서 확률적으로 매우 낮을 거라는 이야기다. 알겠나, 이 새끼야?"

아미가 눈을 위로 치켜뜨더니 희수가 한 말이 뭔 뜻인지 곰곰이 생각했다. 말이 복잡해서 이해가 잘 안 되는지 아미가 왼쪽으로 고개를 갸웃거렸다.

"알아듣게 다시 말해줄까?"

"알아들었어요. 누굴 바보로 압니까? 힘들긴 하겠지만 제가 쪼매 노력하면 가능성은 충분하다 뭐 그런 뜻 아닙니까?"

"됐다. 이놈아."

희수는 담배를 비벼 끄고 허리를 한 번 폈다. 의자에서 오래 자서인지 온몸이 뻐근했다. 아미가 재빨리 희수의 어깨를 주물렀다.

"아이고, 어깨가 많이 뭉쳤네예."

아미의 아귀힘이 어찌나 센지 어깨로 통증이 밀려왔다. 희수가 인상을 썼다.

"아프다."

"그럼 아버지, 이거 한번 해보이소. 어깨 푸는 데는 이게 아주 와땁니다."

그러더니 갑자기 아미가 어깨 뒤로 팔을 빙글빙글 돌리며 이상한 체조 같은 걸 했다. 희수가 엉겁결에 체조를 따라 했다.

"이건 어디서 배웠노?"

"감옥에서 체육시간에 배웠어요."

희수가 아미의 체조를 따라 하다가 김이 샜는지 이내 동작을 멈췄다.

"나는 감옥이라면 떠올리기도 싫어서 콩도 안 먹는 놈이다."

"어깨 푸는 데는 이거 진짜 와딴데."

아미가 어설픈 체조를 계속하며 구시렁거렸다. 희수는 춤을 추듯 체조를 하는 아미를 쳐다보다가 갑자기 뭔 생각이 났는지 서랍을 열고 거기서 백만원권 수표 다섯 장을 꺼냈다.

"이거 우선 급한 대로 써라. 옷도 좀 사 입고. 옷이 그게 뭐고 1·4후 퇴 때 피란민도 그보다는 잘 차려입었겠다."

아미가 수표를 힐끗 보더니 손사래를 쳤다.

"마, 됐습니다. 제가 뭐 얼랍니까?"

"그럼 니가 얼라지 어른인 줄 알았나. 빨리 받아라. 아버지 팔 아프 다." 희수가 다그쳤다.

아미가 마지못해 돈을 받았다.

"삼백은 영감님이 주신 거고 이백은 아버지가 주는 거다. 영감님이 니 걱정 많이 하시더라. 가서 인사드리고."

"잘 쓰겠습니다."

아미가 수표를 청바지에 아무렇게나 쑤셔넣었다. 청바지 주머니 사 이로 수표가 삐져나왔다. 희수가 그런 아미를 못마땅한 표정으로 쳐 다봤다.

"지갑도 없나?"

"저는 지갑 들고 다니면 주머니가 불룩해져서 싫데예."

"양아치 새끼냐? 지갑도 없이 덜렁덜렁 다니게."

희수가 책상 서랍을 열어 선물 상자를 하나 꺼냈다. 누군가에게 선 물받은 것인지 포장지 한쪽이 뜯어져 있었다. 희수가 상자를 열고 거 기서 지갑을 하나 꺼냈다. 그러곤 지갑 속에 십만원권 수표를 한 장 넣어 아미에게 던졌다.

"이태리제다. 졸라 비싼 진짜 송아지 가죽이라고. 이거 원 돼지 다리에 롤렉스 시계를 감아주는 격이지."

아미가 지갑을 이리저리 살펴보고 냄새도 맡았다.

"와, 이거 냄새도 좋네예. 그런데 이 돈은 뭔데예? 보너습니까?"

"원래 지갑 선물할 땐 돈을 조금 넣어주는 거다."

뭔가 새로운 사실을 깨달았다는 듯 아미가 고개를 끄덕였다.

"그럼 아가씨한테 핸드백 사줄 때도 돈을 좀 넣어줘야 하는 겁니까?"

"돈을 넣어주든지 콘돔을 넣어주든지 그건 니가 알아서 하세요."

뭐가 웃긴지 아미가 킥킥거렸다. 그리고 주머니에 쑤셔넣은 수표를 꺼내더니 지갑에 집어넣고 지갑을 청바지 뒷주머니에 쑤셔넣었다. 어디가 불편한지 아미가 고개를 갸웃거리고는 다시 지갑을 꺼내 군용 잠바 안주머니에 쑤셔넣었다.

"그나저나 울 엄마는 한 번씩 만나고 그럽니까? 울 엄마는 만날 아버지만 그리워하는데."

"느그 엄마가 나 같은 걸 뭘 그리워하노? 남자가 얼마나 많은데. 나 같은 건 코딱지만큼도 안중에 없다."

"아입니다. 울 엄마한테는 아버지밖에 없습니다."

"그러잖아도 얼마 전에 엄마 가게에서 술 마셨다. 집에 가서 밥도 묵고."

"엄마랑 화해했어예?"

"내가 언제 느그 엄마랑 싸웠나?"

"중학교 때 아버지가 우리 담탱이랑 치고받고 한 이후로 울 엄마랑 사이가 좀 멀어졌잖아예. 그전엔 알콩달콩 참 좋았는데."

중학교 담임선생 이야기가 나오자 갑자기 열이 확 오르는지 희수가 아미를 향해 소리를 질렀다.

"야이 시발, 내가 언제 느그 담임이랑 치고받고 싸웠노. 그냥 멱살 좀 잡은 거지. 아니다. 멱살은 그 멸치 새끼가 잡았지. 나는 쥐터지기만 했구만."

"아버지." 아미가 갑자기 진중한 얼굴로 희수를 불렀다.

"와?"

"괜히 시간 끌지 말고 그냥 울 엄마랑 결혼하이소. 울 엄마랑 결혼하면 나랑 진짜 아버지랑 아들 사이 되고 좋잖아요."

"하이고, 다른 건 몰라도 니랑 진짜 아버지 아들은 안 하고 싶다. 가짜 아버지도 이래 힘이 드는데."

"에이, 울 엄마 좋아하면서. 울 엄마가 창녀라서 쪽팔려서 그래요?"

"이 새끼가, 자기 엄마한테 창녀가 뭐고, 창녀가."

"뭐 어때요? 난 울 엄마가 창녀인 거 하나도 안 부끄러워요. 울 엄마가 창녀짓 해서 번 돈으로 먹고 자고 내가 키도 이래 쑥쑥 큰 거 아닙니까? 아버지는 울 엄마가 부끄럽지예?"

"그런 거 아니다."

"에이, 그런 거 맞구만."

"그런 거 아니라니까."

희수가 입술을 깨물며 역정을 냈다. 아미는 전혀 겁을 먹지 않고 뚱한 얼굴로 희수를 쳐다봤다. 자기가 버럭하고 괜히 무안한지 희수는 담배를 한 대 꺼내 물고 불을 붙였다.

"울 엄마가 보기보다 순정팝니다. 완월동에서 몸은 팔았지만 여태 다른 남자하고 연애 한번 한 적이 없습니다."

"거짓말하지 마라."

"진짭니다. 지금껏 엄마가 집에 남자 들여놓는 거 본 적이 없습니다. 제가 엄마랑 죽 같이 살았다 아입니까."

"얼마 전에 느그 집에 갔더니 어느 놈팡이랑 살림 차렸다 말아먹었는지 남자 잠옷이랑 팬티가 떡하니 굴러다니더라. 내가 열불이 나서 잠옷 확 찢어버릴라다가 참았다."

"해바라기 그려진 촌시런 잠옷 말이지예?"

"그래."

"그거 제가 초등학생 때 입던 잠옷입니다."

순간 말문이 막혀서 희수는 얼굴이 붉어졌다.

"이 망할 놈의 다리는 어떻게 초등학생보다 짧노." 들릴 듯 말 듯 나지막한 소리로 희수가 자기 다리를 보며 구시렁거렸다.

"그나저나 이번 주말에 바쁘십니까?" 아미가 희수 눈치를 보며 물었다.

"주말? 잘 모르겠다. 뭐 바쁘겠지. 늘 바쁘니까. 그런데 왜?"

"장인어른이랑 장모님이 내려오셔서 엄마랑 밥 먹을 건데 와서 식사라도 하시라고예."

"주말에 상견례를 한단 말이가?"

"네."

희수가 잠시 고민을 하다가 고개를 저었다.

"안 갈란다. 내가 거기 가서 뭐하겠노?"

아미가 머리를 긁적긁적하며 잠시 딴청을 피우다가 말을 꺼냈다.

"실은 장인어른이 아버지 살아 계시냐고 물어서 살아 계시다고 구라를 쳤습니다. 아버지도 없는 자식이라고 하면 좀 그렇지 않습니까?"

희수는 결혼 허락을 받으러 장인 앞에 서본 적이 없어서 아미가 말한 좀 그렇다는 게 어떤 건지 알 수가 없었다. 하지만 아버지가 없이 자란 자식에 대해서는 잘 알고 있었다.

"식사는 어디서 하기로 했노?"

"아직 안 정했습니다. 뭐 중국집에서 청요리나 좀 시키면 되는 거 아닙니까?"

"이리 모시고 온나. 내가 호텔 식당 예약해놓으마. 이 호텔에서 일하는 놈들은 죄다 빙신 쪼다들인데 우리 주방장만큼은 실력파다."

"와, 그라믄 좋겠네예. 아버지도 오시고예?"

희수가 고개를 끄덕였다. 아미가 기분이 좋은지 연신 싱글거렸다. 웃고 있는 아미의 얼굴은 귀여웠다. 사실 아미는 늘 기분이 좋았다. 아미는 자기가 늘 기분이 좋아서 덩달아 주위를 기분좋게 만드는 묘한 매력을 가지고 있었다. 그래서 아미 주위에는 늘 사람이 많았다.

"그나저나 앞으로 뭐할지 생각은 해봤나? 느그 엄마가 걱정하더라. 건달짓거리 말고 딴 일 했으면 좋겠다고."

"다른 일을 해보려고 해도 뭐 기술이 있어야지예."

"감옥에서 기술 같은 거 안 배웠나? 요즘엔 실용적인 기술도 많이 가르쳐준다더만."

"저는 힘만 세지 손재주가 영 없더라고예."

"검정고시 같은 것도 안 보고?"

"책만 보면 잠이 와서."

"뭐했노?"

희수의 질문에 아미는 그저 헤 웃었다.

"사실 흰강이랑 일 하나 해볼라고 합니다."

"뭔 일인데?"

"월농에 업소 몇 군데서 보호 좀 해달라고 연락이 왔다고 하대예. 요즘 그 동네에 하도 여러 애들이 설쳐대서 업주들이 힘들답니다. 여기도 뜯어가고 저기도 뜯어가니까. 그래서 흰강이가 그거 교통정리 좀 하고 업소 관리도 좀 하면 돈이 될 거라고 하대예."

아미 말에 희수가 멈칫했다.

"월농 오거리 쪽 말이가?"

"예. 오거리 쪽이랑 그 뒤에 있는 포장마차 골목입니다."

"지금 월농 포주들이랑 붙겠다는 거가?"

"그 새끼들 비리비리합니다. 여자 패는 것 말고 제대로 할 줄 아는 거 있습니까?"

"아미야, 그거 하지 마라."

"와예?"

"월농 애들 독한 놈들이다. 몰캉몰캉해 보이지만 그 자리에서 수십 년을 버티고 있으면 다 이유가 있는 거다. 남가주파 같은 전국구 애들도 못 밀어내는 놈들을 니가 우예 미노. 까딱 잘못하면 감옥에서 나오자마자 다시 들어간다."

"아버지, 저도 학교에서 생각 많이 해봤어예. 이제 예전처럼 위험한 짓은 안 합니다. 그리고 제가 돈이 좀 필요합니다."

"아직 처자식도 없는 놈이 뭔 돈이 그래 필요하노?"

"그때 제가 사고 크게 쳐가지고 우리 애들 중에 하나는 죽고 둘은 칼 맞아서 병신 됐잖아예. 수배 때문에 남편이 도망가서 혼자 애 키우는 여자애도 있어예. 흩어진 아이들, 이제 저 믿고 결혼하는 저 계집

애, 아직도 술집에서 장사하는 울 엄마, 다 건사하려면 술집 한두 개 굴려가지고 견적이 안 나옵니다."

"애들 병신 되고 죽은 게 와 니 때문이고?"

"저 때문입니다."

"혹시 철진이 애들한테 아직도 억하심정이 있어서 그런 거가?"

"철진이 형님한테 맺힌 거 없습니다. 제가 어려서 그랬던 거지예. 그리고 철진이 형님이랑 전쟁 붙었을 때 아무것도 안 해줬다고 영감님이나 아버지한테 섭섭하고 뭐 그런 것도 없어예. 사정이 복잡하고 형편이 어려울 때 아닙니까. 저는 그냥 돈이 좀 필요합니다."

"니가 감옥에 갇혀 있다가 나와서 마음이 급한 건 알겠는데 이 바닥이 니 생각처럼 쉽게 돌아가는 곳이 아니다."

"압니다. 감방에서 저도 생각 많이 하고 철도 좀 들었습니다. 그리고 제가 월농에서 뛰어서 영감님이나 아버지한테 피해 가는 일은 없을 겁니다."

"내한테 피해 오는 게 중요한 게 아니다. 니 목숨이 중요한 거지."

"제가 잘할게요."

아미의 목소리는 낮고 단호했다. 희수는 문득 이제 더이상 아미가 용돈이나 챙겨줄 아이가 아니라는 생각이 들었다. 예전에 세상 무서운 줄 모르고 막 설치고 다녔을 때 아미의 패거리는 고작 일곱 명이었다. 갓 스무 살이나 되었을까. 하지만 스무 살밖에 안 되어서 두려움이 없었고 거칠 것도 없었다. 그 시절 아미와 붙었던 철진은 달호파의 중간 간부였다. 희수와 손영감이 나서서 중재를 해보려 했지만 싸움을 막을 수는 없었다. 아미는 무서울 게 없는 나이였고 철진은 조직의 중간 관리자여서 물러설 곳이 없었다. 사실 스무 살짜리 애들에게 밀린다면 건달 생활을 접어야 할 판이었다.

싸움은 크게 터졌다. 아미네 식구들이 많이 다쳤다. 애당초 이길 수 없는 싸움이었다. 영도는 큰 조직답게 병력도 많았고 경험도 많았다. 아미는 죽은 친구와 병신이 된 친구들 생활을 책임질 모양이었다. 그때 무모한 싸움을 벌인 것이, 그래서 친구 한 명이 죽고 두 명이 병신된 것이 모두 자기 책임이라고 생각하는 모양이었다. 하지만 그것은 누구의 책임도 아니다. 누구도 손에 칼을 쥐여주며 싸움을 하라고 등을 떠밀지 않았다. 나이가 어리거나 많거나, 힘이 세거나 약하거나, 건달은 모두 자기 산수가 있고 나름의 생각이 있다. 쉽게 한 방 터뜨리고 팔자를 고치겠다는 욕심이 없다면, 칼을 들어서 손에 쥐는 게 없다면 건달은 싸움을 하지 않는다. 그러니 칼로 찔러서 감옥에 가건 칼에 찔려서 병신이 되건 모두 자기 책임이다. 그게 건달의 삶이다. 설령 그것이 모두 아미의 책임이라고 해도 아미가 세 친구의 생활비를 마련하는 것은 쉽지 않은 일이었다. 이 바닥에서 건달짓거리로는 자기 한몸 건사하기도 힘들었다. 돈이 될 만한 일들은 금세 소문이 퍼졌고 여기저기서 똥파리들이 달라붙었다. 누군가가 안쓰럽고 딱해 보여도 호주머니가 팍팍하므로 뭘 어찌해볼 도리가 없는 것이다. 희수는 아미에게 더이상 말을 하지 않았다. 돈에는 장사가 없다. 지금은 의리가 중요하겠지만 아미도 결국 지쳐갈 거라고 희수는 생각했다.

무거운 이야기가 나와서 어색했는지 아미는 방안을 이리저리 두리번거렸다. 그러더니 갑자기 희수를 쳐다봤다.

"저 가봐야겠습니다."

"술 한잔 안 하고?"

"아가씨가 여관에 혼자 있어서예."

"그래, 가봐라."

아미는 인사를 꾸벅하더니 그 특유의 굼실대는 걸음으로 돌아갔다. 희수는 복도까지 나가 아미의 바위 같은 커다란 등을 한참이나 쳐다봤다. 아미는 여전히 뜨거워 보였고 그 뜨거움 때문에 위태로워 보였다.

장례식장

장례식장으로 나 있는 산비탈 도로는 공사비를 아끼려고 그런 건지 몹시 가파르고 위험하게 구부러져 있었다. 그런데 오늘따라 단가는 유독 차를 급하게 몰았다. 조수석에 앉은 희수가 참다못해 한마디 던 졌다.

"뭐가 그리 급하노. 어차피 장례식장 가면 시간 보내는 것 말고 할 일도 없는데."

실제로 그랬다. 건달의 장례식만큼 피곤한 밤은 없었다. 건달의 장 례식은 수많은 이해관계가 모이는 사업장 같았다. 맞은 놈이 있고 때 린 놈이 있고, 불만이 있는 놈이 있고 억울한 놈이 있고, 변명해야 하 는 놈이 있고, 빚을 받아야 하는 놈이 있었다. 그 모든 놈들이 건달의 장례식장에서 기회를 잡아 목소리를 내는 것이다. 죽음 앞에서 모든 걸 용서하는 한국의 장례 분위기가 묘한 합의점을 만들어내서인지 각 조직의 보스들은 장례식을 중재와 화해의 기회로 종종 활용했다. 각 지역의 보스들과 간부들이 장례식장에서 새로운 사업을 협의하기도 했고, 지난 원한을 털어내고 화해를 하기도 했다. 하지만 그것은 아주 이상적인 경우였고 보통은 억울한 놈은 더 억울해지고 불만이 있는 놈은 급기야 불만이 터져서 술판을 뒤집고 심지어 칼싸움을 벌이는 일도 다반사였다. 길고 긴 밤이 될 거라고 생각하니 희수는 한숨이 나왔다. 단가는 무엇에 화가 났는지 여전히 씩씩거리는 얼굴로 운전을 하고 있었다.

"빨래공장을 정배가 가져갔다던데, 형님은 알고 있었나?"

알고 있었다는 듯 희수가 고개를 끄덕였다.

"절삭이가 삼 년 만에 출소를 했는데 영감님이 절삭이네 건어물을 정배보고 계속 관리하라고 했다던데 그 이야기도 들었나?"

그 이야기도 알고 있었다는 듯 희수가 다시 고개를 끄덕였다. 고개를 끄덕이면서 희수는 입술을 살짝 깨물었다.

"영감님 해도 해도 너무한 거 아이가? 도다리랑 정배가 건어물 뺏아가는 바람에 절삭이네 아줌씨가 그동안 얼마나 고생이 심했노. 그런데 정배 그 개새끼에게 벌을 줘도 시원찮을 판에 보너스까지 주면 어쩌자는 말이고? 삼 년 만에 출소한 절삭이는 이제 손가락이나 빨아라 이 말이가?"

생각하면 할수록 열받는지 단가가 울화통을 터뜨렸다. 핸들을 급하게 돌려서 커브길마다 차가 위험하게 휘청거렸다.

"운전이나 똑바로 해라. 그리고 니는 절삭이랑 짜달시리 친하지도 않잖아. 남의 도시락통에 계란프라이가 올라가 있건 말건 니가 무슨 상관이고. 니 도시락통에 있는 반찬이나 신경쓰라."

"아니 요즘 영감님 하는 일이 좀 그렇다 아이가. 빨래공장 일만 해도 그렇지. 용강이도 그렇고, 옥사장도 그렇고, 껄끄러운 일은 다 희수 형님이 처리했는데 그게 왜 정배한테 가냔 말이다. 대체 정배가 이 일에서 한 일이 뭔데?"

'용강' '옥사장' '처리' 같은 말이 나오자 희수가 싸늘하게 단가를 쳐다봤다.

"이 새끼가, 어디서 함부로 혓바닥을 놀리노."

희수의 싸늘한 표정에 놀랐는지 단가가 자동차 속도를 조금 늦췄다.

"어디 가서 빨래공장 이야기 씨부리고 다니면 니는 아주 죽을 줄 알아라." 희수가 협박이라도 하듯 나지막하고 무거운 목소리로 말했다.

단가가 잠시 말을 멈추고 묵묵히 운전을 했다. 하지만 너무 화가 나서 참을 수가 없는지 이내 다시 씨부려대기 시작했다.

"그래도 이건 진짜 아니다. 정배 그 새끼가 도다리 뒷배를 믿고 마구 설쳐대는 모양인데, 영감님까지 정배 편을 들어주면 우짜자는 말이고. 정배가 지금 꿰차고 있는 사업이 몇 개고? 가스통 배달도 하고, 포장마차에 불법으로 공급하는 전기도 하고, 건어물에, 냉동창고에, 거기다 이제는 빨래공장까지. 이건 진짜 해도 해도 너무한 거지. 요즘엔 모두 다 죽는다 죽는다 하는데 정배 혼자서 룰루랄라 아니가."

해도 해도 너무한 것은 맞았다. 감옥에서 삼 년이나 고생하고 나온 절삭이에게 건어물을 돌려주지 않은 것도 너무한 거고, 희수와 한마디 상의도 없이 정배에게 빨래공장을 넘긴 것도 너무한 것이다. 희수는 빨래공장이 절실히 필요했다. 희수는 탕네 베트남 애들을 빨래공장에 다시 집어넣을 생각이었다. 빨래공장은 인력이 많이 필요하고 외국인 노동자에 대한 허가도 잘 떨어졌다. 구암 바다의 모든 곳에 배달을 하니 정보를 수집하거나 여러 가지 동태를 파악하기에도 좋았다. 힘들고 돈은 안 되는 3D업종이라 구암 건달들이 그 일을 꺼려하는 것도 좋은 일이었다. 그러면 구암 건달들과 베트남 애들이 사업 때문에 부딪히지 않으면서도 자연스럽게 섞일 수 있었다. 그런데 손영감은 정배에게 덜컥 빨래공장을 맡겼다. 아침에 희수는 손영감을 찾아가 따졌다. 빨래공장을 자기에게 달라는 말은 차마 못하고 정배에게 빨래공장도 가고 건어물도 가는 것이 형평에 어긋나지 않느냐는 요지였다. 그러자 손영감은 자기도 다 알고 있다는 듯 슬며시 웃었다.

"형평에 어긋나지. 요즘엔 너나 나나 할 것 없이 다 힘든데 정배 그 새끼 혼자 해처묵고 있으면 누가 좋아라 하겠노?"

"잘 아시는 분이 왜 이런 식으로 일을 처리합니까?"

"곰탕 할배들이 정배를 좋아라 한다. 절삭이가 건어물 할 때 제대로 상납금이라도 냈나? 만날 힘들다 장사 안 된다 징징거리면서 월말만 되면 이래 건너뛰고 저래 건너뛰고 한다 아이가. 그런데 정배는 다르다. 일단 할배들한테 상납금부터 먼저 갖다놓고 장사를 한다. 일을 하는 기본이 되어 있다 이 말이다. 그뿐인 줄 아나. 철마다 울릉도 홍합이니 남해 죽방멸치니 하면서 명품으로다가 선물 갖고 오지, 명절이면 보너스라고 하면서 두툼한 봉투 하나씩 들고 오지. 얼마 전에는 지가 직접 할배들 데리고 수발하면서 동남아 여행도 시켜줬다 하더라. 그러니 할배들이 정배한테 우째 일을 안 주고 싶겠노. 정배한테 사업을 주면 은행 정기적금처럼 따박따박 돈이 들어오는데. 할배들은 정배가 아주 이뻐 죽을라 한다."

"그래도 다른 애들 눈치도 있는데 영감님이 좀 막아줘야 하는 거 아닙니까? 걔네들이 상납금 밀리는 거 진짜 살기가 팍팍해서 그런 겁니다."

"안다, 팍팍한 거. 그래도 내가 무슨 힘이 있노. 이 구암 바다에서는 그 할배들이랑 다 지분 갈라서 사업하는 건데. 형평성? 니가 가서 함 씨부려봐라. 그 욕심 많은 영감탱이들이 꿈쩍이나 하는지."

모두가 정배를 싫어했다. 정배는 확실히 짜증나는 잡새끼였다. 그러나 아침마다 호텔 커피숍에서 곰탕을 처드시는 노인들은 정배를 좋아했다. 정배는 상납금뿐만 아니라 보너스에, 선물에, 명절 인사까지 챙겼고 노인들의 잔심부름도 군소리 없이 잘했다. 곰탕 노인들에게 정배는 효자손 같은 놈이었다. 노인들의 가려운 곳을 시원하게 긁어낼 줄 아는 놈이랄까. 그리고 손영감도 곰탕 할배들 핑계를 대면서 은근히 정배의 효자손을 즐겼다. 나쁠 게 뭔가. 욕은 정배가 처먹고 돈은 자기에게 들어오는데. 희수는 말라비틀어지고 딱딱한 효자손을 떠올리다가 차창 밖을 바라보며 피식 웃음을 터뜨렸다. 운전대를 잡은 단가가 힐끗 희수의 얼굴을 쳐다봤다.

"지금 뭐가 좋아서 웃는데?"

"정배가 난 놈은 난 놈이다. 빨래공장 일만 해도 그렇다. 타이밍 딱 잡아서 치고 들어오는 것 봐라. 기가 막히다. 우리도 정배 욕만 할 게 아니라 그 새끼한테 인생에서 줄 서는 법을 좀 배워야 한다."

"그건 형님 말이 맞다. 정배 그 새낀 인생에 히네루를 넣을 줄 아는 놈이다. 형님이나 나나 좆나게 뛰어다녀도 만날 빙다리 핫바지 신센데, 정배 그 새낀 줄만 섰다 하면 잭팟이 터진다 아이가."

단가도 웃었다.

옥사장의 장례식에는 생각보다 많은 사람이 와 있었다. 늦은 시간인데도 장례식장 안팎을 꽉 채운 사람들을 보고 희수는 조금 놀랐다. 흔히들 한 인간의 삶은 그 사람의 장례식에 가보면 알 수 있다고 한다. 희수는 자신이 잘 몰랐던 옥사장의 삶을 떠올리고 묘한 기분이 들었다. 빈소에는 초등학생인 아들과 중학생인 딸이 아버지의 영정을 지키고 있었다. 영정사진 속에서 옥사장은 환하게 웃었다. 지금보다 훨씬 젊고 힘이 넘쳤을 때의 모습이었다. 사진 속의 옥사장은 양복 대신 작업복을 입고 있었는데 아마도 설비기술자로 한창 잘나갈 때, 지금으로부터 이십 년 전 구암 바다의 모든 건물에 배관과 소방 설비를 해주던 시절의 모습 같았다. 그 시절의 옥사장을 희수는 기억하고 있었다. 옥사장은 크리스마스가 되면 모자원으로 선물 꾸러미를 가져왔고 갈 곳 없는 모자원의 할머니들을 위해 연탄과 쌀을 정기적으로 보내주기도 했었다. 나영이라는 소녀에게 삼 년이나 학비를 대준 적도 있다. 모자원 같은 열악한 환경에서 어떻게 그럴 수 있었는지 모르겠지만, 나영은 고등학교를 다니는 내내 전교 일등을 한 번도 놓치지 않았고 나중에 서울대학교에 장학금을 받고 입학했다. 옥사장은 신이 나서 '구암의 천재 소녀 송나영 서울대 영문과 장학금 합격!'이라고 쓴 플래카드를 육 개월이나 구암 삼거리에 걸어놓았다. 하지만 나영은 서울에 올라가고 나서 구암 사람들과 일절 소식을 끊었다. 잘한 짓이라고 희수는 생각했다. 어딘가로 날아오르고 싶다면 무겁고 질척하고 도움 안 되는 것들은 빨리 떨쳐내는 게 옳은 일이다.

어쨌거나 그 시절이 옥사장의 호시절이었을 게다. 안정적인 사업체도 있었고 인간관계도 좋았다. 사람이 좋고 어수룩해서 여기저기서 빨대를 꽂으려는 건달들이 있었지만 손영감과 친분이 두터웠으므로 그것이 그리 큰 문제는 아니었을 것이다. 재혼을 해서 늘그막에 딸과 아들도 낳았다. 돈도 있고 화목한 가정도 있고 적어도 구암 바다에서는 아무도 함부로 못 건드릴 만한 지위와 힘도 있었다. 예전처럼 성실하게 살아갈 필요도 없었다. 그냥 남들처럼 대충대충 버티기만 해도 되었다. 그런데 옥사장은 갑자기 마약과 도박에 손대기 시작했다. 늦바람이 무섭다고 했던가. 옥사장은 엄청난 속도로 추락하기 시작했다. 이해할 수 없는 몰락이라고, 전혀 그럴 필요가 없는데 애써 삶을 망치고 있다고 사람들은 수군거렸다. 워낙 벌어놓은 것이 많았으므로 적당한 때에 멈췄다면 최악은 면할 수 있었을 것이다. 하지만 옥사장은 멈추지 못했다. 사업은 풍비박산 나고, 젊은 아내는 떠나가고, 친구와 선후배 건달들은 등을 돌렸다. 그 추락의 이유를, 그 엄청난 속도를, 옥사장 자신도 이해하지 못하는 것 같았다. 젊은 아내가 옥사장을 버리고 떠났을 때 그는 어린 자식들을 위해 이제라도 도박과 마약을 끊고 정신 차리겠다고 자신의 손가락을 잘랐다. 하지만 며칠 되지도 않아 다시 도박을 시작했고 마약을 했다. 술자리에서 후배 건달들이 손가락을 잘라도 도무지 반성의 기미가 없다고 핀잔을 줬다. 옥사장은 여전히 유쾌한 얼굴로 "인간 안 바뀐다. 애꿎은 손가락만 잘랐다" 익살을 떨었다.

희수는 향에 불을 붙여 향로에 꽂고 절을 했다. 초등학생 아들과 중학생 딸이 희수와 맞절을 했다. 중학생 딸은 너무 울어서 눈이 퉁퉁 부어 있었다. 아버지의 삶이 가여워서 울고 있는 건지 자신의 삶이 가여워서 울고 있는 건지 알 수가 없었다. 초등학생 아들은 아직 어려서 이 장례식이 무얼 의미하는지 잘 모르는 듯했다. 희수가 초등학생 아들의 머리를 쓰다듬었다. 뭔가 말을 해야 할 것 같았지만 딱히 할말이 없어서 희수는 서둘러 조문을 끝내고 나왔다.

조의금을 받는 테이블에는 우습게도 홍사채가 떡하니 앉아 있었다. 희수가 방명록에 이름을 쓰고 안주머니에서 봉투를 꺼내는 동안 홍사채는 무덤덤한 표정으로 장례식장 입구를 쳐다보고 있었다. 늘 그렇 듯 보디가드인 중국인 창이 홍사채 옆에 우두커니 서 있었다.

"홍사장님이 여기 왜 앉아 있는데요?" 희수가 물었다.

"돈이 왔다갔다하는 곳인데 누구라도 앉아 있어야 할 거 아이가?"

홍사채가 희수가 건넨 조의금 봉투를 열더니 돈을 꺼냈다. 그리고 침을 묻혀가며 돈을 세고는 장부에 액수를 적고 빈 봉투는 부의함에, 돈은 가죽으로 된 일수 가방에 챙겨넣었다.

"십만원만 넣었나? 만리장 지배인이면 좀더 넣어야 하는 거 아이 가?" 홍사채가 무신경하게 말했다.

희수가 어처구니없다는 표정으로 홍사채를 쳐다봤다.

"지금 아버지 잃은 불쌍한 애들 돈 빼앗아서 빚 정리하자는 겁니 까?"

"애비가 무책임하게 뒈지면 당연히 자식이라도 나서서 뒷감당을 해야지."

희수가 경멸스러운 시선으로 홍사채를 쳐다봤다. 하지만 홍사채의 얼굴에 부끄러움이라고는 전혀 없었다.

"인생을 왜 그리 좆같이 살아요?" 희수가 싸늘하게 말했다.

그제야 홍사채가 얼굴을 들고 희수를 노려봤다.

"니가 남 걱정할 때가 아니다. 내 돈 안 갚으면 니도 조만간 진짜 좆같은 인생이 뭔지 뼈저리게 깨닫게 될 거다."

뭐라 한마디 더 쏘아주고 싶었지만 희수는 참았다. 여러모로 마음 이 복잡해서 홍사채랑 실랑이를 벌일 기분이 아니었다. 희수는 홍사 채를 뒤로하고 장례식장 접객실로 들어갔다. 자정이 가까운 시간인 데도 테이블마다 조문객들이 앉아 있었다. 장례식이 으레 그렇듯 누군가는 소리를 지르고, 누군가는 울고, 누군가는 술에 취해 있었다. 희수는 접객실 안을 둘러봤다. 오른쪽 맨 끝에 일렬로 테이블을 붙여서 구암의 건달들과 외부에서 온 건달들이 모두 앉아 있었다. 상석에는 영도의 남가주 회장이 앉아 있었고 그 옆에는 달호파의 두목인 천달호와 천달호의 오른팔이자 희수의 모자원 친구인 철진이 앉아 있었다. 남가주 회장 옆에는 손영감과 호텔 커피숍에서 아침마다 곰탕을 먹는 노인들이 앉아 있었고 정배가 곰탕 할배들 바로 옆에 딱 붙어 앉아서 음식을 챙겨주고 있었다. 해운대와 온천장 조직에서 온 간부들도 있었고 이런 자리에 잘 오지도 않던 월농 포주들도 몇 명 와 있었다. 예전에 아미에게 맞아서 메리놀병원 응급실에 실려갔던 초장동 호중이 도다리와 정답게 무슨 이야기를 나누고 있었다. 그 외 몇 명은 희수가 모르는 사람이었는데 옷 입은 모양새가 어쩐지 공무원처럼 보였다. 말석 테이블에는 양동과 그의 패거리가 앉아 있었다. 말석에 앉은 건달들은 대부분 구암 애들이었다. 양동은 월농 포주들도 앉아 있고 심지어 정배조차 앉아 있는 상석에 자기가 앉지 못한다는 게 아주 불만인 얼굴이었다. 양동의 테이블에는 단가가 앉아 있었고 일전에 방파제에서 만난 바둑이와 감옥에서 막 나온 절삭이도 있었다. 그 외에 당구장이나 파라솔, 노래방 같은 것을 운영하는 변변찮은 구암 건달들이 말석을 지키고 있었다. 그때 등뒤에서 누군가가 희수의 어깨를 툭 쳤다. 구반장이었다.

"담배나 한 대 피우자."

장례식장 안에는 흡연실이 없어서 구반장은 희수를 화장실로 안내했다. 화장실에는 사람이 아무도 없었다. 구반장이 환풍기 아래에 있는 소변기까지 가더니 지퍼를 내리고 오줌을 눴다. 희수는 오줌이 마렵지 않아서 변기 옆에서 그냥 멀뚱멀뚱 서 있었다. 구반장의 전립선에 문제가 있는 건지 가늘게 쫄쫄거리는 오줌 소리가 끊겼다 이어졌다를 한없이 반복했다. 기다리다 지친 희수가 먼저 담배를 꺼내 물고 불을 붙였다.

"아따, 그놈의 오줌은 하루종일 눕니까?" 희수가 빈정거렸다.

"니도 나이들어봐라. 수도꼭지가 잠기나."

그 시원찮은 오줌 누기를 끝낸 구반장은 바지 지퍼를 잡고 고추를 수십 번이나 요란하게 털어댔다. 그래도 여전히 뭔가 떨쳐내지 못한 것이 있는지 찝찝한 얼굴이었다.

"내가 생각해봤는데 이번 일은 노고에 비해 돈이 너무 적은 것 같다." 구반장이 바지 지퍼를 올리며 말했다.

"노고는 무슨. 언제는 경찰의 본연한 임무 어쩌고 하더만. 그리고 새벽에 후다닥 잠깐 일하고 받은 돈인데 삼천이 적습니까?"

"아니지. 그렇게 말하면 안 되지. 우리 아이들도 눈치가 빤한데 혼자 다 묵을 수야 있나. 그거 뿐빠이하고 나면 소줏값도 안 나온다. 그리고 사람들은 형사가 액션 장르인 줄 아는데 사실은 사무직이다. 용강이 같은 놈 하나 엮으려면 작성해야 하는 서류가 을매나 많은 줄 아나?"

희수가 피곤한 표정을 지었다. 실제로 이런 종류의 인간이랑 이런 종류의 대화를 나누는 것은 몹시 피곤한 일이었다. 구반장이 희수를 슬쩍 쳐다봤다.

"도박장이나 마약 하는 놈들은 털고 나면 전리품이 짭짤하게 나오는 편인데 이번에 용강이는 이상하게 나오는 게 없네. 마약 쪼매 하고 도박장에서 판돈으로 굴러다니던 돈 그게 다다. 혹시 느그 쪽에서 알짜배기는 다 챙겨놓고 우리한테 찌그레기만 남겨놓은 거 아닌가?"

눈치를 보니 뭘 알고 하는 말 같지는 않았다. 그냥 찔러보는 말이니 당황할 것은 없었다.

"그런 게 있으면 용강이가 그걸 우리한테 순순히 줄 놈입니까? 어디 깊숙이 잘 숨겨놨겠지예."

하긴 그건 그렇다는 듯 구반장이 고개를 끄덕였다.

"용강이 살살 달래면 보따리 한두 개는 풀어놓을라나?" 구반장이 슬쩍 운을 뗐다.

"반장님이 알아서 하이소. 거꾸로 매달아서 물고문이라도 해보시든가. 그런 거 반장님 전문 아닙니까?"

"달래는 거야 어렵지 않은데 그라믄 용강이 형량이 팍 줄어버리니까 희수 니가 곤란할까봐 그러지."

보면 볼수록 얄미운 인간이었다. 벽돌 사이로 스며드는 빗물처럼 인간의 약한 틈새를 잘도 파악해서 거기서 기어이 몇 푼이라도 건져올리고야 마는 인간 말이다. 용강의 형량이 주는 것도, 희수가 용강의 가방을 슬쩍한 것이 탄로나는 것도 모두 곤혹스러운 일이었다. 하지만 이제 돌이킬 수도 없다.

"옥사장은 바로 화장하는 거지예?"

희수가 화제를 바꿨다.

"어? 어! 내일 발인할 때 화장하기로 했다. 위에서 부검하자는 걸 뻔한 자살 사건인데 쓸데없는 고생은 왜 하냐고, 그게 다 국민 혈세 아니냐고 내가 우겨서 그냥 의사 소견서만 살짝 붙였다. 이제 아무 문제 없다."

구반장이 공치사를 늘어놓았다. 희수가 고개를 끄덕이고 담배를 비벼 껐다.

"천만원이면 됩니까?"

천만원을 더 준다는 말에 구반장의 얼굴에 화색이 돌았다.

"그렇게 해주면야 나는 고맙지."

"영감님한테 말해볼 테니까 좀 기다려보이소. 그리고 잔돈까지 알뜰하게 챙기는 거, 그거 영 모양새 빠집니다." 희수가 핀잔을 줬다.

"나도 폼나게 살고 싶은데 이 가난한 조국에서 공무원의 삶이란 게워낙 박봉이다보니 멋있기가 쉽지 않다." 구반장이 능청을 떨었다.

희수가 접객실로 돌아왔을 때 입구에는 손영감이 나와 있었다. 아마도 구반장과 화장실에 함께 가는 것을 본 모양이었다.

"어떻게 하기로 했노?" 손영감이 조용한 목소리로 물었다.

희수가 손영감에게 가까이 다가가서 입을 가리고 귓속말을 했다.

"부검 없이 내일 아침에 화장하기로 했습니다"

"화장은 몇시에 하노?"

"여덟시에 한답니다."

손영감이 별 뜻 없이 고개를 끄덕였다. 평소에 잘 마시지 않던 술을오늘은 많이 마셨는지 영감의 얼굴이 붉었다. 영감은 장례식장 안을슬쩍 살펴보더니 지갑을 열고 백만원권 수표 열 장을 꺼냈다.

"손님은 많이 왔는데 홍사채 저 개새끼가 부의금을 싹 쓸어가서 아마 애들한테 돈이 한푼도 없을 거다. 희수 니가 이걸로 장례비 치러라. 밥값이니 술값이니 많이 나왔을 건데 혹시 모자라면 만리장 앞으로 달아놓고."

희수가 손영감이 내미는 수표를 물끄러미 쳐다봤다. 주위 시선을의식하는지 손영감의 손이 빨리 받으라는 듯 재촉했다. 희수가 수표를 받아 주머니에 쑤셔넣었다.

"구반장이 용강이 엮는 데 힘들다고 천만원 더 달라는데요?"

어이없는지 손영감이 헛웃음을 쳤다.

"지랄하네. 저 두더지 새끼, 형사짓 그만두는 날에 내가 꼭 땅에 파묻고야 만다."

"그때 저 부르소. 삽질은 제가 공짜로 해줄 테니까요."

"아이다, 삽질 가지고 되겠나. 저런 새끼는 포클레인으로 깊게 파묻어야지 안 그러면 무덤에서 또 기어나와서 잔돈 받아갈 놈이다."

영감의 말에 희수가 웃었다. 테이블 끝에 앉은 양동이 손영감과 희수가 시시덕거리며 웃고 있는 걸 멀뚱히 쳐다보고 있었다.

"들어가서 앉자. 영도에서 남가주 회장도 오고 온천장이랑 해운대에서 간부 몇 명 왔는데 인사나 좀 나눠라."

상석에는 남가주 회장이 앉아 있었다. 남가주 회장은 맨손으로 모든 걸 일군 피란민 1세대 건달이었다. 그러니까 손영감이 조부가 다 차려놓은 밥상을 냉큼 물려받아서 편안하게 보스가 된 케이스라면 남가주 회장은 한국전쟁 때 공산당에게 쫓겨 만주에서 아무 연고도 없는 부산까지 떠내려와 밑바닥에서부터 일일이 피를 흘리며 정상까지 오른 입지전적 인물이었다. 피란민 건달들이 대개 그렇듯 영도의 건달들은 뒤를 생각하지 않을 만큼 거칠었고 무식했고 또 단순했다. 하지만 남가주 회장은 그가 가진 잔인하고 엄청난 전설들에 비해 의아하다 싶을 정도로 온화한 성격의 소유자였다. 설령 다른 파의 조직원이라도 상처를 입거나 감옥에 가게 되면 돈을 보내왔고 부산에 여러 조직 보스나 간부들의 결혼식과 장례식 같은 것뿐만 아니라 말단 조직원의 대소사를 일일이 챙기는 인물로도 유명했다. 남가주 회장은 그 섬세하고 유연한 성격으로 건달들 사이에서 존경을 받아왔다.

영도는 바다를 사이에 두고 구암 건너편에 있는 섬이었다. 손영감과 남가주 회장은 부산항으로 들어가는 좁은 해협을 사이에 두고 지난 삼십 년간 표면적으로는 잘 지내왔었다. 전통적으로 영도는 부산항의 북항을 지배하고 손영감은 구암의 작은 항을 관리했으므로 사업상 서로 부딪힐 일이 없었기 때문이다. 차이가 있다면 손영감은 항구에서 중국산 고춧가루 따위나 밀수했지만 영도는 마약, 금괴, 중국산 한약재, 일본 전자제품, 엑스레이나 시티 같은 미국산 고급 의료기기들을 처리하며 막대한 돈을 긁어모은다는 것뿐이었다. 그러니까 남가주 회장의 저 온화함과 여유로움은 항구에서 나오는 것이었다. 천달호를 비롯한 영도에서 튀어나온 수많은 방계 조직들도 음으로 양으로 다 남가주 회장의 덕을 입었다.

남가주 회장이 앉은 테이블에는 자리가 없었다. 손영감이 곰탕 할배들 옆에 앉아 있는 정배에게 비키라는 듯 눈짓을 했다. 그 자리는 지역 보스나 간부들이나 앉는 자리였다. 양동이나 희수도 함부로 못 앉는 자리에 짬밥도 안 되는 정배가 뻔뻔스럽게 자리를 차지하고 있었다. 그런데도 정배는 불쾌한 표정을 양껏 지으며 미적미적 희수에게 자리를 양보했다. 희수가 정배 자리에 앉았다. 철진이 희수를 향해 오랜만이라는 듯 눈인사를 했다. 온천장 간부들과 이야기를 나누던 남가주 회장이 그제야 희수를 알아보고는 환하게 웃으며 알은체를 했다.

"희수 오랜만이네. 여기 와서 술 한잔 받아라."

희수가 자리에서 일어나 남가주 회장에게 다가가 구십 도로 깍듯하게 인사를 하고 그 옆에 무릎을 꿇고 앉았다. 남가주 회장이 희수에게 술을 따랐다. 희수가 남가주 회장이 주는 술을 단번에 마시고 잔을 돌려줬다. 그리고 남가주 회장의 잔에 술을 따랐다. 남가주 회장이 희수의 어깨에 다정하게 손을 올리더니 사람들에게 말했다.

"나는 이 친구가 참 맘에 들어. 생긴 것도 그렇고, 하는 짓도 그렇고, 뭐랄까 눈빛이 묵직하면서도 감성이 살아 있잖아. 21세기형 건달은 이래야 돼. 감성이 있어야지 힘만 가지고는 안 되는 거야. 감성이라고는 좆도 없는 저런 삭막한 포주 새끼들 데리고는 미국 마피아들처럼 월드하게 성장할 수 없다는 거지."

희수가 말씀만으로도 감사하다는 듯 고개를 숙였다. 월농의 포주들과 초장동 호중이 늙은 회장의 말이 같잖다는 표정으로 피식 웃었다.

"회장님은 말씀을 우예 그렇게 하십니까. 우리도 감성 있습니다. 묵고살려고 하도 바동거리다보니까 어쩔 수 없이 이래 삭막해진 거지예. 요즘 뒷골목이 얼마나 흉흉한데, 말랑말랑한 성격으로는 마피아는커녕 파리도 못 때려잡습니다." 월농의 박가가 농담처럼 말했다.

"우리 희수가 왜 말랑말랑하노? 희수가 권투 계속했으면 세계 챔피언도 묵었을 놈인데."

"하이고마, 귀도 밝으셔라. 회장님이 희수 권투한 건 또 어떻게 아십니까?" 맞장구라도 치듯 손영감이 물었다.

"철진이가 그라대. 마틴 신부님 도장에서 권투 배울 때 희수가 제일 잘했고 그다음에 지가 잘했고 경태가 제일 처졌는데 즈그들은 깡패 되고 경태만 권투 계속해서 동양 챔피언 묵었다고. 제일 못한 경태가 동양 챔피언이면 우리 희수는 세계 챔피언도 안 묵었겠냐고."

"아닙니다. 경태가 제일 잘했습니다. 권투는 성실하고 우직한 놈이 잘하는 겁니다." 희수가 말했다.

그 말도 맞는다는 듯 남가주 회장이 고개를 끄덕였다.

"이 봐라. 희수는 애가 멋진데 겸손하기까지 하다 아이가. 보고 좀 배워라. 이 얍삽한 날다람쥐 새끼들아."

남가주 회장의 핀잔에 월농의 박가와 호중이 인상을 찡그렸다.

"그나저나 손사장이랑 골프 치다가 들었는데 희수 니 곧 결혼한다 메?" 남가주 회장이 물었다.

희수가 깜짝 놀라 손영감을 쳐다봤다. 손영감이 가볍게 입을 놀린 게 머쓱한지 한쪽으로 슬그머니 고개를 돌렸다.

"내가 주말마다 일이 있어서 니 결혼식에 참석할 것 같지는 않고, 가만있자, 미리 축의금이라도 좀 줄게."

"아이고, 아닙니다." 희수가 급히 손사래를 쳤다.

하지만 남가주 회장은 양복 안주머니에서 봉투를 하나 꺼냈다. 즉흥적으로 꺼낸 게 아니라 미리 준비를 해온 봉투였다. 봉투 앞쪽에 '희수야 행복하게 잘살아라' 하고 앙증맞은 메모도 쓰여 있었다. 그것은 푼돈으로 밑의 애들을 챙기는 보스들의 낡은 수법이지만 똘마니들은 우두머리의 이런 세심함에 항상 감동을 받았다. 희수가 공손하게 봉투를 받았다. 손영감이 묘한 표정으로 그 광경을 지켜보고 있었다.

"신부 될 여자가 누구 여식이고?"

희수가 대답을 못하고 고개만 조금 끄덕였다.

"말한다고 회장님이 압니까?" 손영감이 옆에서 말했다.

"어디예. 이 동네 사람이면 내가 웬만하면 이름 다 외웁니다. 다른 건 몰라도 내가 기억력 하나는 아직 짱짱합니다."

남가주 회장이 자신의 기억력을 자랑이라도 하듯 뿌듯한 표정을 지었다. 희수는 묵묵히 고개만 끄덕이고 있었다. 하지만 남가주 회장은 답변을 기다린다는 듯 계속 희수의 얼굴을 쳐다봤다. 분위기가 애매해지자 손영감이 다시 끼어들었다.

"아미 아시지예?"

"아미? 우리 천달호랑 오 년 전에 한판 붙었던 그 용맹한 친구 말인가?"

남가주 회장의 말에 옆에 앉은 천달호와 철진이 거북한 표정을 지었다. 명색이 부산에서 넘버 투, 스리씩이나 되는 보스가 스무 살짜리 꼬맹이와 싸우느라 진을 뺐다는 것 자체가 천달호에게는 망신스러운 일이었다.

"네, 신부 될 사람이 바로 아미 엄마입니다."

"그래? 아미는 스무 살도 넘었잖아? 그런데 걔 엄마라고?"

신부 될 사람이 장성한 사내의 엄마라는 게 이해가 잘 안 되는지 남가주 회장이 고개를 갸웃거렸다. 그때 갑자기 호중이 대화에 끼어들었다.

"희수가 인숙이랑 결혼한다고요?" 일부러 그러는 건지 호중이 과장된 목소리로 말했다.

"인숙이? 니 아는 사람이가?" 남가주 회장이 물었다.

"회장님은 인숙이 모르십니까? 완월동에서 존나 유명했던 냄비인데. 예전에 제가 완월동에서 사업할 때 제 밑에서 한참 있었던 앱니다. 다른 건 몰라도 잠자리 기술이랑 인물 하나는 끝내줍니다. 을매나 일을 잘하는지 우리는 인숙이를 하늘이 내려준 냄비라고 막 그랬심더." 호중이 킬킬거리며 말했다.

순간 희수의 얼굴이 경직되었다. 눈치 빠른 남가주 회장이 희수의 표정을 재빨리 읽었다. 회장이 옆에 있던 지팡이를 들더니 호중의 머리통을 내리쳤다. 머리에서 딱 하고 호두 깨지는 소리가 났다.

"이 새끼가, 곧 후배 부인 될 신부한테 냄비가 뭐고? 이 천하에 못 배워처먹은 새끼야. 당장 사과해라."

호중이 자기 머리를 손바닥으로 감싸면서 남가주 회장에게 죄송하다는 듯 고개를 숙이고 희수에게도 고개를 숙였다. 하지만 그 동작은 진지하다기보다는 어딘가 장난스러움이 가득했다.

"미안타. 내가 괜히 말 꺼내가지고." 남가주 회장이 말했다.

"괜찮습니다. 예전에 완월동에서 일했던 여잡니다." 희수가 애써 굳은 얼굴을 펴며 말했다.

그때 손영감이 같잖다는 듯 호중을 향해 혀 차는 소리를 냈다.

"쯧쯧, 하여간에 호중이 저놈의 입방정은. 그렇게 맞고도 아직 정신을 못 차렸네."

"호중이가 언제 희수한테 된통 맞았나?" 남가주 회장이 호기심에 가득차서 물었다.

"아니 예전에 호중이 저 새끼가 공병삽에 노끈 묶고 다닐 때, 인숙이 술집에서 지랄하다가 아미한테 존나게 맞았다 아입니까. 자기 엄마를 아직도 지가 예전에 데리고 있던 창녀 취급을 하는데 아미 그 성격에 가만히 있겠습니까?"

"그래서 호중이가 아미한테 작살난 모양이네?" 남가주 회장이 재밌다는 듯 바싹 다가서며 물었다.

"작살났다 뿐입니까. 그때 저 새끼가 데리고 다니던 월농 삐조리 열세 명인가가 아미한테 덤볐다가 한꺼번에 메리놀병원 응급실에 실려갔습니다. 어찌나 세게 맞았는지 응급실 의사가 포클레인에 부딪혔

나고 물어봤다고 합디다." 손영감이 호중을 양껏 비웃으며 말했다.

"아미한테 맞아서 간 거 아니거든요. 우리 애 하나가 갑자기 맹장이 터져서 간 거거든요." 호중이 얼굴이 시뻘게져서 말 같지도 않은 변명을 늘어놨다.

"거짓말하지 마라. 메리놀병원에 기록이 다 남아 있구만."

손영감 말에 남가주 회장이 허리까지 젖히면서 크게 웃었다.

"아미라는 놈이 진짜 걸물이네, 걸물이야. 진짜 그놈 얼굴 한번 보고 싶네."

"이제 감방에서 나왔으니까 언제 제가 아미 데리고 인사드리러 가겠습니다." 손영감이 뿌듯한 얼굴로 말했다.

"암, 그라소. 내가 맛난 거 함 살 테니까. 희수 니도 그때 같이 오너라."

"네." 희수가 머리를 조아리며 말했다.

"사람 인연이 참 묘하다. 예전에 우리 천달호랑 쪼매 불미스러운 일이 있었다고 들었는데, 건달 동네에서 그런 일이야 다반사 아니가. 한번 자리 마련해서 술 한잔하며 털어내고 앞으론 사이좋게 지내라. 요즘엔 다 얍삽하게 뒤통수나 치고 물에 밥 말아놓은 것처럼 시답잖은 건달뿐인데 내가 들어보니까 아미는 진짜 건달이다. 그런 건달들이 기둥을 딱 잡아줘야 건달 세계도 기강이 서는 거다." 남가주 회장이 희수와 천달호를 번갈아 쳐다보며 말했다.

희수는 공손하게 "네"했지만 천달호는 회장의 말에 고개만 조금 숙였을 뿐 대답은 하지 않았다. 천달호는 아미 이야기가 회장 입에서 나오는 것 자체가 심히 거북한 눈치였다. 그것은 옆에 있는 철진도 마찬가지였다.

말을 마치고 남가주 회장이 자리에서 일어났다. 손영감이 남가주 회장을 부축했다. 회장이 괜찮다며 손사래를 쳤다. 영도 아이들이 우르르 와서 무슨 대통령 경호라도 하듯 남가주 회장 주위를 둘러쌌다. 남가주 회장과 손영감이 얘기를 나누며 걸어가자 천달호와 월농의 박가와 호중이 뒤를 따랐다. 양동과 구암의 건달들은 자리에서 잠시 일어나 인사를 했을 뿐 장례식장 밖으로 따라나가지 않았다. 희수는 철진과 뒤에서 천천히 무리를 따라갔다.

"요즘 어떠냐?" 희수가 물었다.

"만날 그렇지. 우리 꼰대 성격 알잖아?" 철진이 천달호를 턱으로 가리키며 나지막하게 말했다.

"저분은 나이가 들어도 성깔이 죽지를 않네." 희수가 웃으며 철진의 말을 받았다.

"좆은 죽어도 성깔은 안 죽는다는 말도 있잖아." 철진도 웃으며 희수의 말을 받았다.

주차장에서 손영감과 남가주 회장이 악수를 하고 포옹을 했다. 마치 여러 사람들 앞에서 친분을 과시하기 위해 하는 정치적 제스처처럼 그 포옹은 어딘가 어색했다.

"연락드리겠습니다." 손영감이 말했다.

"다음에 또 보입시다." 남가주 회장이 말했다.

회장이 탄 벤츠가 먼저 나가고 다음에는 손영감의 도요타가 나갔다. 그리고 각 지역의 간부들이 타고 있는 세 대의 각그랜저가 그 뒤를 따라갔다. 월농의 박가와 호중이 보이지도 않는 차들을 향해 구십 도로 계속 인사를 하고 있었다. 남가주 회장이 떠나자 주차장에 모여 있던 사람들은 뭔 일이 있었냐는 듯 제각각 흩어졌다. 희수는 주차장으로 걸어가는 호중의 뒤를 천천히 따라갔다. 호중은 주머니에서 담배를 한 대 꺼내더니 옆에 있는 떡대에게 불을 달라고 했다. 호중이 데리고 다니는 떡대는 스모선수를 해도 괜찮겠다 싶은 어마어마한 덩치였다. 떡대가 불을 붙이려는데 바람 때문에 몇 번이고 불이 꺼졌다. 호중이 마른 담배를 빨다가 떡대를 향해 짜증을 냈다. 떡대가 그 큰 몸을 최대한 동그랗게 만들어 바람을 막고 라이터로 호중의 담배에 불을 붙였다. 호중이 담배를 물고는 거만한 표정으로 떡대의 뺨을 톡톡 때렸다. "그러니까 잘하라고" "애가 덩치값을 못하노" 따위의 말들이 뒤따라가는 희수 귀에 들려왔다. 떡대가 그 큰 덩치를 굽실거리며 연신 고개를 숙였다. 그때 희수가 호중의 뒤통수를 손바닥으로 갈겼다. 얼마나 세게 맞았는지 호중의 머리가 앞으로 휘청하며 입에서 담배가 튀어나왔다. "이런 시발, 누가 감히." 호중이 뒤를 돌아보며 욕을 했다. 희수가 이번에는 호중의 얼굴을 손바닥으로 갈겼다. 호중이 면상을 정통으로 얻어맞고 비틀비틀하더니 바닥에 푹 주저앉았다. 호중의 옆에 있던 떡대가 그제야 사태를 파악하고 희수를 집어던질 듯 달려왔다. 하지만 넘치는 의욕과는 달리 떡대의 동작은 한없이 느렸다. 떡대가 희수를 잡으려고 어깨에 손을 올리자 희수가 떡대의 목을 찌르듯이 주먹으로 때렸다. 떡대가 컥 소리를 내며 그 자리에서 쓰러졌다. 희수가 바닥에 넘어진 호중의 배를 다시 두어 번 걷어찼다. "아이고, 이 개새끼가 미쳤나." 호중이 욕지거리를 하면서 바닥을 데굴데굴 굴렀다.

"뭐? 완월동에서 존나 유명한 냄비? 이 변방의 포주 새끼가 어디서 입을 함부로 놀리노? 남가주 회장님이 옆에 앉아 있으니까 니가 무슨 용이라도 된 것 같나?"

안간힘 쓰며 자리에서 일어나려는 호중의 얼굴을 희수가 다시 걷어찼다. 그때 주차장 구석에서 담배를 피우고 있던 호중의 패거리가 희수에게 우르르 달려왔다. 희수가 첫번째 놈을 라이트 훅으로 보내고 두번째 놈의 턱에 어퍼컷을 올렸다. 하지만 세번째 놈의 날아차기에 가슴을 맞고 뒤로 벌러덩 자빠졌다. 희수가 바닥에 쓰러지자 호중의 패거리가 한꺼번에 달려들어 희수를 발로 마구 밟았다. 희수는 어쨌든 일어나보려고 발버둥쳤지만 번번이 구둣발에 배와 가슴을 맞고 바닥에 쓰러졌다. 그때 저만치 물러나 있던 호중이 자기 부하의 주머니에서 회칼을 빼내들었다.

"전부 다 비켜라. 내 오늘 이 새끼 배때기를 갈라서 창자가 얼마나 길면 이리 겁대가리가 없는지 꼭 함 봐야겠다."

호중이 소리를 지르며 희수에게 다가왔다.

"이게 뭐하는 짓이고?"

언제 나타났는지 양동이 소리를 꽥 질렀다. 양동의 목소리에 호중과 호중의 패거리가 일순 주춤했다. 양동이 호중의 패거리 사이로 터벅터벅 걸어가더니 회칼을 들고 있는 호중의 뺨을 세게 올려붙였다.

"이 포주 새끼가 눈에 뵈는 게 없나. 감히 구암 바다에 와서 칼을 꺼내? 내가 여기서 바로 장례 치러줄까?"

화가 엄청 났는지 양동의 얼굴에 열이 바짝 올라 있었다. 호중이 양동의 거친 성격을 익히 아는지라 칼을 든 채 주춤했다.

"희수가 먼저 시작했습니다. 가만히 걸어가는데 뒤에서 갑자기 덮쳤다니까요." 호중이 억울한 얼굴로 말했다.

양동이 바닥에 퍼더앉아 있는 희수를 쳐다봤다.

"희수 니가 먼저 시작했나?"

희수가 헝클어진 머리로 고개를 조금 끄덕였다.

"와? 얘가 뭘 잘못했는데?"

양동의 질문에 희수는 대답하지 않고 고개를 딴 곳으로 돌렸다.

"니가 뭔 잘못을 했노?" 양동이 이번에는 호중에게 물었다.

호중이 별것도 아니라는 표정으로 희수를 힐끔 쳐다봤다.

"아까 인숙이한테 완월동 냄비라고 했다고 저란다 아입니까? 그럼 내 밑에서 몇 년이나 있던 계집애를 이제 와서 사모님 사모님, 뭐 그랍니까? 그리고 설령 내가 말실수를 좀 했다 하더라도 애들 다 보는 앞에서 명색이 한 지역의 오야붕 대가리를 때리고 발로 얼굴을 차고, 이건 진짜 아니지예. 내가 건달밥을 먹었어도 지보다 한 끼라도 더 먹은 선밴데."

호중의 말을 다 듣고 난 양동이 난감한지 헛웃음을 지었다.

"그런다고 동네 싸움질에서 칼을 꺼내나?"

"위아래도 몰라보고 마구 주먹질인데 그라믄 우짭니까?"

"이 개새끼, 아가리를 확 찢어버릴라." 희수가 바닥에서 일어나며 말했다.

"저 봐라, 선배한테 말하는 꼬라지 좀 봐라."

"니가 왜 내 선배고, 이 시발새끼야." 희수가 씩씩거렸다.

"희수 니 입 안 닥치나!" 양동이 버럭 소리를 질렀다.

희수가 입을 꾹 다물었다. 양동이 주변을 둘러보더니 이 상황이 난감한지 고개를 절레절레 흔들었다.

"희수야, 니가 사과해라."

희수는 사과할 생각이 없는지 바지에 묻은 먼지를 털어내고 먼산을 보듯 딴청을 피웠다.

"사과 안 하나?"

희수는 여전히 고개를 돌리고 있었다. 양동이 희수에게 다가오더니 마치 귓속말이라도 하듯 작은 목소리로 타이르듯 말했다.

"일 크게 만들지 말고 여기서 대충 수습하자."

그때 희수는 장례식장 입구에 있는 녹슨 쇠창살을 쳐다보고 있었다. 장미 모양을 한 독특한 쇠창살이었는데 끝에는 가시가 달려 있었다. 그 쇠창살을 만든 사람은 모자원에 한동안 살았던 문씨 아저씨였다. 이 장례식장이 처음 만들어졌을 때 어린 희수는 문씨 아저씨를 따라 쇠창살을 만들러 왔었다. 희수가 토치로 철근을 가열하면 문씨 아저씨가 공구로 철근을 구부리고 망치로 때려서 장미 문양을 만들었다. "가시가 너무 뾰족해서 도둑이 다치겠는데요?" 어린 희수가 물었다. "창살은 원래 그러라고 만드는 거다." 문씨가 말했다. "그럼 장미 문양은 왜 넣는데요?" 어린 희수가 물었다. "뭐 도둑만 사는 세상은 아니니까." 재주가 참 많은 사람이었다. 따뜻하고 좋은 사람이어서 문씨 아저씨가 자기 아버지였으면 좋겠다고 어린 희수는 생각했다. 모자원이라는 곳은 진짜 아버지를 증오하고 가짜 아버지를 그리워하게 만드는 묘한 곳이니까. 하지만 문씨는 절름거리는 다리로 공사판 아시바를 걷다가 발을 헛디뎌 죽었다. 묘하게도 희수가 아버지였으면 좋겠다고 생각한 사람은 모두 죽었다. 그들은 병신 같거나 허약하거나 이 거친 세상을 견디기에는 너무 낭만적인 사람들이었다. 희수는 장미 문양의 쇠창살에서 눈을 떼고 호중을 쳐다봤다. 양동이 호중과 희수 사이에서 단호한 얼굴로 서 있었다. 희수가 고개를 푹 숙여 인사를 했다. 그 인사는 한편으로 정중해 보였고 또 비굴해 보였다. 호중이 어이없는지 한숨을 길게 내쉬었다.

"후배한테 까이기나 하고, 아, 시팔 쪽팔려서."

양동이 지갑을 열더니 안에 있는 돈을 모두 꺼냈다. 백만원권과 십만원권 수표가 대략 칠팔백만원 정도는 될 것 같았다. 양동이 수표를 호중에게 내밀었다.

"일단 이걸로 애들 치료하고 혹시라도 치료비 더 나오면 전화해라."

뭔가 조금 부족하다는 듯 호중이 입을 삐죽 내밀다가 이내 수표를 받아 뒷주머니에 쑤셔넣었다. 그리고 호중은 서 있는 희수 얼굴에 주먹을 세게 날리고 다시 복부에 주먹을 한 방 더 날렸다. 희수가 배를 움켜쥐고 바닥에 푹 주저앉았다.

"오늘은 내가 양동 형님 얼굴 봐서 참는 거다. 앞으로 조심해라."

호중이 자기 애들을 데리고 주차장을 빠져나갔다.

장례식장은 산을 깎아서 만든 곳이었다. 장례식장 뒤편 절개지는 너무 급한 각도로 깎아내서 흙벽이 위태롭게 남아 있었다. 가파른 각도 때문에 나무도 풀도 제대로 자라지 못해서 매년 여름 장마가 올 때마다 이 절개지에서 작은 산사태가 났다. 하지만 아무도 이 위태로운 절벽에 신경을 쓰지 않았다. 후미진 장례식장 따위야 어떻게 되든 상관도 없다는 건지, 구청에서 따로 예산이 나오지 않는다는 이유로 장례식장 관리인들은 그 절개지를 방치했다. 여름이 지나면 절개지에서 장례식장 뒤편으로 떨어진 바위와 흙더미들을 치우는 게 전부였다. 희수가 보기에는 언제고 저 절개지에서 쏟아져내린 흙과 바위들이 이 초라한 장례식장을 쓸어갈 것이 분명했다.

이 산의 이름은 장복산이었다. 산등성이가 장군이 누워 있는 배 모양 같다고 해서 붙여진 이름이었다. 하지만 구암 사람들은 그냥 장배산이라고 불렀다. 어릴 때 희수는 이 산이 왜 장군의 배 모양을 하고 있다는 건지 아무리 봐도 이해할 수가 없었다. 모자원 할머니들이 저것은 장군의 배꼽이고 저것은 장군의 가슴이다, 하며 어린 희수에게 일일이 설명을 해줬다. 하지만 희수는 지금도 이 산 어디가 장군과 그의 불룩한 배를 떠올리게 하는지 알 수가 없었다. 장군의 배도 보이지 않았고 장군의 배꼽도 보이지 않았다.

양동이 담배를 꺼내 희수에게 건넸다. 희수가 담배를 입에 물자 양동이 불을 붙였다. 담배를 빨자 담배 냄새보다 피냄새가 더 많이 났다. 희수가 손등으로 피를 닦아내고 바닥에 침을 뱉었다.

"너는 침착한 애가 와 인숙이 이야기만 나오면 정신을 못 차리노?" 양동이 핀잔을 줬다.

희수가 아무 대답 없이 담배만 빨았다.

"니도 참 순정파다. 언젯적 인숙인데 아직까지 인숙이고. 이제 인숙이 같은 거 잊어버리고 진짜로 참한 색시 만나서 새 출발 해라." 양동이 바닥에 쭈그리고 앉아 있는 희수의 정수리에 대고 말했다.

숲속에서 고라니 울음소리가 들렸다. 혈청소 근처에는 개장수들이 살았고 풀어놓은 진돗개들이 종종 고라니 새끼를 잡아먹었다. 새끼를 잃은 고라니는 밤새도록 저렇게 시끄럽게 울어댔다. 문득 손영감의 말대로 이 사랑이 똥구덩이 안일지도 모른다는 생각이 들었다. 아무리 발버둥을 쳐봐야 나올 거라고는 똥밖에 없는 더러운 사랑일 것이다.

양동이 장례식장 불빛을 바라보며 담배 연기를 길게 내뿜었다. 장례식장 입구에는 만리장 곰탕 멤버들 중 하나인 김영감이 구암의 몇몇 건달에게 입구의 너저분한 화환들을 손가락으로 가리키며 뭔가를 지시하고 있었다. 건달들이 김영감의 지시에 맞춰서 화환을 옮기고 바닥에 떨어진 쓰레기들을 주웠다. 양동이 그 꼴을 보고 혀를 찼다.

"저 개새끼는 지가 아직도 기무사 소령인 줄 안다. 어디서 훈장질이고. 건달도 아닌 게 이런 자리에 와서 대접은 또 존나게 받으려고 하고. 어디 뒷골목에서 술 취한 양아치들한테 촘촘하게 맞아봐야 자기가 누군지를 똑똑히 알지."

김영감은 예편한 지가 꽤 되었지만 군인 출신답게 꼿꼿했고 권위적이었다. 게다가 그는 나는 새도 떨어뜨린다는 기무사에서 소령까지 지낸 사람이었다. 여전히 끗발이 있는지는 알 수 없지만 그 타이틀은 시골 건달들을 주눅들게 하기에 충분했다. 하지만 양동은 그런 것에 주눅들 사람이 아니었다.

"그래도 기무사가 위아래로 선후배 관계가 끈끈해서 아직 끗발은 좀 있을걸요?"

"끗발 같은 소리 하네. 망구 지가 하는 소리지. 지가 언제 그 끗발 가지고 청탁 하나 처리해준 거 있나? 저 새낀 아마 기무사에서 왕따나 고문관이었을 거다."

양동의 말에 희수가 피식 웃었다. 장례식장 입구에서 곰탕 노인들 넷이 이쑤시개로 이를 쑤시고 있었다. 한 명은 골프 치는 자세를 취했고 옆에 있는 노인이 그 자세에 대해 뭐라 씨부려대며 웃고 있었다.

"저 노인네들 봐라. 즈그들만 좋다. 즈그들은 묵고살 만하니까. 만날 땅까땡까 놀아도 월말이면 상납금 들어오제, 업소에서 수익금 나오제, 뭔 걱정이 있노. 아침마다 호텔 커피숍에서 인삼 들어간 곰탕이나 처묵고, 아가씨 궁둥이 두드리며 골프나 치러 다니고 인생이 마실 다니듯 그냥 술렁술렁 잘도 기어간다 아이가. 그런데 우리 같은 놈들은 다르다. 우리 같은 따라지들은 존나 뛰어다녀도 살기가 팍팍하다."

희수가 적당히 고개를 끄덕였다.

"나는 저 노인네들만 보면 울화통이 치밀어서 못살겠다. 다 즈그들 맘대로 아니가. 자기들 등 따시고 배부른 것만 챙겼지 후배들이 을매나 고달프게 사는지 신경이나 쓰나? 구암 바다가 사는 길은 저 노인네들을 싸그리 밀어내는 것뿐이다. 안 그렇나?"

양동이 물었지만 희수는 대답하지 않았다. 사실 희수는 딴생각을 하느라 양동의 말을 듣고 있지도 않았다. 양동이 눈치채고는 짜증을 냈다.

"이 새끼는, 형님이 중요한 말을 하면 항상 건성건성이다."

희수가 딴짓이라도 하다 들킨 것처럼 무안한 표정을 지었다.

"죄송합니다. 오늘 머리가 좀 복잡하네예."

"만리장 지배인이 말이 지배인이지 사실 잡부나 다름없다. 돈도 안 되는데 뭔 잡일은 그리 많은지. 그게 바람 부는 날에 싸리빗자루로 낙엽 쓰는 거랑 비슷한 일인 기라. 낙엽은 계속 떨어지는데 존나 쓸어봐야 표도 안 나고."

"그러네예. 표도 안 나는데 바쁘기만 하네예."

"나도 예전에 다 해봤다. 그 시절이 내 인생의 암흑기다."

양동은 희수 맘을 다 안다는 양 고개를 끄덕거렸다.

"그나저나 전에 내가 말한 건 생각은 좀 해봤나?"

성질 급한 양동이 참지 못하고 사업 이야기를 꺼냈다.

"파친코 대부 정덕진이가 검찰에 잡혀갔다는데 들었습니까?"

"들었다. 정덕진이도 이제 다 되었는갑다. 옛날엔 검사도 한 방에 좌천시켰던 정덕진인데 이제 구속을 다 당하네."

"정덕진이 같은 거물도 잡혀가는 마당에 지금 오락실 사업이 되겠습니까? 파친코 애들은 지금 특별 단속 맞아서 난리도 아니던데."

"그러니까 지금이 딱 타이밍이지. 곧 봐라. 이제 도박 시장은 순식간에 슬롯머신에서 전자기판으로 넘어간다. 슬롯머신은 기계도 비싼데다가 허가받기도 어려운데 전자기판은 만들기도 쉽고 아이들 전자오락실 허가증 받는 거랑 비슷해서 인가도 쉽게 떨어진다. 기술자 불러서 프로그램 돌리고, 공무원들 몇 명 돈 좀 멕여서 허가증만 떨어지면 십만원짜리 기계 이백만원에 파는 거는 일도 아니다. 오락실 하나 차리려면 못해도 기계 오십 대는 필요한데, 계산해봐라, 이백 곱하기 오십 하면 돈이 얼마고. 하나 차리려면 관광호텔 지어야 하고 거기다 뇌물에, 상납에, 허가에, 그 피곤하고 복잡한 파친코도 전국에 사오백 개나 되는데, 오락실이 수천수만 개 생기는 건 일도 아니다. 그리고 우리가 정덕진이맹키로 잡혀갈 일은 절대 없다. 정덕진이는 그 덩치 큰 호텔 파친코를 직접 운영해야 했으니까 표적이 되었지만 우리는 기계만 팔아먹고 나중에 상품권 똥이나 좀 받아먹으면 된다. 일이 틀리면 기민하게 철수했다가 나중에 다시 들어오면 되고."

양동의 말이 그럴듯했다. 희수가 고개를 끄덕였다.

"희수야, 지금 들어가야 한다. 사업이란 건 항상 처음 시작한 놈이 시장의 칠 할을 먹는 거다. 다른 놈들이 선수 치기 전에 우리가 먼저 들어가서 자리잡아야 한다. 패권만 잡으면 돈이야 저절로 굴러들어오는 거 아이가."

"제가 들어가면 지분 좀 줄랍니까?" 희수가 넌지시 물었다.

양동의 얼굴에 갑자기 화색이 돌았다.

"지분이야 당연히 주는 거지. 나는 희수 니가 몸뚱이만 달랑 가지고 와도 한 십 프로 정도는 주려고 했다. 우리 희수가 어디 보통 인력이가. 일도 잘하고, 따르는 후배들도 많고."

"십 프로는 바지사장한테나 주는 지분 아닙니까?" 희수가 몹시 자존심이 상한 듯 싸늘한 목소리로 말했다.

양동이 순간 말을 멈췄다. 양동은 희수의 냉정한 계산에, 그리고 평소에 듣지 못한 차가운 말투에 적잖이 당황한 것 같았다. 양동은 희수의 얼굴을 살피면서 이 새끼한테 대체 얼마를 줘야 하나 혹은 자기가 얼마까지 줄 수 있는가 잔계산을 굴리고 있는 것 같았다.

"에이, 십 프로는 그냥 해본 말이다. 내가 설마 니를 바지사장으로 쓰려고 불렀겠나. 내가 이십이 프로까지 줄 수 있다. 맘 같아선 더 주고 싶은데 공장도 차려야 하고 기계도 들여야 하고 기술자 몇 명에, 공장 직원에, 사무실 운영에 들어가는 돈이 장난이 아니다. 그래서 나도 스폰서 몇 명 받아야 한다. 만약에 희수 니가 스폰서 하나 물고 들어오면 최대 사십구 프로까지 해준다. 너 사십구, 내 오십일. 니랑 나랑 딱 반반 묵는 거다. 어떻노?"

솔깃한 제안이었다. 양동의 말대로 사업이 잘되기만 하면 수십억이 들어올지 수백억이 들어올지 모를 일이었다. 만리장에서 지배인으로 잡일 따위를 하면서는 절대 만져볼 수 없는 돈이었다. 그리고 이제 마흔을 넘긴 건달에게 이만한 기회가 다시 올 것 같지도 않았다. 하지만 희수는 선뜻 결정을 내리지 못하고 머뭇거렸다. 양동이 희수의 눈치를 보며 답을 기다리고 있었다.

"양동 형님."

"응, 말해봐라."

"저는 그냥 만리장 호텔에서 냅킨이나 접으면서 살랍니다. 벌여놓은 일들이 많아서 지금은 빠지기가 좀 그렇네예."

희수가 고개를 흔들며 슬며시 발을 뺐다. 양동의 얼굴이 갑자기 붉게 달아올랐다.

"이 새끼가, 지금 사람 가지고 간을 보나. 맘도 없으면서 지분 얘기는 와 꺼내노?"

"아이고, 양동 형님한테 감히 제가 우예 간을 봅니까. 그냥 말을 하다보니 그래 된 거지예. 죄송합니다. 화 푸이소."

희수가 양동의 허리를 잡았다. 양동이 벌게진 얼굴로 먼산을 바라봤다. 하지만 화를 냈다가도 금방 푸는 양동의 성격답게 이내 풀어진 얼굴로 다시 희수 쪽으로 고개를 돌렸다.

"니도 마음이 아리까리한 것 같은데 왜 갈등을 하노. 영감님 때문이가? 배신 때리는 것 같아서?"

"뭐 그런 면이 없지는 않지예. 미우나 고우나 아버지 같은 분인데 제가 지금 빠지면 곤란한 일이 한둘이 아닙니다."

"니가 없으면 만리장이 안 돌아갈 것 같나? 저 능구렁이 영감이 일을 못할 것 같나?"

"저는 무섭습니다. 이 사업 조금만 삐끗하면 피 튀고 칼부림 날 건데. 제 몸 상하는 거야 그렇다 치더라도, 내 믿고 움직이는 우리 애들도 몇 명은 죽고 다칠 것 아닙니까. 또 몇 명은 감옥 가고, 몇 명은 외국으로 도망가고, 불을 보듯 뻔한 거 아닙니까? 양동 형님이나 저나 이 구암 바닥에서 계속 살아야 하는데 다리 쩔뚝거리는 병신들에, 남편 잃은 과부들에, 젊은 새끼들 감옥 보낸 엄마들에, 그 원망을 감당이나 하겠습니까? 저는 없이 살아도 지금처럼 그냥 심심하게 살랍니다."

양동이 바닥으로 담배를 집어던지고 구둣발로 꽁초를 문질렀다.

"희수야, 니한테 뭐가 없는 줄 아나?"

양동이 다시 담배를 물고 불을 붙였다. 라이터 불에 비친 양동의 얼굴이 비장했다.

"니는 씨발 정신이 없다."

씨발 정신은 또 뭐냐는 듯 희수가 양동을 쳐다봤다.

"니는 너무 멋있으려고 한다. 건달은 멋으로 사는 거 아니다. 영감님에 대한 의리? 동생들에 대한 걱정? 사람들이 너에 대해서 하는 평판? 좆까지 마라. 인간이란 게 그렇게 훌륭하지 않다. 별로 훌륭하지 않은 게 훌륭하게 살려니까 인생이 이리 고달픈 거다. 니가 진짜 동생들이 걱정되면 손에 현찰을 쥐여줘라. 그게 어설픈 동정이나 걱정보다 백배 낫다. 니는 똥폼도 잡고 손에 떡도 쥐고 싶은 모양인데 세상에 그런 일은 없다. 우리처럼 가진 게 없는 놈들은 씨발 정신이 있어야 한다. 상대 앞에서 배 까고 뒤집어지고, 다리 붙잡고 울면서 매달리고, 똥꼬 핥아주고, 마지막에 추잡하게 배신을 때리고 우뚝 서는 씨발 정신이 없으면 니 손에 쥘 수 있는 건 아무것도 없다. 세상은 멋있는 놈이 이기는 게 아니고 씨발놈이 이기는 거다."

"그렇게 씨발스럽게 이겨서 얻는 게 뭔데요?"

양동이 이 새끼가 아직도 말귀를 못 알아처먹었네, 하는 표정으로 희수를 잠시 쳐다봤다.

"그래야 입에 풀칠이라도 한단 말이다."

양동은 체념이라도 한 듯 길게 한숨을 내쉬었다. 장례식장 쪽에서 노파의 울음소리가 들렸다. 곡소리는 길고 처량했다. 누가 옥사장을 위해서 저렇게 울고 있을까? 양동이 곡소리가 나는 쪽으로 고개를 돌렸다.

"영감이 잔인한 사람이다. 옥사장 봐라. 젊었을 땐 둘이 만날 붙어 다니면서 형제나 다름없었다. 옥사장이 영감을 그리 끔찍하게 모셨는데 빨래공장 하나 말아먹었다고 저리 됐다 아이가. 아무리 그래도 같이 한솥밥 먹던 처진데 바지에 똥을 싼 채로 삼거리 한복판에 매달아둘 건 뭐고?"

희수의 미간이 꿈틀거렸다. 삼거리 철탑에 옥사장을 매달아놓은 것은 희수와 밤섬의 대영이었다. 죽을 때 흘리는 변이 원래 그런 건지 옥사장의 바지에서 견딜 수 없이 역겨운 냄새가 났다. 그리고 이따위 짓이나 해야 하는 건달의 삶도 견딜 수 없이 역겨웠다. 양동과 희수 둘 다 말이 없었다. 둘 사이에 잠시 어색한 침묵이 흘렀다. 숲속에서 새끼를 잃은 고라니가 계속 울었다. 절개지 절벽에서 돌멩이 하나가 우두둑 소리를 내며 어둠 속으로 떨어져내렸다.

"양동이 형님 말이 맞습니다. 바지에 똥을 싼 채로 그리 매달아둘 건 아니지예."

"나는 희수 니가 하든 안 하든 이 사업 갈 거다. 개처럼 늪의 밑에서 빌빌대다가 바지에 똥을 싼 채 죽을 순 없다. 더이상 지체할 시간도 없고."

양동은 비장하게 말하고는 바닥에 담배를 비벼 껐다. 그리고 온다 간다 말도 없이 터벅터벅 걸어서 장례식장 안으로 들어갔다. 희수는 그 자리에 남아 우두커니 서 있었다. 그리고 아주 오랫동안 건너편의 절개지를 바라봤다. 어둠 속에 암적응한 눈동자 때문인지 절개지 비탈 끝에 아슬아슬하게 매달려 있는 나무들이 점점 더 선명하게 보였다. 땅속에서 삐져나와 허공에 떠 있는 뿌리들이 몹시 위태해 보였다.

비탈에 선 나무는 이번 여름 장마가 끝나기 전에 흙더미들과 함께 저 바닥으로 추락할 것 같았다.

장례식장 입구로 돌아왔을 때는 새벽 두시였다. 방파제에서 만난 바둑이와 감옥에서 막 나온 절삭이가 벤치에 앉아 강소주를 마시고 있었다. 절삭이는 이미 술에 많이 취한 듯했고 기분 때문인지 어둠 때문인지 얼굴이 검었다. 바둑이가 걸어오는 희수를 발견하고 자리에서 냉큼 일어나 인사를 했다. 절삭이도 희수 얼굴을 보고는 비틀거리며 자리에서 일어나더니 구십 도로 허리를 꺾어 인사했다.

"안에서 안 마시고 왜 여기서 깡소주를 마시노?"

절삭이가 민망해하며 엉거주춤 자리에 서 있었다.

"안에 있으면 열불이 나서 그렇습니다."

뭔 말이냐는 표정으로 희수가 바둑이를 쳐다봤다.

"정배 형님 때문에 그렇습니다." 바둑이가 조심스럽게 말했다.

아마 정배가 절삭이에게서 빼앗아간 건어물 가게 이야기를 하는 것 같았다. 하지만 이미 곰탕 할배들과 손영감에게서 결정이 난 일이라 희수가 도와줄 수 있는 것은 없었다. 희수가 화제를 돌렸다.

"감옥에선 언제 나왔노?"

"그제 새벽에 나왔습니다."

벤치 위에 소주 한 병과 종이컵이 있었다. 희수가 소주병을 들어 절삭이에게 권했다.

"고생 많았제. 한잔 받아라."

절삭이가 허리를 숙여 잔을 받고는 단번에 마셨다. 그리고 희수의 손에 있는 병을 황급히 받아들고는 희수에게 술을 따랐다.

"제가 감방에 있는 동안 희수 형님이 저희 가족들에게 도움 많이 줬다는 얘기는 집사람이랑 바둑이한테 들었습니다. 감방에 있어서 인사도 제대로 못 드렸어예. 죄송합니다."

기억이 안 난다는 듯 희수가 고개를 갸웃거렸다.

"용돈 몇 푼 준 것 가지고 뭘 감사고. 감옥에 면회 한번 못 갔는데."

"아입니다. 제가 한솥밥 먹던 식구도 아닌데 도움 주기가 어디 쉽습니까. 그래도 양동이 형님이랑 희수 형님이 어려울 때마다 도움 주셔서 아이들 학비도 내고 없는 살림에 큰 힘이 됐습니다. 제가 예전엔 어리고 또 뭘 몰라서 형님들을 제대로 못 모셨습니다. 그런데 막상 감방 갔다가 돌아와보니 누가 진짜 형님이고 누가 쓰레기인지 이제 확실히 알겠네예. 희수 형님, 앞으론 잘하겠습니다."

말을 마친 절삭이는 도다리와 정배가 있는 장례식장 쪽을 노려봤다. 절삭이는 술에 취해 있었다. 어쩌면 분노에 취해 있는 건지도 몰랐다. 도다리와 정배가 절삭이의 건어물 가게를 가지고 간 것은 절삭이라는 인간을 잘 모르고 저지른 큰 실수라고 희수는 생각했다. 절삭이는 우직하고 강인한 사내였다. 좀처럼 화를 내거나 감정을 드러내는 법이 없어서 그에게는 '누운 소'라는 별명이 있었다. 하지만 한번 화가 나면 앞뒤를 가리지 않고 '미친 소'처럼 한바탕 뒤집어놓았다. 성질이 한번 터지면 그 누구도 절삭이를 말릴 수가 없었다. 할 수 있는 일이라곤 미친 소가 다시 누울 때까지 기다리는 일뿐이었다. 건어물 사업은 다른 사업에 비해 남는 게 별로 없었다. 그런데 도다리와 정배가 그 푼돈을 먹겠다고 누운 소를 미친 소로 만들어놓은 셈이었다.

희수는 힘내라며 절삭이와 바둑이의 어깨를 두드려주고 벤치에서 일어났다. 그리고 옥사장의 장례비를 처리하러 장례식장 총무과로 갔다. 사무실에는 여직원 한 명이 뜨개질을 하며 자리를 지키고 있었다. 방금 하품을 했는지 여직원은 사무실에 들어선 희수를 토끼처럼 붉은 눈으로 쳐다봤다. 시간이 늦어선지 아님 희수의 얼굴에 난 상처 때문인지 여자는 살짝 긴장한 것 같았다.

"무슨 일이세요?"

희수가 주머니에서 손영감이 준 수표를 주섬주섬 꺼냈다.

"계산하러 왔습니다. 지금까지 들어간 돈이랑 내일 아침에 드는 식사비 다 포함해서."

"어느 분 말씀이신지?" 여직원이 고개를 갸웃거리며 물었다.

오늘밤 이 외진 장례식장에서 장례를 치르고 있는 사람은 옥사장 한 명뿐이었으므로 희수는 여직원의 멍청한 태도가 짜증스럽고 답답했다.

"옥명국씨요. 여기 장례 치르는 사람 그 사람밖에 없잖아요." 희수가 몹시 귀찮아하는 말투로 말했다.

여직원이 다시 고개를 갸웃거리더니 손에 들고 있던 뜨개바늘을 놓고 장부를 뒤적거렸다. 사실상 손님이라곤 한 명뿐이었으므로 장부를 뒤적거리고 자시고 할 것도 없었다.

"옥명국씩 장례비는 계산이 다 되었는데요? 내일 아침에 식사하실 거면 식사비 이십칠만원만 더 내면 됩니다."

이번에는 희수가 고개를 갸웃거렸다.

"누가 계산했는데요?"

"눈 옆에 검은 사마귀 있는 남자요."

"갈색 가죽 잠바 입고 옆에 중국인 데리고 다니는 남자요?"

"갈색 가죽 잠바 입은 사람 맞아요. 중국인은 모르겠고."

여직원은 다시 뜨개바늘을 잡았다. 여직원이 말하는 사람은 홍사채였다. 바늘로 찔러서 피 한 방울 안 나올 것 같은 홍사채가 옥사장의 장례비를 계산했다는 게 어쩐지 웃기기도 하고 또 슬프기도 해서 희수는 콧방귀를 뀌며 웃었다.

"별일이 다 있네."

희수는 손영감이 준 백만원권 수표 열 장을 다시 주머니에 집어넣고 지갑을 열어 십만원권 수표 세 장을 꺼내 여직원에게 건넸다.

"여기, 내일 아침 식사비."

"결산이 끝나서 지금은 잔돈이 없는데 내일 아침에 오시면……"

"삼만원은 아가씨 가져요." 희수가 여직원 말을 자르며 말했다.

손에 수표를 쥔 여직원이 무신경하게 고개를 끄덕였다.

희수가 다시 장례식장 안으로 들어왔을 때 웅성거리던 손님들은 대부분 돌아가고 없었다. 썰물이 빠져나간 갯벌처럼 빈자리마다 미처 치우지 못한 술병들과 음식들이 널브러져 있었다. 이제 올 손님도 없는데 옥사장의 중학생 딸이 여전히 빈소를 지켰다. 초등학생 아이는 지쳐서 누나의 무릎을 베고 누워 자고 있었다. 여자아이가 희수를 쳐다봤다. 초점 없이 멍한 눈이었다. 하룻밤 새 십 년쯤 늙어버린 눈빛 같았다.

문 앞에서 젊은 건달 몇 명이 내일 화장장에 갈 때 관을 들 사람의 명단을 짜고 있었다.

"여섯 명은 있어야 하는 거 아냐? 후나 형님 돌아가실 때는 여섯 명이 들었는데?"

"그 형님이야 워낙 덩치가 있으니까 관이 무거워서 그랬제. 옥사장은 다리도 짧고 살집도 얼마 안 나가니까 네 명이면 충분할 거다."

"그럼 나랑, 춘삼이, 기율이 되고, 너는?"

"나는 내일 아침 일찍 어판장 나가서 안 되는데?"

희수는 사내들을 지나쳤다. 관을 몇 명이 들어야 할까. 문득 희수는 자기 관을 들어줄 친구들이 누구일지 생각해봤다. 몇 명 떠오르지 않았다. 예전에는 많았는데 그 많던 친구가 다 어디로 갔는지 모를 일이었다.

장례식장 입구 신발장 귀퉁이 자리에서 홍사채와 그의 보디가드인 중국인 창이 이제야 늦은 저녁을 먹고 있었다. 홍사채가 앉아 있는 테이블 근처에는 아무도 없었다. 구암 바다의 건달들 대부분이 그에게 빚이 있었고 모두가 그를 전염병처럼 싫어했으므로 테이블 옆에 아무도 없는 것은 당연한 일일지도 몰랐다. 홍사채는 그의 분신 같은 검정 가죽으로 된 일수 가방을 왼손으로 꼭 움켜쥔 채 오른손으로만 밥을 먹고 있었다. 몹시 배가 고팠는지 육개장을 퍼먹는 중국인 창과 홍사채의 숟가락질이 바빴다. 하루종일 정신없이 부의금을 챙기느라 바빴을 홍사채의 얼굴은 몹시 지쳐 보였다. 희수와 눈이 마주치자 홍사채가 민망한 표정을 짓더니 고추기름으로 번들거리는 입술 주변을 손등으로 훔쳤다.

"얼굴이 상했네. 아까는 멀쩡하더만. 누구한테 줘터졌나?"

늘 그랬듯 홍사채의 말투는 공격적이고 비아냥거리는 투였다. 하지만 희수는 홍사채를 향해 그저 힘없이 웃었다.

"식사를 이제야 하십니까?"

희수의 목소리는 따뜻했다. 홍사채가 희수의 말투에 묻은 온도 때문인지 아님 평소와 달리 온순한 희수의 표정에 당황했는지 잠시 희수를 멍하니 쳐다봤다. 그러고는 다소 멋쩍은 얼굴로 고개를 끄덕였다.

"응, 이제사 먹는다. 니는 밥 먹었나?"

"저는 아까 먹었습니다. 어서 식사하이소."

홍사채가 뭔 말을 더 하려다가 마땅히 할말이 없는지 잠시 멀뚱한 표정을 지었다. 희수와 홍사채는 단 한 번도 나긋나긋한 대화를 나눠본 적이 없으므로 마땅히 할말이 없는 게 당연했다. 홍사채가 육개장 쪽으로 고개를 돌리더니 얼굴을 파묻고 다시 먹기 시작했다.

희수는 장례식장 안을 둘러봤다. 사람들은 대부분 돌아가고 구암의 몇몇 건달이 접객실 끝에 있는 모서리 자리에 앉아 술을 마시며 언쟁을 벌이고 있었다. 그 자리에는 도다리와 정배가 있었고 단가와 절삭이와 바둑이와 상가번영회 회장과 방파제에서 온 상인 대표도 몇 명 있었다. 희수가 테이블로 다가갔을 때 술에 잔뜩 취한 절삭이가 정배를 노려보고 있었다. 정배는 그런 절삭이가 가소롭다는 표정으로 앉아 있었다.

"그래서 건어물을 못 돌려주겠다고?" 절삭이가 말했다.

정배가 절삭이에게 대답하는 것이 아니라 주위 사람들에게 동의를 구하듯 두리번거리며 말을 시작했다.

"절삭이 형님이 뭔가 오해가 있는 것 같은데 건어물은 원래부터 형님 것이 아니라니까. 건어물 가게가 곰탕 할배들 거지 우예 절삭이 형님 겁니까. 그러니까 회사로 말하자면 절삭이 형님은 월급 받는 위탁경영자라 이거지예. 지금 저도 마찬가지고예. 그러니까 회사원들맹키로 월급 사장은 오너가 그만 하고 나가라 하면 그걸로 끝인 겁니다. 명함에 사장 딱지가 있다고 해서 자기 회사가 아니라 이거지예."

"그게 왜 곰탕 할배들 거고? 나랑 바둑이가 십 년이나 새벽부터 좆

뺑이를 쳐서 만들어놓은 가게다."

정배가 도무지 말이 안 통한다는 듯 실실 웃으면서 고개를 절레절
레 흔들었다.

"그럼 나한테 말하지 말고 곰탕 할배들한테 말해보이소. 그게 합
리적인 겁니다. 우리야 시키는 대로 하는 사람들인데 뭔 힘이 있습니
까?"

"그건 정배 말이 맞다. 따질 게 있으면 곰탕 할배들한테 따져라. 정
배야 시키는 대로 하는 건데 무슨 죄가 있노." 옆에 앉은 도다리가 주
책없이 거들었다.

그때 옆에 앉은 상가번영회 회장이 평소에 정배에게 응어리진 게
많았는지 불쑥 끼어들었다.

"정배 니가 합리적인 거 좋아하니 내 함 물어보자. 이번에 방파제
포장마차에 들어오는 전기를 두 배나 올리고 가스도 세 배나 올렸는
데 그게 왜 합리적이고? 예전에 손영감이 관리할 때는 세금도 없었
고, 수조에 넣는 바닷물도 영감님이 대형 양수기로 직접 끌어올려서
포장마차 아주머니들에게 공짜로 줬는데 니는 와 따로 돈을 다 받노?
바닷물이 니 거가? 양수기를 니가 설치했나? 방파제는 나랏돈으로 만
들었는데 니가 거기서 와 영감님도 안 받던 세금을 받아처먹냐고!"

상가번영회 회장의 말에 정배는 전혀 당황하지 않는 것 같았다. 정
배는 옆에 있던 가방을 열더니 두툼한 서류 파일을 꺼내 테이블 위에
올려놓았다.

"보이소. 이게 다 관청에서 나온 서류들입니다. 각종 개발계획이랑
단속 지역에 대한 지침들입니다. 이런 걸 미리미리 떼보면 공무원들
이 무슨 생각을 가지고 있는지 알 수 있다 이겁니다. 여기 지도에 방

파제 포장마차 보이지예. 특별히 개발계획도 없는데 그냥 단속만 하는 겁니다."

"그런데?"

"그래서 제가 관청에 찾아가서 그랬지예. 방파제에 늘어선 포장마차들이 백이십 개가 넘고 텔레비전에도 몇 번이나 방영되어서 구암의 방파제 포장마차는 이제 관광 명소나 다름없다. 그런데 이걸 계속 불법으로 단속만 해서 구청이나 우리나 좋을 게 뭐 있느냐. 정식으로 허가를 내주든가 그게 힘들면 규제라도 좀 완화해달라. 그러면 당신들은 세금은 받고 쓸데없는 단속은 안 하니 인력 낭비도 줄고, 지역 주민들은 가슴 졸이지 않고 안정적으로 사업을 하니 서로 좋은 일 아니냐, 내가 그랬지요. 그랬더니 담당 공무원이 그거 일리 있네요, 하면 시로 긍정적으로 검토하겠다고 합디다."

상가번영회 회장이 입을 꾹 다물고 서류를 건성으로 훑었다. 희수도 곁으로 가서 서류들을 살펴봤다. 건달 중에 이런 놈이 있었나 싶을 만큼 파일에 색인을 해서 정리한 서류들이 꼼꼼하고 단정했다.

"이제 건달들도 주먹구구식으로는 안 되는 겁니다. 만날 숨고 단속 피해 도망 다닐 생각만 하지 말고, 공무원들이라도 직접 만나서 합의할 건 합의하고, 또 내줄 건 내줘야 일이 되는 겁니다. 포장마차 전기 그거 남의 영업 전기를 불법으로 당겨 쓰는 거 아닙니까? 단속 뜰 때마다 끊어지고, 뜯기고, 다시 설치하고. 언제까지 그 짓을 할 겁니까. 그거 허가받아서 정식으로 설치하면 한 방에 해결되는 거 아닙니까. 그래서 제가 한전 사람들 만나서 협의하는 중입니다. 협의를 하려면 로비 자금이 필요한 거 아닙니까. 공무원들이란 게 뭘 안 멕이면 당최 일이 안 돌아가니까요."

"과연, 우리 정배가 일꾼이네." 도다리가 흥에 겨워 말했다.

상가번영회 회장은 그래도 뭔가 탐탁잖은지 입이 뾰로통해 있었다.

"다들 제가 혼자 잘 묵고 잘살려고 가난한 할매들 푼돈까지 다 쥐어짠다고 하시는데 저 그런 놈 아닙니다. 그 돈 차곡차곡 모아서 지역 발전을 위해 쓰려고 하는 겁니다. 제가 요즘에 큰 그림을 하나 그리고 있으니 두고보시면 알 겁니다." 도다리가 의기양양한 표정으로 사람들에게 말했다. 그때 희수가 불쑥 끼어들었다.

"요즘엔 개나 소나 다 큰 그림을 그린다고 지랄이고." 희수가 웃으며 정배 앞에 앉았다. 그러곤 테이블 위에 반쯤 남은 소주병을 들고 와서 잔에 붓고 마셨다. "정배 너는 말하는 게 꼭 국회의원 같다, 잉?" 희수가 농담처럼 정배에게 말을 던졌다.

"희수 형님 오셨습니까?" 마지못해 하는 인사처럼 정배가 엉거주춤한 표정으로 말했다.

"방파제 포장마차를 합법화하자는 얘기는 손영감이 구청장이랑 골프 치면서 합의한 건데 와 니가 생색이고? 그리고 가스는 한 통에 이만삼천원짜리를 칠만원에 받고, 전기도 일괄 오만원씩 받는다메? 양수기 물값 이만원 받고 자릿세도 오만원 받고 공영주차장 주차권도 따로 팔면 그 영세한 포장마차에서 한 달에 얼마를 우려낸다는 말이고? 그런데 니는 그 돈 받아서 싸그리 공무원들한테 다 갖다 바친다 이 말이제?"

희수의 딱 부러진 말에 그 말 잘하던 정배가 한마디 대꾸도 못한 채 머쓱한 표정으로 희수의 얼굴을 멀뚱멀뚱 쳐다보기만 했다.

"우리가 양아치 새끼가? 건달짓을 해먹고 살아도 염치란 게 있어야지. 마침 오늘 상가번영회 회장님도 오시고 방파제 연합에서도 사람들이 몇 나왔으니까 이 자리에서 적정 가격을 정해라."

"그 세금은 제가 고민고민해서 산출한 겁니다. 막무가내로 올린 게 아닙니다." 정배가 우는소리를 했다.

"올해부터는 영감님이 받던 그대로 받는다. 가스는 시가대로, 전기는 일괄 이만원, 양수기로 공급하는 바닷물은 공짜, 그리고 그 앞에 공영주차장 운영하니까 포장마차에서 주차비 말고 따로 받는 세금은 없다. 그게 싫으면 딴 놈한테 넘겨라. 그 조건이면 니 말고도 한다는 사람 줄을 섰다. 알겠나?"

그러자 정배가 어색하게 웃으면서 희수 쪽으로 슬쩍 다가왔다.

"희수 형님, 이런 이야기는 우리끼리 조용히 하면 안 되겠습니까? 사람들 다 모여 있는 데서 우리끼리 쪽팔리게 이게 뭡니까?"

"이게 쪽팔리나? 힘없는 할머니들 등쳐먹는 건 안 쪽팔리고?"

"아무리 후배라도 남의 사업에 간섭하는 거, 그거 너무 가는 겁니다. 희수 형님은 호텔 일이나 잘하이소. 방파제는 제가 알아서 잘하겠습니다."

정배의 말투는 공손했지만 더이상 들어오면 가만히 있지 않겠다는 듯 결연했다. 희수의 얼굴도 싸늘했다. 정배와 희수 사이에 날카롭고 냉한 기운이 흘렀다. 희수와 정배가 서로를 노려보고 있자 옆에 있던 상가번영회 회장과 몇몇 노인이 정배 들으라는 듯 말을 꺼냈다.

"정배 이 새끼는 우리한테 가스 팔아서 팔자를 고치려고 하는갑다."

"그러게, 포장마차 할머니들 얼마나 번다고 거기다 빨대를 꽂아서 쪽쪽 빨아묵노."

"정배 쟈가 어릴 때부터 못 묵고 자라서 그런지 욕심이 좀 많다."

사람들이 떠드는 말에 정배의 얼굴이 붉으락푸르락했다.

"에이 시발, 존나게 가스통 날라줘서 장사하게 해줬더니 뒤에서 뭐라 씨부려쌓노." 정배가 노인들을 향해 욕을 했다.

"정배야, 어른들께 그라지 마라. 그리고 상가번영회 사람들 작년에 태풍이고 장마고 힘들었는데 이번 여름은 좋게좋게 넘어가자." 희수가 정배를 달래듯 말했다.

정배가 희수의 말에 콧방귀를 뀌었다.

"희수 형님이 이건 분명히 알아두셔야 합니다. 다른 건 몰라도 묵고사는 사업에는 이러쿵저러쿵 간섭하지 마이소. 모두들 힘들게 싸워서 묵고사는 겁니다."

그때 옆에 있던 술 취한 절삭이가 씩씩거리며 달려오더니 온몸을 날려 정배의 가슴을 힘껏 걷어찼다.

"이 쥐새끼 같은 놈이 감히 희수 형님이 말씀하시는데 어디서 따박따박 말대꾸고."

절삭이의 발에 맞은 정배가 축구공처럼 휘익 날아가 우당탕하고 구석에 처박혔다. 하지만 정배는 꼴에 건달이라고 발딱 일어서더니 권투 자세를 취했다. 절삭이는 씨름선수 출신이었고 힘이 좋았다. 절삭이가 다가서자 정배가 잽으로 얼굴 몇 대를 때렸다. 하지만 절삭이는 그런 잔주먹질에 끄떡도 없었다. 절삭이가 정배의 허리를 잡고 번쩍 들어서 테이블 위에 내던졌다. 그리고 일어나는 정배를 다시 집어서 반대쪽 테이블로 던졌다. 우당탕거리며 이리저리 부딪힐 때마다 테이블이 망가지고 음식 그릇들이 흩어지고 깨졌다. 노인들은 무슨 좋은 구경이라도 난 양 그 싸움을 지켜보고 있었다. 절삭이가 술에 많이 취해 있었는데도 정배가 밀리는 형국이었다. 절삭이의 주먹에 맞은 정배의 입과 코에서 연신 검은 피가 흘러내렸고 왼쪽 눈은 부어서 거의 뜨지 못할 정도였다. 노인들이 웃으면서 이 싸움에 대해 농담을 했다.

"절삭이가 힘이 장사네."

"그러네. 애가 딱 기세가 있다."

"그나저나 정배 저 새끼는 싸움을 캥거루한테 배웠나? 주먹질이 왜 저 모양이고."

"주먹이 문제가 아니라 방어가 안 되네. 날아오는 주먹을 얼굴로 다 막으면 우짜겠다는 말이고."

정배가 데리고 있던 애들이 말려야 할지 도와야 할지 몰라서 도다리와 희수의 눈치를 보고 있었다. 도다리가 심각한 얼굴로 희수 곁으로 다가왔다.

"안 말립니까?"

"놔둬라. 서로 맺힌 게 많은 모양인데 저렇게 치고받고 한판 해야 풀리지."

"그래도 장례식장에서 이게 뭡니까?"

"장례식장은 원래 치고받고 싸우고, 울고 웃는 곳이다."

절삭이와 정배는 이제 완전히 지쳐서 슬로비디오처럼 움직였다. 숨은 넘어갈 듯이 헉헉거렸고 주먹에는 힘이 하나도 없었다. 그래도 정배는 완전히 지친 반면 절삭이는 조금이나마 힘이 남아 있었다. 둘은 서로 목을 붙잡고 이마를 부딪힌 채 한참이나 낑낑거렸다. 잠시 후 정배가 절삭이에게 힘없는 주먹을 날렸다. 절삭이가 주먹을 슬쩍 피하면서 강력한 어퍼컷으로 정배의 턱을 쏘아올렸다. 그게 결정타였다. 정배의 무릎이 풀리더니 앞으로 푹 고꾸라졌다. 눈도 풀려서 흰자위가 드러났고 입에서는 거품과 피가 연신 흘러내렸다. 단가가 주책없이 중앙으로 걸어오더니 마치 권투 시합에서 레프리가 하는 것처럼 절삭이의 팔을 번쩍 들어올렸다. 절삭이는 그토록 패고 싶었던 정배를 묵사발 냈는데도 시무룩하고 어리둥절한 얼굴이었다. 정배를 신나게 팬다고 날아간 건어물이 돌아오는 건 아니니까. 정배 밑에 있는 건달 몇이 달려가서 정배를 일으켜세웠다. 건달 하나가 정배 얼굴에 물을 뿌리고 수건으로 부채질을 했다. 정배가 머리를 흔들며 정신을 차렸다. 그리고 갑자기 젊은 건달 허리춤에 있던 칼을 빼들고 벌떡 일어나더니 단가 옆에 멍하니 서 있는 절삭이의 옆구리를 뒤에서 힘껏 찔렀다. 절삭이가 옆구리를 붙잡고 바닥에 주저앉았다.

"와 내, 이 씹새끼가, 선배라고 봐줄려고 했는데 사람 빽가게 만드네."

정배가 들고 있는 칼은 회칼이었다. 찌를 때 손을 베지 않으려고 손잡이에 붕대까지 감겨 있었다. 정배가 주저앉은 절삭이를 한번 더 찌르려고 하자 바둑이가 달려들어서 쓰러져 있는 절삭이를 껴안았다. 정배가 저리 비키라는 듯 엉겨붙는 바둑이의 옆구리를 칼로 두어 번 찔렀다. 하지만 바둑이는 절삭이의 몸을 꼭 붙잡고 비키지 않았다. 옆에 있던 사람 몇이 정배를 말리기 위해 앞으로 다가갔다. 하지만 정배는 가까이 오면 다 찌르겠다는 듯 미친듯이 칼을 휘둘러댔다.

"와봐라, 오늘 아주 내가 다 직이쁜다."

"정배야, 칼 내려놔라. 큰일난다. 일 더 벌이지 말고 칼 내려놔라." 상가번영회 회장이 멀찌감치 떨어진 채 말했다.

그러나 정배 귀에는 아무 말도 들리지 않는 것 같았다. 더이상 다가가는 사람도 없는데 정배는 쓸데없이 허공에 칼을 휘둘렀다. 누가 보기에도 정배의 칼질은 어색하고 서툴렀다. 칼을 들고 있어서 더 겁을 먹은 것은 오히려 정배 같았다. 하지만 마구잡이로 칼을 휘두르고 있어서 아무도 쉽게 다가가지 못했다. 그때 희수는 장례식장 한쪽 벽 선 반 위에 있는 제라늄 화분을 보고 있었다. 붉은 제라늄. 무엇 때문인 지는 모르지만 희수가 어릴 적에 모자원 할머니들은 텃밭에 제라늄을 키웠다. 토마토나 감자 같은 것을 키우지 않고 제라늄을 키웠다. "이 건 어떤 맛이에요?" 어린 희수가 물었다. 모자원에서 가장 늙은 할머 니가 어린 희수를 보며 말했다. "이건 먹으려고 키우는 게 아니란다. 이건 단지 바라보기 위해 키우는 거란다." 모자원에는 늘 먹을 것이 부족했다. 그런데 아까운 텃밭에서 먹지도 못하는 제라늄을 왜 키우 는 건지 어린 희수는 이해할 수 없었다. 토마토와 감자와 고구마가 자 랄 자리에 아무 소용도 없이 자라고 있는 제라늄을 이해할 수 없었다. 희수가 선반 위에서 화분을 꺼내들었다. 그리고 정배에게 다가갔다. 희수가 성큼성큼 다가가자 정배가 뒤로 주춤주춤 물러나면서 마구잡 이로 칼을 휘둘렀다. 정배의 칼이 희수의 어깨를 살짝 지나갔다. 희수 가 자신의 어깨를 힐끗 쳐다봤다. 찢어진 셔츠 사이에서 피가 번져나 오고 있었다. 희수가 별 의미도 없이 피식 웃더니 정배에게 더 다가갔 다. 당황한 정배가 칼을 휘둘렀다. 희수는 몸을 옆으로 비틀어 칼을 피하고 화분으로 정배의 머리를 내리찍었다. 제라늄 화분이 퍽 소리 를 내고 깨지면서 정배가 바닥에 주저앉았다. 정배는 이미 정신을 잃 은 것 같았지만 희수는 깨진 화분을 쥐고 정배의 머리통을 세 번이고 네 번이고 계속 내리찍었다. 단가가 뒤에서 희수의 팔목을 잡았다. 장 례식장에 있는 모든 사람이 희수를 쳐다보고 있었다. 정배는 머리가 깨진 채 바닥에 떨어진 금붕어처럼 몸을 퍼덕거리고 있었다. 희수는 자신의 손을 쳐다봤다. 깨진 제라늄 화분 조각에 남아 있던 마른 흙들 이 피가 솟구치는 정배의 머리 위로 우수수 떨어져내리고 있었다.

단가가 희수를 거의 끌다시피 해서 장례식장 주차장까지 데리고 내려왔다. 희수는 어쩐지 머리가 멍해져서 허공 위를 걷는 기분이었다. 단가가 주차장에 대기하고 있던 택시에 희수를 밀어넣었다.

"뒷일은 내가 수습할 테니까 오늘은 그냥 들어가서 쉬어라. 호중이도 그렇고 정배도 그렇고, 내가 보니까 오늘 형님 일진이 안 좋다. 기사 양반, 출발하이소."

단가가 손바닥으로 택시를 탕탕 두 번 쳤다. 택시기사가 룸미러로 희수를 쳐다보더니 천천히 차를 몰았다.

"손님, 어디로 모실까요?"

장례식장 비탈길을 거의 다 내려왔을 때에야 택시기사가 물었다. 문득 어디로 가야 할지 떠오르지 않았다. 희수가 말이 없자 택시기사가 난감한 얼굴로 차를 세웠다. 희수는 한동안 창밖을 멍하니 쳐다봤다. 검은 숲에서 여전히 새끼를 잃은 고라니 울음소리가 들려오고 있었다. 희수가 담배를 하나 꺼내 입에 물었다.

"산복도로로 갑시다."

"산복도로 어디까지 가시는데요?"

"공영주차장."

택시는 장례식장이 있는 산비탈 해안도로를 빠져나가 구암 시내를 거쳐 다시 남부민동 산복도로로 올라갔다. 그사이 희수는 차창에 얼굴을 대고 무신경하게 창밖을 바라봤다. 택시가 산복도로 공영주차장 앞에 서자 희수는 차에서 내렸다. 그리고 산565번지 인숙의 집으로 가는 가파르고 높은 계단을 올라갔다. 그러나 희수는 계단을 반도 오르지 못하고 그 자리에 주저앉았다. 숨이 가빴고 다리가 아팠다. 인숙은 밤마다 이 높은 계단을 어떻게 올라가는지 이해가 되지 않았다. 희수가 담배를 한 대 물고 시계를 봤다. 두시 반이었다. 인숙의 술집은 새벽 세시에 문을 닫으니 아직 술집에 있을 것이다. 얼마 전에 술집에 갔을 때 인숙은 술 취한 남자와 머리끄덩이를 잡고 싸우고 있었다. 인숙의 블라우스가 찢어져서 그 사이로 브래지어가 보였다. "이 시발년이, 양주 두 병에 오십만원이 뭐고 오십만원이." 술 취한 남자가 제법 덩치가 있어서 손을 흔들 때마다 인숙의 깡마른 몸이 이러저리 휘청댔다. 희수가 들어가서 남자의 멱살을 움켜쥐었다. 주먹으로 얼굴을 한 대 패려는데 인숙이 희수의 손을 잡았다. "때리면 오늘 장사 공친다." 인숙이 작지만 단호한 목소리로 말했다. 희수는 남자의 멱살을 놓고 술집 밖으로 나왔다. 인숙이 밖으로 따라나왔다. "날마다 이렇나?" 희수가 물었다. "날마다 이렇다." 인숙이 말했다. 그리고 잠시 숨을 고르더니 침착하고 낮은 목소리로 희수에게 말했다. "와서 똥폼이나 잡을 거면 이제 술집에 오지 마라." 그날 이후로 희수는 인숙의 술집에 가지 않았다. 날마다 그럴 거고, 가봐야 똥폼을 잡아서 장사를 망치는 것 외에는 할 수 있는 일이 없었기 때문이다.

　희수가 자리에서 일어나 계단을 다시 오르기 시작했다. 계단은 가팔랐고 여전히 셀 수 없이 많았다. 장배산 꼭대기에 있는 인숙의 집 마당에 도착했을 때는 등짝까지 땀으로 범벅되어 있었다. 희수는 평상에 앉아 이 산꼭대기까지 다닥다닥 올라서 있는 집들을 바라봤다. 어딘가는 불이 꺼졌고 어딘가는 아직 불이 켜져 있었다. 멀리 방파제 너머 밤바다에 비용을 아끼려고 항구 밖에 정박한 배들에서 별빛처럼 불빛들이 흔들렸다. 평상 아래에 인숙이 놓은 모기향이 있었다. 희수는 모기향에 불을 붙이고 평상에 누웠다. 산꼭대기에 있는 집이라 그런지 하늘이 가까웠다. 별들이 유난히 많이 보였다. 카시오페이아, 쌍둥이자리, 게자리, 북두칠성. 희수는 자기가 알고 있는 별자리 몇 개를 찾아보다가 평상에 누운 채 잠이 들었다.

눈을 떴을 때는 새벽이었다. 희수는 여전히 평상에 누워 있었다. 여명 때문에 별들은 보이지 않았다. 몸 위에는 이불이 덮여 있었다. 이슬을 맞아서 이불 겉은 축축했지만 이불 안쪽은 체온 때문에 따뜻했다. 평상 끝에 인숙이 앉아 담배를 피우고 있었다. 인숙이 담배를 피웠던가? 담배를 손가락에 끼운 채 새벽하늘을 바라보는 인숙의 옆모습은 어딘가 쓸쓸해 보였다. 희수가 평상에서 부스럭대며 일어나자 인숙이 고개를 돌려 희수를 바라봤다.

"일어났니?"

"응."

밤늦게 불쑥 찾아와서 미안하다, 할말이 있어 왔는데 기다리다 깜빡 잠들어버렸다 따위의 변명을 할까 하다가 희수는 그냥 입을 닫았다. 그런 말들을 인숙이 믿지도 않을 것 같았고 또 희수와 인숙 사이에 새삼 필요한 말도 아니었다. 희수는 늘 불쑥 찾아왔고 또 아무 말도 없이 떠나곤 했다. 인숙이 들고 있는 컵을 희수에게 내밀었다. 따뜻한 유자차였다. 희수가 컵을 받아서 조금 마셨다. 축축한 새벽 공기속에서 유자의 향이 유난히 강하게 느껴졌다.

"얼굴은 왜 그래? 싸웠어?"

"아니, 술 마시고 넘어졌어."

"무슨 일 있어?"

"없어."

"그런데 왜 이 새벽에 남의 평상에서 자고 있는데?"

"그냥, 이 새벽에 갑자기 니가 보고 싶어서."

인숙은 피식 웃었다. 살짝 부끄러워하는 것 같기도 했다. 그 웃음이 인숙의 진짜 웃음이라고, 술집에서 다른 사내들에게 흘리는 호탕한 웃음은 진짜 웃음이 아니라고 희수는 생각했다. 열세 살부터 인숙의 그 웃음을 희수는 사랑했다. 도도함 뒤에 숨어서 부끄러움이 살짝 고개를 내미는 그런 웃음.

"나랑 외국에 나가서 살래?" 희수가 느닷없이 물었다.

"왜, 무슨 사고 쳤나?"

"아니, 그냥 이 바다가 지겨워서."

"외국 나가려면 돈 많이 있어야 한다던데 돈은 있어? 나는 빚밖에 없는데." 인숙이 농담처럼 말했다.

희수는 옥사장의 빨래공장에서 훔쳐온 용강의 가방에 대해 생각했다. 십억이면 아무도 모르는 낯선 곳에서 얼마나 버틸 수 있을까? 희수 혼자 간다면 얼마 못 버틸 것이다. 하지만 인숙과 함께라면 왠지 오래 버틸 수도 있을 것 같았다. 외롭지도 않을 거고, 걱정거리도 없을 것이다. 게다가 인숙은 생활력도 강하니까.

"돈 있으면 갈래?"

인숙이 희수의 진지한 표정을 보고는 의외라는 듯 말을 멈췄다. 인숙이 담배 한 모금을 길게 빨고는 바닥에 꽁초를 비벼 껐다.

"너는 왜 늘 도망갈 생각을 하니? 열일곱 살 때도 그렇고 지금도 그렇고."

인숙이 창녀가 되겠다고 맘먹었을 때 희수는 도망가자고 말했다. 인숙은 안 간다고 했다. 그리고 마흔 살이 된 지금도 그렇게 말하고 있다. 열일곱 살의 인숙은 도망가지 않았고 이 바다에서 창녀가 되었다. 그때 도망을 갔다면 뭔가가 달라졌을까? 인숙의 동생들이 지금처럼 대학을 졸업하진 못했겠지만 인숙의 삶은 어떻게든 달라졌을 거라고 희수는 생각했다.

"가려면 혼자 가라. 나는 이 바다가 좋다."

이해가 안 된다는 듯 희수가 한숨을 내쉬었다.

"이 쓰레기 같은 바다가 좋나?"

"응, 나는 이 바다가 좋다. 이 바다에서 동생들 대학까지 보내고, 아미도 키우고, 밥도 먹고 이만큼 사니까."

인숙이 산아래를 우두커니 바라보다가 갑자기 뭔가 생각났다는 듯 피식 웃었다.

"그런데 왜 외국까지 나가서 같이 살아야 되는데? 이 바다에서는 도저히 부끄러워서 나랑 못 살겠나?"

대답을 기다리는 듯 인숙이 희수를 쳐다봤다. 밤을 꼬박 새워서 인숙의 눈동자가 충혈되어 있었다. 어쩌면 그 질문은 오래된 것일 거다. 희수는 늘 그 질문에 대한 대답을 피해갔다.

"내 꼬라지가 이런데 누가 누굴 부끄러워하노."

그것은 제대로 된 답변이 아니라는 듯 인숙이 천천히 고개를 저었다. 희수가 인숙의 시선을 피했다. 희수는 먼바다를 쳐다봤다. 인숙이 희수가 아니라 바다에게 말하듯 조용히 입을 열었다.

"나는 내가 안 부끄럽다. 동생들이 내가 창피해서 모두 다 이 구암 바다를 떠나도, 시장 사람들이나 동네 사람들이 만날 내 뒤에서 수군 덕거려도, 나는 내가 안 부끄럽다. 나는 내 주어진 조건 속에서 열심히 살았다."

"몸 팔아서 지금까지 살아온 게 자랑이가?" 희수가 빈정거렸다.

"그럼 뭘 팔아서 그 어린 나이에 일곱이나 되는 동생을 먹여 살리는데?" 인숙이 버럭 소리를 질렀다.

소리가 커서 희수가 인숙을 쳐다봤다. 인숙은 울고 있었다. 숲속에서 새벽에 깨어난 새들이 울어댔다. 인숙이 우는 것을 본 적이 있던가? 없었다. 열세 살 때부터 지금까지 희수는 인숙이 우는 것을 단 한 번도 본 적이 없었다. 한번 터진 인숙의 울음은 점점 더 격렬해져서 멈출 줄 몰랐다. 인숙이 손바닥으로 얼굴을 가리고 웅크린 채 어깨를 떨었다. 희수가 담배를 비벼 끄고 자리에서 일어났다. 그리고 천천히 걸어가서 인숙의 어깨를 안았다. 인숙은 희수의 가슴에 얼굴을 묻은 채 아무 말도 하지 않았다.

이발소

소각로 굴뚝으로 연신 연기가 피어오르고 있었다. 화장장까지 따라온 사람들은 별로 없었다. 옥사장과 친했던 친구 몇과 친척들, 그리고 관을 들었던 건달 네 명만이 화장장 공터에서 어슬렁거리며 담배를 피우거나 이야기를 나누고 있었다. 늙은 관리인은 소각로가 꽉 차서 한 시간쯤 기다려야 한다고 말했다. 조문객도 없는데 여섯 개의 소각로가 한꺼번에 돌아가고 있다는 것이 희수는 의아했다. 누군가 독거노인들이 사는 양로원에서 연탄가스 사고가 나서 한꺼번에 화장하는 중이라고 말했다. 희수는 조문객도 없이 쓸쓸하게 타오르고 있는 여섯 구의 시체를 상상하며 굴뚝으로 빠져나가는 연기를 멍하니 쳐다봤다. 화장장 마당으로 쏟아지는 4월의 아침 햇살이 나른했다. 휴게실 벽면에 걸린 텔레비전 뉴스에서는 김영삼 대통령이 그 특유의 불분명한 발음으로 군인 정치의 시대가 끝나고 이제 문민정부의 시대가 열렸다는 연설을 하고 있었다. 그 지겨운 연설을 사십 분쯤 들었을 때 휴게실 스피커에서 옥사장의 이름이 흘러나왔다. 옥사장의 시신이 화장될 예정이니 가족과 친지들은 6번 소각로 앞으로 모이라는 내용이었다. 화장장 곳곳에 흩어져 있던 사람들이 소각로 앞으로 모였다. 그때 옥사장의 중학생 딸과 초등학생 아들은 화장장 복도에 있는 나무의자에 앉은 채 잠들어 있었다. 초등학생 아들은 누나의 어깨에 머리를 기댄 채 아버지 영정사진을 가슴에 품고 있었고, 딸은 곧 재가 되어 나올 옥사장의 뼛가루를 담기 위한 유골함을 꼭 껴안고 있었다. 통유리를 뚫고 들어온 햇살이 사선으로 길게 늘어져서 딸의 얼굴을 비추었다. 잠든 여자아이는 몹시 지쳐 보였다. 아버지 장례를 지내는 삼일 내내 제대로 된 잠이라곤 한숨도 못 잤을 것이다. 장례지도사가 딸을 흔들어 깨웠다. 하지만 너무 깊게 잠들었는지 두어 번 흔들어도 여자아이는 깨어나지 않았다. 장례지도사가 약간 신경질적으로 여자아이의 어깨를 세차게 흔들었다. 여자아이가 눈을 뜨고 어리둥절한 표정으로 주위를 두리번거렸다. 장례지도사가 여자아이에게 귓속말로 뭐라고 말했다. 뭐라고 했을까? 일어나라고, 이제 네 아버지의 시신이 불에 탈 차례라고 말했을까? 여자아이는 여전히 잠에서 완전히 깨지 못한 눈으로 소각로 입구에 모인 사람들을 살폈다. 그리고 전광판에 뜬 자기 아버지의 이름을 보고 그만 울음을 터뜨렸다. 아버지의 장례중에 정신없이 잠들어버렸다는 것이 민망해서 우는 건지 아니면 이제 소각로에 들어가 이 지상에서 육체마저 사라질 아버지가 가여워서 우는 건지 알 수 없었다. 절에서 나온 스님이 목탁을 두드리며 간단한 예불을 올렸다. 노인 몇이 옥사장의 관 위에 만원짜리 지폐를 올렸다. "우리 옥사장, 이 세상에 대한 미련과 원망일랑 다 내려놓고 좋은 데 가도록 곱게 태우고 뼛가루도 곱게 빻아주이소." 노인들이 중얼거렸다. 뼛가루 따위를 곱게 빻으면 원망도 미련도 없이 이 세상을 떠날 수 있다는 건 대체 무슨 논리일까? 희수가 속으로 코웃음을 쳤다. 소각로를 담당하는 늙은 관리인이 고무 코팅된 장갑을 낀 손으로 관 위에 있는 지폐들을 무신경하게 자기 쪽으로 쓸더니 주머니에 쑤셔넣었다. 그리고 관 주위로 몰린 사람들에게 뒤로 물러나라고 말했다. 늙은 관리인은 아침인데도 벌써 술에 취한 듯 얼굴색이 붉었고 무엇 때문인지 모르겠지만 불만이 가득한 표정이었다. 늙은 관리인은 옥사장의 관이 올라가 있는 캐리어를 좌우로 두어 번 흔들더니 관을 소각로 레일 위에 밀어넣고 거칠게 문을 닫았다. 마치 소각로 앞에서 매번 터져나오는 슬픔들에 자신의 감정을 보호하려는 듯 늙은 관리인의 사무적인 동작은 너무나 재빠르고 민첩했다. 소각로 문 위에 달린 붉은 램프에서 경보음이 세 번 울렸다. 그리고 곧 소각로 안으로 거대한 불기둥이 들어왔다. 소각로 안에서 불길이 솟구치자 할머니 몇이 일제히 울음을 터뜨렸다. 옥사장의 어린 아들이 사람들의 울음소리에 놀라 덩달아 울음을 터뜨렸다. 할머니 한 명이 불타기 전에 옥사장의 얼굴이라도 한번 더 보려는 듯 뜨거운 소각로 유리창으로 다가갔다. 늙은 관리인이 황급히 팔을 저으며 할머니를 막았다. "뒤로 물러서요. 유리가 뜨겁습니다." 그리고 눈물바람인 사람들을 으레 있는 일이라는 듯 무덤덤한 표정으로 쳐다봤다.

"화장이 끝나려면 두 시간쯤 걸리니까 나가셔서 식사나 하고 오이소."

늙은 관리인이 마치 닭들을 닭장 밖으로 몰아내듯 팔을 넓게 벌려 울고 있는 사람들을 천천히 밀어냈다. 희수가 제일 먼저 소각장 밖으로 걸어갔다. 등뒤에서 여러 울음들이 한꺼번에 터져나왔다. 희수는 무엇에 쫓기는 사람처럼 빠른 걸음으로 길고 긴 복도를 빠져나왔다.

사람들은 소각장을 빠져나오자마자 식당으로 향했다. 속이 쓰리고 배가 고팠지만 희수는 밥을 먹지 않았다. 방금 세상이 끝날 것처럼 울어대다가 금세 소고기가 듬뿍 들어간 육개장을 우걱우걱 삼키고 있는 사람들을 보고 있자니 희수는 어쩐지 웃기기도 하고 또 슬프기도 했다. 식당 밖으로 나왔을 때 옥사장의 딸은 무릎 위에 유골함을 올려놓은 채 벤치에 우두커니 앉아 있었다. 여자아이가 들고 있는 유골함은 매우 싸구려처럼 보였다. 희수가 걸어가서 여자아이의 옆에 앉았다. 여자아이가 희수에게 천천히 목례를 했다. 아이가 입고 있는 상복은 체격에 비해 커서 치마는 바닥에 끌렸고 저고리는 헐렁해서 여민 깃 사이로 흰 브래지어가 살짝 드러나 있었다. 유방이 이제 막 생기려는 듯 아이의 작은 젖가슴이 봉긋했다. 희수가 아이에게 쪽지를 하나 내밀었다. 여자아이가 무표정하게 쪽지를 받았다.

"이건 아버지가 너희들한테 남긴 돈이다. 삼거리 새마을금고에 가서 신미숙한테 이 쪽지를 주면 가명으로 통장 하나 만들어줄 거다. 니 이름으로 통장 만들면 쓰레기 같은 홍사채한테 다 뺏긴다."

여자아이가 우두커니 손에 든 쪽지를 쳐다보고 있었다.

"돈은 좀 가지고 있나?"

여자아이가 힘없이 고개를 저었다. 희수가 주머니에서 봉투 하나를 꺼내 여자아이에게 건넸다. 봉투 속에는 손영감이 장례비로 쓰라고 준 수표 열 장이 있었다.

"이건 만리장 호텔의 사장님이 주는 거다. 필요할 때 써라."

여자아이가 고개를 숙여 인사를 했다.

"고맙습니다."

여자아이는 단정하게 머리를 뒤로 묶고 있었다. 새까맣고 숱 많은 머리카락이었다. 문득 뒤통수가 참 예쁘다는 생각이 들었다. 희수는 여자아이의 머리를 쓰다듬으려 손을 올렸다가 멈칫했다. 들어올린 손이 부끄러워서 희수는 담배를 꺼내 입에 물었다.

"엄마는 아직 소식 없나?"

"아직 없습니다."

"걱정 마라. 곧 돌아올 거다."

여자아이가 묘한 표정을 지었다. 여자아이는 떠나간 엄마가 돌아오지 않을 거라고 생각하는 것 같았다. 구암 바다를 한번 떠난 여자는 좀처럼 돌아오지 않았다. 희수의 엄마도 카바레에서 눈이 맞은 남자와 떠나고는 돌아오지 않았다. 이상하게도 남자는 뜯어지고 찢겨진 채 비굴한 모습으로도 돌아오는데 여자는 돌아오지 않는다. 여자가 더 자존심이 세서인지 여자가 더 살 만해서인지 알 수는 없었다. 지금 여자아이가 느낄 것 같은 그런 기분을 희수도 느낀 적이 있었다. 아버지도 없이, 엄마도 없이, 세상에 혼자 던져진 것 같은 막막한 기분 말이다.

"살다가 정 힘들면 한 번은 아저씨 찾아와도 된다. 두 번은 못 도와주지만 한 번은 도와줄 수 있다."

한 번은 되고 두 번은 안 된다는 건 무슨 말일까? 문득 자기도 무슨 뜻인지 모르고 떠들어대고 있다고 희수는 생각했다. 그리고 한편으로는 여자아이가 희수를 찾아오지 않을 거라는 생각도 했다. 아이는 무럭무럭 자라고 이 구암 바다에서 소문은 계속 돌고 돈다. 그러니 결국 여자아이는 자기 아버지를 죽인 사람이 희수라는 것을 알게 될 것이다. 알았다는 건지 여자아이가 다시 고개를 숙여서 인사했다. 며칠 잠을 못 자서 피로할 텐데 여자아이의 눈은 티 없이 맑았다. 그 눈이 티 없이 맑아서 아버지가 없어도 잘살 거라고, 희수는 자신에게 터무니없는 위로를 했다. 희수는 바닥에 담배를 비벼 끄고 자리에서 일어났다. 여자아이가 인사라도 하려는 듯 의자에서 일어서려 했다. 하지만 무릎 위에 있는 유골함 때문에 여자아이의 자세는 엉거주춤했다. 일어설 필요 없다는 듯 희수가 여자아이의 어깨에 살며시 손을 얹었다. 그러고는 뒤도 돌아보지 않고 성큼성큼 주차장으로 걸어갔다.

화장장에서 구암 바다로 내려오는 위험한 산비탈 길에서 핸들을 이리저리 돌리며 희수는 자주 룸미러를 쳐다봤다. 등뒤에서 누군가 자꾸 쫓아오는 듯했다. 옥사장은 죽었고 시체도 불에 탔다. 이제 문제될 것은 없었다. 그러니 희수가 자꾸 뒤를 돌아다보는 것은 불안 때문도 두려움 때문도 아니었다. '이제 문제될 것은 없어' 하고 스스로에게 말했을 때 희수가 느낀 것은 호수 바닥으로 돌멩이 하나가 퉁 하고 내려앉은 것 같은 적막함과 무기력함이었다. 돌멩이는 호수 바닥으로 내려앉았고 이제 혼자서 떠오를 힘이 전혀 없었다.

희수는 차를 몰아 탕과 베트남 패거리가 몰려 있는 혈청소 민박집으로 갔다. 용강이 잡혀가고 탕네 베트남 패거리가 황급히 숨은 지 며칠이 지났지만 희수는 전화 한 번 하지 않았다. 혈청소를 오르는 산길은 검역소까지만 포장이 되어 있고 나머지는 여전히 비포장도로였다. 희수가 핸들을 돌릴 때마다 봄 가뭄에 마른 흙들이 뿌옇게 날아올랐다. 이 길은 희수에게 익숙했다. 이 절벽 근처에 모자원이 있었고 인숙이 했던 포장마차가 있었다. 어릴 때는 모자원 애들과 매일 이 비포장도로를 터벅터벅 걸어내려와 학교에 가거나 놀러 다녔다. 예전에 마틴 신부에게 권투를 배울 때 아이들과 러닝을 했던 길이기도 했다. 혈청소와 구암 시내는 몇 발짝 되지도 않았지만 희수는 좀처럼 혈청소로 오는 일이 없었다. 길이 좁아져서 더이상 차가 들어갈 수 없자 희수는 공터에 차를 주차했다. 그리고 차에서 내려 산길을 터벅터벅 걷기 시작했다. 예전에 권투를 배울 때는 이 언덕바지를 한달음에 치고 올라갔다. 그런데 지금은 몇 발짝만 걸었는데도 숨이 차기 시작했다.

해수욕장 시즌에만 영업을 하는 이 민박집은 여름 외에는 인적이 거의 없었다. 민박집 넓은 마당에는 누렁이 두 마리가 기분좋게 드러누워 있었다. 민박집 아래 해변 바위에서 낚시로 잡은 것처럼 보이는 생선들이 빨랫줄에 대롱대롱 매달려 있었다. 어디선가 베트남식 생선간장 냄새가 났다. 툇마루에 베트남 사내 서넛이 무료하게 앉아 있다가 희수를 보고 엉거주춤 자리에서 일어났다. 베트남 사내들은 어리고 순박해 보였고, 민박집에서 몸을 숨기고 있는 탓인지 잔뜩 겁에 질려 있는 것 같기도 했다. 불과 얼마 전까지 정글칼과 권총을 들고 구암 건달들과 전쟁을 벌이려던 사내들이었는데 그때 보이던 독기는 어디서도 찾아볼 수 없었다. 툇마루에 앉아 있던 사내 중에 키가 제일 작은 사내가 방으로 들어가서 탕을 데리고 나왔다. 밖으로 나온 탕이 희수를 알아보고는 인사를 했다. 탕의 표정이 그다지 반가운 기색은 아니었다.

"왜 이리 늦었는데?" 탕이 물었다.

"상황이 좀 복잡했다." 희수가 건성으로 대답했다.

"이제 정리는 다 끝났나?"

"대충."

이해는 안 되지만 어쩔 수 없다는 듯 탕이 고개를 끄덕였다. 희수가 탕을 데리고 해안 절벽 쪽으로 걷기 시작했다.

"여기 지낼 만하나? 뭐 불편한 거 있으면 말해라."

"지내는 건 어디건 상관없다. 남의 나라에 와서 지붕 아래서 자고 밥 안 굶으면 됐지 뭘 더 바라겠나. 그런데 우리 애들은 베트남 집에 매달 돈을 보내줘야 한다. 애들이 돈을 안 보내면 베트남에 있는 늙은 부모들과 어린 자식들이 힘들다."

희수는 주머니에서 봉투를 꺼내 탕에게 건넸다. 만원권 지폐로 천만원이 들어 있는 제법 두툼한 봉투였다. 탕이 의아한 표정으로 봉투를 받았다.

"무슨 돈인데?"

"우선 이걸로 애들 밥 먹이고 여기저기 급한 데 써라."

"우리가 거지가?"

"그런 뜻으로 주는 거 아니다."

탕은 봉투를 열고 그 속에 들어 있는 지폐의 양을 가늠하다가 뭔가 애매하다는 듯 한쪽 눈썹을 위로 치켜올렸다.

"신경써주는 건 고맙다. 그런데 이 돈으론 힘들다."

"좀 있다가 더 갖다줄 테니까 우선 그걸로 대충 막아봐라."

"우리는 일이 있어야 한다. 일이 있어야 애들을 잡아둘 수 있다. 일이 없으면 애들은 떠난다."

희수는 다시 빨래공장을 떠올렸다. 손영감에게 억지로 우겼으면 받아낼 수도 있었을 것이다. 곰탕 할배들에게 남아도는 시바스 리갈이라도 몇 병 들고 가서 앞으로 열심히 하겠다고 아부를 좀 했으면 정배 대신에 빨래공장을 꿰차는 것이 그리 어려운 일도 아니었을 것이다. 하지만 그러지 못했다. 왜 그러지 못했을까? 희수는 후회했다. 빨래공장 하나 달라고 징징거리는 게 어쩐지 자존심이 상한다고 생각했을 지도 모른다. 옥사장 일을 자기가 처리했으니 그 이권은 당연히 자기에게 넘겨주지 않겠냐고 맘 편하게 생각한 것도 있었다. 그러나 그건 그저 희수 혼자만의 생각일 뿐이었다. 괜한 똥폼과 자존심으로 빨래 공장 하나를 날려먹은 셈이었다.

"얼마나 버틸 수 있는데?" 희수가 물었다.

"오래 못 버틴다."

희수가 돌멩이 하나를 주워 절벽 아래로 집어던졌다. 해안으로 깎아지른 가파른 절벽을 따라 돌멩이가 이리저리 부딪히며 떨어져내렸다. 덩달아 절벽에서 후드득 마른 흙도 떨어져내렸다.

"혹시 정배라는 놈이 누군지 아나?" 탕이 물었다.

"니가 정배를 어떻게 아는데?"

"도다리라는 놈이랑 같이 찾아왔더라. 빨래공장에서 다시 일해볼 생각 없냐고, 생각 있으면 애들 데리고 내려오라고 하더라."

정배는 정말 발 빠른 새끼였다. 희수가 어금니를 꽉 깨물었다.

"그래서 뭐라고 했노?"

"희수한테 물어본다고 했다."

"이제 빨래공장은 안 된다. 다른 일 알아보고 있으니까 조금만 더 기다려라."

"아무것도 하지 말고 계속 이 민박집에 처박혀 있으라고?"

탕은 약간 화가 난 얼굴이었다. 희수가 다시 돌멩이 하나를 집어 절벽으로 집어던졌다.

"희수 너만 믿고 나왔는데, 이게 뭐고?"

"한국 속담에 물에 빠진 놈 건져놨더니 보따리 내놓으라고 한다,

라는 말이 있다. 내 아니었으면 너희들은 지금 다 감옥에 있거나 추방
당했다."

"그깟 불법체류로 들어가는 게 뭐가 무섭노. 이제 우리는 배신자들
이다. 용강이가 돌아오면 우린 다 죽은목숨이다."

"걱정 마라. 용강이 쉽게 못 나온다."

희수가 성큼성큼 걸어갔다. 탕이 희수의 뒷모습을 멍한 얼굴로 쳐
다보고 있었다. 탕의 얼굴을 오래 맞대고 있을 면목이 없었다. 줄 수
있는 일도 없었고 구체적으로 언제까지 기다리라고 약속할 수 있는
것도 없었다.

희수는 산비탈을 걸어내려와 다시 차에 올랐다. 그리고 시동을 걸
고 만리장을 향해 차를 몰았다. 희수는 계속 궁지에 몰리고 있는 기분
이었다. 지난 몇 년 동안 계속 물러서기만 했다. 작년 여름에 전라도
애들이 해변 귀퉁이에 파라솔을 깔겠다고 막무가내로 밀고 들어왔을
때도 물러섰고, 이번에 용강이 치고 들어왔을 때도 물러섰다. 손영감
은 더이상 싸우려 하지 않았다. 곰탕 할배들도 마찬가지였다. 그들은
지나치게 무섬증을 타고 있었고 누군가 작심을 하고 싸우려들면 쉽게
꽁지를 내렸다. 그래서 옥사장이 죽은 것이다. 싸우지 않고 꽁지를 내
리면 그 대가를 안에서 치러야 한다. 옥사장 하나를 보내는 것이 여러
사람이 다치고 감옥에 가는 것보다 더 남는 장사라고 손영감은 생각
했을 거다. 하지만 그것은 남는 장사가 아니다. 한번 밀리기 시작하면
계속 밀리고, 그러면 동네 양아치들까지 얕잡아보고 치고 들어온다.
그 소비적이고 난삽한 싸움은 또 누가 감당할 것인가.

그 와중에도 정배는 구암 바다에서 야금야금 알짜배기 사업을 차지
하며 세를 늘려가고 있었다. 자기 사업을 가져야 수하에 건달들을 부

릴 수 있다. 빨래공장까지 차지한다면 정배가 굴릴 수 있는 아이들이 희수보다 훨씬 많을 것이다. 희수가 가지고 있는 거라곤 만리장 지배인이라는 알량한 타이틀뿐이었다. 호주머니에 생기는 건 아무것도 없으면서 잡부처럼 뒤치다꺼리를 해야 하는 일은 하염없이 많은 자리말이다. 그러니까 간단하게 말하면 늙고 겁 많은 노인들과 발 빠르고 머리 좋은 정배 사이에서 희수는 호구짓을 하고 있는 셈이었다. 많은 선배들이 그랬듯 그러다 서서히 힘을 잃어갈 것이고 쓸모가 다하면 버려질 것이다.

손영감은 이발소에 있었다. 토요일 오전에 영감은 늘 면도와 이발을 했다. 이발소는 오후 한시에 문을 열었는데 토요일에는 손영감을 위해 특별히 오전에 문을 열었다. 물론 오후 한시까지 다른 손님은 받지 않았다. 일주일에 한 번씩 이발을 해서 그런지 손영감의 헤어스타일은 마치 가발이라도 쓴 것처럼 일 년 내내 똑같았다. 이발사는 왕씨라는 육십대 사내였는데 화교였다. 대만에서 훌쩍 넘어와 구암 바다에서 산 지 이십 년이 넘었지만 여전히 한국말을 할 줄 몰랐다. 다른 언어를 배우기에는 너무 나이가 많다고 생각했는지, 아니면 어눌한 외국어 때문에 바보처럼 보이는 것이 자존심 상했기 때문인지 그 이유는 정확히 알 수 없었다. 왕씨는 결벽증적이라 할 만큼 청결하고 깔끔해서 심지어 이발소 안에서 머리카락 한 올도 찾아볼 수 없었다. 노인들은 왕씨의 이발 솜씨가 좋다고 했지만 희수가 보기에 그의 스타일은 고지식하고 구닥다리였다. 손영감뿐만 아니라 곰탕 할배들도 종종 여기서 머리를 깎고 면도를 했다. 비밀스러운 사업 이야기도 이 이발소에서 자주 오갔는데 그 이유는 왕씨가 한국말을 전혀 알아듣지 못했기 때문이었다.

손영감은 뒤로 젖혀진 이발용 의자에 누워 있었다. 면도가 막 끝났는지 턱과 목에 면도 크림이 군데군데 남아 있었다. 왕씨가 뜨거운 타월을 꺼내 손영감의 얼굴에 덮고는 마사지를 하고 면도 크림을 깨끗하게 닦아냈다. 희수가 손영감 옆에 있는 이발 의자에 앉았다. 손영감이 고개를 돌리지 않고 거울 속에 있는 희수를 쳐다봤다.

"옥사장은 잘 갔나?"

"잘 갔을 리가 있습니까? 뒈지면 쓸쓸하고 초라하게 가는 거지예." 희수가 빈정대듯 말했다.

"뭔 말을 그리 모질게 하노. 어차피 다 끝난 일인데 그냥 잘 갔다고 하면 되지."

손영감이 막 면도를 끝낸 턱을 문지르며 민망한 표정을 지었다. 희수의 뻐딱한 말투 때문인지 아니면 정말로 쓸쓸하게 갔을 옥사장 때문인지 손영감이 잠시 눈을 감았다가 다시 떴다.

"어젯밤에 정배 대가리를 아주 박살냈다메?"

희수를 탓하는 말투는 아니었다. 희수가 대답을 하지 않고 담배를 하나 꺼내 입에 물었다. 왕씨가 유리 재떨이를 들고 와서 희수 앞에 놓았다.

"애는 와 패고 지랄이고. 가뜩이나 머리가 나빠서 힘들게 사는 놈을."

"정배 머리가 왜 나쁩니까? 머리가 얼마나 잘 돌아가는 놈인데."

"그래서 니 아이큐랑 비슷하게 맞추려고 그렇게 떡반죽을 만들어 놨나?"

손영감의 농담에 희수는 웃지도 않고 그저 담배만 한 모금 길게 빨았다. 왕씨가 손에 스킨을 들고 눈치를 보고 있었다. 손영감이 계속하라는 듯 손짓을 했다. 왕씨가 손영감의 얼굴에 스킨을 바르고 가볍게 마사지를 했다.

"내가 정배 금마 쥐새끼처럼 발발거리고 다니다가 희수 니한테 한번은 작살날 줄 알았다. 설쳐도 너무 설쳐대는 거지." 손영감이 웃으며 말했다.

그 웃음은 마치 이런 일이 있을 거라고 기대라도 하고 있었던 것처럼, 자기 예상대로 딱 맞아떨어져서 몹시 흐뭇하다는 유의 웃음이었다. 손영감은 오늘 기분이 좋아 보였다. 옥사장을 그렇게 보낸 것보다 옥사장 일이 사고 없이 잘 처리되어서 다행이라는 얼굴이었다. 피 한 방울 흘리지 않고, 별 사고도 없이, 거추장스럽던 용강을 감옥에 보냈다. 빨래공장도 다시 찾았다. 구암의 지배자. 오랫동안 그 자리에 앉아서 산전수전을 다 겪어서 그런지 원래 성격이 그런지 손영감은 어떤 일이건 쉽게 잊었다. 지나간 일에 크게 슬퍼하지도 크게 분노하지도 않았다. 아마 희수가 칼을 맞고 죽어도 손영감은 오늘처럼 이발을 하고 농담을 할 것이다. 다 끝났는지 왕씨가 이발 의자를 바로 세웠다. 그리고 손거울을 들고 와서 손영감의 뒷머리 쪽을 비췄다. 손영감이 거울에 얼굴을 이리저리 비춰보더니 만족스러운 표정으로 고개를 끄덕였다.

"오늘 이발 좋네."

손영감이 왕씨를 향해 엄지를 치켜세웠다. 손영감의 칭찬에 기분이 좋은지 무뚝뚝한 왕씨도 빙긋 웃었다. 희수가 보기에는 하나도 달라진 것 없는, 만날 그놈이 그놈인 스타일인데 뭐가 특별히 좋다는 건지 이해할 수 없었다.

"정배 입원한 병원에는 가봤나?"

"안 가봤습니다."

"가봐라. 이 좁은 바닥에서 같이 사업하는데 서로 얼굴 안 보고 살 것도 아니고. 이런 건 터졌을 때 사과하고 대충 비벼서 수습하는 게 좋다."

"칼까지 꺼내들고 덤벼들었는데 내가 무슨 사과를 합니까?"

"칼을 꺼내들었다고?" 의외의 정보라는 듯 손영감이 놀란 표정을 지었다. "희수 앞에서 칼까지 꺼내는 걸 보니 정배 그 새끼도 꼴에 사내라고 욱하는 게 있다잉?"

"그게 무슨 사냅니까, 양아치 새끼지."

손영감은 이 상황이 몹시 재미있다는 듯 계속 웃었다.

"그나저나 절삭이는 거기에 왜 끼어들었노? 절삭이랑 정배가 맺힌 게 많았던 모양이제?"

"삼 년이나 감옥에 처박혀 있다가 나왔는데 영감님이 다 뺏어서 정배에게 줬다 아입니까. 맺힌 게 없겠습니까? 그리고 정배가 관리하는 방파제 포장마차에 세금이 억수로 올라서 아줌마들도 원성이 자자합니다. 가스랑 전기랑 두세 배씩 올리고, 영감님 때는 안 걷던 상납금도 걷는다고 말들이 많습니다."

손영감이 목에 감겨 있던 수건을 빼내 테이블 위에 툭 던졌다. 그리고 거울을 보고 고개를 이리저리 돌리며 다시 얼굴을 살폈다.

"정배 하는 짓이 그리 맘에 안 들면 방파제 사업을 희수 니가 함 맡아볼래? 니가 생각 있으면 내가 정배한테 그거 내놓으라고 할게."

희수는 난데없이 방파제 사업을 맡으라는 게 무슨 뜻인지 몰라서 앞에 있는 거울만 쳐다봤다. 거울 속에서 손영감이 말했다.

"와, 생각이 없나?"

"글쎄요."

"방파제 포장마차 그거 일은 많고 돈은 안 된다. 가스, 전기 원가로 공급하제, 바닷물 공짜로 넣어주제, 거기다 상납금도 안 받는다. 나오는 돈이라고는 주차장에서 들어오는 돈이 전부인데 누가 그 일을 할라고 하겠노. 그런데도 단속 뜨는 공무원들 뭐 멕여야지, 여기저기서 삐질삐질 밀고 들어오는 다른 노점상 패거리 막아야제, 게다가 요즘 포장마차에서는 회도 팔고, 해산물에 생선구이도 팔고, 심지어 닭도 튀겨 판다. 소주, 맥주 다 파니까 상가 사람들이랑 날마다 전쟁 아이가. 그 싸움 일일이 중재하고 말리려면 일이 좀 많나. 나도 예전에는 자식들 멕여 살리려고 고생하는 할머니, 아줌마들이 가여워서 지역 봉사 차원으로다가 방파제 사업은 거의 남기는 것 없이 했는데 한 이십 년 그렇게 돌리니까 사람들이 그게 당연한 건 줄 안다. 고마운 줄도 모르는 기라."

능구렁이 같은 영감이다. 정배에게 악역을 맡겨서 세금을 걷어내게 하고, 희수에게는 정배를 때리게 만들어서 명분을 만든다. 그리고 마치 자기는 이 일과 아무 상관도 없다는 듯 뒷짐을 지고 물러나 있는 거다. 욕은 정배가 듣고, 정배의 원한은 희수에게 오고, 돈은 노인들에게 간다. 예전에는 그런 게 보이지 않았는데 마흔이 넘으니까 희수는 이제 그런 게 보였다. 예전에는 이 일이고 저 일이고 힘든 줄도 모르고 했는데 막상 보이기 시작하니까 힘들어진다.

"언제 정배랑 술자리 한번 하자. 내가 자리 함 마련할 테니까 희수 니는 그냥 앉아만 있어라."

"꼭 그래야 됩니까?"

"정배도 이제 짬밥 좀 묵었다. 코 찔찔 흘리던 옛날 정배 아니다. 정배가 데리고 있는 애들이 몇 명이고? 니가 사람들 앞에서 함부로 쥐패고 그라믄 정배가 사업을 못한다. 술자리라도 한번 해서 희수 니가 사과하는 모양새라도 취해주는 게 안 좋겠나. 정배도 애들 관리해야 하는데 그래야 쪼매라도 체면이 서지. 다른 건 몰라도 정배가 사업 하나는 야무지게 잘한다 아이가."

손영감이 은근히 정배 편을 들고 있었다. 사실 노인들에게 정배처럼 요긴한 놈이 어디 있을까. 정배는 민망하고, 껄끄럽고, 치사한 일을 도맡아 처리하고 덩달아 욕도 자기가 다 먹고 있었다. 사업을 굴릴 때는 정배처럼 미운 짓을 도맡아 하는 놈이 필요하다. 아랫사람들이 보기에는 저런 쓰레기가 어떻게 승승장구하는지 궁금하겠지만 윗사람들이 보기에는 얄밉고 치사한 일들을 처리해주는 정배처럼 귀여운 놈도 없는 거다. 하지만 생각해보면 희수도 정배와 똑같았다. 손영감의 더러운 일들을 처리해주면서 개처럼 살고 있는 처지였다. 정배와 희수가 다른 점이 있다면 정배는 욕을 처들으면서 자기 주머니라도 챙기는 데 반해 희수는 그마저도 못하는 등신이라는 것뿐이었다.

"알겠습니다. 술 한잔하는 게 뭐 어렵겠습니까." 희수가 흔쾌히 말했다.

"하모, 자리만 지키면 되는 일인데."

손영감은 뭔가 멋쩍은지 입맛을 다셨다. 희수가 담배를 재떨이에 비벼 끄고 자리에서 일어났다.

"다른 일은 없고?"

"별일 없습니다. 그리고 저 이번 달까지만 하고 만리장 지배인 그만둘랍니다."

희수의 목소리는 마치 정말 별일도 아니라는 듯 일상적이고 가벼웠다. 손영감이 깜짝 놀란 얼굴로 희수를 쳐다봤다.

"뭐라꼬? 만리장을 그만둔다고?"

"네, 이번 달까지만 출근하겠습니다. 새로 지배인 들어오면 그때 나와서 인수인계하겠습니다."

손영감은 희수의 말에 다소 충격을 받은 듯 의자에서 벌떡 일어났다가 다시 앉았다.

"건달이 무슨 회사원이냐? 이게 사표 한 장 달랑 내면 끝나는 일인가?"

"그럼 뭐 손가락이라도 하나 자르고 나갈까요?" 희수가 피식 웃으며 말했다.

손영감이 허허 웃으며 희수를 쳐다보고 있었다. 그것은 아주 곤혹스러운 일이 생겼을 때 자신의 심정을 숨기기 위해 손영감이 쓰는 표정이었다. 복잡한 생각과 계산을 해야 할 때 늘 그랬던 것처럼 손영감은 눈동자를 빠르게 움직이며 입술을 오물거렸다. 쉴새없이 오물거리고 있는 손영감의 입술을 보면서 문득 희수는 손영감의 머릿속에서 복잡한 시계 부품처럼 움직이고 있을 생각과 계산들이 궁금했다. 그 계산들 속에서 내려진 금액이 희수라는 인간의 정확한 가격일 것이다.

"생각은 제대로 하고 내린 결정이가?"

"저 함부로 움직이는 놈 아닌 거 아시잖습니까."

"알지. 우리 희수는 함부로 움직일 놈이 아니지."

손영감이 뚱딴지같이 칭찬을 했다. 그 난데없는 칭찬 때문에 갑자기 어색해진 기분이었다.

"나가면 뭐할 거고? 할 건 있나?"

"양동이 형님이랑 성인오락실 사업 해볼라고 합니다."

그럴 수도 있겠다는 듯, 아니면 믿는 도끼에 발등이 찍혀서 당황한 듯, 손영감의 얼굴이 묘하게 일그러졌다. 무슨 말부터 꺼내야 할지 고민을 하는지 손영감이 잠시 뜸을 들였다.

"희수야, 니는 아직 나갈 때가 아니다. 내 밑에 좀더 있어야 한다."

어이가 없다는 듯 희수가 너털웃음을 터뜨렸다.

"언제 나갈까요? 환갑이나 되면 나갑니까?"

희수의 농담에 손영감이 난감한 표정을 지었다.

"영감님 밑에서 이십 년입니다. 제 꼬라지 보이소. 결혼도 못하고 집 한 칸 없이 달방에 삽니다. 지금 장기 팔아서 홍사채에게 이자 줘야 할 형편이라고요."

의미는 비장했지만 희수의 말투는 가벼웠다. 손영감이 담배를 하나 달라는 듯 왕씨에게 손가락을 벌렸다. 왕씨가 주머니에서 자기가 피우는 대만 담배를 하나 꺼내 손영감의 손가락에 끼웠다. 손영감이 담배를 입에 물자 왕씨가 불을 붙였다. 한 모금 빨고는 담배가 독한지 손영감은 콜록콜록 마른기침을 했다. 왕씨가 급히 컵에 물을 담아 왔다. 손영감이 물을 조금 마시고는 더 피우기가 어려운지 담배를 비벼 껐다.

"양동이랑 그 위험한 사업을 시작해서 뭘 어쩌겠다고? 이 바닥이 양동이 생각처럼 그리 간단한 곳이 아니다. 설령 오락실 사업이 흥해서 돈을 벌면 파친코 놈들이 가만히 있겠나. 그게 흥하면 흥해서 죽고 망하면 망해서 죽는 사업이다. 그 판에 기어들어가면 희수 니는 죽는다."

"저도 나이가 마흔입니다. 더 늦기 전에 뭐라도 해봐야지예."

"대가리가 되고 싶은 거가?"

"저는 두목 같은 거 관심 없습니다. 저는 그냥 입에 풀칠이나 하려는 겁니다."

"거짓말하지 마라. 사내는 모두 왕이 되고 싶어한다. 평생 늘 밑에 있고 싶어하는 사내가 어딨겠노." 손영감이 잠시 말을 멈췄다.

"때가 되면 내가 만리장이고 다른 사업이고 니한테 다 넘겨줄꾸마. 뭐가 그리 급하노?"

"만리장은 도다리나 주이소. 우리 도다리가 왕자 아닙니까. 제 살길은 제가 알아서 찾겠습니다."

희수가 처음으로 진심을 털어놨다. 그것은 오랫동안 손영감에게 가지고 있던 섭섭함이었다. 손영감이 그 섭섭함을 알고 있었다는 듯 희미하게 웃었다.

"희수야, 우리 집안이 대대로 손이 귀하고 명도 짧다. 나만 해도 벌써 육대 독자 아이가. 그래도 조상님들이 아슬아슬하게나마 여기까지 이어줬는데 내가 딱 대를 끊어놓은 셈이다. 죽어서 조상님들 뵐 면목이 없다. 뭐 어쩌겠노. 세상사가 자기 뜻대로 되는 것도 아니고. 마누라랑 자식새끼들 교통사고로 한 방에 다 보내고 그 적적한 세월에 희수 니가 곁에 있어서 나는 참 좋았다. 그래서 희수야, 나는 늘 니를 아들이라고 생각하고 살아왔다. 피가 섞였냐 안 섞였냐가 뭐 중요하노. 마음이 통하고 정을 주면 다 형제고 자식이지. 그러니까 희수야, 우리 도다리는 벤츠나 타고 다니고 계집질이나 하면서 살게 놔두라. 도다리가 만리장을 우예 꾸려나가겠노."

손영감의 목소리는 애절하고 간곡했다. 이 감상적이고 신파조인 말들은 희수를 붙잡아두려는 얕은 꾀일 수 있다. 아니면 자기가 죽고 난 다음에 정말로 만리장과 사업을 희수에게 넘겨줄 생각일지도 몰랐다.

하지만 그게 언제일까. 희수는 그때까지 이 지겨운 일들을 버틸 수 있을지 아니면 그때까지 팔다리 멀쩡하게 살아 있을지 문득 자신이 없었다.

"내가 아들로서 매력이 있나봅니다. 옥사장도 죽기 전에 나 같은 아들 하나 있었으면 좋겠다고 하던데 오늘 영감님도 그러시네요. 이래 인기가 많은데 저는 왜 모자원에서 자랐는지 모르겠습니다."

말하고 희수는 자조적으로 웃었다. 어쩌면 그 웃음은 비웃음일지도 몰랐다.

"저는 애비 없이 어른이 돼서 아버지 같은 거 안 믿습니다. 인생을 통틀어 아버지한테 받은 게 없어서요."

"애비가 없으면 저절로 어른이 되나? 애비가 없으면 영원히 애인 거다."

손영감의 말투는 비장하고 진지했다. 하지만 희수는 할말을 다 했다는 듯 자리에서 일어났다. 낡은 이발 의자에서 삐걱하면서 큰 소리가 났다. 손영감이 이를 앙다물고 있었다.

"다시 한번 찬찬히 생각해봐라. 그리고 월요일 아침에 곰탕이나 한 그릇 하자."

"오늘 짐 챙겨서 나가겠습니다. 인수인계할 때 부르소."

"꼭 이래야겠나?"

"생각 많이 하고 결정한 겁니다."

손영감이 침통한 표정을 지었다. 거울 속에 늙은 손영감이 있었다. 새로 이발을 하고 면도를 한 손영감의 얼굴이 갑자기 유난히 늙어 보였다. 구차하고, 늙었고, 무섬증을 타고, 힘이 없는 모습. 그런 자가 여전히 구암의 주인이라는 게 희수는 의아했다. 손영감이 할 수 없다는 듯 고개를 끄덕였다.

"양동이에게 전해라. 느그들이 뭘 하건 구암 바다에서 일하면 세금은 십 프로다. 상납은 말일이고. 날짜 지켜라."

희수가 천천히 허리를 숙였다. 마치 마지막 인사라도 하듯 희수의 인사는 공손하고 정중했다.

희수는 이발소를 나와서 구암 바다를 천천히 걸었다. 일본 사람들이 해변을 따라 줄지어 심어놓은 벚나무에서 벚꽃이 떨어지고 그 자리에 새 잎이 나고 있었다. 며칠 전까지만 해도 어지럽게 흩날리던 벚꽃들은 이제 보이지 않았다. 그 꽃은 언제나 그러했듯 순식간에 피어나고 또 순식간에 사라졌다. 희수는 해변 백사장 중간에 멈춰 서서 반구형의 바다를 한참이나 쳐다봤다. 오전의 해변에는 아무도 없었다. 불과 몇 분 전까지만 해도 이 바다에서 일어나는 일들이 모두 자기 일 같았는데 갑자기 모든 게 낯설고 생소해 보였다.

2부

여름

결혼과 여름

1993년의 여름은 유난히 뜨거웠다. 수은주가 치솟아 연일 최고 기록을 갈아치웠다. 지구가 미쳐가고 있는 게 분명하다고 사람들은 떠들어댔다. 하지만 지구가 미쳐가건 말건 구암 사람들은 이 뜨거운 여름을 좋아했다. 여름이 뜨거워지면 해변은 돈을 벌었다. 작열하는 태양에 아스팔트가 녹아서 흐물흐물하고, 행렬을 따라가던 개미들이 햇볕에 말라죽고, 개들도 지쳐 혓바닥을 길게 늘어뜨린 채 꼼짝도 하지 않는 여름이었다. 온 도시의 골목과 거리가 텅 비었지만 해수욕장 백사장은 사람들로 차고 넘쳐났다. 넓은 비치파라솔을 펼치며 올해는 제발 장마도 태풍도 그냥 지나가라고, 소도 돼지도 다 말라죽는 염병할 더위가 계속돼서 돈이나 왕창 벌어보자고 방파제 포장마차 아주머니들은 떠들어댔다.

해수욕장 개장을 며칠 앞두고 희수는 인숙과 결혼했다. 말이 결혼이지 사실은 이사라고 불러야 할 형편이었다. 결혼식도 올리지 않았고 신혼집이나 새살림을 장만하지도 않았다. 그저 희수가 호텔방에 있던 짐을 챙겨 인숙의 집으로 들어온 것뿐이었다. 짐이라고 해봐야 가방 하나가 전부였다. 공영주차장으로 마중을 나온 아미와 인숙이 달랑 가방 하나만 들고 있는 희수를 쳐다보고는 고개를 갸웃거렸다.

"아버지, 설마 짐이 그게 전부요?" 아미가 물었다.

"이게 전부다." 희수가 머쓱해하며 말했다.

아미가 희수의 짐을 냉큼 받아들었다. 그러곤 몇 발짝 걸어가다 희수를 돌아봤다.

"아버진 인생 참 가볍게 삽니다."

"뭔 소리고?"

"명색이 이사 가방인데, 이건 뭐 내 감옥에서 출감할 때 들고 나온 가방보다 가볍네요."

놀리듯 말하고 아미는 희수의 인생처럼 가벼운 가방을 들고 그 높은 계단을 뛰다시피 올라가버렸다. 어쩐지 인숙의 집으로 들어가는 게 어색해서 희수는 신발로 맨바닥을 슬슬 문질렀다. 인숙이 희수의 손을 잡았다. 그리고 인숙은 희수의 손을 힘차게 흔들며 아이를 끌듯 계단을 오르기 시작했다. 말하자면 그것이 결혼 절차의 전부였던 셈이다.

인숙은 조촐하게나마 결혼식을 올리자고 했지만 희수는 새로 시작한 사업이 바쁘니 이 고비만 넘기고 나중에 근사한 결혼식을 올리자고 인숙을 달랬다. 실제로 만리장을 나와서 새로 시작한 성인오락실용 기계 제작 사업이 아주 바빠서 결혼식을 준비할 여력이 없었다. 하지만 진짜 이유는 근사한 결혼식을 올릴 형편이 안 돼서였다. 초라한 결혼식을 올리느니 차라리 안 하는 게 낫다고 희수는 생각했다. 건달 생활 이십 년인데 가진 거라곤 칼자국 몇 개와 전과 기록, 그리고 여기저기에 깔린 빚뿐이었다. 손에 움켜쥔 모래 알갱이들처럼 들어온 돈들은 손가락 사이로 우수수 빠져나갔다. 동사무소에서 혼인신고서를 쓰고 산복도로의 그 많은 계단을 올라오면서 희수는 인숙에게 미안하다고 말했다. 술집년 팔자가 다 그렇지, 인숙은 중얼거렸다. 하지만 이내 결혼식이야 한번 하면 허공으로 날아가는 돈이니 차라리 그 돈으로 집을 수리하거나 살림을 장만하는 것이 낫다고 인숙은 말했다. 인숙의 그 터무니없는 긍정성 때문에, 지치지 않는 생활력 때문에, 희수는 민망했다.

구암의 집들은 값이 싸질수록 풍경이 좋아진다. 값이 싸질수록 집들이 산 위로 하염없이 올라가기 때문이다. 인숙의 집은 산복도로 버스정류장에 내려서도 긴 한숨을 쉬고 셀 수 없이 많은 계단을 올라가야 하는 언덕바지 낡은 집이었다. 툭 튀어나온 절벽 끝에 아슬아슬하게 붙어 있어서 동네 사람들은 인숙의 집을 절벽집이라고 불렀다. 예전에 이 집에는 수행하는 스님이나 무당이 살았다고 했다. 술에 취해 한번씩 놀러올 때는 몰랐는데 막상 살아보니 인숙의 집은 정말 높은 곳에 있었다. 과연 도를 닦는 마음이 아니면 절대 살 수 없는 곳이라고 계단을 오를 때마다 희수는 생각했다. 절벽 위에 우뚝 서 있는 그 집은 높아서 경치가 좋았고 경치가 좋아서 값이 쌌다. 산565번지는 가장 먼저 아침 햇살이 비치고 가장 늦게 저녁놀이 사라졌다. 앞마당으로는 태평양에서 불어오는 거친 바닷바람이 올라왔고 뒷마당에는 장배산 산등성이를 따라 산바람이 내려왔다. 이 높은 마을에서도 우러러보이는 인숙의 절벽집은 두 바람 모두 피할 길이 없어서 하루종일 바람을 맞았다. 돛이라도 달면 집이 하늘로 날아가겠다고 희수는 농담을 했다.

머리를 감을 때면 종종 수돗물이 끊겼다. 대형 플라스틱 물통에 받아둔 물을 바가지에 퍼오면서 이 언덕까지 올라오느라 수돗물도 허리가 아파서 가끔씩 쉬는 모양이라고 인숙은 농담을 했다. 자동차가 다닐 만한 도로가 없으므로 차는 공영주차장에 놔두고 걸어다녀야 했다. 사실 저 아래에 있는 공영주차장까지도 만만한 높이는 아니었다. 인숙과 시장에서 장을 보고 감자나 대파, 고등어와 돼지고기 같은 것이 잔뜩 들어 있는 비닐봉지를 들고 터벅터벅 계단을 올라올 때면 희수는 미안했다. 뭐가 미안하냐고 인숙은 되물었다. 너를 여왕처럼 만들어주고 싶었는데 못 만들어줘서 미안하다고 희수는 말했다. 괜찮다고, 우리 주제에 이게 어디냐고 인숙은 말했다. 우리 주제가 어때서? 희수가 발끈했다. 팔이 아픈지 인숙이 감자가 든 비닐봉지를 다른 손으로 바꿔 쥐었다. 우리는 술집년과 깡패지. 그러니 술집년과 깡패 주제에 이 정도면 아주 감사한 거야. 인숙이 흐뭇한 얼굴로 희수를 쳐다보며 말했다. 문득 양동의 말이 생각났다. 건달은 왕이 되지 않으면 노숙자나 다름없는 인생이라고. 그러니 집과 가족이 생겨서 노숙자 신세는 면했으니 이 정도면 다행한 일일지도 모른다고 희수는 생각했다.

인숙이 성화를 부려 아미와 제니도 한집에서 살았다. 삼 년 동안은 같이 살고 그다음에는 분가를 하든 말든 마음대로 하라는 조건이었다. 제니는 입을 삐죽 내밀었지만 인숙의 고집을 꺾을 수는 없었다. 넷이 살기에는 좁은 집이었다. 옛날 집들이 대개 그렇듯 벽이 얇아서 방음이 되지 않았다. 아미와 제니는 밤이고 낮이고 그 짓을 했다. 제니는 사창가에 있는 창녀처럼 과장된 신음소리를 냈다. 종종 숨이 넘어갈 듯 깔딱거리는 교성이 문밖으로 새어나왔다. 그때마다 인숙은 명한 표정을 지으며 아랫입술을 피가 날 정도로 질끈 깨물었다. 인숙의 예민한 반응이 위아래가 없는 제니 때문이 아니라 사창가 시절의 기억 때문인 것 같아서 희수는 불편했다.

어쨌거나 인숙의 절벽집은 한창 성욕이 충만한 신혼부부가 살기에는 불편하고 좀 멋쩍은 곳이었다. 화장실은 하나밖에 없었고, 벽은 얇았고, 집은 좁았다. 제니가 속옷이 훤히 비치는 나이트가운 차림으로 돌아다니는 것도 불편했고, 명색이 시아버지라 이 뜨거운 여름에 일일이 옷을 챙겨 입고 있어야 하는 것도 불편했다. 샤워라도 할라치면 뜨거운 물은커녕 심지어 찬물도 나오지 않는 때가 많았다. 하지만 아미는 그저 좋아했다. 밥상머리에 앉은 제니가 화장실이 하나밖에 없어서 너무 불편하다며 투덜거리고, 머리를 감을 때마다 수돗물이 끊긴다고 짜증을 내며 인숙과 신경전을 벌이는데도 "집에 사람이 많아서 북적북적하니 참 좋아요. 나는 사람이 북적거리면 무조건 좋아요" 하고 눈치 없이 말했다.

술집 여자들이 으레 그렇듯 제니는 게을렀다. 그리고 실로 아무 짓도 하지 않았다. 부엌에 들어가서 식사 준비를 돕지도 않았고 청소도 빨래도 하지 않았다. 그저 아미가 돌아오면 킥킥대며 밤새 떡을 치거나, 오후 늦게 일어나서 평상에 앉아 손톱과 발톱에 어제 바른 매니큐어를 지우고 새로 칠하거나, 밖으로 나갈 일도 없는데 정성스레 화장을 하는 게 제니가 하는 일의 전부였다. 오후 늦게까지 늦잠을 자고 있는 제니의 방을 쳐다보며 인숙은 고개를 절레절레 흔들었다. "정을 주려고 해도 뭐 예쁜 구석이 있어야지. 이래서 내가 술집년은 안 된다고 한 거다. 보지로 먹고살아온 년은 다 저렇다." 인숙은 짜증을 냈다.

장마가 시작되기 전에 인숙이 인부들을 불러 지붕을 새로 올렸다.

수리를 시작한 김에 부엌과 화장실도 고쳤다. 부엌에 새 싱크대를 넣고 화장실의 변기와 세면대를 새로 갈고, 큰 물통과 전기온수기도 넣었다. 도배와 장판을 새로 하고 커튼을 달자 제법 근사한 집이 되었다. 정남향이어서 하루종일 햇살이 내렸고 마당이 넓어 빨래 널기에 좋았다. 저녁에 평상에 앉아 생선이나 고기를 굽기에도 좋았다. 무엇보다 희수가 난생처음 가져보는 집이었다. 그리고 난생처음 가져보는 가족이었다. 노을이 질 무렵이면 마당에 불판을 올려놓고 삼겹살과 마늘을 구웠다. 인숙은 갖가지 나물과 채소들, 그리고 젓갈과 양념을 부엌에서 평상으로 가지고 나왔다. 아미는 자갈치시장에서 희수가 좋아하는 줄돔이나 졸복을 회로 떠왔고 제니가 좋아하는 꽁치도 몇 마리 사왔다. 돼지고기를 굽기 전에 줄돔을 먹고, 돼지고기를 다 먹고 나면 꽁치를 구워먹었다. 희수가 불판에 남은 돼지기름 위에 꽁치를 올리고 이리저리 굴리며 내장까지 바짝 구웠다. 돼지기름에 번들거리며 구워지는 꽁치 냄새가 얼마나 고소한지 이따금 아랫집 할머니 할아버지들이 냄새를 따라 희수네 마당에 구경을 올 정도였다. 모두들 술을 잘 마셔서 한번 마시면 소주 열댓 병 정도는 쉽게 작살이 났다.

"둘은 술집년이고 둘은 건달이니 술값으로 집안이 거덜나겠다." 인숙이 붉어진 얼굴로 말했다.

"노름, 마약, 여자, 술 중에서 술로 인생이 거덜나는 게 제일 나아요." 아미가 밑도 끝도 없는 농담을 했다.

"그런 말 같지도 않은 말은 어디서 들었노?" 인숙이 물었다.

"교도소에 있던 우리 방장이 그랬어요. 그 양반이 전과가 14범인데 자기 인생은 노름, 마약, 술, 여자로 다 망가져봤다고, 그래도 그나마 술이 제일 낫다고 하더만요."

"여자 아냐? 너무 사랑해서 인생 망가지는 거, 그건 낭만이라도 있잖아." 제니가 눈을 동그랗게 뜨고 물었다.

"우리 방장 말로는 그중에 여자가 최악이라더만."

아미의 대답에 제니가 뚱한 표정으로 입술을 삐죽 내밀었다.

"듣고 보니 개중에선 술이 제일 낫네." 희수가 아미의 말을 거들었다.

"뭘로 거덜이 나건 이제 거덜나는 인생은 지겹다." 인숙이 말했다.

술과 고기를 질펀하게 먹고 나면 모기향을 서너 개씩 피워놓고 평상에 누워서 아랫동네의 불빛과 먼바다에 떠 있는 상선들의 불빛을 바라보곤 했다. "저 배들은 멀리 떠날 수 있어서 좋겠다." 제니가 혼잣말을 했다. 멀리 떠나봐야 아무것도 없다고 희수는 속으로 중얼거렸다. 희수가 담배를 피우면 제니도 담배를 피웠다. 인숙은 인상을 찡그렸지만 아무 말도 하지 않았다.

"올라오긴 쪼매 힘들어도 경치 하나는 끝내준다 아입니까. 나는 마, 돈 억수로 벌어도 이 집에서 계속 살랍니다." 아미가 말했다.

"니나 이 집에서 계속 살아라. 나는 딴 남자랑 뜨거운 물 펑펑 나오는 아파트에서 살란다." 제니가 말했다.

"어른 앞에서 못하는 소리가 없네." 인숙이 핀잔을 줬다.

산모기들이 많아서 자주 팔을 휘저어줘야 했다. 그래도 온 가족이 배부르게 저녁을 먹고 다 같이 평상에 누워서 하늘을 바라보는 이 저녁이 희수는 좋았다. 바다는 멀리 있었고 별은 가까이 있었다. 호텔방에 혼자 처박혀 위스키나 홀짝거리고 있던 시절에 비하면 더없이 감사한 일이었다. 마치 텔레비전 드라마에 나오는 단란한 가족의 일원이 된 것 같은 기분이었다.

하지만 노을이 질 무렵 평상 위에서 모기향을 피워놓고 불판에 삼겹살과 꽁치를 구워먹는 시절은 오래가지 않았다. 모두들 바빴고 또 모두들 밤에 일했기 때문에 온 가족이 모여서 저녁을 먹는 일은 거의 없었다. 인숙은 잠시 닫았던 술집을 다시 열었고 새벽 세시가 넘어서야 들어왔다. 인숙이 당분간은 술집을 계속해야겠다고 말했을 때 희수는 그러라고 했다. 자존심이 몹시 상했지만 별다른 도리가 없었다. 식구가 늘어서 덩달아 생활비가 늘었고 아미와 제니의 살림을 장만하고 집수리를 하느라 빚도 잔뜩 늘었다. 그리고 다들 숨기고 있었지만 모두들 묵은 빚이 있었다. 희수도 빚이 있었고 인숙도 빚이 있었다. 아미도 빚이 있었고 술집에서 도망 나온 제니도 빚이 있었다. 사실 그것은 전혀 이상한 일이 아니었다. 건달과 술집년은 모두 빚이 있다. 이 바다를 움직이는 주요한 동력은 열정이나 꿈이 아니라 빚이었다. 그래서 모두들 무엇 때문에 살아가는 게 아니라 빚에 쫓겨서 허겁지겁 살아간다.

희수가 만리장 호텔 지배인을 그만뒀다는 소문이 퍼지자 홍사채가 찾아왔다. 그때 희수는 대신동에 새로 얻은 사무실에서 막 일을 시작할 무렵이어서 사무실 안이 어수선했다. 홍사채는 새로 들여온 테이블들 사이에 어중간하게 서서 무슨 단속이라도 나온 구청 직원처럼 사무실 안을 꼼꼼하게 살펴봤다. 늘 데리고 다니던 중국인 보디가드 창은 밖에 두고 왔는지 오늘은 보이지 않았다.

"웬일입니까?"

"웬일은. 니랑 나 사이에 일이라곤 돈 문제밖에 더 있나?"

"그래서 장기라도 뽑아가려고 이리 득달같이 달려왔습니까?"

희수 말에 홍사채는 부드럽게 웃었다. 홍사채가 비닐도 뜯지 않은 의자를 바로 세우더니 그 위에 앉았다.

"사람 그래 몰아붙이지 마라. 우린 되지도 않는 일 벌이는 사람 아니다. 천하의 희수 몸뚱어리에서 장기를 우예 빼내노." 홍사채가 빙긋 웃으며 말했다.

"그렇습니까?"

홍사채가 긍정도 부정도 아닌 묘한 표정을 지었다.

"차 한잔 안 주나?"

희수가 인터폰을 켜고 경리에게 커피 두 잔을 주문했다. 그사이에 홍사채는 자리에서 일어나더니 다시 한번 사무실을 이리저리 둘러봤다. 홍사채의 느긋한 표정은 도무지 빚 독촉을 하려고 온 사람처럼 보이지 않았다.

"여기가 새로 시작한다는 사업장이가?"

그렇다는 듯 희수가 고개를 끄덕였다.

"사무실에 건달 냄새가 안 나서 좋네. 뭔가 합법적인 사업체 같다."

경리가 들어와서 커피잔이 놓인 쟁반을 퉁명스럽게 놓고 갔다. 니가 뭔데 나한테 커피 심부름을 시키냐는 듯 경리의 동작이 거칠었다. 경리 여자는 양동의 사무실에 있던 경리 두 명 중 한 명이었다. 희수는 새로 경리를 구하겠다고 했지만 양동이 합법적인 사업체에 있던 경리보다는 아무래도 이쪽 일에 경험이 있는 사람이 낫지 않겠냐며 억지로 넣은 여자였다. 말이 그런 거지 사실은 돈이 딴 데로 새는지 감시하려고 보낸 여자였다. 경리 여자의 거친 동작 때문인지 쟁반을 내려놓을 때 한 번도 닦지 않은 지저분한 테이블 위로 수북이 먼지가 날아올랐다. 별 상관없다는 듯 홍사채가 먼지를 덮어쓴 커피잔을 집어들었다. 홍사채가 커피를 한 모금 마시고는 맛이 엿같은지 인상을 찡그렸다. 실제로 양동의 사무실에서 일했던 저 경리는 뭐든 다 못하지만 그중에서 커피를 제일 못 탔다. 홍사채가 커피잔을 내려놓고 담배를 한 대 물었다. 희수가 홍사채 앞으로 재떨이를 밀었다. 홍사채가 뭔 말을 꺼내려다가 멈칫하더니 한동안 묵묵히 담배를 피웠다. 기다리다 지친 희수가 짜증스러운 표정을 지었다.

"저 바쁩니다. 용건 있으면 빨리 말하이소. 빚 이야기하러 오셨으면 보시다시피 지금은 돈이 없습니다. 이 사업 돌아가기 시작하면 연말쯤에 정리해드리겠습니다."

"니 거 말고. 인숙이랑 아미 빚 때문에 왔다."

희수가 고개를 갸웃했다.

"인숙이랑 아미 빚을 왜 홍사장님이 가지고 있는데요?"

"빚은 절대 안 사라지니까. 구암 바다에서 오래되고 불량한 저질 빚들은 구르고 구르다 결국 내 손에 들어오게 되어 있다."

홍사채가 의기양양한 표정을 지었다. 묵사발을 만들고 싶은 얄미운 얼굴이었다.

"예전부터 인숙이가 빚은 좀 있었다. 원금은 못 갚아도 이자를 따박따박 성실하게 내와서 그동안은 내가 사정을 봐준 거지. 그런데 최근에는 가게가 어려운지 이자도 못 내고 있다. 게다가 이번에 아미가 강원도에서 술집에 있는 아가씨를 막무가내로 데리고 왔다 아이가. 강원도 업자들이 아미 죽인다고 막 그라는 걸 인숙이가 그 빚을 떠맡은 모양이더라. 인숙이가 사정을 이야기하길래 내가 아미 채무도 인수했다."

"얼만데요?"

"꽤 된다. 규모가 이 정도 되면 원금 상환이 어렵다고 보고 바로 정리 들어가야 하는데 희수 니 체면도 있고 해서 이렇게 상의하러 왔다."

"그러니까 시발 얼마냐고요?" 희수가 짜증을 냈다.

"에이, 와 욕을 하노."

"똑같은 걸 몇 번이나 묻잖아요."

"이자 빼고 원금만 한 넉 장 된다."

"사억?"

그렇다는 듯 홍사채가 의미심장한 웃음을 지었다. 술집 여자가 사억을 빚졌으면 그중 구십 퍼센트는 이자일 것이다. 그 자리에서 홍사채의 얼굴을 뭉개놓고 싶었지만 희수는 참았다. 홍사채 같은 쓰레기는 그런 방식으로 절대 떨어지지 않는다. 협박도 폭력도 통하지 않는 놈이다. 빚을 안 갚으면 법적으로 늘어질 거고 때리면 경찰을 잡고 늘어질 게 뻔하다. 사실 홍사채가 데리고 다니는 사채 건달들도 만만한 놈들은 아니다. 이 바닥에서 사십 년을 사채업으로 먹고산 놈이었다. 어설프게 밀어붙이다가는 원금에 이자에 깽값까지 토해내야 한다. 약하면 약한 대로 야비하면 야비한 대로 모두들 살아가는 방식이 있다. 희수는 주머니에서 담배를 꺼내 입에 물었다. 온 가족이 빚이 있다. 희수도 홍사채에게 삼억의 빚을 지고 있고 인숙과 아미는 사억이나 되는 빚을 지고 있다. 대체 그 돈을 어디에 쓴 것일까? 이해할 수 없는 일이었다. 사실은 본 적도, 만져본 적도 없는 돈일 것이다. 열일곱 살 때부터 인숙은 쉼 없이 일했다. 인숙이 이십 년 넘게 매달 갚아온 이자만 해도 이미 원금의 몇 배는 되었을 거다. 완월동에 들어가면서 선금으로 당겨쓴 빚이 구르고 굴러서 아직까지 남아 있었다. 생활이란 이상한 것이다. 빚이 빚을 부르고, 빚이 굴러서 더 큰 빚을 부른다. 아미는 강원도 술집에서 제니의 빚을 가지고 내려왔다. 강원도 건달들이 제니의 빚을 홍사채에게 넘겼을 것이다. 얼마에 넘겼을까? 알수 없다. 실제론 얼마 되지 않을 것이다. 술집 여자들은 늘 빚을 가지고 있다. 돈을 버는 술집 여자는 많지만 돈을 모으는 술집 여자는 없다. 매달 그렇게 많은 현찰을 손에 쥐면서 얌전하게 가지고 있는 여자는 없다. 전부 그걸 어디다 쓰는지 모를 일이다. 사실 그것은 건달짓을 이십 년이나 하고도 남은 거라곤 빚밖에 없는 희수 역시 마찬가지였다. 희수가 잠시 머리를 굴리다가 입을 열었다.

"제 거랑 인숙이 거랑 아미 거랑 전부 다 합해서 다섯 장에 끊읍시다. 지금부터 더이상 이자는 없는 걸로 하고."

홍사채가 고개를 흔들었다.

"다섯 장은 곤란하다. 그리고 사채업자에게 이자 받지 말라는 것은 고양이에게 생선을 잘 지켜달라는 거랑 비슷한 거 아닌가?"

"그럼 어떻게 할까요? 배라도 쨀까요?"

"솔직히 희수 니가 몽둥이로 치대서 돈 우려낼 수 있는 삼류 건달도 아니고, 생돈으로 일곱 장 처리하는 것은 희수 니도 억울하고 힘들다, 그자?"

홍사채가 담배를 재떨이에 비벼 끄고 잠시 숨을 골랐다. 홍사채의 얼굴에서 묘한 미소가 피어올랐다.

"그라믄 이렇게 하는 게 어떻겠노. 양동이랑 하는 오락실 사업에 나도 좀 끼워도. 그라믄 느그 가족들 빚은 동업자로서 신뢰의 의미로 다 그냥 퉁치는 걸로 하고, 내가 오락실 사업에 투자하는 형식으로 스무 장 정도는 더 찔러넣을 수 있다. 어차피 희수 니도 스폰서는 있어야 한다 아이가. 동업은 결국 힘싸움인데 처음에 종잣돈 밀어넣는 게 무엇보다 중요하다. 안 그라믄 나중에 양동이한테서 딴소리 나온다."

희수가 허리를 소파에 기대고 슬쩍 웃었다. 이제야 홍사채가 오늘따라 유난히 나긋나긋한 이유를 알 것 같았다.

"나는 막상 이 사업 시작하면서도 긴가민가했는데, 홍사장님 같은 돈귀신이 냄새를 맡고 찾아올 정도면 이 사업 틀림없이 성공하겠네요."

"맞다. 돈냄새가 술술 난다. 그리고 우리 희수가 어디 보통 일꾼이가. 아이템 쌈빡하제, 그 일을 희수가 하제. 이건 뭐 좆으로 문질러도 터진다고 봐야지."

홍사채가 희수를 슬쩍 띄우며 기분을 맞췄다.

"그런데 이거 우짭니까. 우리는 교양 있고 신분 깔끔한 사람 아니면 스폰서 안 받습니다."

희수가 허세를 부렸다.

"돈에 교양이 어딨고 신분이 어딨노? 돈은 그냥 돈이다."

"게다가 우리 양동이 형님이 홍사장님을 얼마나 싫어하는데, 그 돈 쓰겠습니까? 안 씁니다. 성격 잘 아시면서."

"양동이랑 나랑 묵은 감정이 좀 있긴 한데 다 옛날 일이다. 큰 사업 하는 사람이 그걸 가지고 여태 그라믄 안 되지. 그리고 이런 사업은 특성상 여기저기서 잡스럽게 돈 끌어모으면 나중에 꼭 사달이 난다. 한식구끼리 해결하는 게 여러모로 낫다."

"홍사장님이랑 제가 한식구였습니까?" 희수가 홍사채를 쳐다보며 비아냥거렸다.

홍사채가 희수의 눈길을 피하지 않았다. 홍사채의 눈에는 그 어떤 머쓱함도 부끄러움도 없었다. 그 눈은 오히려 당당했다.

"내가 식구가 아니면 희수 니가 그 많은 돈을 빚지고 아직 살아 있었을 것 같나? 이게 자랑은 아니지만, 내 돈 떼먹고 목숨 부지한 놈은 여태껏 한 놈도 없다. 돈을 갚거나 뒈지거나." 홍사채가 비장한 목소리로 말했다.

하지만 그 말은 진실이 아닐 것이다. 홍사채가 어쩌지 못한 것은 희수가 손영감의 우산 아래에 있었기 때문일 것이다. 아니면 홍사채가 손영감의 우산 아래에 있는 사람들을 한식구라고 자기 혼자 편하게 생각하고 있을지도 모를 일이고. 이 구암 바다에서 밥을 빌어먹고 산다면 손영감 식구가 되는 것처럼 편하고 안전한 것은 없으니까. 어쨌거나 이제 희수는 손영감의 직계가 아니라 방계에 가까우므로 홍사채가 희수에게 호의를 베풀어야 할 이유는 없다. 희수가 천장을 향해 한숨을 내쉬었다.

"아, 사람 참 애매하게 만드시네."

홍사채가 시계를 쳐다보고는 자리에서 일어났다.

"찬찬히 생각해보고 연락 주라. 결혼도 했으니 이제 희수 니도 한 집안의 아버지 아이가."

하루도 지나지 않아 희수는 홍사채에게 전화를 넣었다. 홍사채 같은 쓰레기를 사업 파트너로 넣는다는 것은 꿈에도 생각해본 적이 없었지만 희수는 그 제안을 넙죽 받았다. 그런 달콤한 것들을 한입에 삼키면 나중에 큰 화로 돌아온다는 걸 알고 있었다. 하지만 칠억은 큰돈이었고 벌어서 갚을 수 없었다. 숨만 쉬어도 이자가 눈덩이처럼 불어날 게 뻔했다. 양동은 홍사채가 이 사업에 끼어드는 것에 불같이 화를 냈다. 하지만 홍사채에게 떼준 것은 어디까지나 희수의 지분이었다.

양동이 어쩔 수 있는 것이 아니었다. 어쨌든 그것으로 온 가족의 빚은 사라졌다. 인숙이 열일곱에 완월동에 들어가면서부터 시작된 이십 년이 넘은 그 지겨운 빚도, 희수의 어이없는 노름빚도, 술집에 매여 있던 제니의 몸값도 사라졌다.

다음달 이자 내는 날이 되었을 때야 인숙은 자신의 빚이 완전히 사라진 걸 알았다. 그날 희수는 부엌에 있는 낡은 백열등 전구를 형광등으로 교체하고 있었다. 인숙은 밝게 불이 들어온 형광등을 보고는 아이처럼 손뼉을 치며 환하게 웃었다.

"와! 남편이 생기니 좋네. 전등도 갈아주고 빚도 한 방에 다 갚아주고."

인숙은 그런 큰돈이 어떻게 갑자기 생겼냐고, 혹시 위험한 일 벌이는 게 아니냐고 걱정을 했다. 아무 걱정할 것 없다고, 너랑 결혼을 하니 좋은 일만 생기는 것 같다고 희수는 말했다. 그 말이 별로 믿기지 않는 듯 인숙이 걱정스러운 표정을 지었다. 건달에게 큰돈이 생긴다는 것은 그만큼 삶이 더 위험해졌다는 뜻이었다. 이 바닥에서 오래 살아온 인숙이 그걸 모를 리 없었다. 인숙은 희수가 발을 디디고 선 의자 옆에 가만히 쭈그려앉았다. 희수가 의자에서 내려서서 인숙을 바라봤다.

"빚이 없으니까 어떻노? 기분 완전 좋제?" 희수가 의기양양하게 물었다.

"모자원 시절부터 빚이 없었던 적이 한 번도 없었는데, 그래서 이 지긋지긋한 빚이 다 사라지면 얼마나 기쁠까 하고 만날 생각했는데."

"그런데 안 기쁘다고?"

"이상하게 기쁘지도 슬프지도 않다. 빚이 없는 삶은 나한테 좀 어색하다."

인숙은 산565번지 꼭대기에서 저 바다까지 죽 이어져 있는 이 가
난한 동네의 불빛들을 찬찬히 바라봤다. 그것을 바라보는 인숙의 표
정은 정말 기쁘지도 슬프지도 않아 보였다.

아미는 양동의 주류 업장에서 일하기 시작했다. 흩어졌던 아미의
친구들도 돌아왔다. 아미는 원체 따르는 친구들이 많아 전성기에 아
미의 패거리는 마흔 명도 넘었다. 하지만 핵심 멤버는 일곱 명이었다.
오 년 전에 영도 천달호 조직과 한판 붙은 사건으로 그중 한 명은 죽
었다. 두 명은 칼을 맞고 병신이 되었다. 그래서 한 놈은 목발을 짚고
다녔고 척추에 칼을 맞아 하반신이 마비된 놈은 휠체어 신세였다. 예
전에 아미의 패거리는 거칠 게 없었는데 최근에 새로 뭉쳐서 바닷가
를 걸어다니는 아미의 패거리는 무슨 상이용사 모임 같았다. 하지만
아미와 칼잡이 흰강, 그리고 무제한급 유도선수 출신인 석기는 뒷골
목에서 여전히 명성이 높았고 따르는 후배들도 많았다. 늙은 건달이
사람을 못 찌르는 것은 생각이 많아져서였다. 아미네 패거리는 젊고
힘이 넘치고 겁이 없었다. 그러니 뒤를 돌아볼 만큼 성숙하지 못하다
는 것, 성숙하지 못해서 겁이 없다는 것처럼 무서운 일은 없었다. 아
미는 싸움이 시작되면 여전히 물불을 가리지 않았고, 계산 없이 마구
밀어붙였다. 양동은 그런 아미를 좋아했지만 희수는 그것이 내내 걱
정이었다.

양동이 아미에게 준 일은 구암과 월농, 충무동, 남포동에 보드카를
공급하는 일이었다. 월농과 충무동에는 호중과 박가 같은 기존의 주
류업자들이 있었다. 영도 천달호와 다른 몇몇 조직도 월농의 주류 공

급에 관여하고 있었다. 그들은 밀수나 면세로 들어왔거나 미군 피엑스에서 나온 양주를 주로 팔았다. 보드카가 새로운 주류로 떠오르기 시작한 것은 최근 일이었다. 보드카는 양주보다 값이 쌌고 맛이 깔끔해서 한국 사람 입맛에 잘 맞았다. 부산항에 내리는 외국 선원들도 보드카를 좋아했다. 문제는 월농, 충무동, 남포동 같은 곳이 양동의 구역이 아니라는 점이었다. 주류 공급은 다른 무엇보다 구역 경계에 예민했다. 게다가 그곳은 부산 구시가지의 대표적인 유흥가였고 가장 거칠고 힘 좋은 놈들이 자리를 지키고 있었다. 하지만 양동은 상관없다는 식이었다. "아니 내가 즈그들 구역을 뺏아먹겠다는 게 아니잖아. 손님들은 보드카를 찾는데 즈그들은 공급을 못하고, 업소 사장들은 술이 없어 장사를 못한다고 하도 울어대니까 내가 지역 경제를 위해서 할 수 없이 나서는 거 아니냐고." 말은 그렇게 했지만 부산 바닥으로 들어오는 보드카는 거의 양동이 독점하다시피 하고 있었다. 그 많은 양의 보드카가 어떤 방식으로 들어오는지에 대해 양동은 희수에게도 말하지 않았다. 어쨌거나 보드카를 마시면 발렌타인이나 시바스 리갈의 매출이 떨어지는 건 당연한 일이었다. 구역의 업자들이 좋아할 리 없었다.

양동은 월농, 충무동, 남포동과 중앙동 중국인 거리 일부에 새로운 주류 루트를 뚫는 데 아미를 전위부대로 이용하는 것 같았다. 예나 지금이나 아미는 거칠 게 없는 성격이었고 아미를 따라다니는 무수한 소문만큼이나 싸움 실력도 탁월했으니까. 양동이 영역을 확장하는 데 아미만한 적임자도 없었을 것이다. 한동안 가는 곳마다 시비가 붙었고 요란한 소문들이 들려왔다. 아미가 혼자서 월농 깡패들과 포주 아홉 명을 한꺼번에 박살냈다는 둥, 충무동 삼탕이의 그 큰 대가리를 깨부수고 초장동 개장수의 턱주가리도 작살냈다는 둥, 뭐 이런 소문들이었다.

아미가 일을 시작한 지 두 달쯤 되었을 때 영도의 철진이 희수를 찾아왔다. 철진은 달호파의 중간 간부였는데 나이가 어려서 그렇지 실제 하는 일로 따지면 넘버 투 정도는 되었다. 철진은 같은 모자원 출신에 마틴 신부에게 권투도 같이 배운 불알친구라 유일하게 희수가 신뢰하는 건달이기도 했다. 오 년 전에 아미네 패거리와 큰 싸움을 벌인 장본인이지만 희수는 그것이 철진이 처한 애매한 상황 때문에 벌어진 어쩔 수 없는 일이었다고 늘 생각해왔다.

철진은 귤 한 박스를 사와서 사무실 한쪽에 놓았다. 어릴 때부터 희수는 귤을 좋아했다. 철진이 새로 사업을 시작한 희수를 봐서 기분이 좋은 듯 사무실을 이리저리 둘러보고 부러워했다.

"나도 빨리 독립해서 내 사업 시작해야 하는데. 남의 밑에서 뒤치다꺼리하는 거, 이제 힘드네."

"요즘 내가 사업해보니까 늘 밑에서 월급 받는 게 최고다. 월급 주는 자리 이거 골치 아픈 일이 한둘이 아니다. 니는 딴생각하지 말고 느그 회사에 딱 붙어 있어라. 게다가 니는 월급도 많이 받는다 아이가. 나보다 수입이 훨 나을 거다."

"구라치네. 회사원이 어떻게 사장보다 수입이 낫노?"

"진짜라니까. 나는 폼만 사장이지 완전 개털이다."

그러자 철진이 활짝 웃었다.

"그나저나 어쩐 일이고? 우리 바쁜 철진님께서."

"아미 때문에."

희수가 무슨 일인지 알겠다는 듯 고개를 끄덕였다.

"요즘 주류 공급 때문에 그 동네에 마찰이 좀 있제?"

"몇 년 전에 우리가 아미한테 한 일도 있고, 또 어쨌거나 그걸로 옥살이도 오래했으니까 웬만한 건 넘어가려고 했는데 점점 도가 지나치다." 철진이 부드러운 목소리로 말했다.

"묵고살려고 그러는 거니까 좀 봐주라. 그동안 많이 굶었다 아이가. 마음이 급해서 그렇다. 니가 천달호 회장님께 말 좀 잘해도." 희수도 부드러운 목소리로 말했다.

"우리 회장님도 아미 좋아한다. 건달은 아미 같아야 한다고, 요즘에는 저렇게 싹수 있고 예쁜 놈이 없다고 만날 그란다."

"천달호 회장님이 아미를 좋아한다고? 그 양반이 아미 좋아하는지는 몰랐는데? 옛날 일 때문에 지금도 감정이 좀 있잖아."

"다 지난 일인데 뭐. 그리고 아미 싫어하는 놈이 어딨노? 나도 아미 좋아한다. 얼마 전에 길에서 만났는데 지가 먼저 성큼성큼 걸어오더니 싹싹하게 인사도 하더라. 시원시원하고 뒤끝 없고 아미야말로 진짜 건달이지."

"우리 아미는 뒤끝이 없는 게 아니라 기억력이 형편없는 거다."

희수 말에 철진이 빙긋 웃었다.

"어쨌거나 이상한 일로 엮여서 사고 나기 전에 니가 적당히 좀 하라고 아미한테 말 좀 넣어라."

"얼마나 적당히?"

"업소에 보드카 몇 병씩 살짝살짝 넣어주는 것까지는 우리도 뭐라 안 한다. 그런데 대놓고 들이대면 우리 애들도 못 참는다. 걔네들도 가오란 게 있다 아이가."

"알았다. 내 말해볼게."

"그리고 희수야, 초장동 호중이랑 월농 박가가 아미 잔뜩 벼르고 있는 모양이더라."

"뭐 특별한 정보라도 있나?"

"얼마 전에 회장님한테 찾아와서 쑥덕쑥덕하는 게 아무래도 뭔 일을 벌이려고 허락을 구하는 모양이더라. 아미 일인가 싶어 내심 걱정도 되고."

"걔네들은 원래 흩어졌다 모였다 만날 지랄들 아이가. 그 빼꼼이들이 요즘 같은 시국에 뭔 큰일이야 벌이겠나?" 괜한 걱정이라는 듯 희수가 말했다.

"하긴, 그 빼꼼이들이."

"어쨌든 이렇게 찾아줘서 고맙다."

"고맙긴. 니랑 나랑은 피를 나눈 형제와 다름없는데."

피를 나눈 형제라는 말에 희수는 따뜻하게 웃었다. 희수와 철진 그리고 권투도장을 하고 있는 경태, 이렇게 셋은 모자원 친구들 중에도 제일 친했다. 같이 밥을 먹고 같이 운동을 하고 같이 싸움질을 하고 같이 도둑질을 했다. 그 시절엔 정말 형제 같았다. 하지만 피를 나눈 형제도 나이가 들면 점점 멀어진다. 나이가 들면 피가 점점 묽어져서인지 삶이 점점 피곤해져서인지는 모를 일이다. 아미가 걱정되어서 철진이 희수를 찾아온 것은 아닐 것이다. 어쩌면 간을 보러 온 것일 수도 있고, 어쩌면 아미와 다시 큰 싸움이 벌어질까 무서워서일 수도 있었다. 아마 무서워서 왔을 것이다. 마흔이 되면 뭐든 무서워지니까.

하지만 희수는 아미에게 별말을 하지 않았다. 같은 집에 살면서도 아미의 얼굴을 보기가 힘들었고 막상 얼굴을 부딪혀도 말을 꺼내기가 쉽지 않았다. 그저 일할 때 항상 몸조심하라고 지나가듯 말했을 뿐이었다. 간만에 호황인 양동의 주류 사업도, 오랜만에 신이 난 아미의 패거리도 모두 아슬아슬하고 위험해 보였다. 그렇다고 희수가 뭐라 말할 것인가. 그거 위험하니 하지 말라고? 아니다. 건달의 일이란 건 언제나 아슬아슬하고 위험한 것이다. 남들이 꺼리기 때문에 건달이라 는 직업이 생기는 거고 아슬아슬하고 위험하기 때문에 돈을 버는 것 이다. 그리고 그 위험하고 아슬아슬한 경계 속에서 균형을 잡고 살아 남는 것은 온전히 아미의 몫이다. 희수는 모처럼 신이 난 아미의 기를 꺾고 싶지 않았다. 그리고 아미가 그 정도도 눈치채지 못할 바보도 아 니라고 생각했다.

희수는 새로 시작한 도박 오락기 제작 사업 때문에 눈코 뜰 새 없 이 바빴다. 망한 공장을 헐값에 인수해서 수리를 했고 기계와 설비도 들여왔다. 대신동에 번듯한 사무실도 새로 열었다. 인가에 필요한 서 류들을 갖추고, 담당 공무원들에게 돈을 먹이고, 오락실 기계와 프로 그램을 만드는 재일교포 기술자들에게 집과 차도 사줘야 했다. 양동 이 데려온 재일교포 기술자인 야마 상은 오십대의 사내였는데 과묵하 고 시계추처럼 정확한 사람이었다. "잘되겠습니까?" 하고 희수가 물 어보면 야마 상은 낮고 조용한 목소리로 "어렵지만 어떻게든 될 겁니 다" 하고 말했다. 희수는 이 조용한 사내가 맘에 들었다. 그는 대기업 의 연구소나 개발부 같은 곳에 있어야 할 사람이었다. 그가 왜 조폭들 과 어두운 공장 한구석에서 불법 오락기나 제작하고 있는지 희수는 이해할 수 없었다. 더군다나 이런 기술자가, 오라고 하는 큰 조직도 많을 텐데 하필 왜 양동 같은 변두리 건달과 사업을 하는지도 이해할 수 없는 일이었다.

기계가 들어오고 공장이 문을 연 지 채 한 달도 지나기 전에 야마 상은 시제품을 내놨다. 야마 상의 오락기는 인기가 있었다. 아직 시제 품밖에 나오지 않았고 별다른 홍보도, 영업도 하지 않았는데 전국에 서 성인오락실을 열려는 사업가들이 돈다발을 들고 몰려왔다. 말이 사업가지 대부분 조폭들이었다. 그동안 대체 뭘 하고 살았던 건가? 돈이 이토록 우습게 벌려도 되는 건가? 싶을 정도로 사업의 시작은 좋았다. 홍사채가 사업은 잘 진행되고 있는 건지 투자금은 언제쯤 회 수할 수 있는 건지 시도 때도 없이 전화를 걸어 희수를 귀찮게 했다. 하지만 돈이 다발로 들어와도 수중에 남는 돈은 없었다. 사업이 막 시 작되는 무렵이라 들어오는 돈보다 나가는 돈이 더 많았다. 사야 할 장 비들과 물건들은 너무 많았고, 인가를 하나 낼 때마다 돈을 먹여야 하 는 놈들은 또 얼마나 많은지 들어온 돈은 곧 다른 일들로 빠져나갔다. 하지만 양동은 시작이 좋다고 "이 조시로 계속 밀어붙이면 되겠네" 하고 흥얼거렸다.

점심을 먹고 나면 오후에 바다를 산책했다. 오후에 바다를 산책하 는 것은 희수의 오래된 습관이었다. 늘 그랬듯 희수는 방파제 끝에서 백지포 암벽까지 걸었다. 해수욕장이 개장해서 바닷가의 요란함은 그 어디에도 비할 바가 아니었다. 길에서 만난 사람들이 희수에게 인사 를 했고 이따금 여러 문제들을 호소하기도 했다. 요즘엔 방파제 포장 마차에서 양주도 파는데 이거 너무하는 거 아니냐는 둥, 작년엔 외부 배달을 해수욕장 입구에서 잡아줬는데 올해는 지키는 놈이 없어서 충 무동에서도 배달을 오고 심지어 다리 건너 영도에서 짜장면 배달을 오는 놈들도 있다는 둥 뭐 그런 자잘한 일들이었다. 그때마다 희수는 웃으며 이제 만리장 지배인이 아니니 자기 소관이 아니라고, 그것에 관여할 아무런 권한도 없다고 말했다. 사람들이 실망하여 힘없이 돌아가는 뒷모습을 볼 때면 희수는 왠지 쓸쓸했다. 지난 십 년 동안 이 바다에 일어나는 모든 일은 곧 희수의 일이었다. 마치 이 바다가 자기 집이라도 되는 양 부서진 곳이 없는지, 금이 간 곳은 없는지 둘러보는 버릇이 있었다. 그것은 지금도 마찬가지였다. 습관이란 쉽게 버려지지 않는 것이다. 이 바다에서 사람들의 고민을 들어주고 뒤치다꺼리를 하고 해결을 했다. 몸만 힘들고 돈도 안 되는 일이었다. 그리고 이제 희수는 만리장 지배인도 아니고 손영감의 후계자도 아니다. 하지만 막상 이 바다의 일이 자기와 무관하다는 생각이 들자 몸속 어디 한 군데가 푹 꺼진 느낌이었다.

연일 뜨거운 여름이었다. 매일 공무원들을 만나고 또 전국 각지에서 내려온 사업가들과 오락기 계약을 하느라 희수는 여름 내내 양복을 입고 사무실에 나갔다. 양복은 어색했고 불편했다. 인숙이 아침마다 곱게 다린 흰 와이셔츠에 넥타이를 매주면서 근사하다고 말했다. 자기는 드라마에 나오는 아내들처럼 출근하는 남편의 넥타이 매는 걸 꼭 해보고 싶었다고도 말했다. 집을 나서면 공영주차장에 도착하기도 전에 와이셔츠가 땀에 흠뻑 젖었다. 그 양복을 입고 하루종일 수십 명을 만났다. 이 사람의 비위를 맞추고 저 사람을 어르고 달래다보면 하루를 어떻게 보냈는지 대체 누구를 만났는지 기억도 못할 정도였다. 어쩌다 일찍 집으로 돌아오면 집에는 아무도 없었다. 인숙은 술집으로 나갔고 아미는 새벽녘에야 술이 떡이 돼서 들어왔다. 그리고 제니는 어디를 돌아다니는지 알 수도 없었다. 아마 나이트클럽 같은 곳에 처박혀서 술을 마시거나 춤을 추고 있을 것이다.

희수는 평상에 앉아 산565번지의 위태롭게 높은 집들을 쳐다보며 담배를 피웠다. 올여름에는 결혼을 했다. 그리고 손영감을 떠나서 양동의 식구가 되었다. 삶이 무언가 엄청 달라졌다고 생각했다. 하지만 무엇이 달라졌는지 알 수가 없었다. 인숙은 새벽 세시에 들어왔다. 처음 몇 번은 공영주차장 앞으로 마중을 나갔다. 퇴근한 술집 여자가 으레 그렇듯 인숙은 늘 술에 잔뜩 취해 있었다. 술에 취해 비틀거리는 인숙의 걸음은 위태로웠다. 인숙을 부축하고 그 많고 가파른 계단을 오를 때마다 희수는 무엇 때문인지 무서웠다. 종종 인숙이 계단에서 발을 헛디뎌 넘어졌고 또 이따금 남의 집 앞에다 구토를 했다. 그럴 때면 희수는 잠시 계단 한곳에 인숙을 앉히고 개들이 짖어대는 밤하늘을 바라보며 담배를 피웠다. 점점 공영주차장에 마중을 나가지 못하는 날이 늘어났다. 일을 마치고 돌아오면 몸은 녹초가 되었고 새벽 세시까지 잠을 안 자고 인숙을 기다리는 일은 힘들었다. 하지만 진짜 이유는 술 취한 인숙이 비틀거리며 계단을 올라가는 모습을 보기 싫었기 때문이었다. 그것은 안쓰럽다기보다 뭔가 모욕적인 느낌이었고 또 어쩐지 억울한 심정이 들기도 했다.

올여름에는 결혼을 했다. 하지만 달라진 것은 아무것도 없었다. 감옥에서 나온 아미는 다시 건달짓을 시작했고, 인숙은 여전히 술집 여자이며, 희수도 여전히 별 볼 일 없는 건달이었다. 단지 만리장 호텔 달방에서 산565번지 절벽집으로 잠자리가 바뀐 것뿐이었다.

벤츠

전화를 받고 희수가 공영주차장으로 내려갔을 때 양동은 자동차 키를 빙글빙글 돌리며 웃고 있었다. 양동 뒤에는 거대한 메르세데스벤츠 W140이 한여름의 태양빛을 받아 빛나고 있었다. S클래스의 마지막 각벤츠였고 덩치가 우람해서 외교 사절의 의전용 차량이나 폼내기를 좋아하는 일본 야쿠자 두목들에게 인기가 있는 차였다. 양동은 낡은 생선 트럭과 리어카 사이에 위풍당당하게 주차한 검은색 각벤츠 위에 한쪽 팔꿈치를 올린 채 한껏 으스대는 표정을 짓고 있었다. 하지만 그 꼴은 마치 상가번영회 체육대회에 추리닝 대신 턱시도를 입고 나온 것처럼 멋있다기보다는 다소 어처구니없어 보였다. 멸치 운반 트럭이나 재활용 박스를 수거하기 위해 뒤에 리어카를 단 오토바이 따위나 주차하는 이 높고 가난한 공영주차장이 머리를 조아리며 "아이구, 벤츠씩이나 되는 분께서 이 허름한 주차장까지 방문해주시다니 몸 둘 바를 모르겠습니다" 하고 말해야 할 것 같은 분위기랄까. 장난기가 발동한 희수가 손바닥으로 보닛을 탕탕 쳤다.

"형님 차 죽이네예."

양동이 황급히 손사래를 쳤다.

"하지 마라. 차 상한다."

"언제 바꿨습니까?"

"이거 내 차 아니다."

"그럼 누구한테 잠시 빌렸습니까?"

희수가 커다란 바퀴를 구둣발로 툭툭 찼다. 양동은 희수의 질문에 대답하지 않고 의기양양한 얼굴로 한참이나 웃기만 했다.

"이게 누구 차인지 아나?"

모르겠다는 듯, 사실은 누구 차인지 별 관심도 없다는 듯 희수가 무성의하게 고개를 저었다. 양동이 손가락에 끼워 빙글빙글 돌리고 있던 자동차 키를 희수에게 불쑥 내밀었다.

"이거 니 차다."

열쇠를 받고도 믿기지 않는지 희수가 어리둥절한 표정을 지었다.

"제 차 아직 멀쩡합니다. 가뜩이나 공장 돌릴 돈도 부족한 판에 뭔 벤츱니까."

"희수 니는 우리 사업의 얼굴마담이다. 니가 뽀대가 나야 우리 사업이 뽀대가 난다 이 말이다. 그런데 차가 에스페로가 다 뭐꼬? 그런 차 타고 다니면 다른 업자들이 우릴 아주 우습게 봐버린다. 에스페로 같은 거 타고 가서 거래하면 이백만원에 도장 찍을 걸 백만원으로 후려치고 싶은 맘이 생긴다 이 말이다. 건달의 일이란 게 모름지기 팔십 프로가 후까시 아이가. 자, 이리 와서 시동 함 켜봐라."

안내라도 하듯 양동이 차문을 열어줬다. 희수가 차 키를 꽂고 시동을 걸었다. 육중한 엔진음이 차체에 잔잔하게 퍼져나갔다.

"엔진 소리 끝내주제? 육 기통 터보 엔진에 사백팔 마력. 북한의 김정일도 이 차를 탄다 카더라. 도다리가 타고 다니는 싸구려 중고 벤츠하고는 차원이 아주 다른 기라."

양동이 손수건을 꺼내 보닛 위에 있는 티끌을 살짝 닦아냈다. 희수는 차가 아주 맘에 들어서 시운전이라도 하고 싶었지만 금세 시동을 끄고 차에서 내렸다. 양동 앞에서 어린애처럼 좋아하는 티를 내고 싶지 않았다.

"너무 무리하신 거 아닙니까? 형님은 십 년 된 국산 그라나다 타고 다니는데 동생이 벤츠를 타고 다니면 사람들이 우아래가 없다고 안 하겠습니까?"

"젊은 년이 화장을 해야지 늙은 년이 화장을 해서 뭣에 쓰겠노. 늙은 년은 얼굴에 뭘 처발라도 뽀대가 안 난다. 희수 니가 벤츠 타고 뽀대나게 사업 잘해서 나중에 나 호강 좀 시켜도."

"고맙습니다. 잘 쓰겠습니다."

희수가 정중하게 인사를 했다. 양동이 흐뭇한 얼굴로 고개를 끄덕끄덕했다. 벤츠 트렁크 쪽에서 아까부터 덩치 큰 사내 한 놈이 어슬렁거리며 양동과 희수의 눈치를 보고 있었다. 대사 하나 없이 연극 무대에 올라간 배우처럼 그놈은 뭘 해야 할지 몰라 어색해하고 있는 것 같았다. 희수가 턱으로 덩치를 가리켰다.

"근데 쟤는 못 보던 얼굴입니다."

"이제부터 니 운전기사 할 놈이다. 순백아!"

양동이 이름을 불렀다. 갑자기 자기 이름이 나오자 깜짝 놀란 듯 순백은 그 자리에서 얼어붙은 얼굴로 차렷 자세를 취했다.

"이리 오라고."

양동이 손짓을 했다. 순백이 그 큰 덩치로 재빨리 달려오더니 희수 앞에서 다시 차렷 자세를 취했다.

"인사 올려라. 희수 형님이다. 앞으로 이 형님을 그림자처럼 따라다니면서 운전도 하고 보필도 잘해야 한다. 니 목숨보다 소중한 분이다. 알겠나?"

"만수무강하셨습니까. 순백이라고 합니다. 앞으로 잘 부탁드리겠습니다."

만수무강이 무슨 뜻인지 알고나 하는 말인지 어이가 없어 희수가 피식 웃었다. 몸무게가 백 킬로그램은 나갈 것 같은 덩치인데 근육은 별로 없어서 전체적으로 만화영화에 나오는 곰돌이 푸를 연상시키는 놈이었다.

"순백이? 사람 이름이 뭔 개새끼 이름 같노?" 희수가 물었다.

"순수할 순 자에 깨끗할 백, 순수하고 깨끗하게 살라고 저희 할아버지가 지어주신 이름입니다."

"순수하고 깨끗하게 살고 싶으면 산에서 버섯이나 캘 노릇이지 그런 좋은 이름 가지고 왜 건달짓거리를 하려고 하노?"

"어떤 버섯 말씀이십니까?"

순백이 뚱딴지같은 질문을 던졌다. 어떤 버섯이냐니? 희수가 고개를 갸웃거렸다.

"뭐라고?"

"예전에 고향에서 아버지 따라다니면서 능이는 좀 캐본 적이 있습니다."

"능이?"

"능이버섯 모르십니까? 일, 능이, 이, 송이, 삼, 표고라고 버섯 중에선 능이를 으뜸으로 칩니다." 순백이 아주 진지한 표정으로 말했다.

어이가 없는지 희수가 잠시 순백의 얼굴을 쳐다봤다. 순백은 버섯에 대해서라면 어떤 질문이라도 자신이 있다는 듯 눈을 초롱초롱하게 뜨고 있었다.

"이 새끼는, 대가리에 미네랄이 부족하나, 뭔 말귀를 못 알아처먹노."

희수가 뭐라 더 말하려는데 그만 놀리라는 듯 양동이 웃으며 희수의 팔을 가볍게 당겨 공영주차장 철책 쪽으로 끌고 갔다. 양동은 낭떠러지에 쇠기둥을 박아 세운 공영주차장의 난간 너머를 힐끗 보고는 그 높이가 아찔한지 고개를 저었다.

"하이고야, 높은 데도 산다."

양동이 금장으로 된 담배 케이스에서 담배를 하나 꺼내 물었다.

"어디서 저런 맹한 놈을 데려왔습니까?"

"우리 당숙 아들내미다. 경북 봉화에 사는데 거긴 워낙 깡촌이라 일거리가 없다 아이가. 농사짓기는 싫다고 하고 딴 일거리는 없고, 그래서 내가 데려왔다."

"시골에서 송아지나 키우던 놈이 건달 생활을 제대로 하겠습니까?"

"니가 데리고 다니면서 잘 가르쳐봐라."

희수가 순백이 쪽으로 고개를 돌렸다. 순백은 벤츠 옆에서 잔뜩 긴장한 채 계속 차렷 자세로 서 있었다. 희수가 고개를 절레절레 흔들었다.

"아무래도 쟤는 버섯이나 계속 따게 하는 게 적성에 딱 맞을 것 같은데."

희수 말에 양동은 못 들은 척했다.

"아따, 올라오기는 쪼매 힘들어도 경치는 끝내준다. 다음엔 우리 애들 숙소를 여기다 잡아야겠다. 여기 살면 따로 운동 안 시켜도 절로 몸이 단단해지겠네."

"몸만 단단해지겠습니까. 이 많은 계단 존나게 오르내리다보면 열심히 살아서 성공해야겠다는 생각이 절로 생깁니다."

"성공해야지. 악착같이 성공해야지."

"그나저나 한사장이라는 사람한테 연락 와서 오늘 해운대에서 만나기로 했는데 기계 한 오천 대 사겠답니다. 형님하고 아주 막역한 사이니 싸게 해달라고 막 그러던데 진짜 친한 사이입니까?"

"그 새끼는 아무하고나 친하다고 한다. 김대중이하고도 친하고 김종필이하고도 친하고 죽은 박정희하고는 진짜진짜 친했다고 그란다. 대한민국에 지랑 안 친한 놈이 없다."

"사기꾼입니까?"

"사기꾼은 아니고, 내가 교도소 있을 때 만난 친군데 천안 쪽에서는 넘버 투, 스리 정도는 하는갑더라. 그것도 자기 말이고. 그래도 애가 머리가 잘 돌아가고 인맥도 짱짱하다. 경기도 쪽으로 해서 자기가 성인오락실 사업에 중간 도매상 역할을 좀 해보면 어떻겠냐고 하더라."

"아는 사람이면 형님이 만나야 안 되겠습니까?"

"아는 사이에 거래하면 너무 후려치려고 해서 곤란하다. 부탁하는데 너무 빡빡하게 할 수도 없고. 이런 건 한 다리 슬쩍 건너줘야 서로 편하다. 내가 이 사업은 희수 니 거라고 했다. 그래도 계속 두고 써먹을 수 있는 친구니까 너무 팍팍하게 대하진 말고 잘 대접해줘라."

"얼마나 해줄까요?"

"요즘에 기계 한 대 이백에 치제?"

"네."

"그라믄 도매로 하신다니 백칠십으로 한다 하고 또 양동 형님 친한 친구니까 거기서 한 이십 더 빼주겠다고 하면 덥석 물 거다."

"오천 대면 물량이 상당한데 기한을 맞추겠습니까? 이미 들어온 주문도 물량 맞추기가 버거운데."

"하다가 안 되면 공장 하나 더 돌려야지 우짜겠노."

"찬찬히 상황 봐가면서 하지예. 공장 하나 돌리는 데 돈이 장난이 아닙니다. 사무실에 쓸데없이 들어가는 애들 인건비도 장난이 아니고, 여기저기서 돈 달라는 데도 많고, 이번에 들어간 설비비도 아직 안 빠졌습니다. 지금은 십억 팔려고 이십억 들어가는 형국입니다. 파친코 애들 줄줄이 딸려들어가는 거 보니까 앞으로 일이 어찌될지도 모르겠고."

"돈은 들어올 때 들어오는 거다. 밀물처럼 왔다가 또 금세 썰물처럼 빠져나가는 거지. 그러니 이 타이밍에 그물 제대로 펼쳐보자."

양동은 자신감이 넘쳐 보였다. 희수는 양동의 단호한 결단력과 추진력이 늘 부러웠지만 한편으로 그 과한 자신감이 불안했다. 손영감은 너무 조심하고 걱정이 많아 손에 다 들어온 먹잇감도 놓치는 일이 많았는데 양동은 모든 일에 일절 주저함이 없었다. 손영감은 너무 늦었고 양동은 너무 빨랐다. 양동이 너무 빨라서 성인오락실 사업이 뒤뚱거리고 있었다. 주문 물량도 많고 거래처도 늘어나고 있지만 정작 손에 쥐는 돈은 없는 형국이었다. 희수가 매번 조금 천천히 살피면서 가자고 말을 해도 양동은 들은 체 만 체했다. 양동이 할 이야기를 다 했다는 듯 담배꽁초를 허공에 휙 집어던졌다.

"일 잘 봐라. 난 갈란다."

"제가 모셔다드리겠습니다."

"아니다. 마실가듯 슬슬 걸어내려가면 된다. 요즘 내가 운동이 부족하다."

양동이 비탈진 계단들을 걸어내려갔다. 희수는 양동이 이백 개도 넘는 계단을 다 내려갈 때까지 그의 뒷모습을 쳐다봤다. 예전에 비해 양동의 어깨에 부쩍 힘이 들어가 있는 것 같았다. 그 의기양양한 모습이 왠지 불안했다. 양동의 모습이 골목에서 사라지자 희수는 공영주차장 쪽으로 고개를 돌렸다. 공영주차장에는 너무 많이 닦아 번쩍번쩍 광택이 나는 검은색 벤츠와 한여름의 햇빛 속에서 땀을 삐질삐질 흘리고 있는 백 킬로그램의 거구가 있었다. 어디서 왔는지 강아지 한 마리가 혓바닥을 길게 내민 채 벤츠 뒷바퀴에 코를 킁킁거리며 냄새를 맡고는 오줌을 눴다. 희수가 벤츠 쪽으로 천천히 걸어갔다. 검은색 차에서 나는 뜨거운 열기 때문인지 순백의 얼굴에 땀이 송골송골했다.

"밥은 묵었나?"

"안 묵었지만 괜찮습니다."

"안 묵었는데 어떻게 괜찮노?"

"배 안 고픕니다." 순백이 힘차게 말했다.

희수가 잠시 순백의 얼굴을 쳐다봤다. 희수의 시선에 긴장했는지 순백이 더 힘을 줘서 차렷 자세를 취했다. 이마에서 흘러내리는 땀방울이 눈에 들어가서 따가운지 순백의 한쪽 눈에 눈물이 고였다. 하지만 순백은 누가 시키지도 않은 차렷 자세를 취하느라 눈물을 닦지도 않고 시종일관 눈만 끔뻑거리고 있었다. 만약 이놈이 제대로 된 건달이 된다면 그건 아마 기적에 가까운 일일 거라고 희수는 생각했다.

"올라가서 밥 묵자."

희수가 산복도로 계단을 오르기 시작했다. 순백이 주위를 두리번거리고는 냉큼 희수 뒤를 따라올랐다.

사무실

새로 차린 사무실 앞에는 지방법원이 있었고 대학병원이 있었고 의과대학이 있었다. 인근에 변변한 술집도 유흥가도 없는 거리였다. 지하철에서 내린 샐러리맨들이 아침에 경제신문과 커피를 들고 바삐 출근을 했고, 오후 여섯시 정각이 되면 녹초가 된 얼굴로 우르르 몰려나와 퇴근을 했다. 그런 거리였다. 건달들이 오후 네시쯤에 추리닝을 입고 어슬렁어슬렁 기어나와서 해장국을 한 그릇 먹고 당구장으로 출근을 하는 거리와는 완전 딴판이었다. 희수의 사무실은 이층에 있었다. 건물에는 회사가 열네 개 있었는데 모두 합법적인 사업체였다. 건물 전체에서 다단계 사기를 치는 사기꾼이나 중국 물건을 밀수하는 놈들은 찾아볼 수 없었다. 희수는 아주 오래전부터 이런 사무실을 가지고 싶었다. 하얀 와이셔츠에 구두를 신고 사무실에 출근하는 삶을 살고 싶었다. 건달 냄새가 하나도 나지 않는, 아주 건전하고 평범한 샐러리맨의 삶 말이다. 처음 방문한 양동이 갸웃거리며 왜 이런 곳에 사무실을 차리냐고 물었을 때 희수는 빙긋 웃으며 "어시장 뒤편의 냄새나는 쿰쿰한 사무실, 이제 지겹잖아요" 하고 말했다. "그래도 일을 하려면 이런 곳은 좀 불편하지 않나?" 양동이 이해가 안 된다는 얼굴로 물었다. "등짝에 용 문신 그린 건달들이 컵라면에 소주나 처먹고 있으면 손님들이 안심하고 거래를 하겠습니까? 민간인 상대로 사업을 크게 하려면 이제 건달들도 젠틀해져야 합니다." 희수가 다시 말했다. 그제야 양동은 뭔 말인지 알겠다는 듯 고개를 끄덕였다. 하지만 그것은 그저 하는 말에 불과했다. 불법 도박 기계를 사서 한탕 벌이려는 놈들에게 사무실 따위가 무슨 상관이겠는가.

복도에는 희수가 개업을 한다고 여러 단체에서 보내온 화환들이 여전히 늘어서 있었다. 대부분 여러 지역 조직폭력배들이 보내온 것들이었다. 거기에는 손영감이 보내온 큰 화환도 있었고 영도 남가주 회장이 보낸 화환도 있었다. 남가주 회장은 화환 말고도 개업 축하금이라며 따로 백만원이 든 봉투도 보내왔다. 세상에 공짜는 없으므로 희수는 남가주 회장이 자신에게 보여주는 성의가 늘 고맙다기보다는 부담스러웠다. 별일도 없는데 막내 건달 둘이 사무실 입구를 지키고 있었다. 막내들이 희수를 보고 허리를 숙여 인사를 했다.

"오셨습니까 형님, 아, 아니, 사장님."

건달 한 명이 긴장을 해서 말을 더듬거렸다. 희수가 이제부터 형님이라고 부르지 말라고 지시를 했는데 어쩐지 사장님이라는 말이 입에 붙지 않는 것 같았다.

"여기서 뭐하노?"

"입구 지키고 있습니다."

"여기가 무슨 나이트클럽이가, 입구를 지키게. 그리고 이 화환들 다 치워라."

희수가 피곤한 표정으로 복도에 어지럽게 자리를 차지하고 있는 화환들을 손으로 가리켰다. 동작 빠른 건달 하나가 희수 말이 떨어지자마자 화환 하나를 번쩍 들어올렸다. 하지만 막상 들긴 들었는데 어디로 가져갈지 몰라 어리둥절한 표정이었다.

"어디로 치웁니까?"

"갖다버려라."

"여기 남가주 회장님이랑 손영감님이 보내신 화환도 버립니까?"

"싸그리 다 갖다버려라."

희수는 사무실로 들어갔다. 안에는 건달 열댓 명이 이곳저곳에 앉아서 놀고 있었다. 전기를 물 먹는 하마처럼 먹는 대형 에어컨 두 대가 싱싱 돌아가고 있었다. 경리와 말장난을 하고 있는 놈, 러닝셔츠 차림으로 아령을 드는 놈, 화투를 치는 놈, 창가에 붙어서 국민보건체조를 하는 놈도 있었다. 어이없는지 희수가 헛웃음을 쳤다. 그네들은 양동이 보낸 건달들이었다. 구암 바다에서 할 일 없이 빈둥거리고 있다가 양동이 돈 되는 사업을 한다는 소문이 퍼지자 엉겁결에 따라나온 떨거지들이었다. 희수는 이 많은 인력은 필요 없다고 한사코 반대를 했지만 양동의 의지를 꺾을 수는 없었다. 양동은 상비군이 있어야 비상시에 빨리 대처할 수 있고, 쪽수가 적으면 다른 조직에게 쉬워 보일 수 있다고 했다. 또 새 사업을 시작하는 마당에 놀고 있는 애들 몇 명은 거둬줘야 지역 사회에서 인심을 잃지 않는다는 게 이유였다. 하지만 사실은 손영감과는 달리 통이 크고 의리 있는 형님이라는 평판을 듣고 싶은 것이었다. 술자리에서 저 얼간이들이 "역시 우리 양동이 형님!" 하면서 엄지를 치켜들자 우쭐한 기분에 거둔 것이었다. 희수에게 저 덩치들은 골칫거리였다. 저 덩치들이 하는 일은 빈둥거리며 사무실에서 고량주를 처마시는 일 외에는 아무것도 없었다. 게다가 설령 전쟁이 난다고 하더라도 살만 뒤룩뒤룩 찐 저 겁쟁이들을 데리고 뭘 하겠다는 말인가.

소파 쪽에서는 단가가 대낮부터 건달 몇을 모아놓고 배달시킨 깐풍기와 짜장면에 고량주를 마시며 큰 소리로 떠들고 있었다. "그년이 여관까지 따라와서 팬티까지 벗었는데 갑자기 못 주겠다고 울면서 지랄을 한다 아이가. 미치고 팔짝 뛰는 거지. 대체 왜 그라는 건데? 안 할 거면 애초에 팬티를 벗지 말든가. 팬티까지 벗고 나서 안 하겠다는 거는 대체 무슨 심보냐고. 나는 마, 내 대가리로는 아무리 고뇌를 해봐도 도저히 여자라는 족속을 이해할 수가 없다." 단가의 말에 옆에 앉아서 같이 술을 마시던 건달들이 마구 웃어댔다. 희수가 그 꼴을 보고 눈살을 찌푸렸다. 단가가 희수 기분도 모른 채 반갑게 인사를 했다.

"희수 형님 왔나? 이리 와서 한잔해라. 이 동네 청요리가 괜찮네. 역시 높은 분들이 많이 다니는 법원 앞이라 그런지 닭들을 둘러싼 소스가 구암 바다 짱개집하고는 아주 차원이 다르다." 단가가 대낮부터 벌게진 얼굴로 말했다.

희수가 소파 쪽으로 걸어가더니 갑자기 구둣발로 쟁반을 걷어찼다. 쟁반 위에 있던 짜장면, 군만두, 깐풍기가 한꺼번에 허공에 잠시 떠올랐다가 와장창 떨어졌다. 플라스틱 그릇들이 요란한 소리를 내며 사무실 바닥을 굴러다녔다. 단가와 옆에 앉아 있던 건달들이 놀란 얼굴로 희수를 쳐다봤다.

"한번 말해선 말귀를 못 알아처묵나? 내가 사무실에서 배달 음식 시키지 말랬제? 그런데 대낮부터 술판이냐? 이 건물 전체에서 대낮부터 술 처마시고 있는 놈들이 너희들 말고 어딨노?"

건달들이 일제히 입을 다물어서인지 사무실에 정적이 흘렀다. 창가에서 러닝셔츠 차림으로 열심히 아령질을 하고 있던 건달 하나가 희수와 눈이 마주치자 동작을 멈추고 뻘쭘한 표정을 지었다.

"안 내려놓나?"

건달이 엉거주춤 아령을 바닥에 내려놨다. 그리고 용인지 지렁인지 구분하기도 힘든 조잡한 문신이 새겨진 왼쪽 어깨를 때가 잔뜩 낀 손톱으로 슬슬 긁었다.

"여기가 무슨 헬스클럽이가? 역기랑 아령 같은 걸 일하는 사무실에 왜 갖다놓노. 손님들이 찾아왔는데 등짝에 지렁이 문신이나 한 놈들이 역기나 번쩍번쩍 들고 있으면 그런 곳에서 시발 물건을 사고 싶겠냐고." 희수가 소리를 질렀다.

건달들 중에 나이가 제일 많은 창수가 불만 가득한 얼굴로 희수를 쳐다봤다. 나이는 희수와 갑장이었지만 별다른 재주도 배짱도 없어서 밑바닥에서 뒹굴거리고 있는 놈이었다.

"아침 아홉시에 출근해서 운동도 못하고 술도 못 마시면 우리 같은 놈들이 이런 사무실에서 뭐하면서 하루종일 시간을 보냅니까?"

고량주를 얼마나 마셨는지 창수의 입에서 나는 술냄새가 몇 미터 떨어진 희수에게까지 났다. 술김에 하는 소리여서인지 창수의 목소리가 제법 도전적이었다. 희수가 바닥에 떨어져 있는 스테인리스 쟁반을 집어들었다. 그리고 쟁반으로 창수의 얼굴을 냅다 후려쳤다. 스테인리스 쟁반이 창수의 얼굴에 정통으로 맞자 챙 하고 경쾌한 심벌즈 소리가 났다. 창수의 코에서 코피가 쏟아져내렸지만 분이 덜 풀렸는지 희수는 고개를 숙인 창수의 머리통을 열댓 번이나 더 때리고 나서야 멈췄다.

"빈둥빈둥하면서 월급 따박따박 처받는 놈한테, 내가 어떻게 빈둥거려야 하는지도 가르쳐줘야 되나?"

희수가 다 찌그러진 스테인리스 쟁반을 바닥에 내팽개쳤다. 사무실에 있는 건달들이 겁에 질린 듯 숨소리도 내지 않았다. 희수는 뭐라 더 말하려다 한숨을 길게 내쉬었다. 그리고 사장실로 들어가 문을 쾅 닫았다.

희수는 책상에 앉아 담배를 꺼내 입에 물었다. 하지만 불을 붙이지 못하고 다시 담배를 입에서 떼어냈다. 이 건물 전체가 금연 건물로 지정되어 있었다. 복도로 담배 연기가 올라온다고 여기저기서 민원이 들어왔는지 관리사무소에서 몇 번이나 연락이 왔었다. 희수는 담배를 책상 위에 집어던지고 벽을 쳐다봤다. 사무실 벽에는 원목으로 짠 고급 책장 두 개가 있었고 책장 속에는 책이 가지런히 꽂혀 있었다. 희수가 읽었거나 혹은 읽고 싶은 책은 한 권도 없었다. 그 책들은 전부 보수동 헌책방에서 표지가 우아해 보이는 전집류로 아무거나 사다넣은 장식용이었다. 그 옆에는 인숙이 새 가구나 새집에서 나는 유해물질을 잡아준다고 들고 온 거대한 고무나무 화분 두 개가 있었다. 그리고 소파 세트 하나와 옷장 하나가 있었다. 꾸민다고 꾸몄는데도 사장실은 뭔가 빠진 듯 어색하고 심심했다. 이 건물의 다른 사장실은 어떻게 꾸며놓았는지 구경이라도 하고 싶은 심정이었다. 그때 단가가 노크도 없이 벌컥 문을 열고 들어왔다.

"형님 무슨 안 좋은 일 있었나? 아침부터 와 성질이고."

단가가 응접실 소파에 턱 걸터앉았더니 거리낌없이 담배를 꺼내 물고 불을 붙였다. 그러고는 재떨이를 찾아 두리번거리다가 "명색이 사장방에 재떨이 하나가 없노" 하고 구시렁거리더니 테이블에 놓인 커피

잔에 재를 툭 떨었다.

"이 새끼가, 나도 안 피우는 담배를. 복도로 담배 연기 올라온다고 자꾸 민원 들어온다니까."

"됐다 마. 조폭이 민간인들 요구 다 들어주면 그게 조폭이가. 형님이 너무 예의바르게 대해주니까 만만하게 보고 자꾸 기어오르는 거다. 조폭과 민간인은 쪼매 껄끄러워야 서로 편하다."

생각해보니 단가 말이 맞는 것도 같았다. 우리는 건달 아닌가. 새 동네에 새 사무실에 들어와서 그런지 너무 눈치를 본 것 같았다. 담배 연기가 올라온다고 관리사무실 따위에서 전화를 하다니 구암 바다 같았으면 상상도 못할 일이었다. 살짝 머쓱해진 희수가 책상 위에 던져놓은 담배를 다시 입에 물고 불을 붙였다. 그리고 창문을 조금 열었다.

"그라고 니는 이 새끼야, 상무씩이나 되는 놈이 대낮부터 애들이랑 술판을 벌이고 있나?"

"내가 술상무 아니오. 직함만 따지자면 업무에 매우 충실한 거지." 단가가 헤실거렸다. "그나저나 왜 출근하자마자 신경질이고. 그토록 사랑하던 인숙이랑 결혼도 했겠다, 사무실도 개업하고, 공장도 쌩쌩 잘 돌아가고, 벤츠도 타고, 돈다발 들고 물건 사려는 업자들도 줄을 섰고. 내가 보기에 요즘에 형님만큼 시절 좋은 사람은 한 명도 없다. 나 같으면 덩실덩실 어깨춤을 추고 다니겠네."

"어깨춤 같은 소리 하고 자빠졌네."

솔직히 어깨춤을 출 상황은 아니었다. 남들 보기엔 승승장구하고 있는 것 같았지만 이 사업은 새는 구멍이 많았고 호시탐탐 희수를 뜯어먹으려는 놈들도 한둘이 아니었다. 투자자들은 밀어넣은 돈을 뽑아내려고 희수를 압박하고 있었고, 밑의 애들은 떨어지는 콩고물이라도 받아먹으려고 희수만 쳐다보고 있었다. 게다가 파친코 업자들이 희수를 벼르고 있다는 소문도 심심찮게 들려왔다. 한 뼘만 발을 잘못 디뎌도 빛만 좋은 개살구가 되거나 죽을 쒀서 개에게 줄 형편이었다. 그것이 자신이 방만하게 운영을 해서인지 건달의 일이라는 게 원래 그런 건지 희수는 감을 못 잡고 있었다. 만리장에서 나와 사무실을 개업했을 때 희수가 처음 한 일은 출근하는 아이들에게 양복을 한 벌씩 맞추게 한 것이었다. 추리닝 입은 건달들이 양복 입은 건달보다 형량을 더 적게 받는다는 손영감의 양복론이 희수는 늘 얼토당토않은 미신이라고 생각했다. 사실은 추리닝 입고 우르르 몰려다니는 애들이 꼴 보기 싫은 이유도 있었다. 하지만 고기도 먹어본 놈이 먹는다고 평생 추리닝만 입고 덜렁덜렁 다닌 애들에게 양복은 형에게 물려받은 교복을 입고 막 입학한 중학생처럼 어색했다. 밑의 애들에게 대리, 과장, 부장, 상무 같은 직함도 달아주고 명함도 하나씩 파게 했다. 사업자등록증을 만들고 일반 회사처럼 정상적으로 월급도 지급했다. 만리장 시절 손영감이 월급 대신 불규칙하게 용돈을 주는 식으로 밑의 애들을 굴리는 게 싫었기 때문이었다. 희수는 좁쌀 손영감의 그 쩨쩨함 때문에 수없이 많은 분란이 생기고 보스로서 통솔력도 잃는다고 생각했다. 하지만 월급을 지급하자 들어가는 경비가 갑자기 어마어마하게 늘어났다. 게다가 이 사업을 운영하는 데 저 덩치들은 하나도 필요하지 않았다. 모든 일을 희수가 처리했으므로 장부 관리를 하는 경리 한 명과 기술자인 야마 상 그리고 공장 근로자들만 있으면 충분했다. 양동이 억지로 밀어넣은 저 덩치들이 에어컨 아래서 빈둥거리며 월급을 처받는 걸 보고 있노라면 방광 저 밑에서부터 화가 치밀어올랐다. 저 덩치들을 데리고 월급을 주느니 탄네 베트남 애들을 거느리는 게 훨씬 싸고 도움이 되었다. 하지만 희수는 탕에게 약속을 지키지 못했다. 변변한 일자리를 주지도 못했고 돈을 가져다주지도 못했다. 양동의 주류 업장에 배달 인력으로 몇 명을 쓴 것과 구암 바다 몇몇 업소에 허드렛일을 준 것이 다였다. 탕네 베트남 애들은 대부분 불법 이민자여서 정식으로 취직을 할 수 없었다. 탕이 자기 애들을 용역 시장이나 공사판에서 날일을 뛰게 해서 겨우 연명하고 있다는 소문이 들려왔지만 희수는 모른 척했다. 이런저런 사업 준비로 바빴고 사실 달리 도움 줄 수 있는 일도 없었기 때문이었다. 양동이 "동포에게 줄 밥그릇도 없는 판에 베트남 애들 밥그릇까지 어떻게 챙기냐"고 희수에게 핀잔을 줬다. "걱정도 팔자다. 걔네가 얼마나 질긴 놈들인데, 희수 니가 걱정 안 해도 알아서 잘산다"라고 말하기도 했다. 하긴, 알아서 잘살 거라고 끄덕거리며 희수는 자신의 무책임함을 용서했다.

희수가 시계를 봤다. 오후 세시였다. 오후에는 손영감과 약속이 있었다. 단가는 그새 응접실 소파에 벌렁 드러누운 채 코를 골며 잠이 들었다. "인생 참 편하게 산다." 희수가 단가를 향해 중얼거렸다.

사무실을 나온 희수는 순백이 모는 벤츠를 타고 구암 바다로 들어갔다. 해수욕장이 개장을 해서인지 해변 입구부터 도로는 물론이고 보도에도 피서객들이 몰고 온 차들과 노점상들로 발 디딜 틈이 없었다. 운전이 서툰 순백이 차들로 꽉 막힌 도로와 그 와중에도 여기저기서 불쑥불쑥 튀어나오는 배달 오토바이들 때문에 어쩔 줄 몰랐다. 차가 신호 때문에 삼거리 중앙에 걸리자 여기저기서 요란한 경적과 욕지거리들이 터져나왔다. 순백이 당황한 듯 이러지도 저러지도 못하고 땀만 뻘뻘 흘리고 있었다.

"저쪽으로 차 대가릴 들이밀어라. 들이대야 비켜주지." 보다못한 희수가 한마디했다.

순백이 "네, 알겠습니다" 대답만 하고 삼거리 중앙에서 어쩔 줄을 몰랐다. 삼거리 로터리 신호등은 이미 무용지물이었다. 앞의 차들은 비켜주질 않았고 뒤의 차들은 연신 경적을 울려댔다.

"니 고향에서 운전 좀 했다메?"

"우리 고향은 버섯 축제를 해도 차가 이렇게 많이 없어예. 이건 차도 너무 크고. 제가 경운기는 진짜 잘 모는데."

순백이 말 같지도 않은 소리를 씨부려댔다. 그러니까 명색이 운전기사라는 놈이 운전이 서툰 것이다. 희수가 시계를 한번 보고는 한숨을 내쉬었다.

"차 세워라."

"네?" 순백이 어리둥절한 표정으로 희수를 쳐다봤다.

"내가 운전할 테니까 차에서 내리라고."

순백이 차를 세우자 희수가 뒷좌석에서 내려서 운전석에 올랐다. 순백이 뻘쭘하게 서 있다가 차 뒤로 가더니 뒷좌석 문을 열고 자리에 앉았다. 어처구니가 없어진 희수가 순백을 노려봤다.

"야 이 새끼야, 니가 사장이가?"

"네?" 순백이 영문을 몰라 되물었다.

"앞자리에 타야지."

그제야 순백이 뒷문을 열고 앞자리로 오려고 했다.

"됐다, 마. 거기 앉아 있어라."

약속 시간 때문에 마음이 급한지 희수가 급하게 사이드브레이크를 내리고 핸들을 돌렸다. 그리고 신경질적으로 경적을 두어 번 울리고 얽혀 있는 차들 속으로 차머리를 밀어넣었다. 비싼 외제 차라 그런지, 아님 덩치 큰 사내 둘이 타고 있어선지 차들이 양보를 해줬다. 삼거리를 빠져나가자 희수가 창문을 조금 내리고 룸미러로 순백을 쳐다봤다. 순백은 마치 여전히 삼거리 중앙에서 운전이라도 하고 있는 양 바짝 긴장한 모습이었다.

"머리가 나쁘면 눈치가 있든지, 눈치가 없으면 머리가 좋든지. 니는 대체 뭐고?"

순백이 잠시 생각을 하더니 입을 열었다.

"제가 눈치가 좀 없는 편입니다." 순백이 머리를 긁적였다. 그러다 이내 자기 이름처럼 순박한 얼굴로 희수를 쳐다봤다. "하지만 머리는 좋은 편입니다. 고향에서 영농후계자 수업 때도 제가 일등을 했습니다."

희수가 룸미러로 순백의 얼굴을 멍하니 쳐다보다가 이내 고개를 흔들었다. 솔직히 이놈이랑 실랑이할 힘도 없었다.

만리장 호텔 주차장에는 마나가 나와 있었다. 손영감과 약속한 시간이 임박해서 희수가 운전석 문을 열고 급하게 내렸다. 하지만 마나는 희수를 보는 둥 마는 둥 하더니 뒷자리에 앉아 있는 순백을 향해 쏜살같이 달려갔다. 그리고 뒷좌석 문을 열어주고는 구십 도로 허리를 숙여 인사를 했다.

"오셨습니까, 회장님."

영문도 모른 채 순백이 덩달아 마나에게 구십 도로 인사를 했다. 그러자 화들짝 놀란 마나가 백이십 도까지 허리를 더 숙여 인사를 다시 했다. 그 꼴을 보고 희수가 한심하다는 듯 한숨을 쉬었다.

"이건 뭐 바보들의 행진도 아니고."

마나가 희수에게 달려오더니 차가 자체로 발광을 한다는 둥 차 가격이 얼마냐는 둥 호들갑을 떨었다. 오랜만에 마나의 얼굴을 봐서 반가웠는데 그 반가운 마음이 오 초도 가지 않는 게 신기한 일이었다.

"영감님 방에 계시나?"

"네, 계십니다. 근데 희수 형님, 일 보실 동안 제가 이 차 쪼매만 운전해봐도 되겠습니까? 제 꿈이 벤츠 옆자리에 가스나 태우고 멋지게 해변을 달리는 거 아닙니까." 마나가 잔뜩 흥분한 얼굴로 말했다.

"니 이 차 핸들 만지면 그날로 손모가지 날아갈 줄 알아라." 희수가 옆에 있는 순백에게 "너는 마나 인마가 차 근처에 얼씬도 못하게 잘 지켜라" 하고 말했다.

순백이 결연한 얼굴로 "네, 알겠습니다" 하고 차렷 자세를 취했다. 희수가 호텔 로비 쪽으로 걸어가다 뒤를 돌아보자 마나가 매우 조심스러운 표정으로 순백에게 "그런데 대체 뭐하시는 분이신지?" 하고 묻고 있었다.

희수가 호텔 안에 들어갔을 때 홀 카운터에는 정배가 앉아 있었다. 만리장 새 지배인으로 정배가 앉았다는 소문이 돌았을 때 사람들은 모두 의아하다는 얼굴이었다. 희수도 고개를 갸웃거렸다. 손영감은 정배를 좋아하지 않았다. 그리고 일은 많고 돈은 안 되는 만리장 지배인 자리를 정배도 좋아하지 않을 것 같았다. 어쩌면 곰탕 노인들이 은근히 압력을 넣어서 정배를 지배인 자리에 앉히고 뭔가 다른 꿍꿍이를 벌이고 있을지도 모른다고 희수는 생각했다. 아니면 손영감이 그래도 이 구암 바다에서 머리 돌아가는 놈은 정배밖에 없다고 생각했을 수도 있다. 그러나저러나 그게 이제 자기랑 무슨 상관인가? 하는 생각도 했다.

희수가 홀에 들어서자 정배가 고개만 까닥거리며 희수에게 인사를 했다. 그것은 인사라고 하기엔 뭔가 어정쩡한 것이었다. 정배의 이마에는 옥사장 장례식 때 희수에게 제라늄 화분으로 얻어맞아 생긴 선명한 흉터가 있었다. 시간이 지나면 조금씩 희미해지겠지만 저 흉터는 사라지지 않을 것이다. 정배가 희수에 대해 가지고 있는 앙금도 조금씩 희미해지겠지만 또한 사라지지 않을 것이다.

"잘 지내나?" 희수가 따뜻한 목소리로 물었다.

"뭐 그럭저럭 지냅니다." 정배가 시큰둥하게 말했다.

"만리장 지배인 일은 할 만하나? 내가 바빠서 인수인계도 못해줬네."

"지배인이야 뭐 할 일이 있습니까? 그냥 건들거리기만 하면 되는 건데." 정배가 빈정거리듯 말했다.

아마 그 말은 희수가 지난 시절에 해왔던 일들을 폄하하기 위한 것일 게다. 아니면 아직 손영감이 일을 주지 않아서 정배가 만리장 지배인이 무슨 일을 해야 하는지 잘 모르고 있거나. 더 할말이 없어서 희수는 입을 다물었다. 대화가 끊겨서 둘 사이에 잠시 애매한 침묵이 흘렀다. 희수를 힐끗 보더니 정배가 먼저 입을 열었다.

"희수 형님 요즘 사업 잘되신다면서요?"

"이제 시작 단계라 잘되고 말고가 없다."

"에이, 희수 형님 잘나간다고 소문 쫙 났던데 뭘."

"정배야, 일전에 장례식장 일은 미안하다. 내가 병문안이라도 갔어야 했는데."

"아! 시발, 그 이야긴 마, 하지 맙시다." 정배가 단번에 희수 말을 잘랐다.

"아니, 내 말은……"

"그 이야기 꺼내면 나만 쪽팔리고, 희수 형님은 어떨지 모르겠는데 솔직히 나는 이런 일을 사과 한마디로 쉽게 처리하는 거, 내 성격에 맞지도 않습니다. 그리고 말이사 바른말이지 희수 형님은 이제 만리장 나갔으니까 딱 까놓고 남의 식구 아닙니까? 이제부터는 사업하는 사람들끼리 서로 에티켓을 갖춰서 깍듯하게 대합시다."

정배가 얼굴을 실룩거렸다. 제라늄 화분에 맞아서 꿰맨 상처가 부자연스럽게 얼굴 어딘가를 움켜쥐고 있는 것 같았다.

"그래, 알았다."

"그리고 아미보고 팔다리 잘리기 싫으면 행동거지 조심하라고 하소."

"그건 또 뭔 소리고?"

"월농이고, 남포동이고, 충무동이고, 지 세상인 것처럼 다 들쑤시고 다닌다 아입니까. 그 피해가 다 우리한테로 날아옵니다. 기분은 아미가 내고 뒷감당은 손영감이 하고 있다 이 말입니다. 아미는 지가 잘나서 딴 동네서 태클이 안 들어온다고 생각하는 모양인데 그게 전부 영감이 돈으로 처발라서 막고 있는 줄이나 아이소. 계속 이런 식이면 우리 인내에도 한계가 있습니다." 정배가 몸을 잔뜩 웅크린 채 말했다.

뭔가 벼르고 벼르던 말을 한꺼번에 터뜨리는 느낌이었다. 희수는 정배의 화난 얼굴을 쳐다보다가 아무 말 없이 그저 고개만 두어 번 끄덕였다. 그리고 천천히 걸어서 이층으로 올라갔다.

복도를 걸어가는 희수의 마음이 무거웠다. 4월에 만리장을 떠난 이후 한 번도 손영감을 찾지 않았다. 지난 십 년간 매일 붙어살다시피 했는데 거의 삼 개월 만에야 얼굴을 내미는 것이었다. 지배인이 바뀌었지만 인수인계를 하러 오지도 않았고 매달 내야 하는 십 퍼센트의 상납금도 내지 않았다. 영감이 사무실 개업식 때 축하금과 화환도 보내왔지만 감사 인사도 하지 않았다. 그리고 이제 상납금 독촉을 받고서야 겨우 얼굴을 들이미는 것이다. 손영감이 꽤나 괘씸해하고 있을 거라고 희수는 생각했다. 사업도 새로 시작했고 결혼도 하느라 눈코 뜰 새 없이 바빴다고 핑계를 댈 수도 있을 것이다. 하지만 그것이 솔직한 이유라고 할 수는 없었다. 희수는 매일 바닷가를 지나다녔고 구암은 맘만 먹는다면 언제든 들를 수 있는 손바닥만큼 작은 곳이었다. 단지 희수는 손영감과 얼굴 맞대기가 어색하고 불편했다.

호텔 사장실 문을 열었을 때 손영감은 창가에 즐비한 화초들의 잎새를 손수건으로 일일이 닦고 있었다. "희수 왔나?" 손영감이 문을 열고 들어서는 희수를 힐끗 보고는 환한 얼굴로 맞았다. 일부러 짓는 어색한 표정이 아니라 정말로 반가운 얼굴이었다. 그 표정이 고마웠다. 희수는 허리를 굽혀 정중하게 인사를 하고 터벅터벅 걸어가 응접실 소파에 앉았다. 그리고 응접실 테이블에 있는 바둑 잡지 두 권과 조간신문을 별 의미도 없이 들어올렸다가 다시 제자리에 놓았다. 그때 어떤 기시감 같은 것이 떠올랐다. 어쩌면 그 기시감은 손영감의 방을 드나들며 숱하게 해왔던 행동인데 희수가 처음 자각한 것일지도 몰랐다. 신문과 잡지가 툭 떨어지는 소리, 반쯤 가려진 블라인드에 갈라져서 들어오는 햇살, 그리고 그 햇살 속으로 날아오르는 먼지들과 희수가 늘 앉았던 가죽이 닳아 있는 소파 가장자리가 친숙하고 편안했다. 허공에 재잘대며 떠돌아다니는 먼지들처럼 여기서 손영감과 수없이 많은 일들을 상의하고 쓸데없는 농담을 주고받았다. 손영감이 남은 잎새를 정성스럽게 닦고는 그 특유의 굼실거리는 걸음으로 걸어와 소파 맞은편에 앉았다.

"이 새끼야, 얼굴 잊어버리겠다. 와 이리 뜸하노?"

손영감의 목소리는 경쾌했다. 그것은 책망하는 것도 섭섭해하는 것도 아닌 그저 반가워서 하는 투정 같았다.

"바빴습니다. 묵고살려면 존나게 뛰어다녀야 별수 있습니까?"

희수도 경쾌하게 손영감의 말을 받았다.

"지랄하네. 이 콧구멍만한 동네에서 지나가다 얼굴 한 번씩 비추는 게 뭐 어렵노?"

손영감이 가볍게 투덜거리고는 분무기를 들어 테이블 위에 있는 난 잎새에 두어 번 뿌렸다. 그리고 다시 손수건으로 잎새를 정성스럽게 닦았다. 희수가 뭔가 못마땅한 표정으로 그 꼴을 쳐다봤다.

"화초 키우는 거 재미있습니까? 나는 당최 화초는 무슨 맛에 키우는지 이해가 안 되네예. 만날 닦고 쓸고 해줘봐야 강아지처럼 주인을 알아봐서 귀염을 떠는 것도 아니고."

"화초도 주인을 알아본다."

"식물이 주인을 알아본다고요?"

"하모, 화초도 이쁘다 이쁘다 하면서 자꾸 닦아주고 쓰다듬어주고 그라믄 잘 자라서 꽃도 피우고 방긋방긋 웃어주기도 하고 그란다."

"거짓말하지 마이소."

"참말이다. 식물도 자기 좋아하는 놈은 다 알아본다. 지 이쁘다 하는데 그 맘을 몰라주고 뒤통수치는 것은 인간밖에 없다."

희수는 그것이 자신에게 하는 말 같아 움찔했다. 손영감이 희수의
표정을 읽고는 피식 웃었다.

"아따, 니 들으라고 하는 말 아니다. 사내새끼가 그만한 소리에 움
찔하기는."

"움찔 안 했습니다."

"내가 딱 봤는데 또 그런다. 니 움찔할 때 왼쪽 콧구멍만 벌렁거리
는 거 내가 모르나?"

"마, 됐습니다. 움찔했다고 합시다."

희수가 귀찮다는 듯 손을 내저었다. 말싸움에서 이겨서 신이 났는
지 손영감이 의기양양한 표정을 지었다. 그 표정을 지을 때 손영감은
천진난만한 아이 같았다. 이런 성격을 가진 사람이 지난 삼십 년 동안
범죄 조직의 수장으로 그토록 잔인한 일들을 서슴지 않고 처리해왔다
는 게 희수는 의아했다.

"사업 잘된다메?"

"겉만 번지르르하지 속은 텅 빈 강정입니다."

"희수 요즘 잘나간다고 온 동네에 소문이 자자하던데 엄살은. 저기
주차장에 끌고 온 커다란 벤츠, 니 차 아이가?"

"그거 양동이 형님이 국산 차 몰고 가면 업자들이 단가를 낮게 후
려친다고 존나게 오바를 해서 장만한 겁니다. 아시잖습니까? 양동이
형님은 자기 목숨보다 후까시가 더 중한 사람 아입니까?"

"맞다, 맞다. 양동이 하면 후까시지. 양동이 그놈은 화장을 하면 뼛
가루 대신 후까시만 남을 놈이다."

양동이라면 능히 그런 오버를 할 수 있다는 듯 손영감이 웃으며 고
개를 끄덕였다.

"그나저나 양동이도 그렇고 니도 그렇고 요즘 와 상납금을 안 갖다 바치노? 사업도 잘 굴러가서 돈을 벌 만큼 벌었으면 자잘한 세금 정도는 내줘야 우리 같은 뒷방 노인네들도 입에 풀칠을 할 거 아이가?"

상납금 이야기가 나오자 희수가 몸을 바로 세우고 앉았다.

"몇 달만 말미를 주면 안 되겠습니까. 거래는 많은데 아직 사업이 시작 단계라 이래저래 경비로 빠져나가는 돈이 더 많습니다."

"돈을 벌긴 벌었는데 경비 제하고 나니 남는 게 없다, 이 말이제?"

희수가 머쓱한 듯 고개를 끄덕였다.

"야 이 새끼야, 그런 건 호구 투자자들 후려칠 때나 쓰는 수법 아이가? 니는 탱크만한 벤츠 타고 다니면서 나보고 핫바지 호구짓이나 하라 이 말이가?"

말은 따가웠지만 손영감의 표정은 익살맞았다.

"죄송합니다. 일단 시동 걸리면 밀린 상납금부터 갚겠습니다."

손영감이 허리를 소파 쪽으로 젖히고 천장을 쳐다봤다. 뭔가 심오한 생각을 하는 것 같지는 않았고 단지 저 형광등에 언제 똥파리가 말라붙어 있었나? 하는 표정 같았다.

"사업 막상 해보니 만만치가 않제?" 손영감이 희수의 팍팍한 사정을 다 안다는 듯 느긋하게 물었다.

"만만치가 않네예."

"일을 너무 깔끔하게 하려고 하지 마라."

"뭔 말입니까?"

"사업은 원래 구질구질한 거다. 인생도 마찬가지고. 원래 구질구질한 것은 구질구질하게 처리해야지 그걸 깔끔하게 하려고 하면 다 돈으로 처발라야 한다 이 말이다. 희수 니는 매사 생각이 너무 많고 꼼꼼해서 내 하는 말이다."

손영감의 말에 희수가 고개를 끄덕였다. 건성으로 끄덕이는 것이
아니라 그게 요즘 희수가 절실하게 느끼는 것이었다. 오랜만에 만난
손영감은 아주 편해 보였다. 아니면 손영감 옆에 있어서 희수가 편했
는지도 몰랐다. 그것은 실로 오랜만에 느껴보는 편안함이었다. 주위
에서 온통 돈을 달라며 희수를 달달 볶고 있었다. 만리장 지배인으로
있을 때 희수는 손영감이 이 압박들을 견디고 있었다는 것을 몰랐다.
희수는 손영감이 그저 하는 일 없이 룰루랄라 놀고 있는 줄 알았다.

"정배는 일 잘합니까?"

"말도 마라. 그 닭새끼는 지 호주머니 챙기는 것 외에는 일절 관심
이 없다."

"제가 인수인계도 못해주고 떠났네예. 죄송합니다."

"괘안타. 이 낡은 호텔에 인수인계하고 말 게 어딨노. 등신 쪼다도
아니고 닥치면 닥치는 대로 하면 되는 거지."

"아까 로비에서 아미가 무슨 사고 치고 다닌다고 정배가 막 그러던
데 뭔 말인지 모르겠습니다. 저는 한집에 살아도 도통 아미 얼굴 보는
일이 없어서예." 희수가 모르는 척 물었다.

"그냥 밥그릇 싸움 하는 거지. 지 밥그릇 뺏어가는데 기분좋을 놈
이 어딨노. 월농 포주들 몇 명이랑 초장동 호중이가 일전에 왔더라.
아미가 너무 설쳐댄다고. 구암에서 단속 안 해주면 자기들도 이제 못
참는다고 엄포를 놓더만."

"그래서 뭐라 했습니까?"

"개호로 새끼들이 어디서 감히 후다를 치냐고 내가 한소리했다."

"하모예, 잘하셨습니다. 언제부터 포주 새끼들이 만리장에 들어와

서 협박질입니까. 포주 새끼들한테까지 밀리면 이건 진짜 아니지예."

희수가 맞장구를 쳐주자 손영감이 의기양양한 표정을 지었다. 하지만 손영감이 호중과 월농동 포주들에게 그렇게 세게 말했을 리는 없었다. 그것은 손영감의 스타일이 아니었다. 양동이었다면 그 자리에서 포주들 면상에 재떨이를 날렸겠지만 손영감은 절대로 분쟁의 빌미를 만드는 일을 하지 않았다. 아마도 점잖게 달래거나 정배 말처럼 돈을 몇 푼 줘서 무마했을 것이다.

"건달들끼리 다툼이야 늘상 있는 일이지만 아미한테 큰 사고가 터질까 그게 걱정이다. 초장동 호중이랑 월농 박가 새끼는 진짜 질이 나쁜 새끼들이거든."

"아미가 자리를 잡으려다보니 소란이 있는 모양인데 조금만 지나면 진정될 겁니다."

"진정돼야지. 나도 아미가 빨리 자리잡았으면 좋겠다." 손영감이 넋두리처럼 말했다.

손영감이 시계를 보더니 앞에 있는 수건으로 손을 닦았다.

"밥은 묵었나?"

그러고 보니 하루종일 아무것도 먹지 않았다. 문득 허기가 밀려왔다. 표정만 봐도 알겠는지 손영감이 희수의 대답을 듣지도 않고 자리에서 일어섰다.

"오랜만에 같이 복국이나 한 그릇 하자."

까치복

희수가 손영감과 바닷가로 나왔을 때는 오후 다섯시였다. 해변은 사람들로 인산인해를 이루고 있었다. 7월의 햇살이 모래사장을 뜨겁게 달구고 있었다. 서울에서 내려온 젊은 아가씨들이 손바닥만한 비키니를 입고 모래사장을 뒹굴며 깔깔거리고 있었다. 손영감이 아가씨들의 엉덩이를 보고 좋아했다.

"아따, 좋네. 엉덩이가 꼭 만개한 해바라기 같다. 우리 때는 별 볼 것도 없는 살들을 뭘 그래 열심히 감추고 살았는지 모르겠다. 저렇게 한창 몸 예쁠 때 드러내서 보여주면 보는 놈도 기분좋고 보여주는 년도 기분좋고, 아! 을매나 좋냐 이 말이다."

물풍선을 던지는 여자들, 뜨거운 모래사장에 몸을 파묻고 찜질을 하는 아줌마들, 비키니를 입고 비치발리볼을 하는 러시아 여자들, 파라솔에서 다리를 꼬고 맥주를 마시는 여자들, 바나나보트를 타고 소리를 질러대며 해변을 달리는 아가씨들로 바닷가는 활기가 넘쳤다. 모래사장을 누비며 통닭을 파는 소년들, 아이스박스를 어깨에 메고 다니며 콘이나 얼음을 파는 아줌마들, 유방을 드러낸 아가씨 사진을 몰래 돌리는 사창가 삐끼들, 짜장면 배달을 온 철가방, 구명조끼와 튜브를 대여하는 건달들로 백사장은 발 디딜 틈도 없었다.

"올여름은 다들 돈 좀 벌겠네예." 희수가 말했다.

"이참에 모두들 돈 좀 왕창 벌었으면 좋겠다. 그래야 나한테 찾아와서 우는소리를 안 하지."

희수와 손영감은 해변을 구경하며 복국집까지 천천히 걸어갔다. 방파제 입구 언덕에 있는 복국집은 가정집을 개조해서 만든 식당이었다. 따로 간판이 없어서인지 여름철 성수기에도 관광객들로 붐비지 않아서 좋았다. 손영감과 희수는 자주 이 집에서 복국을 먹었다. 메뉴라고는 복수육과 복국 두 개밖에 없었고 할머니가 까치복만으로 복국을 끓였기 때문에 사람들은 이 집을 까치집이라고 불렀다. 까치집 할매는 희수가 스무 살이었을 때도 꼬부랑 할머니였다. 늙은이는 더이상 늙지 않는 건지 까치복 할매는 예나 지금이나 항상 똑같은 얼굴 같았다. 손영감과 희수가 자리에 앉자 까치복 할매가 복껍질 무침과 반찬 몇 가지를 내왔다. 늘 그랬듯 작은 뚝배기에 복국과 수육도 담아왔다. 손영감이 평소와 달리 소주를 한 병 시켰다. 손영감은 희수의 잔에 술을 따르고 자기 잔에도 따랐다. 그리고 건배도 없이 혼자서 잔을 비웠다.

건너편 구석 테이블에는 상가 거리에서 횟집을 하고 있는 마씨와 노래방 주인 공씨가 대낮부터 술에 취해 언성을 높이며 싸우고 있었다. 그 옆에는 상가번영회 회장이 둘 싸움에 끼어 어쩔 줄 몰라하고 있었다. 횟집 마씨가 화가 많이 났는지 삿대질을 하며 공씨와 번영회 회장에게 마구 소리를 질러댔다.

"니가 노래방에서 멍게 안 팔았다고? 이 개새끼가 어디서 개구라를 치노. 번영회 회장님, 빨리 이 새끼한테 범칙금 받으소."

"야, 이 시발놈아. 노래방에서 무슨 멍게를 파노?" 노래방 공씨가 말했다.

"내 말이 바로 그 말이다. 노래방에서 노래나 팔지 멍게는 와 파는데? 멍게는 횟집에서 묵고, 노래방에서는 탬버린만 흔들고, 이게 올바른 상도의 아이가? 상가번영회에서 회칙을 정했으면 준수해야 할 거 아이가? 번영회 회장님도 그렇지, 회비로 월급 따박따박 받으면서 이런 놈들 단속 안 하고 뭐합니까? 혹시 이 새끼한테 돈 받아처묵은 거 아닙니까?"

마씨가 이번엔 상가번영회 회장에게 화살을 돌렸다.

"어허 이 사람이, 내가 무슨 돈을 받았다고 그라노."

진짜 돈이라도 받은 것처럼 상가번영회 회장의 대답이 애매했다. 하지만 번영회 회장과는 달리 노래방 공씨의 표정은 단호했다.

"내가 여기서 확실하게 말하는데, 나는 멍게 안 팔았다. 나는 하늘을 우러러 한 점 부끄럼이 없는 사람이다."

"한 점 부끄럼 같은 소리 하고 자빠졌네. 삼돌이가 엊그제 느그 노래방에서 멍게 먹었다고 나한테 다 불었는데 이 씹새끼가 어디서 구라를 치노. 지금 삼돌이 불러서 느그 노래방에서 멍게 묵었는지 안 묵었는지 삼자대면 함 해볼까? 지난 주말에 손님들이 느그 노래방에서 멍게도 처묵고 양주도 처묵고 심지어 월농동에서 아가씨까지 불러서 떡까지 쳤다고 소문 다 났다. 니는 노래방 하나 차려서 횟집도 하고, 룸살롱도 하고, 냄비 장사도 하고, 시발 혼자 다 할라고 그라나?"

삼돌이라는 직접적인 증인이 나오자 마냥 발뺌을 하던 노래방 공씨가 약간 주춤했다.

"멍게를 판 게 아니고, 내가 멍게에 소주를 한잔하고 있는데 삼돌이가 지나가다가 형님, 그 멍게 참 맛있겠네예, 그러면서 침을 질질 흘린다 아이가. 그래서 내가 그랬지. 멍게 좀 묵을래? 삼돌이 이 새끼가 묵겠다고 하데. 그래서 내가 좀 준 거다. 이웃끼리 정답게 멍게 나눠 먹은 게 그리 큰 허물이가?"

"삼돌이 말고 다른 사람도 많이 묵었다고 하던데?"

"우예 삼돌이만 주겠노. 인간적으로다가 나눠 먹어야지."

"그라면서 돈은 왜 받노? 돈 받으면 장사지 그게 어째 나눠 먹은 거고?"

"삼돌이가 맛나게 먹었다고 돈을 자꾸 주는데 너무 성의를 무시하는 것도 또 이웃끼리 도의가 아니잖아?"

"이 새끼가 말하는 뽄새 좀 보소. 입을 확 찢어버릴라."

"그라고 내가 멍게를 팔든 메주를 팔든 니가 와 지랄이고. 니가 우리집에 노래 손님을 보내주기나 했나?"

"니가 예쁘게 탬버린만 흔들고 있으면 내가 삐끼짓이라도 해서 보내주지 와 안 보내주노. 노래방에서, 그것도 남의 횟집 앞에서 니가 버젓이 회 장사를 하고 있는데 니 같으면 보내주고 싶겠나?"

노래방 공씨가 말이 안 통하는지 옆에 있는 상가번영회 회장 쪽으로 고개를 돌렸다.

"회장님이 말 좀 해보이소. 노래방에서 멍게 좀 판 게, 그게 그리 쉽니까? 그래 따지면 저 새끼 횟집에는 방마다 노래방 기계가 있어갖고 손님들이 회 먹다가 노래 막 부르는데 그건 죄 아닙니까?"

상가번영회 회장이 둘 사이에서 누구 편을 들어야 할지 몰라 곤혹스러운 얼굴이었다. 멀리서 쳐다보던 손영감이 웃으며 고개를 절레절레 흔들었다.

"마가랑 공가 저 두 놈은 하루이틀도 아니고, 초등학교 때부터 사십 년을 저래 붙어다니면서 싸운다."

"번영회 회장이 중간에서 아주 죽으려고 하네요."

"말도 마라. 요즘 저런 일로 구암 바다가 아주 난리도 아니다. 노래방에선 회 팔고, 횟집에선 노래방 기계 돌리고, 월농 포주들이 여관방 대여해가지고 아가씨 데리고 와서 몰래 냄비 장사를 하고, 해변이 마 엉망진창이다."

"올해는 상가번영회에서 사전에 미리 조율 안 했습니까?"

"희수 니가 나가버렸는데 조율을 누가 하노? 정배 새끼 보내놨더니만 분란만 더 일으키고 왔더라."

매년 여름이 오면 해변의 모든 업자 대표들이 상가번영회 사무실에 모여서 회의를 했다. 여름 관광 시즌에 해변에서 일어나는 사업은 대부분 불법이었으므로 마찰이나 문제가 일어나더라도 경찰이나 법에 호소해서 문제를 해결할 수 없었다. 그래서 상가번영회 회의는 만리장 손영감이 중재를 해왔었다. 방파제 포장마차 연합, 시장 상인 연합, 경찰이나 공무원의 단속을 피하려고 만든 비상 연락망으로 연결되어 있다가 어영부영 연합이 되어버린 단란주점 연합, 거기다가 노래방 연합이니 노점상 연합이니, 비치파라솔 연합이니 뭔 얄궂은 연합들이 그리 많은지 그 엄청난 연합들이 모두들 모여서 여름 해수욕 시즌의 사업 규모와 운영 방식을 두고 회의를 하는 것이다. 사실 회의라기보다 전쟁에 가까웠다. 해변에 술집, 카페, 횟집, 노래방, 룸살롱 같은 가게를 가지고 있는 업자들, 모텔과 호텔 주인들, 바닷가에서 무허가로 가판을 차리는 노점상들과 방파제의 포장마차 주인들, 모래사장에서 파라솔을 펼치고 대여료를 받는 건달들, 보트나 튜브 대여업자, 유료 샤워장 업자, 사창가 포주들, 안마사들, 타지에서 들어온 티켓 다방 아가씨들 등등 이 여름에 바닷가에서 돈을 좀 벌어보겠다는 사람들이 모두 모여 의논이라는 것을 하는데 그게 제대로 될 턱이 있겠는가. 저마다 산수가 다르고 생각이 다르고 입장이 달랐다. 통닭이 많이 팔리면 핫도그가 팔리지 않는 거고, 노점이나 포장마차에서 술을 마시면 횟집이나 술집에 손님이 안 들게 되는 거고, 파라솔에서 맥주를 마시면 해변 카페의 매출이 줄어드는 것은 당연한 일이었다. 게다가 장사가 힘들어지면 다방에서 치킨을 팔거나 횟집에서 노래방이나 룸살롱을 운영하는 변칙 사업으로 서로의 영업 구역을 침범하는 일도 다반사였다. 회의는 똑같은 말을 수십 수백 번이나 반복한 다음에 결국 책상이 뒤집어지고 재떨이와 소주병이 날아다니고 누구 한 명 머리가 깨져서 병원에 실려가야 겨우 끝이 났다.

최근 몇 년 동안은 해수욕 시즌의 상가번영회 회의를 희수가 도맡아 했었다. 나이가 들었는지, 이제 그런 일에 진절머리가 나는 건지 어느 날 손영감은 희수에게 상가번영회 일을 떠맡기고 나 몰라라 하기 시작했다. 손영감 말처럼 상가번영회 회의는 곤혹스러웠다. 하지만 소주병이 날아다니건 누구 대가리가 깨지건 그날의 회의에서 한번 결정이 나면 그것은 그 여름의 단호한 룰이 되었다. 모두들 결정 사항에 조금씩 불만이 있겠지만 어쩔 수 없는 노릇이었다. 모두가 억울한 사연이 있고 아쉽고 힘든 삶이 있었다. 계속 사정을 들어주다보면 싸움은 한도 끝도 없었다. 그런데 올해는 희수가 만리장을 나가버려서 그 회의가 어떻게 되었는지 알 수가 없었다. 희수 생각에도 정배가 그 일을 제대로 해냈을 리는 없었다.

"든 자리는 몰라도 난 자리는 안다고, 희수 니가 나가버리고 나니까 이 바다에 제대로 돌아가는 게 하나도 없다."

손영감이 소주잔을 비웠다. 희수가 병을 들어 손영감의 빈 소주잔을 채웠다. 손영감은 간이 안 좋았고 혈압도 상당히 높은 편이었다. 몇 년 전 혈압으로 쓰러지고 나서는 아주 특별한 일이 아니면 술을 입에 잘 대지 않았다. 그래서인지 대낮부터 혼자 술잔을 비우고 있는 손영감의 모습이 희수는 낯설었다.

"제가 일을 제대로 마무리 못해놓고 나가서 죄송하네예."

희수도 잔을 들어 소주를 마셨다. 손영감이 소주병을 들어 희수의 빈 잔을 채우고는 자기 잔에도 술을 따랐다.

"죄송할 게 뭐고. 세상이라는 게 원래 있으면 있는 대로 없으면 없는 대로 어영부영 굴러가는 거다."

"그래도 혼자 묵고살겠다고 제가 덜렁 만리장 나와버려서 영감님이 많이 힘들고 섭섭했지예? 저도 그동안 마음이 많이 무거웠습니다." 희수가 진심 어린 마음으로 말했다.

전형적인 경상도 아버지와 아들처럼 둘 다 마음에 있는 말을 잘 표현하지 않는 편이라 그런지, 말하고 나자 희수는 머쓱했다. 그래도 손영감은 그 말이 기분좋은지 슬며시 웃었다.

"사실 희수 니가 없으니까 쪼매 허전하기는 하다. 그래도 나는 희수 니가 벤츠 타고 다니고 사업 잘된다는 소식 들으니까 기분은 좋다."

손영감의 얼굴은 늙어 보였다. 지난 시절 손영감은 늘 어떤 두려움에 쫓겨다니는 것처럼 보였다. 그리고 그 두려움 때문에 늘 매사에 겁을 먹고 조심하는 사람이었다. 그런데 희수가 떠나고 몇 달 만에 본 손영감은 아주 많은 것을 체념한 사람 같았다. 평온해 보였고 너무 평온해 보여서 허약해 보였다.

"요즘 건강은 어떠십니까?"

"어때 보이노?"

"좋아 보이기도 하고 나빠 보이기도 하고 잘 모르겠습니다."

"마음은 예전보다 편안한데 몸은 뭔가 푹 꺼진 것처럼 힘이 좀 없다. 아마 곧 죽을라나보다." 손영감이 실없이 웃으며 말했다.

"별말씀을 다 하십니다. 영감님은 아마 저보다 더 오래 살 겁니다."

"그렇나?"

빈말이라도 듣기 좋은지 손영감이 헤실거리며 잔을 들고 소주를 비웠다. 희수가 손영감의 빈 잔에 다시 술을 따랐다. 고작 술 몇 잔인데 도취기가 오르는 듯 손영감의 얼굴이 붉어졌다. 붉어진 얼굴로 손영감은 바다를 바라봤다. 해변의 도로와 백사장과 바다에 전쟁난 불개미떼처럼 많은 사람들이 북적댔다. 유료 샤워장에 길게 줄을 선 사람들이 뜨거운 햇빛 아래서 짜증을 내고 있었다. 희수는 여름에 모래사장 안으로 들어가지 않았다. 저 땀냄새, 염분이 가득 섞인 바람, 뜨겁고 끈적한 햇살, 온몸과 입안을 서걱거리게 만드는 모래 알갱이들. 희수는 그런 것들이 싫었다. 하지만 손영감은 여름을 좋아했다. 단지 돈을 많이 벌 수 있기 때문은 아니었다. 유료 샤워장에서 샤워 한 번을 하는 데도 전쟁을 치러야 하는 저 북적거림, 저 땀냄새와 싸움과 욕지거리에서 손영감은 사람 사는 냄새가 난다고 좋아했다. 그것이 아마 손영감이 지키고 싶은 구암 바다였을 거라고 희수는 종종 생각했다. 그래서 여름이면 손영감과 희수는 종종 이 까치복국집에 와서 뜨거운 복국 국물을 마시며 강렬한 태양이 쏟아지는 해변과, 해변에 북적거리는 사람들을 구경하곤 했었다.

"사업하다가 여의치 않으면 다시 만리장으로 와도 된다." 손영감이 뚱딴지같이 말했다.

희수의 사정을 다 안다는 건지, 아니면 그냥 희수가 없는 게 허전해서인지, 이도저도 아니면 술 한잔 마시고 나니 감상적인 생각이 든 건지 알 수가 없었다.

"와예, 괘씸해서 제가 하는 사업이 확 망해버렸으면 좋겠습니까?" 희수가 농담처럼 물었다.

"절벽에 서 있는 것처럼 너무 악다구니 쓰지 마라고. 건달은 싸움에 져서 죽는 게 아니라 절벽에서 싸워서 죽는 거다. 그리고 누가 시비 걸어오더라도 웬만하면 대거리를 해주지 마라. 일단 빌미를 주고 나면 발 빼기가 쉽지 않다. 싸움이란 건 이기건 지건 남는 게 하나도 없는 장사다."

곧 무슨 일이라도 터질 것처럼 손영감의 말에 걱정이 가득했다. 원래 걱정이 많은 양반이니 늘 그랬던 것처럼 그냥 덕담으로 하는 말일 수도 있었다. 하지만 희수에게도 심심치 않게 들려오는 다른 지역 조직들의 움직임에 대해 손영감이 뭔가 정보를 들은 것일 수도 있었다.

"영감님 보시기에 어떻습니까. 저쪽에서 뭔 일을 꾸미는 것 같습니까?"

"딱히 잡히는 건 없는데 어쩐지 태풍 오기 전처럼 분위기가 꾸물꾸물하다. 내가 요즘 생각이 많아져서 괜한 걱정 하는 것일 수도 있다. 그래도 매사 조심해라. 조심해서 나쁠 건 없으니까."

희수가 아무 말 없이 소주잔을 비웠다. 그리고 복수육 한 점을 와사비에 듬뿍 찍어서 입에 넣었다. 까치복의 살점이 쫄깃하고 달았다.

까치복 한 마리의 내장 속에는 성인 서른아홉 명을 죽일 수 있는 독이 들어 있다. 손바닥만한 생선 한 마리가 장정 서른아홉 명을 죽인다니. 무시무시한 일이다. 희수가 지금까지 살면서 배운 것은 달달하고 맛있는 것에는 항상 독이 들어 있다는 것이다. 손영감은 밥처럼 심심한 사람이었고 양동은 설탕처럼 단 사람이었다. 아주 잠시나마 희수는 성급하게 설탕을 불쑥 집어삼킨 이번 여름에 대해 후회했다. 하지만 이제 와서 돌이킬 수도 없는 노릇이었다. 손영감이 병을 들어 희수의 잔에 술을 따라주었다. 그리고 바다로 고개를 돌렸다.

"희수야, 이 바다 좋제?"

"이 바다가 좋습니까?" 희수가 되물었다.

"응, 나는 이 바다가 좋다."

희수가 손영감이 쳐다보고 있는 바다를 향해 덩달아 고개를 돌렸다. 뜨거운 아스팔트 위에서 희수의 모자원 친구 하나가 붕어빵을 팔고 있었다. 손재주가 아주 좋아서 한 번 보면 뭐든 뚝딱 만들어내는 놈이었다. 그놈은 이십 년 전에 소매치기였다. 구암에서 손재주가 좋은 소년은 소매치기 기술을 배우고, 다른 지역에서 몰래 소매치기를 하다가 팔을 잘리고 감옥에 간다. 그리고 나이가 들면 이 뜨거운 여름 아스팔트 위에서 한쪽 팔로 붕어빵을 구워 판다. 그 옆 모래사장에서는 불법 안마방을 운영하는 변태 새끼 광호가 선글라스를 끼고 선탠을 하는 척하면서 여자 엉덩이를 훔쳐보고 있었다. 광호 놈은 꾸준한 놈이었다. 그놈은 십대 때도 변태였고 지금도 여전히 변태다. 아이스박스에 싸구려 아이스크림을 들고 다니며 파는 문오는 하루종일 뙤약볕에서 아이스크림을 팔다 지쳤는지 파라솔 옆에 쭈그려앉아 이제 녹아서 팔 수 없게 된 아이스크림을 빨아먹고 있었다. 대체 뭘로 만드는 건지 문오가 파는 아이스크림을 먹으면 백 퍼센트 설사를 했다. 이 지구에서 저 아이스크림을 먹고 설사를 하지 않는 놈은 문오밖에 없을 거라고 사람들은 수군거렸다. 노을이 지려는지 해변에 서성거리는 모든 것들이 기울어가는 여름 햇살에 그을려서 죄다 붉었다. 사내아이들 몇이 팬티도 입지 않고 고추를 다 드러낸 채 검정 튜브를 허리에 끼우고 바다로 달려가고 있었다. 희수가 바다에서 시선을 거두고 탁자 위에 있는 소주잔을 비웠다. 그리고 이 구암 바다가 지겹다는 듯 고개를 절레절레 흔들었다.

"이 바다가 뭣이 좋습니까. 소매치기에, 사기꾼에, 포주에, 창녀에, 양아치들하며, 만날 싸우고 지지고 볶고, 기껏 화해시키려고 자리 마련하면 이야기 쪼매 하다가 결국 욕하고, 술판 뒤집고, 소주병 날아다니고, 대가리 깨지고, 울고. 그래놓고도 또 술 처마시면 서로 껴안으면서 사랑한다, 우리가 남이가, 이 지랄이나 하고 자빠지고. 영감님, 저는 마 요즘엔 신파가 딱 싫습니다." 희수가 농담처럼 말했다.

"나는 만날 싸우고 지지고 볶아서 이 바다가 좋다."

"취향 참 특이합니다."

"나는 이 구암 바다가 천 년이고 만 년이고 계속 이런 촌스러운 모양새면 좋겠다."

"영감님이야 돈 많으니까 이 바다가 좋지예. 다른 사람들은 빨아묵을 것도 없는 이 바다, 다들 미워합니다. 갈 데가 없어서 할 수 없이 붙어 있는 거라니까요."

희수 말에 손영감이 빙긋이 웃었다.

"그건 니가 몰라서 하는 소리다. 나이가 들어봐라. 만날 지지고 볶아도 미운 마누라가 황금보다 낫다. 그래서 사람들이 이 바다를 못 떠나는 기라.”

　“에이, 설마. 미운 마누라보단 황금이 낫지예.”

　“미운 마누라가 낫다.”

　“확실합니까?”

　“확실하다.”

　희수가 눈을 흘기며 손영감을 쳐다봤다. 손영감이 무엇이 좋은지 희수를 보며 실실 웃고 있었다. 희수가 다시 잔을 채우고 술잔을 비웠다. 목구멍으로 넘어가는 술이 뜨거웠다. 낮술 때문인지, 여름 햇살 때문인지, 아니면 어떤 편안함 때문인지, 손영감도 희수도 취기가 금세 올라왔다.

인계철선

훤강이 온몸에 피를 묻히고 산565번지 절벽집으로 찾아온 것은 새벽 세시였다. 훤강의 오른팔에서 흘러내린 피가 셔츠를 붉게 적시고 있었다. 싸움이 얼마나 격렬했는지 손등과 팔뚝에 칼에 베인 상처가 여러 개 있었고 등과 옆구리에도 칼자국이 있었다. 훤강의 셔츠가 너덜너덜했다. 희수가 급히 수건을 꺼내 훤강의 상처를 감쌌다.

"희수 형님이 전화를 안 받으셔서⋯⋯" 훤강이 숨을 헐떡거리며 말했다.

잠이 덜 깨서 그런지 장판 위로 뚝뚝 떨어지는 훤강의 핏방울이 유난히 진하게 느껴졌다.

"이게 뭔 일이고?" 희수가 물었다.

"호중이네 애들이 쳐들어와서, 애들이 많이 다쳤습니다."

"호중이 애들?"

칼잡이를 고용해서 한두 명 작업하는 거라면 몰라도 호중이 이렇게 대규모 전쟁을 벌일 놈인가? 언뜻 이해가 안 가서 희수는 고개를 갸

웃거렸다. 숨쉬기가 불편한지 흰강이 한 손으로 옆구리를 잡고 다른
손으로 방바닥을 짚은 채 몸을 벽 쪽에 기댔다.

"호중이랑 월농 박가 애들입니다."

"아미는? 아미도 많이 다쳤나?"

흰강이 선뜻 대답을 못하고 머뭇거렸다. 생각하기가 괴로운지 흰강
이 손바닥으로 얼굴을 감싸고 잠시 숨을 골랐다. 흰강의 손등과 손톱
에 굳은 피딱지가 지저분하게 엉겨 있었다.

"아미는 배에 칼을 맞았는데 아직 병원에 못 가고 있습니다."

"지금 어디 있노?"

"안골 밀수 창고에 다들 숨어 있어예."

희수가 재빨리 옷을 갈아입었다. 그리고 한쪽 벽에 축 늘어져 있는
흰강을 부축해서 일으켜세웠다. 희수가 보기에는 흰강의 부상도 만만
치 않아 보였다. 문을 열고 나서려는데 퇴근한 인숙이 문밖에서 이야
기를 엿들었는지 몸을 부들부들 떨고 있었다. 늘 걱정해왔던 일이 막
상 터졌을 때의 당혹감과 공포가 인숙의 주변을 공기처럼 감싸고 있
는 것 같았다.

"걱정할 것 없다. 아미가 좀 다쳤다는데 큰 부상은 아니란다." 희수
가 말했다.

흰강을 아래위로 쳐다보던 인숙의 얼굴이 새파랗게 질렸다. 소식을
알리러 달려온 흰강의 상처가 이 정도라면 아미의 부상은 말할 것도
없다고 생각한 것 같았다. 인숙을 달랠 시간이 없어서 희수가 걸음을
옮겼다. 인숙이 같이 따라나서려는 듯 엉거주춤 걸음을 옮겼다. 희수
가 뒤를 돌아봤다.

"니가 따라와봐야 도움되는 거 하나 없다. 진짜로 별일 아니다. 방

에 들어가서 기다리고 있어라. 지금은 다친 게 문제가 아니라 소란 떨다가 경찰한테 덜미를 잡히는 게 더 문제다. 걸리면 아미는 또 감옥 가야 한다. 무슨 말인지 알겠제?"

의외로 인숙이 순순히 고개를 끄덕였다. 오늘은 평소보다 술을 더 많이 마신 것 같았다. 인숙이 몸을 가누지 못하고 선 자리에서 약간 휘청거렸다. 희수가 인숙의 팔을 잡았다. 흰강이 마음이 급한지 희수의 옷을 살짝 당겼다. 희수는 인숙을 그냥 부엌에 놔두고 거의 뛰다시피 산복도로 가파른 계단을 내려왔다. 공영주차장에 봉고차 한 대가 대기하고 있었다. 희수와 흰강이 봉고차에 올라탔다.

운전석에 앉은 놈은 아미 친구 석기였다. 아미만큼이나 덩치가 좋은 놈이었다. 유도를 했었는데 전국체전 무제한급에 나가서 금메달을 딴 적도 있었다. 희수가 봉고차 보조석에 앉고 흰강이 뒤에 앉았다. 석기가 즉시 차를 출발했다.

"무슨 일인지 자세히 말해봐라." 희수가 물었다.

"어제 호중이네랑 월농동 포주 새끼들이 주류 구역 문제로 협상을 하자고 연락이 와서 아미랑 양동이 형님이 협상을 했습니다." 석기가 핸들을 돌리며 말했다.

"그런데? 협상이 엉켰나?"

"아닙니다. 협상은 잘됐습니다. 호중이네가 깐깐하게 굴 줄 알았는데 보상금만 주면 양주 영업권은 넘겨준다고 해서 양동이 형님이 돈 넘겨주고 도장도 찍었습니다. 의외로 일이 잘 풀렸다고 양동이 형님이 술을 사서 좀 마시고 끝나고 우리끼리 회식도 했거든예. 그리고 모처럼 기분좋게 숙소에서 잠들었는데 그 밤에 호중이랑 월농 박가 놈이 애들 몰고 쳐들어온 겁니다."

"엽소로 쳐들어온 게 아니라 숙소에 쳐들어왔다고? 자고 있는데?"

"네, 개새끼들이 미리 작정을 했는지 연장 들고 아주 중무장을 해서 치고 들어왔습니다." 석기가 흥분해서 말했다.

"아미는 얼마나 다쳤노?"

"아미가 어제 술에 많이 취했습니다. 다들 경황도 없고 숙소가 어둡고 좁아서 아미가 힘을 제대로 못 썼어예."

"아미는 얼마나 다쳤냐고!" 희수가 버럭 소리를 질렀다.

"배에 칼을 맞았는데 우예될지 잘 모르겠습니다." 뒤에 앉은 훤강이 침울하게 말했다.

"단가한테 연락했나?"

"지금 오고 있습니다."

"양동이 형님은?"

"양동이 형님한테도 사람 보냈습니다."

건달의 싸움에도 룰이 있다. 사업이란 게 대부분 불법적인 일이고 혈기왕성한 애들이 좁은 지역에서 서로 이익을 챙기다보니 크고 작은 싸움이 안 생길 수는 없는 노릇이었다. 하지만 그 싸움에도 최소한 지켜야 할 마지노선이 있다. 칼과 총은 사업상 어쩔 수 없이 죽여야 하는 사람들에게만 쓰는 물건이었다. 지금은 전쟁이 나면 개나 소나 칼과 도끼를 들고 설치는 시대가 되었지만 그래도 가족이 함께 있을 때는 건드리지 않아야 했고, 설령 연장질을 해서 칼로 찔러도 허리 아래로 찌르거나 칼끝에 손수건을 묶어서 칼날이 너무 깊숙하게 들어가지 않게 하는 게 일반적인 룰이었다.

건달들의 싸움은 뒷골목에서 계속 회자된다. 어떻게 싸웠는지, 무엇 때문에 싸웠는지, 싸워서 누가 이겼는지, 그 소문은 술자리마다 돌고 돈다. 그러니 건달들 싸움에도 명분이 있어야 하고 나름 합당한 판단이 있어야 한다. 합의를 끝내고 기분좋게 술까지 마신 다음 취해서 잠들어 있는 숙소에 회칼과 도끼로 무장한 병력을 이끌고 습격을 하는 건 양아치들도 하지 않는 짓이다. 호중과 월농의 박가가 나중에 뒷감당을 어찌하려고 이렇게 무리수를 두는 건지 희수는 이해가 되지 않았다.

안골에 있는 양동의 밀수 창고에 도착했을 때는 새벽 네시였다. 발빠른 단가가 구암병원의 채의원을 깨워서 데리고 왔는지 구급차 한 대가 공터 주차장에 있었다. 희수가 창고 문을 열고 안으로 들어갔다. 밀수 창고 안은 피비린내로 가득했다. 마치 야전병원에 온 것처럼 여기저기서 신음소리와 비명소리가 터져나왔다. 채의원과 간호사 한 명이 하얀 가운에 피를 잔뜩 묻힌 채 이곳저곳을 뛰어다니며 환자들을 치료하고 있었다. 희수가 다가서자 찢어진 상처를 봉합하고 있던 채의원이 이마에 송골송골 맺힌 땀방울을 닦아냈다. 아미는 배에 큰 붕대를 감고 링거와 수혈팩을 같이 맞고 있었다.

"어떻습니까?" 희수가 물었다.

"큰 병원에 가야 한다. 여기서 이 장비 가지고는 아무것도 못한다."

큰 병원에 갈 수는 없었다. 이 정도 인원이 종합병원 응급실로 우르르 몰려가면 경찰이 알게 되고, 경찰이 개입하면 언론에 노출될 수도 있다. 그러면 일이 걷잡을 수 없이 커진다.

"병원은 안 됩니다. 여기서 어찌 안 되겠습니까?"

"약도 부족하고 인력도 없다. 여기서 엄하게 시간 보내면 병신 수두룩하게 나올 거고 몇은 죽을 거다."

"아는 친구 의사들 좀 데려오이소. 돈은 얼마든지 드리겠습니다."

"이런 일에 어떤 의사가 오겠노. 왔다가 면허 날릴 일 있나?"

"그럼 의사는 우리가 구해볼 테니까 일단 급한 애들은 의원님 병원으로 옮겨서 치료하면 안 되겠습니까?"

채의원이 곤혹스러운 표정을 지었다.

"내 말이 무슨 뜻인지 모르는 모양인데 동네 병원 장비를 가지고는 이런 큰 수술을 감당할 수가 없다."

채의원은 손영감과 막역한 사이였고 구암에서 이런 사건들이 터질 때마다 경찰들 몰래 은밀하게 치료를 해왔었다. 실력이 좋다고는 할 수 없었지만 그래도 명색이 의사였다. 어쩌면 치료를 할 수도 있을 것이다. 단지 자기 병원에서 우르르 사람이 죽어나가거나 경찰에 신고하지 않고 치료를 하다가 발각이라도 되는 날에는 혼자서 옴팍 뒤집어써야 하기 때문에 머뭇거리는 것일 수도 있었다. 아미는 배에 흰 붕대를 칭칭 감은 채 기절해 있었다. 아미의 배를 감싼 붕대에서 피가 번져나오고 있었다. 간호사가 다가와서 고개를 흔들었다.

"약도 부족하고 수혈용 혈액도 없어요."

채의원이 희수 옆에서 눈치를 살폈다.

"희수야, 시간이 없다. 빨리 결정해야 한다. 사람 살리는 일이 우선이다."

무엇부터 해야 할지 생각이 정리되지 않았다. 종합병원 응급실에 보내면 경찰 조사를 피하기 어려울 것 같았다. 문득 손영감이라면 어떤 결정을 내렸을지가 궁금했다.

"아미는 어떻습니까?"

"큰 병원에 보내는 게 안전하지."

"아미는 안 됩니다. 엊그제 감옥에서 나왔는데 집행유예 기간에 잡혀가면 십 년은 맞을 겁니다. 위중한 애들은 큰 병원에 보내더라도 아미랑 나머지 경미한 부상을 입은 애들 몇 명은 의원님이 맡아주는 걸로 합시다." 희수가 단호하게 말했다.

발을 완전히 빼려 했던 채의원이 희수의 절충안에 할 수 없이 고개를 끄덕였다. 채의원도 그간 손영감에게 받아먹은 돈이 있고 구암에서 계속 장사를 하려면 일방적으로 거절할 수는 없었을 것이다. 머뭇거리고 자시고 할 시간이 없었다. 희수가 단가를 불러 아이들을 여러 대의 차에 나누어 태우고 각각 다른 병원으로 보냈다.

아미를 태운 채의원의 구급차가 주차장을 빠져나가자 희수는 그제야 담배를 한 대 꺼내 물고 불을 붙였다. 단가가 자판기에서 커피를 한 잔 뽑아 희수에게 내밀었다. 빈속에 마시는 커피가 아주 썼다. 새벽안개가 절벽을 따라 올라오고 있었다. 축축하고 스멀스멀거리는 안개의 질감이 피부를 기어다니는 벌레처럼 기분 나빴다.

"채의원 저 개새끼는 안 엮이려고 아주 지랄 발광을 한다. 돈은 존나게 받아처묵더만 정작 급한 일 터지니까 위험한 건 손도 안 대려고 하고. 즈그 병원에 보험금 타먹으려는 나일롱 환자들밖에 없어서 텅 빈 것 다 아는데." 단가가 말했다.

"응급실에 보낸 놈이 몇 놈이고?"

"여섯 놈이다."

"병원에서 경찰에 연락하겠제?"

"변두리 병원이라면 몰라도 종합병원 응급실은 어떻게 손써볼 도리가 없다. 큰 병원은 총상, 자상 같은 거 들어오면 일단 신고부터 하고 치료한다."

희수가 아랫입술을 질끈 깨물었다.

"아미가 하던 일은 어찌되노?"

"지금 사업이 문제가. 우선 애들은 살리고 봐야 할 거 아이가. 일단 살아야 나중에 후일을 도모하지."

단가 말이 맞았다. 우선 사람을 살리고 봐야 할 일이다. 하지만 사업을 막 시작하려는 마당에 경찰이 개입하면 타격이 이만저만한 것이 아니었다. 돈은 돈대로 깨지고 사업은 사업대로 망가진다. 게다가 전쟁이 시작되면 부족한 인력은 또 어디서 구할 건가. 희수가 담배를 길게 빨았다. 무엇부터 손을 써야 할지 감을 잡을 수도 없었다.

"영도가 뒤를 봐주는 게 틀림없다. 호중이 같은 빠꼼이랑 월농동 포주 같은 잡새끼들이 아무 계산도 없이 이런 일을 벌일 놈들이가." 단가가 말했다.

"영도면 어느 쪽 말이고. 남가주 회장은 아닐 거고, 천달호?"

"남가주 회장은 왜 아닌데?" 단가가 비웃는 표정으로 물었다.

"회장님이야 일선에서 물러난 게 언젠데 이런 일을 벌이겠나. 성격이 원래 온화하잖아."

"남가주 회장이 희수 형님 만날 챙겨주고 예쁘다 예쁘다 하니까 좋게만 보려고 하는데, 그 양반, 형님이 생각하는 그런 사람 아니다. 피란민으로 내려와 부산 바닥에서 맨손으로 그 자리까지 올라간 사람이다. 대체 몇 놈이나 보내야 거기까지 올라가겠노. 남가주 회장은 그속에 능구렁이가 몇 마리나 들어 있는지 아무도 모르는 사람이다."

"그래도 식칼 들고 쳐들어오는 건 그 양반 스타일이 아니다."

"하긴 식칼은 그 양반 스타일이 아니지. 그럼 천달호 새끼겠네. 저번에 검찰한테 딸려들어가서 조직도 왕창 깨지고 돈줄이 막혀서 죽을라고 한다던데."

천달호는 탐욕스러운 사람이었다. 그리고 잔인하기로도 유명했다. 죽여야 할 놈이 있으면 굳이 불태워서 죽였다. 자신에게 해코지한 놈은 결코 잊지 않았고 지구 끝까지라도 찾아가서 복수를 했다. 천달호는 같은 보스급에 비해 나이는 열 살이나 어렸지만 열세 살 때 이 바닥에서 건달 생활을 시작해서 남가주 회장처럼 피란민 1세대 건달로 불렸다. 처음에는 남가주 회장 밑에서 일하다가 독립해서 달호파를 만들었다. 천달호가 영도에서 분리되어 나온 것은 이미 이십 년도 넘은 일이다. 엄밀하게 말하면 이제 다른 조직이라고 불러야 하지만 사람들은 남가주 회장과 천달호를 같이 묶어서 영도라고 불렀다. 자기들끼리 만날 치고받고 싸우면서도 일본 야쿠자들과 큰 사업을 벌이거나 다른 조직과 싸움이 붙었을 때는 연대해서 함께 싸우는 애매한 제스처를 자주 취했기 때문이다. 희수는 호중과 월농동 포주들 뒤에 있는 놈이 천달호일 거라고 생각했다. 그 그림은 너무나 확실해서 따져볼 것도 없었다. 달호파는 범죄와의 전쟁 때 가장 타격을 많이 입은 조직이었다. 그 잔인한 일처리 때문에 조직원들도 감옥에 많이 갔고 망가진 사업도 많았다. 게다가 이렇게 무리하게 일을 벌이는 놈들은 부산 시내에서 천달호 말고는 아무도 없었다.

희수는 저번에 철진이 찾아와서 호중과 박가를 조심하라고 했던 말을 떠올렸다. 호중의 뒷배를 봐주고 있는 놈이 천달호라면 당연히 달호파의 실질적인 행동대장인 철진이 이번 일을 몰랐을 리가 없었다. 하지만 철진의 말투는 분명 이렇게 심각한 일이 터질 거라는 이야기가 아니었다. 그것은 뒷골목 건달들 사이에서 늘상 일어나는 사소한 싸움에 대한 이야기였고 몸조심하라는 말처럼 건달들 사이에서 상투적으로 쓰이는 하나마나 한 인사말 같은 것이었다. 희수는 철진이 굳이 찾아와서 호중과 박가에 대한 정보를 흘린 게 어쩐지 면피용이라는 생각이 들었다. 나중에 뒤에 천달호가 있는 줄 알면서 어째 아무 말도 안 하고 가만히 있었냐고 희수가 다그치면 그러게 내가 조심하라고 미리 말해주지 않았냐고 발뺌할 수 있는 변명거리를 만들어놓기 위해서 말이다. 생각이 거기까지 미치자 갑자기 배신감이 밀려왔다.

양동이 사무실로 온 것은 새벽 다섯시가 넘어서였다. 오면서 이미 사건의 자초지종을 다 들은 것인지 양동의 얼굴은 무척 상기되어 있었고 건드리면 폭발이라도 할 것처럼 잔뜩 흥분한 상태였다. 게다가 간밤에 얼마나 퍼마신 건지 아직도 술에 취해 있었다. 양동이 따라 들어오던 세철에게 고래고래 고함을 질러댔다.

"지금 다 끌어모아 오라고. 한 시간 내로 다 모아라."

"애들이 여기저기 흩어져 있어서 한 시간은 무립니다."

양동이 세철의 정강이를 힘껏 걷어찼다.

"새벽 여섯시까지다. 어디 처박혀 있든지 뭘 하고 있든지 여섯시까지 집합 안 하는 새끼들은 팔모가지 하나씩 잘라버린다고 해라."

양동의 버럭질에 세철이 급히 사무실 밖으로 나갔다.

"희수 니는 뭐하노? 애들 안 부르나? 니 사무실에 있는 병력하고 탕네 베트남 애들도 다 불러라."

희수는 피우던 담배를 천천히 비벼 껐다. 그리고 홍차를 한 모금 마셨다. 잠도 못 잤고 전날 술도 많이 마신 탓에 입안이 까끌했다. 양동이 느릿한 희수의 모습을 못마땅한 얼굴로 쳐다보고 있었다.

"애들 안 부르나?" 양동이 다그쳤다.

"지금 쳐들어가면 안 됩니다. 일단 상황이 어떻게 돌아가는 건지 살펴봐야 안 되겠습니까? 호중이랑 월농동 박가는 산전수전 다 겪은 너구리들인데 아무 생각도 없이 치고 들어왔겠습니까? 날 밝으면 제가 무슨 일인지 알아보겠습니다. 알아보고 난 다음에 처리해도 안 늦습니다."

"다 필요 없다. 잠자는데 쳐들어오는 양아치 새끼들하고 무슨 대화를 한단 말이고. 그것도 합의 다 하고 악수까지 다 하고 난 다음에. 이런 좆같은 새끼들, 이 양동을 아주 홍어좆으로 봤다 이거지?"

말하다 양동이 열이 뻗치는지 책상 위에 있는 화분을 집어 장식장으로 던졌다. 장식장 안에 있던 감사패 같은 것들이 날아온 화분에 부딪혀 졸지에 박살이 나버렸다. 희수가 인상을 찡그렸다.

"애들 응급실에 보냈으니 이제 경찰들 귀에도 들어갔을 겁니다. 여기서 싸움이 더 커지면 진짜 수습 못합니다."

"당연히 이렇게 수습되면 안 되지. 우리만 존나게 얻어터지고 수습되아뿌면, 양동이 조직이 월농동 포주 따위한테 발려서 병신 됐는데 찍소리도 못하고 가만히 있더라고 동네에 소문이 무성할 거 아이가?"

"지금 소문이 문젭니까?"

"그럼 뭐가 문제고?"

"지금 한 발이라도 삐끗하면 사업이고 뭐고 다 날아갑니다. 호중이랑 박가가 쳐놓은 덫에 대가리를 들이미는 겁니다."

양동이 가느스름한 눈으로 희수를 쳐다봤다.

"그래서 니는, 우리 애들이 칼 맞아서 저리 피를 줄줄 흘리고 있고, 이 양동이의 자존심은 시궁창에 처박혔는데 싸우러 못 나가겠다고?"

"지금은 못 나갑니다."

"우리 희수, 좁쌀영감 밑에서 한 이십 년 구르더니 좁쌀 다 됐네.

됐다 마, 니는 여기 앉아서 주도면밀하게 상황이나 잘 살펴봐라. 나는 니처럼 주도면밀한 사람이 못 되어서 무식하게 식칼 들고 나서야겠다."

양동이 앞에 있던 의자를 발로 차고 문을 향해 걸어나갔다. 희수가 자리에서 일어나서 양동의 앞을 막아섰다.

"지금 나서면 양동이 형님도 죽고, 나도 죽고, 애써 벌여놓은 사업도 다 날아갑니다." 희수가 결연하게 말했다.

양동이 희수의 뺨을 올려붙였다.

"지금은 대가리를 굴릴 때가 아니고 몸을 쓸 때다. 이런 싸움에서는 대가리 아무리 굴려봐야 소용없다. 건달은 기세에서 밀리면 그날로 끝나는 거다. 상대가 자기 손가락을 잘라서 악다구니를 쓰면 우리는 자기 배를 갈라서 창자를 꺼내놔야 하는 거다. 그래야 오금이 저려서 두 번 다시 이런 짓을 못한다."

양동이 희수를 밀치고 문밖으로 나갔다. 그리고 주자창에 대기하고 있던 봉고차에 올라탔다. 희수는 양동이 봉고차에 올라타는 모습을 멀거니 쳐다봤다. 밖에 있던 단가가 사무실 안으로 급히 들어왔다.

"형님아, 따라나서야 되는 거 아니가?"

"따라나서면?"

"나서서 말리기라도 해야지. 이러다 다 죽는다."

"내가 말린다고 들을 양반이가?"

희수가 담배를 한 대 물었다. 복도에는 희수의 사무실에 출근하는 떨거지들이 붕대를 감아놓은 쇠파이프를 손에 든 채 벌벌 떨고 있었다. 새벽에 얼떨결에 불려나온 이 가련한 떨거지들은 양동을 따라나서야 하는 건지 가만히 있어야 하는 건지 몰라서 애매한 표정을 짓고 있었다.

"느그들은 꼼짝도 하지 말고 여기 있어라." 희수가 말했다.

일전에 희수에게 쟁반으로 얼굴을 얻어터진 창수가 잔뜩 겁에 질린 얼굴을 하고 있다가 양동을 따라가지 않아도 된다는 말에 안도의 한숨을 쉬었다. 막무가내로 뛰쳐나가는 양동도 짜증이 났고, 동료 건달들이 칼을 맞고 병신이 되어 돌아왔는데 싸움에 빠져도 된다는 말에 안도의 한숨을 쉬는 창수 새끼도 짜증이 났다.

희수는 양동의 사무실 안으로 들어가서 문을 잠갔다. 그리고 잠시 뭘 해야 할지 몰라 멍하니 있다가 인숙에게 전화를 걸었다. 인숙은 깨어 있었는지 신호음이 가자마자 전화를 받았다.

"아미는 괜찮다. 크게 다친 거 아니니까 너무 신경쓰지 마라. 그리고 경찰 쪽도 내가 막아볼 테니까 걱정하지 말고."

전화기 건너편에서 인숙이 안도하는 한숨 소리가 들렸다.

"언제 들어올 건데?"

"여기 일들이 많아서 처리해야 된다. 며칠 못 들어갈 거다."

전화를 끊고 희수는 창문을 열었다. 그리고 담배에 불을 붙였다. 해가 떠오르는지 동쪽 하늘이 밝아오고 있었다. 편마암으로 이뤄진 검은 해안 절벽이 햇빛을 받은 윗부분만 불타듯 밝게 빛났다. 그늘에 가려진 아래쪽 검은 절벽이 오늘따라 더 어둡고 가파르게 느껴졌다. 희수는 담배 연기를 길게 삼키고 또 길게 내뿜었다. 폐 속에 머물다 뿜어져나오는 담배 연기가 구역질이 날 만큼 매캐했다. 힘쓸 도리도 없이 깊고 끈적한 늪 속으로 하염없이 빨려들어가고 있는 기분이었다.

치킨

양동은 하루 반나절 동안 끌어댈 수 있는 모든 병력을 이끌고 월농과 초장동, 완월동, 충무동에서 대활극을 벌였다. 양동은 월농동 포주 세 명의 아킬레스건을 회칼로 끊었고, 호중의 패거리가 직접 관리하는 주류 창고와 술집 여섯 개를 박살냈다. 그리고 박가의 월농동 업소 몇 개도 박살냈다. 창고를 지키던 월농 애들 중 두 명이 양동 패거리의 칼에 맞아 심하게 다쳤고 그중 하나는 응급실에 도착하기 전에 죽었다. 죽은 놈을 찌른 것은 양동이었다. 그 난리를 쳤는데도 정작 사건 당사자인 호중과 월농 박가 놈은 어디로 숨었는지 흔적조차 없었다. 세철이 월농 박가 놈의 사무실을 지키고 있던 얼치기 몇 명을 잡아와서 창고에 가뒀다. 세철과 양동이 돌아가면서 밤새도록 월농 애들을 족쳤다. 희수가 보기에 그네들은 박가와 호중의 위치는 고사하고 간밤에 무슨 일이 벌어졌는지도 모르는 눈치였다.

구반장이 전화를 한 것은 오후였다.

"시발, 아주 영화를 찍었더만. 이제 내 힘으론 못 막으니까 섭섭해 하지 마라."

마치 자기는 돈값을 하려고 애를 썼다는 듯 구반장의 목소리가 당 당했다.

양동은 두 눈에 초점을 잃은 채 흐리멍덩한 얼굴로 창고에 돌아왔 다. 그제야 자기가 분기탱천해서 저지른 일련의 사태들이 어떤 쓰나 미로 밀려올지 걱정이 되는 모양이었다. 저런 미숙아를 형님으로 모 시고 큰 사업을 벌이겠다고 만리장을 뛰쳐나왔다는 게 희수는 어처 구니없었다. 희수가 가까이 다가갔을 때 양동은 피우고 있던 담배가 필터까지 다 타들어간지도 모른 채 멍청한 얼굴로 바다만 쳐다보고 있었다. 희수가 양동의 손가락에 끼워져 있는 담배를 빼내 바닥에 버 렸다.

"저쪽에 애 하나 죽었다메?" 양동이 여전히 바다를 응시한 채 물었 다.

"응급실에 실려가다 죽은 놈이 천달호의 조카랍니다."

"좆됐네."

양동이 깊은 한숨을 내쉬었다. 그러고는 잠시 무슨 생각을 하더니 답이 안 나오는지 고개를 세게 흔들었다.

"경찰 귀에 이미 다 들어갔겠제? 세철이 그 새끼는 왜 오바질을 해 가지고 사람을 죽이노."

양동이 애꿎은 세철에게 화살을 돌렸다. 하지만 그 분노는 무력해 보였다.

"경찰이고 언론이고 이미 다 물건너갔습니다."

"수습이 안 되겠나?"

이 난리를 치고 수습이 되겠냐고 버럭 소리라도 지르고 싶었지만 희수는 참았다. 모두들 광분하고 있는데 자기까지 흥분해서 무슨 도움이 되겠냐는 생각도 들었고, 상황이 바닥까지 떨어져서 더이상 나빠질 것도 없어지자 의외로 담담한 마음이 들기도 해서였다. 희수가 담배를 하나 꺼내 물었다.

"어떻게든 수습해봐야지예."

깊은 후회가 밀려오는지 아니면 너무 복잡해서 도무지 생각을 정리할 수 없는 건지 양동이 자기 머리카락을 손으로 쥐어뜯었다.

"예전에는 건달들끼리 부딪혀도 사람이 죽거나 그런 일은 없었는데 요즘엔 툭하면 병신 되고 죽는 일이 다반사다. 세상이 야박해졌나 보다. 내가 희수 니 볼 면목이 없다."

희수는 대답 없이 담배만 길게 빨았다.

"사람도 죽었고 경찰에도 다 알려졌으면 할 수 없이 한 놈은 뒤집어쓰고 감옥에 가야 할 건데, 희수 니 생각엔 누굴 보내는 게 좋겠노?" 양동이 부끄럽단 표정으로 물었다.

그것을 물어올 때 양동의 얼굴에서 전날 밤에 넘쳐나던 사내다움이라든가 기백 따위는 찾아볼 수 없었다. 양동이 늘 입에 달고 다니던 건달의 품격이나 건달의 도리 같은 것도 찾아볼 수 없었다. 양동은 마취총을 맞고 철창에서 막 깨어난 고릴라처럼 어리둥절하고 겁에 잔뜩 질린 얼굴이었다. 희수가 고개를 돌렸다. 그게 대체 말인가? 똥폼은 자기가 다 잡고, 자기 대신 감옥에 가줄 후배놈을 추천해달라니, 누가 이 거지발싸개 같은 싸움을 혼자 덮어쓰고 감옥에 가겠는가.

희수는 천천히 노을이 내리는 바다를 쳐다봤다. 일은 벌어졌다. 하지만 무엇부터 어떻게 수습을 해야 할지 도무지 감도 오지 않았다. 기왕에 벌일 일이었다면 호중과 월농 박가 중에 최소한 한 놈은 죽였어야 했다. 피를 보고 손해를 입더라도 그놈들을 죽였다면 하다못해 구암을 건드리면 피를 볼 거라는 경고라도 보낼 수 있었다. 하지만 남는 거 하나 없이 피만 흘렸다. 쓸데없이 천달호의 조카만 죽었다. 명분도 없고 사업에 도움도 안 되고 수습은 더더욱 어렵다. 어쩐지 누군가 잘 짜놓은 덫 속에 대가리를 쑤셔넣은 기분이었다.

*

일주일이 정신없이 지나갔다. 양동이 몇 번이나 경찰서에서 호출을 받았고 희수도 참고인 조사를 받으러 갔었다. 경찰관에게 조사를 받을 때 양동은 손을 떨었고 말을 더듬거렸다. 그 대차고 용감무쌍하던 성격은 다 어디로 갔는지 알 수 없었다. 그 나이에 살인으로 형을 선고받으면 감옥에서 인생을 마감해야 할 터였다. 겁이 안 나는 게 이상한 일이다. 하지만 그래도 명색이 한 조직의 보스씩이나 되는 사람이 검사도 아니고 젊은 경찰이 질문 몇 마디 던질 때마다 말을 더듬거리고 식은땀을 흘리는 것이 희수는 우습고 씁쓸했다.

경찰 입장에선 보통 사건이 아니었다. 천달호의 조카가 칼에 찔려 죽었다. 경찰은 천달호와 구암 사이에서 큰 전쟁이 터질까 전전긍긍하는 눈치였다. 애매한 포지션에 있어 걱정이 많은 구반장이 희수를 찾아왔다. 희수는 전쟁은 없을 거라고 단호하게 말했다. 대신 이번 사건은 작게 마무리하자고 부탁을 했다. 별로 믿음이 안 간다는 얼굴로, 하지만 어쩔 수 없다는 듯 구반장이 고개를 끄덕였다. 믿음이 가든 안

가든 구반장으로서는 별다른 선택지가 없을 것이다.

단순폭력과 과실치사로 사건을 축소시키느라 희수는 지난 넉 달 동안 성인오락실 기계를 계약하고 선금으로 받은 돈을 다 쏴셔넣었다. 양동이 이번 여름에 보드카를 밀수해서 팔아먹은 돈 대부분도 경찰과 검찰, 그리고 변호사 비용으로 밀어넣어야 했다. 그래도 받아먹은 게 많은 구반장이 힘을 써줬고 타이밍도 좋은 편이었다. 오랜 범죄와의 전쟁으로 경찰은 지쳐 있었고 윗대가리들도 깡패들 수사가 실적에 별로 도움이 되지 않는다고 생각했다. 몇 년이나 신문에다 조직폭력배 소탕 기사로 도배를 했으므로 기자들도 이런 뉴스에 이제 별 반응이 없었다. 그저 젊은 애들이 욱하는 성질에 못 이겨 일어난 지방 건달들의 해프닝 정도로 마무리되는 분위기였다. 하지만 여기저기에 허겁지겁 돈을 밀어넣고 나자 희수도 양동도 개털이 되었다. 다달이 밀려드는 대금은 많은데 이제 돌려막을 어음도 없는 형편이었다. 양동이 그 아침에 열이 뻗쳐 회칼을 들고 뛰쳐나가지 않았으면 안 나가도 될 돈이었다. 이제 무슨 총알로 싸울 것인가. 조직 간의 전쟁은 이겨도 남는 것이 없는 장사였다. 그러니 이번처럼 실속 없는 싸움은 말할 것도 없었다. 손영감이 왜 그토록 벌벌 떨면서 전쟁을 피했는지 알 것도 같았다.

돈으로 후려 막아서 사건은 축소시켰지만 한 명은 감옥에 보내야만 했다. 그러지 않으면 양동이 구속될 판이었다. 양동과 희수가 한참이나 머리를 맞대고 고민한 끝에 칼을 맞고 병원에 입원해 있는 애 하나를 양동 대신 구속시키기로 했다. 어쩌다보니 아미네 식구였다. 감옥에 가더라도 병원에서 치료를 받으니 수감 생활도 편할 거고, 또 싸움질에 자기도 상해를 입었으니 정당방위로 정상 참작의 여지가 있어

형량이 가벼울 거라는 구반장의 귀띔 때문이었다.

그날 저녁 희수가 담배를 피우고 있는데 계단 아래에서 후배 건달 몇이 떠들어댔다.

"칼 맞아서 병신 된 것도 억울한데 옥살이까지 시키나? 이거 시발, 형님들 해도 해도 너무한 거 아니가?"

"그래서 건달이라는 직업은 내던지면 개도 안 물어간다고 안 하나."

"하긴, 내가 개라도 안 물어가겠다."

희수는 계단 난간 깊숙이 몸을 숨겼다. 정말이지 해도 해도 너무한 일이었고 개도 안 물어갈 좆같은 직업이라고 희수는 생각했다.

아미는 이틀 만에 깨어났다. 피를 많이 흘렸지만 다행히 내장은 다치지 않아 생명에 지장은 없었다. 인숙이 병원에 달려왔을 때 희수는 인숙의 얼굴을 볼 수 없었다. 수술실 앞에서 기다리는 동안 인숙은 아무 말도 하지 않았다. 이 싸움에 대해서, 아미가 왜 칼에 찔렸는지에 대해서 인숙은 한마디도 묻지 않았다. 어쩌면 술집에 있는 웨이터들에게, 또 어쩌면 칼잡이 흰강에게 대충 내용을 들었을지도 모른다. 하지만 인숙이 묻지 않았으므로 희수도 말하지 않았다. 사실 별 할말도 없었다. 채의원이 다가와 이제 위험한 고비는 넘겼고 수술도 잘되었다고 말했다. 무표정하게 그 말을 듣고 있던 인숙은 별 기쁜 내색도 없이 자리에서 일어나더니 집으로 돌아갔다. 병실에 들러 아미의 얼굴을 보지도 않았다.

다음날에도 인숙은 술집 문을 열었고 새벽까지 일을 했다. 아미가 깨어났지만 병문안을 오지도 않았다. 인숙은 어딘지 모르게 무척 화가 나 있는 것 같았다. 건달 남편인 희수에 대한 분노인지, 건달 아들인 아미에 대한 분노인지, 이도 저도 아니면 깡패라는 인간들 모두에 대한 분노인지 알 수 없었다. 어쩌면 자기 힘으로 그 무엇도 바꿀 수 없다는 것에 대한 분노일지도 몰랐다.

며칠 만에 희수가 옷을 갈아입으러 집에 들어갔을 때 인숙은 부엌 구석에 숨어 조용히 울고 있었다. 꼭꼭 닫힌 부엌문 앞에서 희수는 한참이나 서 있었다. 인숙의 울음소리도 들리지 않았고 인숙의 우는 얼굴도 보이지 않았다. 하지만 후미진 부엌 구석에서 떨리는 미세한 공기의 진동으로 인숙이 울고 있음을 알 수 있었다. 희수는 모른 체했다.

병실을 지킨 건 제니였다. 제니는 마치 아미가 죽을병이라도 걸린 것처럼 병실을 떠나지 않았고 지극 정성으로 간호를 했다. 제니의 간호 덕분인지 아미는 깨어나고 며칠도 되지 않아 빨빨거리며 병원을 돌아다녔다.

건달의 거리에는 비밀이 없다. 경찰은 돈으로 때려막았지만 다른 조직의 눈과 귀까지 막을 수는 없는 노릇이었다. 사건이 있고 일주일이 지났을 때 희수의 사무실로 철진이 전화를 했다.

"천달호 회장님이 희수 니를 좀 보자고 하신다."

"무슨 일인데?"

"무슨 일인지 몰라서 묻나?"

"무슨 일인지 모르겠다. 그리고 천달호가 부르면 내가 쪼르르 달려가야 하나?" 희수가 못마땅한 목소리로 말했다.

전화기 건너편에서 철진이 깊은 한숨을 내쉬었다.

"달호 형님 조카가 죽었다. 우리 애들 둘이나 병신이 되었고." 철진이 별로 흥분하지 않은 목소리로 말했다.

"나는 모르는 일이다."

"안전은 내가 책임진다."

"안전 같은 소리하고 자빠졌네. 느그가 뭔데 남의 안전을 책임지니 마니 하노?" 희수가 버럭 소리를 질렀다.

전화기 건너편에서 철진이 잠시 숨을 골랐다.

"희수야, 이 사안은 감정적으로 처리할 일이 아니다. 천달호 회장의 조카가 칼을 맞고 응급실 앞에서 죽었는데 이게 버틴다고 넘어갈 일이가."

희수가 잠시 생각을 했다. 철진의 말이 맞다. 달호파는 부산 최대 규모의 조직 중 하나였다. 회장의 조카가 죽었다. 버틴다고 넘어갈 일이 아니었다.

"영도로는 안 들어간다." 희수가 말했다.

"이리로 오기 싫으면 저녁에 코모도 호텔에서 만나자."

"니가 나올 거가?"

"내가 나갈게."

그날 저녁 희수는 칼잡이 흰강만 데리고 코모도 호텔로 나갔다. 커피숍에는 오십대 중반쯤으로 보이는 사내와 철진이 먼저 와서 자리에 앉아 있었다. 서로 인사는 한 적이 없었지만 희수는 그 사내를 알고 있었다. 악어라는 별명을 가진 이 땅딸보는 천달호 회장의 오른팔이었던 황이다. 악어 뒤에는 보디가드처럼 보이는 사십대 사내 두 명이 있었다. 위협적으로 보이기 위해서 특별히 거드름을 피우거나 괜한 똥폼을 잡지 않는 걸로 보아 센 놈들이 틀림없었다. 희수가 자리에 앉왔다. 흰강이 희수 뒤에 자리를 잡고 서서 사십대 사내 둘을 슬쩍 쳐다봤다. 희수가 먼저 고개를 숙여 인사를 했다.

"구암의 희수라고 합니다."

"천달호 형님 밑에 있는 황이라고 합니다." 사내가 높임말을 썼다.

"말씀 편하게 하십시오. 까마득한 선배님인데."

"다음에 좋은 일로 술자리에서 만나면 그럽시다. 지금은 형님 동생 하면서 우정을 나눌 만한 상황이 아니네요."

황이 담배를 한 대 물고 불을 붙였다. 철진이 마치 비서처럼 황의 곁에 앉아 있었다.

"이번에 양동이가 큰 사고를 쳤소. 조직 간에 자잘한 싸움이야 다 반사지만 회장님 조카를 처리한 건 좀 너무했네요. 사실 예전 같으면 전쟁 시작해도 할말 없는 상황 아닙니까?"

황의 말투는 낮고 편안했다. 하지만 말투만 편했지 말 속에 은근히 협박이 있었다. 그 은근한 협박투가 기분 나빴다. 그리고 칼을 맞아 죽은 조카라는 놈은 천달호 회장과 촌수로 십일촌쯤 되는 놈이었다. 말이 조카지 사실 남이나 진배없었다. 그런데 그 엄한 족보를 들이대면서 엄청난 보상을 바라는 듯한 눈치였다. 황이 담배를 한 모금 빨고 말을 이었다.

"우리 천달호 회장님 불같은 성격 아시잖습니까? 바로 정리 들어가자는 걸 제가 겨우 말리고 이 자리에 나온 겁니다. 사실 요즘 같은 세상에 조직 간에 전쟁해봐야 남는 게 뭐 있겠습니까? 내가 듣자 하니 우리 희수 동생은 현명하고 말이 잘 통하는 사람이라고 모두들 말합디다. 그러니 희수 동생께서 적당한 선에서 성의를 다해주면 제가 천달호 회장님께 잘 말해서 서로 도움되는 쪽으로 일을 처리해보렵니다."

"시작은 호중이네와 월농 박가가 먼저 했습니다. 합의를 먼저 깬 것도 호중이네고, 비겁하게 밤중에 중무장한 병력을 이끌고 숙소를 습격한 것도 호중이넵니다. 우리 애들도 숱하게 칼 맞고 다쳤습니다."

희수의 말이 변명처럼 들렸는지 황이 눈살을 찌푸렸다.

"호중이한테 맞은 건 호중이한테 따져야지 왜 애꿏은 우리 식구한테 화풀입니까? 호중이랑 우리 천달호 회장님이 무슨 상관입니까?"

호중과 월농 박가 뒤에 영도의 천달호가 있다는 것은 동네 꼬마들도 다 아는 사실이었다. 희수가 실망했다는 듯 고개를 설레설레 흔들었다.

"소문에 듣기로는 악어 형님이야말로 사리에 밝고 말이 잘 통하는 분이라고 하던데 이렇게 뻔한 이야기만 하실 줄은 몰랐네예. 솔직히 초장동 호중이랑 월농 박가가 설치는 거 영도가 뒤에 있어서 그런 거 아닙니까?"

"글쎄 호중이랑 박가가 우리 회장님을 존경해서 선물 몇 번 들고 온 걸 가지고 한식구처럼 말하는 건 너무 오버 아닌가?"

도무지 말이 안 통하자 희수는 등을 의자에 기댔다. 그리고 담배를 하나 꼬나물고 불을 붙였다. 그전까지 가지고 있었던 다소곳하고 예의바른 자세는 이제 사라지고 없었다. 황이 불편한 기색을 내비쳤다.

"그러니까 호중이랑 박가 일은 모르는 일이고, 십촌도 넘는 조칸지 뭔지 죽은 걸로 보상금을 내놓아라? 안 그러면 전쟁하겠다, 뭐 이런 말씀이십니까?" 희수가 단도직입적으로 말했다.

철진이 희수의 말투가 거친지 슬쩍 나섰다.

"희수야, 형님 앞에서 말이 너무 지나치다."

희수가 싸늘한 눈빛으로 철진을 노려봤다.

"책임 하나도 못 질 거면 니는 나서지 마라."

철진이 희수의 싸늘한 표정에 놀랐는지 입을 다물었다. 이것 봐라? 하는 표정으로 황이 희수를 노려보고 있었다. 희수도 눈길을 피하지 않고 황을 노려봤다.

"구체적으로 뭘 원하는데요? 천하의 달호파가 안 주면 전쟁하겠다고 협박을 하는데 뭐 드릴 만하면 드려야지요. 양동 형님의 주류 업장? 아님 오락실 기계공장?"

황이 무거운 얼굴로 희수를 쏘아보고 있었다. 천달호가 원하는 것은 희수의 성인오락실 사업 같았다. 성인오락실 이야기가 나올 때 황의 눈빛이 반짝거렸다.

"오락기 공장 넘기고, 유가족에게 장례비랑 보상금 조금 내놓는다면 혈육을 잃은 천달호 회장님의 깊은 슬픔을 다소나마 잠재울 수 있지 않을까 싶은데."

황이 자기가 말하고도 뭔가 멋쩍은지 말꼬리를 슬쩍 흐렸다. 혈육을 잃은 깊은 슬픔이라니, 어이가 없는지 희수가 피식 웃음을 터뜨렸다. 만약 천달호가 자신의 조카 때문에 혹시 한 방울의 눈물이라도 흘린다면 그것은 혈육을 잃은 슬픔 때문이 아니라 망가진 자존심 때문일 것이다. 천달호는 이 거리에서 감히 자신의 가족을 건드린다는 것을 용서할 놈이 아니었다.

"내가 못 준다고 하면 전쟁하실 겁니까?"

"잘못을 저질렀으면 용서를 구하고 그에 상응하는 책임을 지는 게 이 바닥의 도리 아닌가?"

황이 점잖게 타일렀다. 마치 교사가 학생에게 훈계하는 듯한 교훈적이고 같잖은 어투가 희수의 심기를 거슬렀다. 희수가 황의 얼굴에 담배 연기를 길게 토해냈다.

"호중이랑 월농 박가한테도 도리를 좀 지키라고 하이소."

"어허, 그건 우리랑 상관없다지 않나."

황은 높은 곳에서 말하고 있었다. 그리고 아무것도 타협하거나 절충할 생각이 없는 것 같았다. 건달의 일은 협의다. 그런데 황은 협의를 할 준비가 전혀 되어 있지 않았다. 희수가 담배를 깊게 빨면서 정면으로 황을 노려봤다. 담배 연기가 눈을 찔러 따끔했다. 희수가 손가락으로 연기가 들어간 눈을 문질렀다.

"전쟁하입시다." 희수가 무신경하게 말했다.

"뭐라고?"

황이 못 알아들었는지 아님 못 믿겠다는 건지 다시 물었다.

"전쟁하자고요. 우리도 병력 많습니다. 죽자고 싸우면 우리도 천달호한테 안 밀립니다. 그런데 범죄와의 전쟁 있고 난 후에 두목급이랑 중간 간부들 다 잡혀가고 지금 달호파한테 옳게 된 병력이나 있습니까?"

자존심이 꽉 상한 듯 황의 얼굴이 흙빛이 되었다. 황은 무안함과 모욕감 사이에서 갈피를 못 잡고 있는 모양인지 잠시 할말을 잊었다.

"여보게, 젊은 친구, 자네가 요즘에 푼돈 좀 만지고 족보도 없는 동남아 애들 데리고 다니더니 눈에 뵈는 게 없는 모양인데 영도는 아직도 전국구네. 구암 같은 시골 점방하고는 차원이 다르다 이 말이네." 황이 애써 진정한 목소리로 말했다.

"전국구는, 좆까고 있네." 희수가 거칠게 말했다.

황의 뒤에 서 있던 단단한 체구의 사십대 사내가 발끈하면서 희수의 멱살을 잡았다.

"이 새끼가 어디서 감히."

순간 희수 뒤에 서 있던 흰강이 재빠른 동작으로 칼을 꺼내 사십대 사내의 목에 갖다댔다. 얼마나 동작이 빨랐는지 칼이 어디서 나왔는지도 모를 정도였다. 호텔 커피숍에 있던 여직원이 놀라서 들고 있던 쟁반을 떨어뜨렸다. 소란으로 커피숍이 술렁거리자 그만하라는 듯 황이 팔을 들어올렸다. 철진이 자리에서 일어나 흰강과 사십대 사내를 천천히 뜯어내더니 사십대 사내를 데리고 뒤로 서너 걸음 물러섰다. 희수와 황이 자리에 앉아 잠시 서로의 얼굴을 노려봤다.

"오늘은 얼굴 보고 통성명이나 한 걸로 치세. 그리고 집에 가서 무엇이 올바른 일인지 찬찬히 생각해보게나. 생각이 정리되면 우리 철진이에게 연락 주고."

황이 말하고 자리에서 일어났다. 황은 여유롭고 멋있게 일어나고 싶었겠지만 겁을 먹었는지 어딘가 허둥대는 것 같았다. 황이 자리에서 일어나 커피숍을 빠져나가는 동안 희수는 인사도 하지 않은 채 그냥 자리에 앉아 있었다. 희수는 황이라는 사내가 맘에 들지 않았다. 뭔가 느끼함이 마구 묻어나는 스타일이었다. 자기가 젠틀하고 공정한 줄 아는, 또 혼자 멋있다고 생각하는 저런 속물을 희수는 무엇보다 경멸했다. 황이 나가고 오 분쯤 후에 철진이 다시 들어와 자리에 앉았다.

"어쩌려고 그러노?" 철진이 물었다.

"뭘 어째? 천달호가 달라고 하면 그냥 갖다 바쳐야 되나?"

희수가 철진을 노려봤다.

"우야든동 너희들이 천달호 회장님의 혈육을 건드린 건 사실 아니가?"

"요즘 같은 세상에 십일촌이면 남이지 그게 혈육이가? 그렇게 귀한 혈육을 와 월농동 쪽방 사무실에 처박아놓노? 지금 남이나 다를 바 없는 십일촌 조카 하나 죽은 걸 핑계 삼아 다 차려놓은 밥상 위에 숟가락을 얹겠다는 것도 아니고 밥상을 통째로 처먹겠다는 거 아니가? 느그 애들만 다쳤나? 우리 애들은 안 다쳤나?"

"그래서 진짜 전쟁이라도 하겠다고?"

"못할 건 뭐고? 느그 조직에 젊은 애들 다 잡혀가고 이제 나이 많은 노인네들밖에 더 있나? 그리고 너 이 개새끼, 일이 이래 틀어질지 다 알고 있었제? 알고 있으면서 친구라는 새끼가 입을 꾹 처닫고 있었나."

"나는 일이 이렇게까지 될지 몰랐다."

"좆까지 마라."

철진이 분노한 희수를 쳐다보았다. 정말로 일이 이렇게 될지 몰랐던 것인지 철진의 눈에 당황스러움이나 죄책감 같은 것은 없었다. 희수를 바라보는 철진의 눈빛은 걱정과 안쓰러움 같은 것이었다. 철진이 커피잔을 들어 식은 커피를 조금 마셨다.

"노인네들 우습게 보지 마라. 노인네들 생각보다 훨씬 영특하고 힘이 세더라."

철진의 엉뚱한 말에 어이가 없는지 희수가 피식 웃음을 터뜨렸다. 아마도 철진의 말이 맞을 것이다. 이 바닥에서 수십 년을 살아남은 놈들은 한결같이 잔인하고 힘이 셌다. 그 노련한 협잡과 꼼수들을 어떻게 당할 것인가.

"희수야, 지금 니가 하려는 짓은 오 년 전에 아미가 하던 거랑 똑같다. 전쟁 나면 누가 이기든 다 피 보게 되어 있다. 그럼 그 피를 누가 보겠노? 설마 그 닳고 닳은 할배들이 보겠나? 희수 니나 나처럼 조직에서 애매한 위치에 있는 놈들이 피를 보는 거다. 뒈지거나 병신 되거나 운좋으면 감옥 가거나. 그것밖에 더 있나. 지금 칼 들고 뛰쳐나오면 니 인생은 그걸로 훅 날아가는 거다."

답답한지 희수가 한숨을 내쉬었다.

"어차피 오락기계 공장 날리면 내 인생은 그걸로 날아간다. 홍사채한테 빌린 돈만 이십 억이 넘는다. 거기에 인숙이 빚도, 아미 빚도, 제니 빚도 다 엮여 있다. 홍사채가 어떤 인간인지 알제? 내가 홍사채 생돈을 이십 억쯤 날려주면 뭔 일이 생길 것 같노? 이건 인숙이랑 제니가 섬 같은 데 팔려가고 아미랑 내 장기를 통째로 다 분해해도 수습이 안 되는 일이다."

갑갑하다는 듯 철진도 한숨을 내쉬었다.

"그래도 죽는 것보다는 그게 낫다. 천달호보다는 그나마 홍사채가 낫고. 내가 모시고 있지만 천달호는 진짜 무시무시한 인간이다. 천달호랑 붙으면 희수 니는 무조건 죽은목숨이다. 죽고 나면 말짱 도루묵인데 오락기 공장 그게 뭐 대수고? 지금은 양보하고 나중에 또 기회를 엿보면 될 거 아니가."

"다음 기회? 이 바닥 이십 년인데 아직도 모르겠나? 나이 사십 먹은 건달한테 다음 기회 같은 거 없다."

"아미랑 그렇게 되고 나서 나 여러 사람한테 원망 많이 들었다. 구암 바다에 있던 친구들 중에 나랑 말 섞는 놈은 희수 니밖에 없다. 인숙이는 나를 인간 취급도 안 한다. 그런데 아미랑 그 험한 전쟁 치르고 나서 내가 돈을 벌었나, 팔자를 고쳤나? 남은 거라곤 원망이랑 후회뿐이다. 희수야, 나는 니랑 싸우고 싶지 않다. 일단 살아남은 다음에 같이 버티고 견뎌보자. 그러다보면 우리한테도 좋은 날이 안 오겠나."

철진은 애를 달래듯 말하고 있었다. 그리고 정말로 희수를 걱정했다. 어쩌면 자기 자신을 걱정하는 건지도 몰랐다. 천달호와 전쟁이 벌어진다면 그 전위에 설 사람은 철진이었다. 그리고 구암의 전위에 서야 할 사람은 희수였다. 희수는 한 모금도 마시지 않은 커피잔을 보고 있었다. 커피가 검어서 그 얕은 잔의 바닥조차 보이지 않았다. 같이 죽거나 같이 살거나, 양자택일을 하라고 말하고 있었다. 하지만 정말로 그것이 같이 사는 길일까, 자꾸 의심이 들었다.

루어

희수가 만리장에 들렀을 때 손영감은 없었다. 로비에 있던 마나가 희수를 보고 뛰쳐나와 강아지처럼 좋아했다.

"영감님은 어디 가셨나?"

"백지포에 낚시 가셨습니다."

마나가 희수 옆에 딱 붙어서 방실방실 웃었다.

"뭐가 그리 좋은데?"

"형님께 긴히 드릴 말씀이 있어서 기다리고 있었는데 때맞춰서 오시니까 반가운 마음이 들어서 그렇습니다."

"긴히 할 말이 뭔데?"

마나가 무슨 특별한 정보라도 가지고 있다는 듯 주위를 두리번거렸다. 마나가 손바닥으로 입을 가리고 희수 곁으로 조심스럽게 다가왔다. 희수가 마나 쪽으로 얼굴을 조금 내밀었다.

"로비에 있던 멕시코 선인장 있잖습니까?"

"응."

"그게 연변에서 새로 온 아줌마가 물을 너무 많이 줘서 고마 죽어 버렸습니다."

"그런데?"

"그래서 멕시코 선인장을 새로 살까 하다가 이참에 뱅갈고무나무로 바꿀까 싶어서요."

마나 옆에 귀를 대고 붙어 있던 희수가 한 발짝 걸음을 뗀 후 다시 마나를 쳐다봤다.

"그게 나한테 긴히 하고 싶었던 말이가?"

"네, 그리고 테라스 유리 말인데요. 요즘엔 선팅 기능이 있는 코팅 필름이 있어서 유리를 새로 갈지 않아도 된답니다. 필름으로 호텔 라운지 딱 돌리면 비용도 얼마 안 들이면서 분위기가 아주 고급스러워지지 않을까요?" 마나가 아주 진지한 얼굴로 말했다.

희수가 어이없다못해 슬퍼서 마나의 얼굴을 한참이나 쳐다봤다. 이놈은 세상이 어떻게 돌아가는지 도무지 관심도 없는 것 같았다. 아니면 이 왕따에게 아무도 구암 바다와 월농 사이에 피비린내나는 싸움이 벌어지고 있다는 걸 말해주지 않은 건지도 모른다.

"마나야, 그런 건 정배한테 물어봐야지. 정배가 지배인인데."

"정배 형님은 호텔을 예쁘게 꾸미는 데 관심이 하나도 없어예. 직함만 지배인이지 자기 돈벌이하느라 호텔에는 코빼기도 안 보입니다. 오죽하면 제가 희수 형님 오기만을 기다리고 있었겠습니까. 그래서 하는 말인데 아무래도 고무나무가 낫겠지예? 뱅갈고무나무는 공기 정화 기능이 탁월하다는데 기능이라곤 좆도 없는 멕시코 선인장보다야 뱅갈고무나무가 훨 낫지 않습니까?"

한없이 주절대는 마나의 목소리를 듣고 있자니 짜증이 올라왔다.

뭐랄까, 이놈은 마음 깊은 곳에서부터 구타를 이끌어내는 특이한 화법을 가지고 있었다. 하지만 요즘 희수의 마음은 너무나 급박하고 초조해서 마나 놈을 타박하고 있을 힘도 없었다.

"고무나무가 낫겠네. 니 말대로 선인장은 값만 비싸고 기능이라곤 좆도 없으니까." 희수가 힘없이 말했다.

그럴 줄 알았다는 듯 마나가 환하게 웃었다.

"맞지예? 저는 희수 형님이 그리워 죽겠어예. 희수 형님이 만리장 지배인 할 때는 참 좋았는데. 희수 형님이랑 저랑은 궁합도 잘 맞고 이야기도 잘 통하는데, 정배 형님은 완전히 깡통 아닙니까."

"니랑 나랑 궁합이 잘 맞나?" 희수가 이제는 측은한 얼굴이 되어 물었다.

"하모예, 희수 형님이랑 저랑은 완전 찰떡궁합이지예." 마나가 신이 나서 말했다.

손영감이 낚시를 하는 곳은 구암 바다 끝에 있는 백지포 돌바위였다. 그 바위는 바다에서 백여 미터밖에 떨어져 있지 않았지만 걸어서는 갈 수 없었다. 한덩어리의 현무암으로 되어 있는 이 돌바위는 낚시꾼 서너 명이 낚시를 할 수 있는 정도의 작은 크기였는데 밀물 때는 잠겼다가 썰물 때만 드러났다. 물때를 잘못 맞추면 낚시를 하다가 졸지에 조류에 떠밀려내려가 죽을 수도 있었다. 실제로 이 바위에서 낚시를 하다가 그렇게 어영부영 죽은 사람들도 꽤 되었다.

희수는 백지포 절벽 아래 낚시 용품을 파는 가게에 들어갔다. 사장인 털보는 이십 년 전쯤 은퇴한 건달이었다. 한때는 달자와 더불어 날리던 칼잡이였다고 사람들은 말했다. 하지만 털보는 팔이 하나 잘리고 건달 세계를 떠났다. 의수를 끼지도 않아서 그의 오른팔 셔츠는 항상 바람에 팔랑거렸다. 손영감이 낚시를 할 때면 털보가 가게에 있는 보트로 돌바위까지 태워주곤 했다. 희수가 가게에 들어섰을 때 털보는 한 손으로 낚싯대를 수리하고 있었다. 손이 하나밖에 없어서인지 털보의 작업은 한없이 불편해 보였고 또 느렸다. 종종 손영감이 요즘엔 의수도 잘 나와서 하나 끼면 생활하기에 편할 거라고 했지만 왜 그런지 털보는 절대로 의수를 끼지 않았다. 오히려 그는 한쪽 팔이 없는 불편을 은근히 즐기고 있는 듯한 인상마저 주었다. 가게에 들어선 희수를 보고 털보가 작업을 멈추고 환하게 웃었다.

"잘 지내셨습니까?" 희수가 인사를 했다.

"오랜만이네."

"영감님, 바위에 갔습니까?"

"어, 한동안 통 안 오시더만 요즘엔 자주 들르시네. 여름이라 물고기도 별로 없는데."

"좀 태워주시겠습니까?"

털보가 고개를 끄덕이더니 선착장으로 걸어갔다. 털보가 한 손으로 선착장 말뚝에 묶어놓은 밧줄을 풀고 조타키를 잡았다. 낚시꾼들을 작은 섬이나 돌바위에 내려주는 일을 하는 낚싯배 옆에 충돌 때문인지 폐타이어가 주렁주렁 달려 있었다. 최근에 벌어진 일련의 싸움들에 대해 무수한 소문이 떠돌았을 텐데 배를 모는 동안 털보는 아무것도 묻지 않았다. 털보는 잘려나간 자신의 팔에 대해 그 누구에게도 말한 적이 없었다. 그리고 다른 사람들의 과거에 대해 캐묻는 법도 없었다. 이 외팔이 칼잡이를 손영감이 좋아하는 것은 그 과묵함 때문일지도 모르겠다고 희수는 생각했다.

손영감은 돌바위 끝에서 낚시를 하고 있었다. 털보가 바위에 배를 대자 희수가 재빨리 뛰어내렸다. 손영감이 느닷없는 희수의 방문에 잠시 놀란 표정을 짓다가 이내 방긋 웃었다.

"지금 가실랍니까. 아니면 물때 맞춰서 다시 올까요?" 털보가 물었다.

손영감이 희수를 슬쩍 쳐다보고는 다시 털보 쪽으로 고개를 돌렸다.

"물때 맞춰서 다시 온나."

알았다는 듯 털보가 하나밖에 없는 팔로 손영감에게 가볍게 거수경례를 하더니 배를 돌려 백지포로 돌아갔다. 돌바위에는 낚시 장비들과 코펠이니 아이스박스니 하는 것들이 어지럽게 널려 있었다.

"참 취미도 다양하십니다. 혼자 바둑 두고, 혼자 화초 키우고, 혼자 낚시질하고. 태풍 올라온다고 난린데 이게 뭔 짓입니까?" 희수가 놀리듯 말했다.

정말로 바다에는 오륙 미터의 높은 파도가 일고 있었다. 손영감이 웃으며 낚싯대를 흔들어 보였다. 손영감은 바다 루어낚시를 했다. 떡밥을 뿌리지도 않았고 지렁이같이 살아 있는 미끼를 달지도 않았다. 손영감은 지렁이의 꿈틀거리는 감촉을 싫어했고 그것을 직접 손으로 만지는 것은 더 싫어했다. 손영감은 언제나 가짜 미끼를 달았다. 하지만 손영감의 루어낚시 실력은 사실 별로여서 물고기를 잡는 날은 거의 없었다. 희수가 손영감의 낚시망을 뒤적거렸다. 과연 망에는 물고기 한 마리 없었다. 라면을 끓여먹었는지 코펠에 라면 국물이 있었다.

"라면 한 그릇 할래?"

문득 배가 고팠다. 희수가 고개를 끄덕였다.

"영감님도 드실랍니까?"

"나는 한 젓가락만 할란다."

희수가 코펠을 바닷물에 휘저어 대충 씻어내고 거기에 생수를 조금 담았다. 손영감의 낚시 가방 안에 라면이 있었다. 먹다 남은 소주도 있었다. 희수가 버너 옆에 바람막이를 세우고 불을 올렸다. 그리고 버너 위에 코펠을 올리고 물이 끓기를 기다렸다. 태풍이 불어오는데도 상관이 없다는 건지 거대한 컨테이너선 한 척이 무시무시한 열대저기압이 올라오는 태평양 쪽으로 출항하고 있었다. 배의 출항 기적 소리가 쩌렁쩌렁했다. 손영감과 희수는 한동안 아무 말도 하지 않았다. 손영감은 낚싯대 끝을 보고 있었고 희수는 아무 생각 없이 물이 끓는 것을 쳐다보고 있었다. 기포 하나가 올라오고, 기포 두 개가 올라오고, 그러다 갑자기 수없이 많은 거품들이 들끓어올랐다. 희수가 라면 두 개를 부셔서 넣고 분말수프를 넣었다. 그리고 한순간 잠잠해졌던 물이 다시 끓어오르자 버너를 끄고 코펠에 있는 라면을 그릇에 나누어 담았다. 손영감이 낚싯대를 접고 희수 옆에 앉았다. 손영감이 나무젓가락을 쪼개더니 자기 그릇에 있는 라면을 덜어 희수의 그릇에 옮겨줬다.

"나는 아까 한 그릇 먹었다."

손영감과 희수는 후후 불면서 라면을 입에 넣었다. 사실 바닷바람이 세게 불어서 입으로 라면을 불 필요도 없었다. 뜨거운 면과 뜨거운 국물이 목구멍으로 넘어가는 느낌이 좋았다.

"맛있제?" 손영감이 물었다.

"맛있네예." 정말 맛있다는 듯 희수가 고개를 끄덕였다.

"역시 라면은 이렇게 바다에 나와서 먹는 게 제격이거든." 영감이 자랑하듯 말했다.

"여기다 문어나 낙지 같은 거 한 마리 넣어주면 끝내주는데. 영감님은 그런 거 잡아본 적도 없지예?" 희수가 손영감의 텅 빈 낚시망을 쳐다보며 말했다.

문어나 낙지는커녕 볼락 한 마리 못 잡은 손영감이 머쓱해하며 남은 라면 국물을 들이켰다.

희수는 냄비와 그릇을 바닷물에 씻었다. 손영감이 낚싯대를 희수에게 건넸다. 희수가 낚싯대를 접어 가방에 넣고 배가 오면 바로 출발할 수 있도록 다른 물건도 정리했다. 조류가 바뀌어서인지 아니면 바람이 불어서인지 해변으로 밀려드는 물살이 빨라진 느낌이었다. 손영감과 희수는 점점 수위가 높아지는 바위 끝에 걸터앉아 털보의 배를 기다렸다.

"병원 간 애들, 몸은 좀 추슬렀나?"

"젊어서들 그런지 회복이 빠르네요. 아미도 퇴원해서 집에 있습니다."

"경찰 쪽 윗대가리들한테 내가 말 넣어놨으니까 걔들이 하라는 대로 해줘라. 너무 무리하게 애들 빼내려고 하면 그쪽도 힘들 거다."

희수가 고개를 끄덕였다.

"경찰도 경찰이지만 영도 쪽하고는 어떻게 해결해야 할지 감이 잘 안 오네예. 틈만 나면 치근덕거리는데 계속 싸울 수도 없고, 그렇다고 저쪽에서 요구하는 걸 다 들어줄 수도 없고."

"천달호가 얼마나 달라는 건데?"

"호중이랑 박가는 매달 항구에 들어오는 보드카 좀 떼어달라고 하고, 천달호는 오락기계 공장을 통째로 넘기라고 합니다. 그리고 죽은 조카 보상금하고."

"개새끼들이 계산 쉽게 하네." 손영감이 피식 웃으며 말했다.

"호중이랑 박가는 밀고 당기고 하면 적당한 선에서 조정이 될 것 같은데 천달호는 막무가내입니다. 안 넘기면 전쟁하자는 분위깁니다."

"희수 니는 어쨌으면 좋겠노."

"계속 싸울 수야 없지 않겠습니까? 돈도 없고 인력도 없고."

"그래서 나한테 합의를 부탁하러 왔나?"

"천달호도 회장 말은 들으니까 영감님께서 남가주 회장님께 말씀 좀 잘 드려주시면."

희수가 할말을 다 못 끝내고 말끝을 흐렸다. 그 말을 꺼낼 때 패배한 느낌이, 한없이 초라해진 느낌이 목구멍 저 깊은 곳에서 올라왔다. 지난 4월에 손영감을 떠났다. 혼자서도 잘할 수 있을 줄 알았다. 양동이 손영감에게 매달 십 프로의 세금을 내는 것에, "대체 그 영감이 해주는 게 뭐 있나. 차라리 그 돈을 구세군 통에 집어넣는 게 훨씬 보람 있겠다"고 떠들어댈 때 희수도 맞장구를 쳤다. 하지만 손영감의 우산 밖에서 희수는 채 석 달도 버티지 못하고 백기를 들었다. 승냥이들은 너무 많았고 잔인했고 또 치졸했다. 그리고 희수는 손영감의 그 알량한 우산이 얼마나 파워가 있는지 이제야 실감하고 있었다.

"천달호가 달라는 대로 다 줘라. 그럼 최소한 목숨은 보존하겠네." 손영감이 비웃듯이 말했다.

희수가 입술을 질끈 깨물었다. 사업이 이제 막 피어나려는 중이었다. 천달호에게는 용돈밖에 안 될 사업이었지만 희수에게는 큰돈이었다. 이 승냥이 새끼들의 뻔한 수작에 빌미를 줘서 기껏 일궈놨던 사업을 고스란히 갖다 바쳐야 한다는 게 억울했고 짜증이 났다. 성급한 양동도, 이 힘없는 구암 바다도, 마치 남의 일인 양 쉽게 말하고 있는 손영감의 말투도 짜증이 났다. 하지만 넘겨주지 않으면 천달호의 칼에 맞아 죽을 판이고, 넘겨주고 나면 홍사채에게 뜯겨 죽을 판이었다.

"죽으면 죽었지 공장은 못 넘깁니다." 희수가 단호하게 말했다.

"양손에 떡 쥐고 하나도 안 내려놓으면서 나한테 무슨 합의를 부탁하러 왔노?"

"그래도 남가주 회장님은 경우가 바른 분이니까 합리적인 선에서 중재를 안 해주겠습니까."

희수 말에 손영감이 피식 웃음을 터뜨렸다.

"남가주나 천달호나 서로 아웅다웅하는 것처럼 보여도 다 한통속이다. 남가주, 천달호가 명색이 6·25 때 내려온 피란민 승냥이들이다. 개네들이 다 잡아놓은 먹잇감을 눈앞에 놔두고 한 토막이라도 양보할 놈들이가?"

"합의가 안 된다는 말입니까?"

"지금 합의하면 가죽도 안 남기고 다 벗겨먹을 놈들이다. 그리고 남가주는 줄 땐 주더라도 일단 다 뺏고 난 다음에 생색내면서 베풀어야 직성이 풀리는 놈이다. 내가 그놈 스타일을 잘 안다. 설령 공장을 지킨다 해도 남가주 생색을 니가 감당이나 하겠나?"

이해가 안 된다는 듯 희수가 고개를 갸웃거렸다.

"무슨 뜻입니까?"

"지금은 합의를 할 때가 아니란 말이다. 아무 소용도 없는 합의를 뭐하러 하노."

"그렇다고 무작정 손놓고 가만히 있습니까?"

"그러게 내가 뭐라 하더노. 저런 놈들한텐 애당초 빌미를 주지 말아야 한다고 안 했나. 일단 발붙이면 또 치고 들어오고, 물러나면 더 치고 들어온다." 손영감이 탄식하듯 말했다.

희수는 그날 아침 잔뜩 흥분한 양동이 나설 때 막지 못한 걸 후회했다. 술이 덜 깬 새벽이었고 피범벅이 된 아미와 다른 애들을 서둘러 응급실에 보내느라 경황이 없었다. 하지만 이유야 어쨌건 양동을 막았어야 했다. 그랬다면 쓰레기 같은 천달호에게 빌미를 주는 일은 벌어지지 않았을 것이다. 꾹 참고 하루이틀만 지켜봤다면, 박가와 호중을 월농 바닥에서 영원히 밀어낼 수도 있었을 것이다. 하지만 양동은 발끈해서 뛰쳐나갔고 희수는 막지 못했다. 이미 엎질러진 물이었다. 이제 와서 땅을 치고 후회해봐야 무슨 소용이겠는가.

"어떻게 방법이 없겠습니까?"

"전쟁해야지."

희수가 깜짝 놀란 얼굴로 손영감을 쳐다봤다.

"농담이지예?"

"농담 아니다."

손영감은 바다를 쳐다보고 있었다. 사실은 바다 건너에 있는 영도라는 섬을 보고 있었다. 육지와 섬 사이에 있는 이 작은 바다를 두고 영도와 구암은 지난 삼십 년 동안 한 번도 싸우지 않았다. 손영감의 조부인 손흥식이 독재자에게 두들겨맞아 온몸이 시퍼렇게 멍들어 죽은 이후로 구암은 다른 조직과 단 한 번도 전쟁을 벌인 적이 없었다. 크고 작은 싸움과 칼부림이 있었지만 모두 사소한 시빗거리에 불과했다. 손영감은 늘 비굴한 웃음과 놀라운 처세로 싸움을 피해왔다. 그런데 이 겁쟁이 좁쌀영감이 지금 전쟁을 하자고 말하고 있다. 그것도 바다 건너편에 있는 부산 최대 규모의 범죄 조직과.

"전쟁하면 이길 수는 있습니까?"

"못 이긴다."

"장난합니까?"

"건달은 모두 겁쟁이들이다. 겁쟁이들의 전쟁이 뭐겠노? 무서워서 그냥 전속력으로 서로를 향해 무작정 달려가는 거다. 더 무서운 놈이 먼저 핸들을 돌리거나 아님 서로 뻗대다가 부딪혀서 모두 골병들거나. 그런 멍청한 짓이 전쟁인데 이기는 놈이 있겠나?"

손영감이 묻고 있었다. 멍청한 짓을 할 것인가, 아님 더 멍청한 짓을 할 것인가? 손영감 말대로 보드카와 공장을 내려놓으면 목숨은 건질 것이다. 마치 창녀와 결혼한 사내처럼, 구차하고 모욕적인 소문이 조금 돌 뿐이고, 지갑에 들어올 돈이 적어질 뿐이다. 싸우지 않으면 목숨은 건질 것이다. 가난하고, 초라하고, 낮고, 비굴하게 살아가면 될 것이다. 지금까지 그렇게 살아왔으니 앞으로도 그렇게 살아갈 수 있을 거라고 희수는 생각했다. 파도의 수위가 높아져서 매우 위태로워 보였다. 털보의 배는 아직 보이지 않았다. 손영감과 희수가 서 있는 돌바위가 밀물에 밀려서 점점 낮아지고 있었다.

"전쟁하입시다." 희수가 낮고 단호한 목소리로 말했다.

"싸우겠다고 확실히 마음이 섰나? 일단 시작하면 그땐 돌이킬 수 없다."

손영감이 확인이라도 하듯 희수의 얼굴을 쳐다봤다. 희수가 고개를 끄덕였다.

"천달호 업소부터 몇 개 치고 들어갑니까?"

"식탁 몇 개 때려부순다고 겁을 먹겠나. 몇 명 죽어야 한다. 즈그도 몇 명 죽고 우리도 몇 명 죽고. 서로 지칠 때까지 어느 쪽이든 계속 죽어야 한다."

희수는 순간 머리카락이 쭈뼛 서는 느낌이었다. 저쪽도 몇 명 죽고, 이쪽도 몇 명 죽는다. 누가 죽을까. 건달의 사업은 다 합의다. 그리고 합의는 유리한 위치에 섰을 때 하는 거다. 그게 여의치 않다면 싸움에 서로 지칠 때까지, 상대방이 싸움을 멈추고 합의를 신청하면 내심 반가운 마음이 들 정도까지는 힘을 빼놔야 한다. 그러니 서로 힘이 쭉 빠질 때까지 저쪽에서도 누군가 계속 죽어야 하고 이쪽에서도 누군가 계속 죽어야 한다.

"호중이와 박가를 죽입니까?"

"호중이, 박가 정도 죽는다고 천달호가 눈 하나 깜짝할 놈이가?"

"황가까지 죽입니까? 황가는 본가 병력인데 안 건드리는 게……"

"철진이 정도는 죽여야지. 그래야 천달호가 휘청하지."

순간 희수가 이를 꽉 깨물었다. 아무렇게나 말해버리는 손영감의 모습이 얄미웠다.

"철진이는 제 삼십 년 친굽니다."

"그럼 삼십 년 친구 대신해서 니가 죽을래?"

손영감이 건너편에 있는 영도를 턱으로 가리켰다.

"천달호는 저 건너편에 앉아서 무슨 생각을 하고 있겠노. 나랑 똑같은 생각을 하고 있을 거다. 양동이, 아미, 희수 이 셋을 후보에 올려놓고 희수 정도는 죽여야 협상이 되지 않겠냐고 철진이를 설득하고 있겠지. 니 생각에 철진이가 희수는 제 친한 친구여서 절대로 안 된다고 천달호에게 무릎 꿇고 읍소라도 하고 있을 것 같나?"

아닐 것이다. 철진은 천달호의 말에 토를 달지 않을 것이다. 어쩔 수 없는 일이라고, 건달의 삶이란 건 결국 이런 거라고 스스로 변명을 하고 있을 것이다. 이십 년 전 희수와 친구들이 사고를 쳐서 처음으로 감옥에 들어가게 되고 철진만 빠져나갔을 때, 아미와 천달호가 전쟁을 벌여서 스무 살짜리 애들을 칼로 찔러 죽이고 병신을 만들었을 때도 철진은 변명을 했었다. 어쩔 수 없었다고, 내가 무슨 힘이 있냐고 말했었다. 마틴 신부님 밑에서 권투를 배웠던 희수, 경태, 철진 중에서 철진이 제일 심지가 여리고 착했다. 무능하고 착한 것은 나쁜 것이다. 사람은 나빠서 나쁜 것이 아니고 약하기 때문에 나빠지니까.

"철진이는 안 됩니다. 작업할 거면 호중이, 박가, 그리고 천달호 고문인 황가로 하겠습니다."

그건 옳은 결정이 아니라는 듯 손영감이 천천히 고개를 저었다.

"다 늙어빠진 황가 놈 따위는 작업하나마나다. 천달호 조직을 움직이는 놈은 철진이다. 철진이를 잡아야 천달호가 절름거린다."

"어차피 영도도 본가 병력 데리고 못 싸웁니다. 호중이에 박가에, 황가 놈까지 없으면 영도도 움직이기 쉽지 않습니다. 철진이는 여리고 겁 많은 놈입니다. 개가 무슨 위협이 됩니까. 그리고 나중에 천달호랑 합의하려면 밑구멍으로 말 통하는 놈 하나는 남겨둬야지예."

그때 손영감이 희수의 뺨을 세게 올려붙였다. 노인의 완력이 얼마나 센지 정신이 번쩍 들었다. 뺨을 맞은 볼에 금세 열이 올랐다. 바닷바람이 불고 있어서 다행이었다. 열이 오른 볼을 스치는 바람이 시원했다.

"잘 들어라. 싸움은 치졸하고 지저분하고 야비하고 잔인한 거다. 어떤 놈들이 싸움에서 지는 줄 아나? 니처럼 싸움을 멋있게 하려는 놈이다. 쓸데없이 똥폼 잡고, 동정하고, 아량을 베풀어서 나중에 생짜로 자기 팔다리 끊어낼 일을 만들지 마라. 그땐 영도가 니를 죽이기 전에 내가 너를 먼저 죽여버린다."

손영감이 바다를 쳐다보고 있었다. 희수도 덩달아 바다를 쳐다봤다. 바다는 아무 생각 없이 바라보기 좋은 곳이다. 바다는 생각을 할 필요도 없고, 아무리 생각을 해봐야 소용이 없을 때 멍청하게 바라보기 좋은 곳이다.

"호중이랑 박가가 잠수 탔제?" 영감이 다시 온화한 목소리로 물었다.

"어디 처박혀 있는지 찾을 수가 없네요."

"내가 알아봐줄까?"

"그래주시면 고맙지예."

"떠올라야 할 것과 떠오르지 말아야 할 것을 잘 구분해라. 호중이랑 박가 같은 포주 새끼들은 요란하게 떠오르게 하고, 철진이는 조용히 가라앉혀라."

손영감의 목소리는 낮고 무거웠다. 하지만 태풍 전야의 세찬 바람 속에서도 그 낮은 목소리가 선명하게 들렸다.

떠올라야 할 것, 떠오르지 말아야 할 것

오두막 끝에 별 의미도 없이 달아놓은 풍향계가 저 혼자 맹렬히 돌아가고 있었다. 아직 태풍이 도착하지 않아 바다에서는 습기 가득한 바람만 불어왔다. 대영, 대성 형제가 오후부터 고장난 분쇄기를 고치느라 안간힘을 쓰고 있었다. 분쇄기는 양식장 사료로 만들 냉동 생선이나 어시장에서 팔다 남은 자투리 생선을 갈 때 쓰는 기계였다. 밤섬에는 전기가 들어오지 않아 전기모터 대신 경운기 디젤 엔진을 붙여서 개조한 것인데, 무엇에 걸린 것처럼 시동을 켤 때마다 팬벨트가 심하게 떨리다가 엔진이 멈춰버렸다. 일이 잘 안 되는지 대영이 스패너로 팬벨트를 툭툭 치며 고개를 자꾸 갸웃거렸다. 반푼이 대성이 공구 상자를 가슴에 껴안은 채 호기심 가득한 얼굴로 기계 안을 쳐다보고 있었다. 기계는 형 대영이 고치고 있는데 얼굴에 기름을 잔뜩 묻힌 것은 대성이었다. 반푼이 대성이 분쇄기 위에 앉아서 형 대영에게 답답하다는 듯 이것저것 지시했다. 대영은 늘 그래왔듯 대성의 말을 듣는 둥 마는 둥 하고 있었다. 잠시 후 대영이 다시 엔진 밑으로 기어들어가서 나사 몇 개를 조이고 대성에게 시동을 걸라고 소리질렀다. 대성이 시동 스위치를 켜자 그제야 분쇄기가 돌아갔다. 하지만 팬벨트는 여전히 심하게 떨렸고 여차하면 폭발이라도 할 것처럼 이상한 소리가 났다. 그래도 대영은 이만하면 되었다는 듯 빨간색 코팅이 된 면장갑을 벗고 희수 쪽으로 걸어왔다.

"뭐가 잘 안 되나?" 희수가 물었다.

"다 됐습니다. 저 분쇄기가 기계는 큰데 경운기 엔진을 달아서 그런지 힘이 없습니다."

"저런 기계로 어떻게 양식장을 운영하노?"

"요즘엔 주로 건사료를 쓰고 생물 사료는 잘 안 쓰거든요."

"그럼 저거는 시체 처리할 때만 쓰나?"

대영이 괜히 화들짝 놀란 표정을 지었다.

"뭔 소립니까?"

"너 솔직히 말해봐라. 요즘도 시체 처리해주는 일 하제?"

"아니라니깐예. 이런 일은 몇 년에 한 번 있을까 말까 한 일이라예."

대영이 시치미를 뚝 뗐다. 하지만 희수는 못 믿겠다는 듯 고개를 절레절레 흔들었다.

"이제 나는 죽을 때까지 절대 광어 안 묵을란다. 내가 딱 보니까 니는 양식업이 본업이 아니라 시체 처리하는 게 본업인 거 같다."

"아따, 우린 진짜 그런 사람 아니라예."

"그럼 어떤 사람인데?"

"자랑스러운 어민의 자식이지예."

"지랄하네."

반푼이 대성이 분쇄기에다 쓸데없이 나뭇가지 몇 개를 집어넣고 있었다. 분쇄기가 덜덜 떨리면서 나뭇가지를 잘게 분쇄해 토막을 만들어냈다. 그게 재미있는지 대성이 킥킥거리며 더 큰 나뭇가지를 분쇄기 안에 집어넣었다. "아이, 저 새끼가 기껏 고쳐놨더니 또 저란다. 하지 마라니까." 대영이 대성을 향해 소리질렀다. 대성이 대영의 큰 목소리에 화들짝 놀라서 들고 있던 나뭇가지를 멀리 집어던졌다.

"그래도 형 말은 잘 듣네. 대성이가 니는 무서워하는가보다."

"쟤는 세상에 무서워하는 게 아무것도 없어예."

대성이 별일도 없이 섬 이쪽에서 저쪽으로 열심히 뛰어갔다가 다시 뛰어왔다. 십 년 전이나 이십 년 전이나 이 반푼이는 늘 아이 같았고 그래서 세상에 아무 걱정이 없는 것 같았다. 문득 희수는 반푼이 대성의 그 아무 걱정 없는 텅 빈 머릿속이 부러웠다.

"저기 밀어넣으면 뒤탈은 없나?"

"머리카락만 따로 처리하면 별문제 없습니다."

"머리카락은 왜?"

"저기 들어가면 뼈도 다 바스러지는데 이상하게 머리카락은 잘 분쇄가 안 되더라고예. 레일 같은 데 끼어서 자꾸 기계도 상하게 하고."

"그럼 머리카락은 어떻게 처리하노? 스님들 삭발식 할 때처럼 가위로 자르고 면도기 같은 걸로 미나?"

"태웁니다."

"태운다고?"

이해가 안 된다는 듯 희수가 고개를 갸웃거렸다.

"머리카락이 단백질 덩어리라 의외로 잘 탑니다." 대영이 무신경하게 말했다.

그렇구나, 하고 희수는 담배를 한 대 물었다. 희수는 오두막을 처다봤다. 태풍 전의 바람이 낡은 오두막 지붕을 흔들고 있었다. 호중과 철진이 저 오두막 안에 묶여 있었다. 이 밤이 지나기 전에 저 둘을 처리해야 했다. 달자가 오지 않았으므로 처리는 온전히 희수의 몫이었다. 그 생각을 하자 희수는 마음이 갑갑하고 머리가 아파왔다.

월농 포주 박가는 지금쯤 흰강이 처리했을 것이다. 박가는 어디로 도망을 가지도 않고 자신의 업소 쪽방에 몰래 숨어 있었다. 그 쪽방은 경찰들이 단속 들어올 때 업소 아가씨와 손님을 숨기기 위한 방이었다. 업소에 있는 창녀들이 자기를 보호해줄 거라고 생각했는지 아님 자신이 만든 비밀 쪽방이 다른 곳보다 훨씬 안전하다고 생각했는지는 모를 일이다. 하지만 화장대를 밀치면 나오는 비밀 문이 유일한 통로인 그 쪽방은 결코 안전하지 않았다. 창문도 비상구도 없어 누군가 문을 열고 들어오면 꼼짝없이 잡히는 곳이었다. 박가 업소에서 일하는 여자가 몇 푼도 안 되는 돈에 열쇠를 넘겼다. 희수가 시계를 봤다. 오후 네시였다. 흰강은 쪽방 비밀 문의 열쇠를 가지고 있고 날이 잘 선 칼도 가지고 있다. 그러니 이제 곧 월농 포주 박가는 창문도 비상구도 없는, 자신이 만든 은밀한 방에서 피를 흘리며 조용히 죽어갈 것이다.

초장동 호중을 잡은 것은 어젯밤이었다. 손영감이 돈을 풀어서 전문가를 썼다. 사실 전문가씩이나 필요한 일은 아니었다. 믿기지 않겠지만 건달은 형사보다 더 빨리 건달을 찾는다. 돈만 충분히 있다면 건달이 건달을 찾는 것처럼 쉬운 일도 없다. 호중은 영주에 숨어 있었다. 태백과 정선에서 석탄산업이 활발했을 때 영주는 잘나가는 철도 소비도시였다. 주말에 강원도 탄광에서 나온 광부들이 콜택시를 타거나 기차를 타고 그 높은 태백산을 넘어 영주까지 술을 마시러 왔었다. 석탄이 호경기인 시절에 영주에선 강아지들도 입에 만원짜리 한 장씩은 물고 다닌다는 말이 있을 정도였다. 이제 석탄을 실은 기차도 없고 탄부도 없다. 쇠락한 술집들과 늙은 작부만 남았다. 호중이 영주에 숨은 것은 스무 살에 건달 생활을 시작할 때 친했던 친구가 영주에서 작붓집을 하고 있었기 때문이다. 건달은 몸을 숨길 때 믿었던 옛친구를 찾는다. 웃기게도 그 우정의 힘으로 친구가 자신을 지켜줄 거라고 믿는다. 하지만 돈으로 사람을 찾다보면 그 우정의 가격이란 게 생각보다 터무니없이 싸다는 사실에 깜짝 놀라게 된다. 하물며 호중 같은 쓰레기의 친구라면 그 가격은 말할 것도 없다.

희수와 삼십 년 친구인 철진도 저 오두막에 묶여 있다. 이 우정의 가격은 얼마냐고 희수는 자신에게 물어보지 않았다. 물어보지 않아도 이 우정의 가격이 호중 같은 쓰레기보다 더 높지 않다는 것쯤은 희수도 알고 있었다. 희수는 피우던 담배를 바다에 집어던졌다. 눈치를 보며 옆에 서 있던 대영이 시계를 힐끗 쳐다보고는 슬그머니 입을 열었다.

"작업은 언제쯤 시작합니까? 새벽 되면 여기도 지나다니는 고깃배가 한두 척이 아니라예. 그리고 그게 생각보다 시간이 꽤나 걸립니다."

"대기하고 있어라." 희수가 무뚝뚝하게 말했다.

대영이 초조한 얼굴로 입을 삐죽 내밀었다. 그때 아미가 오두막 문을 열고 나왔다. 아미는 희수를 향해 뚜벅뚜벅 걸어오다가 사료분쇄기 앞에서 걸음을 멈췄다. 그리고 맹렬한 소리를 내며 돌아가는 분쇄기를 멍한 얼굴로 쳐다봤다. 아미는 처음부터 이 일을 내켜하지 않았다. 아미가 생각하는 건달의 싸움은 마치 권투 경기를 하듯 건전한 것이었다. 건달 둘이 주먹으로 치고받는다. 한 놈은 쓰러지고 한 놈은 서 있다. 서 있는 놈이 쓰러진 놈에게 악수를 청한다. 쓰러진 놈이 패배를 인정하고 내민 손을 잡는다. 그리고 둘은 서로 포옹을 하면서 그동안 쌓인 마음의 앙금을 털어낸다. 뭐 이런 식 말이다. 하지만 그런 건전한 건달들은 철기시대가 오기 전에 이미 다 죽었다.

"호중이는?" 희수가 물었다.

"기절했습니다."

"뭐 쓸 만한 정보 좀 얻어냈나?"

"자기는 천달호가 시키는 대로 한 것뿐이라고, 아무 걱정 말라는 천달호 말을 믿은 게 잘못이라고, 계속 그 소리뿐입니다."

역시 천달호가 뒤에 있었구나. 희수는 고개를 끄덕였다. 하긴 뒤에 큰 조직이 없다면 포주 따위가 연장을 들고 습격했을 리는 없다.

"사람 찔러본 적 있나?"

아미는 희수의 느닷없는 질문에 당황한 얼굴이었다.

"저는 연장 같은 거 안 씁니다."

"이런 일은 처음인가?"

아미가 잠시 생각을 하다가 입을 열었다.

"혹시 오늘 제가 찔러야 합니까?"

"아니다. 너는 그냥 가만히 있으면 된다."

알아들었다는 건지 다행이라는 건지 아미가 고개를 끄덕였다.

"그런데 아버지, 월농 포주들이야 그렇다 치더라도 철진이 형님까지 죽일 필요는 없지 않습니까. 이러니저러니해도 철진이 형님은 아버지랑 오랜 친구고 또 우리 엄마하고도 오래 알던 사이 아닙니까. 철진이 형님이 엄마 힘들 때 가게에 도움도 많이 주고, 그리고 제가 감방에 있을 때 면회 와서 영치금도 여러 번 넣어줬습니다."

"니를 감옥 보낸 게 철진인데 영치금 몇 번 넣어준 게 그리 고맙더

나?"

"아버지는 면회 한 번도 안 왔잖아예. 그래도 철진이 형님은 첫해에 두 번 오고 크리스마스 때마다 한 번씩 다섯 번이나 왔어예."

"미안하네. 크리스마스에 면회 못 가서."

"그런 게 아니라, 하는 짓이 좀 얄밉긴 해도 철진이 형님이 심성은 참 착한 사람입니다. 살다보면 서로 맺히고 섭섭한 게 왜 없겠습니까. 그런 걸 일일이 타박하고 살면 매일매일 칼부림 안 나겠습니까. 그러니까 이번엔 아버지가 너그러이 용서해주이소."

희수가 아미를 쳐다봤다. 싸움에선 그토록 용맹무쌍하던 아미가 칼로 사람을 죽이는 일에는 두려움이 가득한 얼굴이었다. 스무 살엔 희수도 아미 같았다. 감정에 수분이 가득해서 무엇이든 쉽게 끓어올랐다. 뭐든 지금보다 더 슬펐고 더 분했고 더 불쌍했고 더 그리웠다. 그 뜨거운 것들이 전부 어디로 가버렸는지 알 수 없었다.

"철진이한테 섭섭한 거 없다. 이제 섭섭하다고 누굴 찌를 나이도 아니고." 희수가 담담하게 말했다.

희수는 문을 열고 오두막 안으로 들어갔다. 호중은 피투성이가 된 채 기절해 있었고 철진은 초점 잃은 눈동자로 모퉁이 기둥에 묶여 있었다. 석기가 기절한 호중의 머리에 대고 쓸데없이 뭔가를 떠들어대고 있었다. 호중의 얼굴은 찢어지고 퉁퉁 부어서 누구인지 분간조차 못할 지경이었다. 호중과는 하는 사업도 달랐고 일하는 구역도 달랐다. 서로 엮일 일이 없는데도 이놈과는 이상하게 오랜 세월 동안 이런저런 악연으로 자꾸 엮였다. 열일곱 살의 인숙이 완월동에 들어갔을 때 처음 일했던 곳의 업주가 호중이었다. 호중은 술자리에서 인숙의 잠자리 기술에 대해 떠들어대기 좋아했고, 아무것도 모르는 어린애를 자기가 하나부터 열까지 가르쳐서 완월동 최고의 냄비로 만들었다고 자랑질을 하고 다녔다. 인숙이 사창가를 떠나서 술집을 차렸을 때, 이제 아무런 이해관계가 없는데도 호중은 마치 기둥서방이라도 되는 양 계속 인숙의 주위에서 질척거렸다. 쉴새없이 나불거리는 지저분한 혓바닥과 그 뺀질거리는 면상이 짜증나는 놈이었다. 볼 때마다 패주고 싶은 놈이었지만 죽이고 싶다는 생각이 든 적은 한 번도 없었다. 그것은 지금도 마찬가지였다. 이놈은 그저 얍삽하고 허약하고 뻔뻔한 양아치 새끼에 불과했다. 그리고 그런 놈들은 뒷골목에 넘치고 넘쳤다.

"깨워라." 희수가 석기를 향해 말했다.

석기가 물 양동이를 들고 오더니 호중의 머리에 부었다. 호중이 눈을 뜨자 석기가 다짜고짜 주먹으로 호중의 얼굴을 때렸다. 미처 대비를 못했는지 석기의 주먹을 맞고 호중의 이 몇 개가 부러졌다. 잇몸에서 이가 후드득 부러져나가는 소리가 선명하게 들렸다. 때리다 이에 부딪혀서 찢어졌는지 석기의 주먹에서도 피가 흘러내렸다. 지난번 호중의 습격으로 아미의 애들이 여섯 명이나 심하게 다쳤다. 그리고 병원에서 치료를 받던 애들 중 한 명은 양동 대신 구속되었다. 아미네 아이들이 호중에게 맺힌 게 많을 것이다. 하지만 그냥 죽이건 몇 대 더 패서 죽이건 달라지는 건 아무것도 없다. 기분이 풀리지도 않고 분노가 사라지지도 않는다. 석기는 분노에 차 있었고 호중을 신나게 팬다고 해서 분노가 사라지진 않는다는 걸 모르는 것 같았다. 분노는 사라지지 않고 오히려 차오른다. 점점 차오르고 점점 더 차오른다. 석기는 호중의 턱을 왼손으로 단단히 움켜잡고 오른 주먹으로 일격을 가하려 했다. 석기가 움찔거리자 놀란 호중도 덩달아 몸을 움찔거렸다.

희수가 이제 그만하라는 듯 석기의 팔을 잡았다. 석기가 뭔가 아쉬운지 미적거리며 뒤로 물러섰다.

희수가 호중의 앞에 쭈그리고 앉았다. 호중이 목구멍에 끓어오른 가래침을 바닥에 뱉었다. 부러진 이 두 개가 핏덩어리에 섞여 마룻바닥으로 떨어졌다. 반대쪽 기둥에는 철진이 손을 뒤로 묶인 채 희수를 노려봤다. 철진은 겁먹은 얼굴이 아니었다. 철진은 희수가 자신을 이렇게 취급하는 것에 대해 자존심이 상한 것 같은 표정이었다. 그것은 일이 어찌됐건 자신을 감히 어쩌지는 못할 거라는 자신만만한 얼굴이었고, 그 자신만만함 때문에 불쾌함이 가득한 얼굴이었다. 희수가 철진에게서 시선을 거두고 다시 호중을 쳐다봤다.

"배 타고 온 거 보니까 밤섬인 거 같은데 겁주려고 여기 데리고 온 거가, 아님 진짜 죽이려고 데리고 온 거가?" 호중이 물었다.

주먹으로 맞아 부풀어오른 광대뼈가 호중이 말을 할 때마다 움찔거렸다. 그것은 서커스 피에로 분장처럼 우스꽝스러워 보였다. 호중이 묶여 있는 쪽 나무 바닥에는 피가 튀지 않게 하려고 그랬는지 넓은 비닐이 깔려 있었다. 귀찮은 걸 몹시 싫어하는 대영이 깔았을 것이다. 나무 바닥에 묻은 피를 닦아내는 것처럼 귀찮은 일은 없으니까.

"겁이나 주려고 여기까지 올 만큼 나 한가한 사람 아니다." 희수가 담담하게 말했다.

희수의 담담한 말투 때문인지 호중의 눈동자가 심하게 흔들렸다. 정말 죽일 것인지 아님 겁만 주려는 것인지 재빨리 머리를 굴려봤지만 어느 쪽이 정답인지 쉽게 감을 못 잡는 것 같았다. 탁자 위에는 신문지에 돌돌 말린 회칼이 두 개 있었다. 희수가 그중 하나를 들어 천천히 신문지를 풀고는 형광등에 칼날을 비춰봤다. 달자가 날을 잘 세워서인지 칼날이 섬뜩했다. 갈팡질팡하던 호중의 동공이 갑자기 커졌다.

"희, 희수야, 이럴 필요까지는 없다 아이가. 내가 쪼매 잘못한 일도 있지만, 우리 구역을 먼저 치고 들어온 아미 저 새끼 잘못도 크다. 멀쩡한 남의 밥그릇에 손대는데 가만히 보고만 있을 놈이 어딨노? 아무리 똥개라도 홈그라운드 지키는 건 죄 아니다." 호중이 다급하게 말했다.

호중의 말도 일리가 있다는 듯 희수가 고개를 끄덕였다.

"똥개가 홈그라운드 지키는 건 죄 아니지." 희수가 호중의 말을 따라했다.

호중이 반색하며 고개를 끄덕였다.

"희수 니도 그리 생각하제?"

"그런데 오늘은 상황이 좀 그렇다. 니가 이해해라."

희수의 말에 호중의 눈동자가 갈피를 못 잡고 흔들렸다.

"아! 니 인숙이 때문에 나한테 이러는 거가? 내가 뒤에서 인숙이 시발년이라고 욕하고 다녀서? 그거 사람들이 자꾸 물어봐서 내가 그냥 별생각 없이 대답한 거다. 인숙이 그년이 우리 업소에서 일 시작한 게 내 잘못은 아니다 아이가?"

"그것도 니 잘못은 아니지."

희수가 호중의 머리카락을 움켜쥐고 머리를 뒤로 젖혔다. 호중이 희수의 눈을 쳐다봤다. 호중의 급박한 얼굴에 불안이 가득했다.

"희수야, 목숨만 살리도. 내 잘못했다. 그리고 그동안 내가 인숙이 못살게 굴고 괴롭힌 건 미안하다. 그런데 그건 니가 생각하는 그런 거 아니다."

"내가 생각하는 게 뭔데?"

"나는 인숙이를 사랑했다. 인숙이가 너무 도도하게 굴어서 내가 더 그란 거다. 남자가 사랑하다보면 그럴 수 있다 아이가? 사랑한 게 그리 죄가?"

난데없이 호중이 사랑타령을 늘어놨다. 눈앞에서 아른거리는 시퍼런 칼날 때문인지 아님 자신의 억울하고 가여운 짝사랑 때문인지 머리채를 붙잡혀 목이 꺾인 호중의 눈에서 눈물이 흘러내렸다.

"맞다. 사랑은 죄 아니다. 그러고 보니 니는 죄가 하나도 없네." 희수가 힘없이 말했다.

희수가 숨을 깊게 쉬고는 호중의 목에 칼을 갖다댔다. 한여름인데도 호중의 몸이 격렬하게 떨렸다. 아미와 석기가 긴장한 듯 희수의 손을 쳐다보았다. 희수가 잠시 숨을 고른 후 호중의 목에 깊숙이 칼날을 박아넣고 옆으로 천천히 그었다. 칼날에 베인 근육이 벌어지면서 울컥 피가 쏟아져나왔다. 비닐 위로 떨어지는 호중의 핏덩이가 선명했다. 아미와 석기, 그리고 기둥에 묶인 철진은 호중이 컥컥거리다가 고개를 떨구는 모습을 멍한 얼굴로 쳐다보았다. 희수가 자리에서 일어나 탁자 위에 있던 수건으로 칼날과 손잡이에 묻은 지문과 피를 닦아내고 호중의 시체 옆에 툭 던졌다.

"대영이 들어오라고 해라." 희수가 말했다.

아미와 석기가 무슨 뜻인지 갈피를 못 잡는 건지 서로의 얼굴을 보며 두리번거렸다.

"나가서 대영이 불러오라고."

희수가 다시 말하자 그제야 아미와 석기가 오두막 밖으로 허둥대며 나갔다. 희수는 탁자 위에서 신문지에 싸놓은 다른 회칼을 꺼내들고는 철진을 쳐다봤다. 이제 철진에게서 조금 전에 보이던 여유로움과 불쾌한 표정은 찾아볼 수 없었다. 희수가 주머니에서 담배를 하나 꺼내 철진에게 내밀었다. 철진이 멍한 얼굴로 담배를 받았다. 희수가 철진의 담배에 불을 붙였다. 철진이 피투성이인 이로 담배를 질끈 물고 빨아댔다. 희수는 나무의자에 걸터앉은 다음 자신의 담배에도 불을 붙이고 연기를 길게 뿜어냈다. 오두막의 컴컴한 나무 벽 사이에 구멍이 있는지 담배 연기가 굴뚝으로 빨려올라가듯 급박하게 올라갔다.

"아따, 담배 맛나네. 죽이기 전에 저 새끼한테 담배 한 대 준다는 걸. 내가 깜빡했다." 희수가 애써 태연한 척 말했다.

철진은 입에 담배를 물고 고개를 푹 숙인 채 쓰러져 있는 호중의 시체를 쳐다보았다. 공포가 밀려오는지 철진의 몸이 심하게 떨렸다. 한동안 희수와 철진은 묵묵히 담배만 피웠다. 희수는 아무 생각도 떠오르지 않았고 철진은 고개를 숙인 채 잠시 뭔가를 생각하는 듯했다.

"어쩌려고 이러노?" 철진이 물었다.

"보면 모르나? 느그랑 전쟁하고 있잖아."

"희수야, 너 이러면 죽는다."

"천달호에게 죽거나 홍사채에게 죽거나 매한가지다. 어차피 나도 갈 곳이 없다."

희수가 담배꽁초를 바닥에 집어던졌다. 그리고 탁자에 놓인 칼을 들고 일어났다. 철진의 동공이 심하게 흔들렸다.

"내 원망하지 마라. 너 살려보려고 했는데 영감님이 안 된다더라. 자존심 같은 거 아예 없는 사람인 줄 알았는데 이번엔 손영감도 발끈하더라. 그동안 영도에 맺힌 것도 많고, 솔직히 이번 일은 너희가 좀 심했지."

희수가 한 걸음 걸어가자 철진이 몸을 움찔했다.

"이건 니가 생각하는 그런 싸움 아니다."

"안다. 이건 그냥 개싸움이지."

희수가 한 걸음 더 걸어갔다.

"이 씨발, 니 공장이랑 양동이 보드카 따위나 먹으려고 벌인 싸움이 아니라고." 철진이 급박하게 소리쳤다.

희수가 동작을 멈추고 철진의 얼굴을 쳐다봤다. 철진이 몸을 후들후들 떨고 있었다.

"뒤에 남가주 회장이 있다. 용강이도 회장이 불렀고, 양동이한테 보드카 공급해주는 재일교포 김사장, 니가 하는 오락기계 공장 기술자 야마 상 전부 남가주 회장이 밀어넣은 사람이다."

이해가 안 된다는 듯 희수가 고개를 갸웃거렸다.

"남가주 회장이 왜?"

"양동이 허파에다 바람을 잔뜩 넣은 거지. 우리처럼 없이 사는 놈들은 갑자기 허파에 바람이 들어가면 이 사달이 나거든. 봐라, 구암 바다가 남가주 회장 생각대로 다 지금 갈팡질팡하고 있다 아이가."

희수가 철진의 앞에 앉았다.

"남가주 회장이 구암 바다를 넘본다고? 사십 년 동안 가만히 있다가 이제 와서?"

"항구가 막혀서 남가주 회장 물건들이 못 들어오고 있다. 북항이 가덕도 신항으로 이전한다고 서울 본청에서 높은 공무원들이 잔뜩 내려왔다. 세관원들이 몸 사린다고 그 동네 라인이 다 막혔다. 앞으로도 힘들 거고."

항구가 막혔다? 희수가 잠시 허공의 한 점을 쳐다봤다. 뭔가 복잡한 생각들이 두서없이 떠올랐지만 날아오른 먼지들처럼 희수는 거기에서 아무런 질서도 찾아낼 수 없었다.

"손영감도 알고 있나?"

"손영감이 모르는 게 어딨노?"

"너는? 다 알고 있으면서 이 지랄이 날 때까지 가만히 지켜봤단 말이가?"

희수의 눈빛에 철진이 무안한 표정을 지었다.

"일이 전부 정리되면 양동이는 몰라도 희수 니한테는 따로 큰 사업 하나 떼주려고 했다. 이건 남가주 회장도 약속한 거다."

문득 남가주 회장은 줄 때 주더라도 일단 다 뺏고 난 다음에 나눠줘야 직성이 풀리는 사람이라는 말이 떠올랐다. 그 생색은 또 어찌 감당할 거냐는 말도.

"천달호는?"

"아직 모른다. 나중에 결국 눈치 까겠지."

"지금 천달호와 남가주 사이에서 양다리 걸치고 있는 거가?"

철진이 몹시 괴롭다는 듯 인상을 찡그렸다.

"남가주 회장 같은 사람이 어깨에 손 없으면서 일 하나 같이 해보자고 하는데 내가 뭔 도리가 있노? 말하면 남가주한테 죽고 말 안 하면 천달호에게 칼 맞을 판이다."

희수가 들고 있는 회칼을 쳐다봤다. 호중과 박가가 죽었다. 이놈을 살려주면 손영감이 자기를 용서해줄까? 가라는 곳으로 가지 않는 장기판의 졸을 용서해줄까? 희수가 탁자에 칼을 꽂고 잠시 후 다시 뽑았다. 그리고 다시 칼을 꽂았다. 철진이 희수의 반복적인 동작을 쳐다보고 있었다. 그때 대영과 석기가 문을 열고 오두막 안으로 들어왔다.

대영이 죽은 호중의 시체를 무심하게 보더니 비닐 모서리를 잡고 딱지를 접듯 하나씩 포갰다. 그리고 다시 큰 비닐을 펼쳐서 시체를 돌돌 말았다.

"희수 형님, 이놈이 분쇄기에 들어갈 놈입니까?" 대영이 물었다.

희수가 누에고치처럼 비닐에 돌돌 말려 있는 호중의 시체를 쳐다봤다.

"아니다. 그놈은 띄울 거다."

못마땅한 듯 대영이 인상을 찡그렸다. 대영이 시체의 다리 쪽을 잡더니 석기를 쳐다봤다.

"뭐하노? 들어라."

석기와 대영이 비닐에 싸인 시체를 들어올렸다. "에이 시팔, 시간도 없는데 할 거면 분쇄기에 들어갈 놈부터 먼저 작업하지. 띄울 놈은 새벽에 처리해도 되는데."

희수더러 들으라는 얘긴지 시체를 들고 나가는 대영이 큰 소리로 구시렁거렸다. 대영의 소리에 철진의 얼굴에 핏기가 가셨다.

"들었제? 시간이 없단다. 니 갈아서 광어밥 주려고 대영이가 분쇄기도 고쳐놨다."

"어쩌면 좋겠노?"

"영양가 있는 이야기 더 해봐라."

철진이 입술을 질끈 깨물었다.

"천달호 조카, 우리가 죽였다."

"양동이 형님이 자기가 직접 찔렀다던데?"

"죽을 만큼 찔린 게 아니어서."

"그래서 너희가 죽을 만큼 다시 찌르고 응급실에 쑤셔넣었나?"

철진이 힘없이 고개를 끄덕였다.

"다른 건?"

더이상 나올 이야기가 없는지 철진이 체념한 얼굴로 한쪽 벽을 쳐다봤다. 철진이 묶여 있는 기둥 밑에 넓은 비닐이 깔려 있었다. 오두막 나무 틈을 뚫고 바람이 들어와서 비닐 끝자락이 계속 펄럭였다. 희수가 탁자에 꽂힌 칼을 뽑고는 칼을 이리저리 돌리다가 다시 탁자에 꽂았다. 그리고 다시 탁자에 꽂힌 칼을 뽑았다. 밖에서 대영이 시위라도 하듯 계속 사료분쇄기의 시동을 걸어댔다. 팬벨트 돌아가는 소리가 유난히 요란했다.

텍사스 홀덤

7호 태풍 로빈이 올라왔다. 희수는 만리장 호텔 이층 식당에서 태풍에 휘몰아치는 바다를 쳐다보고 있었다. 십이 밀리나 되는 강화유리창이 강풍에 휘어질 듯 흔들렸다. 간밤에 잠을 못 자서인지 목구멍이 밤송이를 쑤셔넣은 것처럼 까끌거렸다. 적도 부근에서 이 태풍이 발생했을 때부터 텔레비전 뉴스에선 올해 유난히 뜨거워진 바다 때문에 세력이 어마어마하게 커진 슈퍼 태풍이라고 연일 엄살을 떨어댔다. 그 엄살 덕택인지 1급경계령이 내려진 해변에는 마치 혹한이라도 불어닥친 것처럼 관광객이라고는 한 명도 없었다. 방파제 포장마차 아줌마들만이 비바람 속에서 비닐 장막들을 나일론 줄로 꽁꽁 묶고 밧줄에 무거운 돌멩이를 매달고 있었다. 그래봐야 이 태풍 속에서 별 소용도 없어 보였다. 나일론 줄 따위로 태풍을 막을 수는 없는 노릇이었다. 태풍이 불어닥치면 구암 바다의 무허가 건물들과 조악한 가건물들은 낙엽처럼 날아가고 바스러졌다. 해마다 그런 일이 반복되었지만 이 가난한 사람들에게는 등기도 보험도 없었으므로 모든 것이 날

아가도 어디 마땅히 호소할 곳도 없었다.

해변은 휴업 상태였다. 강풍에 간판들이 날아가고 선착장에 있는 작은 보트들이 뒤집혔다. 파라솔이 펼쳐져서 연처럼 하늘 높이 날아오르기도 했고 하수구에서 넘쳐나온 물에 밀려 자동차가 횟집의 수족관을 들이받기도 했다. 그 비바람 속에서도 생활력 강한 아줌마들 몇 명이 뛰쳐나와 깨진 수족관에서 흘러나온 줄돔들을 바구니에 담아 갔다. 희수는 태풍에 온갖 것들이 날아다니는 풍경을 보면서 차라리 잘된 일이라고 생각하고 있었다. 태풍이라도 불어오지 않았다면 남들이 자루에 돈을 쓸어담고 있는 이 뜨거운 여름에 구암 건달들만 개점휴업을 해야 할 판이었다.

호중과 박가의 시체가 떠올랐다. 호중은 월농동 하수구에서 발견되었고 박가는 자신이 믿었던 밀실에서 발견되었다. 손영감이 홍사채에게 경찰에 자수할 빚쟁이 두 명을 샀다. 홍사채가 넘겼다면 막장까지 떨어진 놈들일 테고 장기를 팔아도 빚을 다 갚을 수 없는 도박쟁이나 마약쟁이일 것이다. 그네들에겐 좋은 기회일지도 모른다. 콩팥과 안구를 떼어내거나 자신의 어린 딸을 사창가에 파는 것보다야 교도소에서 제공되는 균형 잡힌 1식 3찬 식단을 먹으며 몇 년쯤 푹 썩다 나오는 게 훨씬 나은 일일 테니까.

호중과 박가의 시체가 떠오르자 거리에는 삽시간에 냉기가 흘렀다. 모두들 언제 어디서 칼을 맞을지 모르는 상황이므로 영도, 구암, 월농의 모든 유흥가에서 건달들이 사라졌다. 구암의 건달들은 손영감이 새로 만든 밀수 창고에 모여 있었다. 한 번도 쓰지 않은 창고여서 희수도 이런 곳에 뻐꾸기 창고가 있었다는 걸 처음 알았다. 임업도로를 따라 한참이나 올라가야 하는 산중턱에 있어서 누가 오고 나가는지 살펴보기 좋은 곳이었다. 영도와 월농의 애들이 어디에 숨어 있는지는 알 수 없었다. 하지만 곧 알게 될 것이다. 의리는 아무런 돈이 되지 않지만 배신은 큰돈이 되니까. 게다가 지금은 정보의 가격이 상한가를 치고 있는 배신의 적기였고, 언제나처럼 이 바닥에는 푼돈이라도 건지려는 배신자들이 차고 넘쳤다. 그러니 영도나 구암이나 건달들이 숨어 있는 곳을 들키는 것은 시간문제일 것이다.

희수의 오락기계 공장은 가동을 멈췄다. 양동의 주류 업장도 휴업 상태였다. 소문이 얼마나 삽시간에 퍼졌는지 주문이 뚝 끊겼다. 설령 주문이 있다고 하더라도 언제 기습을 당할지 모르는 이 살벌한 시국에 그걸 팔겠다고 트럭을 몰고 배달을 다닐 놈은 없었다. 배달할 기사가 없어서 양동의 주류 창고 마당에는 빈 트럭만 가득했다. 하지만 만리장 호텔은 문을 닫지 않았다. 호텔에 있던 건달들이 다 철수하고 겁에 질린 몇몇 직원이 사표를 냈지만 손영감은 만리장 호텔 문을 계속 열어뒀다. 해방 직후 목조건물로 되어 있던 이 건물을 콘크리트와 벽돌로 개보수했을 때를 제외하고는 만리장 호텔이 문을 닫은 적은 한번도 없었다. 물론 손영감이 별 영광스럽지도 않은 전통을 지키느라 문을 열고 있는 것은 아닐 거라고 희수는 생각했다.

손영감은 만리장에 머물렀다. 평소처럼 출근을 했고 평소처럼 테라스에서 곰탕을 먹었고 평소처럼 자기 방에서 혼자 바둑을 뒀다. 위험하지 않겠냐고 희수가 물었을 때 손영감은 "쳐들어와봐야 의자와 식탁, 그리고 힘없는 늙은이밖에 없는데 위험할 게 뭐 있냐"고 말했다. 손영감은 자기가 안전하다고 생각하는 것 같았다. 설령 천달호가 애들을 보내더라도 자기를 죽이지는 않을 거라는 생각이었다. 구암이 천달호나 남가주를 죽이면 이 싸움을 멈출 수 없듯이 영도가 손영감을 죽이면 이 싸움을 멈출 수가 없으니까. 그리고 천달호는 손영감을 죽일 이유가 없었다. 간단하게 말해 그것은 돈이 되지 않았다. 건달은 등기를 가지고 있는 사람을 죽이지 않는다. 건달들이 우르르 몰려가서 테이블을 부수고 누군가를 칼로 찌른다고 해서 소유권이 자기에게 넘어오는 것은 아니니까. 나이트클럽의 소유권을 빼앗건 운영권을 빼앗건, 등기를 가진 업주는 언제나 살아 있어야 했다. 살아 있어야 협박을 하든 회유를 하든 뭐라도 할 수 있으니까. 그러니 구암 바다 수많은 사업장의 등기가 있는 한 손영감은 천달호에게서 안전할 것이다. 그리고 피서객들로 들끓는 이 여름에, 그것도 해변 한복판에 있는 만리장 호텔로 건달들을 보내는 일도 만만한 일은 아닐 것이다.

싸움이 시작되었다. 어차피 피할 수 없는 싸움이고 달라진 건 없었다. 천달호보다 훨씬 더 능구렁이인 남가주로 메인 선수가 바뀌었을 뿐이다. 처음부터 이 싸움을 알고 있었던 손영감은 희수에게 한마디도 하지 않았다. 솔직히 남가주와 붙어서 이길 자신이 없었다. 이 싸움이 계속된다면 희수는 영도의 제거 목록 일순위에 오를 것이다. 희수는 등기도 없고, 구암의 건달들을 움직이는 실질적인 총책이다. 여전히 혹은 또다시 손영감의 하수인이니까. 손영감을 휘청거리게 하려면 자신을 죽이는 게 가장 좋은 방법일 거라고 희수는 생각했다. 이제 희수는 그 어느 때보다 위험해졌지만 손영감은 늘 그래왔던 것처럼 안전했다. 그 생각을 하자 희수는 손영감이 몹시 얄미웠다.

호텔 입구로 단가의 차가 급히 들어서고 있었다. 연식이 오래된 단가의 차 머플러에서 검은 매연이 심하게 나왔다. 단가는 텅 비어 있는 호텔 입구에 아무렇게나 차를 대고 허둥대며 차에서 내렸다. 잠시 후 단가가 헐레벌떡 이층 식당으로 들어왔다.

"빨리도 온다, 이 중요한 날에." 희수가 핀잔을 줬다.

"공무원 새끼들이 어찌나 겁이 많고 굼뜬지 지금 이 시간에 온 것만 해도 거의 기적이다."

약속 시간보다 한 시간이나 늦게 온 게 미안한지 단가가 엄살을 떨어댔다.

"회의록은 가져왔나?"

단가가 가방에서 두툼한 서류 한 묶음을 꺼냈다.

"가져오긴 가져왔는데 이런 서류가 대체 왜 필요한데? 이거 빼내오느라 아주 식겁했다."

희수가 서류를 빼앗다시피 해서 급히 몇 장을 읽었다. 대부분 쓸데없는 말들이었고 또 이해할 수 없는 전문용어들이었다. 하지만 회의의 주된 내용은 부산항을 가덕도 앞으로 이전하는 신항만 건설 안건과 오래되고 협소한 북항을 재개발하겠다는 안건이었다. 이십조원이라는 천문학적인 돈이 들어가는 대공사였다. 희수가 서류를 꼼꼼히 살피다가 머리가 아픈지 서류를 접었다.

"이게 대체 뭔 말이고?"

"나도 뭔 말인지 잘 모른다. 새 정부가 들어서서 여러 가지 국책사업을 벌이는데 그중에 하나가 부산에 새로 항구를 더 만드는 거라 카대?"

"난데없이 왜 새 항구고?"

"최근에 컨테이너 물량도 많아지고 배들도 덩치가 엄청 커졌는데 부산항은 일제 시절에 만든 거라서 협소하다 아이가. 컨테이너 적재할 공간도 부족하고, 화물 트럭이 복잡한 시내를 통과해야 하니까 시민들도 불편하고. 요즘 배들은 덩치가 축구장 서너 배만하거든. 북항에는 그래 큰 배가 못 들어온다."

"그래서 어디다 새로 짓는데?"

"저기 명지 넘어가면 가덕도라는 섬이 있는데 거기랑 육지랑 매립해서 짓는다더라."

"이거 통과된 거가?"

"아직 결정이 완전히 난 건 아닌데 거의 통과되는 쪽으로 가덕을 잡아간다고 하대."

여전히 이해가 안 된다는 듯 희수가 고개를 갸웃거렸다. 섬과 육지를 매립해서 새 항구를 지으려면 오늘 당장 시작해도 십 년은 넘게 걸릴 일이었다.

"세관이나 부산항에 별다른 사항은 없고?"

"항구 이전이 장난이 아니잖아. 중앙청에서 높은 사람들이 많이 내려와서 세관원들이 몸을 좀 사리는갑데."

"영도가 북항에서 물건 빼내오제? 주로 뭐가 들어오노?"

"개네들은 금괴도 밀수하고, 마약도 밀수하고, 엑스레이나 엠아르아이 같은 고가 의료기기까지 돈 될 만한 건 다 밀수한다. 만날 중국산 참깨나 고춧가루 같은 거 들여오는 우리 좁쌀영감님하고는 규모자체가 비교가 안 되지."

"그럼 지금 영도 쪽 항구는 막혔겠네?"

"나도 그것까지는 모르지. 영도 애들이 물건 들어오는 루트는 회장님 며느리도 모른다."

희수가 고개를 끄덕였다. 영도가 쓰는 항구가 막혔다면 이만저만한 일이 아닐 것이다. 천달호의 주 수입원은 파친코, 나이트클럽, 사창가 같은 곳이었지만 남가주 회장의 주 수입원은 북항 밀수였다. 남가주 회장은 오래전부터 일본 야쿠자들, 러시아 마피아들과 거래를 해왔다. 밀수는 나이트클럽 같은 것과는 비교도 안 될 만큼 어마어마한 돈이 되었다. 열 번 중에 한 건만 제대로 터뜨려도 남는 장사라는 말이 있을 정도였다. 북항의 루트가 막혔다면 남가주 회장의 사업 전체가 막혔다는 것이다. 흩어졌던 퍼즐 조각들이 정확히 자리를 잡았다. 남가주는 구암의 항구가 필요하다. 구암의 항구는 북항의 보조항에 불과한 작은 항구지만 남가주가 컨테이너 몇 개 몰래 들여오는 데는 아무 문제가 없을 것이다. 하지만 손영감은 다른 건 몰라도 항구만은 빌려줄 사람이 아니다. 그건 너무나 확실해서 남가주는 손영감을 떠보지도 않았을 것이다. 남가주가 구암 바다에 용강 같은 똥병을 풀어놓고, 양동에게 보드카 밀수업자와 성인오락실 기술자를 붙여 허파에 바람을 잔뜩 집어넣는다. 그러자 이 가난한 구암 건달들 모두가 덩달아 허둥대기 시작한다. 그중에는 슬프게도 희수도 끼어 있었다.

영도와 구암이 서로 으르렁대고 있다는 것만으로도 남가주의 전략은 충분히 성공적이었다. 손영감이 그걸 몰랐을까? 설마, 손영감은 방구석에서 혼자 바둑만 두면서도 이 거리에서 일어나는 일에 관해서는 모르는 게 없는 사람이다. 그러니 손영감은 모든 걸 알고 있었을 것이다. 허파에 바람이 든 양동의 사업이 어디서 시작되었는지, 그걸 따라간 희수가 결국 어떻게 될지 뻔히 알고 있었던 거다. 거리에서 애들이 칼에 맞아 죽어나가고 있는데, 알면서 모르는 척 입을 꾹 다물고 있는 거다.

희수는 멍하니 창밖을 바라봤다. 그때 단가가 기다리다 짜증이 났는지 헛기침을 했다. 희수가 할말이라도 남았냐는 듯 단가를 쳐다봤다.

"왜?"

"왜라니? 돈 줘야지."

"뭔 돈?"

"이 서류 빼내는 데 오백만원 들었다."

"지랄하고 자빠졌네. 이딴 종이 쪼가리에 무슨 오백이고."

"이거 국가 기밀 서류라니까. 이 정보 새나가봐라. 가덕도 앞 땅값이 들썩할 거 아이가. 공무원 새끼들이 절대 안 해준다는 거 내가 어르고 달래서 겨우 빼낸 거다. 거짓말 하나도 안 보태고 공무원한테 처멕인 돈만 딱 오백만원이다."

희수가 지갑을 열었다. 주머니에 백만원짜리 수표 세 장이 있었다. 희수가 수표 세 장을 건네려다가 두 장만 꺼내 단가에게 내밀었다. 단가가 수표를 받지 않고 버텼다.

"요즘 상황 알잖아. 형이 진짜 힘들어서 그래."

단가가 눈을 세모꼴로 하고 못마땅하다는 표정으로 희수를 째려봤다. 그러더니 할 수 없다는 듯 희수 손에 있는 수표를 받아 지갑에 넣었다.

"좀 풀리나 싶더니 금세 도루묵이네. 형 인생은 우째 그리 만날 힘드노."

"그러게. 만날 힘드네." 희수가 힘없이 말했다.

단가가 안주머니에서 담배를 꺼내더니 희수에게 담배 한 개비를 내밀고 자기도 입에 물었다. 단가가 희수의 담배에 불을 붙여줬다.

"형님은 우짤 기고?"

"뭘 어째?"

"곧 뭐가 터져도 터질 것 같은데 줄 잘 서야지. 건달은 줄 아이가?"

"지금 줄 서 있잖아."

"서류 대충 살펴보니까, 손영감이랑 남가주 회장이랑 전쟁 붙는 모양새인데, 손영감이 남가주 회장한테 되겠나? 남가주는 천달호나 월농 포주들하고는 차원이 다른 사람이다. 솔직히 손영감이야 아버지 잘 만나가지고 저 자리에 공짜로 앉아 있는 사람 아니가. 남가주는 만주에서 혈혈단신으로 피난 내려와서 생선 비린내 나는 자갈치시장 밑바닥에서 저 자리까지 올라간 사람이다. 이게 싸움이 될 리가 없지."

눈치 빠른 단가는 벌써 상황을 다 파악한 것 같았다. 단가의 말이 맞을 것이다. 천달호라면 어찌 해볼 도리라도 있는데 남가주라면 힘들 것이다.

"우짜꼬? 지금이라도 줄 바꿀까?"

"바꿀 수 있으면 바꿔야지. 목숨줄이 왔다갔다하는 판국인데. 그리고 남가주 회장이 희수 형님은 이뻐한다 아이가. 내 같은 놈이야 육년 근 홍삼을 싸바리로 갖다 바쳐봐야 거들떠도 안 보겠지만."

"줄 바꾸기 전에 손영감한테 칼 맞는 수가 있다. 그 영감탱이 말랑말랑한 척하지만 굉장히 잔인한 사람이다."

"그래도 뭐라도 해야지. 마냥 손놓고 있다가 그냥 죽을 순 없다 아이가?"

희수가 단가의 얼굴을 찬찬히 쳐다봤다.

"단가야, 내 말 잘 들어라. 이 태풍 지나갈 때까지 니는 아무 짓도 하지 마라. 이번엔 진짜 한 발만 삐끗해도 그냥 죽는다."

"지금 식칼이랑 도끼랑 막 날아다니는 이 위험천만한 시국에 아무 짓도 하지 말고 가만있으라고?"

"웅, 고마 딱 가만히 있어라."

"니기미 씨팔, 이제 겨우 달걀 키워서 켄터키 프라이드 함 먹어보나 했더니만. 앞에서는 호랑이가 지키고 뒤에서는 똥개 새끼까지 똥구멍을 물어대네."

단가가 담배를 집어던졌다.

"갈란다."

"안가로 바로 들어가라. 쓸데없이 돌아다니지 말고."

"나는 거기 갑갑해서 싫던데. 시커먼 남자들끼리 모여앉아가지고 만날 사발면만 처먹어대고. 형님은 안 들어가나?"

"나는 오늘 영감님이랑 일 하나 볼 게 있다."

"형님도 빨랑 들어가라. 여기 위험하다. 병력도 없는데 형님 혼자 여기서 얼쩡거리고 있으면 우짜노."

"오늘은 괜찮을 거다."

적어도 오늘은 아무 일도 없을 것이다. 저녁에 남가주 회장과 천달호가 만리장에 올 것이다. 손영감이 예상한 대로 남가주 회장이 자기는 이 싸움에 아무 관련이 없다는 듯 중재를 제의해왔다. 이 소모적인 싸움을 끝내고 감정적인 문제와 사업상의 계산을 정리하기 위한 자리였다. 조직폭력배들 사이에서 전쟁이란 마치 핵폭탄 같은 것이었다. 그것은 실제로 터지지 않는다. 핵폭탄은 단지 테이블 위에서 협상 카드로만 쓰인다. 핵폭탄의 위력은 공포와 위기감이지 실제 화력이 아니다. 정말로 구암이랑 영도 사이에서 전쟁이 터진다면, 그래서 테이블 밖에서 진짜로 핵폭탄이 터진다면 승자도 패자도 없이 그냥 모두 다 죽는 것이었다. 노인들은 그것을 정확히 알고 있었다.

초장동 호중이 죽었고 월농 박가도 죽었다. 나머지 월농 포주들은 움직이지 않을 것이다. 태어날 때부터 신의나 의리 같은 개념은 애당초 두뇌에 박혀 있지 않은 월농 포주들이 이 소모적인 싸움에 끼어들리는 없었다. 그러니 이제 영도가 움직일 수 있는 것은 본가 병력과 달호과 애들뿐이었다. 영도의 본가 건달들은 이제 구암 건달들처럼 늙어빠졌고 천달호의 아이들은 노태우가 범죄와의 전쟁을 할 때 우르르 잡혀들어가서 반이나 감옥에 있었다. 남가주 회장에게서 기어나온 수많은 조직이 있지만 다들 제 살길이 바빴다. 좋은 시절에만 형님 동생이지 한 다리 건넌 싸움에 괜히 끼어들었다가 조직이 통째로 날아갈 수도 있었다. 지난 시절 많은 조직이 그렇게 공중분해되었다. 그러니 "좆도 아닌 구암 새끼들이 감히 영도와 전쟁을 다 벌이네, 세상 참" 하고 씨부려대면서 술을 마실 수는 있겠지만 단지 그뿐이었다.

그러나 구암에는 그 어느 때보다 병력이 많았다. 몇 명이 다쳤지만 아미네 패거리의 핵심 멤버들도 건재하고, 양동의 주류 아이들과 희수의 사무실 병력과 만리장 호텔 건달들, 손영감이 오래도록 두고 쓰던 달자 같은 구암의 늙은 칼잡이들도 있었다. 싸움에는 별 도움이 안 되겠지만 도다리와 정배가 데리고 다니는 애들도 인원은 많았다. 그리고 사이가 소원해진 탕과 화해를 한다면 베트남 애들도 쓸 수 있었다.

게다가 어제 저녁에는 경찰이 들이닥쳐서 천달호의 불법 사업장 세 곳을 덮쳤다. 가뜩이나 병력이 부족한데 부장급 조직원이 세 명이나 잡혀갔다. 무서워서 못하겠다는 구반장에게 돈을 일억이나 처바르며 어르고 달래서 겨우 맞춘 일이었다. 오래 잡아둘 수는 없겠지만 이 여름 동안은 유치장에 가둬놓을 수 있을 것이다. 이제 영도가 움직일 수 있는 병력은 거의 없었다. 천달호가 이름값을 들먹이며 허세를 부릴 순 있겠지만 그 카드가 텅 비어 있다는 것을 손영감도 알고 남가주도 알았다. 당연히 노회한 남가주 회장이 이 상황에서 전면전을 벌이지는 않을 것이다. 이제 오늘밤 손영감과 남가주 회장이 합의만 하면 당분간 휴전이었다. 승기를 잡았다고는 말할 수 없지만 영도를 상대로 이 정도만 해도 어디인가.

하지만 희수의 마음 한구석에선 계속 불안이 스멀거렸다. 남가주가 이제 와서 "아이쿠, 이거 죄송했습니다" 하고 물러날 사람인가? 남가주 회장이 무슨 카드를 쥐고 있는지 희수는 궁금했다. 그리고 너구리같이 음흉한 손영감의 속내도 몹시 궁금했다. 하지만 그 둘의 속내는 도무지 짐작조차 할 수 없었다. 애당초 이 싸움은 월농 보드카 상권을 차지하려던 호중과 아미의 싸움도, 양동과 월농 포주들의 싸움도 아니었다. 오락기계 공장을 놓고 천달호와 희수가 벌이는 싸움도 아니었다. 이것은 남가주 회장과 손영감이 항구를 놓고 벌이는 왕들의 체스게임 같은 것이었다. 양동이든 희수든 철진이든 천달호든 나머지 것들은 왕이 제멋대로 써먹다가 버리는 졸들에 불과했다. 그리고 희수는 그 장기판 위에 멋도 모르고 올라갔다가 졸지에 날벼락을 맞고 있는 것이다. 입버릇처럼 손영감은 말하곤 했다. "그래봐야 그게 얼마나 되노? 고작 달팽이의 뿔 위에서 내 뿔이 낫네 니 뿔이 낫네 아웅다웅하는 거다." 쓸데없는 자존심 싸움이나 잡스러운 이익다툼에서 한걸음 물러서야 할 때 손영감은 달팽이 뿔 이야기를 하면서 도망을 가곤 했다. 마치 달팽이의 그 작은 뿔 한쪽을 지키려고 혼자 목숨 걸고 지랄 발광을 하고 있는 참담한 기분이었다.

오후 내내 희수는 호텔방에 처박혀 있었다. 무슨 생각을 하는지 손영감도 방에 처박혀 나오지 않았고 희수도 굳이 손영감을 찾지 않았다. 양동과 이번 합의에 대해 무엇을 양보하고 무엇을 얻어낼 건지 상의를 하지도 않았다. 희수는 모든 것에 침묵하고 있었다. 양동에게 보드카와 오락실 사업이 남가주 회장이 깔아놓은 미끼라고 말하지도 않았고, 손영감에게 항구에 대한 정보를 말해주지도 따지지도 않았다. 남가주도, 손영감도, 천달호도, 양동도 모두 제각각 다른 욕심과 다른 카드를 쥐고 있었다. 이 바닥에서 희수가 알게 된 진리는 오래 살아남은 건달은 입이 무겁다는 것이었다. 입을 다무는 자만이 살아남는다. 그리고 지금은 그 어느 때보다 입을 꾹 처닫고 있을 때였다.

오후 여섯시가 되었을 때 희수는 호텔 레스토랑으로 내려갔다. 레스토랑은 식사 준비로 한창이었다. 희수가 주임을 불렀다.
"식사는 몇 명분 준비되었노?"
"정식 코스는 넉넉하게 이십 인분입니다. 더 준비합니까?"
"아니다. 결혼식 치를 것도 아니고 이십 인분이면 충분하다."
이십 인분이면 충분할 것이다. 중재를 위해 온천장에서 늙은 고문이 오고, 남가주 회장, 천달호, 황, 양동, 월농 포주들 한두 명, 그리고 손영감과 희수가 전부일 것이다. 나머지 운전기사나 보디가드들은 신경쓸 것 없었다. 희수는 주방에 들어갔다. 요리사들이 요리 준비에 한창이었다. 희수가 주방장 곁으로 걸어갔다.
"음식 괜찮습니까?"
"여름이라 생선이 시원치 않네. 고기류는 괜찮은데."
"그럼 고기 중심으로 가고 생선은 사이드로 넣지요."
그럼 되겠다는 듯 주방장이 고개를 끄덕였다.
일곱시가 되자 주차장에 차들이 몰려오기 시작했다. 손영감이 젊은 시절부터 존경해왔다는 온천장의 늙은 고문이 제일 먼저 도착했고 그

다음에 양동, 그리고 월농 포주 두 명도 왔다. 온천장 고문은 사실 아무런 힘도 없었다. 건달들 사이에서 널리 존경을 받아왔고 남가주 회장도 온천장 고문만큼은 깍듯하게 모신다는 말이 있었지만 사실 존경은 개뿔이고 합의의 증거를 남기기 위해 손영감이 데리고 온 들러리일 것이다. 온천장 고문에게는 조직도 없고 그가 따로 하고 있는 사업도 없었다. 그저 건달 세계에서 나이를 많이 먹었다는 이유로 이런저런 결혼식이나 회갑연에 얼굴마담처럼 불려다니고, 이런 중재 자리에서 자리를 지키는 게 다였다.

테이블에 앉은 사람은 여섯 명이었다. 식당 주임이 희수에게 와서 귓속말로 언제 정찬을 시작하느냐고 물었다. 희수가 빈자리 세 개를 가리키며 저 자리에 손님들이 도착하면 시작하라고 조용히 말했다. 아직 영도에서는 한 명도 오지 않았다. 남가주, 천달호, 황이 도착하면 회의가 시작될 것이다. 잔뜩 긴장한 웨이트리스가 빈 물잔마다 물을 따라주고 있었다.

테이블 중간에는 자기 지팡이도 제대로 못 드는 온천장 고문이 앉았고 왼쪽에 손영감, 양동, 희수가 앉았다. 오른쪽의 남가주, 천달호, 황의 자리는 비어 있었다. 말석에 앉은 월농 포주 두 명이 혹시 무슨 일이 일어나는 게 아닌가 싶어 눈치를 보고 있었다. 온천장 고문은 오늘따라 유난히 기분이 좋아 보였다. 이런 중요한 중재를 자기에게 맡긴다는 것에 대해 자부심이 가득한 얼굴이었다. 손영감은 조금 피곤해 보였지만 평소와 다를 바 없었다. 온천장 고문이 몸에 좋은 약초 이야기, 골프 이야기, 테니스 이야기, 낚시 이야기 따위를 한 시간이나 떠들어댔다. 주로 온천장 고문이 씨부리고 손영감이 맞장구를 쳐주는 형식이었다. 양동과 희수는 아무 말도 없이 자리에 앉아 있었다.

월농 포주 신가는 시종일관 지포 라이터를 손끝으로 조금씩 돌리며 담배만 피워대다 이따금 고개를 들어 못마땅한 얼굴로 사람들을 노려봤다. 월농 포주 이가는 고개를 십 도쯤 기울인 채 마치 매직아이라도 하는 양 탁자 위의 한 점을 흐리멍덩한 눈으로 쳐다보고 있었다. 그 둘은 월농의 권리를 주장하러 나왔다기보다는 호중과 박가가 사라진 월농 바닥에서 뭔가 콩고물이라도 얻어먹으려는 눈치였다.

들어올 때는 금방이라도 쓰러질 것 같던 온천장 고문은 뭐가 그리 신이 났는지 몸에 좋은 약초에 대해 장광설을 늘어놓고 있었다. "그래서 내가 계속 장복하면서 면밀히 연구를 해보니까, 육 년 근이니 십 년 근이니 하는 시원치 않은 인삼보다는 차라리 삼십 년 된 도라지가 낫더란 말이지." 그러자 옆에 있던 손영감이 정말 뜻깊은 정보라도 얻었다는 양 "고문님같이 주도면밀하신 분께서 그토록 오랫동안 연구를 하셨으면 그건 틀림없는 거지요" 하며 맞장구를 쳐줬다. 시곗바늘이 여덟시를 넘어가고 있었다. 주방에서 계속 사람이 나와 식당 주임에게 뭐라 말하고 있었다. 전식으로 준비된 요리는 이제 다 시들시들해졌을 것이다. 시곗바늘이 여덟시 반을 가리키자 안절부절못하고 앉아 있던 양동이 급기야 짜증을 냈다.

"아따, 이 바쁜 시절에 뭐하고 자빠진 겁니까? 도라지 이야기나 하시려고 사람 불렀습니까?"

순간 화기애애하던 고문과 손영감의 웃음소리가 멈췄다. 월농 포주 신가가 양동을 아주 같잖다는 표정으로 쳐다봤다. 중간에 앉아 도라지 예찬론을 펼치던 온천장 고문이 양동을 향해 고개를 조금 내밀었다.

"저 성질 급한 놈은 누고? 희수는 알겠는데 저놈은 난 처음 본다." 온천장 고문이 물었다.

손영감이 웃으며 온천장 고문의 말을 받았다.

"예전에 한번 봤을 겁니다. 양동이라고 이십 년 전인가 같이 사냥 나가서 고문님이랑 노루고기 먹은 적 있지 않았습니까? 그때 고문님이 잡은 노루 요리한 애가 바로 재입니다."

온천장 고문이 기억이 잘 안 난다는 듯 고개를 갸웃거렸다. 그러다 낡은 형광등에 불이 들어오듯 겨우 생각이 났는지 손가락을 허공으로 치켜세웠다.

"아! 그때 다 죽어가는 노루 뒷다리에 얼굴 걷어차인 벨보이 새끼?"

"네, 금마입니다."

"쯧쯧, 그때나 지금이나 애가 왜 저래 안정감이 없노. 그러니 노루 뒷다리에 면상을 차이고 다니지." 온천장 고문이 고개를 절레절레 흔들다가 다시 손영감 쪽으로 고개를 돌렸다. "그러니까 저런 놈도 삼십 년 묵은 도라지를 폭 달여서 멕이면 하복부가 든든해지면서 성격이 차분해지고 저런 지랄 맞은 성질이 사라진다 이 말이야."

온천장 고문의 말에 다시 손영감이 "네, 네" 하면서 고개를 끄덕였다. 월농 포주 신가가 양동을 보면서 피식 웃음을 터뜨렸다. 양동의 얼굴이 붉으락푸르락했다. 손영감이 퀭한 눈을 두꺼비처럼 몇 번 끔벅이더니 양동을 쳐다보고는 다시 시계를 쳐다봤다.

"고문님, 영도는 늦을 모양입니다. 시장하실 텐데 먼저 식사하시겠습니까?" 손영감이 물었다.

"지금 젊은 애들이 피를 흘리며 죽어가고 있는데 늙은이 식사 한 끼가 뭐 대순가. 그리고 이런 중대사를 의논할 때는 뭐니뭐니해도 함께 식사를 하면서 이야기하는 게 중요하다. 웬수지간이라도 같이 밥

을 먹으면 그 미운 마음이 조금 수그러드는 게 한국 사람들의 특징이
다, 이 말이다." 온천장 고문이 똥폼을 잡으며 근엄하게 말했다.

손영감이 지당한 말씀이라는 듯 머리를 조아렸다. 온천장 고문이
양동과 월농 포주들을 훑어봤다.

"아직 남가주나 천달호가 안 왔지만 불만들이 있으면 먼저 나한테
말해봐라. 남가주랑 천달호 개네들도 내가 말하면 껌뻑 넘어가니까."
온천장 고문이 으스대며 말했다.

그 꼴이 웃긴지 월농 포주 신가가 다시 피식 웃음을 터뜨렸다. 그때
식당 주임이 전화기를 들고 들어왔다.

"영도에서 전화가 왔는데요."

식당 주임이 전화기를 누구에게 줄지 몰라 어정쩡하게 서 있었다.
손영감이 전화를 받으라는 듯 희수에게 손짓을 했다. 희수가 전화를
받았다.

"만리장 희수입니다."

"나 천달호다."

"말씀하십시오."

"남가주 형님이랑 나는 오늘 바빠서 못 간다."

전화기 건너편에서 잠시 정적이 흘렀다.

"그것만 전합니까?"

"손영감에게 전해라. 지금이라도 늦지 않았으니까 납작 엎드리면
목숨은 건질 거라고. 여러 목숨 달린 문제니 식사 맛있게 하시고 생각
잘하시라고 하고."

천달호가 전화를 딸각 끊었다. 식당에 모인 사람들이 일제히 희수
를 쳐다보았다.

"남가주 회장님과 천달호 회장은 오늘 바빠서 못 오신다고 하네요." 희수가 말했다.

"다른 건?" 손영감이 물었다.

월농 포주 신가와 이가가 침을 꿀꺽 삼키며 희수를 쳐다봤다.

"식사들 맛있게 하시라고." 희수가 침착하고 또박또박한 말투로 말했다.

똥병

용강이 감옥에서 나왔다.

못해도 오 년은 감옥에서 썩을 거라고 구반장은 호언장담을 했었다. 하지만 그 난리를 쳐서 쑤셔넣은 지 겨우 넉 달 만에 나왔다. 구반장은 증거물이 부족해서 어쩔 수 없었다고 뒤늦게 발뺌을 했다. 용강이 옥사장을 직접 죽인 것도 아니고, 마약도 양이 너무 적어서 제조업자나 유통업자로 집어넣기에는 역부족이었다는 것이다. 하지만 용강을 오 년쯤 썩힐 만한 증거는 충분했다. 남가주 회장이 뒤에서 힘을 썼음이 틀림없었다.

감옥에서 나온 용강이 제일 먼저 한 일은 배신자 탕을 죽이는 일이었다. 탕의 시체는 아파트 공사장에서 철근 세 개에 몸이 관통된 채 발견되었다. 옥상에서 집어던졌는지 바닥으로 떨어진 탕의 시체는 마치 으깨진 토마토 같았다. 탕 옆에 딱 붙어서 따라다니던 키 작은 사내도 죽었는데 희수는 사내의 이름이 기억나지 않았다. 예전에 이름을 들었고 술자리도 같이 몇 번 했는데 아무리 생각을 해도 기억이 나지 않았다. 탕은 장례식도 없이 시체보관소에 들어갔다. 다행이라고 희수는 생각했다. 설령 장례식이 있었다고 하더라도 찾아가지 못했을 것이다. 옥사장을 죽인 날 희수가 탕에게 전화를 하지 않았다면 탕은 아직도 살아 있었을 것이다. 희수가 탕네 베트남 애들을 거두고 안가에 같이 숨었다면 용강의 보복에 그토록 쉽게 당하지 않았을 것이다. 하지만 희수는 아무것도 하지 않고 탕을 방치했다. 호의라고 생각하고 한 일이 악의가 되는 일은 흔하다. 막상 탕이 죽고 나니 희수는 문득 그것이 호의였는지 스스로도 헷갈렸다. 사실은 아무것도 아닐 것이다. 그것은 호의도 악의도 아닌 그저 살아가는 일일 뿐이라고 희수는 애써 자위했다.

용강이 나오자 흩어졌던 동남아 패거리가 다시 모였다. 탕네 베트남 애들도 다시 용강에게로 돌아갔다. 용강이 사라진 동안 굶주렸던 탓인지 다시 모인 동남아 연합은 마치 승냥이떼 같았다. 탕이 떡반죽이 되어서 죽었으므로 이제 배신할 애들도 없었다. 굶주린 승냥이들은 쉽게 단결한다. 동남아 연합은 이제 거칠 게 없었고 뒤로 물러날 곳도 없었다. 건달들이 사라진 구암 해변을 동남아 패거리가 마치 제집 마당이라도 되는 양 어슬렁거리며 돌아다녔다. 예전에 거리에서 만나면 겁을 먹고 스스로 움츠러들던 애들이 아니었다. 그네들은 이제 어떤 먹이라도 먹어치울 준비가 되었다는 듯 깡마르고 단단한 눈빛을 가지고 있었다.

양동의 심부름을 나갔던 세철이 안가로 돌아오지 않았다. 다음날 아침 세철은 테트라포드가 끝나는 방파제 후미진 공터에서 옆구리에 칼을 여러 방 맞고 목이 졸린 채 발견되었다. 세철은 운전석에 앉아 있었다. 옆구리에서 흘러내린 피 때문에 천으로 된 운전석의 시트가 흠뻑 젖어 있었다. 아마도 세철을 위협해서 한적한 곳까지 운전하게 한 다음 뒷좌석에 앉은 놈이 끈으로 목을 조르고 보조석에 앉은 다른 놈이 세철의 옆구리를 칼로 찔렀을 것이다.

빨래공장도 용강의 패거리에게 습격을 받았다. 손영감이 당분간 문을 닫고 안가로 피신해 있으라고 했는데 푼돈을 챙긴다고 빨래공장에서 버티던 정배가 용강에게 잡혔다. 정배는 밤새 두들겨맞은 후 왼다리 아킬레스건이 끊어진 채 응급실에 실려갔다. 세철은 죽었는데 정배는 살아남았다. 정배가 고작 다리 하나를 잃고 살아남았다면 용강에게 무언가를 팔았을 거라고 희수는 생각했다. 하지만 용강이 찾고 있는 것은 빨래공장에 숨겨놓은 마약 가방일 테고, 그것은 희수가 가지고 있었다. 그렇다면 정배는 용강에게 대체 무얼 팔았을까.

빨래공장에서 용강에게 잡혔던 건달 하나가 돌아왔다. 만신창이가 된 얼굴로 그놈은 용강이 희수에게 전하라고 한 말이 있다고 했다.

"뭐라고 하디?"

"다음 차례는 희수 형님이라고. 보약 같은 거 먹으면서 몸 잘 챙기고 있으라고 합디다."

"보약?"

"네, 보약이라고 했습니다. 고기가 싱싱해야 절단이 잘 된다고 보약 챙겨 먹으면서 건강하게 있으라고."

고기가 싱싱해야 절단이 잘 된다니, 웃기지도 이해가 되지도 않는 용강식 농담에 희수는 콧방귀를 뀌었다. 그리고 다음날 아침 안가로 올라오는 임업도로에서 시체 네 구가 들어 있는 트럭이 발견되었다. 마치 너희들이 거기 숨어 있는 것 다 알고 있다는 양 트럭이 있는 위치는 안가에서 삼백 미터도 되지 않았다. 안가로 식량을 들여오는 트럭이었고 대부분 양동의 주류 아이들이었다. 용강식 농담이 뭔지를 가르쳐주려 한 건지 몇 구는 정말로 팔다리가 절단되어 있었다. 문신이 새겨진 덩치로 똥폼만 잡아봤지 한 번도 시체를 본 적이 없는 젊은 건달들이 정글칼에 잘린 팔다리와 시체 더미 앞에서 파랗게 질렸다. 트럭 짐칸은 시체에서 흘러나온 피로 흥건했다. 트럭 꽁무니에서 흘러나온 핏방울들이 마른 흙더미 위로 뚝뚝 떨어졌다. 여름의 성난 파리들이 썩어가는 시체에 알을 낳으려고 앵앵거리며 날아다녔다. 안가에 모인 건달들은 마치 캄보디아 킬링필드에서나 볼 법한 이 기괴한 광경을 멍청한 얼굴로 쳐다보았다. 모두들 아무 말도 없었다. 희수는 겹겹이 쌓여 있는 시체 더미 바닥에서 익숙한 얼굴을 발견했다. 희수가 트럭으로 걸어가 이마를 덮은 머리카락을 걷어올렸다. 그것은 마나였다. 어떤 비현실이 밀려와서 희수의 눈가에 검은 안개를 만들었다. 건달도 아닌데 대체 이런 놈을 용강은 왜 죽였을까. 아무 생각도, 아무 욕심도 없는 놈을, 그저 호텔 로비에 고무나무나 키우게 해주면 혼자서도 마냥 행복해하는 놈을. 그때 눈꺼풀이 파르르 떨리면서 울컥 눈물이 나왔다. 기울어진 희수의 뺨을 타고 눈물이 흘러내렸다. 벌벌 떨고 있던 젊은 건달들 몇이 희수의 붉은 얼굴을 쳐다보았다. 희수가 손등으로 황급히 눈물을 훔치고 사무실로 들어갔다.

예전에 이곳에는 동물 검역소가 있었다. 동물 검역소가 다른 곳으로 자리를 옮기고는 개 사육장으로 사용되었다. 주로 투견용 개를 키웠는데 이따금은 이곳에서 투견 도박판이 벌어지곤 했다. 야산 여기저기에 싸우다 죽은 개들이 묻혀 있었다. 숲에 어둠이 내리면 스산한 기운이 밀려내려왔다. 늙은 건달들이 모여서 시체를 어떻게 할 건지

논의를 했다. 어쩔 수 없이 여기다 묻어야 한다는 의견과 장례라도 치를 수 있게 유가족에게 돌려줘야 한다는 의견이 팽팽했다. 사람은 용강이 죽였는데 그 시체를 우리가 처리해주냐고, 한솥밥 먹던 식구를 개 사육장에 암매장하냐고 누군가 고래고래 고함을 질렀다. 하지만 이것이 경찰에 들어가면 우리가 한 일도 우리가 할 일도 다 함께 터질 것이다. 지금까지 돈으로 막았던 사건들도, 묻었던 놈들도, 태우고 갈았던 놈들도 다 함께 터질 것이다. 용강이 그걸 모를 놈이 아니었다. 욕지거리와 고함이 날아다니는 설전 끝에 결국 이 개 사육장에 시체를 묻기로 했다. 젊은 건달들이 겁에 질려 있어 경험이 있는 늙은 건달들이 구덩이를 파고 시체를 묻었다.

안가에 모인 건달은 마흔 명이 넘었다. 구암 바다에 있는 건달들 대부분이 모인 셈이었다. 최근 몇 년 동안 이렇게 많은 인원이 모인 적은 없었다. 공터에서 쇠파이프나 회칼을 흔들어대며 이 정도 인원이라면 누구와 붙어도 쉽게 결판을 내지 않겠냐고 건달들은 자신만만하게 떠들어댔다. 하지만 시체 더미가 들어 있는 트럭이 발견되자 그 자신만만하던 모습은 온데간데없어졌다. 젊은 건달들은 목숨이 왔다갔다하는 큰 전쟁을 겪은 적이 없었고, 전쟁을 치러본 적이 있는 건달들은 대부분 늙었다.

젊은 건달 몇이 모여서 오늘밤에 일이 터질 것 같다고 걱정을 했다. 이 사달이 났는데 양동의 성격에 가만히 있겠냐고 오늘밤이라도 연장 챙겨서 용강의 사무실로 쳐들어가지 않겠냐고 수군거렸다. 하지만 양동은 꼼짝도 하지 않았다. 오른팔인 세철이 그렇게 죽고 안가 앞마당으로 네 구의 시체가 실린 트럭이 들어왔지만 양동은 아무 짓도 하지 않았다. 양동은 멍한 얼굴로 그저 하루종일 의자에 앉아 있었다. 양동과 용강은 갑장이었고 건달 생활을 같이 시작했다. 양동은 용강이 어떤 인간인지 누구보다 잘 알았다. 용강은 광물 같은 인간이었다. 연민과 사랑이 없는 것처럼 두려움도 공포도 모르는 인간이었다. 게다가 침착하고 차분했다. 처자식도 없고 애인도 없다. 용강은 거추장스러운 것들을 소유하지 않았다. 담배꽁초처럼 쉽게 버릴 수 있는 것들만 주머니에 넣고 다녔다. 그리고 그 속에는 자기 목숨도 포함되어 있었다. 내일을 생각하지 않는 인간, 잃을 게 없는 인간과는 결코 싸움을 하면 안 된다. 그런 놈과 싸움을 하면 이기든 지든 진창으로 떨어지게 된다. 용강이 그런 놈이었다.

양동의 몸에는 가슴에서 아랫배까지 일자로 이어지는 커다란 칼자국이 있었다. 그것은 용강이 새겨준 것이었다. 포커판에서 단지 자신을 비웃었다는 이유로 용강은 양동을 주먹으로 흠씬 두들겨팬 다음 가슴에서부터 아랫배까지 사십 센티미터나 되는 긴 칼자국을 냈다. 어릴 때 검은 개에게 물린 사람은 평생 검은 개를 두려워하게 된다. 그 검은 개가 양동을 집어삼키고 있는 것 같았다. 오후가 지나고 밤이 올 때까지 양동은 얼빠진 얼굴로 계속 의자에 앉아 있었다.

희수는 마당 벤치에 앉아 담배를 피웠다. 시체를 파묻은 늙은 건달들이 일을 끝냈는지 숲속에서 담배를 피우고 있었다. 어두운 숲속에서 지친 담뱃불 서너 개가 반딧불처럼 반짝거렸다. 그때 양동이 주섬주섬 잠바를 여미며 희수 곁으로 다가왔다. 희수가 양동에게 담배를 내밀었다. 양동이 담배를 받았다. 며칠 사이 살이 쭉 빠져서 담배를 빠는 양동의 볼이 홀쭉했다.

"어쩔 셈이고."

양동이 희수 눈치를 보며 물었다. 마치 자기는 이 일에서 뒤로 빠지고 희수에게 지휘권을 넘긴 것 같은 모습이었다.

"생각중입니다."

"용강이한테 다 들켰는데 안가를 옮겨야 하지 않겠나?"

"이 많은 식구들을 데리고 어디로 옮깁니까? 그리고 옮겨봐야 금방 들킵니다."

"틀림없이 정배가 다 불었을 거다. 정배 그 시발새끼 진즉에 잡아 족쳤어야 했는데."

마치 세철과 다른 건달들의 죽음이 모두 정배 탓이라는 듯 양동이 분노를 터뜨렸다. 양동이 다시 슬금슬금 희수 눈치를 살폈다.

"용강이랑 합의는 안 되겠제?"

"합의요?"

무슨 말 같지도 않은 소리냐는 듯 희수가 피식 웃었다.

"형님이 일전에 지금은 대가리를 쓸 때가 아니라 몸을 쓸 때라면서요? 상대방이 손가락을 자르면 우리는 배를 갈라 창자를 꺼내놓으면 된다고."

"똥병과 싸울 수는 없다 아이가. 똥물 한 판 튀기고 이 나라를 뜰 놈들인데 그런 놈들이랑 어찌 붙는단 말이고. 니 용강이가 어떤 놈인지 모르제? 그 새낀 앞도 없고 뒤도 없는 놈이다. 사람 칼로 찔러서 배 가를 때 보면 그놈한텐 애초에 감정이란 게 없다."

"양동 형님 그 용감무쌍하던 성격은 다 어디 갔습니까? 지금 물러난다고 용강이가 형님을 살려줄 것 같습니까? 지금이야말로 우리가 자기 배를 갈라서 창자를 꺼내놔야 할 땝니다. 그래야 우리가 삽니다."

"용강인 사람 새끼가 아니란 말이다." 양동이 울먹거리며 말했다.

양동은 겁에 잔뜩 질린 얼굴이었다. 이 커다란 오랑우탄이 울먹거리며 무섭다고 징징거리는 모습은 차마 눈뜨고 못 볼 지경이었다. 희수가 측은한 얼굴로 양동을 쳐다봤다. 이 덩치만 커다란 철부지의 용 감무쌍함은 허약함에서 나오는 것이었다. 두려움과 열등감으로 가득 찬 내면에서 오기로 튀어나오는 허세였다. 그것은 호중이나 박가 같은 허접한 월농 포주들에게나 통하는 만용이어서 용강 같은 진짜가 나타나면 바로 꽁지를 내렸다. 이런 유의 인간들을 희수는 너무나 많이 봐왔다. 건달들은 대부분 이런 인간들이니까. 건달들이 등짝에 요란한 용 문신을 새기는 것도, 험상궂은 표정으로 괜히 사람들을 겁주는 것도 사실은 허약함에서 나오는 것이다.

"미안하다, 희수야. 나는 여기까지밖에 못하겠다." 양동이 비굴한 표정으로 말했다.

동이 트기 전에 양동이 도망쳤다. 양동의 밑에 있던 아이들도 양동과 같이 도망을 갔다. 해가 뜨자 남아 있는 건달들이 술렁이기 시작했다. 예전에 희수에게 쟁반으로 얼굴을 얻어맞았던 창수가 머뭇거리며 다가왔다.

"희수 형님."

"내가 왜 니 형님이고? 우린 동갑인데."

"저, 그러니까……"

"말해봐라."

"양동이 형님도 떠난 마당에 우리끼리 뭘 하겠습니까. 그리고 형님도 알다시피 우리는 그냥 쪽수나 채워주는 묻어가는 인생들인데, 이런 험한 싸움에 도움도 안 될 거고."

"다행이다."

"네?"

"니가 어떤 놈인지 스스로 잘 아니 다행이라고."

창수가 무안한 표정을 지었다. 희수가 이를 앙다물고 잠시 생각을 했다.

"갈 놈들은 가라고 해라."

창수의 말대로 어차피 도움도 안 될 놈들이었다. 하지만 양동과 창수 애들이 빠지고 나자 안가에는 아미네 애들과 늙은 건달 몇 명을 합쳐 채 열 명도 남지 않았다. 열 명도 안 되는 병력을 가지고 용강네 동남아 연합과 싸워야 했고 천달호와 남가주와도 싸워야 했다. 그리고 승기가 완전히 넘어가면 콩고물이라도 얻어먹으려는 월농 포주들까지 합세를 할 것이다. 도무지 승산이 없는 싸움이었다. 희수는 담배를 한 대 물었다. 상황이 좋지 않았다. 용강을 없애야 했다. 용강을 없애지 않고는 협상이고 지랄이고 아무것도 되지 않았다. 하지만 용강 같은 괴물을 무슨 수로 없앨 것인가.

다음날 아침에 아미가 희수 곁으로 다가왔다. 쭈뼛거리는 모습이 도망치기 전의 양동과 창수의 모습과 닮았다.

"왜? 너희 애들도 나간다더냐?" 희수가 물었다.

"그게 아니라, 식량이 다 떨어졌습니다."

"먹을 게 없다고?"

"예."

"라면도 없나?"

"사발면 두 개 남아 있었는데 아침에 흰강이가 지 혼자 홀랑 다 처먹었습니다. 에이, 흰강이 저 새끼 얄미워 죽겠습니다. 덩치도 쬐그마한 게 두 개나 처먹고 지랄이고. 하나는 남겨두지."

"느그는 사람 목숨이 왔다갔다하는 판국에 지금 밥이 넘어가나?"

"죽을 때 죽더라도 밥은 묵어야지예. 나는 마, 칼 맞는 건 그럭저럭 견디겠는데 배고픈 건 절대로 못 참습니다."

아미가 정말이지 배가 고파 죽겠다는 듯 인상을 찡그리며 배를 문질러댔다. 이 판국에 혼자 사발면을 두 개씩 처먹는 놈이나 밥을 굶느니 차라리 칼을 맞겠다는 놈이나. 문득 이놈들이야말로 용강보다 더한 괴물이 아닐까 하는 생각이 들었다. 희수는 고개를 절레절레 흔들었다.

"니는 걱정도 안 되나?"

"걱정되지예." 도무지 걱정이라고는 하나도 없는 얼굴로 아미가 말했다.

"너는 어쨌으면 좋겠노?"

"솔직하게 말할까예?"

"솔직하게 말해봐라."

"저는 먹을 것 하나 없는 냉장고랑 아버지가 걱정이지 용강이 같은 건 하나도 안 무섭습니다. 솔직히 양동이 형님네 식구들 그게 어디 건달입니까? 우리가 같이 일해봤는데 쪽수만 많았지 별 도움도 안 되는 것들이라예."

"그렇나?"

"그동안 일이 없어서 못 불렀지, 이 아미가 휘파람 한번 불면 예전에 친하게 지내던 마산, 김해, 부산 애들 다 튀어나옵니다. 예전에 석기랑 같이 운동하던 애들은 전부 유도 무제한급 애들이라예. 그리고 흰강이 칼잡이 친구들 다 부르면 그 좆만한 동남아 연합? 하이고마,

제 주먹이 부끄럽습니다. 그러니 아버지, 너무 걱정하지 마이소. 아미가 누굽니까? 아버지 아들 다른 건 변변치 않아도 싸움 하나는 신 아닙니까?"

"우리 아미가 왜 다른 게 변변치 않노. 키도 훤칠하고 얼굴도 을매나 귀여운데."

"그렇지예! 역시 아버지가 뭐 좀 아시네. 귀여우면서도 터프한 거! 그게 함께하기가 진짜 쉽지 않은 건데, 아버지 아들이 그 어려운 길을 꿋꿋이 걸어가는 스타일 아닙니까. 그러니까 아버지는 이 귀엽고 용맹무쌍한 아미만 믿으면 됩니다."

아미가 그 평퍼짐한 얼굴로 익살맞은 표정을 지었다. 아미가 하는 짓이 짜증이 날 정도로 귀여워서 희수는 웃음을 터뜨렸다. 희수가 다시 담배를 하나 꺼내 물었다.

"아미야, 내가 니 아버지 맞제?"

"하모예, 울 엄마랑 결혼했으니 이제 진짜 아버지지예."

"내가 아버지로서 부탁 하나만 할란다."

"두 개 해도 됩니다."

"아니, 하나만 할란다. 진지하게 들어라."

"말해보이소."

아미가 호기심 가득한 얼굴로 희수를 쳐다봤다.

"무슨 일이 있어도 용강이랑은 붙지 마라. 설령 내가 용강이 새끼한테 칼을 맞고 뒤져도 복수한다고 지랄하지도 말고."

"와예? 제가 용강이한테 안 될 것 같습니까? 용강이 새끼 비리비리해 보이더만 뭐 그리 겁을 냅니까. 한 방이면 팔랑개비처럼 휘리릭 날아가겠더만."

"이기든 지든 용강이 같은 놈이랑은 인연을 안 섞는 게 좋다. 용강이랑 엮이면 인생이 지저분해진다. 니 엄마도 제니도 다 같이. 무슨 말인지 알겠나?"

자존심이 상한 듯 아미가 선뜻 약속을 못하고 머뭇거렸다. 희수가 아미를 쳐다봤다.

"알겠냐고!"

아미는 대답을 하지 않았다. 그러더니 갑자기 희수 입에 있는 담배를 빼앗아 바닥에 내팽개쳤다.

"뭔 짓이고?"

"방금 한 대 피웠잖아예. 몸에도 안 좋은 담배를 뭘 그리 연속으로 피웁니까? 담배 많이 피우면 정자 수가 줄어든다 안 합니까?"

"야 이 새끼야, 니나 잘해라."

"걱정 마이소. 나는 마, 정자가 물바가지에 채워도 차고 넘칩니다."

희수가 피우던 담배가 사라져서 허전한지 손바닥으로 입가를 닦았다.

"아버지, 제 소원이 뭔지 압니까?"

"뭔데?"

"우리 엄마 닮은 예쁜 여동생 하나 생기는 겁니다. 우리 엄마 어릴 때 사진 보니까 엄청 예뻤더라고예."

"예뻤지."

"그러니 엄마 닮은 작고 하얀 딸이 태어나면 을매나 사랑스럽고 귀엽겠습니까. 저는 걔를 세상 그 어떤 것보다 사랑할 겁니다."

"근데 그게 왜 니 소원이고? 가만 보니 내 소원 같은데."

"우리 엄마 불쌍하게 살았다 아입니까. 그래도 이제 아버지랑 결혼도 했고 그렇게 곱고 예쁜 딸도 생기면 엄마 인생도 환해질 것 같아서

예."

아미 말이 그럴듯해서, 아니 실제로 그렇게 된다면 자신의 인생도 환해질 것 같아서 희수는 절로 웃음이 나왔다.

"그러니까 아버지, 이제부터라도 정자 관리 잘하이소."

"그런데 내 닮은 딸이 나오면 어쩌냐?"

아미가 고개를 갸웃거리더니 잠시 상상에 빠졌다.

"아! 그건 좀 잔인한데." 아미가 말했다. 그리고 잠시 후 버럭 성질을 냈다. "아버진 뭘 그따위 상상을 합니까. 에잇!"

개 사육장 울타리 옆 공터에서는 그 와중에도 흰강과 석기가 배드민턴을 치고 있었다. 사발면을 두 개나 처먹은 흰강은 팔랑팔랑 잘도 뛰어다니는 게 힘이 넘쳐 보였고, 아침부터 굶은 석기는 조금 지쳐 보였다. 잠시 후 석기가 도저히 배가 고파서 못해먹겠다는 듯 배드민턴 채를 집어던지고 바닥에 쭈그려앉았다. 흰강이 석기에게 한창 재미있어지려는데 좀더 하자고 졸라댔다. 석기가 귀찮다는 듯 흰강의 팔을 뿌리쳤다. 개 사육장으로 정오의 강렬한 여름 햇살이 쏟아지고 있었다. 희수가 아미를 바라봤다.

"짐 챙겨라. 내려가자. 여기서 뱀 잡아먹을 것도 아니고."

안가를 정리하고 만리장 호텔로 내려왔을 때는 오후 세시였다. 태풍이 지나고 다시 폭염이 왔다. 해변은 태풍에 부서진 파라솔과 깨진 유리창을 교체하느라 어수선했다. 하지만 아랑곳하지 않고 몰려든 피서객들로 북새통을 이뤘다. 만리장 호텔 앞에는 해안경비대 텐트가 쳐져 있었다. 여름 시즌에만 해수욕장의 안전사고를 책임지는 해안경비대는 원래 공용 샤워장 앞에 설치되었는데 아마도 손영감이 힘을 써서 만리장 앞으로 본부를 옮긴 것 같았다.

늘 호텔 입구까지 달려나와 말 같지도 않은 소리를 씨부리며 까불거리던 마나는 이제 없었다. 마나가 없는데도 호텔 커피숍과 레스토랑은 늦여름의 휴가를 보내기 위해 내려온 피서객들로 만원이었다. 이 판국에도 장사를 벌이는 손영감의 배짱이 대단하다고 희수는 생각했다. 아니면 이 판국에 장사를 벌여 사람들이 북적거리기 때문에 만리장이 안전한 건지도 몰랐다. 언제 바뀌었는지 호텔에는 웨이터며 벨보이며 커피숍 여직원이며, 처음 보는 직원들이 대거 들어와 있었다. 빠져나간 직원들을 대신해서 급히 뽑은 아르바이트생들 같았다. 교육도 없이 바로 투입된 건지 모두들 우왕좌왕하는 모습이었다. 마나 밑에 있던 웨이터가 로비를 지키고 있었다. 희수는 사장실 옆에 있는 방 두 개를 비우게 하고 거기에 아미네 아이들을 집어넣었다.

손영감은 호텔에 없었다. 경찰서장이 찾아와서 골프를 치러 간 모양이라고 웨이터는 말했다. 알았다는 듯 희수는 고개를 끄덕였다. 그리고 호텔 바로 들어가서 위스키 더블을 주문했다. 바텐더가 온더록스 잔에 술을 반이나 채워서 희수 앞에 놓았다. 하지만 희수는 위스키를 마시지 않고 손끝으로 잔만 빙글빙글 돌렸다. 안가에 들어가고부터 희수는 한 방울의 술도 마시지 않았다. 다른 건달들에게도 술을 못 마시게 했다. 희수가 술을 금지시켰지만 안가에 있던 건달들은 대부분 몰래 술을 마시고 취해 있었다. 시간을 때우는 것 외에 할 일이 없기 때문이기도 했겠지만 대부분 무서웠기 때문일 것이다. 이런 일이 닥치면 건달들은 무서워서 술을 마시고 술김에 일을 저질렀다. 희수는 위스키 잔을 쳐다봤다. 술 한잔 생각이 간절했다. 온 사방에서 희수를 노리고 있었다. 술에 취하면 반응속도가 떨어져서 칼을 피할 수

없을 것이다. 하지만 맨정신으로 버틴다고 칼을 피할 수 있을 것 같지
도 않았다. 희수는 위스키 잔을 앞에 두고 손끝으로 나무 바를 툭툭
치며 한참이나 앉아 있었다. 어떻게든 용강을 죽여야 했다. 상황이 더
나빠지기 전에 뭐라도 해야 했다. 희수는 한 시간쯤 바에 앉아 있다가
자리에서 일어났다. 바텐더가 한 모금도 마시지 않은 위스키 잔을 의
아한 눈빛으로 쳐다봤다.

　희수가 호텔 로비로 나왔을 때 흰강이 기다리고 있었다.

　"어쩐 일이고?"

　"형님 혼자 가시면 쓸쓸할 것 같아서."

　어떻게 알았을까? 흰강은 눈치가 빠른 놈이었다. 사발면을 혼자 두
개씩이나 처먹는 나쁜 버릇을 제외하고는 결점이라고는 찾아볼 수 없
는 놈이었다. 똑똑하고, 정확하고 재빠르게 상황을 파악하고, 일일이
지시를 하지 않아도 해야 할 일을 척척 해내는 놈이었다. 자기도 이십
년 전에는 손영감에게 이렇게 똑똑하고 말귀를 잘 알아듣는 예쁜 부
하였을 거라고 희수는 생각했다. 아마도 그랬으니 손영감 대신에 궁
지에 몰리고 칼을 맞는 거라고도 생각했다. 희수가 흰강을 쳐다봤다.
흰강이 지시만 내리면 뭐든 하겠다는 듯 초롱초롱한 눈빛으로 희수
앞에 서 있었다.

　"별일 아니다. 혼자 갔다올 테니까 너는 여기 있어라."

　흰강이 못내 불안한지 한 걸음을 더 따라왔다. 희수가 손으로 흰강
을 저지했다. 흰강이 희수의 단호한 제스처에 걸음을 멈췄다.

　희수는 만리장 호텔을 나와 해변을 천천히 걸어갔다. 호텔 입구에
서부터 용강네 필리핀 사내 셋이 어슬렁거리며 희수를 따라붙었다.

오른쪽에 하나, 왼쪽에 하나, 그리고 뒤에 하나. 어쩌면 골목에도, 상가 옥상에도 필리핀 사내들이 있을 것이다. 이 뜨거운 삼복더위에도 두꺼운 잠바를 입고 있는 걸로 보아 옆구리 어디쯤에 총이나 칼을 숨기고 있는 게 틀림없었다. 희수는 마치 관광이라도 온 듯 느릿느릿한 걸음으로 해변을 걸었다. 태풍이 지나간 자리에 사람들이 다시 부서진 테이블을 올리고 찢어진 파라솔을 펼친 다음 통닭을 팔고, 아이스크림을 팔고, 맥주와 땅콩을 팔고 있었다.

희수가 해변을 돌아 빨래공장에 도착했을 때 공장 입구에는 푸른색 셔터가 내려져 있었다. 셔터 중간에 조악한 글씨체로 '영업 중지. 내부수리중'이라고 종이가 붙어 있었다. 필리핀 사내 두 명이 굳게 닫힌 셔터 앞에서 입구를 지키고 있었다. 희수가 빨래공장 입구로 걸어갔다. 입구를 지키는 필리핀 사내 하나가 손을 들어 희수를 제지했다. 아까부터 희수를 따라오던 사내 둘이 잠바 안주머니에 손을 집어넣고 여차하면 뒤에서 찌르기라도 할 듯 잔뜩 긴장한 표정으로 서 있었다.

"용강이랑 할 얘기가 있어서 왔다." 희수가 말했다.

필리핀 사내가 셔터 구멍 속으로 뭐라고 말을 전했다. 잠시 후 셔터 문이 열렸다. 빨래공장 안으로 들어서자 어슬렁거리고 있던 동남아 사내 스무 명이 일제히 희수를 쳐다봤다. 모두들 한 손에 정글칼, 쇠파이프, 도끼와 낫을 들고 있었다. 문을 닫아놔서 그런지 빨래공장 안은 더위와 습기로 후끈거렸다. 사무실 저쪽에서 키가 아주 큰 필리핀 사내가 터벅터벅 걸어오더니 칼이나 총이 있는지 확인하려는 듯 희수 몸 구석구석을 손으로 훑었다. 그리고 따라오라며 희수에게 손짓을 했다. 희수가 무덤덤한 표정으로 사내를 따라갔다. 앞서가던 필리핀 사내가 이따금 힐끔거리며 뒤를 돌아봤다. 희수가 가방을 훔쳤던 7번 기계는 완전히 분해되어 있었다. 나머지 기계들도 가동을 중지한 상태였다. 용강이 문 앞까지 나와서 희수를 기다렸다. 용강은 마치 휴가라도 나온 듯 꽃무늬가 들어간 흰색 하와이안 셔츠에 흰 바지를 입고 머리에 검은색 선글라스까지 얹고 있었다.

"희수 동상 오셨소. 이게 대체 얼마 만이오."

용강이 팔을 넓게 벌려 환대했다. 어쩐지 가까이 다가가면 포옹이라도 할 것 같은 모양새여서 희수는 멈칫거리며 제자리에 섰다.

"요즘 감옥은 1식 3찬으로 밥도 잘 나온다더니, 신수가 훤하시네요."

"희수 동상 덕분에 조국이 제공하는 훌륭한 식사 하면서 몸도 잘 추스르고, 그동안 지은 마음의 죄도 씻고 나왔지. 나 요즘 교회도 다녀." 용강이 농담을 했다.

"교회도 다니는 분이 감옥에서 나오자마자 죄를 많이도 짓고 다니십니다."

"가난이 웬수지. 묵고살려니 기껏 씻어낸 죄가 뱃살처럼 다시 뒤룩뒤룩 달라붙네."

용강이 익살맞은 표정을 짓더니 사무실 안으로 들어갔다. 사무실 안은 차양이 내려져 있어 어두웠다. 창문 앞에 권총을 든 사내 하나가 희수를 무심히 쳐다보고 있었다. 용강이 소파에 털썩 주저앉았다. 희수가 맞은편 소파에 앉았다.

"내가 간절히 찾고 있는 가방이 하나 있다. 어쩐지 희수 니한테 있을 것 같은데." 자리에 앉자마자 용강이 말했다.

"가방이 하나 있긴 한데 누구 건지는 모르죠. 이름표에 아무것도 안 쓰여 있으니까."

"내가 이름 써넣는단 걸 깜빡했나보네."

"가방 돌려드리면 부탁 하나 들어줄랍니까?"

"내 물건 돌려받는데 대가를 지불해야 되나?"

"보통 잃어버린 물건 돌려받으면 감사 인사 정도는 하는 거 아닙니까?"

"그렇네. 감사 인사 해야지. 이 용강이가 뭘 해드리면 되노?"

"가방 받으면 조용히 이 나라 뜨이소. 그럼 태국이나 필리핀의 시설 좋은 양로원에서 평화로이 남은 생을 지낼 수 있을 겁니다."

용강이 실눈을 뜨고 희수를 쳐다봤다.

"그렇게 못하겠다면?"

"환갑까지는 버텨야 양로원 들어갈 자격이 된다던데. 그때까진 목숨 붙어 있어야 안 되겠습니까?"

용강이 허리를 젖히고 소파에 등을 기댔다. 그리고 뭐가 웃긴지 싱글벙글거리며 희수를 쳐다봤다.

"새벽에 양동이 겁묵고 똥줄이 빠져라 도망치던데, 내가 그 똥줄에다 말뚝 하나 박아주려다가 고마 참았다. 살아보겠다고 저리 발버둥치는데 마음이 짠하다 아이가. 몇 시간 있다가 도망간 양아치 새끼들은 웃음밖에 안 나오고. 상황이 이런데도 우리 희수 동상은 참 담담하기도 하지. 혈혈단신으로 용감무쌍하게 쳐들어와서 달콤한 협박도 할 줄 알고. 우리 희수, 옛날엔 코흘리개였는데 세월이 많이 흘렀네. 사람이 성숙해졌다. 멋있어."

용강이 박수를 쳤다. 그리고 하와이안 셔츠 주머니에서 카멜 담배를 꺼내더니 입에 물었다. 뒤에서 권총을 들고 서 있던 필리핀 사내가 오른손에 쥔 권총을 왼손으로 바꿔 쥐더니 주머니에서 라이터를 꺼내 불을 붙이려고 했다. 그때 총구가 어영부영 용강의 턱에 닿았다. 용강이 담배에 불을 붙이려다 자신의 목을 겨누고 있는 총을 보고는 어이가 없는지 필리핀 사내를 쳐다봤다. 필리핀 사내가 화들짝 놀라 총을 든 손을 아래로 내렸다. "아! 이 새끼, 무서바서 담배도 못 피우겠네." 겁에 질린 필리핀 사내가 우물쭈물하다가 다시 라이터를 켰다. 용강이 불을 붙이고는 필리핀 사내를 째려보며 손가락으로 희수를 가리켰다.

"이분은 니가 생각하는 그런 위험한 분이 아니다. 을매나 젠틀하고 멋쟁인데. 그러니까 너 권총 들고 존나게 오바할 필요 없다니까. 언더스탠드?"

알아들었다는 건지 어쨌다는 건지 필리핀 사내가 엉거주춤 고개를 끄덕였다. 용강이 손을 내젓자 필리핀 사내가 창가로 걸어가더니 아까와 똑같은 자세로 권총을 들고 섰다. 용강이 그 꼴을 보더니 도무지 말이 안 통한다는 듯 머리를 절레절레 흔들고는 천장을 향해 길게 담배 연기를 내뿜었다.

"나는 다 짜증이 나는데 그중에서 말 안 통하는 놈이 가장 짜증난다. 그런데 여긴 말 통하는 놈이 하나도 없어서 답답해 죽겠다." 용강이 무슨 민원 창구에 대고 하소연이라도 하듯 희수에게 말했다. "그래도 개중에선 탕이 가장 빠릿빠릿하고 말도 잘 통했는데, 보내고 나니 문득 그립네."

용강이 회상에 젖듯 눈을 가느스름하게 떴다. 희수가 아랫입술을 깨물었다.

"우리 희수는 말이 통하는 멋쟁이니까 내가 달달한 이야기 하나 해줄까?"

용강이 뭐가 흥겨운지 고개를 앞으로 조금 내밀었다. 희수가 심드렁한 표정으로 용강을 쳐다봤다.

"이건 보통 이야기가 아니다. 모자원 출신의 후레자식이 왕이 되는 아름다운 이야기다. 궁금하제?"

"궁금하네요."

"이제 니도 알 만한 건 다 알겠지만 이건 손영감이랑 남가주 회장의 싸움 아니가. 그 밑에서 우리 같은 개새끼들끼리 피 흘리는 거 사실 아무 의미도 없지. 이 그림의 끝이 어떻게 되겠노? 남가주, 천달호, 손영감, 희수, 양동이, 아미, 월농 포주 새끼에 사채 건달들, 그리고 나 같은 용병까지 다 들썩거리고 있는데 좋은 꼴 나겠나?"

"그런데요?"

"자! 이제 아름다운 그림 그려보자. 남가주 회장은 항구만 필요하다. 구암 바다 같은 촌시런 동네에 관심이 없다 이 말이다. 손영감은 절대로 항구는 안 넘길 양반이고. 항구를 안 넘기면 이 싸움은 안 끝나지. 그런데 누구 한 명 얌전히 사라지면 모두가 행복해진다. 남가주 회장은 항구를 얻고, 천달호는 월농을 얻고, 곰탕만 처먹는 구암 노인들은 주머니가 두둑해지지. 그리고 희수 너는 구암 바다의 주인이 되는 거다."

어이가 없다는 듯 희수가 콧방귀를 뀌었다.

"손영감이 사라지면 내가 자동으로 구암의 주인이 됩니까?"

"걱정 마라. 남가주 회장이 쟁쟁한 변호사들 왕창 데리고 서류 작업 깔끔하게 해줄 테니까. 원래는 도다리 데리고 작업하려고 했는데 능력은 좆도 없으면서 욕심만 많은 그 쓰레기 새끼가 요구 조건이 까다롭더라고."

희수가 깜짝 놀라 용강을 쳐다봤다.

"도다리가 이 일을 알고 있었다고요?"

뭘 몰라도 한참을 모른다는 듯 용강이 헛웃음을 지었다.

"이 일은 도다리가 남가주 회장 꼬임에 넘어오면서 시작된 일이다. 손영감 혈육이라는 걸 빼고 나면 쓸 만한 게 하나도 없지만 어쩌겠노, 상속을 시키려면 그 썩은 피가 필요한데."

"그럼 등신 도다리 데리고 작업하면 되겠네. 작업 다 끝날 때쯤에 내가 도다리 창자를 갈라서 바다 위에 둥둥 띄워놓을 테니까."

희수가 이를 드러내며 말했다. 용강이 흥분하지 말라는 듯 손바닥을 펼쳐 보였다.

"구암 바다가 복잡한 곳이다. 등기만 가지고 있다고 이 바다를 덥석 먹을 수 있는 것도 아니고. 그런데 최근에 서류를 들춰보니까 손영감이 호적에 아들을 하나 더 올렸더라. 그게 누군지 아나?"

"누군데요?"

"희수 니다."

용강은 인생이란 건 참 재밌는 것 아니냐는 듯 희수를 향해 한쪽 눈을 찡긋거렸다.

"그래서 희수 니가 지금 살아 있는 거다. 그 호적에 이름 없었으면 이 전쟁 시작하자마자 제일 먼저 죽었다."

"그런데 지금 나보고 손영감 등짝에 칼을 꽂아달라?"

"칼은 우리가 꽂는다. 뒤처리도 우리가 하고. 너는 가만히 앉아 있다가 만리장 호텔 사장실로 들어가면 된다. 이건 곰탕 할배들이랑 구암 바다 물주들도 다 동의한 거다."

"내가 그런 좆같은 일을 할 것 같습니까?" 희수가 이를 앙다물며 물었다.

"그럼, 너는 충분히 그러고도 남을 놈이지." 용강이 일 초도 머뭇거리지 않고 말했다.

희수가 용강을 노려봤다. 용강이 턱을 들어 희수의 눈을 쳐다봤다. 용강의 눈에는 아무런 감정도 없었다. 수치도, 분노도, 기대도, 미움도, 안타까움이나 연민도 없었다. 한참을 쳐다보던 용강이 다시 입을 열었다.

"왜 그런지 아나? 너는 이 용강이랑 닮았거든."

"내가 왜 당신 따위랑 닮았는데."

"너는 자신을 경멸하면서도 다른 사람을 부러워하지 않거든. 그런 인간이 갈 곳은 딱 두 군데밖에 없다. 저 바닥으로 계속 추락하거나 아님 저 위로 하염없이 올라가서 왕이 되거나. 둘 다 존나게 쓸쓸하고 무의미한 곳이지. 그래도 사람이 죽을 순 없으니까 어딜 가긴 가야 하잖아? 나는 이왕에 떨어지기 시작한 거 저 밑바닥까지 가보려고. 희수 니는 올라가서 왕이 되어라. 더이상 자신을 속이지 말고."

희수가 자리에서 벌떡 일어섰다. 창가에 앉은 필리핀 사내가 권총을 잡은 손에 힘을 줬다. 용강이 자리에 앉은 채 희수를 쳐다봤다.

"마음 한번 모질게 먹으면 끝나는 일이다. 그러면 더이상 애꿎은 젊은 애들이 죽는 일도 없고 병신 되고 감옥 갈 일도 없다. 몇 달만 지나봐라. 마치 아무 일도 없었다는 듯 모두 자기 자리로 돌아가서 잘살 거다. 세상이 싱싱 잘만 돌아가서 희수 니는 아마 깜짝 놀라게 될 거다."

희수는 돌아서서 문을 밀치고 사무실 밖으로 걸어나왔다. 빨래공장 여기저기에 있던 필리핀 사내들이 일제히 희수를 쳐다봤다. 희수는 무엇 때문인지 온몸이 후들거리기 시작했다. 기계들이 멈춰 서 있는 빨래공장의 통로가 왠지 아주 길게 느껴졌다.

요리사

새벽 두시. 백지포 선착장에는 아무도 없었다. 밤낚시를 즐기는 낚시꾼 두 명이 바위 위에서 낚싯대를 던져놓고 있었다. 희수는 낚시꾼들이 눈에 거슬렸지만 별다른 도리가 없다고 생각하고 고개를 돌렸다. 달이 뜨지 않아 바다는 어두웠다. 작업은 좀더 먼바다로 나가서 해야 할 것 같다고 희수가 말했다. 달자가 행주로 다찌 테이블을 닦아내며 고개만 끄덕였다. 선착장 말뚝에 밧줄로 묶여 있는데도 달자의 횟배는 파도가 칠 때마다 꽤 많이 출렁거렸다. 밧줄 몇 개를 미리 풀어놨기 때문일지도 모른다고 희수는 생각했다. 지난 십 년 동안 달자의 횟배는 바다로 나간 적이 없었다. 십여 년 전까지만 해도 구암 바다에만 수십 척의 횟배가 둥둥 떠다니며 영업을 했었다. 하지만 구청에서 환경오염과 선박 불법 개조 같은 법령을 들어 단속을 강화한 이후로 바다 위의 신선놀음이라는 횟배들은 급속히 사라졌다. 이제 몇몇 배들만 선착장에 단단히 고정한 후 횟배 흉내만 내고 있었다. 달자의 횟배도 그중 하나였다. 희수가 발로 갑판을 몇 번 굴렀다. 달자가 희수가 하는 짓을 무심히 쳐다봤다.

"이게 바다에 나갈 수는 있는 겁니까?"

"물은 안 새니까 걱정 마라."

어쩐지 불안하다는 듯 희수가 머리를 갸웃거렸다.

"몇시고?"

"두시 다 되었습니다."

"눈치채고 안 오는 거 아니가?"

"용강이는 눈치를 까도 올 놈입니다."

오늘밤 용강이 횟배로 올 것이다. 영도에서 간부급 조직원도 한 명 올 것이다. 온다면 아마 일전에 만난 황이 올 거라고 희수는 생각했다. 황은 남가주와 천달호 두 회장을 곁에서 모셨다. 지금은 그 두 조직 어디에도 속하지 않은 채 고문 역할을 하고 있다. 하지만 희수가 보기에 황은 남가주와 천달호 사이에서 위험한 줄타기를 하고 있는 것처럼 보였다. 표면적으로 이 자리는 영도와 구암이 전쟁을 끝내기 위해 미리 합의 내용을 조율하는 사전 모임 같은 것이었다. 하지만 모두들 다른 속셈이 있을 것이다. 용강은 마약이 든 가방을 받아갈 생각이고, 황은 천달호에게 줄 선물로 보상금과 공장을, 남가주에게 줄 선물로 항구를 받아갈 생각일 것이다. 그리고 희수는 이 둘을 죽일 생각이었다.

어제 저녁 손영감은 자기 방으로 희수를 불렀다. 희수가 문을 열고 들어갔을 때 손영감은 혼자서 바둑을 두고 있었다. 희수가 바둑판 앞에 앉았다.

"지금 이 판국에 바둑이 다 뭡니까?"

"원래 바둑이란 게 옛날에 장군들이 병법을 연습해보려고 만든 거다."

"그럼 빨리 묘수 하나 꺼내보이소. 지금 딱 죽을 지경이니까."

별 신통한 묘수가 없는지 손영감이 들었던 돌을 다시 바둑통 안에 던져넣었다.

"남가주가 수가 높네. 용강이를 감옥에서 빼낼 줄은 생각도 못했다 아이가."

손영감이 혀를 내둘렀다.

"담배 한 대 줘봐라."

희수가 담배를 건네고 불을 붙였다. 손영감이 오랜만이라는 듯 담배를 길게 빨고는 다시 길게 내뿜었다.

"도다리는 어디 갔습니까?"

"필리핀에 보냈다. 여기 있어봐야 걸거치기만 하고 도움 하나 안 될 인간 아니가."

손영감이 애써 도다리를 두둔했다. 희수가 무심히 고개를 끄덕였다. 한동안 손영감은 아무 말 없이 담배만 피워댔다. 손영감의 늙고 탁한 눈동자는 텅 비어 있어 그 속에서 아무것도 읽어낼 수가 없었다. 희수는 손영감의 호적에 자신이 양아들로 올라가 있다는 것이 무슨 의미인지 생각했다. 진짜 피가 섞인 혈육은 필리핀에 안전하게 피신해 있다. 그리고 가짜 아들은 내일 당장 칼을 맞을 판이었다. 손영감이 재떨이에 담배를 비벼 껐다.

"용강이 만났다메?"

그렇다는 듯 희수가 고개만 끄덕였다.

"뭐 씨알이 멕힐 만한 건덕지가 있더나?"

"항구를 넘기든가, 용강이를 죽이든가, 둘 중에 하나는 해야 합니다." 희수가 담담한 목소리로 말했다.

희수가 이 싸움의 본질이 항구라는 것을 눈치챘는데도 손영감은 별 놀란 표정이 아니었다. 사실 이쯤 되면 이 싸움이 남가주와 손영감 두 호랑이의 싸움이라는 것을 모두들 알고 있을 것이다.

"항구는 못 넘긴다."

손영감의 말투는 침착하고 단호했다. 희수가 입술을 깨물었다.

"용강이를 죽인다고 이 싸움이 끝난다는 보장도 없습니다."

"그래도 항구는 안 된다. 항구를 넘기면 이 바다에서 지킬 게 아무것도 없다."

희수는 가만히 손영감의 얼굴을 쳐다봤다. 당신에게 항구는 무슨 의미냐고 묻고 싶었지만 희수는 묻지 않았다. 이 구암 바다에서 좁쌀 영감인 당신 말고는 아무도 중국산 고춧가루나 들여오는 항구 따위에 관심이 없다고, 아침마다 같이 밥 먹는 곰탕 할배들도, 지역 유지들도 심지어 당신의 혈육인 도다리 새끼도 이미 당신에게서 등을 돌렸다고 말하고 싶었지만, 희수는 아무 말도 하지 않았다. 듣지 않아도 손영감이 하는 말은 뻔할 것이다. 항구로 무시무시한 것들이 들어오면 덩달아 무시무시한 승냥이들도 같이 들어올 거라는 것, 이 겁 많고 허약한 구암 토박이들이 그 승냥이들과 싸워 이 바다를 지킬 수 있겠냐고 말할 것이다. 하지만 손영감은 지금 구암 바다를 걱정할 때가 아니라 자기 목숨을 걱정할 때였다. 손영감이 한참을 미적거리다가 염치도 없이 입을 열었다.

"용강이 처리할 수 있겠나?"

희수가 손가락으로 바둑판을 가볍게 톡톡 쳤다. 친조카는 필리핀에 안전하게 보내놓고 자기더러는 용강 같은 괴물과 칼부림을 할 수 있겠냐니, 마음속에서 욱하고 올라왔다.

"내친걸음인데 끝까지 가봐야 안 되겠습니까?"

"실패하면 이젠 뒤가 없다."

"죽기밖에 더하겠습니까?"

손영감이 별 의미도 없이 바둑알을 들었다가 다시 바둑통에 놓았다.

"내가 요즘 희수 니 볼 면목이 없다."

"별소릴 다 하십니다. 영감님은 요즘만 그런 게 아니라 예전에도 시종일관 뻔뻔했습니다."

하긴 그렇다는 듯 손영감이 웃었다.

"작업 들어갈 거면 달자 데리고 가라."

"달자 아저씨는 너무 늙었습니다. 용강이는 총 들고 있는데 늙은 칼잡이를 데려가서 될 일입니까?"

"늙은 칼잡이니까 데리고 가라고. 칼잡이로 오래 사는 거 그거 쉬운 일이 아니다."

그렇구나, 희수는 고개를 끄덕였다. 할말이 끝났다는 건지, 아님 정말로 희수를 볼 면목이 없어서인지 손영감이 다시 바둑판으로 시선을 돌렸다. 그리고 바둑알을 하나 집어들었다. 막상 집어들긴 집어들었는데 어디에 놓을지 모르겠는지 손영감이 끙 소리를 냈다. 숱이 많이 빠져 휑한 정수리가 형광등 불빛을 받아 민망했다. 희수는 문득 이 영감이 그동안 아주 외로웠겠구나, 하는 생각이 들었다.

달자는 회칼 세 개와 중식도 하나를 꺼내 숫돌에 갈았다. 아마 어젯밤에 정성스럽게 갈아놓은 것을 다시 가는 것일 거다. 신경 몇 가닥이 끊어진 것처럼 이 늙은 칼잡이의 동작은 한없이 느렸다. 저 느릿느릿한 움직임으로 어떻게 살아남았을까? 당연히 죽지 않았으니까 살아남았을 것이다. 상대보다 먼저 찌르고, 등뒤에서 칼을 맞지 않고, 증거를 남기지도 않았으니 살아남았을 것이다. 달자는 수십 년을 칼잡이로 살았는데 팔다리도 멀쩡하고 손가락도 멀쩡하고 얼굴에 흉터 하나 없다. 그리고 단 한 번도 감옥에 가지 않았다. 손영감이 달자를 믿는 것은 바로 그 이유일 것이다. 이 늙은 칼잡이는 늘 살아남았고 한번도 실패한 적이 없다. 하지만 그것은 달자가 불사신이기 때문이 아니라 아직 순서가 오지 않았기 때문이다. 누구에게나 결국 순서가 온다. 어쩌면 그것이 오늘일지도 모른다고 희수는 생각했다.

그때 선착장에 검은색 승용차가 하나 섰다. 앞좌석에서 사내 둘이 먼저 내리고 잠시 후에 뒷좌석에서 용강과 황이 차문을 열고 내렸다. 용강이 선착장을 둘러봤다. 달자가 눈짓을 하자 외팔이 털보가 재빨리 배에서 내려 용강 쪽으로 달려갔다. 털보는 오래전에 달자와 같이 일했던 칼잡이였다. 하지만 팔이 그렇게 되고 난 후로 건달 세계 일은 일절 하지 않았다. 멀리서 털보가 굽실거리며 뭐라고 사정을 하는 것 같았다. 칼이나 총기류 같은 무기는 못 가지고 들어간다거나 횟배가 작아서 세 명만 탈 수 있다거나 뭐 그런 말들을 주절주절 하고 있을 거라고 희수는 생각했다. 용강이 사내 한 명은 차에 남겨두고 한 명만 데리고 배 쪽으로 걸어왔다. 달자가 무심히 아이스박스 뚜껑을 열고 선어로 장만해놓은 횟감 한 덩어리를 꺼냈다. 희수는 자신이 오른손을 떨고 있는 것을 발견하고 왼손으로 오른손을 비비고 주물렀다. 예전에 칼에 베여 인대가 끊어진 이후로 오른손이 자주 떨렸다. 어쩌면 그 이유 때문이 아닐지도 모른다. 하지만 달자는 평소와 다름없이 침착하게 포를 뜬 참돔에서 회를 한 점씩 발라내 접시에 올리고 있었다.

그리고 회를 다 발라내자 숯불에 구울 소고기를 다듬기 시작했다. 저 침착함은 어디서 나오는 것일까. 희수는 달자의 한없이 느린 동작이 놀랍고 의아했다.

용강이 뭘 여기까지 사람을 부르냐고 구시렁거리며 선착장 쪽으로 걸어오고 있었다. 털보가 거의 다 왔다고 연신 굽실거렸다. 평소답지 않게 외팔이 털보는 말이 많았다. 아마 긴장해서 그럴 거라고 희수는 생각했다. 용강이 배 위에 올랐다. 용강의 뒤에 있는 필리핀 사내는 덩치가 아주 컸다.

"여깁니다. 배가 흔들리니 조심해서 올라오이소."

털보가 안내를 했다. 용강이 조심스러운 얼굴로 배를 살펴보더니 갑판 위로 올라왔다. 용강을 따라오던 덩치가 덩달아 갑판 위로 올라오다가 밧줄에 걸려 넘어졌다. 덩치가 욕을 뱉었다.

"덩치는 산만한 게 촐싹거리기는." 용강이 덩치를 향해 말했다.

마지막으로 황이 배에 올랐다. 기역자로 된 다찌 테이블에는 네 명이 앉을 수 있었다. 달자는 다찌 테이블 안에 있었고 희수는 테이블 끝에 앉아 있었다. 희수가 자리에서 일어나서 용강과 황에게 인사를 했다.

"어서 오이소."

"분위기가 쿰쿰한 게 사람 죽이기 딱 좋은 곳이지예?" 용강이 웃으며 황에게 말했다.

황은 용강의 말에 대답하지 않았다. 마치 자기 같은 정통 건달이 똥병 따위와 농지거리를 한다는 게 자존심이 상한다는 표정이었다. 대신 다찌 테이블 앞에 서 있는 달자에게 공손하게 허리를 굽히며 인사를 했다.

"달자 선배님 아니십니까. 영도의 황이라고 합니다. 먼발치에서 몇 번 뵙기는 했는데 이렇게 가까이 뵙게 되니 영광입니다."

그 가증스러운 처세는 짜증이 났지만 황은 진정으로 달자를 존중하고 있는 모양새였다.

"별말씀을요. 저야 그저 소, 돼지나 잡는 늙은이인데요."

달자가 자리를 권했다. 황과 용강이 자리에 앉았다. 필리핀 덩치는 뒤에 서 있었다. 달자가 다찌 위에 백탄을 넣은 숯통을 올렸다. 그리고 숯통에 부채질을 시작했다. 용강이 부채질하는 달자를 무심히 바라봤다.

"햐, 이게 바다 위의 신선놀음이라는 바로 그 다찌배 아닙니까? 달자 아저씨 횟배를 못 타면 구암 바다에서 성공한 게 아니라고 하던데 제가 오늘 분에 넘치는 호강을 하네요." 용강이 호들갑을 떨었다.

"예전에는 판검사, 군수, 장군 정도는 돼야 이 배를 탔습니다." 달자가 웃으며 용강의 말을 받았다.

"달자 아저씨는 사람 죽이기 전에 손수 요리한 귀한 음식을 멕인다던데, 오늘 이 용강이 저거 먹고 저세상으로 가는 겁니까?" 용강이 농담처럼 물었다.

전혀 당황하지 않은 표정으로 달자가 용강을 향해 슬쩍 웃었다.

"그럴 리가요. 잘 먹고 잘 놀다가 대부분은 살아서 돌아갔습니다."

"대부분?"

"뭘 그리 쓸데없는 말을 해대나." 황이 특유의 권위적인 말투로 용강의 말을 끊었다.

"니기미 쓸데 있는 말인지 없는 말인지는 이 자리 끝나봐야 아는 거지." 용강이 황의 머리통을 쏘아보며 말했다.

그때 털보가 선착장에 매여 있던 밧줄을 풀고 대나무 작대기로 배를 슬쩍 밀었다. 선착장에 오래 묶여 있어서인지 횟배 곳곳에서 삐걱거리는 소리가 났다. 필리핀 덩치가 외팔이 털보를 의심스러운 눈초리로 쳐다봤다.

　"바다로 나가는 겁니까?" 황이 물었다.

　"원래 횟배는 밤바다에 둥둥 떠서 먼 육지의 불빛을 보면서 먹어야 제맛이지요. 선착장에 묶여 있어서야 뭔 맛이 나겠습니까." 달자가 말했다.

　"하긴, 바다를 떠다녀야지 배지, 육지에 처박혀 있으면 그게 어디 밴가." 용강이 맞장구를 쳤다.

　"슬슬 출발할까요?" 달자가 물었다.

　"그랍시다." 용강이 답했다.

　외팔이 털보가 대나무 작대기를 배 옆에 걸치고 조타실에 들어가 배에 시동을 걸었다. 배가 방파제를 벗어나자 달자가 다찌 위에 갈아놓은 마와 전복 내장죽을 올렸다. 그리고 멍게, 개불, 성게알을 올리고 중간에는 냉장실에서 차게 만들어놓은 도자기 접시를 올렸다. 용강이 달자가 요리대 위에 준비해놓은 음식 재료들을 찬찬히 살폈다. 달자가 해동한 참다랑어 대뱃살을 꺼내 회칼로 정교하게 잘라내서 도자기 위에 올렸다.

　"이 일 한 지 오래됐습니까?" 용강이 달자에게 물었다.

　"이럭저럭 한 사십 년 됩니다."

　"회는 칼맛이라는데 어쩐지 칼질이 예사롭지 않다 했습니다."

　"별말씀을요. 뒤에 있는 분도 같이 드시라고 하지요. 자리도 남고 음식도 남는데."

용강이 뒤에 우두커니 서 있는 필리핀 사내를 쳐다봤다.

"그래, 기마이다. 니도 여기 와서 앉아라. 필리핀 깡패 주제에 한국 와서 이런 귀한 음식을 다 먹고 복권 당첨된 줄 알아라." 용강이 덩치에게 말했다.

황이 아주 불쾌한 얼굴이 되어 노골적으로 용강에게 인상을 썼다. 용강이 황의 표정 따윈 안중에도 없다는 듯 중간 자리를 손바닥으로 툭툭 쳤다. 필리핀 덩치가 걸어와서 눈치를 보다가 황과 용강 사이의 자리에 앉았다. 덩치의 옆구리에 불룩하게 나와 있는 것은 권총 같았다. 털보에게 배에 타기 전에 총이나 칼 같은 무기류는 압수하라고 했는데 그러지 못한 것 같았다. 배는 구암 앞바다를 지나 다대포 쪽으로 천천히 항해했다. 곧 장자도와 백합등 사이를 빠져나가고 밤섬까지 갈 것이었다. 멀리 다대포항의 불빛들이 보였다. 털보가 조타 핸들을 고정하고 담배를 하나 꺼내 물었다.

"가방은 가지고 왔나?" 용강이 희수를 향해 물었다.

"가방 받으면 떠나실 겁니까?"

"가방 받고 나면 한번 생각해보자."

그때 황이 도저히 불쾌해서 못 참겠다는 듯 용강을 노려봤다.

"이보게 용강이, 이 자리가 자네 약장사나 하라고 만든 자린 줄 아나?"

하지만 용강은 황의 말에 전혀 개의치 않는 것 같았다.

"뭐 겸사겸사 같이 하면 좋지 않겠습니까. 돌멩이 하나로 새 두 마리 잡으면 좋고, 새 두 마리에 개구리까지 덤으로 잡으면 더 좋고."

용강은 혼자서 실실 웃어댔다. 무엇 때문인지 용강은 오늘 기분이 아주 좋아 보였다. 반대로 황은 굉장히 불안해 보였다.

희수가 가방을 꺼내 다시 테이블 위에 올렸다. 용강이 가방을 열고 안에 든 물건들을 살펴봤다. 그리고 약봉지 하나를 꺼내들고는 뜯기지 않은 비닐 포장이 자기 물건이 맞는지, 무게가 맞는지 확인하고 만족한다는 듯 고개를 끄덕였다.

"떠나면 돌아오지 마이소."

"걱정 마라. 기름 만땅꾸로 채우고 나면 다리를 붙잡고 늘어져도 이 빌어먹을 나라에 안 있는다."

"그걸로 기름 다 채운 거 아닙니까?"

"이제 반땅은 채웠네. 나머지 반은 남가주한테 받으면 되고."

옆에 앉은 황이 다시 인상을 썼다. 존칭 없이 회장 이름을 막 불러서인지 아님 이 똥병이 하는 짓거리가 볼썽사나워서인지 알 수 없었다. 황이 물을 한 모금 마시고 희수를 쳐다봤다.

"오늘 어떤 자린지 알고 나왔지?" 황이 물었다.

황의 말투는 질문이라기보다 왠지 명령조처럼 들렸다. 이상하게 이놈의 말투는 듣기만 해도 기분이 나빴다. 희수가 황을 향해 고개를 끄떡였다.

"그러면 손영감님은 이 전쟁을 끝낼 의지는 있으신가?" 황이 다시 물었다.

"남가주 회장님이야말로 이 전쟁을 끝낼 의지가 있으십니까? 전쟁은 영도가 일으켰는데 우리보고 끝낼 의지가 있냐고 묻는 건 그냥 닥치고 항복하라는 얘기 아닙니까?"

"호중이랑 박가가 죽은 건 우리 일이 아니니 내 상관 안 하겠네. 그런데 철진이도 요즘 소식이 없던데 이게 영도가 시작한 전쟁인가?"

"서로 뻔히 아는 이야기 갖고 말장난 같은 건 하지 맙시다. 죽기 전에 호중이가 그러더만요. 똥개라도 홈그라운드를 지키는 건 죄가 아니라고."

혼자서 열심히 음식을 먹고 있던 용강이 웃음을 터뜨렸다.

"호랭이는 죽어서 가죽을 남기고 사람은 죽어서 명언을 남긴다더니, 캬, 우리 호중이가 막판에 말 같은 말 하나 남기고 갔네. 암, 똥개라도 홈그라운드를 지키는 건 죄가 아니지."

황이 심히 언짢은 얼굴로 용강을 쳐다봤다. 그리고 다시 희수를 노려봤다. 그때 달자가 적당히 달궈진 백탄 위에 소고기를 올려서 구웠다. 부채질로 벌겋게 달궈진 숯불 위에서 치익 하고 고기 굽는 소리가 냄새보다 더 고소했다. 용강이 눈길을 돌려 숯불 위에서 익어가는 고기를 쳐다봤다. 달자가 겉만 살짝 익힌 고기를 집게로 들더니 황의 앞 접시에 놓았다. 그리고 용강, 필리핀 덩치, 희수 접시 위에도 차례로 한 점씩 놓았다. 구운 소고기 위에 핏기가 가득했다.

"살치살입니다. 왕소금에 살짝 찍어드시면 맛있습니다." 달자가 말했다.

용강이 굵은 소금에 소고기를 찍어 입안에 넣었다. 소고기가 맛있는지 용강의 얼굴이 환해졌다.

"햐, 이거 막 잡은 소고깁니까? 고기가 아주 싱싱합니다."

"일주일 전에 잡아서 숙성한 겁니다. 막 잡은 건 의외로 맛이 없습니다."

"아! 그건 어디서 들어본 것도 같네요. 음식이 정말 맛있습니다." 용강이 말했다.

"이래 봬도 우리 형님이 요리를 제대로 배우신 분이라요. 우리 형님 가르친 스승님이 일본에서도 유명한 스모선수인데 요리사로도 유명하지만 야쿠자로 더 유명한 분이라요."

조타실에 있던 털보가 설레발을 쳤다. 달자가 털보를 노려봤다. 희수도 털보를 쳐다봤다. 말이 많은 털보를 보는 것은 처음이라고 희수는 생각했다.

"야쿠자한테 요리를 배웠습니까?" 용강이 물었다.

"야쿠자는 아니고 그냥 스모선수였습니다. 덩치가 하도 좋으니까 사람들이 야쿠자라고 오해하긴 했지요."

달자가 용강의 눈치를 살폈다. 용강이 자신의 잔을 달자에게 건네고 술병을 들어 권했다.

"한잔하십시오."

"한 잔만 받겠습니다."

달자가 술잔을 내밀자 용강이 술을 따랐다. 달자가 술을 단번에 마시고 잔을 다시 용강에게 돌려줬다. 달자가 아이스박스에서 참다랑어를 꺼냈다. 그리고 너무 얇지도 두껍지도 않은 두께로 뱃살을 잘라냈다.

"혼마구로 대뱃살입니다."

"아! 대뱃살." 용강이 달자의 말을 따라했다.

"흔히들 대뱃살을 배 부위로 알고 있는데 사실은 목살에 가까운 부위입니다."

용강이 참다랑어 대뱃살을 입에 넣고 얼굴이 환해졌다. 옆에 덩치 큰 필리핀 사내는 맛에 상관없이 음식들이 깨작깨작 나오는 게 다소 짜증나는 눈치였다.

"고래고기 좋아하십니까?"

"아, 좋지요."

달자가 냉장고에서 기름지에 싼 고래고기를 꺼내 용강 앞에서 썰었다. 그리고 접시에 담아 용강 앞에 놓았다. 용강이 젓가락으로 고래고기를 한 점 먹었다. 필리핀 덩치가 정신없이 젓가락질을 하면서 고래고기를 먹고 또 연거푸 술을 마셨다. 황이 연거푸 술을 마시는 용강과 필리핀 덩치를 불안한 눈길로 쳐다보았다. 그러곤 희수를 한번 쳐다보고는 다시 용강을 쳐다봤다. 모두들 음식을 먹고 있는데 황만 술이건 고기건 한 점도 입에 대질 않았다. 그저 쉴새없이 두리번거리며 주위를 살폈다. 황의 조심성이 필요 이상으로 지나치다고 희수는 생각했다. 황은 이 자리에서 희수가 용강과 자신을 죽일 계획이라는 걸 이미 알고 있는 듯했다. 황이 알고 있다면 용강도 알고 있을 것이다. 하지만 잔뜩 긴장한 황에 비해 용강은 동네 술집에 놀러온 것처럼 편안하고 즐거워 보였다. 마치 늘어진 난의 잎새처럼 용강은 이 적당한 긴장감을 은근히 즐기고 있는 듯 보였다. 용강이 남은 고래고기 한 점까지 다 먹고 난 다음 술잔을 비웠다.

"정말 음식이 다 맛있소. 그 야쿠자 선생한테 요리를 제대로 배웠는갑소." 용강이 말했다.

"야쿠자가 아니라 그냥 일본 씨름을 좀 했던 사람입니다. 소문이 잘못 난 거지예."

"뭐 아무려면 어떻소. 어쨌든 그 선생 덕택에 죽기 전에 이렇게 맛난 음식을 다 먹는 거 아니오."

황의 접시 위에는 한 점도 먹지 않은 소고기와 대뱃살이 축 늘어져 있었다. 소고기에서 흘러나온 육즙이 접시 옆으로 삐져나와 있었다. 황이 술 대신 침을 삼키고 다시 입을 열었다.

"이번 전쟁으로 영도 애들도 많이 다치고, 구암 애들도 많이 다쳤는데, 더이상 피 흘리는 일이 없도록 해야 하지 않겠나."

희수가 황을 쳐다봤다.

"문제가 된 월농 구역이랑 보드카 상권은 우리가 양보하겠습니다. 그리고 공장도 내놓겠습니다. 천달호 회장님 조카분 위로금도 따로 준비하겠습니다. 그럼 그만하시겠습니까?" 희수가 물었다.

황이 이제야 말이 좀 통한다는 듯 살짝 안도의 한숨을 내쉬었다.

"회장님께서는 구암 항구도 좀 나눠 썼으면 하는데, 다 달라는 게 아니라 나눠 쓰자는 거지."

염치없는 말을 뻔뻔하게 잘도 하는 게 황의 특징 같았다. 속에서 '야 이 시발놈아, 그걸 지금 말이라고 씨부리나' 하고 욕지거리를 내뱉고 싶은 마음이 굴뚝같이 올라왔다. 희수가 술잔을 들었다가 마시지 않고 다시 다찌 테이블 위에 놓았다.

"영감님이랑 상의해보지요."

"상의는 미리 하고 왔어야지. 우리가 상의해보겠다는 말 들으러 여기까지 온 게 아니잖나." 황이 말했다.

용강은 희수와 황의 이런 얘기가 몹시 지루한지 아까부터 술잔을 비우고 빈 잔에 다시 술을 채우고 있었다. 용강이 이 샌님처럼 답답한 설랑이를 못 참겠다는 듯 옆에서 입을 열었다.

"시발, 뭘 답답하게 빙빙 돌려서 말하고 있소. 계집애들도 아니고."

황이 용강을 노려봤다. 용강은 황 따위는 아랑곳없다는 듯 희수의 얼굴을 부탁이라도 하듯 간절하게 쳐다봤다.

"희수야, 오는 길에 남가주가 그러더라. 오늘 항구를 못 받아오면 희수 니 목숨이라도 받아오라고. 솔직히 난 이쪽에서 손 털고 남은 돈 받고 싶다. 희수 니가 버팅기면 나 같은 용병이 우짜겠노. 할 수 없이 희수 니도 죽여야 하고, 아미도 죽여야 하고, 손영감도 죽여야 하고.

나는 애초에 일거리가 이렇게 많을 줄 몰랐다 아이가. 처음엔 겁만 살짝 주면 된다고 해서 시작한 일인데 일거리가 산더미네. 그나저나 말하다보니 이거 시발, 남가주랑 계약을 다시 해야 하는 거 아냐?"

"야 이 새끼야, 남가주 회장님이 니 친구냐?" 황이 발끈했다.

닥치라는 듯 용강이 손등으로 황의 얼굴을 내리쳤다. 살짝 친 것 같은데 황의 코뼈가 부러지는 소리가 들렸다. 황이 억 소리를 내며 코를 움켜쥐었다. 입과 코에서 한 움큼의 피가 흘러내렸다. 황이 그 와중에도 손수건을 꺼내 흘러내리는 피를 막았다. 용강이 같잖다는 듯 황을 쳐다봤다.

"아이 그 새끼, 입만 살아가지고. 한 번만 더 나불대라. 옥수수를 죄다 날려버릴 테니까." 용강이 황에게 말했다. 그리고 희수를 향해 다시 고개를 돌렸다. "그라자, 희수야. 니만 결심하면 이 전쟁 끝난다."

"다 이긴 것처럼 말씀하시네요."

"하나 죽이나 둘 죽이나 받는 돈은 똑같은데 괜히 일거리 늘리지 마라."

"그렇게 못하겠다면요?"

"맛나는 음식 묵고 집에 가서 푹 자려고 했더니 오늘도 힘들겠네."

용강이 과장된 제스처로 팔을 살짝 들어올렸다. 그러고는 왼팔에 찬 시계를 풀어 다찌 테이블 위에 올렸다. 음식을 먹고 있던 필리핀 사내가 손등으로 입을 쓱 닦더니 권총을 꺼냈다. 용강이 허리춤에서 칼을 꺼내 탁자 위에 올렸다. 미군 특수부대원들이나 쓸 것 같은 군용 칼이었다. 희수가 용강이 올린 칼을 우두커니 쳐다봤다. 갑자기 심장이 미친듯이 뛰기 시작했다.

"오늘 이 자리가 평화 협상인 줄 알았는데 그런 게 아니네요?" 희수가 물었다.

"너희도 평화 협상이나 하러 나온 폼은 아니구만." 용강이 달자를 쳐다보며 말했다.

달자가 중식도를 들고 묵묵히 양파를 자르고 있었다. 도마 위에서 양파가 슬라이스로 잘려나가는 소리가 규칙적으로 들려왔다. 이 판국에 양파는 대체 왜 자르고 있는지 이해할 수 없었다. 필리핀 덩치는 강심장인 건지 아무 생각이 없는 건지 권총을 겨눈 채 하품을 했다. 희수가 팔을 내려 의자 밑에 미리 꽂아둔 칼을 잡았다.

"우리 달자 아저씨 명성은 어릴 때부터 자주 들었으니 됐고, 희수는 칼 좀 쓰나?"

용강이 다찌 테이블 위에 있는 군용 칼을 검지 끝으로 톡톡 쳤다. 그리고 달자를 쳐다봤다.

"달자 아저씨, 이 용강인 이런 날이 설레고 좋습니다. 이 팽팽한 공기를 보이소. 온몸의 세포들이 살아 숨쉬는 것 같지 않습니까?"

"공기는 뭔 개소리고?" 달자가 무덤덤하게 말했다.

"다른 사람은 몰라도 달자 아저씨는 그 느낌 알 줄 알았는데." 용강이 투덜대며 말했다.

용강과 달자 사이에 잠시 침묵이 흘렀다. 달자가 도마 위에 중식도를 꽂아놓고 왼손에 작은 회칼을 움켜쥐었다. 조타실에서 털보가 한 손으로 쏠 수 있도록 개머리판을 개조한 사냥총을 들고 있을 것이다. 털보가 필리핀 놈을 날려주기만 하면 달자와 희수가 용강이 하나쯤 처리하는 건 아무 문제가 없을 것이다. 심장이 미친듯이 벌떡이고 있었다. 희수는 침착하게 자기가 할 일의 동선을 계속 상상했다. 필리핀 덩치가 입안에 음식 찌꺼기가 남았는지 볼을 오물거렸다. 그때 너울에 배가 흔들렸다. 덩치가 중심을 잃고 휘청거리다 용강의 어깨를 살짝 잡았다. 용강이 짜증스러운 표정으로 덩치를 쳐다봤다. 그때 달자가 왼손에 숨기고 있던 회칼을 용강의 손등에 꽂았다. 회칼이 손등을 뚫고 다찌 테이블에 박히는 소리가 둔탁했다. 놀란 필리핀 덩치가 달자를 향해 권총을 쏘았다. 순간 달자가 몸을 옆으로 비틀면서 중식도로 덩치의 손목을 내리쳤다. 믿기지 않을 정도로 빠른 동작이었다. 획하고 중식도가 지나가자 필리핀 덩치의 손목이 총을 쥔 채 다찌 테이블 위로 툭 떨어졌다. 필리핀 덩치는 자기 손에서 손목이 날아간 게 믿기지 않는지 비명조차 지르지 않았다. 황이 그제야 양복 안주머니에서 황급히 권총을 꺼내려고 허둥댔다. 하지만 권총은 주머니 어딘가에 걸렸는지 쉽게 빠져나오지 않았다. 달자가 들고 있던 중식도 칼등으로 황의 머리를 내리치고 다찌 테이블 위로 뛰어올라 덩치를 향해 달려들었다. 동시에 희수가 의자 밑에 숨겨둔 칼로 용강의 옆구리를 찔렀다. 용강이 옆구리를 찌른 칼날을 손으로 잡아서 칼이 더 깊숙이 들어가지 않았다. 희수가 힘을 주자 칼날을 쥔 용강의 손가락에서 뼈가 서걱거리는 소리가 났다. 용강의 손가락에서 흘러내린 피가 희수가 쥔 칼 손잡이 쪽으로 흘러내렸다. 희수가 왼손으로 용강의 목을 움켜쥐었다. 용강이 다찌 테이블에 박혀 있는 손을 빼내려고 안간힘을 썼다. 칼은 쉽게 빠지지 않았다. 용강이 손등을 억지로 칼 손잡이까지 밀어올린 뒤 칼날 앞쪽을 부러뜨렸다. 그리고 손등에 박힌 칼을 그대로 희수의 쇄골에 내리쳤다. 칼날이 쇄골에 부딪힌 후 목 안쪽으로 비집고 들어왔다. 희수가 왼손으로 용강의 손을 잡았다. 용강의 손등에서, 희수의 목에서 동시에 피가 흘러내렸다. 희수가 용강의 옆구리를 찌른 칼을 비틀었지만 용강은 신음소리도 내지 않았다. 용강이 무표정한 얼굴로 희수의 쇄골 안쪽으로 더 깊숙하게 칼날을 밀어 넣었다. 희수가 컥 하고 신음소리를 토했다. 용강이 희수 정강이를 발로 찼다. 희수가 무릎을 꿇었다. 칼날이 쇄골 쪽으로 계속 파고들어가고 있었다. 갑판 쪽에선 달자의 중식도에 목이 그어진 필리핀 덩치가 목을 잡고 버둥거리고 있었다. 그 와중에 황이 깨어나 권총을 꺼내려 버둥거렸다. 달자가 버둥거리고 있는 황의 머리에 중식도를 내리찍고는 도끼를 던지듯 용강의 등을 향해 중식도를 던졌다. 중식도가 허공에서 빙글빙글 돌며 날아오더니 용강의 등짝에 퍽 하고 박혔다. 용강이 작은 신음소리를 내며 휘청거렸다. 달자가 터벅터벅 걸어와 용강의 등짝에서 중식도를 빼냈다. 그리고 다찌 테이블 위에 있는 회칼을 집어들었다. 달자가 용강의 심장이나 폐 쪽을 찌르려는 듯 칼을 비틀어 다시 잡았다. 그때 갑자기 총소리가 울렸다. 외팔이 털보가 쏜 총알이 달자의 복부를 관통했다. 털보의 손이 부들부들 떨리고 있었다. 달자가 의아한 눈으로 총알이 박힌 자신의 배를 보고 다시 털보를 봤다. 그때 다시 총성이 울렸다. 총알이 가슴을 뚫었는지 충격으로 달자의 몸이 움찔했다. 용강이 자신의 손등을 뚫고 희수의 쇄골에 박혀 있는 칼을 왼손으로 빼냈다. 그리고 그 칼로 희수의 옆구리를 찔렀다. 온몸의 힘이 풀리는 것 같았다. 희수가 바닥에 완전히 주저앉았다. 용강이 비틀거리며 갑판으로 걸어가더니 들고 있는 칼로 달자의 목을 그었다. 희수가 다찌 테이블을 잡고 다시 일어서려 하자 털보가 사냥총으로 희수의 뒷머리를 내리쳤다. 뒤통수에서 피가 흘러내리는지 목덜미가 끈적하고 따뜻했다. 눈앞이 점점 희미해지면서 의식이 희미해지는 것 같았다.

"지금 바로 죽일까, 아님 지혈할까?" 털보가 물었다.

나무 바닥으로 용강이 뚜벅뚜벅 걸어오는 소리가 들려왔다.

"아! 고집불통 새끼, 일을 정말 어렵게 만드네." 용강이 일상적인 말투로 투덜거렸다.

희수는 횟배 선창에 얼굴을 대고 의식을 잃었다.

나무 기둥

눈을 떴을 때는 밤섬의 오두막이었다. 희수는 예전에 자기가 철진을 묶어놨던 나무 기둥에 팔을 뒤로 한 채 묶여 있었다. 엉덩이를 대고 있는 마룻바닥에서 역겨운 냄새가 올라왔다. 철진이 며칠 동안 이 나무 기둥에 묶인 채 앉은자리에서 똥을 싸고 오줌을 눴을 것이다. 몸을 조금 움직이려 하자 옆구리와 목덜미에서 통증이 올라왔다. 필리핀 사내 한 명이 정면에 쭈그리고 앉아 희수의 얼굴을 뚫어져라 쳐다보고 있었다. 키가 작고 눈썹이 진한 이 퀭한 눈의 사내는 희수의 동작 하나하나를 놓치지 않고 감시하겠다는 듯 딴짓도 하지 않고 희수만 쳐다봤다. 미간에 사마귀처럼 크고 검은 점이 있어 이 필리핀 사내는 마치 눈이 세 개 달린 것 같은 인상을 줬다. 점박이 사내 옆에는 여차하면 희수 목이라도 내리치겠다는 듯 정글칼 하나가 마룻바닥에 굳건하게 박혀 있었다.

얼마나 잠들었을까. 촘촘하지 않은 오두막의 나무 벽 사이로 햇빛이 새어들어오고 있었다. 습기와 여름의 열기 때문에 오두막 안은 마치 쿰쿰한 한증막 같았다. 등짝과 엉덩이가 땀인지 피인지 알 수 없는 액체에 흠뻑 젖어 있었다. 오두막 밖에서 팬벨트 돌아가는 소리가 들려왔다. 필리핀 말로 떠들어대는 사내들 소리도 들려왔다. 대영이 달자의 시체를 사료분쇄기에 집어넣고 갈고 있을지 모른다고 희수는 생각했다. 달자의 시체가 다 갈리고 나면 다음 차례는 희수일 것이다. 하지만 오두막 안이 너무나 더워서 공포보다 갈증이 더 심하게 밀려왔다. 희수 앞에 앉아 있는 점박이 사내는 이런 더위에 익숙한 것 같았다. 점박이 사내는 땀 한 방울 흘리지 않은 채 여전히 희수의 얼굴을 뚫어져라 쳐다보았다.

"물 좀 줘." 희수가 말했다.

점박이 사내가 얼굴을 십 도쯤 옆으로 기울이더니 자리에서 일어나 희수 쪽으로 걸어왔다. 그리고 장화를 신은 발로 희수의 얼굴을 걷어찼다. 코에서 피가 나는지 짭조름하고 따뜻한 액체가 입속으로 스며들었다. 점박이 사내가 다시 자기 자리로 돌아가더니 아까처럼 쪼그리고 앉아 희수의 얼굴을 뚫어져라 쳐다봤다.

"물 좀 달라고." 희수가 다시 말했다.

점박이 사내가 다시 얼굴을 십 도쯤 옆으로 기울였다. 그리고 자리에서 일어나 걸어오더니 장화를 신은 발로 희수의 얼굴을 걷어찼다. 점박이 사내가 자신의 장화에 희수의 코피가 튄 것을 발견하고 무슨 독거미라도 달라붙은 것처럼 황급히 바닥에 두어 번 쿵쿵거리며 피를 털어냈다. 그리고 희수의 얼굴을 장홧발로 한번 더 걷어차고는 자리로 돌아가서 쪼그리고 앉아 희수의 얼굴을 쳐다봤다. 사내의 규칙적인 동작이 어이없는지 희수가 피식 웃었다. 답답한 종류의 인간일 거라고 희수는 생각했다. 저렇게 융통성 없이 꽉 막힌 사내와 결혼해서 사는 여자는 평생이 지옥일 거라고도 생각했다. 희수는 물 마시기를 포기하고 고개를 뒤로 젖혔다. 용강에게 칼을 맞은 어깨와 옆구리는 지저분한 걸레 같은 것으로 지혈이 되어 있었다. 숨을 쉴 때마다 쇄골 쪽에서 통증이 올라왔다. 파상풍 주사라도 맞아야 하는 거 아닌가? 어쩐지 칼에 찔려 죽는 게 아니라 이 더러운 헝겊과 오두막의 지저분한 공기에 감염되어 죽을 거라는 생각이 들 정도였다.

털보가 배신을 했다. 사람 속은 알 수 없다. 달자와 털보는 사십 년 넘게 같이 일했다. 희수는 늘 이 과묵한 외팔이 사내만은 믿을 수 있다고 생각했다. 손영감도 그렇게 생각했을 것이다. 하지만 인간이란 우리가 쉽게 이해할 수 있는 동물이 아니다. 다 잡은 싸움이었는데 털보의 배신으로 이제 모든 게 물건너간 것 같았다. 털보는 무엇 때문에 배신을 했을까? 외팔이로 무시당해왔던 서러움? 아님 가족에 대한 협박? 보상금? 그게 무엇이든 털보는 자신의 전 인생을 바다 건너에 있는 섬 건달들에게 팔았다. 푼돈을 조금 쥐고 구암 바다를 떠난 다음 이제 영원히 돌아오지 못할 것이다. 남가주는 손영감과 희수가 무얼 하든 구암 바다를 손금 들여다보듯 훤하게 알고 있었다. 늘 한 발 앞서 있고 어떤 공격을 하든 척척 대응을 했다. 그러니 배신자들은 더 있을 것이다. 누가 그런 정보를 줄 수 있을까? 아마 도다리일 거라고 희수는 생각했다. 어쩌면 정배일지도 모른다고 생각했다. 혹은 양동, 아니면 단가, 그게 누구였든 희수보다는 현명한 놈일 게다. 그네들은 아직 살아 있고 희수는 온갖 바보짓거릴 하다가 곧 사료분쇄기에 들어갈 처지니까.

문이 열리더니 필리핀 사내들이 시끄럽게 떠들어대며 우르르 오두막 안으로 들어왔다. 사내들은 제각각 정글칼이나 도끼 같은 것을 손에 쥐고 있었다. 필리핀 말을 알아들을 수 없어서 사내들이 지껄이는 소리는 유난히 더 시끄럽게 느껴졌다. 곧이어 사내 한 명이 바구니에 쌀국수를 잔뜩 담아 왔고 또 뒤이어 들어온 사내는 양동이에 육수를 담아 왔다. 바구니를 든 사내가 그릇에 면을 담자 국자를 든 사내가 닭고기 몇 점과 국물을 담아 필리핀 사내들에게 나눠줬다. 그릇을 받은 사내들이 여기저기 퍼질러앉아 국수를 먹기 시작했다. 닭육수 냄새가 오두막 안에 가득 퍼졌다. 곧 죽을지 살지 모르는 이 판국에 배가 고파왔다. 하지만 필리핀 사내들은 희수에게 국수를 나눠줄 생각은 없는 것 같았다. 희수를 감시하던 점박이 사내도 국수를 받아들더니 희수 앞에 쪼그리고 앉아 후루룩거리며 한 그릇을 비웠다. 필리핀 사내들이 국수를 먹고 나가자 다시 예의 그 점박이 사내가 정글칼을 마룻바닥에 박아놓고 희수를 쳐다봤다. 희수가 점박이 사내와 눈이 마주치자 점박이 사내는 다시 고개를 십 도쯤 기울인 다음 자리에서 일어나 걸어오더니 희수의 얼굴을 장홧발로 걷어찼다. 정말이지 돌아버릴 것 같은 놈이라고 희수는 생각했다.

해가 뜨고 해가 졌다. 그리고 또 해가 떴다가 해가 졌다. 희수는 자다가 깨다가를 계속 반복했다. 피를 많이 흘려서인지 쉽게 피로가 찾아왔고 금세 몽롱해졌다. 깨어 있을 때도 마치 잠이 든 것처럼 의식은 몽롱했다. 구암 바다가 아직 전쟁을 하고 있을까? 아직 끝나지 않았을 것이다. 끝났다면 자기를 풀어주든가 죽이든가 둘 중에 하나는 했을 것이라고 희수는 생각했다. 손영감이 남가주에게 항복을 선언하고 넘겨줄 사업체와 등기를 정리하고 있을지도 모를 일이었다. 아니면 아미가 끌어모을 수 있는 아이들을 다 끌어모아서 마지막 한판을 준비하고 있을지도 모를 일이었다. 둘 다 희수로서는 최악의 결론이었다.

자다 깨다를 반복해서 며칠이나 지났는지 알 수가 없었다. 이따금 점박이 사내 대신에 얼굴 반쪽에 문신을 한 필리핀 사내가 희수를 감시했다. 얼굴에 문신을 한 필리핀 사내는 붕대를 뜯어 희수의 상처를 살펴보고 약을 바르거나 항생제 주사를 놓았다. 험상궂게 생긴 것과 달리 섬세하고 자상한 면이 있는 사내였다. 이따금 자기도 심심한지 희수에게 몇 마디 말을 걸기도 했는데 필리핀 말이어서 무슨 말인지 알 수는 없었다. 얼굴에 문신을 한 사내가 있을 때만 물을 마실 수 있었다. 물을 마실 수 있는 건 좋았지만 마시고 나면 오줌이 나왔다. 어쩔 도리가 없어서 희수는 바지에 오줌을 쌌다.

밤이 되자 대영이 눈치를 보며 오두막으로 들어왔다. 필리핀 애들에게 심하게 얻어맞았는지 여기저기 터지고 퉁퉁 부은 얼굴이었다. 대영은 얼굴에 문신을 한 사내에게 허리를 굽실거리며 희수에게 죽을 좀 줘도 되겠냐는 제스처를 했다. 얼굴에 문신을 한 사내가 흔쾌히 그러라고 했다. 대영이 희수 앞에 무릎을 구부리고 앉아 한 숟갈씩 죽을 먹여줬다. 희수가 죽 그릇에 고개를 처박고 허겁지겁 받아먹었다. 모시조개가 들어 있는 죽이었다. 따뜻한 죽 위로 참기름 냄새가 올라왔다. 웃기는 이야기 같지만 곱게 간 쌀알과 참기름에 볶아낸 찰진 조갯살이 너무나 고소하고 맛있어서 희수는 갑자기 꼭 살아서 이 섬을 빠져나가고 싶단 생각이 들었다. 죽 한 그릇을 말끔하게 다 비우고 나서야 희수는 고개를 들었다.

"달자 아저씨는?"

필리핀 사내에게 들킬까봐 그런 건지, 아니면 희수에게 사실을 말하기가 힘든 건지 대영은 소리는 거의 내지 않은 채 입술만 달싹거렸다. 입술만 달싹거려서 대영이 하는 말이 무슨 말인지 정확히 알 수는 없었다. 아마도 달자가 죽었다는 말일 것이다. 대영이 매우 괴로운 얼굴을 하고 있어서 사료분쇄기에 들어갔냐고는 묻지 않았다.

"죄송합니다, 희수 형님."

대영이 숟가락을 빈 그릇에 담았다. 괜찮다는 듯, 어쩔 수 없지 않냐는 듯 희수가 고개를 끄덕였다. 차마 희수와 눈을 마주치지 못하고 대영이 고개를 숙인 채 일어났다. 고개를 돌리는 대영의 눈에 눈물이 가득했다.

며칠 굶다가 갑자기 음식을 먹어서 그런지 저녁에 복통이 왔다. 먹은 것 대부분을 게워냈고 그 밤에 설사를 했다. 참으려고 했는데, 이 쓰레기 같은 것들 앞에서 똥을 쌀 순 없다고 생각했는데, 도저히 참을 수가 없었다. 문득 장례식장에서 양동이 희수에게 했던 말이 생각났다. "개처럼 늪의 밑에서 빌빌대다가 바지에 똥을 싼 채 죽을 순 없다." 희수가 딱 그 꼴이었다. 개처럼 살다가 바지에 똥을 싼 채 죽을 판이었다. 바지에서 똥냄새가 피어오르자 점박이 사내가 걸어오더니 욕을 해대면서 장홧발로 희수 얼굴을 몇 번이나 걷어찼다. 하지만 바지를 갈아입히지도, 희수가 앉은 자리를 닦아주지도 않았다. 허기와 갈증과 탈수 때문에 희수는 다시 잠이 들었다.

눈을 떴을 때 철진이 오두막에 들어와 있었다. 밤섬에서 빠져나간 뒤 치료도 받고 목욕도 했는지 모습이 깔끔했다. 철진의 양복에서는 좋은 향수 냄새가 났다. 언제부터 있었는지 철진이 의자를 갖다놓은 채 잠들어 있는 희수를 가만히 쳐다보고 있었다. 철진은 희수의 몸에서 나는 냄새가 역겨운지 손수건으로 코를 가리고 있었다.

"괜찮나?"

"괜찮아 보이나?" 희수가 이를 앙다물며 말했다.

철진을 노려보는 희수의 눈빛이 건방졌는지 갑자기 점박이 사내가 걸어오더니 장화발로 희수의 얼굴을 걷어찼다. 철진이 의아한 얼굴로 점박이 사내를 쳐다봤다. 점박이 사내가 뭐 잘못된 거 있냐는 얼굴로 철진을 쳐다봤다. 철진이 의자에서 일어나 점박이 사내의 뒤통수를 손바닥으로 후려쳤다.

"이 새끼야, 내가 지금 말하고 있잖아!" 철진이 점박이 사내에게 소리쳤다.

하지만 점박이 사내는 철진이 하는 말을 이해하지 못했는지 어깨를 들썩거리며 억울하다는 표정을 지었다. 철진이 구석으로 꺼져 있으라는 듯 점박이 사내에게 손을 내저었다. 점박이 사내가 투덜대며 오두막 구석으로 갔다. 철진이 양복 주머니에서 담배를 꺼내 희수 입에 물려주고는 불을 붙였다. 희수가 담배를 빨았다. 빈속이었고 너무 오랜만에 피워서 그런지 한 모금밖에 빨지 않았는데도 어지럼증이 밀려왔다. 희수가 묶인 나무 기둥에 머리를 기댔다. 철진이 자기도 담배를 입에 물고 불을 붙였다.

"저 새끼 좀 더 패줘라. 사람 아주 환장하게 만드는 놈이다." 희수가 말했다.

철진이 고개를 돌려 점박이 사내를 쳐다봤다. 어이가 없다는 건지 아님 감시를 잘해서 기특하다는 건지 철진이 씩 웃었다. 점박이 사내가 영문도 모른 채 움찔했다.

"밤섬 지긋지긋할 텐데 뭐하러 왔노?" 희수가 물었다.

"남가주 회장이 가보라더라. 기회를 한번 더 줘보라고."

희수가 고개를 들고 철진을 쳐다봤다.

"기회?"

"이 싸움 끝났다. 설마 이길 거라고 생각하나. 남가주는 한번 맘먹으면 절대 포기하는 사람이 아니다. 희수야, 이제 그만하고 넘어온나. 그럼 아미도 살고 인숙이도 살고 다 산다. 너는 지금이 최악이라고 생각하겠지만 지금보다 더 최악의 상황도 벌어질 수 있다."

"영감님 등짝에 칼 꽂고, 이 구암 바다에서 살라고? 평생 사람들이 뒤에서 씨부리는 온갖 개소리를 들어가면서?"

"니가 무슨 독립운동이라도 하는 줄 아나? 이게 무슨 의미가 있노? 어차피 살 만큼 산 늙은이다. 왕 노릇 하면서 그만큼 살았으니 여한도 없을 거다. 희수 니가 안 하면 어차피 그 자리 도다리가 먹을 거다."

희수가 어금니로 담배를 씹었다. 그러고는 뭐 재미있는 거라도 발견한 양 킥킥거렸다.

"철진이 넌 인생 참 편하게 산다. 어릴 때부터 보면 너는 머리도 좋고, 말도 잘하고, 항상 근사한 변명거리도 가지고 있었지. 그런데 철진아, 살면 다 사는 거가. 숨쉬고 밥 처묵고 떡치면 다 사는 거가? 건달로 살아도 마지막까지 지켜야 할 게 있는 거다. 무슨 말인지 알겠나, 이 좆같은 새끼야."

철진이 인정한다는 듯 희수 말에 고개를 끄덕였다. 그러고는 양복 안주머니에서 지갑을 꺼내 희수에게 보여줬다. 지갑 안쪽에는 철진이 쌍둥이 두 딸을 안고 있는 가족사진이 있었다.

"우리 딸들 예쁘제?"

희수가 가족사진을 쳐다보고 다시 철진의 얼굴을 쳐다봤다.

"아버지가 된다는 게 뭔지 아나? 자기가 이 세상에서 좆도 아닌 놈이라는 걸 아는 거다. 희수 니는 멋있게 사는 게 중요하겠지만 나한테는 그런 게 별로 안 중요하다. 나는 사는 게 중요하다. 나는 그냥, 숨 쉬고 밥 처묵고 찌질하게라도 사는 게 중요하다."

철진이 한참이나 희수를 쳐다봤다.

"마지막으로 묻는다. 안 할 거가?"

희수가 경멸스러운 눈빛으로 철진을 쳐다봤다. 할 수 없다는 듯 철진이 의자에서 일어섰다.

"아미가 애들 끌어모았다. 영도랑 한판 붙을 모양이더라."

순간 망치로 머리라도 맞은 듯 희수가 멍한 눈으로 철진을 쳐다봤다.

"저번엔 살았지만 이번엔 죽을 거다."

"아미 쉽게 안 죽는다. 아미가 만만했으면 니가 여기까지 왔겠나."

"안다. 아미네 패거리 만만하지 않다. 그래도 이번엔 살아남기 어려울 거다."

희수가 이를 앙다물었다. 철진의 말이 맞을 것이다. 영도도 겁 없는 아미네 패거리와 전면전을 붙는 것이 몹시 부담스러울 것이다. 하지만 결국엔 영도가 이길 것이다. 이 노회한 승냥이들과 싸우기에 아미네 패거리는 너무 순진했다.

"아미는 죽이지 마라. 아미 죽이면 철진이 너 절대 용서 안 한다."

철진이 측은한 얼굴로 희수와 희수가 묶여 있는 나무 기둥을 쳐다봤다.

"그 자리 견딜 만하나? 나는 내가 싼 똥 위에 앉아 있는 것도 견디겠던데 끝없이 앵앵거리는 파리들은 못 참겠더라. 나도 여기서 살아남았으니까 너도 여기서 살아남아봐라. 그럼 그때 용서에 대해서 이야기해보자."

철진이 오두막 밖으로 나갔다. 문이 닫히자 오두막 구석에 있던 점박이 사내가 희수 앞으로 걸어왔다. 그리고 들고 있던 공병삽으로 희수의 머리를 내리쳤다. 희수는 공병삽을 맞고 그 자리에서 기절했다.

다음날부터 희수는 아팠다. 고열과 탈수로 기절했다가 깨어나기를 반복했다. 불에 탄 것처럼 열이 사십 도까지 올랐다가 금세 이가 덜덜 떨리는 추위가 왔다. 희수는 식은땀을 흘리다가 오한에 몸을 떨기를 반복했다. 온몸의 모든 뼈를 하나하나 분리해 모루 위에서 망치로 두들기고 있는 느낌이었다. 몸에서 움직이고 삐걱거리는 모든 것들이 욱신거리고 아팠다. 희수가 고열에 시달리며 신음소리를 내면 점박이 사내가 양동이로 물을 한 바가지 퍼붓고는 공병삽으로 머리를 내리쳤다. 이따금 대영이 죽을 들고 오거나 물을 들고 오두막 안으로 들어왔다. 하지만 먹으면 대부분 게워냈다. 어차피 죽일 놈이라고 생각했는지 필리핀 아이들은 아무런 치료도 하지 않았다. 의식이 점점 몽롱해져서 낮인지 밤인지 구분할 수도 없었다. 심지어 깨어 있는 건지 잠들어 있는 건지도 구분할 수 없었다. 머릿속에서 계속해서 물방울이 피어올랐다. 온몸이 빨래처럼 축 늘어졌는데도 등뒤에 있는 나무 기둥은 단단했다. 나무 기둥에서 도저히 빠져나갈 수가 없었다. 죽은 나무가 이렇게 단단하구나. 오래전에 죽은 것들이 이렇게 단단하구나. 희수가 중얼거렸다. 가끔 꿈속에 인숙이 나왔다. 희수는 인숙의 무릎을 베고 누워 있었다. 인숙의 허벅지는 촉촉하고 따뜻했다. 인숙이 희수의 귀지를 파췄다. 인숙의 사타구니 저 안쪽에서 햇빛에 잘 마른 아기 기저귀 냄새가 났다. 우리 아기는 너처럼 깨끗해서 뱃속에서부터 기저귀를 차고 있는 모양이라고 희수가 농담을 했다. 인숙이 햇살처럼 환하게 웃다가 이내 슬픈 얼굴이 되었다. 몸을 뒤척이며 희수는 철진이 돌아오면 남가주에게 항복하겠다고 말하리라 생각했다. 이제 이 빌어먹을 전쟁은 그만하자고, 늙은 영감탱이는 어떻게 되든 상관없다고, 아미를 살려달라고, 말하려고 했다. 하지만 철진은 오지 않았다.

그 밤에 필리핀 사내들이 우르르 들어왔다. 사내들은 정글칼과 도끼와 총을 가지고 있었다. 문신을 한 사내가 희수를 나무 기둥에서 풀어내고 일으켜세웠다. 다리에 힘이 하나도 없어서 서 있을 수가 없었다. 희수가 균형을 못 잡고 바닥에 쓰러졌다. 점박이 사내가 희수의 배를 발로 걷어찼다. 대영이 달려와서 희수를 안으며 발길질을 막았다. "제가 데리고 나가겠습니다." 대영이 절박하게 말했다. 얼굴에 문신을 한 사내가 그렇게 하라는 듯 점박이 사내를 저지했다. 대영이 희수의 겨드랑이에 자신의 목을 끼워넣고 일으켜세웠다. 희수는 대영의 어깨에 기댄 채 횡설수설했다. "철진이한테 내가 졌다고 해라. 하라는 대로 다 한다고. 같이 모시조개 죽이나 한 그릇 묵자고 해라." 대영이 아무 말 없이 오두막 밖으로 희수를 질질 끌고 나갔다. 선착장에 배가 하나 있었다. 선착장으로 가는 통로는 대나무와 스티로폼으로 만들어져 좁고 휘청거렸다. 대영이 희수를 부축하다가 몇 번이나 넘어졌다. 뒤따라오던 필리핀 사내들이 짜증을 냈다. "철진이 불러라. 내가 그만한다고, 아미는 죽이지 말라고 해라." 대영이 희수의 얼굴을 애써 외면했다. "아미는, 이미 죽었습니다." 대영이 중얼거리듯 말

했다. 다리에 힘이 풀려서 희수가 제자리에 쭈그려앉았다. 정글칼을
든 필리핀 사내가 빨리 일어서라는 듯 대영의 등을 쿡쿡 찔렀다. 대영
이 다시 희수를 일으켜세우고 선착장 앞까지 갔다. 모터가 달린 고무
보트에 필리핀 사내 둘이 대기하고 있었다. 정글칼을 든 필리핀 사내
가 대영을 뒤로 밀쳐내고 희수를 내팽개치듯 보트 안에 던져넣었다.
필리핀 사내 넷이 보트에 탔다. 정글칼을 든 사내가 희수를 발로 꾸역
꾸역 밀어 보트 밑창까지 쑤셔넣었다. 잠시 후 요란한 모터 소리가 들
렸다. 바람 소리와 모터 소리와 뱃전에 부딪히는 파도 소리를 들으며
희수는 아미가 죽었다는 말이 무슨 뜻인지 이해하려고 애를 썼다. 그
것은 비현실적이었고, 비현실적이어서 별로 슬프지 않았다. 희수는
파도에 통통 퉁기는 고무보트 바닥에 얼굴을 묻고 다시 잠이 들었다.

양다리보단 헛발질이 낫다

희수는 채의원의 병원에서 깨어났다. 병실에는 구암의 건달들 대신 영도 건달들이 모여 희수를 감시하고 있었다. 이따금 간호사가 체온과 맥박을 재기 위해 들어왔고 링거를 살펴보고 돌아갔다. 병실과 복도를 지키고 있는 건달들 때문에 간호사는 살짝 겁에 질린 듯했다. 얼마 만에 깨어난 거냐고 희수가 물었을 때 간호사는 "사흘"이라고 짧게 대답했다. 오후에 영도의 건달들을 헤집고 단가가 병실에 들어왔다. 단가가 희수를 보자마자 울먹거렸다.

"몰골이 완전 만신창이네. 마, 하라는 대로 다 해주지 뭔 영화를 보겠다고 이 고집을 부리노."

희수의 몰골 때문인지, 아님 구암 바다에 몰아닥친 피바람 때문인지 단가가 한참을 서럽게 울었다. 단가가 소매 끝으로 눈물을 닦았다. 희수가 손짓을 하자 단가가 병원 침대를 삼십 도 정도 세웠다.

"아이들이랑 손영감은 어찌됐노?" 희수가 물었다.

"다 끝났다. 아미네 애들은 다 흩어졌고 손영감은 교통사고 당해서 오늘내일한다. 음주운전한 놈이 쳤다는데 말이 교통사고지 그게 어디 사고겠나?"

희수가 말없이 천장을 쳐다봤다. 슬픔도 분노도 힘이 있어야 끓어오르는 건지, 몸안에 힘이 하나도 없어서 무감각한 느낌이었다.

"아미 죽은 건 들었제?"

희수가 고개를 끄덕였다.

"형님 잡혀갔다는 소식 듣고 영감님이 호텔을 형님 앞으로 넘겼다고 하대. 그 덕분에 형님이 살아남은 거다." 단가가 뒤에서 병실을 지키고 있는 영도 건달들을 슬쩍 쳐다봤다. 그리고 희수 쪽으로 다가오더니 손으로 입을 가리고 희수 귀에다 작은 목소리로 말했다. "등기 넘겼는데 남가주가 손영감을 살려둘 필요가 뭐 있겠노. 그날 밤에 바로 사고 당한 거다."

희수는 그저 멍한 표정으로 벽을 쳐다봤다. 머릿속에 그 어떤 생각도 떠오르지 않았다. 아미가 죽고, 손영감이 사고를 당해서 오늘내일한다는데 모든 게 먼산에 있는 나무나 바위처럼 멀게 느껴졌다. 희수가 한참 만에 다시 입을 열었다.

"인숙이는?"

"집에 있다. 홍사채가 보낸 건달들이랑 남가주 애들이 형님 집을 아주 에워싸듯 지키고 있어서 꼼짝도 못하고 있다."

그때 간호사가 들어와서 링거 줄에 주사를 놓았다. 그리고 먹는 약을 한 움큼 줬다. 간호사가 주사는 무슨 주사이며 약은 무슨 약이라고 말했는데, 희수는 귓속에서 송신이 끊긴 전화기처럼 뚜 소리만 들려와서 뭔 말인지 알아들을 수가 없었다. 단가가 희수를 안쓰럽게 쳐다봤다. 아미가 죽었고 손영감도 죽어가고 있는데 희수는 잠이 왔다. 희수가 눈을 감자 단가가 침대를 바로 눕혔다. 단가가 이불을 덮어주고 희수의 이마를 어루만졌다.

"형님아, 마음 단디 묵으래이. 여기서 무너지면 안 된다."

이틀 뒤에 희수는 채의원의 병원에서 나왔다. 채의원이 아직 돌아다니면 큰일난다고 했지만 희수는 고집을 부렸다. 단가가 속옷과 입을 옷을 챙겨왔다. 단가가 가지고 온 옷들은 죄다 백화점에서 새로 산 것들이었다. 인숙의 얼굴을 볼 면목이 없어서 집에 들를 수가 없었다고 단가가 머쓱한 표정을 지으며 말했다. 희수는 옷을 챙겨 입고 병원을 나왔다. 병원 입구에서부터 남가주의 아이들이 계속 희수를 따라다녔다. 희수가 단가의 차에 타려고 하자 남가주의 아이들이 희수를 막아섰다.

"죄송합니다. 회장님이 잘 모시고 있으라고 해서요." 젊은 건달이 희수에게 말했다. 행동은 예의발랐지만 말투는 딱딱했다.

병원 입구를 지키고 있던 남가주의 애들은 네 명이었다. 그중에 깡이라는 놈은 남가주파의 중간 간부로 희수와 예전부터 잘 알던 사이였다. 희수가 깡이에게 손짓을 했다. 깡이가 희수에게 달려와서 인사를 했다.

"나 어디 들를 데가 있는데, 이 차 타고 잠시 다녀오면 안 되겠나?"

깡이가 살짝 곤혹스러운 표정을 지었다. 그러더니 이내 밝은 표정으로 희수를 쳐다봤다.

"희수 형님, 다른 차는 좀 그렇고예, 가시고 싶은 데 있으시면 저희 차로 모셔다드리면 안 되겠습니까?"

희수가 단가를 한 번 쳐다보고 깡이를 향해 고개를 끄덕였다. 깡이가 자기 애들을 향해 손짓했다.

"야! 차 빼와라."

남가주 애들이 모는 차를 타고 희수가 도착한 곳은 손영감이 입원한 병원이었다. 중환자실에 있는 손영감은 의식이 없었다. 운전사는 그 자리에서 죽었고 손영감만 용케 살아남았다. 차트를 보고 있던 젊은 의사가 중환자실 안으로 못 들어가게 했다.

"의식이 한 번이라도 돌아왔습니까?" 희수가 젊은 의사에게 물었다.

"안 돌아왔습니다. 의식이 돌아와도 살아남긴 어려울 겁니다." 젊은 의사가 차트에서 시선도 떼지 않은 채 무성의하게 말했다.

단가의 부축을 받고 희수가 산565번지 절벽집으로 돌아왔을 때 대문 앞은 홍사채의 건달들이 지키고 있었다. 평상에는 홍사채가 앉아서 휴대용 병에 든 위스키를 마시고 있었다. 희수가 평상에 앉았다. 홍사채가 희수에게 휴대용 병을 내밀었다. 희수가 병을 받아 위스키를 한 모금 마셨다. 속으로 타고 들어가는 위스키의 향이 더없이 강렬하고 거칠었다.

"엉망이다." 홍사채가 말했다.

희수가 힘없이 고개를 끄덕였다.

"여기서 뭐하고 있습니까? 우리 인숙이 보호해주고 있는 겁니까?"

"겸사겸사. 희수 니도 기다리고, 인숙이 얼굴도 보고."

희수가 위스키를 한 모금 더 마셨다. 두번째 마셨을 때가 더 독한 느낌이었다. 홍사채가 희수의 손에 들린 위스키병을 받아 뚜껑을 닫났다.

"남가주 회장과 합의는 끝난 거가?"

"이제 합의하겠지예."

"그럼 그때까지 너희 집에서 신세 좀 지자. 남가주가 워낙 꼬장꼬장한 양반이라서. 이해하제?"

이해한다는 듯 희수가 고개를 끄덕였다.

희수는 평상에서 일어나서 방으로 들어갔다. 방안에는 캐리어 두 개가 덩그러니 놓여 있었다. 인숙은 캐리어 옆에 무릎을 오므린 채 쭈그리고 앉아 있었다. 아마도 구암 바다를 떠나려고 했는데 홍사채에게 붙잡혀 여기에 갇힌 것 같았다. 희수가 방안에 들어섰지만 인숙은 여전히 무릎 위에 이마를 기댄 채 꼼짝도 하지 않았다. 희수가 인숙의 옆에 앉았다. 인숙이 힘없이 고개를 돌렸다. 인숙의 눈동자가 생명을 잃은 것처럼 텅 비어 있었다.

"왜 고집을 피웠노?" 인숙이 물었다.

"무슨 말이고?"

"아미를 살릴 수 있었다메?"

희수가 고개를 흔들었다.

"그 늙은 영감탱이를 살리겠다고 우리 아미를 죽인 거가?" 인숙의 목소리가 싸늘했다.

"그런 거 아니다."

"그럼 만리장 호텔 사장 자리가 탐나서 아미를 죽인 거가?"

"그런 거 아니라니까."

"그럼 뭔데?" 인숙이 희수의 머리채를 잡고 흔들기 시작했다. "말해봐라. 그럼 뭐냐고." 희수는 인숙이 머리채를 흔드는 대로 놔뒀다.

잠시 후 인숙이 힘이 빠졌는지 잡았던 머리카락을 놓았다. 며칠 동안 혼자서 아미의 장례를 치르느라 힘이 쭉 빠진 건지, 그 강단 있던 인숙의 몸에 아무런 기력이 없었다.

"너는 이해 못하겠지만, 인숙이 니가 알고 있는 그런 거 아니다. 이건 그렇게 간단한 문제가 아니다." 희수가 어쭙잖은 변명을 했다.

인숙의 눈에서 눈물이 흘러내렸다.

"그게 니한테 얼마나 어려운 일이건, 얼마나 중요한 일이건, 나는 이해하고 싶지 않다. 이해하지도 용서하지도 않을 거다."

인숙이 자리에서 일어났다. 그리고 결연한 얼굴로 무거운 캐리어 두 개를 질질 끌면서 밖으로 나갔다. 홍사채와 건달 한 명이 현관문 앞에서 인숙을 막아섰다. 인숙이 건달을 쳐다보고 다시 희수를 쳐다봤다. 홍사채가 희수의 얼굴을 보고는 문 옆으로 비켜섰다. 인숙이 홍사채와 건달을 밀치고 마당을 또각또각 걸어갔다. 희수는 인숙의 단호한 걸음을 멍하니 쳐다봤다. 그 수많은 모욕과 수군거림 속에서도 인숙은 한 번도 이 바다를 떠난 적이 없었다. 그러니 이제 인숙은 돌아오지 않을 거라고 희수는 생각했다. 이 바다로도, 희수에게로도.

다음날 오후에 희수의 높은 절벽집으로 남가주 회장이 찾아왔다. 희수는 평상에 앉아 소주를 마시고 있었다. 대문에 들어선 남가주 회장이 웃으면서 희수를 쳐다보았다. 희수가 놀라서 자리에서 일어났다.

"아이고마, 높은 곳에도 산다. 피난 내려왔을 때 살아보고 이 동네는 거의 사십 년 만에 처음 와봤네."

남가주 회장을 따라다니는 보디가드 산이 한 손에 과일바구니를 들고 있었다. 산은 희수와 비슷하거나 한두 살 어린 나이였다. 남가주 회장이 만리장에 놀러올 때마다 종종 산의 얼굴을 봤었다. 하지만 이야기를 나눠본 적은 없었다. 원체 말이 없는 스타일이었고 한국말이 서툴렀다. 재일교포 3세인 산은 야쿠자 출신이었다. 일본에서 스모선수로 활동했었는데 들리는 말에 따르면 검도도 상당한 실력이라고 했다. 그랬으니까 남가주 회장이 저놈을 보디가드로 데리고 다니는 것일 테다. 보디가드를 데리고 다니지 않는 사람은 손영감밖에 없었다. 어쩌면 사람들은 희수를 손영감의 보디가드라고 생각할지도 몰랐다. 지난 십 년간 희수가 늘 손영감 옆에 붙어다녔으니까. 그렇다면 천달호나 남가주, 하다못해 홍사채의 보디가드를 통틀어서 보디가드로서는 자기가 가장 허접할 거라는 생각을 했다. 산은 살집이 많아서 가만히 앉아 있어도 땀을 줄줄 흘리는 타입이었는데, 이 높은 언덕까지 올라오느라 온몸이 마치 물에 빠졌다 나온 사람처럼 땀에 흠뻑 젖어 있었다. 호리호리한 남가주 회장이 혼자 숨을 헐떡거리고 있는 산을 보고 한심하다는 표정을 지었다.

"그 체력으로 밤일이나 제대로 하겠나?"

산이 겸연쩍은 표정을 지었다. 젊은 산은 다 죽어가는데 남가주 회장은 전혀 힘들지 않은지, 오히려 사십 년 만에 옛 동네에 올라오니 뿌듯하다는 얼굴이었다. 남가주는 마치 산 정상이라도 정복한 양 팔을 옆으로 펼치며 가볍게 스트레칭을 했다.

"이제 우리 애들 합숙소는 여기다 마련해야겠다. 여기 살면 운동 따로 안 시켜도 되겠네. 가장 가까운 슈퍼도 계단을 삼백 개씩 오르락내리락해야 하면 마, 자체로 해병대 극기훈련 아이가."

남가주 회장이 너스레를 떨었다. 남가주 회장이 평상 위에 있는 김치와 소주를 보고 혀를 찼다.

"안주가 이게 뭐고?"

"그냥, 꺼내기 귀찮아서……" 희수가 우물쭈물 말했다.

"나도 한잔 줘봐라."

남가주 회장이 희수가 마시던 술잔을 들어올렸다. 희수가 소주병을 들어 잔에 술을 따랐다. 남가주 회장이 술을 단번에 비우고 김치를 손으로 찢어서 한 조각 입에 넣었다.

"집사람이 담근 거가?"

"네."

"집사람이 음식 솜씨가 있네."

남가주 회장이 잔을 희수에게 건네고 술을 따랐다. 희수가 술잔을 비웠다. 남가주 회장이 들고 온 과일바구니에서 바나나를 하나 꺼내 껍질을 깠다. 그리고 앞부분을 툭 분질러서 희수에게 건넸다. 희수가 바나나를 받아 입에 넣었다. 남가주 회장이 희수 앞에 있는 술잔을 자기 앞으로 가지고 와서 술을 따르더니 입안에 털어넣었다. 그리고 바나나를 조금 씹어먹었다. 소주 안주로 바나나가 의외로 괜찮은지 남가주 회장이 고개를 끄덕거렸다.

"나한테 섭섭한 게 많제?" 남가주 회장이 유난히 따뜻한 목소리로 물었다.

희수가 대답 없이 우물쭈물 고개만 까딱거렸다.

"괜찮다. 안 섭섭하면 그게 사람이가? 짐승이지."

희수가 아무 말 없이 소주잔을 비웠다.

"아미 일은 안됐다. 그렇게 가면 안 되는 놈인데, 참 아깝다. 내가 희수랑 아미는 건드리지 말라고 분명히 말했는데, 천달호 새끼가 이제 대가리가 커서 그런지 내 말도 안 듣네. 건달들 세계에서 싸움 나면 이리 죽고 저리 죽는 거지, 다 큰 어른이 복수 같은 걸 하려고 하노. 천달호 새끼는 그래서 큰 놈이 못 되는 거다."

남가주 회장이 저 바다에서부터 이 산꼭대기까지 다닥다닥 붙어 있는 산565번지 동네를 바라봤다.

"저기 봐라. 살아보겠다고 산꼭대기까지 집을 다 지었네. 원래는 다 판자촌이었는데. 사실 판자촌도 아니었지. 당시에 판자가 얼마나 귀했다고. 미군 시레인선에다, 판초 우의, 뭐 늠의 집에서 몰래 떼온 함석판, 간판 이런 거 다닥다닥 붙여가지고 집을 만들었다 아이가. 건축 허가도 없고 그냥 막 지었는데 저 위태위태한 집들이 안 무너지고 지금까지 버티고 있는 거 보면 기적이 따로 없다."

실제로 희수도 그런 생각을 했다. 저 비탈에 막 지은 위태로운 집들이 그 수많은 태풍에도 버티고 있다는 게 희수는 항상 신기했다. 태풍 사라 때는 꼼꼼한 일본 기술자들이 지은 만리장 호텔도 반이나 날아갔다는데 말이다.

"저기 비뚤비뚤한 소나무 밑에 있는 집 보이제. 내 고향은 원래 만주인데 6·25 때 여기까지 피난 내려와서 내가 저기서 살았다."

"고향이 만주였습니까?"

"우리 아버지가 만주에서 나를 낳았다. 그런데 뭐 빨아먹을 게 있다고 서울에 왔다가 공산당한테 쫓겨서 어영부영 여기까지 밀려내려왔다. 사실 우리 아버지 같은 가난뱅이가 공산당 무서워할 게 뭐 있다고 여기까지 도망왔는지 모르겠다. 희수 너는 여기가 고향이가?"

희수가 고개를 끄덕였다.

"좋은 데서 태어났네. 내가 태어난 만주는 바람만 많이 부는 황량한 곳이다. 나무도 별로 없고, 가도 가도 지평선만 보이고, 춥고, 먹을 것도 없고. 거기에 마적떼들이 있었는데 지금 건달들은 마적에 비하면 다 얼라들이지. 을매나 무시무시하다고."

남가주 회장이 과일바구니에 있는 토마토 몇 개를 꺼내 수돗가에서 씻었다. 그리고 토마토 하나를 산에게 건네고 하나를 희수에게 건넸다. 산이 황송하다는 듯 토마토를 받더니 우걱우걱 씹어먹었다. 남가주 회장이 이 높은 데까지 수도가 나오는 게 신기한지 수도꼭지를 몇 번 돌려보다가 수돗가에 쭈그리고 앉아 얼굴을 씻었다. 희수가 빨랫줄에 널려 있는 수건 하나를 걷어 남가주에게 건넸다.

"여기 의외로 괜찮다. 정감이 있네. 높아서 풍경도 좋고."

"다리만 튼튼해집니다."

"다리가 튼튼하면 뭐든 못하겠노. 남자는 하체다."

"그렇습니까?"

"하모, 이 새끼 봐라. 명색이 스모선수 출신인데 건달 생활 몇 년 하고 나니까 저 부실한 하체 봐라. 여기까지 올라오는데 아주 똥을 싼다. 내가 저런 걸 보디가드라고 데리고 다니니 천달호 같은 후배놈한테 만날 발리는 거지."

남가주 회장은 다시 소주잔에 술을 따라서 마셨다. 모든 일이 다 뜻대로 풀려서 그런지 홀가분한 것 같았다. 무엇보다 아직 삼십 년은 더 살 만큼 튼튼해 보였다. 저렇게 튼튼하니 저 나이에도 욕심이 많은 거라고 희수는 생각했다. 평상 위에 놓인 작은 밥상에는 소주잔도 하나뿐이고 젓가락도 한 쌍뿐이었다. 희수가 부엌으로 들어가 소주잔과 젓가락을 꺼내고 냉장고 문을 열었다. 냉장고 안에는 인숙이 해놓은 음식이 잔뜩 들어 있었다. 누굴 위해 해놓은 건지, 언제 해놓은 건지 알 수도 없는 음식들이었다. 희수는 문어 숙회, 갈치조림, 재첩무침

같은 것들을 되는대로 꺼냈다. 밥상 위에 음식들을 올려놓자 남가주 회장이 깜짝 놀란 표정을 지었다.

"이게 다 뭐꼬? 느그 평소에 이래 먹고 사나?"

"평소에는 훨씬 잘 먹고 이런 건 라면 먹을 때 입가심으로 먹는 겁니다." 희수가 농담을 했다. 남가주 회장이 희수 얼굴을 잠시 쳐다봤다.

"우리 희수 결혼 잘했네. 집사람이 살림 야무지게 한다."

남가주 회장이 젓가락으로 문어도 한 조각 먹고 갈치조림도 조금 떼어 먹었다.

"이래 좋은 안주가 있는데 왜 김치에 깡소주를 마시노?"

"우린 하도 먹으니까 질려서예." 희수가 다시 농담을 했다.

남가주 회장이 이번엔 짜증스러운 표정으로 희수를 쳐다봤다.

"아따! 그 새끼, 일 절만 하지. 꼭 후렴까지 다 부르려고 하네."

남가주 회장이 희수의 농담에 마음을 놓은 듯 크게 숨을 들이쉬고 다시 내쉬었다. 그리고 산565번지로 가파르게 올라 있는 집들을 바라봤다. 어쩐지 평소와는 사뭇 다른 느낌이었다. 남가주 회장이 술잔을 단번에 비우고 술을 가득 따라서 희수 앞에 놓았다.

"마시고 툴툴 털어내라. 사십 년 전이가, 내 피난 내려왔을 때 길에서 죽은 사람들만 수십만 명이다. 길거리에 감자 알갱이만큼 많은 시체들이 나뒹굴어도 산 사람은 밥을 묵고 살아야 하는 거다. 그러니 희수 니가 붙잡고 있는 것들은 다 쓸데없는 것들이다. 그것들 다 털어내고 나면 이제 희수 니 시대 아니겠나."

희수는 남가주가 건넨 술잔을 바라봤다. 잔 속에 들어 있는 소주가 너무나 맑고 투명해서 그곳에는 한 점의 거짓도 없는 것 같았다. 희수가 잔을 들어 말끔히 소주를 비웠다. 남가주 회장이 할말이 다 끝났는지 자리에서 일어났다.

"손영감님 깨어나셨다더라. 돌아가시기 전에 인사라도 드려야 안 되겠나."

저녁이 되자 절벽집을 지키고 있던 남가주의 건달들은 모두 철수했다. 홍사채의 건달들도 보이지 않았다. 희수는 갑자기 남가주의 건달들도 사라지고 홍사채의 건달들도 사라지자 웃기게도 쓸쓸한 느낌이 들었다. 이제 이 절벽집은 인숙도 떠나고 그 시끄럽던 아미와 제니도 떠나버려서 정말 절벽에라도 서 있는 것처럼 위태롭게 느껴졌다. 희수는 평상에 앉아 소주 한 병을 더 비웠다. 그리고 인숙이 만들어놓은 문어 숙회와 갈치조림과 조림 속에 있는 감자와 무를 꾸역꾸역 목구멍 속으로 밀어넣었다. 소주 한 병을 다 비우고 희수는 아무도 없는 절벽집 평상에 누워 오랫동안 밤하늘의 별을 쳐다봤다.

멍텅구리배

영도가 정한 합의 장소는 멍텅구리배였다. 직사각형으로 만들어진 이 목조 배에는 엔진도, 노도, 돛도, 방향타도 없었다. 스스로 움직일 수 있는 아무런 동력이 없어서 예인선이 끌어줘야만 움직였고 닻을 한 번 내리고 나면 그 자리에서 붙박이처럼 살아야 했다. 그래서 사람들은 배라고 하기엔 좀 머쓱한 이 배를 멍텅구리배라고 불렀다. 서해안과 남해안에서는 이 무동력선으로 주로 새우를 잡았다. 악덕 사채업자에게 돈을 못 갚은 사람들, 인신매매단에게 잡힌 사람들, 장애인들이 이 배로 끌려와 조류에 맞춰 하루에 네 번씩 그물을 끌어올리며 새우를 잡았다. 멍텅구리배는 삶의 가장 밑바닥에 떨어진 사람들만 오는 곳이므로 처우는 형편없었다. 육지에서 수킬로미터나 떨어져 있어 탈출도 불가능했다. 이따금 폭풍이 오는데도 예인선이 오지 않아 바다 한가운데를 정처 없이 떠돌다가 죽는 일도 다반사였다. 1987년 태풍 셀마 때는 무려 열두 척의 멍텅구리배가 침몰해서 오십 명이 죽은 일도 있었다.

영도는 중요한 중재를 하거나 항복을 받아낼 때 이 배를 이용했다. 상대방으로서는 중재의 장소가 멍텅구리배라는 것이 아주 굴욕적인 일이었다. 육지에서 작은 보트를 타고 이 거대한 멍텅구리배에 도착하면, 데려다준 보트는 다시 육지로 돌아가버렸다. 일단 멍텅구리배에 올라타면 도망갈 곳도 없고 뒤로 물러설 곳도 없다. 설령 배 위에 있는 놈들을 이소룡처럼 다 때려눕힌다고 해도 엔진도 방향타도 돛도 없는 이 멍텅구리배에서 빠져나올 수도 없는 일이다. 상대방을 궁지에 몰아넣고 영도는 하라는 대로 도장을 찍지 않으면 꼼짝달싹도 할 수 없는 이곳에서 합의를 했다. 쓸데없이 객기를 부리다가는 칼이나 총을 맞고 몸에 돌멩이를 매단 채 바다에 던져지는 곳이었으므로 사실 이것은 합의라기보다 협박에 가까웠다.

희수가 보트를 타고 멍텅구리배에 도착했을 때는 밤 여덟시였다. 뱃전에 검정 양복을 입은 사내들이 대기하고 있다가 밧줄을 던져줬다. 희수가 멍텅구리배의 계단으로 내려서자 보트는 선수를 돌려 되돌아갔다. 검정 양복을 입은 덩치 하나가 칼이나 총이 있는지 희수의 몸을 수색했다. 멍텅구리배 안에는 이미 많은 사람들이 와 있었다. 배 중간에 동그란 테이블이 하나 펼쳐져 있었고 남가주 회장이 흰 양복을 입고 열두시 방향에 앉아 있었다. 남가주의 오른쪽에는 천달호와 철진이 있었고 왼쪽에는 용강과 월농 포주 신가와 이가가 있었다. 그리고 맞은편에는 웃기게도 구암의 곰탕 할배 두 명과 겁을 집어먹고 도망을 쳤던 양동이 돌아와서 앉아 있었다. 테이블 위에는 술과 안주들이 잔뜩 있었다. 하지만 음식을 먹고 있는 사람은 남가주 회장과 용강밖에 없었다. 비어 있는 자리는 천달호 옆자리뿐이었다. 희수가 할 수 없이 그 자리에 앉았다. 희수가 자리에 앉자 남가주 회장이 잔을 들어올렸다.

"이제 올 사람들은 다 온 모양이니 시작합시다."

사람들이 형식적으로 잔을 들어올렸다가 내려놨다. 천달호가 눈짓을 하자 검정 양복을 입은 덩치 하나가 닻을 들어올렸다. 그러자 멍텅구리배가 조류를 따라 떠내려가기 시작했다. 이제 신호기를 켜고 예인선이 되돌아올 때까지 이 멍텅구리배가 어디로 갈지 아무도 모르는 셈이었다.

희수가 테이블을 둘러봤다. 모두들 잔뜩 긴장한 얼굴이었다. 이 자리에서 전혀 긴장하지 않은 것처럼 보이는 사람은 남가주와 용강뿐이었다. 용강은 늘 그랬듯 무덤덤한 얼굴로 술을 마시며 혼자 식사를 했다. 남가주 회장은 옷차림도 기분도 가벼워 보였다. 벌써 전작이 있었는지 얼굴이 살짝 붉었다. 남가주 회장이 먼저 입을 열었다.

"그동안 불필요한 오해와 감정싸움으로 아까운 젊은 애들이 많이 죽었습니다. 그럴 필요까진 없는 일인데, 마음이 많이 안타깝고 무겁네요. 제가 일선에서 물러난 지가 꽤 되었지만 선배 된 도리로 가만히 보고만 있을 수가 없어서 이 자리를 마련한 겁니다. 그러니 오늘 이자리에서 허심탄회하게 이야기하고 그동안 쌓였던 앙금들은 다 털어내도록 합시다."

남가주 회장이 말했지만 아무도 선뜻 나서서 입을 열지 않았다. 남가주 회장이 부드럽게 웃었다.

"편하게 말씀들 해보이소. 징징거리지 않는 놈한텐 배식이 적게 간다는 말도 있지 않습니까?"

그러자 주춤주춤하던 사람들 속에서 월농 포주 신가가 처음으로 입을 열었다.

"사람들이 자꾸 우리 월농이 이번 전쟁을 일으킨 것처럼 말하는데 솔직히 이 사달은 다 양동이한테서 비롯된 거 아닙니까? 왜 남의 구역에 들어와서 허락도 없이 술을 팝니까? 멀쩡한 자기 밥그릇 뺏기고 가만있을 놈이 어디 있습니까?"

그러자 월농 포주 이가도 말을 받았다.

"맞습니다. 주류 공급에도 엄연히 유통 질서라는 게 있는 법인데 양동이는 내 집 니 집 없이 막 돌아다니니 이게 대체 될 일입니까? 까놓고 말해서 어디 술이 없어서 못 판답니까. 서로 남의 구역 탐 안 내고 자기 구역 안에서 소신껏 파는 게 다 유통 질서를 확립하고 더불어 묵고살자고 하는 거 아닙니까?"

월농 포주 신가가 다시 입을 열었다.

"우리 월농은 피해가 막심합니다. 양동이 저 새끼가 업소 열 개나 박살내놨지, 상권 어지럽혀놨지. 요즘 월농 업주들은 느그들이 대체 하는 일이 뭐 있냐며 이제 우리한테 상납금도 안 내려고 하는 실정입니다. 이번 전쟁에서 젊은 애들 수두룩하게 다치고 죽어나갔는데 솔직히 양동이가 욕심내서 설치지만 않았어도 이런 일이 벌어졌겠습니까?"

듣고 있던 양동의 얼굴이 붉으락푸르락했다. 처음엔 겁을 잔뜩 집어먹고 있는 얼굴이었는데 궁지에 몰린다고 생각했는지 양동은 자리에서 벌떡 일어났다.

"듣자 듣자 하니까 이 포주 새끼들이 아주 좆까고 앉아 있네. 언제부터 월농이 느그 같은 포주 새끼들 구역이 됐노?"

"그럼 월농이 니 구역이가?" 신가가 말했다.

"내가 언제 월농 달라고 했나? 보드카 몇 병 쑤셔넣은 거 가지고 느그들이 생지랄을 떨어서 이 사달이 난 거 아니가?" 양동이 소리를 질렀다.

"내가 회장님 얼굴을 봐서 신사적으로 이야기해보려고 했는데 양동이 이 새끼는 진짜 말로는 안 되는 놈이네. 저거 말하는 꼬라지 좀 보이소. 이 난리를 치고서 반성하는 구석이 하나도 없다 아입니까?"

월농 신가가 마치 남가주 회장에게 하소연이라도 하듯 말했다.

"말로 안 되면? 니가 우짤 낀데?"

"내가 우짜는지 진짜 함 보여줄까?"

"또 전쟁하자고? 하자! 아가씨들 젖통이나 빨아서 밥 묵고 사는 느 그 같은 포주 새끼들 백 명이 와도 내 하나 안 무섭다."

바짝 긴장해서 분위기만 살피던 곰탕 할배 김이 겁이 났는지 양동에게 손을 내저었다.

"양동아, 그만해라. 여기 회장님도 앉아 계신데 어디서 감히 버럭질이고."

"영감님이나 그만하이소." 양동이 역정을 냈다. "설령 좆질을 했어도 싸움이 났으면 남편이 마누라 편을 들어야지 기생년 편을 들어서 될 일입니까?"

양동의 말이 웃긴지 가만히 앉아 있던 남가주 회장이 풋 웃음을 터뜨렸다.

"하긴, 좆질을 했어도 남편은 우야든동 마누라 편을 들어야지, 암."

남가주 회장이 고개를 끄덕이며 말했다.

"회장님도 그러시는 거 아닙니다. 여름마다 영도 애들이랑, 월농 애들, 부산 바다의 온갖 잡스런 것들이 전부 다 구암 바다에 와서 허락도 안 받고 장사했지 않습니까? 약 팔고, 물건 돌리고, 아가씨 집어넣고 장사 다 했다 아입니까? 남의 동네에서 번연히 장사해놓고 우리한테 한푼이라도 세금 냈습니까? 그때 우리가 이거 너무하는 거 아니냐고 회장님 찾아갔을 때 회장님이 우릴 위해서 한 번이라도 중재 서줬습니까? 와 우리가 아쉬운 소리 할 때는 모른 척하시다가 이 포주 새끼들이 징징거릴 때만 중재를 나섭니까? 저는 그게 진짜 섭섭합니다."

남가주 회장이 침착하게 양동의 말을 듣고는 연신 고개를 끄덕였다. 마치 남의 말 잘 들어주는 복덕방 할아버지 같았다.

"그건 양동이 말이 맞다. 들어보니 이래저래 내가 신경 못 쓴 것도 있고 잘못한 것도 많네. 그런데 내가 딱히 누구 편을 든 건 아니다. 양동이나 월농 사장들이나 다 큰 어른들인데 내가 이래라저래라 할 형편도 아니고, 사실 이제 그럴 힘도 없다. 어쨌거나 이제 와서 옛날 잘잘못 다 들춰내봐야 뭐하겠노. 지나간 일은 지나간 일이고 앞으로 묵고살 일을 도모해야지. 자, 그라믄 이렇게 정리하는 게 어떻겠노. 이왕 하던 일이니까 보드카 공급은 양동이가 계속해라. 대신 직접 팔지는 말고 지역 주류업자들에게 도매로 넘겨주는 걸로 하자. 그럼 지역 업자들은 안정적으로 보드카를 공급받으니 좋고, 니는 분쟁 없이 보드카를 팔 수 있으니 서로서로 좋은 거 아니겠나."

"그게 손 여럿 거치면 남는 게 뭐 있습니까? 그리고 저는 존나게 어렵게 밀수해서 들여오는데 쟤네들은 앉은자리에서 콩 까먹고 룰루랄라 아닙니까?" 양동이 투덜거렸다.

"사업하려면 서로 조금씩 양보하는 거다. 건달이 사업을 해야지 만날 칼부림을 할 순 없다 아이가." 남가주가 양동을 타일렀다.

"양동아, 회장님 말씀대로 하자. 이번에 넘어가면 회장님이 나중에 좋은 기회 한번 안 주시겠나." 곰탕 할배 김이 남가주 회장의 말에 장단을 맞췄다.

제안이 맘에 안 드는지 양동이 버텼다. 남가주 회장이 잔을 들더니 마른입을 축이려는 듯 술을 조금 마셨다. 천달호가 매의 눈으로 남가주와 양동을 쳐다봤다. 양동이 남가주 앞에서 버티고 있다는 것이, 저 겁쟁이가 이 멍텅구리배에까지 끌려와서 저렇게 대차게 말하고 있다는 것이 처음엔 의아하다가 점점 무슨 의미인지 희수는 알 것 같았다. 앞에 앉은 천달호도 아마 희수와 똑같은 생각을 하고 있을 것이다.

"알겠습니다. 회장님 말씀대로 하겠습니다." 여전히 뾰로통한 얼굴로 양동이 말했다.

월농 포주 신가와 이가도 동의한다는 듯 고개를 끄덕였다. 남가주가 잔을 들어 다시 술을 한 모금 마신 후 말을 이었다.

"그리고 달호와 희수 문제는 이렇게 정리하자. 희수가 오락실 사업 시작하느라고 그간 고생도 많이 했는데 한꺼번에 다 가져가버리면 살길이 막막하다 아이가. 희수가 데리고 있는 애들도 한둘이 아닐 텐데. 어차피 우리 영도야 오락기 제작보다 영업이 주 사업이고 또 달호 니가 성인오락실 운영 경험도 많고 영업망도 넓으니까 우리 희수랑 사업을 같이하면 어떻겠노. 생산은 희수에게 맡기고 유통과 영업 쪽은 달호 니가 맡아서 하면 요즘 유행하는 말로 시너지 효과가 있을 것 같은데."

천달호가 희수의 얼굴을 쳐다봤다. 천달호와 남가주는 이미 말을 다 맞춰놨을 것이다. 천달호가 별 거부감 없이, 하지만 이 연극적인 제스처는 좀 웃기다는 듯 고개를 끄덕였다.

"그랍시다."

남가주가 이번엔 희수를 쳐다봤다.

"희수 니 생각은 어떻노?"

"저는 아무래도 좋습니다." 희수가 무덤덤하게 말했다.

남가주가 환하게 웃으며 손바닥으로 박수를 쳤다.

"자, 대충 이야기 끝났제? 이제 싸우지들 말고 열심히 일해서 돈 함 벌어보자." 남가주 회장이 흐뭇한 얼굴로 말했다.

그때 옆에 있던 천달호가 입을 열었다.

"사업상 문제는 해결됐으니까 이제 감정상 문제도 좀 해결합시다."

"얼라들도 아니고 감정상 문제는 또 뭐고?" 남가주가 불쾌한 얼굴로 물었다.

"장부에 숫자만 맞으면 툴툴 털고 일어나는 건 장사꾼들이나 하는 짓이고 건달은 건달답게 털어낼 거 있으면 털어내는 게 맞지요."

천달호가 양동을 보고 있었다. 천달호의 눈빛에 양동이 움찔했다.

"어이 양동이, 똥칠이 된 내 명예는 뭘로 갚을 생각이고?"

"무슨 말씀이신지?" 양동이 우물쭈물 되물었다.

"내 들어보니까 호중이가 니 좆도 아닌 이름에 먹칠을 했다고 내 조카 배를 쑤셨다는 건데, 솔직히 양동이 니보다야 이 천달호 이름값이 더 나가지 않나? 명색이 건달 두목이 가족 하나 건사 못한다고 집안 어른들이 나를 다그치는데, 똥값이 된 내 이름은 어쩔 거냐고?"

양동은 다 끝난 줄 알았던 합의에서 갑자기 천달호가 치고 나오자 적잖이 당황한 얼굴이었다.

"죄, 죄송합니다. 보상금을 마련해보겠습니다."

천달호가 피식 웃었다.

"돈 갖다주겠다고? 얼마나?"

"최대한 예우를 갖춰서 준비하겠습니다."

"하, 이 새끼 돈 좋아하네. 돈 처바르면 내 죽은 조카가 살아나나?"

천달호가 양동을 쏘아봤다. 양동의 눈빛이 심하게 흔들렸다. 그때 옆자리에 앉은 희수가 나지막한 소리로 말했다.

"아미가 죽었지 않습니까."

천달호가 고개를 갸웃거리며 갑자기 끼어든 희수를 쳐다봤다. 네가 이 자리에 왜 끼어드냐는 얼굴이었다.

"내 아들 아미가 죽었는데, 그걸로 부족합니까?" 희수가 다시 물었다.

천달호가 그 자리에 얼어붙은 듯 가만히 있었다. 희수는 고개를 꼿꼿이 세운 채 천달호를 노려보았다. 하지만 희수의 분노에 찬 눈빛은 금세 슬픔으로 바뀌는 것 같았다. 천달호가 이를 앙다물고 희수를 쳐다보다가 그걸로 되었다는 듯 고개를 끄덕였다. 동시에 응급실 앞에서 천달호의 조카를 찌른 철진이 안도의 한숨을 쉬었고, 양동이 안도의 한숨을 쉬었고, 곰탕 할배 김과 남가주도 안도의 한숨을 쉬었다.

"그래 달호야, 그만하자. 이제 겨우 화해하고 악수했는데 니가 다시 토를 달고 나오면 여기 앉아 있는 내 이름값은 또 어찌되노. 피는 이미 흘릴 만큼 흘렸으니까 오늘은 이쯤에서 기분좋게 마무리하자, 잉?"

남가주 회장이 천달호의 어깨를 부드럽게 다독거리더니 술잔을 집어들고 자리에서 일어났다.

"자, 분위기들 푸세요. 우리 달호가 욱하는 게 있어서 그렇지 애가 원래 성격은 괜찮은 앱니다."

사람들이 엉거주춤 잔을 들고 어색한 건배를 했다. 천달호는 잔을 드는 흉내만 냈다. 잔을 들지 않은 사람은 용강과 희수뿐이었다. 남가주가 무표정하게 앉아 있는 희수를 힐끔 쳐다봤다.

"그리고 아시는 분은 아시겠지만 우리 희수가 이제 만리장 호텔 사장으로 취임하게 되었습니다. 지난 사십 년이나 친하게 지내왔던 손 영감이 그렇게 사고를 당해서 저도 마음이 참 안타깝습니다. 하지만 젊은 얼굴이 새 시대를 여는 마당이니 축하할 건 또 해야 안 되겠습니까?"

사람들이 희수를 위해 모두 잔을 들었다. 이번에는 천달호와 용강도 잔을 들고 희수를 쳐다봤다. 희수가 자리에서 일어나서 공손하게 인사를 했다. 남가주 회장이 박수를 치자 테이블에 있는 사람들이 모두 엉겁결에 박수를 쳤다. 또 뭐가 남았는지 남가주 회장이 뒤에 있는 건달에게 손짓을 했다. 검정 양복을 입은 건달 한 명이 나무로 된 상자 하나를 들고 왔다. 남가주 회장이 상자 뚜껑을 열고 감탄한 얼굴을 했다.

"인삼이가?" 남가주가 물었다.

"산삼입니다." 천달호가 말했다.

"사실 이건 제가 준비한 게 아니라 천달호 동생이 희수를 위해 마련해온 선물입니다. 달호가 그라데예. 희수라는 사람은 젊은데도 참 듬직하고 믿음이 간다고. 그동안 악연도 많았고 섭섭한 것도 있었겠지만 앞으론 둘이 잘하지 않겠습니까?"

남가주 회장이 선물 상자의 뚜껑을 닫았다. 그리고 네가 가져온 선물이니 직접 건네주라는 듯 천달호에게 눈짓을 했다. 천달호가 민망한지 손을 내저으며 사양하다가 할 수 없이 상자를 받아들었다. 그리고 희수에게 상자를 건넸다. 나무로 된 상자가 제법 무거웠다. 희수가 뚜껑을 열고 상자 안을 봤다. 천달호 말대로 그 속에는 진짜 산삼 같은 게 여섯 뿌리 들어 있었다.

"뿌리가 잔잔한 게 장뇌삼 아닙니까?" 희수가 물었다.

"그래도 한 십 년은 묵은 놈들이다." 천달호가 말했다.

"온천장 고문님 말씀이 싸구려 장뇌삼보다는 차라리 삼십 년 묵은 도라지가 낫다던데." 희수가 비아냥거렸다.

"이번엔 그냥 묵으라. 다음에 내가 백 년 묵은 백도라지로 준비해볼게."

"이거 묵고 죽는 거 아니지예?"

"뭐 죽기야 하겠나? 간혹 체질에 안 맞는 사람 중에는 입 돌아가는 놈도 있다더라."

천달호 말에 앞에 앉은 용강이 피식 웃었다. 희수가 장뇌삼 뿌리를 하나 들어서 입에 집어넣었다. 그리고 우걱우걱 씹어먹었다. 맛이 생각보다 괜찮다는 듯 희수가 고개를 끄덕였다. 희수가 장뇌삼을 집어서 천달호에게 건넸다. 천달호가 손을 저으며 사양했다. 그때 월농 포주 신가가 일어서서 오늘 이 자리를 마련하느라 애쓰신 남가주 회장님을 위해서 건배를 하자고 제의했다. 사람들이 흔쾌히 건배를 했다. 희수도 잔을 채우고 건배를 했다. 조류를 타고 흘러가던 멍텅구리배가 살짝 흔들렸다. 이 망망대해에서 멍텅구리배말고는 아무런 불빛도 보이지 않았다. 나중에 어떻게 찾으려는 건지 밤바다 그 어디에서도 예인선 불빛이 보이지 않았다. 어려운 결정들이 모두 끝나서 이제 멍텅구리배에 팽팽하던 긴장감은 다소 사라진 것 같았다. 긴장감이 사라지자 사람들이 테이블 위에 있는 음식을 먹어대며 술을 마시기 시작했다. 곰탕 할배들이 월농 포주들과 술잔을 부딪치며 이야기를 나눴고 천달호와 남가주도 이야기를 나눴다. 용강은 혼자서 계속 술잔을 비우고 있었다. 앞자리에 앉은 철진은 희수와 눈을 마주치지 않으려고 애쓰고 있었다. 남가주 회장이 아까부터 뾰로통하게 앉아 있는 양동을 곁으로 부르더니 술을 한 잔 따라줬다.

"나이를 그마이 먹었으면 철들 때도 안 됐나? 니는 어떻게 자기 기분을 다 드러내며 살려고 하노."

"죄송합니다, 회장님." 양동이 굽실거리며 말했다.

"이제 험한 시절은 지나갔으니까 사이좋게 지내다보면 좋은 일거리 많이 생길 거다. 걱정하지 마라."

양동이 남가주 회장의 말에 연신 굽실거리며 "네, 네" 하더니 술을 단숨에 마시고 잔을 돌려줬다. 그리고 정성스러운 손길로 남가주 회장의 잔에 술을 따랐다. 남가주가 잔을 받고는 양동의 어깨를 다정히 두드렸다. 희수의 잔은 비어 있었다. 옆에 앉은 천달호가 희수의 빈 잔에 술을 따라줬다. 희수가 잔을 들어 술을 반쯤 마시고 다시 내려놓았다. 천달호가 남가주 쪽으로 고개를 슬쩍 돌렸다.

"그런데 형님이랑 양동이가 언제부터 그렇게 친했습니까? 옆에서 보니까 마, 친형제 같습니다."

"예전에 손영감이랑 한창 골프 치고 사냥 다닐 때 양동이도 같이 많이 다녔다."

양동이 옆에서 고개를 끄덕였다.

"하이고마, 형님이 양동이 허파에 바람만 살짝 넣어준 줄 알았는데 이제 보니 미리 똥꼬까지 다 맞춰놨구마잉." 천달호가 가벼운 목소리로 남가주를 타박했다.

"내가 마 부끄럽다. 이제 다 끝난 일이니 둘이 사이좋게 지내라."

천달호가 양동에게 건배라도 제의하듯 잔을 들어올렸다. 양동이 공손하게 천달호의 잔에 자기 잔을 부딪혔다.

"같은 편인 줄도 모르고 서로 치고받고 싸웠네. 앞으론 잘 지내봅시다." 천달호가 말했다.

"조카분 일은 정말 죄송합니다. 제가 일부러 그런 게 아니라⋯⋯"

천달호가 그 이야기는 됐다는 듯 손을 내저었다. 그때 희수는 천달호가 준 선물 상자를 물끄러미 쳐다보고 있었다. 희수가 상자를 들어올렸다. 그러자 산삼을 넣어둔 나무 케이스 밑에서 또다른 상자가 나왔다. 상자 뚜껑을 열자 그 속에는 청테이프로 손잡이를 칭칭 감아둔 싸구려 리볼버가 있었다. 아마도 러시아 선원들이 한두 정씩 들고 들어오는 38구경 리볼버 같았다. 아니면 다롄에서 부산항으로 들어오는 중국산 싸구려 개조 총일지도 모른다고 희수는 생각했다. 희수가 총을 들고 실린더를 열었다. 웃기게도 실린더 속에는 다섯 발의 총알만 들어 있었다. 돈이 없어서 총알을 다 못 채운 건지 아님 다섯 놈 이상 죽이지 말라는 뜻인지 알 수가 없었다. 희수가 총을 꺼내들고 마치 이게 발사나 되는 총인지 검사라도 하는 양 귀에 대고 흔들어보았다. 사람들은 술을 마시고 웃고 떠드느라 희수가 무얼 하고 있는지도 몰랐다. 용강이 자기 자리에 앉은 채 희수의 동작을 차분히 보고 있었다. 곰탕 할배 김이 술잔을 들고 와 남가주 회장 옆에서 아양을 떨었다. 양동도 여전히 남가주 회장 옆에서 얼쩡거리며 그 큰 덩치로 아양을 떨었다. 희수가 권총을 들어올려 용강을 겨눴다. 용강이 자기 가슴에 쏴보라는 듯 익살맞은 표정으로 팔을 한껏 벌렸다. 그때 남가주 회장이 옆에서 말도 안 되는 개소리를 씨부리는 곰탕 함배 김의 말을 건성으로 들으며, 희수 손에 들린 권총을 의아한 얼굴로 보았다.

"희수야, 그게 뭐고?"

"총입니다."

남가주 회장이 고개를 갸웃거렸다.

"그러니까 그런 위험한 물건을 왜 들고 있냐고?"

"회장님, 건달은 등기를 가진 놈을 죽이지 않는다던데, 왜 그런지 아십니까?"

남가주가 여전히 의아한 얼굴로 천천히 고개를 저었다.

"욕심이 많아서 그렇습니다."

"사람은 다 욕심이 있다. 그게 뭐 잘못이가?"

"욕심이 많아지면 생각이 많아지고 생각이 많아지면 겁이 많아집니다. 겁이 많아지면 그건 건달이 아닌 거지예."

"그런데?"

"그럼 지켜야 할 걸 못 지키는 거지예."

"희수 너는 뭘 지키고 싶은 건데?"

희수가 자기가 지켜야 할 게 뭔지를 곰곰이 생각하는 듯 눈을 치켜뜨고 밤하늘을 바라봤다.

"글쎄요. 예전엔 저도 그런 게 있었던 것 같은데, 하도 좆같이 살다 보니까 고마 다 잊어버렸습니다."

희수가 자리에서 일어나 권총으로 남가주 회장의 가슴을 쐈다. 남가주 회장이 마네킹처럼 굳은 얼굴로 희수를 쳐다봤다. 연이어 희수가 남가주 회장의 이마에 한 발을 더 쐈다. 총알이 남가주 회장의 이마를 뚫고 뒷머리로 나갔다. 남가주 회장의 뒷머리에서 마치 과즙기에서 흘러내리는 토마토처럼 핏덩어리와 골수가 쏟아져내렸다. 남가주 회장이 손에 든 잔을 떨어뜨리고 테이블 위로 꼬꾸라졌다. 양동이 멍한 얼굴로 희수를 쳐다봤다. 희수가 양동의 배에 총을 두 방 쐈다. 양동이 바닥으로 꼬꾸라지더니 배를 잡고 비명을 지르며 버둥거리기 시작했다. 그때 남가주 회장의 보디가드인 산이 테이블로 달려들었다. 희수를 덮치려고 한 것인지 쓰러진 남가주 회장을 살피려고 한 것인지는 알 수 없었다. 하지만 산이 테이블 근처로 오기도 전에 천달호의 건달이 산의 뒷덜미를 잡았다. 다른 한 명은 산의 팔을 꺾었고 또다른 한 명은 산의 옆구리에 깊숙이 회칼을 쑤셔넣었다. 미리 예행연습이라도 한 것처럼 세 명의 동작이 일사불란했다. 산은 옆구리에 회칼을 찔리고도 오른손 주먹으로 회칼을 박은 칼잡이 얼굴을 내려쳤다. 그리고 몸을 흔들어 팔을 꺾은 건달과 목을 잡은 건달을 뿌리쳤다. 산의 몸통에 매달려 있던 건달 둘이 바닥으로 내팽개쳐져 나뒹굴었다. 산이 테이블로 걸어오려 하자 다른 칼잡이가 다시 산의 등을 칼로 찔렀다. 산이 팔꿈치로 칼잡이의 정수리를 내리찍었다. 뒤에 있던 건달 하나가 갈고리를 들고 와 산의 어깻죽지를 내리찍었다. 바닥에 나뒹굴어 있던 칼잡이가 일어나 다시 회칼로 산의 옆구리와 복부를 여러 번 찔렀다. 산이 질질 몇 걸음을 더 걸어오다가 테이블 앞에서 무릎을 꿇었다.

부하들이 하는 짓이 맘에 들지 않는지 천달호가 자리에서 일어나더니 칼잡이 손에 있는 회칼을 빼내들었다. 그리고 산의 목을 왼쪽에서부터 오른쪽까지 일자로 길게 베어냈다. 산의 목에서 세면기 배관에서 물 빠져나가는 소리가 났다. 산은 아무런 비명도 지르지 않고 가만히 서 있다가 앞으로 쓰러졌다.

천달호가 자리로 돌아오더니 테이블 위에 쓰러진 남가주 회장의 머리채를 붙잡아 테이블 아래로 떨어뜨렸다. 천달호의 손이 피에 흠뻑 젖었다. 천달호가 술병을 들더니 손에 뿌리고는 냅킨으로 손에 묻은 피를 닦아냈다.

"아, 그 씹새끼, 좆도 이기적인 새끼가 평생을 공정한 척하려고 하네. 이 새끼 치워라."

천달호의 건달들이 바닥에 쓰러진 남가주와 산의 시체를 질질 끌어서 멍텅구리배 끝으로 가져갔다. 그때까지 양동은 계속 바닥에서 버둥거리고 있었다. 천달호가 남가주가 앉았던 자리에 앉더니 물컵에 술을 가득 따라서 한 번에 들이켰다. 천달호가 양동의 모습을 쳐다보다가 혀를 찼다.

"저 새낀 왜 아직까지 저기서 걸그러적거리고 있노? 술맛 떨어지게." 천달호가 귀찮다는 듯 말했다. 그리고 술을 가득 따라서 다시 단번에 마셨다. "나는 저놈이 곰인 줄 알았는데 알고 보니 여우 새끼였더라고. 사람 참 겉만 봐선 모른다더니."

경련이 오는지 양동이 다리를 부르르 떨었다.

"희수 동생, 아까 말을 하다 말았는데, 내가 이해가 안 돼서 그런다. 그러니까 내 조카놈 죽은 거랑 아미가 죽은 거랑 퉁치자는 말이가?"

희수가 아무런 대답도 하지 않았다.

"솔직히 내 조카지만 아미같이 걸출한 건달에 댈 깜냥은 못 되는 놈이었으니까 내사 마 손해볼 것 없다. 그런데 희수 니는 괜찮겠나?"

월농 포주와 곰탕 할배들과 철진은 이것이 무슨 상황인지 몰라 몹시 당황한 표정이었다. 테이블 위에 긴장감이 흘렀다. 오로지 용강만 아무런 감정 없이 그 광경을 보고 있었다. 희수가 이제 되었다는 듯 테이블 위로 권총을 내려놨다.

"총알 한 발 남았잖아." 천달호가 말했다.

"나는 다 썼는데 필요하면 가져가시든가."

"내가 니 가려운 곳 긁어줬으면 니도 내 가려운 곳 긁어주고 그래야지."

"가려운 곳 있으면 직접 긁으소, 남의 손 타지 말고. 정 안 되면 효자손이라도 사든가."

"아니지, 아니지. 그런 뜻이 아니지. 차려준 밥을 먹었으면 설거지 정도는 해줘야지. 안 그럼 밥상 차린 놈은 괜히 섭섭한 마음이 들거든."

천달호가 희수를 쏘아보았다. 천달호의 뜻이 무엇인지는 알 것 같았다. 하지만 별로 내키지 않았다. 한동안 희수와 천달호 사이에 정적이 흘렀다. 희수가 버틴다고 죽을 놈이 살아갈 순 없을 것이다. 여긴 멍텅구리배고 멍텅구리배는 일이 다 끝나기 전까진 내릴 수 없는 곳이니까. 희수가 테이블 위에 있는 권총을 집어들었다. 원통으로 된 실린더를 밀자 그 속에 단 한 발의 총알이 남아 있었다.

"아무나 쏘면 되는 겁니까?" 희수가 피식 웃으며 물었다.

"그럼, 총 잡은 놈 맘대로. 총이 그래서 좋은 거 아니겠나. 나를 쏴도 되고, 용강이를 쏴도 되고, 철진이를 쏴도 되고, 그리고 니를 쏴도 된다."

천달호는 이 게임이 무척 재미있다는 듯 웃었다. 얼굴에 칼자국이 두 개나 있어 천달호의 웃는 모습은 끔찍하기 짝이 없었다. 희수가 공이를 뒤로 젖혀서 총을 자기 귀에 갖다댔다. 그리고 뭔 소리가 나는지 알아보려는 듯 총을 두어 번 흔들었다.

"용강이 형님은 떠나실 겁니까?" 희수가 물었다.

"기름 다 채우면 떠난다고 했잖아."

"그 망할 놈의 기름, 아직도 안 찼습니까?"

"니가 남가주를 죽여버려서 남은 기름은 누가 채워줄지 모르겠네."

용강이 천달호와 희수의 얼굴을 한 번씩 쳐다봤다. 천달호가 어이가 없는지 피식 웃었다.

"내가 총알 한 발 더 줄 테니까 저 새끼부터 쏴버려라."

"정보를 누구한테 받았지예?" 희수가 물었다.

"그건 알아서 뭐하게. 다 끝난 일인데."

"그냥 궁금해서요. 정뱁니까 도다립니까."

"도다리다."

그렇구나, 희수는 고개를 끄덕였다. 그리고 희수는 총을 들어 철진에게 겨눴다. 방금 전까지는 떨고 있었는데 희수가 총을 겨누는 순간 몸에서 뭔가가 푹 꺼져버린 듯 철진의 얼굴이 편안했다. 철진은 지치고 체념한 얼굴 같았다.

"철진아, 다음 생에선 모자원 같은 데서 태어나지 말고 좋은 아버지 밑에서 태어나라. 돈 많고 의리 있고 힘있는 아버지 밑에서."

희수를 보는 철진의 눈에 눈물이 고였다. 철진이 희수를 향해 희미하게 웃었다.

"세상에 좋은 아버지는 없다. 아버지는 힘이 없는데 애기들은 계속 앵앵거리거든. 아버지는 좆도 힘이 하나도 없는데." 철진이 중얼거리듯 말했다.

어쩌면 철진의 말이 맞는지도 모른다고 희수는 생각했다. 아버지란 좆같은 것이다. 원래부터 좆같았거나 아님 아버지가 되면서 서서히 좆같아졌거나. 문밖에는 칼바람이 불고 무서운 승냥이떼가 돌아다닌다. 아버지는 힘이 하나도 없는데, 애기들은 계속 앵앵거린다. 철진이 희수를 향해 고개를 끄덕였다. 희수가 철진의 심장을 향해 방아쇠를 당겼다.

예인선이 멍텅구리배를 찾을 때까지 배는 한참이나 밤바다를 떠돌왔다. 멍텅구리배 후미에는 밤섬에 있던 것과는 비교도 안 되는 큰 사료분쇄기가 있었다. 천달호의 아이들이 배 후미로 시체들을 끌고 갔다. 희수는 담배를 피우는 척 멍텅구리배 앞으로 와 있었다. 멀리서 사료분쇄기 돌아가는 소리가 들려왔다. 속에서 자꾸 구역질이 올라오는 것 같았다. 천달호가 희수에게 다가오더니 담배를 하나 물었다.

"어젯밤에 희수 니가 찾아와서 솔직히 나는 놀랐다. 나는 니가 당연히 남가주한테 붙을 거라고 생각했는데."

희수가 파도가 울렁거리는 바다를 무심히 쳐다봤다. 사료분쇄기에서 흘러나온 피가 멍텅구리배 주변을 따라 넓게 퍼지고 있었다. 이 밤에 검은 물고기들이 몰려와 저 피와 뼈와 살들을 모조리 먹어치울 것이다.

"오늘 물고기밥이 된 분이 그럽디다. 세상은 멋있는 놈이 이기는게 아니라 씨발놈이 이기는 거라고."

천달호가 고개를 갸웃거렸다.

"그런데?"

"천달호 회장님은 자타가 공인하는 최고의 씨발놈 아닙니까?"

기분이 상한 듯 천달호가 희수의 얼굴을 노려봤다. 그리고 잠시 후이를 드러내고 음흉하게 웃었다.

"개새끼, 사람 보는 눈은 좀 있네."

그 여름의 끝

여름이 끝나가고 있었다. 손영감은 호텔로 돌아왔다. 의식은 돌아왔지만 오래 버티진 못할 거라고 의사는 말했다. 손영감이 병원에서 죽지 않겠다고 고집을 피워서 호텔 직원들이 오전 내내 중환자실에나 있는 장비를 옮겨왔다. 의사 한 명과 간호사 두 명이 사장실에 내내 붙어 있었다.

희수가 방에 들어섰을 때 손영감은 산소마스크를 쓴 채 멍하니 천장을 쳐다보고 있었다. 모든 것을 내려놓은 듯 영감의 얼굴은 편안해 보였다. 희수가 침대 옆에 앉았다.

"다 끝났나?" 산소마스크를 들어올리고 손영감이 물었다.

"다 끝났습니다."

잘됐다는 듯 손영감이 안도의 한숨을 쉬었다.

"천달호가 성격이 좀 포악하긴 해도 상대하긴 남가주보다 편할 거다. 구식 건달이라 그런지 감상적인 면도 좀 있고."

숨이 가쁜지 손영감이 산소마스크를 입에 갖다댔다. 희수가 안쓰럽게 손영감의 얼굴을 쳐다봤다.

"괘안타. 몸은 이래도 마음은 좋다. 머리에 있던 마음이 마치 방광까지 내려온 것처럼 한없이 낮고 편안하다."

"마음이 어쩌다 방광까지 내려갔답니까?"

"기분이 꼭 그러네. 이래 좋을 줄 알았으면 진즉에 니한테 다 물려주고 낚시나 다닐걸 그랬다."

"뭐 인생이 다 그런 거 아닙니까. 여자도 달라고 할 땐 잘 안 주더만요."

손영감이 웃으며 희수의 손을 잡았다. 이제 뼈밖에 안 남은 손영감의 푸른 혈관에서 여전히 맥박이 뛰고 있었다.

"앞으로 우리 희수 고생이 많겠네. 그 자리가 생각보다 쓸쓸하고 힘들다."

"알고 있습니다. 걱정하지 말고 몸이나 잘 추스르소." 희수가 손영감의 손을 가볍게 토닥거리며 말했다.

손영감이 다시 산소마스크를 쓰고 한참이나 숨을 몰아쉬었다. 천장을 향해 있는 그 눈에 정말로 이제 욕심이 하나도 없어 보였다. 손영감이 산소마스크를 떼고 희수를 쳐다봤다.

"희수야, 우리 도다리는 살려도. 도다리는 애가 멍청해서 니 앞길을 막지는 못할 거다. 그러니 우리 모자라고 불쌍한 도다리는 그냥 중고 벤츠나 타고 다니고 계집질이나 하면서 살게 놔두면 안 되겠나?"

손영감의 목소리가 간절했다. 희수는 그게 손영감이 세상에 남겨놓은 마지막 걱정거리일 거라고 생각하니 울컥하는 맘이 올라왔다. 그러겠다는 듯 희수가 고개를 끄덕였다. 할말을 다 해서인지 아님 말을 많이 해서 힘이 드는지 손영감 눈이 스르르 감겼다. 희수는 손영감의 산소마스크를 바로 해주고 손을 이불 속으로 조심스럽게 집어넣었다. 그리고 한참 동안이나 잠든 손영감 곁을 지키다 밖으로 나왔다.

　희수는 호텔 정원으로 내려와 담배를 하나 입에 물었다. 자정이 가까운 시간이었다. 호텔 지하 룸살롱에서 연신 음악 소리가 들려왔다. 맞은편 구석진 벤치에서 여자가 담배를 피우고 있었다. 어둠 속에서 여자는 희수를 골똘히 쳐다봤다. 여자는 자신의 모습이 나무 그늘에 가려 안 보일 거라고 생각하는 것 같았다. 여자의 얼굴이 익숙했다. 아마도 호텔 지하 룸살롱에서 일하는 아가씨일 것이다. 하지만 이름은 기억나지 않았다. 여자는 담배를 다 피우고도 지하로 들어가지 않았다. 그리고 희수 곁으로 다가오지도 않았다. 마치 길고양이처럼 가까이 오지도 않고 또 더 멀어지지도 않는 애매한 거리에 여자는 있었다. 희수가 손짓으로 여자를 불렀다. 여자가 살짝 놀란 표정을 짓고는 희수 쪽으로 걸어왔다. 여자가 희수 옆자리에 털썩 앉았다. 이미 술을 많이 마셨는지 숨을 쉴 때마다 술냄새가 났다.

　"왜 저 구석에서 힐끔거리는데?"

　"힐끔 안 거렸는데요?"

　"힐끔거리는 거 내가 봤는데."

　희수가 정색을 하고 물었지만 여자는 전혀 놀란 표정이 아니었다.

　"좀 보면 안 돼요? 오빠 좋아해서 그냥 본 건데."

　희수가 피식 웃었다. 여기 세상 물정 모르는 여자 또하나 있구나, 뭐 그런 느낌이었다.

　"나 아주 예전부터 오빠 좋아했어요." 여자가 한번 더 말했다.

　"그런 건 나 결혼하기 전에 말했어야지. 이제 와서 말하면 나는 어떡하라고."

희수 말에 여자가 웃었다. 여자가 다리를 길게 뻗고는 벌렸다 오므렸다를 몇 번 했다. 여자의 짧은 치마가 허벅지 안쪽까지 올라가 있었다.

"몇 살이고?"

"스물여섯."

"돈은 좀 모았나?"

"빚밖에 없어요."

"악착같이 돈 모아. 그리고 여길 떠."

"악착같이 살아도 돈은 안 모이던데요?"

"그럼 그냥 떠."

희수가 자리에서 일어났다. 여자가 희수를 물끄러미 쳐다보았다. 여자는 술에 취해 있었고 어딘가 모르게 몸의 모든 곳에 물기가 가득한 느낌이었다. 쉽게 허물어지고 쉽게 그 모든 걸 쏟아낼 것 같았다.

"우리집에 안 갈래요?" 여자가 물었다.

"너희 집이 어딘데?"

"조오기. 가까워요."

여자가 어깨 위로 아무데나 손짓을 하며 자기집이라고 가리켰다. 희수가 여자의 얼굴을 잠시 쳐다봤다.

"술집 아가씨가 왜 돈을 못 모으는지 아나? 나 같은 쓰레기를 자기 집으로 데려가기 때문이다. 절대로 건달을 너희 집에 데려가지 마라. 사귀지도 말고."

"여긴 죄다 건달뿐인데 그럼 누구랑 사귀어요?"

"공무원! 술 못 마시고 담배 안 피우고 친구들한테 왕따당하는 공무원이 있으면 그게 일등 신랑감이다."

희수는 만리장 호텔 안으로 성큼성큼 걸어갔다.

*

손영감은 일주일 후에 죽었다. 장례는 삼일장으로 치러졌다. 최대한 조용한 장례를 지내라는 손영감 유지대로 그 어떤 특별한 일도 벌이지 않았다. 심지어 신문 부고란에 부고 기사를 싣지도 않았다. 옥사장이 장례를 치렀던 구암의 후미진 절개지 장례식장에서 장례를 치렀고 화장을 했다. 소문을 듣고 구암 바다 사람들이 꾸역꾸역 올라왔다. 와서 소주에 육개장을 한 그릇 먹고 자기들끼리 웃고 떠들고 이야기하다가 술판을 뒤엎고 싸우다 돌아갔다. 손영감의 바람대로 평범한 장례식이었다. 좀더 많은 육개장을 끓여야 했고, 좀더 많은 소주를 마셨고, 좀더 많은 싸움이 벌어졌을 뿐이었다.

장례를 치르고 일주일 후에 희수의 취임식이 있었다. 그날 아침 희수는 등대 앞에 앉아서 바다를 보았다. 바다는 아직 뜨거웠지만 휴가철이 끝나서인지 등대에는 아무도 없었다. 희수는 빨간 등대 앞에 서서 영도 쪽 바다를 쳐다봤다. 구암 방파제 끝에는 빨간 등대가 있고 영도 방파제 끝에는 하얀 등대가 있다. 방파제마다 한쪽에는 빨간 등대가 반대편에는 하얀 등대가 있는데 그것에 무슨 뜻이 있는지 알 수 없었다. 항해상의 기호거나 항구로 들어오는 선박들에게 뭔가 신호를 보내는 것일 수도 있다. 하지만 그에 대해 희수가 알고 있는 것은 아무것도 없었다. 늘 보면서도 한 번도 궁금하지 않았다. 그런데 오늘 아침 새삼 그게 궁금했다.

하늘에 구름 한 점 없었다. 순백이 멀뚱거리며 살이 뒤룩뒤룩 찐 갈매기를 쳐다보고 있었다. 순백은 이 바다를 좋아하는 것 같았다. 손영감도 이 바다를 좋아했다. 희수는 이 바다를 좋아하지 않았다. 특히 여름 바다를 싫어했다. 여름 바다의 미끌미끌하고 끈적거리는 바람과 몸 여기저기에 달라붙는 해파리 같은 공기가 싫었다. 하지만 손영감은 그 끈적거림 때문에 이 바다를 사랑한다고 했다.

"니는 바다를 언제 처음 봤노?" 희수가 순백에게 물었다.

별 생각할 것도 없는 질문인데도 순백이 고개를 갸웃거리며 잠시 무슨 생각에 잠겼다.

"텔레비전에서는 자주 봤습니다."

"텔레비전에서 보는 게 무슨 바다고."

"사람들은 호랑이랑 기린 같은 거 텔레비전에서 보고 난 다음에 실제로 본 것처럼 말하잖아예."

희수가 순백의 얼굴을 멍하니 쳐다봤다. 이놈 머릿속엔 대체 뭐가 들어 있길래 질문을 할 때마다 매번 저따위 대답이 튀어나오는지 이해할 수 없었다. 희수가 손가락으로 순백을 불렀다. 순백이 다가오자 희수가 손바닥을 쫙 펼쳤다. 순백이 뭔가 싶어서 희수의 손바닥을 자세히 쳐다봤다. 순백의 얼굴이 가까이 다가오자 희수는 펼친 손바닥으로 순백의 얼굴을 정면으로 내리쳤다. 순백이 번개라도 맞은 것처럼 깜짝 놀라서 뒤로 나자빠졌다.

"내가 물어보면 생각하지 말고 그냥 묻는 말에만 답해라. 알겠나?"

순백이 고개를 끄덕였다.

"어떻게 하라고?"

"생각하지 말고, 그냥 답해라."

"진짜 바다를 언제 처음 봤노?"

"구암에 와서 처음 봤습니다." 순백이 다소 억울하다는 표정으로 말했다.

"그래 말하면 되지 와 빙빙 돌려 말해서 사람 골치 아프게 하노?"

"이 나이 처먹도록 바다 한번 본 적이 없다는 게 쪽팔려서요."

그 나이에 바다를 처음 봤다는 게 부끄러운지, 아님 그 사실을 들켰다는 게 부끄러운 건지 순백이 침통한 표정을 지었다. 하지만 금세 기운을 차린 듯 활기찬 표정으로 희수에게 질문을 던졌다.

"희수 형님은 바다를 언제 처음 봤습니까?"

"이 바다에서 태어나서 지금까지 죽 살았다."

"와, 좋겠네예. 저는 답답한 산골에서만 계속 살았습니다."

"이 바다, 지겹다."

그때 자동차 하나가 방파제로 달려오더니 희수가 있는 빨간 등대 앞에 멈춰 섰다. 차에서 내린 건 흰강이었다. 흰강은 민첩한 몸놀림으로 테트라포드 몇 개를 툭툭 건너뛰고는 가볍게 걸어왔다. 희수가 옆에 있는 순백을 쳐다봤다.

"순백이 넌 저기 가서 물 한 병 사온나."

희수가 손끝으로 방파제 끝에 있는 슈퍼마켓을 가리켰다.

"한 병만 있으면 됩니까?"

"응, 한 병이면 된다."

"벤츠 몰고 갔다와도 됩니까?"

희수가 화를 참으려는 듯 깊게 숨을 들이마셨다. 하지만 숨을 깊게 들이마셔도 화가 내려가지 않았다.

"뛰어갔다와, 이 뚱보 새끼야!" 희수가 버럭 소리를 질렀다.

순백이 침통한 얼굴이 되어서 어깨를 축 늘어뜨린 채 방파제 쪽으로 느릿느릿 걷기 시작했다. 하지만 채 이십 미터도 걷기 전에 또 혼자서 무슨 즐거운 생각이 떠올랐는지 고개를 흔들며 경쾌한 걸음으로 뛰기 시작했다. 흰강이 순백의 뛰어가는 모습을 한참이나 지켜봤다.

"쟤는 고향이 충청도 아닙니까?"

"충청도는 아닌데, 얼추 그 근처 동네다."

"저런 참신한 캐릭터는 낙동강 이남에만 있는 줄 알았는데, 상당히 재능이 있습니다."

"그렇제? 나는 쟤를 볼 때마다 너무 참신해서 고마 딱 자살하고 싶은 심정이다."

희수가 담배를 하나 꺼내 물었다. 흰강은 담배를 피우지 않아서 라이터가 없었다. 희수가 라이터를 꺼내 불을 붙이려 했다. 바닷바람이 불어서 자꾸 불이 꺼졌다. 흰강이 옷으로 바람막이를 만들었다. 겨우 불을 붙이고 희수는 담배 한 모금을 길게 빨았다. 흰강이 희수의 양복을 힐끔거리며 쳐다봤다.

"역시 희수 형님은 양복이 어울리십니다."

"그렇나?"

"오늘 취임식인데 못 가봐서 죄송합니다."

"됐다. 취임식이 뭐 중요하나."

흰강이 시간이 급한지 시계를 한 번 봤다.

"지금 들어가봐야 하나?"

"네."

"밤섬에 누구누구 있노?"

"도다리랑 정배 있습니다. 외팔이 털보는 어제 잡혔으니까 지금쯤 들어오고 있을 겁니다."

희수가 아무 말 없이 계속 담배를 피웠다. 흰강이 희수의 지시를 기다리다가 맘이 급한지 다시 시계를 봤다. 희수가 담배꽁초를 바닥에 떨어뜨리고 구둣발로 비벼 껐다.

"정배는 살려놔라."

흰강이 곤혹스러운 표정을 지었다.

"처리할 거면 한꺼번에 다 처리하는 게 낫지 않겠습니까? 그중에서도 정배가 제일 개자슥인데."

"정배는 진정한 개자슥이지. 그러니까 어디 쓸데가 있을 거다."

흰강은 뭐라 더 말을 하고 싶은 눈치였다. 하지만 희수의 완강한 표정에 할 수 없다는 듯 고개를 끄덕였다.

"그럼 다녀오겠습니다."

"그래, 욕봐라."

흰강은 올 때처럼 재빠른 동작으로 등대 아래 방파제까지 내려갔다. 그리고 차를 몰고 방파제 도로를 빠져나갔다. 희수는 그늘 하나 없는 바다를 바라봤다. 뜨거운 여름이 끝나가고 있었다. 온도가 내려가면 이 바다로 몰려왔던 많은 사람들도 떠나갈 것이다. 그리고 겨울이 올 것이다. 희수는 겨울 바다를 좋아했다. 겨울 바다는 끈적거리지 않았고 달라붙지 않아서 좋았다. 처음부터 춥고 외롭고 쓸쓸한 곳이므로 아무도 오지 않고 아무도 떠나가지 않아서 좋았다. 겨울 바다는 과묵하고 조용해서 좋았다. 여름 바다처럼 북적거리다가, 사랑한다고 떠들다가, 싸우다가, 울다가, 배신하지 않아서 좋았다. 끈적거리고 뜨겁게 달라붙는 것들을 희수는 이제 사랑할 엄두가 나지 않았다. 그런 것들이 몸속으로 들어왔다가 빠져나갔을 때의 거대한 동공을 희수는 이제 견딜 수 있을 것 같지가 않았다. 그때 눈물 한 방울이 희수의 볼을 타고 흘러내렸다. 그리고 연이어 걷잡을 수 없이 많은 눈물이 쏟아지기 시작했다. 희수는 가슴을 부여잡고 바닥에 주저앉았다. 그리고 터져나오는 눈물을 막아보려는 듯 콘크리트 바닥을 주먹으로 세게 내리쳤다. 희수가 주먹으로 바닥을 내리치고 또 내리쳤지만 한번 터진 눈물은 멈추지 않고 계속 흘러내렸다. 콧물과 눈물에 뒤범벅이 된 채 희수는 한참이나 울었다.

그때 순백이 조용히 다가와서 희수에게 물병을 건넸다.

"형님, 취임식 시작한답니다."

알았다는 듯 희수가 고개를 끄덕였다.

"국회의원이랑 구청장이랑 모두 와서 기다리고 있답니다."

희수가 자리에서 일어났다. 그리고 방파제 계단을 따라 바다로 내려갔다. 희수는 방파제의 더러운 이끼 사이에서 출렁거리는 바닷물에 얼굴을 씻었다. 소금기와 강렬한 태양 때문에 이 여름의 모든 죄가 소독되는 느낌이었다. 희수는 손수건을 꺼내 얼굴을 닦고 취임식이 열리는 만리장 호텔로 천천히 걸어갔다.

작가의 말

1. 이누이트

그린란드의 이누이트는 팔십 퍼센트가 우울증을 앓는다. 이누이트의 일부 지역에선 매년 인구 천 명 중 서른다섯 명이 자살을 한다. 이런 끔찍한 자살률은 그 어디에서도 들은 적이 없다. 사람들은 그곳이 신이 금지한 어둠의 땅이기 때문이라고 말한다. 그곳은 밤이 오면 석 달씩이나 태양이 뜨지 않는 북극의 땅이니까. 하지만 이누이트의 자살률이 가장 높은 계절은 봄 햇살이 찬란한 5월이다. 이누이트는 강한 사람들이다. 그들은 영하 사십 도씩 내려가는 혹독한 기후 속에서, 불도 땔 수 없는 얼음집에서 수천 년을 살았다. 두꺼운 얼음을 깨서 물고기를 잡았고, 물개와 북극곰과 바다사자와 고래를 사냥했다. 북극에서는 얼음 구덩이에 발이 빠지는 작은 실수만으로도 다리를 잘라야 할 때도 있고 심지어 죽을 수도 있다. 이누이트는 그 아찔한 동토를 수천 년이나 견뎠다.

이누이트가 사는 북쪽 그린란드에는 나무가 없다. 그래서 이누이트는 얼음집 속에 작은 물개 기름 램프 하나만을 켠 채 대가족이 모여 산다. 그러므로 사람들의 체온은 친밀함 이상이다. 체온은 얼음집 안의 거의 유일한 난방시설이므로 사람들의 따뜻함은 더도 덜도 말고 정확히 생물학적 의미로 생존과 직결되어 있다. 그들은 유대하고 부대끼고 얽혀서 산다. 그래서 이누이트는 관대하고, 인정이 많고, 유머 감각도 뛰어나고, 잘 웃는다. 얼음집 안에서의 공존과 평화로움은 절대적이다. 이누이트는 결코 화를 내거나 다른 사람을 비난하지 않는다. 불평을 하거나 불만을 말하지도 않는다. 이누이트는 불평 자체를 금기로 여긴다. 남에게 뭔가를 강요하는 규칙도 없고 심지어 그런 개념조차 없다. 아무도 다른 사람에게 예의바르게 행동하라고 말하지 않으며, 이래라저래라 간섭하지도 않는다. 서툰 동정도 서툰 위로도 하지 않는다. 동정이나 위로 그 자체가 상대방에겐 심한 모욕이 될 수 있으므로 사실 간섭할 엄두조차 내지 못한다. 그러니 누가 어떤 상태를 보이든 그저 묵인하며 스스로 견디도록 내버려둔다.

상대방에 대해 어떤 말도 하지 않는 것처럼 이누이트는 아무도 자신에 대해 말하지 않는다. 자신의 고민에 대해서, 분노에 대해서, 외로움에 대해서, 견딜 수 없는 역겨움에 대해서 말하지 않는다. 이누이트는 혹독한 환경 속에서 각자 너무나 많은 짐을 지고 있기 때문에 자신의 고민이나 문제 따위를 털어놓아서 상대방에게 짐이 되려고 하지 않는다. 이 거친 북방인들은 모든 문제를 스스로 해결하며 살아왔고 스스로 해결하지 못하면 죽어야 했다. 물개 기름 램프가 흔들리는 얼음집 안에서 그들은 아무 말 없이 조용히 생각에 잠겨 있거나 사냥 얘기를 하며 웃고 떠든다. 아무도 서로를 간섭하지 않고 아무도 서로에게 내면의 이야기를 하지 않는 이 얼음집에서, 바다사자와 물개와 고래의 피를 마시고 자란 이 거칠고 뜨거운 사람들은 상냥하고 온순하고 평화롭게 지낸다. 그리고 어느 날 마음에 견딜 수 없는 격정과 우울이 찾아오면 조용히 얼음집 밖으로 나가 혼자서 자살을 한다. 서로의 체온으로 얽혀 사는 그토록 따뜻하고 또한 그토록 외로운 얼음집에서, 바다사자와 물개와 고래의 피를 마시고 자란 사람들은 그렇게 죽는다.*

2. 구암

구암은 존재하지 않는 동네다. 개들이 바위 위에서 하릴없이 어슬렁거리거나 추리닝 입은 건달이 해변에서 똥폼을 잡고 있을 것 같은 이 누추한 동네는 내가 상상 속에서 만든 동네다. 그러니 행여 이 소설을 읽고 부산에 놀러와 구암이라는 동네에 산책이라도 가볼 계획을 세운 분이 있다면 지금 조용히 그 여행 계획서를 쓰레기통에 쑤셔넣는 게 좋을 것이다.

나는 이 소설을 쓰기 위해 조직폭력배와 면담을 하거나 취재를 위해 돌아다닌 적이 없다. 왜냐하면 내가 살았던 동네가 소설 속의 구암과 대단히 흡사했기 때문이다. 나는 할아버지 때부터 줄곧 부산에서 살아온 토박이다. 그리고 내가 살았던 동네는 한국전쟁 때 피난 내려온 사람들이 지은 판자촌이 세월이 흐르면서 시멘트 블록과 슬레이트

---

* 앤드루 솔로몬, 『한낮의 우울』, 민승남 옮김, 민음사, 309~320쪽 요약.

로 덧대어지고 보수되어 충무동 어시장에서부터 천마산 꼭대기까지 레고 장난감처럼 다닥다닥 기적적으로 붙어 있는 곳이었다. 그곳의 골목은 사람 한 명이 간신히 지나갈 만큼 좁고 미로처럼 복잡했다. 집과 집 사이의 벽은 너무나 얇아서 옆집에서 밥 먹으며 수군거리는 소리도, 심지어 신혼부부의 은밀한 신음소리조차 들릴 정도였다.

거기엔 소매치기가 살았고, 살인자가 살았고, 사기꾼이 살았고, 창녀가 살았고, 건달이 살았다. 목수가 살았고, 간호사가 살았고, 학교 선생이 살았다. 그곳에서 자라난 대부분의 아이들은 건달이 되거나 공장에 들어가거나 선원이 되었다. 그리고 의외로 꽤 많은 아이들이 그 열악한 환경에서 혼자 공부를 해서 서울대에 갔다. 아마 서울대에 가지 않고는 이 쓰레기 같은 동네에서 벗어날 수 없을 거라고 어릴 적부터 단단히 맘을 먹었는지도 모른다.

하지만 나는 아주 어릴 적부터 내가 살던 동네가 좋았다. 토요일 오후에 다 같이 목욕탕에 가는 완월동 누나들은 눈부시게 아름다웠고 어깨에 '어머님 죄송합니다' 따위의 조잡한 문신을 새긴 삼류 건달들조차 너무나 멋있었다. 사창가 골목에서 우적우적 어묵을 씹으며 소주를 마시는 포주 칼잡이의 눈빛은 철학자처럼 깊어 보였고, 자갈치 시장에서 회칼을 든 사내들은 활어처럼 싱싱하고 단단하여 어떤 건달이 와도 주눅들지 않았다.

소년 시절의 나는 경찰들이 미성년자의 출입을 단속하는 검문소를 몰래 피해서 그토록 황홀한 쇼윈도 불빛이 흘러나오는 완월동 골목을 심장이 터질 것처럼 뛰어다니곤 했었다. 여름 해변에서는 이 년에 한 번씩 칼부림으로 사람이 죽었다. 이상하게도 꼭 이 년에 한 번씩이었다. 그러면 나는 노란 테이프가 둘러져 있는 현장으로 달려가서 시멘트 바닥 여기저기에 굳어 있는 핏자국들을 손가락으로 만져보곤 했었다. 감천항에선 러시아 마피아처럼 보이는 두꺼운 가죽 잠바의 사내가 기름이 떠 있는 지저분한 바다를 무심히 쳐다보며 누군가를 기다렸다. 발레리나처럼 보이는 가녀리고 아름다운 러시아 여자가 가죽 잠바에게 뭔가를 변명하다 뺨을 맞았다. 무엇 때문인지 그 장면은 내 기억에 아주 오랫동안 남았고 또 아주 오랫동안 나를 슬프게 했다.

　소년 시절의 나는 하루종일 그 바다를 돌아다녔다. 이따금은 가족이 모두 잠든 밤에 몰래 집 담벼락을 넘어서 자정 무렵의 그 황홀한 해변과 미로 같은 골목을 돌아다녔다. 그곳엔 사창가가 있었고, 유흥가가 있었고, 해변이 있었다. 어두운 골목길을 걷다가 얇은 벽 사이로 삐져나오는 싸움 소리를 들었고, 남자가 여자를 때리는 소리를, 혹은 여자가 남자를 때리는 소리를, 여자가 눈물을 흘리며 훌쩍이는 소리를 들었다. 그리고 운이 좋을 때면 그 싸움이 끝나고 어이없게도 "미안해, 사랑해" 따위의 말들과 함께 시작되는 거친 섹스의 갖가지 망측한 소리들을 숨죽이며 듣곤 했다.

　나는 가끔 그 미로 같은 골목과 위태로울 정도로 얇은 벽들이 나를 소설가로 만든 게 아닐까 생각한다. 마치 진공관처럼 그 얇은 벽에서 들려오는 무수한 수군거림은 신비롭고 은밀하며 긴장감 넘치고 심지어 굉장히 성적이기까지 했었다. 그 수군거림이 너무나 선명해서 마치 어서 들어오라는 듯 모든 집들의 문이 활짝 열려 있는 것 같았다 (실제로 대부분의 문들이 열려 있었다). 하여 이 동네에선 비밀이 숨을 곳이 없었다. 그곳의 사람들은 서로의 모든 것을 알았다. 누가 무엇 때문에 울고 있는지, 무엇 때문에 싸우는지, 누구를 증오하고, 무엇에 분노하고, 무엇을 간절히 사랑하는지 모두들 알았다.

비밀은 없고, 마음은 안타깝고, 피는 뜨겁다. 그래서 그 동네 술자리에선 싸움이 벌어지고 술판이 엎어지는 일이 흔했다. 죄다 자기 앞가림도 못하는 백수에, 건달에, 루저 주제에 서로에게 훈장질은 어찌나 해대는지. 사실 술자리가 엎어지지 않는 게 오히려 이상한 일이었다. 한 남자가 점잖게 충고를 한다. "니가 일을 그딴 식으로 처리하니 망조가 드는 거다. 다 너 잘되라고 하는 말이니 내 말 들어라." 그러면 앞의 남자가 발끈한다. "너나 잘해라, 이 새끼야. 마누라한테 처맞고 다니는 주제에 어따 대고 훈장질이고." 그러면 어김없이 술판이 뒤집어지고 소주병이 날아다니고 주먹질이 이어진다. 하지만 하루만 지나면 다시 또 술을 마시며 "어제는 미안했다." "미안은 무슨, 우리가 뭐 남이가." 이 난리를 치는 동네 말이다. 구암의 사람들은 멋대로 다른 삶에 끼어들고 간섭하고 화를 내고 싸운다. 뭐랄까, 이 지구상에서 가장 촌스럽고 지리멸렬한 동네라고나 할까. 또한 구암은 이누이트의 우아한 삶에서 가장 멀리 있는 곳이다.

나는 이 도시의 삶이 구암에서 멀어지고 점점 이누이트를 닮아가고 있다고 생각한다. 사람들은 더 쿨해지고 더 예의발라지고 더 유머러스해진다. 상대방을 배려하고 관대하게 대한다. 모두들 상처를 주지 않기 위해 상대방을 예민하게 살핀다. 쾌적하고 젠틀하고 깔끔하다. 하지만 나는 어쩐지 이 예의바르고 유머러스한 관계 속에서 갑갑함을 느낀다. 사람을 만나는 일이 점점 더 힘들고 공허해진다. 이 도시가 이렇게 예의바르고 관대할 수 있는 것은 아무도 문을 열지 않기 때문이다. 배신의 기억과 어리석음의 기억과 광대가 되어버린 날들의 수치스런 기억으로 사람들은 단단히 자신의 문을 걸어 잠근다. 서로 문을 열지 않기 때문에 이 도시에서는 상처를 주지 않고 또 상처를 받지 않는다. 간섭하지 않고 충고하지 않는다. 이따금 안타까운 마음이 생길 때도 있다. 하지만 "어쩔 수 없는 일이야" 스스로를 위로하며 침묵한다. 사람들은 이제 뜨겁지 않다. 뜨거운 것들은 모두 미숙하고 촌스럽고 어른스럽지 못하다는 죄목으로 촌충처럼 사라져버렸다. 그럴 때마다 나는 구암의 그 지리멸렬한 삶이 그리워진다. 구암의 시절엔 짜증나고, 애증하고, 발끈해서 술판을 뒤집었지만 적어도 이토록 외롭지는 않았다.

이 밤에 혼자 소주병을 따며 나는 상처를 주지 않고 사랑을 건넬 방법을 떠올려본다. 상처를 받지 않고 사랑을 받을 방법을 떠올려본다. 하지만 이내 고개를 흔든다. 그런 삶은 없다. 모든 좋은 것은 나쁜 것과 버무려져 있다. 문을 닫으면 악취가 들어오지 않지만 꽃향기도 들어오지 못하는 것처럼.

여기 이제 뜨거움을 모두 놓아버리고 차가워진 어른들의 세상으로 묵묵히 걸어간 한 사내가 있다. 단단히 마음의 빗장을 걸어 잠그고 이제 더이상 어린애로 살지 않겠다는 양 결연하게, 그는 이제 염분 가득한 바닷물로 얼굴을 씻고 태양을 향해 고개를 쳐든다. 당신은 이 사내가 보기 좋은가. 이 삶이 보기 좋은가.

2016년 8월
김언수

문학동네 장편소설
뜨거운 피
ⓒ 김언수 2016

1판 1쇄 2016년 8월 25일
1판 2쇄 2016년 9월 23일

지은이 김언수
펴낸이 염현숙
책임편집 강윤정 | 편집 김필균 | 독자모니터 김나연
디자인 김이정 유현아 | 마케팅 정민호 박보람 이동엽 배규원
홍보 김희숙 김상만 이천희
제작 강신은 김동욱 임현식 | 제작처 영신사

펴낸곳 (주)문학동네
출판등록 1993년 10월 22일 제406-2003-000045호
주소 10881 경기도 파주시 회동길 210
전자우편 editor@munhak.com | 대표전화 031) 955-8888 | 팩스 031) 955-8855
문의전화 031) 955-3576(마케팅) 031) 955-2678(편집)
문학동네카페 http://cafe.naver.com/mhdn | 트위터 @munhakdongne

ISBN 978-89-546-4204-0 03810

www.munhak.com